사이코
시대

사이코
시대

전상국

중
단
편
소
설
전
집
8

차례

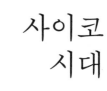

사이코
시대

땡삐의 두번째 탈출 소식이 전해진 것은 현세가 잠자리에 들어 깜박 첫잠이 든 자정쯤이었다.

"그 친구 그리로 갈 확률이 큽니다. 빨리 피하시는 게 좋을걸요."

일단 피하더라도 땡삐가 나타나면 기도원 쪽으로 먼저 신고가 될 수 있도록 조치를 취해달라는 당부도 잊지 않았다. 그때까지만 해도 그들은 우방이었다.

"그 친구, 열일곱 놈이나 몰고 나갔어요."

철산기도원 김 총무라고 자신의 신분을 밝힌 그 사람은 원생을 열일곱이나 몰고 나간 집단 탈출의 주동자가 땡삐라는 걸 강조했다. 그는 치미는 부아를 애써 눅이고 있는 것 같았다. 전화 목소리 뒤쪽의 왁자한 소음 속에 간간 고함이 껴들었다.

"물론 경찰에서도 수배에 나섰죠. 허지만 아시다시피 댁의 처남은 아무래도 우리 쪽에서 먼저 잡아야 할걸요. 안 그렇습니까?"

땡삐를 '그 친구'라고 하다가 '댁의 처남'이라고 관계를 좀 더 분명히 못 박아 말하는 저의부터가 현세에겐 협박만 같았다. 뭐라고 대답하기도 전에 전화는 일방적으로 끊겼다. 물론 이쪽에서 다시 전화를 넣어 자세한 것을 알아볼 수도 있었다. 그러나 현세는 송수화기를 내려놓고 마루 쪽 방문을 천천히 열었다. 딴 방을 쓰고 있는 아내의 기척을 전화가 올 때마다 문밖에 느끼고 있었던 것이다.

아내는 역시 마루 한가운데 가슴을 두 손으로 감싸 쥔 채 오도카니 서 있었다. 그대로 절망의 덩어리였다. 그네는 어느 순간 속 비운 쌀자루처럼 휘주근히 주저앉고 말 것이다. 땡삐에 의해 오래전 결딴난 심장이었다.

"준비해요. 두 시간 전에 나왔다니까."

긴 설명이 필요 없었다. 아직 아내가 무너져 내리지 않은 것만 해도 다행이었다.

"경아는 어떡하구요?"

그러나 지레 체념한 탓인지 그네의 얼굴은 평온했다. 벽시계가 12시 35분을 가리키고 있었다.

"너무 늦긴 했지만 박 선생 댁에 데려가봐요. 아무래도 거기다 맡기는 게 좋을 거 같아."

박 선생은 경아의 4학년 때 담임으로 그네의 홀어머니와 함께 신흥연립에 살고 있었다. 그네의 모친은 심한 속앓이 환자로 현세네 약국의 단골이었다. 약을 사러 올 때마다 뜬구름 같은 아들의 행적에 대해 횡설수설 하소연하다가 돌아가곤 했다. 애비 없이 고생고생 키워놓으니 저 잘났다고 세상을 온통 원수 삼는,

천하에 미욱한 놈. 제힘으로 대학까지 들어가 대견타 싶더니 웬걸, 졸업도 못하고 중도에 학교를 그만두었다고 했다. 형사가 가끔 찾아와 이것저것 묻고 간다는 말로 미루어 그녀의 아들은 운동권임이 분명해 보였다. 언젠가 자기 어머니와 함께 약국에 들른 그 청년을 본 적이 있는데 그 어머니 입을 통해 얻은 선입견 때문일까 몹시 신경질적인 그런 인상이었다. 멀쩡한 허울에 맘이 병든 호래자식, 청천대낮에 두더지 새끼처럼 숨어 사는 불쌍한 인생, 그 아들을 생각해 하루 한 끼 외에는 금식이요 엄동설한에도 냉방에서 잔다는 박 선생 모친이었다.

아내가 학부모 입장에서 박 선생 집을 자주 드나들면서 이따금 다급할 때 아이들을 데리고 몸을 피해 있어도 흉 되지 않을 정도로 가까워진 사이였다.

현세는 아내가 막내딸을 깨워 옷을 입히고 있는 동안 약국 일을 대충 챙겼다. 지정된 휴일 이외에 변칙으로 가게 문을 닫는다는 것은 약국 경영의 입장에서는 더 말할 것도 없고 손님의 입장에서도 치명적일 수 있었다. 그렇게 변칙으로 문을 닫은 것이 짧게는 하루에서 길 때는 일주일이 넘을 때도 있었다. 그것만이 무경위에 무도몰륜한 땡삐의 위해로부터 벗어나는 최선의 길이었다.

잠이 덜 깬 채 징징거리는 경아를 떼밀다시피 데리고 나서면서 아내가 말했다.

"지금 이 시간에 서울을 어떻게 가죠?"

"택시로 갑시다."

현세는 필요 이상 큰 소리로 대답했다.

요학인 미치지 않았어. 그날 저녁도 현세는 가게 문을 닫으며 다짐하듯 중얼거렸다. 그것도 일종의 정신감응의 한 현상일까, 현세는 어느 때부터인가 땡삐가 나타날 조짐을 자신의 몸속에서 감지하곤 했다. 일이 손에 잡히지 않고 안절부절못하는 그런 날이 있었다. 그런 날은 단 한순간도 땡삐의 생각에서 풀려나지 못했다. 그런 날은 어김없이 땡삐가 나타났다. 어쩌다 나타나지 않았다고 해도 그런 날은 잠자리가 몹시 불편했다. 미치지 않았어. 어느 때고 느닷없이 잠에서 깨어나며 그렇게 중얼거리곤 했다. 가슴이 후당후당 뛰었다. 새벽에 눈을 떠도 지난밤 뭔가 엄청난 일이 일어났다는 아득한 절망감에서 벗어나는 데 오랜 시간이 걸렸다.

두려웠다. 건강이 안 좋다는 핑계를 만들어 그런대로 경기가 괜찮던 서울의 약국을 정리하고 서울에서 두 시간 거리인 이곳 경기도 신흥읍으로 옮겨온 것도 땡삐로부터 멀리 떨어지기 위한 하나의 방책이었다. 그러나 완전히 잘못된 생각이었다. 땡삐는 서울에 있을 때보다 더 자주 찾아왔고 머무는 시간도 길었다.

철산기도원에 집어넣기 한 달 전만 해도 나흘 동안이나 꼬박 밤을 새워가며 행패를 부렸다. 가장 견디기 어려운 것은 말짱한 정신으로 그와 마주 앉아 그의 줄기찬 욕질에 말대꾸를 해주어야 한다는 일이다. 지겹게도 땡삐는 혼자 있는 걸 못 견뎠다. 죽은 사람이라도 그 옆에 있어야 했다. 그처럼 괴롭힐 상대가 필요했던 것이다. 그는 끊임없이 마시고 지껄였다. 상대가 자기 때문에 얼마나 고통스러워하고 있는지 전혀 알지 못한다는 데 문제가 있었다. 차라리 그 고통을 알리지 않는 게 나았다. 이쪽이 조금이라도 고통스러워하는 눈치가 보이는 순간부터 그는 진짜 발광을 시작했다. 손에 잡히는 대로 집어 던졌다. 온 집안을 쿵쾅거리며 고함을 내질렀다. 믿어지지 않는 것은 그가 사나흘 동안 잠을 단 한 시간도 자지 않아도 눈이 핑핑 정신이 말짱하다는 사실이다. 더 놀라운 것은 잠자지 않는 그 시간 계속해서 술을 마신다는 일이다. 그러고도 그 모든 것을 끄떡없이 버텨냈다.

물론 간이 형편없이 망가져 심한 황달 증세까지 보이는데다 거의 치명적인 치질까지 앓고 있었다. 게다가 가끔 가슴을 쥐어 뜯는 심한 위염 증세도 보였다. 그는 현세가 주는 약이면 무엇이든지 잘 먹었다. 때로는 고통을 호소하며 약을 달라고 했다. 떠날 때는 언제나 좋다는 약은 모조리 챙겨 싸가지고 갔다. 그러나 약사의 입장에서 판단할 때 땡삐의 건강은 약으로 해결될 일이 결코 아니었다. 그의 몸이 그처럼 만신창이라는 사실은 그를 아는 모든 사람들의 유일한 희망이었다. 그러나 그는 아직 살아 있었다. 그 불가사의한, 현대의학으로는 설명이 되지 않는 그의 특수체질이 그의 죽음을 바라는 모든 사람들을 실망시켰다.

약국 문을 거의 다 닫을 즈음 전화벨이 울렸다. 전화만 오면 가슴부터 뛰었다. 이봐, 김 회장, 올 거야, 안 올 거야? 다행히 그것은 두어 시간 전부터 다그쳐대는 신흥치과 최 원장의 전화였다. 이봐, 김 회장, 여기 청호다방 미스 윤이 누깔 다 빠지겠대여. 최를 비롯한 신흥읍의 이른바 유지들 몇이 전남집에서 티켓을 끊고 나온 다방 여자들과 노닥거리고 있을 것이다. 그들은 현세를 김 회장이라고 불렀다. 신흥면 남부정구회 회장 감투가 약장사보다야 백번 낫지 않느냐는, 그들 나름의 예우였다. 읍이 된 지 얼마 되지 않았으면서도 군 주둔지역이라 웬만한 시 못지 않게 흥청거리는 신흥에 옮겨와 산 지 얼마 되지 않아 시나브로 유지가 돼버린 현세였다. 돈푼깨나 있는 사람은 모두 라이온스니 뭐니 하는 클럽 회원에다 뭐에다, 반공연맹이 이름만 바꾼 자유총연맹 등등 감투 몇 개씩은 쓰고 있게 마련이었다. 그런 감투를 쓰는 쪽이나 씌워주는 쪽이나 다 먹고 먹히는 먹이사슬의 관계를 부인하지 않았다. 그들은 틈만 나면 끼리끼리 술판을 벌였다. 돈독한 유대를 다지는 그 술자리에서 모든 거래가 이루어졌다. 해외여행 자율화가 되면서 부부 동반으로 동남아 여행까지 다녀온 뒤 그들의 사이는 더욱 각별해졌다. 그들에겐 현세가 좀 껄끄러운 존재였다. 어떤 때는 잘 어울려들다가도 결정적인 순간에 자기네들로부터 저만큼 멀어지곤 하는 그가 달가울 리가 없었던 것이다.

한마디루다 사램이 너무 소심혀. 내숭스럽구.

그게 다 교만한 거 아니겠어. 지가 서울서 내려와 그 정도루다 자릴 잡은 게 누구 덕인데그려.

거 뭔가 말 못할 거시기가 있을 거구먼. 아, 그러지 않구서야 그렇게 사람 만나는 걸 피할 까닭이 없지.

거 몰라서들 하는 얘기야? 김 약사 요즘 제정신이 아니라구. 거, 처남인가 뭔가 하는 작자 때문이라구.

말이 났으니게 하는 얘기지만 그 사람 도대체 그 작자헌테 뭔 죄를 그렇게 크게 졌길래 끽소리 한번 못허구 당하기만 하는 겐지 알다가두 모를 일이라니까.

내 보니까 김 약사가 그 양놈같이 생겨 처먹은 처남을 여간 무서워하는 게 아니더라구.

그 작자 친처남이 아닐 게여. 그 집 아주머이하구 닮은 데가 어디 한 구석이라두 있어야 말이지.

그렇담 더 우습지. 친처남두 아닌 처지에 무슨 까탄으루다 그렇게 여러 날 묵어치며 행패를 부리느냐 그거지.

좌우지간 그치 때문에 김 약사 사는 게 말이 아니라니까.

가게 문을 다 닫았을 때 또 한 번 최 원장한테서 전화가 왔다.

"김 회장, 우리 그만 일어선다구. 미스 윤이 김 회장네 집엘 가자구 자꾸 조른다 그거야. 김 회장 맛을 꼭 한번 보구 만대나."

최 원장은 알코올중독에 가까웠다. 그가 다방 종업원을 티켓으로 술자리에 부르는 것은 그 술자리를 되도록 오래 끌기 위해서다. 그는 항상 취한 상태에서 무슨 애기고 계속 떠들어야 하는 사람이었다. 최의 집식구들이나 병원 종업원들도 그것에 질린 나머지 차라리 그가 밖에서 실컷 떠벌리도록 내버려둘 정도였다. 그는 개업의가 된 자신을 혐오했다. 병을 보지 않고 사람을 봐야 하는 의사의 양심을 술로 마비시킨다고 했다. 도둑놈들, 그는 동료 의사들을 성토하기 위해 술을 마시는 것 같았다. 뭔가 떠벌리지 않으면 직성이 풀리지 않는, 마비된 의식을 합리화시킬 어떤 구실을 찾기 위해 그는 계속 술을 마시는지도 몰랐다. 이놈의 세상, 술 안 마시고 어떻게 살아. 그가 보이는 마지막 카드라는 게 대개 그런 것이었다. 그는 술 말고도 마약을 상습적으로 복용하고 있다는 소문도 심심찮게 돌았다.

"원장님, 오늘은 정말 사양하겠습니다."

현세는 몸이 안 좋다는 핑계로 그 술자리를 끝내 거절한 채 잠자리에 들었던 것이다. 요학인 미치지 않았어. 그날따라 땡삐의 살기 띤 얼굴이 선연하게 살아났다. 땡삐가 오고 있었다. 서울서 내려오는 직행버스 막차 속에 그가 앉아 있는 게 보였다. 땡삐를 기도원에 집어넣은 뒤에도 그는 직행버스 막차가 도착할 시간이면 안절부절못했다. 땡삐는 언제나 막차로 왔다. 만재가 항상 화창한 날 오전 자신의 승용차 속에 싱싱한 여자 하나를 데불고 등산을 오는 것과는 달리 땡삐는 직행버스 막차로 혼자 왔던 것이다. 그것은 서울에서도 마찬가지였다. 모두 잠자리에 들어 깊은 안식을 얻고 있는 그런 시간에 느닷없이 쳐들어오곤 했다. 현세는 직행버스가 신흥 읍내로 들어서기 위해 산모롱이를 돌아서며 속력을 줄이는 엔진 소리까지도 구별해낼 수가 있었다. 막차가 들어오고도 삼십 분쯤은 기다려야 했다. 벼룩도 낯짝이 있어서인가, 그는 결코 맨송맨송한 얼굴로는 쳐들어오지 않았다. 그는 항상 터미널 근처 어느 술집에 들러 병나발을 분 뒤 기세 좋게 들이닥치곤 했던 것이다.

"이런 걸 누이 좋고 매부 좋은 거라고 하잖습니까?"
택시 운전사는 꽤나 말이 헤펐다. 서울서 장교 두 명을 대절로 태우고 왔다가 다시 서울 나가는 손님을 길바닥에서 거저 얻은 횡재가 그처럼 신났던 모양이다. 서울의 목적지까지 만오천 원에 가기로 흥정이 됐던 것이다. 현세는 자신이 택시 뒷자리 안쪽으로 들어앉은 뒤 그 옆에 아내를 태웠다. 차가운 안개가 우우 몰려들었다.

"경아가 걱정이군. 걔두 아예 서울로 옮겨놓을 걸 그랬어."

조금 뜸을 들인 뒤 아내가 겨우 들릴 정도로 대답했다.

"미안해요."

현세는 이제 아내가 그 어떠한 말도 입에 올리지 않으리란 것을 잘 알았다. 미안해요. 그 한마디 속에 모든 게 담겨 있었다. 어릴 때부터 그랬다. 그 집안에서 땡삐가 별종이듯 땡삐 바로 밑의 희정이 역시 별난 아이였다. 그러나 두 아이는 어느 것 하나 닮지 않았다. 생긴 것부터가 달랐다. 위로 쭉 째진 눈에 불량기가 디글디글한 땡삐의 외양과는 달리 희정은 오목조목 참하게 생긴 얼굴에 수줍음을 많이 탔다. 희정이 별난 아이로 보였던 것은 제 또래와 어울리지 않고 언제나 세 살 위인 땡삐를 그림자처럼 따라다녔기 때문일 것이다. 그렇다고 사내아이들 속에 어울려 노는 게 아니었다. 멀찍이 떨어진 곳에서 두 손으로 턱을 떠받치고 앉아 사내아이들이 노는 것을 바라보기만 했다. 가, 이 지즈배야, 안 가면 쥑여버릴 거야. 땡삐가 제 동생을 향해 욕을 퍼댄다. 그러나 땡삐는 희정이 잠시만 안 보여도 놀이판을 깨버리곤 했다. 야, 느덜 내 동생 못 봤니? 그럴 때의 그는 꼭 땡삐 아닌 다른 아이의 얼굴이 되곤 했다. 어떻든 희정은 땡삐를 그림자처럼 따라다녔다. 아이들이 헤어져 집으로 돌아갈 때면 희정은 서너 걸음 뒤진 걸음으로 땡삐 뒤를 따라갔다. 물론 어릴 때의 일이었다. 중학생이 된 현세는 희정을 보기 위해 우정 땡삐를 찾아가곤 했다. 그러나 현세가 희정과 말을 나눈 것은 훨씬 뒤의 일이었다. 부대에서 탈영한 땡삐가 현세의 서울 자취방에 숨어 있을 때 희정이 찾아왔던 것이다. 오빠가 여기 있을 것 같았어요. 그네의 표정은 너무나 담담했다. 놀라기는 땡삐도 마찬가지였다. 그를 설득해 자수하는 형식으로 귀대시킨 것도 희정이었다. 이 쌍놈의 새끼야, 너 저 지즈배하구 결혼해! 헌병대 초소 앞에서 땡삐가 그렇게 씨부렸다. 미안해요. 그때도 희정은 그 말 한마디로 입을 다물었던 것이다.

택시는 안개 속 사차선 국도를 시속 120킬로로 질주했다. 그 시간, 그 질주에 어울리지 않는 뽕짝이 차 안 분위기를 묘하게 만들었다. 낭떠러지 쪽 가드레일을 따라 설치된 반사등 노란빛이 안개 낀 밤 풍경을 그럴싸하게 연출했다. 출발할 때부터 과속을 알리는 경보음이 삐삐거렸지만 뒷머리를 유난히 길게 기른 운전사는 아랑곳없이 차를 몰았다.

"우린 승질이 드러워서 시내선 죽어두 못 뛰겠데요. 총알루 뛰던 놈, 시내 며칠 뛰더니만 영락없이 사고 내더라구요."

그는 여봐란 듯 액셀을 밟아댔다.

"이 노선을 뛰던 열일곱 사람이 십 년 동안에 셋 남고 다 죽었대요. 재미있는 건 말이죠, 그 사람들이 총알 뛰다가 죽은 게 아니구 모두 시내에서 시골 내구 죽었대지 뭡니까."

이따금 반대편에서 오는 차가 보일 때마다 현세는 무의식적으로 몸을 움츠렸다. 어쩌면 이 시간 땡삐도 신흥읍을 향해 달려오고 있을는지도 몰랐다.

"제엔장, 아무 때고 한번 죽을 거……"

카세트의 뽕짝 가락에 맞춰 콧노래까지 부르며 액셀을 밟아대던 운전사가 불쑥 그런 소릴 했다. 한판 멋지게, 스릴 있게 살다 가는 것도 좋지 않느냐는 얘기였다. 미친놈이 따로 없었다.

이 미친놈아, 지금 이게 어디 너 혼자 문제더냐. 속에서 뭔가 울컥 치밀었다. 이런 야반도주를 하고 있는 자신의 한심한 꼬락서니에 대한 증오였다. 정말 참담했다. 왜 이렇게 살아야 하는가. 어쩌다 이 지경이 됐단 말인가. 왜 도망쳐야 하는가. 내가 뭘 어떻게 잘못했다는 것이냐. 그것은 순리였다. 많은 사람에게 피해를 끼치는 미친놈 하나를 사회로부터 격리시켰다고 해서 그게 무슨 죄란 말인가. 사필귀정이었다. 더구나 땡삐와 피를 나눈 형제들 모두가 원한 일이었다. 누군가 땡삐를 죽여 없애자고 제의했어도 하나같이 동의했을 것이다. 그런데 왜 모두 이쪽만 쳐다본단 말인가. 땡삐보다 무서운 것은 이쪽을 잘 아는 사람들의 눈이었다. 그 눈이 현세를 고문했다. 변명하지 마. 너는 마조히즘 환자야. 너는 즐기고 있는 거라구. 땡삐가 죽어 없어져도 너는 그 환영을 불러들여 스스로 괴로워할 놈이라구. 너는 땡삐로 인한 고통을 야금야금 즐기고 있었던 거야.

인마, 너 같은 경우를 두고 자승자박이라는 거다. 만재는 아주 내놓고 공박을 했다. 땡삐에 대한 모든 책임이 현세 쪽에 있다는 얘기였다. 요학이 그 새낀 첨부터 사이코였다구. 사이코를 정상적인 인간처럼 대접했으니 그 새끼가 더욱 기고만장해졌던 거라구. 미친개한텐 몽둥이가 약이란 말두 있잖냐. 사이코는 사이코답게 막 다뤄야 하는 거라니까. 현세 니가 오히려 그 새낄 마비시킨 거다. 무서워서 절절매는 니 꼴을 보구 그 새낀 지가 하는 짓이 다 옳다구 믿었을 거 아니냐. 게다가 앙하고 이빨만 무섭게 내보이면 돈이 나왔으니 얼마나 좋았을 거야. 그 새끼가 나한테 달라붙지 못하는 건 내가 무서웠기 때문이라구. 이에는 이, 그런 새낀 첨부터 사람 취급을 해선 안 된다 그거야. 실상 만재는 땡삐에게 천적 같은 존재였다. 땡삐가 죽이고 싶은 리스트의 첫번째 대상이 만재였다. 만재, 그 개새낀 자본주의의 썩어빠진 배때기 같은 놈이여. 그 썩은 배때길 칼루 푹 쑤셔 도려내야 나라 꼴이 제대루 된다 그거여. 바로 그 개새끼가 통일을 가로막구 있는 거라 그 말이여.

통일은 땡삐에게 절대적 가치며 명제였다. 땡삐는 좌충우돌 무도몰륜, 그야말로 막가는 인생이 보여줄 수 있는 극한까지 갔다가도 통일이란 말 하나로 자신의 입지를 온전히 되찾곤 했다. 그 개새낄 죽여야 해. 땡삐가 즐기는 메뉴가 만재에 대한 혐오였다. 그러나 땡삐는 만재에게 쉽게 접근하지 못했다. 만재의 어떤 힘이 땡삐의 그 위해를 막을 수 있었던 것인지, 두 사람 모두 그 문제에 대해서만은 입을 열지 않았다.

현세에겐 땡삐나 만재가 다 두려운 존재였다. 물론 두 사람 모두 고향에서 함께 자란 불알친구였다. 그러나 두 사람 어느 쪽에도 우정을 느껴본 적이 없었다. 우정은커녕 그들에게 뭔가 계속 빼앗기고 있다는 피해의식 속에 살았다. 성년이 돼 사회생활을 하면서 그 피해의식은 좀 더 가시적인 것으로 나타났다. 가차 없이 계속된 땡삐의 가해 앞에서는 속수무책이었다. 땡삐는 항상 느닷없이 찾아와 자신이 원하는 만큼의 돈이 나올 때까지 행패를 부리곤 했다. 그러나 만재의 경우는 달랐다. 그것은 만재가 누리고 있는 것에 대한 상대적 빈곤감이었다. 만재와 만나 그가 떠벌리는 얘기를 듣기만 해도 자신의 체구가 왜소해지는 느낌이었다. 만재를 통해서 자신의 초라한 꼬락서니를 확인하는 일이 그처럼 비참할 수가 없었다. 니가 여기서는 제법 유지 행세를 하는가 본데, 야, 웃기지 마. 니가 요런 촌구석에서 감투를 몇 개씩 썼다고 해서 니 근본이 달라진다구 생각하냐. 그는 느닷없이 신흥에 나타나 냉장고 속의 박카스를 제 손으로 꺼내 목줄이 시퍼렇게 일어설 정도로 벌컥벌컥 마시면서 그런 농지거리로 시작한다. 물론 약국 앞에는 그가 몰고 온 슈퍼살롱이 한껏 얌전을 뺀 젊은 여자 하나를 태운 채 서 있게 마련이다. 만재는 현세 아내가 약국에 있을 때면 더욱 기고만장이다. 난 니를 만나면 느 아버지 생각이 나야. 우리 읍에서는 느 아버지 모르는 사람이 어디 있었냐. 지금두 알코올중독자만 보면 느 아버지 생각이 난다니까. 개천에서 용 난 게 아니구 술통에서 약사 났지 뭐냐. 매사 이런 식이었다.

갸야말루 사이코라구. 고향 친구들 사이에는 만재도 한때 땡삐처럼 제정신이 아닌 놈으로 통한 적이 있있다. 그러나 만재는 스스로 신화를 만들어냄으로써 땡삐의 그것과 구별되었다. 만재는 자기 일에 필요하다고 생각하면 어떤 사람이라도 만났다. 물론 그가 하는 말은 허풍스러웠다. 그러나 사람들이 그를 쉽게 물리치지 못하고 어물정하는 사이 말려들고 마는 것은 그가 힘주어 떠벌리는 일의 발상과 계획이 결코 예사롭지 않다는 예감 때문이었다.

"어구, 오줌통 터지겠네. 아까 신흥서 목이 말라 생맥줄 두어 조끼 꺾었걸랑요."

정말 엿장수 마음대로였다. 택시 운전사는 차를 길가에 제멋대로 세우더니 과장스레 사타구니를 싸쥐고 택시 뒤쪽으로 달려갔다. 마치고개를 넘은 뒤부터 안개는 씻은 듯 걷혀 있었다. 멀리 어둠 속 산자락 아래로 전등 불빛이 보였다. 그 불빛 밑에 잠이 깨어 있는 사람은 지금 무엇을 생각하고 있는 것일까. 어쩌면 임종을 지켜보는 그런 절박한 자리일는지 모른다는 생각이 들었다. 현세는 시장 사람들과 함께 아버지의 마지막을 지켜본, 이른바 임종 자식이었다. 아버지는 술 취한 그 추한 꼴로 시장 바닥에 쓰러져 있었다. 늘 보는 일이라 아버지가 죽어가는 그 마지막을 경건하게 지켜봤을 턱이 없었다. 여느 때처럼 시장 사람들이 지켜보는 가운데 참담한 심정으로 아버지를 들쳐 업다가 아버지의 마지막 숨 거두는 소리를 들었던 것이다.

"아, 미안합니다. 이 정도 술론 음주운전에 절대 걸리지 않으니까 염려 붙들어 매시라구요."

소변을 보고 돌아온 운전사가 넉살 좋게 떠벌렸다.

"손님, 난 말입니다. 술 먹고 운전을 하면 마음이 더 편안해지더라구요. 물론 정도 이상 많이 먹으면 안 좋지요. 허지만 술을 아무리 먹구 불어두 알코올이 안 나타나는 약을 술 깨는 약이라고 파는 데가 있는데 드럽게 비싸대요. 비싸두 걸려서 당하는 거보다야 백번 낫지요 뭐."

현세는 운전사의 말에 대꾸하지 않았다. 사람들이 왜 이 지경으로 망가져가고 있는가. 문제는 운전사가 자기 말에 대해 부끄러워할 줄 모른다는 사실이다.

만재의 경우도 그랬다. 그의 생각이나 행동은 결코 정상적일 수가 없었다. 좋게 말해 성취동기가 높은 것이고 뜯어 말하자면 미친놈의 황당한 수작이었다. 청와대에 편지를 보냈지. 대통령을 만날 거다. 내가 이래 봬도 국회의원을 둘이나 만들어냈다구. 알 만한 놈은 다 알아야. 내가 요샌 밤에만 나오는 수도를 만들고 있다. 수압이 낮은 지역에 절대적으루 필요한 거라구. 열우회라구 더울 열 자에 벗 우, 그런 조직 하나를 만들고 있는 중이다. 난로구 보일러구 난방기구를 만드는 놈이 이 회에 안 들군 피 보는 거지 뭐.

만재는 열우회 따위 말고도 가끔 무슨 조직이니 클럽이니 하는 얘기를 불쑥 꺼냈다간 우물우물 꼬리를 사리곤 했다. 내가 만든 조직이 하나 있는데 말이야…… 우리 조직이 말이야…… 우리 조직 중 한 놈이 배신을 했어. 명령 복종의 불문율을 어긴 거야. 두말함 뭘 해. 귀신도 모르게 처치됐다. 그는 항상 자신이 그 조직의 중심에 서 있고 조직을 좌지우지할 수 있는 위치라는 걸 과시하곤 했다. 놀라운 일은 만재가 벌이는 그 허황된 일이 현실로 나타난다는 사실이다. 그 일이 성사되어 나타난 것을 확인할 때마다 현세는 묘한 배신감을 맛보곤 했다.

현세는 땡삐나 만재의 비정상적인 행위를 이해하기 위해 나름으로는 안간힘을 썼다. 분명한 것은 두 사람 모두 반사회적이며 인격 파탄의 부도덕한 인간이라는 사실이다. 그러나 한번 옳다고 믿기 시작한 것은 결코 생각을 바꾸지 않는 그 외곬의 신념과 확신만은 알아줘야 했다. 일종의 과대망상 같은 것으로, 보는 각도에 따라 편집병이라고 할 수도 있었다. 두 사람이 모두 어떤 망상에 사로잡혀 살았다. 근거가 없이 주관적인 신념으로만 가득한 이 망상은 실제적 경험이나 어떤 논리로도 바뀔 수 없다는 데 문제가 있었다. 물론 이 경우, 근거 없는 신념이란 말은 사회적인 조건을 전제한 것이기 때문에 지성이 있고 없고가 문제가 아니라 그런 신념을 가진 사람의 내적 욕구 자체가 중요하다고 봐야 했다. 그 내적 욕구가 만재의 경우 철저하게 사적인 동기에서 출발한 이기적인 것이라면, 땡삐의 경우는 그 허울이나마 공적인 명분을 띠고 있다는 게 달랐다. 어떻든 두 사람의 망상은 결과적으로 크게 다른 모양으로 나타났다. 말할 것도 없이 땡삐는 실패작이었다. 그러나 만재는 사회적인 조건과 그 기준으로 볼 때 성공작임이 분명했다.

땡삐가 그 망상을 철저하게 파괴적으로 몰고 간 반면에 만재는 그걸 창조적으로 썼다고 봄이 옳을 것이다. 다시 말하면 한 사람은 사회적 규범을 깨기 위해 그 신념을 맹목적으로 휘두른 셈이고 한쪽은 그 규범을 이용해 망상을 실현시켰다고 볼 수 있다.

"솔직히 난 이런 새벽에 부레키 한번 안 밟고 달리는 이 재미에 산다구요. 신나잖아요. 난 좀 별난 놈이라구요. 어디 가만히 죽치고 있으면 내 몸이 어딘가 막 썩어나는 것 같다구요. 어릴 때 내 꿈이 마라톤 선수가 되는 거였지요. 쉬지 않고 계속 달릴 수 있잖아요. 지금두 길에서 연습하는 운동선수만 보면 몸이 근질거려 미치겠다구요. 마라톤 선수가 못 된 한이 남아 있는 거죠 뭐. 하지만 난 뛰는 덴 젬병이에요. 안짱다리거든요. 운전면허 따는 데두 얼마나 힘들었는지 몰라요. 허지만 이렇게 밟는 거 하나는 끝내주지요."

시속 130킬로, 택시는 시멘트 포장 사차선 도로의 상행선을 야생마 뛰듯 거칠게 달렸다. 차 몸통이 몹시 흔들렸다. 어느 순간 차가 산산이 해체되어 흩어질 것만 같았다. 긴장한 탓일까. 차창이 닫혔는데도 운전사의 긴 뒷머리가 말갈기처럼 길길이 뻗쳐오르는 것만 같았다.

현세는 문득 아내를 쳐다보았다. 그녀는 늘 그렇듯 단정한 얼굴로 창밖에 눈길을 주고 있었다. 이십 년 가까이 함께 살면서 현세는 아직도 아내의 그 흐트러지지 않는 자세에 부딪칠 때마다 아득한 절망을 느끼곤 했다. 그는 아내의 그 표정이 울음이라는 걸 알고 있었다. 아내는 결코 소리 내어 울지 않았다. 소리 내어 울지 않는 대신 그런 넋 나간 얼굴로 정물처럼 몇 시간이고 버텨냈다. 땡삐가 나타날 때마다 그랬다. 현세는 아내의 얼굴이 굳어질 때마다 불같은 질투를 느꼈다. 자신이 생각해도 너무 가당치 않은 일이라 밖으로 내색할 수는 없어도 질투는 질투였다. 그러나 아무리 심한 감정 폭발을 할 경우라 해도 그 질투의 딱지만은 드러내 보일 수가 없었다. 그 질투의 근원은 별것 아니었다. 세상사람 모두가 혀를 내두르는 땡삐에 대해서 그녀가 보이는 한결같은 연민이었다. 아니, 연민 그 이상의 것이라고 느껴졌다.

당신 혹시 처남하고 피가 다른 거 아니야?

땡삐한테 크게 당하고 난 뒤 그 화풀이를 고작 그런 말로 나타냈을 뿐이다. 그것은 땡삐네 식구를 알고 있는 모든 사람들이 한결같이 보이는 관심이기도 했다. 땡삐는 그 집 식구 어느 누구와도 닮지 않았던 것이다.

"뒤엣손님들, 증말 궁금하네요. 보아하니 한솥에 밥을 잡숫는 분들 같은데 왜 싸우기라도 했습니까. 그렇게 한마디도 안 하고 들 계시니까 그게 이상하단 말입니다요."

운전사는 백미러로 뒷좌석을 계속 흘금거리며 이죽거렸다. 서울의 위성권으로 접어들면서 차가 속력을 조금 죽였다. 운전사는 이쪽에서 묵묵부답이자 더 이상 말을 걸어오지 않았다. 불빛, 간판의 네온사인은 수십 가지의 레퍼토리로 명멸했다. 사람들은 모여 사는 일에 길들여진 짐승들이었다. 생활의 편리를 위해, 외롭지 않기 위해, 살아 있음을 확인하기 위해 사람들은 계속 도시로 모여들었다. 그러나 함께 있어서는 안 될 사람들이 함께 어울려 사는 경우는 또 얼마나 많을 것인가. 땡삐도 얼마 전까지는 이 도시의 사람이었다. 함께 있기를 모두가 거부하는 그런 존재로서, 그 거부에 앙갚음하듯 깡생깡사하던, 그 외양부터가 남달랐던 땡삐가 지금 격리됐던 유형지를 떠나 다시 이 도시 속에 잠입한 것이다.

휴전이 된 그 이듬해 3학년 교실에 머리가 노랗고 눈이 새파란 아이가 전학을 왔다. 피요학. 이름부터가 특이한데다 노랑머리 파란 눈에 살갗까지 백납병 환자의 그것처럼 희고 보니 아이들의 관심이 온통 그 아이에게 집중될 수밖에. 아이들은 전쟁을 치르며 숱하게 보아온, 그놈이 그놈 같아 보이는 외국 병정들과 영락없이 닮은 그 아이를 처음 보는 짐승 보듯 했다. 그러나 자세히 뜯어보면 그 몸집이며 얼굴 생김은 다른 아이들과 다를 게 없었다. 문제는 그 아이의 노랑머리와 새파란 눈, 희디흰 허연 살갗이 다른 아이들의 그것과 너무 달랐다는 것이다. 아이들은 그 아이를 여러 가지 별명으로 불렀다. 양키새끼, 로스케, 흰둥이, 노랑대가리, 튀기. 아이들은 차츰 그 아이네 식구까지 그렇게 머리가 노랗고 눈이 새파랄 것인가 하는 궁금증을 갖기 시작했다. 아이들은 현세를 앞세우고 우루루 그 아이네 집으로 몰려갔다. 그 아이네가 현세네 동네로 이사를 왔던 것이다. 그 아이의 아버지는 불구자였다. 사타구니 바로 밑에서 뭉퉁하게 잘려나간 그 바른쪽 다리에 바짓자락이 헐렁하게 묶여 있었다. 지난 전쟁 때 그렇게 됐다는 말도 있었고 그보다 훨씬 전 강화도에 살 때 고깃배에서 그렇게 됐다는 얘기도 있었지만 본인이나 가족들 중 누구도 그것을 정확히 밝히기를 피했다. 그는 늘 외다리로 자전거를 타고 강에 나가 고기를 잡거나 고물상에 앉아 모아들인 포탄 등을 분해하는 일을 했다. 그가 물속 깊이 잠수했다가 보는 사람들이 숨이 막힐 정도의 오랜 시간 뒤 작살에 찍힌 메기를 쳐들어 올리며 솟구쳐 오르는 모습은 정말 놀라웠다. 그러나 그 아이 아버지가 그렇듯 그 집 식구들 누구도 노랑머리 새파란 눈이 아니라는 사실은 아이들을 실망시키기에 충분했다. 거, 강화도집 노랑머리 그놈아는 도대체 으트게 된 까탄이여? 아이들의 호기심 못지않게 어른들도 그 아이에 대해 관심이 대단했다. 어른들이 확인한 바로는 그 아이가 강화도집 친자식이 분명하다는 사실이었다. 그 부모들조차도 어떻게 그런 별종인 아이가 자기들한테서 태어났는지 알 수 없는 일이라고 했다는 것이다. 갸 어머니가 양코잽이허구 어떻게 해서 들어선 거 아니여? 갸가 몇 살이라구 그런 소릴 하는가. 양놈 들어온 지 몇 년 됐느냐 그런 말이여. 허허, 그건 모르는 소리. 양놈이 어디 이 난리에만

들어왔던가. 옛날부텀 강화도 땅은 양놈 들어오는 길목이 아닌 가 그 말이여. 뭔 얘기냐 허문, 갸 조상 중에 서양놈 피를 받은 사람이 있었을 거다 그 얘기여. 갸 어머이가 그러데. 갸를 밸 때 사람 같기두 허구 늑대 같기두 헌 짐승이 품속으로 뛰어들더라 구. 그 짐승 눈깔이 그렇게 파랗더라는 게여. 태몽두 태몽이지 만 갸를 날 때 며칠 사경을 헤맸다는 게여.

아이들은 그 노랑머리가 자기들 곁에 있다는 사실만으로도 재미있어했다. 노랑머리의 누나와 형, 그리고 동생들도 있었지 만 아이들의 관심을 끌지 못했다. 노랑머리는 전학 온 지 한 학 기가 지나도록 아이들의 관심 밖으로 도망가지 못했다. 아이들 모두의 놀림감으로 그 이상 재미있는 것이 없었던 것이다. 노 랑머리는 공부하는 시간을 빼놓고는 언제나 아이들 속에 둘러 싸여 있었다. 그 아이는 아무리 놀림을 받아도 웬만해서는 울 지 않았다. 아이들이 주먹으로 쥐어박아도 헤실헤실 웃기가 보 통이었다. 그러나 아이들은 노랑머리의 웃는 그 눈 속에 독기가 이글이글 일어나고 있음을 알아보기 시작했다. 한 학기가 지나 면서부터 사태는 사뭇 달라졌다. 아이들이 노랑머리 곁을 피하 기 시작한 것이다. 노랑머리가 어느 날부터인가 자기를 놀리는 아이를 향해 달려들기 시작하면서부터였다. 노랑머리한테 잡 힌 아이는 팔뚝을 물어뜯기거나 머리통이 돌에 찍히는 등 결딴 이 나게 마련이었다. 너 독종이구나. 주머니칼로 한 아이의 어 깨를 찌른 일을 두고 선생님이 고개를 홰홰 내둘렀다. 노랑머리 는 그 선생님을 눈도 깜짝하지 않고 쳐다봤다. 야, 이놈 봐라. 선생님이 먼저 눈길을 돌렸다. 노랑머리의 눈은 그렇게 무서웠던 것이다. 상급생 아이들도 노랑머리를 함부로 다루지 못했다. 차츰 그 아이가 듣는 데서 흉을 보거나 별명을 부르는 일이 없어졌다. 그러나 아이들은 자기들끼리 부를 수 있는 새로운 별명 하나를 그 아이에게 붙여주었다. 땡삐. 그 아이에게 가장 잘 어울리는 별명이었다.

"이게 뭔 일들이여?"

현세 모친은 새벽 세시에 들이닥친 큰아들 내외를 그 말 한마디로 맞았다. 대답을 바라고 물은 말이 아니라는 걸 현세는 알고 있었다. 현세 모친은 땡삐의 일에 대해서만은 어떠한 간섭도 하지 않았다. 누군가 아들이 사돈집 일로 엄청난 해를 본다고 말해줘도, 즈덜 일 즈덜이 알아서 할 것이구먼, 그 말 한마디로 그만이었다. 술주정뱅이 남편 밑에서 여러 자식 키우느라 고생을 낙 삼은 여인네의 철학이었다. 없는 집 자식으로 태어나 자수성가한 큰아들이 대를 물려 지지리 못사는 동생들과 그럭저럭 무탈하게 지낼 수 있는 것도 현세 모친의 그런 철학이 있었기 때문일 것이다. 땡삐가 당신 아들을 찾아가 행패를 부려도 전생의 내 죄가 많아 그렇다고 얼굴 들기를 두려워했다. 현세가 서울에 있는 약국을 정리하면서 작은 아파트 하나를 마련해 아이들을 남기게 되자 그 치다꺼리를 맡고 나선 모친이었다. 그네는 날 밝기가 무섭게 부천 작은아들네 집으로 내뺄 것이다. 당신 때문에 아들 내외가 더 신경을 쓸 것이란 생각 때문이다. 그네는 이미 아들 내외의 그 참담한 새벽 출현을 통해 일이 심상치 않음을 눈치챘을 것이 분명했다.

"엄마, 둘째 외삼촌이 또 기도원에서 탈출했어?"

중3인 둘째가 아침에 일어나 어리벙한 얼굴로 물었다. 등교 준비를 하던 고3인 태호가 볼멘소리로 꺼들었다.

"왜 이렇게 도망쳐 오는 거예요? 엄마 아빠가 뭘 잘못한 게 있다구요."

늘 그랬다. 땡삐로 해서 생기는 집안의 그늘에 대해서 언제부터인가 태호는 그렇게 툴툴거리기 시작했던 것이다. 땡삐 일이 터질 때마다 현세는 아이들 대하기가 곤혹스러웠다. 그 낭패스러운 일을 어릴 때부터 함께 겪어와 모든 걸 다 잘 알고 있는 아이들이었다. 내가 죽여버릴 거예요. 중학생일 때만 해도 태호는 땡삐가 행패를 부릴 때마다 펄펄 날뛰었다. 실제로 땡삐한테 달려들었다가 땡삐의 앞단차기 한 방에 늑골이 세 대나 부러져 학교를 두어 달 쉬기까지 한 적도 있었다. 그러나 땡삐가 기도원에 갇힌 뒤부터 태호의 생각이 달라지기 시작했다. 외삼촌 두 괴로워서 그러는 거예요. 외삼촌을 받아주지 않는 이 사회에 더 문제가 있다구요.

태호는 땡삐의 광기를 단순하게 환경론으로 이해하려 했다. 그렇게 머리도 좋고 똑똑한 사람이 저 지경까지 됐을 때는 그를 받아들여 적절하게 써먹지 않은 사회의 모순된 제도에 문제가 있다고 했다. 땡삐가 소리소리 내지르며 이 세상을 욕하던 말이 귀에 못 박혔다가 세상일을 뭔가 조금씩 알기 시작한 태호의 의식 속에 불현듯 살아나곤 했을 것이다. 현세는 고등학생이 그런 논리를 펴는 것이 일견 대견하게 생각되면서도 아들의 그 이지가 벽처럼 두껍게 막아서는 단절감과 그 의식의 빠른 변화에 위구심까지 느껴야 했다. 그것은 땡삐로부터 부모가 받는 정신적, 물질적 피해에 대한 이해에 앞서 한 광인이 보여주는 허황된 대의명분 쪽에 더 기울고 있는 아들의 균형감 상실에 대한 우려였는지 모른다. 현세가 보기에 이 시대의 아이들은 보다 괴벽스러운 우상을 가슴속에 염원하고 있다는 생각이었다. 언젠가 태호가 말했다.

　모두 자기 몸만 사리는 이런 시대일수록 외삼촌 같은 사람이 필요할는지 몰라요. 외삼촌이 정상이고 세상 사람들이 모두 잘못 살고 있는지도 모르잖아요. 적어도 외삼촌은 다른 사람들보다 십 년 이십 년 앞서간 사람이라구요. 우리나라가 통일이 돼야 한다고, 그것도 1985년까지 되지 않으면 큰 혼란이 올 거라고, 지금부터 이십 년 전에 길바닥에서 떠들고 다닌 사람이 외삼촌이었다면서요? 지금 운동권 대학생들이 주장하는 거와 비슷한 통일론을 폈다고 아빠가 그랬잖아요.

　태호는 땡삐가 써먹던 폭력의 그 잔혹성까지도 두둔하려 들었다.

　폭력은 경우에 따라 자기방어라고 그러던데요. 대의를 위한 최선의 수단일 수도 있구요. 외삼촌의 경우는 우리가 볼 때 도저히 이해하기 어려운 어떤 목적이 있고 그 목적을 위해서 일관되게 부딪쳐나가는 과정에서 불가피하게 그런 행동을 했는지도 모르잖아요.

　"외삼촌이 지금 어딨대? 우리가 여기 있는 건 모르지요?"

　둘째 아들 태수는 땡삐 얘기만 나오면 겁을 먹고 허둥거렸다. 태수 역시 어릴 때 땡삐한테 태질을 당한 일이 있었던 것이다.

"그래, 어젯밤 둘째 삼촌이 정신병잘 열일곱 사람이나 끌고 도망쳤댄다. 느덜두 알지만 외삼촌은 정상이 아니다. 정상이 아닌 사람을 정상으로 대하다 보면 뜻밖에 큰일을 당할 수도 있는 거니까 이렇게 피해 오는 수밖에 없는 거란다."

아이들한테만이라도 그 낭패스러운 처지를 이해받고 싶었다. 정말 피하고 볼 일이었다. 이때까지 당해오면서 터득한 최선의 방법이었다. 이번에야 설마하다가 꼼짝없이 당한 게 부지기수였다. 어릴 때 불알친구가 설마, 제 누이동생을 봐서라두 설마, 그 설마가 늘 사람을 잡았던 것이다. 결과적으로 황당한 것이지만 땡삐가 무엇을 요구할 때의 그 말은 상당한 논리를 가지고 있기 때문에 처음부터 귀를 막을 수가 없다는 데에 문제가 있었던 것이다.

"아빠, 왜 그 외삼촌은 우리 집만 괴롭혀?"

둘째는 언제나 그것이 불만이었다. 그러나 둘째에게 그것을 이해시킨다는 것은 어려운 일이었다. 그저 늘 하는 말로 대답할 수밖에 없었다.

"어디 우리만 그렇다더냐. 다른 집 입장에서는 또 그 나름으로 자기들만 당했다고 억울해할 거다. 도청에 나가던 느 큰외삼촌 입장에서 보면 동생 때문에 그렇게 병이 들었다고 생각할 거고, 느 제천 이모님이나 답십리 외삼촌두 다 자기들만큼 크게 당한 사람이 없을 거라구 생각할 거란 말이다. 답십리 느 외숙모가 이빨이 세 개씩이나 부러진 일만 해두 그게 어디 예삿일이냐."

어쩌면 그 말은 자신에게 주는 하나의 위안이었다. 땡삐에게 당하는 사람이 자기 하나뿐이 아니라는 생각은 울분을 삭이는

데 많은 도움이 됐던 것이 사실이다. 또 하나 그가 위안 삼는 것은 소도 언덕이 있어야 등을 비빈다고, 땡삐가 자신이 이해받을 수 있는 곳으로 이쪽을 택했을 것이라는 인간 이해의 차원이었다. 그러나 그는 머리를 가로저었다. 이해해주는 사람, 도대체 무엇을 어떻게 이해해줘야 한단 말인가. 이해하다니, 땡삐가 나한테 한 일이 상식적으로 이해받을 만한 일이었던가. 뭔가 울컥 치밀어 올랐다. 약국 문까지 닫고 부랴부랴 달려오기까지의 그 참담한 심정이 울분으로 뻗쳐올랐던 것이다.

물론 땡삐에 대해 이해가 가는 점도 없지 않았다. 땡삐는 자기 말을 들어줄 상대가 필요했던 것이다. 그 나름으로 꿈꾸는 세계의 실현을 위한 플랜을 경청한 뒤 후원자가 되어줄 친구, 세상을 향한 그 줄기찬 저주를 증거할 사람, 자기를 이해하지 못하는 한심한 인간들을 단죄하는 그 칼날 같은 논고를 들어줄 상대가 그렇게 그리웠는지도 모른다.

또 한 가지 현세가 분명히 알고 있는 사실은 땡삐가 들판에 버려진 채 죽어가는 한 마리 개처럼 외로웠다는 것이다. 그도 집에서 지아비를 기다려주는 아내와 자식들을 갖고 싶었을 것이 아니겠는가. 어쩌면 그는 자신을 필요로 하는 단 한 사람을 찾지 못해 그처럼 엉망진창으로 살았는지도 모를 일이다. 물론 땡삐는 몇 사람의 여자와 만나 짧게는 며칠, 좀 긴 경우 반년쯤 함께 산 일도 있었다. 그러나 여자들은 하나같이 그를 필요로 하지 않았다. 그네들은 자기들이 필요로 하는 것을 채운 뒤에는 가차 없이 사라져버렸다. 물론 모든 잘못이 땡삐에게 있었다. 그는 여자들에게도 잔혹했던 것이다. 땡삐보다 열 살이나 더 먹은 여자가 가장 오래 그 곁에서 견뎌낸 뒤 떠나는 마지막 말로, 아무래두 그 사람, 사람 같지 않아요—했다. 어쩌면 땡삐가 악마일는지 모른다는 말을 그렇게 표현했을 것이다.

씹어먹을 년, 내 이년을 찾기만 하면…… 그는 여자가 도망칠 때마다 꽤 오랫동안 으르렁거렸다. 그가 큰일을 한답시고 벌이던 사업 밑천을 대부분 그 여자들이 긁어낸 뒤 도망치곤 했던 것이다. 땡삐는 자신의 잔혹성과는 달리 사람을 너무 쉽게 믿었던 것이다. 결국 그는 항상 혼자였다. 그 외로움이 그를 그처럼 잔혹하게 만들었는지 모른다는 생각도 해보았다.

"야, 이 개새끼야, 돈 좀 꿔줘라."

땡삐는 매부인 현세를 누가 옆에 있든 없든 가리지 않고 개새끼라고 불렀다. 시작이 대체로 그랬다. 돈 얼마를 꿔달라는 말부터 시작한다.

나 하나 먹고살자고 하는 일이 아니다. 수십 명 목숨이 걸린 일이다. 이 일 하나만 성사시키면 곧 죽어도 여한이 없다. 제발 사람값이나 하고 죽게 도와줘라. 성공할 자신이 있다. 만약 이 일을 성사시키지 못하면 나는 민족과 역사에 큰 죄를 짓게 된다.

이런 식이다. 상대를 설득시키기 위해 그가 보여주는 언변은 놀랍다. 앞과 뒤가 잘 맞고 정확한 수치까지 들먹여 빈구석이 보이지 않는다. 그는 상대가 물고 늘어질 약점을 결코 보이지 않는다.

결정적으로 약점이 드러나게 될 경우 민족과 역사로 땜질을 한다. 그는 상대가 숨 쉴 수 있는 틈을 주지 않는다. 화장실에 가면 화장실까지 따라온다. 약국에 손님이 밀려 있어도 아랑곳없이 떠벌린다. 그렇다고 그의 말을 건성으로 들어 넘겨서도 안 된다.

"이 개새끼야. 너, 사람 말이 말 같지 않아?"

쓰레기통 속의 빈 약병이 진열장 유리를 박살낸다. 그 행동이 너무 거침없이 당당한 것이어서 당하는 쪽이 큰 죄를 짓고 도망 다니다 잡힌 그런 상황이 돼버린다. 끈질기다. 그런 상황이 며칠 동안 계속된다. 욕설, 발광…… 눈에서 살기가 팍팍 튄다. 그 며칠 동안 계속 술만 먹는다. 소주 두 병꼴에 박카스 한 병이 유일한 안주다. 그렇게 술을 마시면서도 그는 일주일까지 잠자지 않고 버틴다. 그는 결코 자신이 처음 말했던 계획을 축소하거나 변경하는 법이 없다. 그가 원하는 돈 액수의 몇 분의 일쯤을 내놓고 더 이상은 어렵다는 사정을 해보기도 한다. 땡삐에게는 그런 것이 통하지 않는다. 그는 수표의 액면을 흘끔 확인하고는 그 당장에 박박 찢어버린다. 개애새끼, 내가 거지냐?

사소하게 빼앗긴 돈 같은 것이야 따질 것도 없다. 땡삐가 큰 명분을 내걸고 이쪽이 휘청거릴 정도의 큰돈을 뜯어간 경우만 해도 대여섯 번이나 된다. 물론 정확히 차용증서까지 써놓고 가져가는 것이지만 단 십 원도 제 손으로 돌려준 적이 없었다.

남북통일문제협의소. 이십여 년 전만 해도 허황되기 짝이 없는 그런 일을 위해 그는 광적으로 뛰었다. 선의의 경쟁을 바탕에 깐 정부 주도적 통일 논의가 조심스럽게 나오기 시작한 70년대 초보다 몇 년 앞서서였다. 물론 이렇다 할 학력이나 사회적 지명도가 있을 수 없는 땡삐가 앞에 나서는 일은 없었다. 몇 사람의 재야 학자와 대학교수 이름이 그의 입에 오르내렸다. 연구위원으로 위촉된 그 사람들이 연구하도록 주어진 프로젝트와 연구비 지원 내역이 현세에게 보고되기까지 했다. 통일을 추진하는 범국민적 기구의 필요성을 강조했다. 분단이 남북한 사회가 지닌 모순과 모든 부조리와 갈등의 구심점이기 때문에 분단 해소의 가장 빠른 효율적 방법이 모색돼야 한다는 주장이었다. 평화공존과 교류 협력의 필요성이 점진적 단계론을 부정하는 입장에서 제기되었다. 통일 모델의 분석, 통일의 장애 요인 분석, 이질화된 민족정체성의 회복이라든가, 통일 실현 세대의 육성 방안 등이 연구된 다음 범국민적 협의를 거쳐 실천으로 옮겨진다는 것이다.

온전할 수가 없었다. 땡삐가 실정법에 걸려 재판을 받고 옥살이를 한 것이 마지막이었다. 그의 광증이 합법적으로 인정을 받은 것이다. 그러나 정신병동으로 옮겨 다니는 등 5년 형기를 3년에 마치고 나오긴 했으나 그 여파는 컸다. 지방 도청에 다니던 그의 형이 공무원 생활을 끝낸 것도 그 일과 무관하지 않았다. 집행유예로 끝나긴 했지만 꼼짝없이 전과자가 된, 현세가 당한 시간적, 정신적 피해는 말할 필요도 없었다.

그 뒤로도 그는 통일, 민족, 역사 등 큰 명분을 내세우는 일에 변함이 없었으나 그것은 이미 반통일적, 반민족적 궤변으로 변질된 것이어서 귀에 담아 문제 삼을 만한 것이 되지 못했다. 그러나 그는 계속 뭔가 벌이기 위해 오히려 그전보다 더 극성을 부렸다. 그가 하고 싶어 하는 일은 이용후생의, 좀 더 구체적인 것들이었다. 자신이 꿈꾸는 일을 실현시키기 위해서는 돈이 필요하고 그 돈을 만들기 위해서는 사업을 해야 한다는 것이다.

어묵 대리점을 내겠다고 돈을 가져간 지 두 달 만에 문을 닫았다. 거기 들인 돈을 십 원 한 장 건지지 못했다.

고랭지 야채밭을 밭떼기로 샀다가 값이 폭락하는 바람에 폭삭한 뒤 단 몇 푼이라도 건져낼 생각은 하지 않은 채 어디론가 잠적해버린 적도 있었다. 서울 근교의 묵밭을 임대해 호박 재배를 한다고 비닐하우스까지 설치해놓았다가 진짜 땅 주인이 나타나 홀랑 떼인 일도 있었다.

이제 이것도 저것도 다 싫다, 그저 시골에 들어가 땅이나 파다가 죽는 게 소원이라고 각서까지 쓰는 등 비장한 각오를 보인 적도 있었다. 그렇다면 좋다 싶어, 무리를 해서라도 그 돈을 마련하지 않을 수 없었다. 그러나 그 돈도 시골 땅을 놓고 흥정도 붙기 전에 다 날아갔다. 물론 제 것이 아니기 때문이기도 하겠지만 땡삐는 일단 날린 돈에 대해서는 전혀 미련을 두지 않았다. 미치고 환장할 일은 그가 벌여놓은 일을 수습하면서 단 한 푼이라도 건져내기 위해 허둥거리는 사람을 뒤에서 야기죽거리고 있다는 사실이다. 뒈져서 땅속까지 돈 가지구 가려구 그러냐, 개애새끼.

하릴없이 개새끼가 될 때마다 현세는 참담했다. 결코 여유가 있어 내놓은 돈이 아니었다. 고학으로 약대를 나온 뒤 제약회사 월급쟁이부터 시작해 약국 개업을 하기까지 정말 허리띠 졸라매고 번 돈이었다. 그런대로 약국 운은 있어 늘 좋은 자리를 잡은데다 성실히 일한 만큼 수입이 괜찮았다. 그러나 약국 경영 이십여 년에 아직 내 건물에 점포를 갖지 못하고 고작해야 14평짜리 아파트 하나가 전재산이라면 믿지 못하는 사람이 많았다. 땡삐에게 뺏기지만 않았다면 그런대로 번듯한 건물 하나쯤은 마련할 수도 있었지 않았나 싶었다.

땡삐가 원하는 돈을 구하기 위해 얼마나 난감한 심정으로 허둥거렸던가. 그것을 정해진 기간에 높은 이자까지 물어가며 갚아야 했던 그 분통 터지는 날들을 현세는 결코 잊을 수가 없었다. 처남이 아니냐, 처남이기 이전에 고향의 불알친구, 생판 낯을 모르는 강도한테 당한 것에 비할 거냐—그런 식의 자위로 울분을 삭였다.

정말 억울한 것은 땡삐의 그 행패에 못 견뎌 돈을 내놓을 때마다 그에게 걸던 한 가닥 희망이었다. 그래도 사람인데 설마 이번에야…… 그에게 가졌던 연민, 한 가닥 기대. 결과는 늘 뻔했다. 환멸, 낙심천만, 후회. 그에게 당한 돈의 몇 분의 일이라도 어렵게 사는 동생들한테 보탬을 줬더라면 고맙다는 인사라도 받을 수 있었잖은가 하는 후회였다.

물론 땡삐에게 그 억울한 돈을 빼앗기지 않기 위해 나름으로 아등바등 안간힘도 많이 했다. 최악의 경우 너 죽고 나 죽으면 고만이라는 각오로 이 모질게 악문 뒤 뻗대도 보았다. 나도 먹고살아야 하지 않느냐, 제발 살려달라고 애원도 했다. 그가 기물을 부수거나 사람을 다치게 할 경우에는 모든 걸 각오하고 집어넣기도 했다. 그러나 그렇게 아등바등 벗어나려 할수록 물 묻은 가죽 끈처럼 더 무섭게 조여들 뿐, 다 쓸데없는 일이었다.

당해보지 않으면 정말 모릅니다. 이러다가 내가 미치는 건 아닌가 싶게 마음이 아득해진다구요. 어느 날 현세는 신흥치과 최원장을 만나 자신이 당한 불가항력적 상황을 이야기했다. 그 억울한 심사를 이해받고 싶어서였다.

우선 쨍쨍 울리는 그 쇳소리부터가 소름이 끼쳐 들을 수가 없다구요. 순 욕지거리로 고래고래 내지르는 쇳소리를 며칠 동안 들어서 안 미칠 사람 없을 겁니다. 백열등 아래서 잠 한잠 못 자구 고문 받던 사람이 나중에는 아무 소리나 불어댄다잖아요. 그거 이해가 가는 얘기예요. 고문도 그렇게 무서운 고문은 아마 없을 겁니다. 제가 여북하면 그 큰돈을 뒷생각도 아예 하지도 못하구 기를 쓰구 만들어 바치겠습니까.

내 뭐랬어. 말세라구 했잖아. 말세엔 그런 사람이 자꾸 나오는 거라구. 김 약사, 아직 멀었어. 그 정도 가지구 뭘 그래. 두고 보라구. 더 엄청난 일이 비일비재루 일어날 테니. 그러니까 술 마시라는 거야. 술 마시는 세상이 그냥 좋아서 찾아온 줄 알아? 마셔, 술 마시는 세상에 술 안 마시구 맹숭맹숭한 놈처럼 미운 것두 없다구. 자, 마시라구, 마셔. 최가 그런 식으로 받았다.

"저 오늘 학교에서 못 올지 몰라요."

태호가 신발을 찾아 꿰며 말했다.

"왜, 학교서 자면서 공부하는 거냐?"

아내가 자주 와보긴 했지만 고3을 제대로 돌보아주지 못한다는 죄책감에서 늘 벗어나기 어려웠다. 남들이 다 하는 과외를 단연코 마다하는 아들이라 대하기가 더욱 어려웠던 것이다.

"우리 요새 공부 안 해요."

"그게 무슨 얘기냐?"

"사실은 얘기 안 하려구 한 건데…… 그제께부터 우리 농성

해요. 전교조에 가입한 선생님 둘을 학교 재단에서 짤라버린대요. 참교육하겠다는 게 뭐가 죄예요? 완전히 썩었어요. 개애새끼들!"

현세는 가슴이 덜컥했다. 교원노조, 남의 것인 줄만 알았던 그 불똥이 여기까지 튀리라곤 상상도 못한 일이다.

"고3까지 그런 일에 끼어든단 말이냐?"

"끼어든 게 아니라 우리가 중심이 돼서 하는 거예요. 고3까지…… 우리가 노린 게 바로 그거라구요. 전고협이 결성된 거 아시잖아요. 바로 우리 문젠데 고3이 뭐 중뿔난 존재라구 빠져요. 고3병 걸려 사이코 되는 것보다야 우리처럼 정의를 위해 가열차게 싸우는 게 백번 낫지 뭐예요."

"태호야, 너……"

얼굴이 하얗게 질린 아내가 다급히 달려들었지만 태호는 이미 아파트 계단을 뛰어 내려가고 있는 중이었다. 현세는 아파트 문을 연 채 멍청히 서 있는 아내를 바라보며 뭔가 자신의 내부에서 무너져 내리는 소리를 듣고 있었다.

"어떻게 됐습니까?"

모친이 아들 내외에게 집을 내주고 부천 동생 집으로 황황히 떠난 뒤 현세는 기도원에 전화를 걸어봤다.

"아직 못 잡았다니까요. 그런데 왜 거길 비워두는 겁니까? 그 친구가 그리루 갈 확률이 크다구 말했잖아요. 그리루 직접 안 간다구 해두 우선 전화는 걸 게 틀림없다구요."

철산기도원 사람들은 신흥으로 몇 번 연락을 했지만 전화를 받지 않더라며, 안 잡아도 괜찮은 거냐고 사뭇 협박조로 나왔다. 큰돈을 신탁할 당시 서로의 신뢰로 결속된 우방이 이처럼 바뀔 수 있다는 현실이 현세의 마음을 더욱 어둡게 했다.

중풍으로 활동이 불편한 원주의 큰처남한테도 혹시나 싶어 연락을 했다.

"그놈이 여길 뭣 허러 와. 무슨 낯으루다. 제 입으루 의절까지 한 마당에. 그놈 일이야 기도원에 처넣은 일까지 첨부텀 매부가 맡아서 한 일이 아니겠어."

땡삐 문제로 가족회의를 했을 때 기도원에 집어넣는 게 좋겠다며 그 일을 현세가 다 알아서 하라고 떠맡길 때는 언제고 일만 터지면 자기와는 무관한 일이라고 오리발 내미는 큰처남이 한심하기만 했다. 공무원 생활을 못하게 된 것이나 중풍이 든 것이 모두 땡삐 때문이라고 생각하는 입장이니까 그럴 수도 있다 싶지만, 하는 일 모두가 너무 이기적이라 밉광스러웠다.

"혹시 그리 오면 연락이라도 해달라는 얘깁니다."

"그거야 어렵지 않지. 반가운 놈두 아닌 거. 그건 그렇구 이 번에두 서울 그 비밀 장소루 연락을 하라는 게여? 먼젓번처럼 또 피해 있는 게여?"

제천의, 자식 셋 데리고 혼자 사는 땡삐의 누님인 처형은 큰처남 못지않게 빡빡했다. 그녀는 이단이라고 배척받는 어느 신흥 종교에 미쳐 있었다. 예수 재림과 현세에서의 지상천국이 열린다는 것을 믿기 때문에 천국에서의 그 자리를 맡기 위해 현실의 모든 걸 철저하게 증오하여 거부했다. 현세는 아내를 시켜 전화를 걸었다.

"뭐여, 요학이가 어쨌다구? 그래서…… 내가 그 마귈 예다가 숨겨놓기라두 했다는 게여? 지난번 그 마귀놈 왔을 때 생각만 해두 지긋지긋혀. 다 죽어가는 놈, 그 비싼 약 처멕여 살려가지 군 괜헌 고상 사서 허는 느 남편두 문제여. 그놈 마귈 살려낼 게 아니구 그 약으루다 왜 울 어머인 못 살렸는가 그 말이지. 그런 얘기 허자면 한이 읎어. 내가 신경통으루 몇십 년 이 고생 해두 느덜이 약 한 봉다리 제대루 보내줬냐 그 말이여. 게 어디여? 숨긴 왜 숨어? 하느님이 마귈 자꾸 그리 보낼 때야 다 뜻이 있어 그런 거니께 빨리 깨달어야 해."

"언니, 요학 오빠 정상이 아니에요. 언제 무슨 일을 저지를는지 몰라서 그러는 거예요."

"뭔 얘기여. 그놈의 마귀, 아즉두 못 저지른 일 있다더냐? 허긴 그려. 육신 멀쩡한 놈이 기도원인지 뭔지 생지옥에 끌려가 쇠고랑 차고 허구헌 날 매질당해 죽어가다 보니께 뭔 일이구 저지르구두 싶을 거구먼."

아무튼 땡삐가 가장 많이 들르는 데가 제천의 그 처형네 집이라는 걸 현세는 잘 알고 있었다. 이쪽에서 뜯어간 돈이 부스러기로나마 떨어지는 곳도 바로 처형네 집이었다. 일 년 전 기도원에서 탈출한 땡삐가 현세를 만나지 못하자 곧장 제천으로 달려가 옛날 자기가 맡겨놓은 돈을 내놓으라며 세간살이 다 때려 부순 일도 있었다. 그네에게 땡삐는 하느님이 자신을 시험하기 위해서 보낸 마귀였다. 그네는 그 마귀를 물리치기는커녕 돈을 주어 그 마귀를 점점 강하게 한 현세가 늘 못마땅해 기회만 있으면 헐뜯었다. 자기 집에 온 땡삐 주머니에서 돈을 빼앗은 것도 마귀의 힘을 빼앗기 위함이라고 했다.

기도원에서 첫번째 탈출한 땡삐가 제천에서 경찰에 잡혔다가 풀려난 일이 있었다. 당신들 눈엔 내가 미친놈으로 보여? 어디, 정신병자하고 아닌 사람하고 얘기 좀 나눠볼까? 조사를 받는 것이 아니라 경찰들을 설득시키는 데 한 시간쯤 걸렸다고 했다. 그 사람, 절대 미치지 않았어요. 그런 사람이 왜 그런 데 들어가 있는 겁니까? 그때 땡삐를 담당했던 경찰관이 오히려 가족들을 이상한 눈으로 쳐다봤다. 그 경찰관은 땡삐가 미치지 않았다는 것을 끝까지 강조했다. 그러나 나중에 그 경찰관은 다른 자리에서 고백했다. 그 사람, 눈이 무섭더라구요. 세상에 그렇게 무서운 눈이 다 있다니. 도대체 똑바로 쳐다볼 수 없더라니까요. 안 풀어줬다간 그 당장에 무슨 일 나겠더라구요. 그 사람 누난가 하는 이 말대루 정말 마귄지두 모르겠데요.

그렇게 무서웠다. 그러나 땡삐는 이상하게도 다른 사람들을 상대로 행패를 부려 해코지하는 일이 드물었다. 그것은 그가 의식적으로 남을 해코지 않겠다는 작심이 있어서가 아니었다. 땡삐의 그 눈이 무서워 사람들이 아예 접근을 하지 않거나 설사 맞붙었다 하더라도 그 눈에 질려 금방 무릎을 꿇기 때문일 것이다. 땡삐의 눈은 그렇게 무서웠다. 그 눈길에 닿기만 해도 모두 섬뜩하니 몸을 떨었다. 땡삐는 그 눈 덕을 톡톡히 본 셈이다. 눈이 그렇게 무섭지 않았으면 더 많은 사람이 결정적인 피해를 보았을 것이다. 그 눈이 땡삐를 지켜줬다는 말이 맞을는지도 모른다.

"작은처남은 벌써 나갔습니까?"

"네, 벌써 나갔어요. 아니, 그 아주버니가 어쩌자고 또 도망쳤지요. 이거 어떡하죠, 이리로 오면 어쩌면 좋아요?"

답십리 작은처남댁은 전화를 받는 순간부터 벌벌 떨었다. 매몰차기로 소문난 그네가 그처럼 땡삐를 무서워하는 데는 그만한 이유가 있었다. 중풍 든 시모를 누가 모실 것인가 하는 문제를 놓고 두 며느리가 신경전을 벌였을 때다. 원주의 큰며느리는 남편까지 병신 된 마당에 역시 그 꼴의 시모를 어떻게 모시느냐고 방패막이 했다. 작은처남댁은 다른 자식 놔두고 왜 내가 그 덤터기를 써야 하느냐고 버텼다. 노인네가 주책없이 그 서러운 신세를 땡삐한테 털어놨던 모양이다. 일의 경위를 가리는 땡삐가 아니었다. 다짜고짜 자기 제수씨 얼굴을 주먹으로 쳐 이빨 세 대를 부러뜨렸던 것이다.

땡삐는 그 당장에 병든 노인을 들쳐 업고 뛰었다. 호박 재배를 한다고 일산 근처 야산 묵밭을 임대해 비닐하우스를 쳐놓은, 자신의 임시 거처로 중풍 든 노인네를 끌고 갔던 것이다. 평소 노인네는 땡삐를 무서워했다. 그네는 중풍은 들었지만 정신은 말짱해 땡삐 같은 자식을 두어 다른 자식들이 피해 보는 것을 몹시 괴로워했다. 그네는 같은 집에 오래 있지 않았다. 그놈이 에미 핑계 대구 찾아온단 말이여. 당신이 가 있는 집에 화가 따른다는 생각이었던 것이다. 땡삐는 모친까지도 학대했다. 죽어, 이 늙은이야. 젊어서 아버지 다리빼기 하나 짤라 먹었으면 됐지 뭘 더 바라구 이렇게 사람 대접두 못 받으면서 자꾸 살려구 그래. 심할 때는 손찌검까지 했다. 현세가 그 비닐하우스에서 탈취하듯 장모를 빼내왔지만 그때는 이미 가망이 없었던 것이다.

땡삐를 기도원에 보내는 일에 가장 적극적이었던 쪽은 역시

작은처남 내외였다. 땡삐의 첫번째 탈출 때도 그 내외가 적극적으로 나섰기 때문에 잡아넣을 수 있었던 것이다.

"아이구, 큰일났네요. 우린 피할 형편두 못 되는데……"

작은처남댁은 계속 안절부절못했다. 땡삐는 모든 것을 단순화시켰다. 냉철하고 저돌적인 그네도 땡삐 앞에는 속수무책이었다. 그러나 그 공포가 우군의 의기투합에는 절대적이었다.

"전화는 걸지 몰라두 거길 직접 가진 않을 겁니다. 아무튼 아이들이나 조심하도록 하세요."

첫번째 탈출 때 잡혀간 것도 작은처남네 집 근처에 잠복해 있던 기도원 직원에 의해서였다. 땡삐가 작은처남에게 전화를 걸어 돈을 요구했고, 그 돈을 받기 위해 길가에서 기다리고 있는 중에 기도원 직원 두 사람이 냉큼 채어갔던 것이다. 믿어지지가 않았다. 장정 네다섯이 붙어도 어림없게 사납게 날랜 땡삐가 빼빼 마른 양복쟁이 두 사람이 양쪽 팔을 답삭 끼자 고개 한번 돌려보지 못한 채 옴쭉 없이 끌려갔던 것이다. 그러나 현세가 처음이자 마지막인 면회를 갔을 때는 상황이 전연 달랐다. 눈에 살기가 팍팍 튀었다. 기도원 직원들이 옆에 있어도 안하무인이었다. 이 개씨팔놈아, 내가 왜 죽지 않구 살아 있는 줄 알아? 네놈 멱통에 칼을 쑤셔박기 전엔 안 죽을 거다. 내가 헷소리하는 거 봤냐? 기다려, 기다리구 있으란 말이여. 나가는 길루 멱통에 칼을 퍽 쑤셔놓을 거니까. 돈, 개새끼야, 이제 그런 거 필요 없어. 그가 발에 쇠줄을 매고 있는 것도 그때 알았다. 기도원 측에서 현세에게 절대 면회를 오지 말라고 한 것도 그 뒤였다. 기도원에서는 땡삐가 왜 매부인 현세를 그처럼 죽이지 못해 이를

44

가는지 원생의 생활지도를 위해 필요하다며 문의해온 적이 있었다. 전생의 숙연이라고, 그런 대답으로 얼버무렸지만 현세의 마음은 무거웠다.

"아직 아무도 안 온 거 같은데. 그런데 아까부터 계속 전화가 오구 있다구. 한 오 분 간격으루 계속 벨이 울리는 걸 봐서 아무래두 그 작자 같구먼."

신흥읍 현세네 약국 맞은편 보영당 주인이 전화를 걸어왔다. 땡삐가 나타나면 곧바로 파출소에 연락을 해달라는 부탁을 하고 왔던 것이다. 그는 현세가 땡삐한테 당하는 걸 직접 눈으로 본 적이 있어 그 절박한 정황을 어느 정도 알고 있었다.

공중전화 부스 속, 눈에서 독기를 뿜으며 전화를 걸고 있을 땡삐의 얼굴이 보였다. 요학인 미치지 않았다. 현세는 신흥에서 온 전화를 끊으며 신음처럼 중얼거렸다. 물론 땡삐는 정상적인 행동을 하지 않았다. 정상적인 정서도 갖지 못했다. 하나의 인격체는 그 마음속에 긍정적인 요소와 부정적인 요소가 쉴 없이 교차되게 마련인데 땡삐의 경우는 부정적인 쪽으로만 내달렸다. 세상의 모든 것이 못마땅했다. 모두 죽일 놈이었다. 그는 남 앞에 자신의 생각을 강요할 뿐 결코 그 생각을 수정하거나 양보할 줄 몰랐다. 그가 줄기차게 집착하는 통일과 민족과 역사 운운은 이 세상이 더러워서, 이 더러운 세상이 뒤집히는 꼴을 보기 위해 택한 하나의 방법이요 그 명분이었을 것이다. 땡삐는 머리가 좋았다. 필요하다고 생각될 때 그는 왕성한 식욕의 독서를 했다. 실상 그는 고교 졸업 학력에도 불구하고 어느 분야에서는 가히 전문가와 맞먹을 정도의 식견을 보였다. 그리고 교활했다. 그는 그러한 식견을 자신의 파행적, 비인간적 언행을 합리화시키는 데 유효적절하게 써먹었다.

우리로서는 더 이상 잡아둘 명분이 없습니다.

땡삐를 정신병원에 입원시켰을 때다. 종합병원 정신과에 데리고 갔을 때도 마찬가지였다. 장모가 죽은 뒤 신흥읍에 찾아와 일주일이나 잠을 자지 않고 행패를 부렸을 때였다. 신흥읍 사람들의 도움을 받아 강제로 입원을 시켰던 것이다. 그러나 입원시킨 지 얼마 되지 않아 땡삐를 퇴원시키라는 연락이 왔다. 병원 쪽에선 분명한 선을 그은 다음 땡삐를 그 선 밖으로 점잖게 밀어놓았다.

보호자 쪽에서 말씀하시는 그런 증세를 발견하기 어렵습니다. 물론 어느 정도 정신병이랄까 이상인격이랄까 그런 증세는 보입니다만 그건 어쩌면 신체적 특이체질이나 유전과 관계가 있다고 볼 성질로 본인이 원하지 않는 한 입원까지 해야 할 정도로 심각한 것은 아닙니다.

그것이 땡삐의 능력이었다. 그가 의사들을 가지고 논 것이다.

야, 그런 새끼한텐 방법이 있어야. 만재를 통해 기도원 얘기를 듣게 된 것이다. 기도원에 집어넣어. 그걸루 만사 땡이니께. 니가 원하기만 하면 귀신두 모르게 없애버릴 수도 있어야.

정신병원에 입원을 시켰던 일로 엄청난 대가를 치러야 했던 현세로서는 무척 부담스럽긴 했지만 땡삐를 이 사회로부터 격리시켜야 한다는 절박함이 기도원 문제를 놓고 가족회의까지 열게 됐던 것이다. 땡삐를 격리시켜야 한다는 데는 다른 의견이 있을 수 없었다. 문제는 돈이여. 한꺼번에 일시불로 내면 그 놈 죽을 때꺼정 책임진다며? 말은 그렇게 하면서도 누구 하나 보태겠다고 나서는 사람이 없었다. 모두 현세의 눈만 쳐다봤다. 어차피 없는 놈, 우리야 아쉬울 게 없다는 눈이었다. 신탁금 조로 상당한 금액을 선불하는 일이 모두 현세에게 떠맡겨진 것이다. 현세가 돈을 댔다는 것을 땡삐가 모를 까닭이 없었다. 면회를 갔을 때 땡삐가 이를 갈았다. 너는 돈으루 사람을 지옥까지 보내냐? 어디 두고 보자. 이 씹어먹을 놈.

"바로 그런 사람이 우리 수도원에 올 사람이지요. 염려 마세요. 우리 기도원이 문을 닫지 않는 한······"

기도원 사람들은 종합병원의 의사들과는 달랐다. 그러나 그 사람들이 말실수를 했던 것이다. 기도원이 문을 닫지 않는 한······ 그 말은 기도원이 언제든 문을 닫을 수도 있다는 것이 전제된 말이었다. 땡삐를 기도원에 집어넣은 뒤 그 말이 떠오르지 않는 날이 없었다. 그 말은 무서운 연상작용을 일으키면서 공포를 자아냈다. 요학인 미치지 않았다—현세는 하루에도 몇 번씩 땡삐가 미치지 않았다는 것을 주문 외듯 했다. 그럴 때마다 만재가 말한, 귀신도 모르게 없애버릴 수 있다는 말을 유혹처럼 떠올렸던 것이다.

오후 세시쯤이었다. 문득 만재한테 전화라도 걸어보자는 생각을 했다. 만재는 신흥 쪽으로 등산을 올 때마다 승용차 속의 여자가 늘 바뀌듯 명함의 직함도 거창하게 바뀌곤 했다. 여러 장의 명함을 받고도 전화를 거는 것은 이번이 처음이라 그와의 통화가 쉽게 이루어지리란 기대는 하지 않았던 것이다. 그러나 만재는 믿어지지 않는 요란한 직함의 그 사무실에서 기다렸다는 듯이 전화를 받았다.

"야, 너 인마. 도대체 어떻게 된 거냐? 그러잖아두 내가 지금 신흥으루 전화를 열불나게 넣구 있는 중이다."

텔레파시, 바로 그거라고 만재가 홍감을 피웠다.

"내가 지금 신흥에다 열 번두 넘게 전활 걸었다. 첨엔 느 집 전화가 바뀐 줄 알았지 뭐냐. 안 바뀌었다잖아. 할 수 없이 영빈장에 전활 걸어 느 약국까지 가서 어떻게 된 건지 알아봐달랬더니 역시 단골이 좋긴 좋더라야. 가게 문 닫았다면서? 너 지금 어디 있냐, 너 도망가 있는 거지?"

"왜, 무슨 일루 전화를 건 건데?"

"무슨 일이라니, 니 나한테까지 시치미 뗄 거냐? 인마, 한 시간 전에 나온 석간신문을 보고 알았다. 야아, 땡삐 그 새끼가 아직두 안 뒈지구 살아 있었냐? 난 니가 그 새끼한테 약을 보내준다구 했을 때 그 약루다 벌써 끝내준 줄 알았지 뭐냐."

약을 보낸 적이 있었다. 그의 치질이나 위염 상태는 상당히 심한 것이어서 약을 계속 투여하지 않으면 매우 위험했던 것이다. 그러나 현세는 땡삐가 그 약을 거부하고 있다는 것을 기도원 사람을 통해 알게 됐다. 기도원에 들어간 뒤 더욱 의심이 많아진 땡삐가 그 약을 결코 먹지 않으리란 것을 알게 된 현세로선 더 이상 약을 보낼 필요가 없었다.

"야, 지금 그 새끼 어디 있냐?"

"아직 소식이 없어. 수배가 내려졌으니까 곧 잡히겠지 뭐."

"그 새끼가 어떤 놈이라고 그렇게 쉽게 잡힐 것 같냐. 아마 지금쯤 널 찾아서 누깔이 새빨갛게 돌아다닐 거다. 너 죽구 나 죽자는 각오가 됐지 않군 또 거길 도망칠 엄두두 못 내야. 너두 이젠 잘 알 거 아냐. 거기가 어떤 덴지. 야, 그건 그렇구 너 지금 있는 데 전화번호 좀 알으켜주라."

께끄름하니 별로 마음이 안 내키는 일이었지만 어쩔 수 없이 전화번호를 알려줬다. 전화번호를 일러주자 만재가 낄낄거리면서 말했다.

"됐어. 이거만 있으면 그 새끼가 날 찾아와두 되겠다. 그 새끼가 찾는 건 결국 널 거니까 말이다. 그 새끼 니 처남이니까 니가 잘 알 거 아니냐."

"그래. 내 처남이니까 내가 잘 알지. 땡삐가 타깃을 바꿀 때쯤 됐다. 걔가 가장 죽이고 싶어 한 게 만재, 바로 너였다. 그 이유는 네가 잘 알 거다. 그 비중으루 보더라두 나보다야 네가 더 하지 않겠냐."

농조로 말한 것이지만 평소 해주고 싶은 소리였다. 만재야말로 땡삐의 그것보다 더 악랄한 방법의 삶을 영위하고 있는지도 모른다. 극한에서의 자기방어적 공격이 땡삐의 것이라면 만재는 철두철미하게 선수를 쳐 아주 내놓고 남의 몫을 빼앗았다.

"야, 너 지금 누구 겁주는 거냐?"

"겁주는 게 아니라 땡삐를 우습게 봐선 안 된다는 얘기다."

"사실은 그 새끼가 거기서 집단 탈출을 했다는 기사를 보는 순간 이상하게 섬뜩하더라구. 뭔가 불길하구…… 그 새끼 문전 박대를 했던 게 이상하게 맘에 걸리구…… 아무래두 그 새끼가 나한테 전화를 걸 것 같은 예감이 든단 말이야. 야, 좌우지간 우리 우방끼리 자주 연락하자."

"아무래도 학교에 가봐야 할 것 같아요."

아내가 나들이할 채비를 하고 나서며 말했다. 아침에 태호가 불쑥 던지고 나간 말이 내내 걸렸을 것이다. 현세는 불현듯 그동안 전화에 매달려 있느라 태호 생각을 전혀 하지 못했다는 사실을 깨달았다. 그러나 이상한 일이었다. 태호 문제가 전혀 심각하게 다가서지 않았던 것이다. 평소에도 그랬다. 신흥읍의 웬만한 사람들도 아이들의 교육 문제라면 모든 걸 다 제쳐놓을 정도로 열성들이 대단했다. 그러나 현세에겐 그런 열성이 생기지 않았다.

김 회장은 고3짜릴 뒀으면서도 걱정도 하나 안 하네. 옆에서 보는 사람들이 그렇게 느낄 징도였다. 신경을 쓴다구 될 일이 아니라는 생각이었다. 어렸을 때부터 자기 힘으로 공부해온 그로서는 아이들이 다 저희들 나름으로 알아서 해줄 것 같은 기대감이 있었기 때문인지도 몰랐다. 사실은 땡삐한테 당하고 그 뒷수습을 하고 또다시 당하기까지의 그 불안과 긴장 속에서 아이들 문제 같은 건 생각할 겨를이 없었다는 얘기가 맞는지도 모를 일이다. 땡삐와의 싸움, 그것이 현세의 생활 전부였다고 해도 지나친 말이 아닐 것이다.

"들어올 때 신문 좀 사오지. 석간신문, 있는 대로 다 사와요."

그는 평소 신문을 잘 보지 않았다. 라디오나 텔레비전도 별로 가까이 하지 않았다. 그만큼 세상일에 대해 무관심했던 것이다.

세상일이라면 땡삐가 고래고래 고함쳐 성토하던, 지겹게 많이 들어온 세상 부정의 그 줄기찬 혐오의 욕질만으로도 충분했다. 현세의 관심은 언제나 약국을 찾아오는 사람들의 생활과 그들이 고통받고 있는 병에 대한 것이었다.

"당신, 이렇게 나가두 괜찮겠어?"

현세는 더욱 작게 느껴지는 아내의 뒷모습을 배웅하며 뜻밖이라는 생각을 했다. 아무리 아들 일이 다급해도 이런 상황에 밖에 나갈 용기가 어떻게 생겼을까. 그럴 계제의 아내가 아니었다. 허둥지둥 야반도주를 한 것도 결국 아내를 생각했기 때문이었다. 아내는 이따금 교회에 나가긴 해도 신앙을 갖지 못했다. 불행은 거기에 있었다. 그네는 어떤 절대자의 권능보다도 땡삐가 보여주는 그 끈질긴 잔혹성의 위력을 더 두려워했다. 막말로 그네는 땡삐가 던져주는 공포와 고통이 없이는 살지 못하는, 악마가 길들인 천사였다. 무력했다. 땡삐의 공격으로부터 벗어나기 위한 그 어떠한 저항도 보이지 않았다. 그러나 평소의 그네는 남들한테 당돌하다는 소리를 들을 정도로 빡빡하고 당찼다. 생활력 또한 다른 여자들 못지않게 강했다. 매사 정확 철저했다. 그러나 문제는 땡삐였다. 그네는 땡삐가 나타나기만 하면 사람이 완전히 달라졌다. 현세가 땡삐와의 부딪침에서 처음부터 참담한 패배를 예감하고 암울해지는 것은 아내가 온몸으로 보여주는 그 공포 때문이었다. 그네의 잔뜩 질린 얼굴만 쳐다봐도 온몸에서 맥살이 빠졌다. 그네의 불규칙한 심장의 박동이 그대로 전해졌다. 땡삐가 있는 동안 그네는 결코 사람들 앞에 얼굴을 내밀지 않았다. 제 뜻을 이룬 땡삐가 떠나가고 난 뒤면 어김없이 앓아누웠다. 온몸에 열꽃이 필 정도의 높은 열로 헛소리까지 하며 앓았다. 결정적으로 그 증세가 나타나기 시작한 것은 결혼한 지 얼마 되지 않아 땡삐가 그네들의 침실로 뛰어든 그 일이 일어난 뒤부터였다. 월남에 파병됐다가 돌아온 땡삐가 열흘 이상을 묵어대며 술로 시간을 죽일 때였다. 원래 무서운 눈이지만 월남에서 돌아온 땡삐의 눈은 정말 소름이 끼쳤다. 살기였다. 그는 말도 없이 술만 마셨다. 그런 어느 날 밤 그가 현세 내외가 함께 자는 방에 뛰어들었던 것이다. 아내의 심장이 결딴난 것은 땡삐가 벼락같이 내지른 그 고함 때문이었는지도 모른다. 일어낫! 이 개쌍놈에 연놈들, 다 쏴 죽이구 말 테다!

처남은 당신을 괴롭히는 재미루 사는 거라구. 언젠가 현세는 땡삐가 왔다 간 뒤 아내한테 그런 식으로 비아냥거린 적이 있었다. 생각만 해도 분통이 터졌다. 이게 다 누구 때문인 줄 알아? 뭐야, 당신은 어떻게 된 게 남편이 그렇게 당하는데도 찍소리 한번 안 해? 왜 그래. 도대체 그놈이 왜 그렇게 무서운 거야? 뭐가 겁이 나서 그래? 뭔 죄를 졌느냐, 그 말이여?

거기까지는 그런대로 괜찮았다. 내친김에 던진 한마디가 결정적으로 그네를 무너지게 했던 것이다. 당신, 분명히 말해! 그놈하구 뭔 일이 있었지? 물론 초야의 그 흔적까지 생생한 입장에서 그런 억지소리를 할 때는 제정신이 아니었다. 어릴 때부터 갖고 있던 막연한 질투가 그런 꼴로 나타났는지도 모른다.

철산기도원으로 전화를 걸었다. 그 집단 탈출 사건이 신문에도 났다면 기도원으로서는 타격이 클 수밖에 없을 것이다. 두 번인가 만난 적이 있는 부원장이 전화를 받았다. 땡삐가 데리고 탈출한 정신병자 17명 중에 그 시간 현재 12명이 잡혔다고 했다.

"그 사람들 잡는 거야 시간문제입니다. 문제는 피요학 그 사람인데 아무래두 일이 커질 것만 같아요. 아시다시피 그 사람은 독종이 아닙니까. 까놓고 말해서 그 사람은 하나두 미치지 않았잖아요. 안 그래요. 내 말 틀렸어요?"

부원장은 아주 내놓고 불만을 터뜨렸다.

"솔직히 첨부터 그 친구 맡고 싶지 않았다구요. 그동안두 내보내야 한다는 의견이 많았다구요. 진작 내보냈어야 하는 건데……"

소정의 신탁금만 내면 평생 보장이라던 처음의 약정과는 달리 그들은 기도원 운영의 어려움만 여러 번 강조했다. 그럴 때마다 불안만 가중되었다. 그네들 입장에서 보면 현세야말로 정신이 멀쩡한 제 처남을 생지옥에 보낸 뒤 저 혼자 잘 먹고 잘살려는 악덕한 인간에 불과했을 것이기 때문이다.

"그 사람은 저번처럼 가족의 협조 없이는 절대로 못 잡습니다. 다소간 희생이 따르더라두……"

그들은 벌써부터 멀찍이 도망치고 있었던 것이다. 항상 모든 문제는 분명했다. 현세 자신과 땡삐의 문제였다. 원상으로 돌아가는 일만 남았다. 그러나 결심은 쉽지 않았다. 아내가 그러하듯 현세 자신도 땡삐가 무서웠다. 그는 어느 때 최 원장과 술을 마시는 자리에서 세상의 모든 걸 잊고 미쳐버리고 싶다는 말을 한 적이 있었다. 최 원장이 받았다. 미치는 건 쉽다구. 미친 세상에 미치는 게 뭐가 어려워. 모든 가치를 부정하는 거야. 질서구

도덕이구 나발이구 다 때려 부수는 게 바루 미치는 거지 뭐야. 왜 미치구 싶은지 알어? 뭔가 마음에 켕기는 게 있어서 그런 거야. 그게 무서운 거지. 양심이구 도덕이구 뒤죽박죽이 되면 무서운 게 없어지거든. 그래서 미치구 싶은 거라구.

그렇게 미치고 싶도록 무서웠다. 땡삐를 기도원에 집어넣기 위해 영등포 일대를 뒤질 때였다. 저 사람이라구 찍어만 주면 된다구요. 기도원에서 나온 사람이 말했다. 조심할 것은 그 사람이 잡혀갈 때 식구들 얼굴이 보여선 안 된다는 겁니다. 끌려갈 때 본 얼굴은 기도원에 들어와서도 잊히지 않아 내내 그 얼굴을 떠올려 증오하다가 결국 탈출까지 하게 된다는 얘기였다. 그건 식구들 입장에서도 마찬가질 겁니다. 가능하면 안 보는 게 좋습니다. 그 사람들이 시키는 대로 바로 저게 땡삐라고 찍어주기 위해 영등포 일대를 뒤질 때부터 가슴이 덜덜 떨렸다. 그것은 자신이 하고 있는 일에 대한 회의였다. 꼭 이렇게까지 해야만 한단 말인가. 땡삐를 기도원에 보내야 할 어떤 이유도 캄캄 생각나지 않았다. 무려 십여 군데의 술집을 뒤지는 동안 가슴이 터질 것만 같았다. 하나같이 찌그러지고 조악한 술집들이었다. 그 선생님 여기 아직 안 오셨는데요. 그는 그 근처에서 선생님으로 통했다. 그를 아는 사람 누구도 땡삐를 헐뜯어 말하는 사람이 없었다. 그것은 엄청난 혼란이었다. 그 뒷골목 그 밑바닥에서 땡삐가 열불나게 떠들어대던 통일 염원이 숨 쉬고 있었던 것이다. 진짜 민중의 얼굴과 그 얼굴들이 만들어내는 역사가 포장마차 소주잔 위로 넘쳐흘렀다. 어느 간이식당에서 소주를 빨고 있는 땡삐와 정면으로 마주쳤다. 눈이 마주치는 순간 현세는 그 자리에 털썩 주저앉을 뻔했다. 위기를 예감한 산짐승이 아마 그럴 것이다. 벌떡 일어서며 쳐다보던 그 눈빛을 현세는 결코 잊을 수 없었다. 현세가 그 간이식당을 뛰쳐나오자 기도원 사람들이 달려 들어갔다. 지극히 짧은 순간이었다. 힘이란 언제나 상대적이다. 땡삐는 덫에 치인 짐승처럼 축 늘어진 채 끌려갔다. 기도원 사람들 말이 맞았다. 그는 매일매일 악몽에 시달렸다. 이 개애쌍놈에 쎄애끼…… 땡삐는 삼백육십오 일 현세의 안에서 으르렁거렸다.

"아무 일도 없던데요."

태호 일로 학교에 갔던 아내가 돌아온 것은 두어 시간 뒤였다.

"며칠 전 그런 낌새가 있기는 했지만 아직 별일은 없었대요. 담임선생님을 찾아뵙고 왔어요."

맹랑한 일이었다. 그런 식으로 부모를 겁주는 것도 고3 아이들이 다 치른다는 고3병인지도 모른다. 그동안 자식에 대한 관심을 소홀히 한 부모가 마땅히 치러야 할 벌이라는 생각을 하면서도 마음은 아무래도 씁쓸했다. 이럴 때 자식을 어떻게 다루는 것이 좋을 것인가, 현세는 잠시 머리가 혼란했다.

그는 아내가 사온 신문 뭉치를 되도록 천천히 펴들었다. 특호 활자로 뽑은 톱뉴스를 먼저 읽기 시작했지만 무슨 내용인지 전혀 머리에 들어오지 않았다. 서울지검 공안1부는 14일…… 서울지검 공안1부는 14일…… 그는 같은 구절을 몇 번씩 되풀이해 읽었다.

그 기사는 사회면 중간쯤에 4단으로 나와 있었다.

……무허가 기도원에 수용돼 있던 정신질환자 등 17명이 집단 탈출했다. 이들 가운데 14일 오전 현재 연고지 등서 7명이 경찰에 붙잡혀 기도원에 넘겨졌다. 13일 밤 10시 30분경 철산기도원(원장 장순심·40세·여)에 수용 중이던 정신질환자 피요학(47세) 씨 등 18명은 만류하는 동료 2명을 집단 구타하여 중상을 입힌 뒤 기도원 소속 봉고차로 집단 탈출했다. 그들이 타고 가던 봉고차는 2일 오전 기도원서 14킬로 떨어진 중부고속도로 근처에서 발견됐다. 피씨 들은 이날 밤 10시경 취침 시간에 기도원 내 수양실에 모여 탈출 준비를 한 뒤 만류하는 동료를 구타하여 실신시키고 옥상을 통해 탈출하면서 관리인 3명을 TV 안테나 줄로 손발을 묶어놓는 등 치밀하고 대담한 면을 보였다. 피씨 등 탈주자들은 기도원 측의 잦은 폭행과 급식 불량 등 비인간적 대우에 불만을 느껴오다 신문사, 방송국 등 언론기관에 이 같은 사실을 진정하기 위해 탈출하게 됐다고 주장했다. 아직 잡히지 않은 탈주자 중에는 포악·난폭한 원생도 있어 돌발적인 사고가 우려된다고 기도원 측은 말하고 있다.

비인간적인 대우를 세상에 알리겠다는 명분 속에 땡삐의 교활한 눈이 웃고 있었다. 탈출을 모의하고 동료를 때려 실신시키는 그의 잔혹한 손이. 그리고 펑펑 살기가 튀는 그의 눈이 보였다.

철산기도원이 무허가라는 것을 안 것은 땡삐가 기도원을 첫번째 탈출했을 때였다. 수리가 병아리 채가듯 기도원 사람들이 땡삐를 잡아간 뒤 답십리 처남을 찾아온 경찰을 통해서 그 기도원이 무허가라는 것이 밝혀졌다. 현세의 입장만 난처해졌다. 아무리 미친 사람이라고 해도 친 처남을 그렇게 무허가 기도원에 처넣어 학대할 수 있느냐는 질책의 눈길들이 무서웠다. 매부헌테 모든 걸 알아서 허라구 헌 건 바루 그런 걸 알아서 허란 그런 말이 아니겠어. 원주 큰처남이 그런 식으로 비아냥거려도 할 말이 없었다.

"아무래두 이상한데요."

저녁때 답십리 작은처남한테서 전화가 왔다. 첫번째 탈출했을 때 상황으로 봐서는 벌써 여러 곳으로 전화를 걸었거나 어느 집에 나타났을 그런 시간인데 아직 아무런 소식이 없다는 것이 이상하지 않느냐는 얘기였다. 그가 첫번째 탈출 때처럼 쉽게 잡히지 않으리란 것은 짐작이 가지만 이 시간까지 자신이 건재한 것을 알리지 않는 것은 이해하기가 어려웠다.

"신문에 보니까 방송 같은 데 뭘 진정하려구 탈출했다구 그러던데 혹시……"

현세도 그런 생각을 하고 있었다. 땡삐라면 그런 일을 충분히 해낼 수 있는 인간이다. 지금쯤 그는 어느 신문사 기자나 방송국 사람들을 만나고 있는지도 몰랐다. 땡삐는 결코 중도에서 처음의 계획을 수정하거나 포기하지 않았다. 첫번째 탈출이 실패로 끝난 일을 그는 결코 잊지 않고 있을 것이다. 결정적 순간에 달려들어 급소를 물고 늘어지기 위해 그는 한동안 어둠 속에 숨어 있을 가능성도 없지 않았다.

기도원을 집단 탈출한 정신질환 원생들이 아직 십여 명이나 안 잡히고 있으니 문단속을 잘하고 그 사람들을 보는 대로 신고해달라는 내용이 TV 화면에 자막으로 흐르고 있었다. 태호 일로 학교까지 다녀올 정도로 싱싱하던 아내가 밤이 되자 다시 얼굴에 핏기를 잃고 누워버렸다. 심장약을 입에 집어넣는 아내의 눈에서 현세는 깊디깊은 절망을 보았다.

땀으로 온몸이 젖었다. 정말 어렵게 벗어난 가위눌림이었다. 사위가 전연 분간되지 않는 어둠 속을 몹시 애타게 헤맸다는 기억밖에는 없었다. 잃어버린 식구 누군가를 찾아 헤맸다는 기억을 가까스로 떠올릴 수 있었다. 소리 내어 울기까지 했다는 기억이다. 누군가 밖에서 문을 두드리는 소리에 잠을 깼다. 그것도 꿈의 연장이었다. 잠을 깨보니 서울의 아파트 작은방이었다. 그는 다시 잠들 수 없었다. 신흥읍의 굳게 잠긴 약국 문이 보였다. 사람들이 약국 앞으로 꾸역꾸역 모여들었다. 속앓이를 호소하는 박 선생 모친이 보였다. 위암으로 배배 말라가면서도 마누라 변비 걱정만 하는 수작골 김씨 얼굴도 보였다. 사람들이 약국 문을 발길로 걷어찼다. 누군가 약국 문에다가 붉은 페인트로 도망자라고 썼다. 비겁한 놈이라고 소리치는 사람도 있었다. 경아가 약국 문에 달라붙어 울고 있었다. 사람들이 경아의 등에도 페인트를 칠했다. 아이의 자지러지는 울음소리가 들렸다. 사람들의 웃음소리였다. 분명 잠이 깨었는데도 그 웃음소리는 계속됐다.

새벽의 그 환청 현상은 현세가 마음을 굳히는 데 결정적인 역할을 했다. 돌아가자. 신흥에 돌아가 기다리는 것이다. 마음을 정하고 나니 오히려 후련했다. 화장실 거울에 비친 자신의 얼굴을 쳐다보며 그는 웃고 있었다.

식구들이 아직 잠을 깨지 않은 그 시간, 전화벨이 울렸다. 가슴이 쿵 내려앉았다. 땡삐다. 그것이 땡삐의 전화가 분명하다는 생각을 하면서 수화기를 들었다.

"야, 인마. 그 새끼 아직 안 잡혔냐?"

만재의 목소리라는 것은 금방 알아냈지만 현세의 가슴은 쉽게 진정되지 않았다. 땡삐가 만재 목소리를 흉내 내고 있다는 생각까지 했다.

"밤새두룩 그 새끼 꿈만 꿨다. 예감이 이상하다니까. 그 새끼가 날 노리구 있는 거 같다구. 그러지 않구서야 이렇게 꿈까지 뒤숭숭할 수가 있냐. 옘병, 기집과 함께 잤는데두 결정적인 순간에 그 새끼 생각이 나 잡치구 말았다."

현세는 자신이 신흥으로 돌아간다는 것을 만재한테 밝혔다. 그는 어렵잖이 말했다.

"요학이한테서 전화 오거든 신흥으루 연락하라구 그래."

"너 미쳤냐? 그 미친 새낄 직접 만나겠다는 거야?"

"기다리다 미치는 것보다야 차라리 만나는 게 나을 것 같다."

"아주머니두 같이 가냐?"

"물론이지."

그러나 현세는 잠자리서 일어난 아내한테는 다른 말을 했다.

"아무래두 약국 문을 열어야 하겠어. 어머니도 가시고 했으니 당신은 아무래두 여기서 며칠 동안 애들과 함께 있으라구."

아내는 대답하지 않았다. 그러나 남편의 비장한 얼굴이 그네의 절망스러운 표정 위에 겹쳤다.

"아빠, 어떡하려구 그래요?"

학교 갈 차비를 하던 둘째가 징징 우는 얼굴을 했다. 태호는 지난밤 독서실에서 잔다고 전화를 했다. 태호가 무서운 것은 오직 흘러가는 시간과 다가서는 내일뿐일 것이다.

"아무래두 느덜 외삼촌을 만나야 하겠다."

만나야 한다. 왜 만나야 하는지 그것을 이해시킬 자신은 없었다. 그러나 그 만남에 이해와 화해의 기대가 전재돼 있음은 분명했다. 땡삐와의 만남은 항상 그런 기대 속에서 이루어졌다. 감상이었다. 그 기대가 돌담 허물어지듯 무너져 내릴 때마다 그는 그 배신감을 못 견뎌 치를 떨었다. 그러나 그 기대를 포기하는 것이 얼마나 무서운 일인가 하는 것도 그는 알고 있었다.

현세는 신흥으로 떠나기 전에 지금까지 연락 거점이 됐던 이 아파트를 안전하게 감춰야 한다는 생각을 했다. 신흥으로 모든 연락이 오도록 하기 위해 이곳 전화를 아는 사람들에게 전화를 걸었다. 이미 여러 번 써온 방법이었다.

밤사이에 일이 잘됐을지 모른다는 기대 속에 기도원부터 전화를 했다.

"아직 아무런 소식이 없단 말입니까?"

전화를 건 것은 이쪽인데 오히려 그쪽에서 다그치고 있었다.

"보호자가 안 잡아주는데 우리가 어떻게 잡는단 말입니까? 연락처가 어디고 그게 뭔 문젭니까? 그 작자가 얼마나 지독하다는 걸 알면서도 이리저리 도망만 다닐 겁니까?"

그들은 이미 우방이 아니었다. 기도원이 무허가라는 사실이 세상에 알려지는 등 신문에 난 그 사실만으로도 기도원은 지금쯤 쑥밭이 돼 있을 것이 분명했다.

"뭔 놈에 전화가 그리 기누?"

제천의 처형이 먼저 전화를 걸어왔다. 자기 혈육 이름이 신문에까지 나고 보니 그 깐에도 마음은 편치 않았던 모양이다.

"그 마귀가 대체 워디 숨어 있다는 게여? 일룬 아직 안 왔어야. 그놈에 마귀가 전화두 안 거네. 아직 연락이 읎는 걸 보니께 잽혀 들어가지 않았으면 어디 자빠져 뒈졌기밖에 더하겠냐. 뭐여, 니 남편이 신흥루 간다구? 느덜이 증말루 큰 변 한번 볼라구 작정을 했냐? 내가 그 마귀놈 똥기저귀 갈아 끼우면서 길렀어야. 내가 더 잘 알어. 그 승질에 그냥 넘어갈 놈 아니니께 알아서들 허란 말이여. 예술 믿지 않으믄 다들 그렇게 되는 거여. 할렐루야. 이 미욱한 죄인들아, 느덜두 늦기 전에 어서 믿어."

큰처남도 땡삐가 나타날 것 같아 잠 한잠 자지 못했다구 툴툴거렸다. 중풍으로 몸을 제대로 못 쓰게 되면서부터 성격마저 완전히 배배 꼬였다.

"갸 문제는 츰부터 잘못 생각한 거여. 매부는 약사가 아닌가. 그놈 별의별 병 다 가지구 사는 거 알잖아. 약 달라구 할 때 치료젤 줄 게 아니라 처먹으면 저두 모르게 뒈지는 그런 약을 줬어야 했어야. 지금두 늦지 않았어야. 글루 찾아오거들랑 처먹으면 급살할 약을 준비했다가 주란 말이여. 쥐약 정도 처먹구는 안 뒈지는 놈인 건 매부가 더 잘 알구 있을 거니께 아주 독헌 거루 하란 말이여. 그놈 뒈졌다구 해서 뭐랄 놈 읎을 게니 안심허구. 법두 그놈 뒈지는 거 마다할 리 읎지. 허기야, 그놈한텐 그게 기도원에 갇혀 험한 고생허다 뒈지는 거보다 백번 낫지 뭘 그래."

쥐약 정도 처먹구는 안 뒈지는 놈. 그런 일이 있었다. 그게 땡삐의 체질이었다. 땡삐가 스스로 목숨을 끊기 위해 약을 먹은 것은 시골에 가 땅이나 파며 살겠다고 뜯어간 돈을 어떤 여자한테 홀랑 날렸을 때였다. 몇몇 여자가 그를 배신했지만 그는 처음 얼마 동안만 으르렁거릴 뿐 금방 체념하기 일쑤였다. 그러나 술집 작부였던 그 여자의 경우는 달랐다. 땡삐는 그 여자와 땅을 파먹으며 사는 일을 그가 지금까지 추구해온 크고 명분 있는 삶과 바꾸기로 작심했다는 것을 현세한테 고백한 바 있었다. 그 여자를 신흥까지 데려와 인사시키며 그답지 않게 쑥스러워하던 땡삐였다. 젊지도 예쁘지도 않은 여자였다. 껄렁한 술청 전전하며 상다리 두드리다 보니 좋은 세월 다 지나간, 닳을 대로 닳아빠진 밑바닥 인생이었다. 제 눈에 안경이라고, 그는 그 여자와 좀 더 일찍 만나지 못한 것을 안타까워하는 눈치였다.

땡삐가 쥐약을 먹은 것은 그 여자가 돈을 몽땅 챙겨 도망을 친 뒤 술만 먹으면서 으르렁거리던 끝이었다. 정말 죽으려고 먹은 게 분명했다. 시골 보건소에서 자신이 없다며 읍내 병원으로 내보낼 때 이미 끝난 목숨이었다. 읍내 병원에서도 가망이 없다며 받기를 거부했다. 아무리 개차반 인생이지만 객귀를 만들 수야 없지 않느냐는 산 사람들의 감상이 송장이나 다름없는 그를 원주의 형네 집까지 끌어들었던 모양이다. 병원에서도 포기한 상태라 가족들은 숨 떨어지기만 기다리며 장사 지낼 준비에 바빴다. 신흥에는 이미 땡삐가 죽었다는 소식이 와 있는 상태였다.

야, 나 좀 살려줘라. 죽었다던 땡삐가 현세네 약국에 나타난 것은 그가 쥐약을 먹었다는 날부터 꼭 일주일이 되던 날이었다.

조제실에 있다가 약국으로 들어서는 땡삐를 보는 순간 현세는 들고 있던 약포지를 그대로 내던졌다. 땡삐는 살려달라는 말 한 마디를 중얼거리곤 정말 송장이나 다름없는 몰골로 약국 벤치에 벌렁 드러누웠다. 약국에 손님이 없었다면 현세 역시 그대로 주저앉고 말았을 것이다. 원주 큰처남네 집에서는 더 놀랐다고 했다. 아침나절 이제는 숨이 끊어지지 않았을까 싶어 사랑방 문을 열어봤던 모양이다. 문을 열고 방 안을 들여다보던 큰처남이 털썩 주저앉았다는 것이다. 죽어 뻣뻣하게 굳어 있어야 할 사람이 방 안에 일어나 앉아 자꾸 이상한 손짓을 하고 있었기 때문이다. 사람들이 몰려들어 알아낸 것이지만 그는 물이 먹고 싶다는 걸 그런 손짓으로 나타냈던 것이다. 물 한 사발을 들이켠 땡삐는 어정어정 제 발로 걸어 집을 나갔지만 얼이 빠진 식구들은 그저 멍청히 바라보고만 있었다고 했다. 땡삐는 현세네 집에 누워 이십여 일 동안 좋다는 약은 모조리 챙겨 먹었다. 거기다가 제 입맛에 맞는 음식 해내라는 투정에 한약국에 가 보약까지 두어 제 지어다 달여 먹는 등 몸보신까지 하고는 누워 있던 그 기간을 보상이라도 받듯 돈을 뜯어낸 뒤 훌쩍 사라졌던 것이다.

"당신, 박 선생한테 전화 좀 걸지. 경아 학교 끝나는 대로 집으로 오라고 말이야."

현세는 신흥으로 갈 채비를 하면서 우두커니 서 있는 아내한테 말했다.

"경아는 종희네 집에 맡겼어요. 서울양품점 종희네 말이에요."

"아니, 그게 무슨…… 왜 지금 와서야 그걸 얘기하는 거요?"

"미안해요."

"박 선생 집에 무슨 일이 있습디까?"

"박 선생 동생이 와 있었어요."

"그 사람 수배 중인가 보던데 어떻게……"

"정신이 이상하대요. 며칠 전 어떤 청년이 데려다주고 갔다면서 그 아주머니가 쉬쉬하던데요."

왜 모두 미치는가. 음울한 얼굴을 하고 약국을 들어서던 그 청년 모습이 떠올랐다. 그 청년은 무엇이 두려워 미쳤단 말인가. 주독 오른 코를 한 채 술을 퍼마시고 있는 최 원장 얼굴도 잠시 떠올랐다. 그들을 만나러 간다. 나도 그들처럼 미치러 간다는 비장한 생각을 했다. 그 순간 그는 우두커니 서 있는 아내를 향해 풀쑥 웃었다. 아내의 넋 나간 것 같은 그 얼굴을 뒤로하고 아파트 계단을 내려오면서도 그는 어금니로 괴어오르는 웃음을 아무렇게나 풀쑥풀쑥 웃어댔다.

탈출한 지 나흘이 지났는데도 땡삐의 행방은 감감했다. 그가 신흥에 다녀갔다는 어떤 흔적도 발견할 수 없었다. 흔적은커녕 그는 어느 곳에도 전화를 걸지 않음으로써 자신의 부재증명을 철저히 했다. 이상한 것은 그가 고의가 아닌 어떤 사태로 인해 사람들 앞에 나타날 수 없을지도 모른다는 상상이 전혀 안 된다는 사실이었다. 적어도 현세가 지겹게 겪어 알고 있는 한 땡삐는 어떤 결정적인 순간을 포착하기 위해 그처럼 철저하게 숨어 있는 것이 확실했다. 취약을 먹고 뻗어 있다가 일주일 만에 다시 살아나듯 그렇게 홀연히 나타나 자신이 노리던 적의 급소를 물어뜯을 것이 분명했다.

신흥에 돌아와 약국 문을 열자 단골손님들이 모여들었다. 그들은 하나같이 약국 문이 닫혀 있던 그 하루의 불편을 얘기했다. 시골 사람들은 신경통 계통의 질환을 시름시름 많이 앓았다. 대부분 힘든 일 뒤 적당한 휴식을 갖지 못하는 데서 오는 과로에 문제가 있는 것 같았다. 그네들은 병의 원인적 치료보다는 그 당장에 효험을 볼 수 있는 아스피린이나 마이신 같은 약을 남용했다. 피린이 함유된 각종 진통제는 물론 명랑이니 뇌신이니 하는 싸구려 진통제야말로 시골 사람들에게 만병통치약으로 통했다. 그런 약을 남용하는 사람들의 대부분이 소화 장애를 호소하게 마련이었다. 그네들은 자신들의 위나 간장 등이 결딴 난 뒤에야 약국이나 병원을 찾았다. 정말 딱한 것은 약국에 오면 아무리 좋은 비타민도 만 원이면 살 수 있는데도 가정을 순회하는 약장사한테 불량 약품을 몇 만원씩 비싸게 사서 병을 결정적으로 악화시킨다는 사실이다. 그네들에게는 뿌리 깊은 불신이 있었다. 현세는 위암 환자가 초기 단계에서 계속 소화제만 먹다가 죽어가면서도 병원을 끝내 안 찾는 안타까운 일도 여러 번 보았다. 큰 병원에 가보라는 약사의 권고가 쉽게 먹혀들지 않는 사람들이었다. 물론 문제는 돈이었다. 게다가 그네들은 도시 사람들과 달리 숙명론적이어서 생에 대한 애착이 그다지 절실하지 않기 때문에 모든 걸 쉽게 체념할 줄 알았다. 그만큼 자신의 주관이 뚜렷하고 그 주관이 그대로 고집으로 나타났다.

"영양젠가 뭔가 제일 좋은 걸루다 한 병 줘보세유."

박 선생 모친이 약국에 나타났다. 그네를 보는 순간 아내가 말하던, 박 선생 동생이 실성해 집에 와 있다는 생각이 났으나

그쪽에서 먼저 얘기를 꺼내기 전에는 모른 체하는 게 좋을 것
같았다.

"누가 잡수실 건데요?"

"진작에 말씀드리려구 했지만서두…… 약사 선상님, 우리 아
들이 지금 집에 와 있에유."

박 선생 모친은 사방을 둘러본 다음 귓속말하듯 속삭였다.

"애가 그동안 숨어 다니느라 못 먹어서 그런지 정신이 허해
가지구 자꾸 헛소릴 한데유. 무슨 소리가 들린다면서 자꾸 밖으
루 뛰쳐나가려구만 하네유. 어떤 때는 하루 종일 말 한마디 읎
이 눈만 멀뚱거리구 앉았다가 갑재기 혼자 히히덕거리는 걸 볼
라치면 접시 덜컥 나는구먼유. 선상님, 이걸 으쩌면 좋대유?"

"아주머니, 영양제를 사 가실 게 아니라 박 선생님하고 의논
하셔서 우선 서울 큰 병원부터 데리고 가보세요."

"우리 박 선상두 그러지유. 지 동상이 실성했다는 게야유. 박
선상은 무섭다구 지 방문을 걸어 잠그군 숫제 지 동상 대면을 안
하려구 그런대유. 박 선상 말대루 갸가 미쳤다면 병원에 데리구
간대서 어디 그게 나을 병인가유. 게다가 병원에선 어디 돈 안
받구 봐준데던가유. 박 선상 혼자 벌어서 세 식구 연명하는 판
에 뭔 돈이 있어서 큰 병원엘 간대요."

박 선생이 알아서 할 일이지만 현세는 그 청년이 방 안에 처
박혀 병세가 점점 악화될 생각을 하면 남의 일 같지 않게 암울
했다. 불현듯 그 청년을 만나고 싶다는 생각이 치밀었다. 왜 미
쳐야 하는가. 그 청년을 통해 뭔가 대답을 얻어낼 수 있을 것 같
은 기대였다.

"야, 정말 아무 연락이 없는 거냐? 이거 정말 미치겠는데. 너 혹시 그 새끼 잡아 처넣구 시치미 떼는 거 아냐?"

만재는 하루에 한 번씩 전화를 걸어왔다. 땡삐 소식을 몰라 미치겠다는 말을 빼놓지 않고 했다. 만재가 땡삐에 대해서 그처럼 관심을 보인다는 것이 잘 이해가 되지 않았다. 집단 탈출 소식을 알리는 신문기사가 그에게 어떤 충격을 주었는지도 몰랐다. 아니면 이즈음 그의 생활이 무료에 빠진 나머지 그 무료감을 떨쳐버리기 위해서 땡삐 문제에 집착하고 있는지도 모를 일이었다. 분명한 일은 만재도 땡삐를 두려워하고 있다는 것이다. 아무튼 그는 땡삐와 관련된 어느 누구보다도 열성을 부렸다. 자기가 직접 기도원에 전화를 걸어보는가 하면 자기 능력을 과시하도 하듯 언론기관이나 수사기관을 드나들며 땡삐 문제를 쑤석거렸다.

그 여파였을 것이다. 읍내 경찰서에서 형사가 여러 번 다녀갔다.

"그 사람, 가족 중에서 누군가 숨겨주고 있는 거 아닙니까?"

누군가 숨겨주지 않고서야 정신이상자가 그렇게 오래 행적을 감출 수 없다는 얘기였다.

"혹시 이 사람, 또 뭔가 크게 저지르는 게 아닌가 모르겠네요. 별일도 아닌데 상부에서 자꾸 채근을 하는 것부터가 수상쩍다구요."

읍내 경찰서 사람들도 땡삐에 대해 알 만큼은 알고 있었다. 땡삐가 찾아와 행패를 부릴 때마다 이웃에서 신고를 해 달려오곤 했던 것이다. 더구나 기도원서 집단 탈출을 한 수배자 명단

맨 꼭대기에 선도위원 처남 이름이 올라 있다고, 땡삐의 전과
사실까지 훤히 알고 있는 그들로서는 무척 흥미 있는 일이었는
지도 몰랐다.

"우린 이번 일이 있고서야 그 사람이 그런 데가 있다는 걸 알
았지 뭡니까. 아무래두 심상치 않은데요. 그 사람이 어디 보통
내깁니까. 문 일찍 닫으시라구요. 요샌 맨 미친놈투성이라 애들
키우기도 힘들다구요."

경찰서에서 나온 사람은 약국에 붙은 쪽방에서 공부를 하고
있는 경아를 흘금거리며 목소릴 낮췄다.

"신문엔 안 났지만 우리 관내서두 창피한 일이 하나 터졌다구
요. 국민학교 교장선생이 교장실 청소하는 애 옷 벗겨놓고 그것
했다는 그런 일이 여기서두 있었다구요. 하상면에서 마흔세 살
처먹은 놈이 국민학교 3학년, 열 살짜리 둘을 해처먹었다구요.
왜 그런 짓을 했느냐구 물으니까 그 작자가 뭐랬는지 아십니까.
그 여자애들이 먼저 유혹을 했다는 겁니다. 미쳐두 아주 드럽게
미친 거지요. 그 작자가 하상면서 그래두 유지라는 겁니다. 지
금 세상 돼 돌아가는 꼴이 매사 이 지경이라니까요."

길 건너편 보영당 주인이 신문을 들고 나타났다. 그는 아무
말 없이 신문을 현세에게 넘겨주고 돌아갔다. 현세는 그 사람
의 얼굴 표정에서 뭔가 심상찮은 낌새를 느끼면서 부리나케 신
문을 폈다.

기도원 집단 탈출 사건을 현장 취재해 다룬 박스 기사였다.
'그대로 죽을 수는 없었다!' 그런 제목 밑에 심야 탈출, 그만한
이유가 있었다—라는 부제가 붙어 있었다.

—깊은 산골짝 천여 평 대지 위에 세워진 철산기도원은 한마디로 19세기 어느 절해고도에 세워진 감옥이나 다름없었다. 회칠이나 페인트를 전혀 쓰지 않아 대낮에도 우중충한 시멘트 건물이 담 구실을 하게 미음자 형으로 지어져 있는 이 건물 속은 밖에서 보는 것보다 더욱 음침하고 불결했다. 그 건물 속에 백여 명 정신질환자를 비롯한 원생들이 쇠창살 박힌 여러 개의 방 속에 나누어져 생활하고 있었다. 그 쇠창살 안 좁은 방에서는 코를 찌르는 악취가 풍겨 나왔고 땟국이 흐르는 헐렁한 내의를 걸친 환자들이 7∼10명씩 살을 맞대고 누워 있거나 몸을 잔뜩 웅크린 채 졸고 있었다. 환자들은 대부분 20∼40대이나 10대 또는 60대 이상도 더러 눈에 띄었다. 불면증, 신경쇠약증, 피해망상증, 정신분열증 등 정신질환자들이 대부분인 이들은 영양부족으로 얼굴이 누렇게 뜬 모습이었고 몹시 두려움에 떨고 있는 것처럼 보였다. 이러한 감금 상태에 있던 백오십여 명의 환자들 중 17명이 지난 13일 밤 죽음을 무릅쓴 심야의 탈출을 감행했던 것이다. 대부분 정신장애 상태에 있던 이들은 '배가 고파 견딜 수가 없었다. 게다가 툭하면 때리는 바람에 무서워서 살 수가 없다'고 주장했다. 특히 이들 중에는 정신장애자가 아닌데도 보호자와 기도원 측이 짜고 강제로 감금하고 있는 사람도 있다고 말했다. 이번의 집단 탈출도 그처럼 억울하게 갇혀 지내던 원생 중의 몇 사람에 의해서 계획적으로 저질러졌다는 사실이 밝혀졌다. 이들이 특히 불만으로 생각하는 급식만 해도 혼합미 밥에다 국물김치

가 반찬의 전부였고, 이런 것에 불만을 표했다가는 여지없이 '시체실'로 불리는 남자병동 4호실로 끌려가 쇠사슬에 손발이 묶인 채 무차별 폭행을 당한 뒤 몇 끼씩 급식이 중단된다고 했다. '시체실'은 쇠창살 문이 달려 있었고 사방 벽에는 두께 1.5센티짜리 스티로폼이 붙어 있었으나 폭행을 당한 흔적으로 여러 곳이 찢겨져 있었다. 기도원 환자들은 대부분 생활이 곤란하거나 보호자가 없는 사람들이다. 이들은 입원 치료비가 비싼 종합병원에서 치료를 받을 수 없는 형편의 사람들이라 모두 몹시 외롭고 자포자기하는 그런 사람이 많았다. 대부분 가족들에 의해 강제로 끌려온 사람들이어서 자신을 그런 곳에 보낸 가족들을 몹시 저주하고 있었다. '한 달에 십만 원씩 수용비를 내게 돼 있지만 제대로 내는 사람은 이삼십 명 정도에 불과하지요. 그 나머지 환자들은 삼사만 원 정도를 내며 가족이 연락 두절이 돼 한 푼도 안 내는 사람들도 십여 명이나 됩니다.' 기도원 측은 그 나름의 기도원 운영의 어려움을 역설하고 있었지만 방구석에 외롭게 앉아 있는 환자들의 모습은 그들의 말이 궁색한 변명으로밖에 들리지 않게끔 비참하기 이를 데 없었다. 어떻든 아직 붙잡히지 않고 있는 원생 몇 명은 기도원의 불법적 감금 행위를 각 매스컴에 알리고 있는 중이어서 그들이 주장하는 것이 이 기회에 얼마나 개선될 수 있는가 하는 데 관심이 모아지고 있다.

땡삐가 바로 그 일을 하고 있을 것이다. 그 박스 기사도 결국 땡삐의 제보를 통해 만들어진 것이 분명했다. 땡삐는 미치지 않

70

았다. 당신 처남은 미치지 않았구먼. 어디다 집어넣었는가 했더니…… 길 건너편 보영당 주인이 끌끌 혀를 차며 이쪽을 쳐다보고 있을 것이다. 엉큼한 놈 같으니라구. 보영당 진열창 유리를 박살 내고 싶은 충동을 느꼈다. 현세는 약장 속에서 손님이 찾는 것과 다른 엉뚱한 약을 꺼내 들곤 했다. 그 신문기사가 자신을 고문하고 있다는 생각이었다.

현세는 기다리고 있었다. 서울에서 오는 막차가 신흥읍으로 들어서며 속력을 죽이는 버스 엔진 소리까지도 놓치지 않았다. 그는 초조하게 기다렸다. 약국으로 들어서는 사람 모두가 땡삐였다. 약국으로 들어서던 사람이 현세의 표정에 놀라 흠칫했다. 그는 옆 가게 전화만 울려도 놀라곤 했다. 약국에 손님이 없는 시간이면 그는 아예 전화기를 들고 있었다.

"혹시 그쪽으루 뭔 소식이 없나 해서요."

"소식이구 나발이구, 매부는 지금 우리를 의심하고 있는 게여. 그렇잖구서야 하루에두 몇 차례씩 전화를 걸 까닭이 옳지."

"그게 아니고 말입니다, 무슨 사고라두 일어날까 봐 그게 걱정이 돼 그러는 겁니다."

"뭔 눔에 사고가 더 일어난다는 게여? 나두 눈구멍은 뚫려 신문은 다 읽었구먼. 그눔이 죽으라구 처넣은 데서 더 살겠다구 도망쳐 나온 거만큼 큰 사고가 더 어딨다는 게여?"

답십리 작은처남은 아예 엉뚱한 방향으로 틀고 나섰다.

"매형, 혹시 우리 형이 거기 가 있는 걸 숨기기 위해서 이렇게 자주 전화를 걸고 있는 거 아닙니까?"

"뭐야, 내가 미쳤다구 그놈을 여기다 숨겨?"

현세가 다른 사람한테 땡삐를 그놈이라고 한 것도 그것이 처음이었다. 그렇게 버럭 역정을 내는 것도 그답지 않은 일이었다.

"나두 답답해서 해본 얘기예요. 일두 손에 안 잡히구 정말 미치겠다구요. 신문에 난 대루 기도원이 그렇게 개판이었다면 문제는 간단하지 않을 거 같은데요. 매형이야말루 정말 조심해서야 될걸요."

제천의 처형은 현세가 전화를 걸 때마다 평소에 품고 있던 불만을 쏟아놓기에 바빴다.

"도대체 그 마귀한테 상금이 얼마나 걸린 게여? 정말 이상하구먼. 솔직하게 말해서 이런 일 아니구 태호 아빠가 나한테 전화한 게 몇 번이여? 애들 학비 대느라 세빠지게 뛰어다니다 병이 나갔구 다 죽어갈 때 그 집 식구들 얼굴빼기나 내비쳤는가 그 말이여. 이번 일두 그렇지. 그 마귀놈 기도원 집어넣을 때 나한테 제대루 의논이나 했나 그거여. 그나저나 큰일은 난 게여. 뭔 맘 먹구 약국 문 열었는지 몰라두 그 마귀가 그냥 넘어가진 않을 게니 말이여."

그쯤에서 끊었어야 좋을 전화였다. 그러나 현세는 불쑥 엉뚱한 소릴 하고 있었다.

"도대체 왜들 그럽니까? 그놈 숨겨서 좋을 거 없다 그겁니다."

"지금 태호 아빠 뭔 소릴 하구 있는 게여? 내가 그 마귀를 숨기고 있다는 얘기여? 이제 보니 요학이가 미친 게 아니구 태호 아빠가 미쳤구먼그래."

"뭐라구요, 내가 미쳤다구요? 이거 누구한테 이러는 겁니까?"

현세는 내던지다시피 전화를 끊었다. 그리고 서둘러 약국 문을 닫았다. 왜 그래, 뭔 일이여, 그 사람이 일루 온다는 겐가? 보영당 주인이 약국 문을 닫는 현세에게 달려와 물었지만 그는 못 들은 척 무시했다

내가 미쳤다고? 문득 정신을 차려보니 택시 안이었다. 신흥에서 제천까지 정규노선 버스에다 중앙선 열차까지 있는데도 택시를 대절한 것이다. 중간에 차를 돌려 집으로 돌아오긴 했어도 이게 바로 미치는 거구나 하는 생각으로 잠을 잘 수가 없었다.

현세는 약을 사러 온 사람을 붙들고 이것저것 필요치도 않은 이야기를 묻곤 했다. 약국에 손님이 없으면 길 가는 사람에게도 말을 걸었다. 평소에 별로 관심이 없던 친구도 기억해내 전화를 걸었다. 밤 열한시쯤이면 닫던 약국 문을 새벽 두세 시까지 열어놓고 앉았기가 보통이었다. 손님이 있을 턱이 없는 그런 시간에 진열장 속의 약을 꺼내 다른 진열장 것과 바꿔 진열하곤 했다.

땡삐의 행방은 집단 탈출 열흘이 넘도록 감감이었다. 신문도 방송도 기도원의 그 집단 탈출 사건 같은 건 더 이상 다루지 않았다. 경찰도 그런 일로 현세를 찾아올 만큼 한가한 것 같지 않았다.

현세는 약국에 앉았다가도 느닷없이 지나가는 빈 택시를 세워 버스 터미널로 달려가곤 했다. 신문사며 방송국이며 기도원 집단 탈출 사건을 다룬 언론기관을 찾아 땡삐의 소재를 탐문하기 위한 서울 나들이였다. 그 기사를 직접 쓴 기자들도 만나보았다. 그러나 기자들은 하나같이 그 기사의 출처가 기도원을 탈출한 원생들로부터 얻은 것이 아니라는 걸 분명히 했다. 어느 누구도 땡삐를 직접 보았다거나 하다못해 그 전화라도 받았다

는 사람이 없었다. 기자들이 출입하는 경찰서에 가봐도 신통한 소식은 아무것도 얻을 수 없었다.

어느 날 현세는 약국 문을 열어놓은 채 느닷없이 철산기도원으로 달려갔다. 기도원 사람들은 그를 철저하게 냉대했다. 그러나 그는 그곳에 여러 시간 머무는 동안 기도원 사람들과 옥신각신 다투기까지 했다. 급기야는 기도원 사람들이 땡삐의 생사를 알기 전에는 안 떠나겠다는 현세를 힘으로 몰아내는 일까지 벌어졌다.

"이거 어디 와서 생떼야. 당신이 그 친굴 여기 맡길 땐 그 친구가 여기서 죽어 없어지길 바랐던 건 아냐. 이제 보니 당신들, 혹시 그 친구를 어떻게 해놓고 그걸 감추려고 일부러 찍자 부리러 여기 오는 거 아냐?"

현세는 기도원을 다녀온 그 즉시로 만재한테 전화를 걸었다.

"너 우리 일에 왜 그렇게 관심이 많은 거냐?"

"무슨 얘기야?"

"네가 기도원에 찾아갔던 일 말이다."

기도원 관리실에 비치된 방명록에도 만재가 먼저 다녀간 사실이 기록돼 있었다. 믿어지지 않았지만 기도원 사람들이 그것을 증명했다. 만잰가 뭐가 하는 그 사람이 우릴 무슨 범죄 집단처럼 취급합디다. 피요학이가 자기 친구라고 찾아내라는 겁니다. 수사기관 사람까지 데려와 피요학이가 정말 도망쳤는지 확인한다면서 기도원을 벌컥 뒤집어놓고 갔다 그거요. 정말 그래도 되는 겁니까. 도대체 만잰가 하는 그 사람 정체가 뭐요? 기도원 사람들은 땡삐 때문에 자기네들이 받은 타격이 얼마나 큰

데 그런 사람까지 보내야 하느냐고, 지렁이도 밟으면 꿈틀한다는 말로 그냥 일방적으로 당하지만은 않겠다는 걸 내비쳤다.

"야, 너두 결국 거기 갔었구나. 그치들이 아무래두 수상하단 생각이 들더라구. 요학일 죽여놓구 시치밀 떼는 게 아닌가, 그런 의심이 가더라니까."

"내가 기도원에 돈을 줘서 요학일 처치한 게 아닌가 그걸 알아보러 갔었겠지."

"솔직히 말해 그런 생각두 했다. 특히 니가 요즘 뭔가 이상해졌다는 정보두 있구 해서 그 생각은 아직두 유효하다."

"내가 궁금한 건 네가 왜 땡삐 일에 그처럼 열성으루 나서는가 하는 거다. 갸가 정말 무서워서 그러는 거냐, 아니면……"

"야, 궁금할 거 쥐뿔두 없다. 그 새낀 내 친구다. 친구가 죽었는지 살았는지 관심 좀 갖는 게 뭐가 이상하냐?"

그런 반격을 하던 만재가 불쑥 이쪽에서 잘 알아듣지 못할 소릴 했다.

"심상치 않어. 아무래도 그 조직이 냄샐 맡은 게 분명하다구. 그렇지 않구서야…… 사실은 널 위해서 내가 냄새를 좀 많이 피우긴 했지만 말이야."

만재는 일방적으로 전화를 끊었다. 현세는 속에서 뭔가 치밀어 올랐다. 만재가 땡삐에 대해 갖는 관심의 정체가 아무래도 찝찝했던 것이다. 만재가 기도원까지 찾아갔었다는 것을 확인했을 때 현세는 섬뜩한 무엇이 등줄기를 스치고 지나갔다. 어떤 음모를 예감했을 때의 그런 불길한 느낌 같은 것. 의심의 의심, 광기의 조짐 같은 것.

현세는 아내의 얼굴과 마주치는 것도 두려웠다. 죄만스러움이었다. 서울에 머물고 있는 아내를 사흘도 못 돼 불러 내릴 때부터 그랬다. 아내가 신흥에 없기 때문에 땡삐가 나타나지 않았다는 생각을 했던 것이다. 그는 결코 내색은 못했지만 아내가 땡삐의 행방을 알고 있으면서도 시치미를 떼고 있다는 생각을 떨쳐버릴 수가 없었다. 아내의 정신적 순결을 의심하고 있다는 생각이 그를 괴롭혔다. 이게 바로 미치는 거구나, 그는 두려웠다. 자신의 내부에서 시나브로 피어오르는 광기를 그는 분명히 느끼고 있었던 것이다.

안개가 가슴속에 늘 자옥이 끼어 있는 것 같았다. 그 몽롱한 의식 속에서 불현듯 떠오르는 얼굴이 있었다. 그는 어느 날 종합비타민 두 병을 싸들고 박 선생 집을 찾아갔다. 박 선생 모친은 그의 느닷없는 방문에 몹시 당황했다. 박 선생은 무슨 대회에 나가는 아이들을 데리고 서울에 출장 중이라고 했다. 박 선생 동생이 마루에 앉았다가 잔뜩 경계하는 눈길로 현세를 쳐다봤다. 그렇게 생각하고 봐서 그런지 몹시 수척한 얼굴을 하고 있었다.

"어디 아픈 데는 없소?"

"예."

"학교를 3학년까지 다니다 만 것으로 아는데 복학은 언제쯤 할 거요?"

"그런 거 생각 안 해봤어요."

"병역두 면제됐겠다, 내 생각 같아선 할 수만 있다면 학업을 계속하는 게 좋을 거 같은데……"

"아닙니다."

극히 짧은 대답으로 상대와의 거리를 분명히 하는 그 청년과의 대화를 가까스로 이어가면서 그는 이 방문을 후회하고 있었다. 그 청년이 정상이 아니라는 것을 발견하기란 그리 쉽지 않았다. 다만 그 청년의 눈길과 마주칠 때마다 현세는 몸이 흠칫 움츠러들곤 했다. 물론 땡삐의 그 살기등등한 불량스러운 눈빛과는 전혀 달랐다. 그러나 그 청년의 눈빛은 사람의 내부를 꿰뚫어보는 듯한 날카로움으로 번뜩였다.

할 이야기가 마땅한 것이 떠오르지 않아 잠시 머뭇거릴 때였다. 그 청년이 불쑥 입을 열었다. 띄엄띄엄 나직이, 그러나 자조가 씹어뱉듯 짙게 묻어나는 목소리였다.

"약사님, 플라스틱 공해에 대해 알고 계십니까? 죽은 거북이 뱃속에서 나온 비닐 같은 거 말입니다. 플라스틱 폐기물은 이 지구 위에 계속 누적되면서 높은 열로 염화가스를 뿜어내고 있지요. 플라스틱은 불에 태워봤잖니다. 물론 겉모양이야 바뀌겠지만 그 성분은 남아 이 지구를 파괴하고 있습니다. 플라스틱……"

그가 잠시 말을 끊으며 현세를 똑바로 쳐다봤다. 눈이 웃고 있었다. 그러나 현세는 뭔가 섬뜩한 것을 그 눈에서 본 느낌이었다.

"플라스틱 폐기물 같은 인간쓰레기들, ㅎㅎ, 내가 바로 플라스틱 쓰레기란 말입니다."

혐오로 이글거리는 그 청년의 눈이 현세를 놓아주지 않았다.

"플라스틱은 말입니다. 용기로 쓰일 때만 가치가 있을 뿐 일단 어떤 외력이나 열에 의해 변형이 되면 영원히 원형을 찾지 못한 채 폐기물이 되고 맙니다. 이 사회, 이 민족을 파멸로 몰아가는 그런 존재밖에 못 되는 인간쓰레기, 당신 같은 사람……
ㅎㅎ, ㅎㅎㅎ……"

현세는 그 청년이 입속으로 낄낄거리는 소리를 들었다. 플라
스틱 폐기물 같은 인간쓰레기, 그것은 영락없는 땡삐의 목소리
였다. 그 눈도 땡삐의 그것처럼 독기를 품고 있었다. 그는 도망
치듯 박 선생 집을 빠져나왔다.

신흥치과 최 원장을 찾는 일은 어렵지 않았다. 그는 함께 술
을 먹던 패들이 슬몃슬몃 다 빠져 도망간 뒤에도 전남집에 혼
자 남아 티켓을 끊고 나온 청호다방 미스 윤을 앞에 놓고 노가
리를 풀고 있었다. 그러나 다른 때에 비해 그렇게 많이 취한 것
같지는 않았다.

"여어, 해가 서쪽에서 뜰라는가. 김 회장이 술 먹겠다구 제 발
루 찾아온 건 이게 츰이여. 새벽 두시꺼정 약국 문 열구 돈 번다
더니 오늘은 어쩐 일이여?"

현세는 집에 전화부터 걸어 자신이 있는 곳을 알려놓은 뒤 최
를 상대로 술을 먹기 시작했다. 평소 좋아하지 않는 술을 이처
럼 퍼마시는 자신이 정상이 아니라는 것을 잊기라도 하려는 듯
마구 마셨다.

"허허, 이거 봐, 김 회장. 술 안 먹던 사람이 술 그렇게 막 먹
으면 죽어. 여어, 이제 보니께 미스 윤 저것이 문제였구먼. 저거
봐, 죽어두 못 처먹겠다구 버틸 땐 언제구, 김 회장 오니까 술
막 처먹네. 미쳤구먼, 저년."

미스 윤이 술잔을 거칠게 비운 뒤 최 앞으로 잔을 내밀며 말
했다.

"그래요, 미쳤어요. 미치지 않구 이 세상을 어떻게 살아요, 씨발."

안 하던 짓이다. 미스 윤은 신흥읍 다방 종업원 중에서 가장 못생긴 여자다. 한 평짜리 골방에 십여 명이 비참하게 꾸겨 자는 게 싫어서도 티켓 끊어줄 사내들을 열불나게 찾아야 한다. 그러나 미스 윤은 티켓을 끊고 나갈 때마다 번번이 바람을 맞는다고 했다. 퇴짜 맞고 기신기신 돌아가야 할 자신의 꼬라지가 비참해 포장마차에서 술 몇 잔 빨다 보면 이 시간이 모두 돈으로 환산돼 공제되게 마련이란다. 약 사먹어야지, 화장품 사야 하지…… 남는 건 썩어가는 몸뚱이와 빚뿐이라구요. 푸석하게 부은 얼굴로 약국에 나타나 형편없이 망가진 간장을 호소하는 그녀를 볼 때마다 현세는 형언하기 어려운 혐오감에 사로잡히곤 했다. 신흥치과 최는 티켓을 끊어야 할 경우 미스 윤을 빼놓지 않았다. 현세가 볼 때 그것은 일종의 사디즘이었다.

현세는 느닷없이 미스 윤의 얼굴에 술을 끼얹었다.

"야, 이 쌍, 넌 이제 그만 꺼져. 얼마야, 돈 얼마 주면 되냐? 이 인간쓰레기 같은 년."

그것은 발작이었다. 당황한 미스 윤이 미적거리고 앉아 있자 그는 다시 빈 컵을 집어 들고 던지려고 했다. 미스 윤이 황황히 일어나 도망친 뒤에도 현세는 그 대상이 불분명한 욕을 오랫동안 퍼댔다. 땡삐가 며칠씩 묵어치며 퍼대던 그런 욕이었다.

어느 정도 취한 상태의 최도 이 돌연한 사태가 심상치 않다고 느꼈던지 정색을 했다.

"어허, 김 회장 이거 왜 이래? 안 그러던 사람이……"

"원장님, 그걸 몰라서 묻습니까? 플라스틱 폐기물 같은 인간 쓰레기가 입때껏 점잖게 능청떨구 살아온 것만 해두 용하지 뭘 그래요. 원장님, 우리 술 마십시다. 할 얘기가 있다구요. 물어보고 싶은 것두 있구요."

"뭐야, 할 얘기가 뭐야? 내가 늘 술 먹구 김 회장 불러내 주정한 거, 지금 갚자는 거야 뭐야? 좋아, 좌우지간 술 마시자구."

두 사람은 그때부터 술자리를 두어 곳 옮겨가며 술을 마시기 시작했다. 이런 기분 때문에 술을 먹는구나, 그런 생각까지 하면서 현세는 계속 잔을 비웠다. 아무리 마셔도 취할 것 같지 않았다. 땡삐가 이렇게 술을 마셨지. 땡삐는…… 그는 불현듯 들었던 술잔을 놓고 술집 카운터의 전화기를 집어 들었다.

"나야, 나라구. 여기 이십오시란 술집이랬잖아. 왜 전화 안 걸어? 요학이가 오면 이리루 연락하란 말이야. 이리 오라구 그래. 이런 인간쓰레기 같으니라구."

그는 술을 먹는 중에도 전화기가 고장이 난 게 아니냐고 몇 번씩 확인을 하곤 했다. 그는 허겁지겁 잔을 비웠고 그렇게 빨리 마신 만큼 엉망으로 취했다. 한동안 말없이 술잔만 내려다보던 그가 짐짓 정색을 했다.

"어떤 인간쓰레기가 말입니다, 지 처남을 사회로부터 격리시킨다는 명분으로 무허가 기도원에 집어넣었다 그겁니다요. 갸들이 원하는 돈에다 뭉청 더 얹어줬지요. 왜 그랬는지 모르지요? ㅎㅎ, 그건 말이지요, 갸들이 알아서 처리해달라 그거였다구요. 기도원에 집어넣기 전에두 처남이 먹는 약에다 부작용이 날 수 있는 약을 몰래 넣어 먹게 했지요. ㅎㅎ, 서서히 죽어가게 말입니다. 옘병할, 그런데두 그놈이 안 죽더라 그겁니다. 죽기는커녕 기도원서 탈출을 했다 그겁니다요. ㅎㅎ, 이번에는 경찰한테 돈을 넌지시 쥐여줬지요. 왜, 그런 거 있잖습니까. 꽝, 알아서 해달라는 거였다구요."

"허어…… 고백한다던 게 고작 그건가. 그 사람이 아직 안 잡혔다며? 김 회장이 요즘 그 일루 신경이 과민하다는 건 알구 있었지. 허지만, 이 사람아, 뭐야, 도대체, 그따위 헛소리나 하구……"

"헛소리가 아니라구요. 난 지금 진심을 얘기하고 있다 그겁니다요. 그 새낄 죽이려고 한 건 사실이다 그겁니다요."

"사실이겠지. 세상이 어지럽다는 건 말이야, 김 약사가 품구 있는 거 같은 그런 살의가 사람들 마음속에 꽉 차 있어서 그렇다구. 자기 아닌 남은 모두 적이기 때문이지. 김 약사가 처남을 미워하는 것처럼 세상 사람들 모두가 무서워하구 미워하는 그런 상대가 있게 마련이다 그거야, 알겠어?"

"그으래요? 그럼 원장님두 그렇게 미워하는 대상이 있다 그겁니까?"

"야, 그걸 말이라구 해. 내가 세상 혐오증 환자라는 거 몰랐어? 오십몇 년간 세상만 미워하면서 살았다 그거야. 사람이 미우면 세상두 싫은 거야. 게다가 난 다혈에다 반골 체질이잖냐. 신문이나 텔레비전을 보면 혈압이 올라가는 거야. 온통 죽이구 싶은 놈뿐이라 그거야. 제 실리만 찾아 광분하는 정치꾼이 밉구, 큰 명분만 앞세워 독선에 빠진 이데올로기 추종자들두 밉구…… 더 미운 건 말이지, 세상이 이처럼 위긴데두 그 위기감마저 마비된, 김 약사 아까 뭐랬어. 그래, 인간쓰레기 같은 속물들이지. 이봐, 더 미운 게 있는데 그게 뭔지 알아. 현실도피자, 눈 딱 감고 어정쩡 떠밀려 사는 동안 의식이 완전히 마비된 놈, 그 마비된 의식을 감추기 위해서 이렇게 주둥아리만 나불대는 인간, 이런 놈을 죽이구 싶어 이렇게 술을 먹는 거라구. 한마디루다 미치구 싶다 이거야. ㅎㅎ, 내가 미친놈이란 거 몰랐지?"

"나두 미치구 싶다구요. 뭐가 무서워서 미치구 싶은 게 아니라 원장님처럼 나 자신이 싫어서 미치구 싶다 그겁니다."

"누가 말려? 미치라구, 미쳐. ㅎㅎ, 우리 사이코 클럽 하나 만들까?"

그렇게 킬킬거리던 최가 현세의 귀를 당겨다 속삭였다.

"낼 우리 병원으루 와, 좋은 거 구해놨으니까. 누구라구 아직 밝힐 순 없지만 와보면 알 만한 얼굴두 꽤 있을걸."

현세가 그 숙취에서 완전히 깨어난 것은 사흘 뒤인 오전이었다. 온전히 이틀 반을 잠자리에 누워 그야말로 비몽사몽을 헤맸던 것이다. 눈만 감으면 꿈을 꾸었다. 수도 없이 많은 사람을 만난 것 같았다. 쫓기고 쫓고, 하나같이 그들과 싸우는 악몽이었다. 꿈 아닌 때에 그렇게 극심한 공포를 가져본 일이 없었다. 그 많은 사람이 모두 땡삐로 둔갑하는, 그 공포는 너무나 생생했다. 물론 그는 계속 잠만 잔 것이 아니었다. 아내가 약국 문을 열고 약을 사러 온 손님들과 나누는 이야기도 꿈결처럼 듣고 있었다. 꿈꾸는 것이 두려워 아내가 머리맡에 가져다 놓은 신문도 열심히 읽었다.

TV도 틀어보았다. 그러나 그는 TV 화면에 자막으로 흐르는 글자를 머릿속으로 만들어 읽고 있는 자신을 발견하곤 몸서리쳤다. ……무허가 기도원을 탈출한 정신병자, 가정집에 들어가 난동…… 합법적인 살인, 멀쩡한 사람이 무허가 기도원에 정신병자로 감금된 채 죽어가고 있다. 보호자가 원하면 귀신도 모르게 처치…… 민중운동가 정신병자로 몰려 기도원에서 자살…… 신문도 마찬가지였다. 그는 신문기사 속 인명을 모두 땡삐로 바꿔 읽었다. ……국가안전기획부는 27일 피요학 총재에 대해 참고인 자격으로 구인장을 발부받아 피요학 총재가 지난해 8월 피요학 의원이 밀입국할 때 북한 당국자에게 메시지를 전달하고 자금 지원을 했는지 여부 등을 확인하기 위한 강제 수사에 나섰다. ……화성 부녀자 연쇄살인 사건을 수사 중인 경기도경은 27일 지난해 9월 여덟번째 피의자 피요학 살해 사건의 용의자로 피요학 씨를 검거, 범행을 자백받고 구속영장을 신청했다…… 그는 심한 두통을 느끼고 자신이 조제한 약을 가지고 오라고 딸 이름을 부른다는 것이, 요학아— 하고, 땡삐 이름을 부른 일까지 있었다.

어떻든 그 깊은 숙취에서 완전히 깨어나자 그는 몸이 홀가분해진 느낌이었다.

몸뿐이 아니라 머리까지 맑았다.

"야 인마, 어디가 어떻게 아팠냐? 전화까지 안 받구……"

만재가 약국 문을 들어서며 숨넘어가게 다그쳤다. 머리에서 발끝까지 요란 뻔지르르한 등산복 차림이었다. 현세는 자신이 혼음불성 상태에 있을 때 만재로부터 전화가 두어 번 걸려왔었다는 걸 아내가 머리맡에 해놓은 메모를 통해 알고 있었다. 그 메모를 본 순간 현세는 숙취 상태의 그 잠속의 감당하기 어려웠던 가위눌림이 새삼스러웠다. 문득 자신이 그처럼 무서워했던 것은 땡삐가 아니라 만재의 그 유들유들한 얼굴이었는지 모른다는 생각이 스쳐 갔다. 그는 전화를 걸고 싶은 유혹을 그렇게 물리칠 수 있었던 것이다.

"야, 좌우지간 축하한다. 확실한 것은 아니지만 사이코 그 새끼 말이다……"

축하한다…… 사이코 그 새끼…… 사물탕 두 병을 꺼내 만재한테 건네며 짐짓 딴전을 피웠다.

"세월 좋구나."

"인마, 차하고 여잔 새것일수록 좋은 거다."

현세의 눈길이 약국에 주차한 슈퍼살롱의 운전석 옆 젊은 여지의 낯선 얼굴에 가 있다는 걸 의식한 듯 만재가 허풍을 떨었다. 현세 아내가 약국에 딸린 방 안에서 기척을 죽이고 있었다. 그네 역시 만재를 두려워하고 있었다. 만재가 나타나기만 하면 그네의 몸은 민망스러울 정도로 짜부라졌다. 그러나 만재는 누가 듣건 아랑곳없이 제 할 소리를 다했다. 늘 바뀌는 승용차 속의 여자를 약국 안까지 불러들이지 않는 것만 해도 다행한 일이었다. 그는 오 분여 정도 약국에 머무는 동안 도대체 대가리와 꼬리가 불분명한 얘기를 장황스레 떠벌리다가는 느닷없이 질문 공세를 퍼부어 현세를 당혹케 했다.

야, 약장사해서 돈 좀 벌었냐. 이거 웬만하면 집어쳐라. 사내 새끼가 궁상스럽게 이게 뭐냐. 조롱 속의 새 새끼처럼. 도대체 뭔 재미루 사느냐 그거여. 허긴 이 정도만 해두 개천에서 용 났지. 야, 오랜만에 고향 갔다가 니 둘째 동생 만났다야. 갸, 왜 맨날 그 꼴이냐. 한심하더라 한심해. 야, 그건 그렇구, 너 아주머니한테 잘해주냐. 약쟁이들은 그게 약하다며? 맨날 죽치구 앉았으니 그럴 수밖에. 뭔 약 먹냐. 야, 좋은 약 있음 니 혼자 처먹지 말구 소개 좀 해라. 신흥에 옻닭집 좋은 데 있다던데 오늘 거기나 갈까…… 이런 식이다. 현세는 만재가 신흥에 올 때마다 여러 사람 앞에서 똥바가지를 뒤집어쓰는 곤혹을 치르곤 했다.

사물탕 한 병을 목줄에 힘줄이 서도록 단숨에 들이켠 만재가 짐짓 주위를 살피는 기색을 했다. 현세가 딴전을 피우는 걸 눈치챘다는 그런 투로 목소릴 낮췄다.

"사이코 그 새끼 말이다……"

현세는 뭔가 긴한 말을 싸대고 싶어 안달하는 만재를 약국 밖으로 밀어냈다. 되도록 침착하자는 생각을 다져물었다.

"요학이 있는 델 알았다는 거야?"

"이렇게 멍청하다니까. 내가 축하한다는 말 무슨 뜻인지 정말 아직두 모르겠냐?"

"설마……"

"확실한 건 아니지만…… 하긴 확실하지 않은 게 그 조직의 특징이지. 허지만 그 조직이 땡삐 일에 나선 것만은 분명하다. 그게 분명한 이상……"

이제는 자기 쪽에서 뜸을 들일 작정인 듯 만재는 사물탕 병을 흔들어 보이며 승용차 쪽으로 다가갔다.

그 조직이라니. 물론 짐작 가는 바 없지 않았다. 그가 가끔 알쏭달쏭한 말로 우리 조직이 어쩌구 하며 변죽만 울리던 그 얘기인 모양이었다.

만재가 승용차 차창에 디밀었던 머리를 빼내 약국 문턱으로 돌아오며 눈을 끔적였다.

"뭔 얘기야, 그 조직이라니?"

"그런 게 있어. 내가 언젠가 얘기 안 했냐. 좋게 말해 백색과 적색을 믹스한 그런 완충장치 같은 테러 집단이라구. 나두 그 조직이지만 이젠 무용지물이나 다름없다. 그 작자들이 날 필요로 하지 않는 이상 그건 이미 끝난 거야. 그게 그 작자들의 불문율이지."

"그 작자들이라니?"

"조직이라니까. 그러나 누가 조직원인지 아무도 모른다구. 철저한 점조직이지. 지도부 같은 게 있어 결정된 사항을 지령으로 내리는데 그 지도부두 점조직으루 움직이니까 정체가 전혀 노출되지 않는다구."

"자네가 그 지도부에 속한다구 했던 거 같은데."

"그건 사실이지. 어떤 조직한테 내 의견을 제시하면 그게 그대로 결정된 지령으로 내려가곤 했으니까. 그러나 지금은 내 의견이 한 번두 결정되는 일이 없다구. 물론 나한테 지시되는 것두 없구. 난 도태된 거야."

"결정한다는 게 뭔데?"

"비밀결사가 하는 일 뻔하잖냐. 내가 알기론 하부조직에 재벌에 판검사까지 두루 있다는 사실이다."

그때 약국에 손님 두 사람이 들어갔고 현세는 아내의 기척을 살피면서 목소릴 더욱 낮춰 물었다.

"어떤 사람을 죽이냐?"

"땡삐는 사회 안정을 해치는 그런 케이스에 걸렸다구 보면 틀림없을 거다."

"요학이를 정말 죽였을까?"

자신이 생각해도 너무 가라앉은 소리였다. 그 낮은 물음이 만재를 긴장시킨 모양이었다.

"확실한 건 아니라구 했잖아. 허지만……"

"허지만 네 생각엔 요학이가 죽은 게 분명하다는 거지?"

현세의 얼굴이 많이 일그러져 있었던 모양이다. 만재가 비실비실 뒤로 물러섰다. 현세가 목소릴 더 낮춰 다그쳤다.

"네가 결정한 거냐?"

"너 지금 무슨 소릴……"

"요학이가 네 약점을 알고 있었을 거다. 만재, 네가 요학일 그 조직의 하수인으로 쓰려고 했었는지도 모르지. 요학이가 그러더라. 찾아갈 때마다 네가 돈을 내놓더라구. 그걸 네 면상에 집어던졌대. 넌 요학이가 무서웠던 거야. 물론 요학이두 널 죽이구 싶다구 했지. 그러나 네가 품었던 살의와 요학의 그것은 근본적으루 달랐다는 건 알아야 해."

"너 미친놈이 한 얘길 가지구 정말 이렇게 나오기냐?"

만재가 약국 안으로 덥석 들어서며 역습을 했다. 현세는 약국 밖에 선 채 목소릴 더 낮게 깔았다. 하고 싶은 말이 있었기 때문이다.

"네가 늘 궁금해했지. 요학이가 미친 이유가 뭐냐. 그리고 처남인 나한테만 와서 괴롭히는 데는 필경 무슨 까닭이 있을 거 아니냐구 말이다. 나두 그 궁금증을 풀구 싶었다. 내가 얻은 결론은 요학이가 미치지 않았다는 거다. 미친 척한 것두 아니구. 그건 요학이 체질이었다는 거다. 문제는 그 기질을 수용하지 못한 사회 인식에도 책임이 있다는 거다. 중요한 것은 너와는 달리 요학인 자신이 악종이라는 걸 잘 알았다는 거다. 소도 언덕이 있어야 비빈다는 말처럼 요학인 나한테 와서 이해받고 싶었던 거다. 한 사람 것을 빼앗는 일로 많은 사람의 몫을 지켜줬다고나 할까, 그게 바로 요학이가 너하고 다른 점이었다는 걸 요즘에서야 깨달았다는 얘기다. 무슨 얘긴지 알겠냐? 네가 말하는 그 조직이 정말 있다면 너 같은 놈부터 죽여야 한다는 그런 얘기다."

어떤 확신이 그런 단정적인 결론을 내리게 했는지 모를 일이었다. 그는 자기 몸 안에서 뻗쳐오르는 살기를 애써 억눌러야 했다. 만재가 약국 밖으로 뛰쳐나왔다.

"이 새끼 이거, 듣자 하니까 정말 못하는 소리가 없네."

현세는 그 순간이야말로 침착해야 한다고 생각했다.

"아무 피해두 주지 않았는데 그냥 무섭다는 일루 사람을 그렇게 죽일 수도 있는 거냐?"

"야아, 이거 완전히 땡삐 수법이구나. 나를 아주 살인자루 몰작정이냐?"

"요학일 어디서 어떻게 죽였냐?"

"난 땡삘 안 죽였다."

"그럼 누가 죽였냐?"

"조직이라구 했잖냐. 그렇지만 확실한 것은 아니라구 분명히 말했다."

"확실하지두 않은 걸 왜 떠벌리냐?"

"네가 바라는 게 그거 아니었냐?"

움켜쥔 손으로 살기가 짜릿짜릿 뻗쳤다. 그러나 그는 애원하
듯 다시 물었다.

"요학인 안 죽었지?"

"야, 지금 니 기분 이해 못하는 것두 아니다. 그러나 감상은
버리는 게 좋을 거다. 이미 다 끝난 일이라니까."

"끝난 일…… 뭐 감상? 이 개애씨앙놈에 새끼가……"

현세는 지금 자신이 개처럼 으르렁거린다고 생각했다.

"이따가 술 한잔하자. 지금 니 기분 가지군 안 되겠구…… 그
럼 난……"

만재가 얼렁뚱땅하며 승용차 쪽으로 도망치려 했다. 현세는
약국 안쪽에서 하얗게 질린 아내가 무너져 내리는 것을 똑똑히
보았다. 문득 길 건너 보영당 주인 얼굴도 보였다.

"야, 기분? 그래, 지금 내 기분이 어떤 건지 보여줄까?"

등산복 파카 뒷자락을 잡힌 만재가 놀란 얼굴로 뒤돌아보며,
어어, 이거 왜 이래— 어쩌구 하며 허둥거렸다. 어디서 그런 힘
이 나왔는지 모를 일이었다. 승용차 문을 열던 만재가 길바닥에
나뒹굴었다. 승용차 속 여자의 당혹한 얼굴이 현세의 시선을 잠
깐 혼란시켰다. 그러나 현세는 요란 뻔지르르한 등산복 차림으
로 땅바닥에 쓰러진 만재를 향해 덮치듯 달려들었다.

"뭐, 요학이가 죽어? 허허, 지금 날 보면서두 그따위 소릴 해?
그렇담 너두 죽어야 마땅하지."

손끝으로 뻗치는 살기가 그의 목까지 가지 않은 것만 해도 다행이었다. 현세는 만재가 산행을 포기한 채 허둥지둥 차를 돌려 달아나는 꼴을 바라보면서 느닷없이 마음이 바빠지기 시작했다. 서둘러야 할 것 같았다. 요학일 찾아야 해. 요학인 안 죽었다. 그는 자신의 내부를 가득 채우는 요지부동의 확신을 확인이라도 하듯 쿡쿡 웃었다. 설사 요학의 주검을 눈앞에 놓았다 해도 그의 부재가 결코 믿어지지 않을 것 같은 그런 확신이었다.

그러나 몸을 돌려 하얗게 질려 무너져 내린 아내 얼굴과 마주치는 순간 그는 약국 진열장이 자신을 향해 넘어 닥치는 심한 현기증으로 어어, 소릴 내질렀다.

그날 저녁 신흥치과 최 원장이 전화를 걸어왔다. 매우 은밀한 목소리였다.

"여어, 김 회장, 술 실력이 보통이 아니던데그래. 오늘 한잔 안 할 거야? 여기 병원이야. 이리 오라구. 여기, 당신 기다리는 사람 많아. 왜 있잖아. 접때 술자리서 얘기하던 거 생각 안 나? 아, 여보세요……"

굉장한 유혹이었다. 그러나 현세는 가만히 듣고만 있다가 전화를 그대로 툭 끊어버렸다. 어쩌면 그것은 어떤 결정을 내려야만 하는 갈등의 순간적인 도피였는지 모른다. 그는 최가 다시 전화를 걸어올 경우 어떤 말을 해줄 것인가를 바쁘게 찾고 있었다. 환장하게 비어드는 자신의 마음 그 밑바닥을 어쩌지 못해 울음 대신 내지를 그런 말이어야 했다.

난 당신들처럼 미치고 싶지 않아. 그렇게 마약으루 마비시켜야 할 만큼 무서운 것두 괴로운 것두 없다 그거야.

내친김에 이 악물고 뱉어줄 또 다른 말이 널름 떠올랐다. 그 목소리까지 땡삐의 그것과 똑같이 할 수 있을 것 같았다.

야, 이 플라스틱 폐기물 같은 인간쓰레기들아, ㅎㅎ 내가 죽었다구?

그러나 최한테서 다시 전화가 걸려왔을 때 그가 어렵잖게 해버린 말은 그게 아니었다.

알았어요. 금방 갈 겁니다.

그는 마치 상갓집의 그 경황으로 약국 문을 서둘러 닫고 있었다. 조그맣게 웅크리고 앉아 미동도 않는 아내의 그 절절한 울음에 꼼짝없이 전염될 것 같은 두려움 때문이었다.

○ 1989년 『동서문학』 11월호

거울의
알리바이
—유다족(族)

"르포 작가시구먼요."

받아 든 명함을 한참 들여다보던 조사관이 내 얼굴을 흘깃 쳐다보며 말했다. 그러나 그는 내 필명인 '고발'까지 들먹이진 않았다. 어떻든 처음 대할 때의 그 탱탱 튕기는 거오스러움이 한결 가신 것만 해도 다행이었다. 물론 그는 르포 작가가 어떤 부류의 직종인가를 쉽게 짚어내지는 못했을 것이다. 그렇다고 그가 그것에 대해 구체적으로 물어 오지 않으리란 것을 나는 잘 알고 있었다. 사람들 대부분이 그랬다. 그네들의 얄팍한 지적 자존심이 그런 물음을 용납하지 않으리란 내 속셈이 적중한 셈이다. 명함이 대체로 자기과시를 위한 세심한 장치가 되듯 르포 작가, 그것은 어떤 위기의 순간 방패막이 역할을 톡톡히 해냈다. 그런 효력으로 볼 때 나는 차라리 필명 그대로 고발 작가란 이름으로 행세하고 싶었다. 실상 나는 고발문학이란 말을 즐겨 썼다. 그것은 정통 글쟁이들에 대한 반감의 의도적 시위라고 할 수 있었다. 까놓고 말해 나는 글이나 써보라는 남들의 부추김에 귀 솔깃 떠밀려 어영부영 끄적거리다 바로 요거구나 하고, 글 쓰는 일을 내 세상살이의 한 방편으로 요령껏 깔고 앉은, 작가라고 하기엔 계면쩍은 구석이 많기 때문이다. 물론 내게도 글 쓰는 신명은 있었다. 땅속 두더지를 삽으로 떠 햇볕 속에 내던지듯 쉬쉬 감춰져 있는 문제를 파헤쳐 세상을 깜짝 놀라게 하는 그런 즐거움이었다. 르포는 대체로 밝은 쪽을 뒤져 바람직한 본보기를 보여주는 덧셈법과 그 내막이 캄캄 가려져 있는 것을 미주알고주알 까발려 고발·폭로하는 뺄셈법을 생각할 수 있는데 물론 내 즐거움은 뺄셈 쪽이었다. 설사 그것이 내 조상에 관한 아주 불미스러운 짓일지라도 남들이 엉하고 놀라 자빠질 일이라면 주저 없이 덤벼들었을 것이다. 비록 그 일이 세상에 헤벌쭉 다 드러난 것이라 해도 아직 수상쩍은 구석이 남아 있는 기미만 보이면 속속들이 파고들어 야죽야죽 깐족이기라도 해야 직성이 풀렸다. 나는 항상 고발하고 싶은 충동을 느낀다. 내 고발 심리는 감춰져 있는 것을 드러내려는 충동과 이미 드러나 있는 것을 그게 아니라고 감추고 부정하려는 상반된 욕망이 팽팽히 공존하는 가운데 비롯된다. 그 양면성은 어머니에게서 물려받았다는 생각이다. 어머니는 이미 이 세상 사람이 아닌 허상의 아버지를 놓고 끈질긴 싸움을 벌였다. 느 아버지가 세상을 잘못 만나 그렇지 지금 세상 같았으면 대통령두 했을 거여. 인물 잘났겠다 식자 좋겠다…… 그러나 아버지에 대한 어머니의 이런 덧셈법은 어느 순간 증오와 저주로 탈바꿈되곤 했다. 그 인간 종자, 생각만 해두 치가 떨린다. 사람 탈만 쓰면 다 사람 새낀 줄 아냐. 씹어 죽일 놈의 인간…… 유복자인 나와는 달리 아버지의 생전 얼굴을 기억하고 있는 내 손위의 두 누이들도 아버지에 대한 자신들의 견해를 수시로 배반했다. 나는 언제부터인가 아버지에 대한 그네들의 믿음성 없는 진술을 통해 드러냄과 감춤의 양면성을 터득했다. 그것은 끊임없는 부정을 통해 자기네들이 가져야 할 것을 갖지 못한 데 대한 한풀이를 하고 있었던 것이다. 이미 이 세상 사람이 아닌 아버지를 실재의 힘으로 집안에 세워두기 위한 의식 같은 것이었는지도 모른다. 그리하여 우리 집에는 도덕군자인 아버지와 파렴치한 아버지가 서로 맹렬히 부정하며 실재했다. 아버지를 버리지 못했기 때문에 우리 가족은 세상살이의 즐거움을 외면하면서 살아야 했다. 자라면서 나는 많은 혼란을 겪었다. 우리 집에 살아 있는 아버지의 그림자에 대한 회의였다. 왜 우리 가족들은 아버지를 자신들의 의식 깊이 심어놓은 채 버리지 못하는 것일까. 나는 어릴 때부터 아버지의 존재를 부정하는 일로 혼란을 극복하려 했다. 저네들이 말하는 아버지란 나와는 무관하다. 나는 아버지가 없다. 나는 어머니마저 부정했다. 의심하기 시작하자 비로소 자유분방한 상상이 펼쳐지면서 내 안에 들어와 죽어 있던 사물이 살아 꿈틀거리기 시작했다. 아이들은 눈을 가늘게 뜨고 자신들의 속마음을 염탐하고 있는 나를 달가워하지 않았다. 내게 곁을 주지 않는 아이들에게 접근하기 위한 유일한 방법을 스스로 터득했다. 아무개 아버지가 누구네 돈을 떼먹고 안 준다, 아무개 어머니가 읍내 장날 아무개 아버지와 여인숙에 들어가는 걸 아무개가 봤단다. 나는 그런 정보를 누구보다 빨리 얻어 그 즉시 퍼뜨리는 일로 아이들의 환심을 샀다. 나는 항상 아이들이 깜짝 놀라 자빠질 만한 사건을 찾기 위해 눈에 핏발을 세웠다. 그것을 가능하게 했던 것이 바로 내 불신의 눈이었다. 다만 나 개인과 환경의 능률적인 상호관계가 남들의 그것과 상반된다는 사실만 다를 뿐 불신은 내가 처한 환경에 적응하는 내 삶의 최선의 방식이 되었다.

"이게 우리가 강원도 경찰국에서 이첩 받은 고발장입니다. 이렇게 위반 현장 사진까지 붙어 있지 않습니까. 이거, 고 선생 차 아닙니까?"

조사관이 펼쳐 보이는 서류철 한중간 백지 위에 흑백사진 두 장이 붙어 있었다. 백지 위쪽에 붙은 사진은 도로의 중앙선을 일 미터쯤 먹어 들어간 스텔라 승용차의 뒷부분이 심도 깊이 왜곡되어 나타난 것이었다. 다른 한 장은 어느 커브 길에서 승용차 두 대를 추월해나가는 스텔라가 앞쪽으로 흐르듯 잡힌, 패닝 기법에 의한 동감 표현이 잘된 사진이었다. 어느 것이나 차뒷면 번호판이 선명했다. 서울4프 3215. 의심할 여지가 없었다.

"여기 보면 오월 이십일일 십삼시 이십오분 6번 국도 도농삼거리로부터 이십삼 킬로 지점인 하행선에서 중앙선 침범, 같은 시각 오십칠분에 팔당댐이 바라보이는 사십 도 경사진 지점에서 시속 약 백 킬로미터로 앞지르기를 했다고 기록돼 있습니다. 기억나십니까?"

조사관의 의기양양한 얼굴이 나를 쳐다보고 있었다. 나는 할 말을 잃었다. 그 이차선 국도에서 중앙선을 침범했는지 과속으로 여러 대의 차를 앞지르기했는지 그런 것은 분명히 기억되지 않았다. 그러나 보름 전 그 시간쯤 그 이차선 국도 하행선을 달리고 있었던 것만은 사실이다. 공작산 계곡 봉자암의 윤혜선 보살을 만나러 가는 길이었다. 더 정확히 말해 그날 나는 윤혜선 보살의 죽음을 확인하기 위한 꽤나 황당하고 괘씸한 기분의 그런 여행길에 있었다.

윤혜선은 명문 여자대학 재학 시 오월의 여왕으로 뽑힐 정도의 빼어난 미모로 두서너 편의 영화에 출연까지 한 경력을 가지고 있는 글래머였다. 그네는 홀연히 자취를 감춤으로써 그네를 아는 모든 사람들을 어리둥절하게 만들었다. 그렇게 몇 년 동안 잠적함으로써 사람들의 관심에서 벗어났던 그네가 다시 돌아온 것은 이 년 전이었다. 그네는 무당이 돼 있었다. 특히 녹두장군이 몸주로 실린 영험한 무당이라고 해서 주간지에 화제의 인물로 다루어지기까지 했다. 물론 광고나 다름없는 그 주간지 르포 기사를 쓴 사람이 바로 나였다. 그네가 명문 여자대학 출신이라고 밝히고 십여 년 잠적해 있던 그네의 사생활을 신비롭게 미화한 것도 전적으로 내가 한 일이다. 그네 스스로가 기꺼이 그 취재에 협조해주었다. 취재를 하는 동안 나는 그네에게서 어떤 범상치 않은 냄새를 맡았다. 쾌락과 죽음, 밝음과 어둠이 서로 뒤엉겨 넘실거리는 정사 장면 같은 것이 떠올랐다. 그네의 자글자글한 눈 그늘이 만들어내는 신비였다. 그네의 강렬한 성적 매력은 곧바로 죽음을 연상시켰다. 죽음이 어떤 아름다운 빛깔로 나타날 수 있다면 바로 그네에게서 발산되는 그런 빛이었을 것이다. 그것은 어쩌면 죄의 빛깔이었는지도 모른다. 그네는 대개 말이 많은 다른 무당들과 마찬가지로 조금 달변에 가까웠다. 그네의 얼굴 표정은 매우 복잡했다. 눈과 얼굴 근육이 쉬지 않고 움직였는데 그것이 매우 매혹적이어서 말 같은 것은 별로 중요하게 생각되지 않을 지경이었다. 영업이 잘되는 편이지요. 단골손님이 많거든요. 주로 남자 손님들이지요. 그 사람들은 나하고 연애를 하고 싶어 찾아온다고 해요. 물론 선별은 하지만 나는 나를 원하는 손님과 연애도 해요. 그네는 자신을 취재하는 나한테 서슴없이 그런 말까지 했다. 아주 천박하게 들릴 수 있는 말인데도 그것이 그렇게 자연스러울 수가 없었다. 나도 보살님과 연애를 할 수 있겠습니까. 내가 묻자 그네의 얼굴근육이 다소 굳어지는 느낌이었다. 그건 안 되겠는데요. 고발 씨는 나한테 남자로 안 보이거든요. 듣기에 따라 치욕적인 말이었지만 그네의 표정이 너무 자연스러워 나는 그냥 허허 웃고 말았다. 그러나 나는 그 순간 결정해버렸다. 이 여자의 모든 것을 까발리고 말리란 작심이었다. 내가 보기에 그네는 천부적인 범죄형 요부였다. 나는 그네의 가면을 벗겨 그 정체를 세상에 알리고 싶은 충동에 휩싸였다. 그네도 나를 한눈에 간파한 것 같았다. 그네가 나를 충동질했다. 나는 고발 씨가 생각하는 것보다 많이 복잡한 여자예요. 자살미수가 아홉 번이라면 놀랄 일 아녜요. 자살이라는 말을 할 때의 그네 눈이 이글이글 불타오르는 것처럼 느껴졌다. 자살이요? 아니 이 좋은 세상에 왜 죽으려 했습니까? 그네는 대답 대신 빙긋 웃어 보였다. 그건 비밀입니까? 내 물음에 그네는 여전히 웃는 얼굴인 채 고개를 살래살래 흔들어 보였다. 아홉 번이나 죽음을 결심했다면 그건 보통 얘기가 아닌데요. 나는 군침을 넘겼다. 그네의 대답은 뜻밖이었다. 죽기를 작정하고 그 준비를 하는 일이 얼마나 재미가 있다구요, ㅎㅎ. 결국 죽는 연습을 한다는 겁니까? 그런 셈이지요. 죽을 준비를 하는 동안 죽고 싶은 생각이 없어졌다는 뜻입니까? 내 빈정거림에 그네가 정색을 했다. 어허, 모르시는 말씀. 무당들 특유의 허스키한 목소리로 그네가 받았다. 우리 같은 무당들은 자기 마음대로 잘 죽지 못한다는 얘기 못 들어봤어요? 이쪽 사람들은 죄다 그렇게 믿고 있대요. 무당은 자기 마음대로 죽지 못한다구 말예요. 처음엔 믿어지지 않았지만 내가 직접 겪고 나서야 그게 믿어지는 거였지요. 또 죽을 준비를 할 겁니까? 그럼요. 그게 얼마나 재미있는 일인데요. 그네는 웃지 않고 그렇게 받았다. 죽는 일이 재미있다고. 내가 그네의 얘기를 기사로 쓰면서 언급하지 않은 것은 그네의 남자관계가 복잡하다는 것과 그 아홉 번의 자살미수에 대한 것이었다. 그것은 부스러기가 아닌 아껴 먹어야 할 가장 맛있는 고급 과자였던 것이다. 고발 씨가 르포를 쓰시는 것처럼 나도 일기를 쓰고 있어요. 물론이죠. 대학 다닐 때부터 줄곧 쓴 것이니까요. 내가 일기를 쓰고 있다는 건 고발 씨만 알고 있는 비밀이에요. 그것이 그녀가 내게 던진 미끼였던 것이다. 그네가 심상치 않은 비밀을 일기로 쓰고 있다는 것, 그 일기를 언젠가는 세상에 공개하겠다는 것, 그것이 바로 내 피를 거꾸로 돌게 했다. 그네와 여러 번 만나면서 내가 새삼 확인하게 된 사실은 삼십대 중반 여자의 농밀한 관능이 발산하는 매력의 위대한 힘이었다. 그 매력의 힘이 뭇 남자와 여러 개의 코드로 접선을 가능하게 했으리란 생각이다. 내 코는 속일 수 없었다. 문제는 그네 비밀의 주머니인 그 일기를 손에 넣는 일이었다. 실제로 그네는 내가 그 일기를 손에 넣을 수 있는 가능성에 대해 스스로 언질을 주기도 했다. 자신이 쓴 일기를 언제고 책으로 묶어내고 싶다고도 했다. 나는 서둘러 단도직입으로 그 일기를 흥정했다. 그러나 그네는 쉽게 말려들지 않았다. 그렇다고 전연 내 흥정에 흥미가 없다는 투도 아니었다. 그네가 쓰고 있다는 그 일기를 두고 벌이는 비밀 거래는 집요하게 진행 중이었다.

그러나 나는 이십여 일 전 자신의 신분을 밝히지 않는 한 사내로부터 전화를 받았다.

당신, 고발이란 사람이야? 본명은 변재동, 오십일년 사월 삼일생, 마흔두 살, 일흔아홉 살 노망든 어머니가 산정기도원에 위탁돼 있고 당신 큰누나 변정숙은 십 년 전에 자살했어. 둘째 누나 변상숙은 이혼 경력이 두 번씩이나 있고 남자관계가 복잡한 여자야.

마치 내가 내 목소리를 듣는 느낌이었다. 실상 나는 때때로 그런 식으로 사람들과 접촉한 적이 있었던 것이다. 어떻든 나는 그런 협박조의 전화에 비교적 담담할 수 있었다. 내가 쓴 르포가 발표될 때마다 이런 정도의 협박은 있게 마련이었다. 그것은 내가 쓴 글이 효력을 발휘하고 있다는 가장 확실한 반응이기도 했던 것이다.

그러나 이번 경우는 좀 달랐다. 전화를 걸어온 사내가 예상외로 침착했다. 대개의 경우 매우 흥분된 상태에서 꽥꽥 고함부터 질러대게 마련인데 이번의 경우는 매우 심사숙고한 도전임이 분명했다.

당신 죽은 아버지가 육이오 때 실종됐다는 것두 알구 있지.

그리고 당신이 썼다는 르폰가 쥐폰가 죄다 엉터리라는 것두 다 알구 있지. 당신이 무고죄로 기소돼 유죄판결이 난 것도 몇 건 이라는 걸 나는 알고 있어. 당신은 전과자야. 그러나 그따윈 내 관심거리가 아니지.

당신이 원하는 게 뭐야?

당신, 윤혜선이란 여자 알지?

전혀 뜻밖의 일이었기 때문에 내가 대답을 못하고 머뭇거리 자 그 사내가 다시 다그쳤다.

당신 며칠 전 죽은 윤혜선일 알고 있지?

누가 죽었다고요?

그렇게 능청떨지 않아두 돼. 내가 알고 싶은 건 당신이 정말 그 여자 일기를 가지고 있는가 하는 것뿐이야.

무슨 소릴 하는 거요? 나, 난 아무것도 가지고 있지 않아요.

나는 허둥거리고 있었다.

묻는 말에만 대답해. 윤혜선이 죽기 전에 당신한테 자기가 쓴 일기를 모두 넘겼다는 게 사실이야?

이런 식의 황당한 전화에 의해서 나는 윤혜선의 죽음을 처음 으로 알게 됐던 것이다. 믿어지지 않았다. 그네가 자신의 자살 미수에 대해 마치 남의 얘기하듯 자주 말해왔기 때문에 오히려 그쪽으로 전연 신경을 쓰지 않고 있었는지도 모른다. 그네는 자 신의 자살 기도 동기에 대해서는 매우 알쏭달쏭한 말로 얼버무 렸다. 다만 그 자살 사건이 어떻게 해서 좌절됐는지 그 불가사 의한 경위에 대해서만 장황하게 늘어놓곤 했던 것이다. 아홉 번 모두 자신의 죽음을 방해하는 일이 생겼다고 했다. 술을 마시고 수면제 오십 알을 입에 털어 넣어 혼수상태에 빠졌을 때 불에 굽지 않은 고등어를 날로 뜯어먹는 꿈을 꾸다가 구역질을 했는데 그 수면제 오십 알을 모두 토해내게 되었다든가, 남들이 다 하듯 신발을 물가 바위에 벗어놓고 물에 뛰어들었는데 정신을 차려보니 자신이 지게 작대기만 한 가느다란 나무토막 하나에 의지해 물에 떠 있었다고 했다. 양잿물을 마시는 순간 머리카락이 목구멍에 느껴지면서 그대로 토악질을 해 식도만 심하게 헐어 꽤 오래 고생했다는 얘기도 했다. 무당은 자살도 마음대로 안 된다고 사실의 입증치고는 그럴듯한 변명을 늘어놓기도 했다. 죽음이 사랑의 완성이라고 믿고 있는 무당들이 그 완성을 자의로 이루지 못한다는 데 그 세계의 풀기 어려운 신비가 있었던 것이다. 내가 그네에게 관심을 갖기 시작한 일도 그네의 빈번한 자살 실패와 그 실패 뒤에도 계속 시도되는 죽음에 대한 집념 때문이었다. 봉준 할아버지가 죽지 말라고 해요. 그네는 천연덕스럽게 그런 말로 자신의 자살미수를 얼버무리곤 했다. 그러나 내가 알기에 그네는 지극히 정상적인 여자였다. 나는 그네의 그 빈번한 자살 기도에 대해 집요하게 추궁했고 내가 얻어낸 대답은 엉뚱했다. 그 자살 충동은 대체로 남자와 잠자리를 하고 난 뒤에 일어난다는 사실이었다. 그 성희의 농도가 짙고 자기 자신이 원한 상태에서 충만감을 가질 때일수록 그 충동이 심하다고 했다. 자살에 대한 유혹이 올 때면 남자와의 충일한 성희를 가질 때의 그런 쾌락을 그 동기야 어떻든 느낀다고 했다. 그네의 습관성 자살 기도는 매우 치밀하게 계획되어 실행에 옮겨지기까지 하나의 밀교 의식처럼 엄숙하면서도 대단한 신명이 따른다는 것을 밝혀낸 것도 수확의 하나였다.

윤혜선 보살이 죽었다는 소식을 그런 식으로 전해들은 뒤 나는 그 일을 곧바로 확인하는 일을 뒤로 미루며 뭉그적거리고 있었다. 물론 나는 그네의 죽음에 대해 의심하지 않았지만 그 죽음이 전해지는 과정이 너무 어처구니가 없어 망연자실하고 있었던 것이다. 협박조의 그 전화가 있은 다음 날 나는 다시 윤혜선의 일기를 내가 가지고 있지 않느냐는 또 다른 사람의 전화를 받았다. 그 역시 자신의 신분을 밝히지 않았지만 먼저 사람보다는 한결 부드럽고 여유가 있어 보였다. 그는 자신이 사용하고 있다는 사서함 번호를 내게 불러주었다.

고 선생이 가지고 있다는 그 일기를 사고 싶소. 의향이 있으면 아무 때나 연락을 주시오.

나는 먼저 전화를 걸어왔던 사람에게 그랬던 것처럼 이번에도 내가 그네들이 찾고 있는 일기를 가지고 있지 않다는 말을 하지 않았다. 물론 그것을 가지고 있다고 거짓말을 해서도 안 된다고 생각했다. 나 스스로 의문점이 풀릴 때까지 나는 그들과의 관계를 악화시켜서는 안 되었기 때문이다.

도대체 어떻게 된 일인가. 나는 가슴이 뛰기 시작했다. 윤혜선 보살이 죽었다는 일은 내게 충격적인 사건이 아닐 수 없었다. 나는 그네의 속내를 탐지하기 위해 무수한 수수께끼 놀이를 하고 있는 중이었다. 그 매혹적인 여자가 어떤 방식으로 사내들을 사로잡았으며 그네의 품을 찾았던 사내들은 어떤 사람들이었을까. 왜 그네는 그처럼 집요하게 자살 기도를 했을까. 그러나 그 어떤 수수께끼도 답이 나오지 않은 채 그네는 더 큰 미궁 속에 나를 던져버린 셈이었다. 그네들은 어떻게 그네의 일기가 나한테 와 있다고 믿고 있는 것일까. 내 머리가 바빠지기 시작했다. 이런 것을 신명이라고 하는 것일까.

윤혜선이 죽다니— 어금니에 지그시 씹히는 흥분을 애써 누르며 윤혜선 보살의 죽음을 확인하고 돌아온 뒤 경찰서로부터 출두 지시서를 받았다. 교통위반 신고가 들어왔다는 것이다. 교통법규 위반으로 딱지를 떼인 적은 여러 번 있어도 이처럼 누군가에 의해 신고를 당해보긴 처음이었다. 결코 예사로운 일이 아니었다. 출두 지시서를 받아 든 순간 나는 대뜸 윤혜선 보살의 일기를 필요로 하는 사람들을 떠올렸다. 드디어 그네들 협박이 구체적으로 진행되고 있다는 생각이었다. 어쩌면 지난 연말과 올해 삼월에 어느 월간지에 각각 발표한 내 르포에 대한 늦은 반응일 가능성도 없지 않았다. 좀 진부한 소재긴 해도 한강 상류 식수원을 오염시키는 호화 별장 이용자들의 호화판 사생활을 밀착 취재한 글과 어느 사이비 종파의 교주를 고발하는 내용의 글이었는데 그 반응이 아직 없어 매우 실망하고 있는 참이었다. 어느 쪽이어도 좋았다. 싸움은 시작된 것이다. 나는 들떠 오르기 시작했다.

"맞아요. 이건 내 차가 맞습니다. 내가 위반을 한 게 틀림없구먼요."

나는 조사관을 향해 놀랍다는 표정을 해보았다. 되도록 빨리 자인하고 나서는 것이 좋겠다는 판단이 섰던 것이다.

"우리도 이렇게 완벽한 고발은 처음 봅니다. 피고발자가 이렇게 선선히 자인해주시는 것도 드문 일이구요."

조사관은 내 뒤에 대기하고 있는 사람들을 흘깃거림으로써 일을 더 빨리 끝내고 싶다는 표정을 만들었다. 나 역시 되도록 일을 빨리 끝내고 싶었다. 그러나 그 두 장의 현장 사진을 보기 전만 해도 나는 끝까지 잡아뗄 작정이었다. 잡아떼기가 내 특기고 또 일을 매듭짓는 유일한 방법이었다. 내가 들춰내 세상에 알린 사건이 문제가 됐을 때 이쪽에서 할 수 있는 유일한 방어가 오리발 내밀기였다. 이건 르포 형식을 빌렸을 뿐 어디까지나 소설입니다. 작가의 상상이 만들어낸 픽션이기 때문에 사실과 얼마든지 다를 수 있다는 그런 얘깁니다. 그러나 내가 쓴 소설을 두고 문학성이 없다는 투의 문학동네의 빈축이 있을 때 내가 하는 대답은 먼저의 것을 뒤집기만 하면 됐다. 이건 소설 형식을 빌린 르포요. 사실을 사실대로 기록했기 때문에 때로는 개연성이 없을 수도 있다는 얘기지요. 작가의 주장, 주관을 곁들이지 않았기 때문에 르포르타주 아닙니까. 이건 사회정의의 차원에서 쓴 고발문학이다, 그런 말입니다. 귀에 걸면 귀걸이 코에 걸면 코걸이 식으로 나는 내가 쓴 글에 필요에 따라 그 의미를 달리 부여했다. 다시 한번 얘기하지만 소설 쓰기는 내 생활의 방편일 뿐이다. 방편으로 선택된 내 문학의 무기는 말할 것도 없이 고발정신이다. 고발정신에 의해, 감춰져 있는 어떤 상황의 실체가 독자에게 전달되는 순간 내 문학의 소임은 그것으로 끝나도 좋았다. 나는 르포문학이 가져야 할 기록성에 대해서는 그다지 관심을 두지 않았다. 기록이란 말 그대로 뒷날까지 그 흔적으로 남아 증거가 되어야 한다는 것이 짐짐하기 때문이다. 내 고발

정신은 고발 대상에 대한 인식의 순간이 중요한 것으로 그것은 항상 유동적일 수밖에 없다는 생각에서 비롯됐다. 나는 내가 고발한 내용을 뒤집어 다시 부정하는 그런 고발을 할 수도 있다고 믿었다. 고발의 궁극적 목표는 센세이션에 있다. 그러므로 나는 고발 대상이 포착된 순간의 그 정황에 의한 사실의 진위를 강조하는 일을 내 르포의 생명으로 삼았던 것이다.

"자, 여기다 서명하시죠. 고발 내용에 대한 범칙금입니다."

조사관은 이미 범칙금 납부고지서를 작성해놓고 있었다. '중앙선 침범'과 '앞지르기 금지구역 위반'이 범칙 내용이었다.

"그런데 한 가지 물어봅시다."

나는 조사관이 내민 범칙금 납입고지서를 짐짓 밀쳐놓았다.

"아까부터 고발 고발 하는데 그게 맞는 말이오? 이건 단순히 교통법규 위반 신고에 불과한 건데 말이야."

그러나 그 트집은 내 실수였다. 조사관의 이마에 핏대가 뻗쳤다.

"그게 그거 아닙니까. 우리가 이 사건을 이첩 받은 것은 어디까지나 고발 사건이었다 그거예요. 그리고 여기 관할서에 접수된 것도 분명 고발서로 돼 있지 않습니까."

"고발서라구요, 거기 그렇게 됐단 말입니까? 어디 좀 봅시다."

그러나 조사관은 만만치가 않았다. 그는 내가 그 서류 뭉치를 볼 수 없도록 아예 덮어버렸다. 나는 짐짓 밀쳐놓았던 범칙금 납입고지서에 사인을 했다.

"자, 이렇게 위반 사실을 시인했으니 그걸 봐도 무방하지 않소?"

나는 무슨 일이 있어도 이쪽 약점을 잡으려 내 차 뒤를 쫓아다니며 두 장씩의 교통법규 위반 사진을 찍은 그 작자가 누군지 알아내야 했다.

"신고 내용에 대한 피신고자의 불복으로 인해 대질이 불가피한 상황이 아닌 이상 신고자의 신상에 대해 알려드리지 않는 게 원칙입니다."

조사관은 이미 대기하고 있던 다른 사람과 대면한 상태에서 건성으로 대답하고 있었다.

"다른 뜻은 없어요. 그 사람 이름이 노상관이던데 주소라도 알고 갑시다."

"안 됩니다. 자, 아주머닌 어느 쪽에서 왔어요? 가해자 쪽이에요, 피해자 쪽이에요?"

"이봐요. 그럼 지금 처리된 신고 건은 어느 경찰서에서 이첩되어 온 건지 그거나 알고 갑시다."

내 말투가 좀 거칠었던 모양이다. 조사관은 나를 다시 힐끗 쳐다본 뒤 먼저의 서류철을 뒤적였다.

"경기도 미금경찰섭니다."

그래, 그날 나는 강원도 홍천에 있는 공작산 계곡의 봉자암에 가기 위해 6번 국도 위에 있었다. 야산 비탈에 지천으로 핀 조팝나무꽃이 오월 봄 정취에 그럴싸하게 어울린다는 생각을 했을 정도로 나는 마음의 여유를 가지고 있었다. 나는 처음부터 그네의 배신을 눈치채고 있었다고 해야 옳을 것이다. 그것은 어쩌면 윤혜선 보살이 좀 더 극적인 방법으로 자신의 삶을 장식해주었으면 하는 마음속 기대였는지도 모른다. 사실은 그네 쪽에서 먼저 내가 자신을 배신하리란 것을 간파해냈는지도 모를 일이다.

수면제를 다량 복용한 상태에서 동맥 두 군데를 절단했습니다.

윤혜선 보살의 주검을 검시했던 읍내 병원의 의사는 내게 새로운 사실 하나를 귀띔해주었다.

그 여자 죽기 전에 대마초를 피우는 걸 봤다는 사람이 있습디다. 읍내 어느 약국에선 그 여자가 환각제 계통의 약을 늘 사갔다고 하고……

원장님이 가셨을 때 혹시 유서 같은 건 없었나요? 일기 같은 거라도……

그건 내 소관이 아니지요. 허지만 내가 갔을 땐 방에 아무것도 없었어요. 그 여자 철저하게 준비한 것 같습디다. 들으니까 죽기 전에 옷가지며 살림살이며 아주 깡그리 태워버렸답디다.

윤혜선 보살이 기거하던 봉자암은 마을에서 꽤 떨어진 외딴 골짜기에 있었다. 봉자암에 들어오기 전 그녀는 이미 모든 것을 깨끗이 정리한 상태였다. 봉자암에 들어온 표면상 이유는 자신이 모신 전봉준 할아버지가 서울을 싫어하기 때문이라고 했다. 그러나 서초동 아파트와 서울 근교의 꽤 큰 암자까지 정리해 그 재산을 이름 없는 자선단체에 보낸 일은 내가 쓴 기사에도 취급된 적이 있었다. 그리고 이번에는 자신이 쓰던 가재도구까지 다 태워버렸다면 그것은 자신의 죽음을 반드시 실현시키고 말겠다는 의지를 뜻한다고도 생각할 수 있다. 설사 죽지 않았다 해도 그녀는 또 다른 곳으로 떠났을 확률이 크다. 내가 알기에 그녀는 결코 어느 한곳에 붙박이로 안주할 그런 여자가 아니었다. 잠시 마주 앉아 있는 동안에도 그녀의 영혼은 무시로 떠도는 느낌이었다. 그네의 방만한 영혼과 아름다운 육체는 죽이 맞아 계속 새로운 것, 더 완전한 것을 찾아 방황하고 있었다는 생각이다.

아무래두 이상했어유. 근래 한 몇 달간은 두문불출했지유. 용한 보살이라구 찾아오는 손님이 많았지만서두 다 그냥 돌려보내대유. 한 달 전부터 살림살일 태우는 게 일이었지유. 그때 눈칠 챘어야 하는 건데 워낙에 얼굴이 밝은 양반이 돼놔서 그런 의심을 할 겨를이 읍었지유.

윤혜선 보살을 돌봐주던 할멈은 그 죽음이 모두 자신의 책임인 것처럼 절절맸다.

어떤 스님이 자주 찾아왔었지 않습디까.

웬걸유. 그 스님두 오시지 말라구 해서 벌써 몇 달째 안 왔는걸유.

혹시 물건을 태울 때 공책 같은 걸 태우는 걸 못 봤습니까.

난 그런 거 몰라유. 순사들두 자꾸 뭘 물어보는데 난 그냥 모른다구만 했어유.

윤 보살이 죽고 누가 찾아왔던 사람은 없었습니까?

오긴 누가 와유. 연락을 한 데가 도통 없는 걸유 뭐.

"살맛 날 일이 또 생겼나 보네요."

경찰서에 다녀온 일을 놓고 아내가 비아냥거렸다. 모든 아내들이 그렇듯 그네는 가정의 안락이 깨지는 것을 두려워했다. 그네는 언제부터인가 그 두려움을 이겨내는 방법을 익혀놓고 있었다. 가정을 파괴하는 사람은 언제나 가족에서 제외시킬 수 있다는 단호한 선언이었다. 실상 그네는 나로 인해 가정에 어떤 위기감이 도는 순간 철저하게 남이 되었다. 내가 무슨 말을 해도 그네는 믿지 않았다. 내 생활, 그리고 내가 쓴 모두를 철저하게 경멸했다. 어떤 면에서 그네는 내가 벌인 일의 방조범이었다. 그네의 그 철저한 외면이 나를 무한히 자유롭게 하는 면죄부 역할을 해주었기 때문이다.

"어떤 놈들이 내 뒤를 쫓고 있어. 당신이나 애들도 조심하는 게 좋을 거야."

"차라리 뭔 일이 또 생겨야 당신처럼 신바람이 날 거 같은데요."

"농담할 때가 아니야. 저번 전화 여러 번 온 거 당신두 알잖아."

나는 아내가 겉 표정과는 달리 전전긍긍하고 있는 것을 잘 알았다. 아내의 위장은 허술하기 짝이 없었다. 내 말을 믿지 않는 것은 사실이지만 그 불신에 의해서 그네는 더욱 고통 받고 있다는 것을 나는 잘 알고 있었다. 나는 모든 일을 아내를 긴장시키는 것으로부터 시작했다. 아내의 그 긴장에 의해 비로소 내가 하고 있는 일의 의미가 잡혀오곤 했다. 그네의 더듬이를 통해서 나는 일의 심각성을 감지하기도 했던 것이다. 나는 집에 들어올 때마다 아내의 표정을 열심히 읽었다. 경찰서에서 출두지시서가 날아들었을 때도, 그리고 경찰서에서 납부고지서를 받아 돌아온 지금도 아내의 그 비아냥거림을 통해 나는 내 몸속에서 어떤 신명이 서서히 숨을 쉬고 있음을 감지할 수 있었다. 놈들은 나를 뒤쫓고 있는 것이다. 두 장의 사진을 찍기 위해서는 서울부터 따라붙었다는 얘기가 된다. 나는 혼자 히쭉 웃었다. 싸움은 시작된 것이다.

한 달 전에 비해 6번과 44번 국도의 강변길은 주변 산야의 싱싱한 신록으로 해서 꽉 차는 느낌이었다. 아직도 조팝나무꽃은 산비탈 어느 곳이나 지천으로 피어 있었다. 나는 차 속도를 시속 60킬로 정도로 늦췄다가 다시 100킬로 이상으로 폭주하곤 했다. 의도적으로 중앙선을 침범해 달리기도 하고 여러 대의 차를 동시에 앞지르기하는 난폭운전을 했다. 신경은 온통 내 뒤를 따라오는 수상한 차를 찾는 일에 집중되었다. 찾아야 했다. 공격해 오는 적을 잘 겨냥해 그 급소를 무는 것이 내 특기였다. 내 약점을 잡기 위한 적들의 집요한 공격을 무력화시키는 것이 무엇보다 중요했다. 적들이 협박을 해오거나 그 반대로 상상이 넘는 향응을 베풀고 돈으로 회유하려 들 경우 그것을 결정적인 증거로 삼는 방법이다. 나는 한 번도 패배한 적이 없다. 설사 내가 소송에 졌다 해도 그것은 내가 승복한 것이 아니기 때문에 나는 항상 시작하는 기분일 수 있었다. 목숨을 내건 이차선 국도에서의 그러한 위험 운전은 내 차를 뒤따라오는 어떤 차도 없다는 것이 확인되기까지 계속되었다. 제 방귀에 놀라 십 리를 뛴 격으로 44번 국도를 70킬로미터나 달린 뒤에야 차를 돌려 애초의 내 목표지를 향했다.

경기도의 그 경찰서는 새로 지은 건물에 아직 조경이 제대로 되지 않아 좀 황량한 느낌이 들었다. 평일인데도 출입하는 사람이 별로 없이 조용했다.

"우리 민원실엔 그런 게 접수된 적이 없는데요. 교통 관계라면 교통계에 한번 가보세요."

민원접수부를 꽤 오래 뒤적이던 순경이 나를 빤히 바라보며
고개를 갸웃거렸다. 명함을 내밀지 않길 잘했다는 생각이 들었
다. 처음부터 큰 기대를 하고 온 것이 아니었다. 내가 출두했던
우리 동네 그 경찰서에 다시 가 나를 신고한 그 작자의 신원을
확인하기 위한 하나의 절차에 불과했기 때문이다. 나는 그날 당
장에 그 작자의 신원을 알아낼 수 있는 방법도 알고 있었다. 그
러나 그러한 방법은 결과적으로 내 약점이 노출될 우려가 크다
는 것을 알기 때문에 이처럼 우회하는 방법을 선택했던 것이다.

밖에서 한가해 보이는 것과는 달리 교통계가 있는 안쪽 사무
실은 시끌벅적했다. 피의자들을 닦달해 조서를 꾸미는 중인 듯
오가는 소리가 별로 곱지 않았다. 몸집이 바싹 마른 교통계 직
원은 내가 내민 명함을 아예 거들떠도 안 보고 서랍 속에 집어
넣으며 볼멘소리 했다.

"고발 들어오는 게 어디 한두 건입니까. 그리고 고발한 사람
에 대해서는 그 인적 사항을 밝히게 돼 있지 않습니다."

"이거 보시오. 그걸 내가 몰라서 여기 온 줄 아시오? 나, 르포
작가요. 당신네 상부 협조로 여기 온 거요."

우선 이렇게 강하게 나가야 할 때가 있었다. 그 뒷감당은 그
때 가서 다시 생각해도 늦지 않았다. 다급하면 얼마든지 끌어들
일 기관은 많았다. 그네들이 내 정보를 필요로 한 만큼 나도 그
네들을 이용할 수 있었던 것이다.

"우린 그런 협조 공문을 받은 적이 없습니다."

"전화 좀 씁시다."

나는 그의 동의도 없이 수화기를 집어 들었다. 경기도라면 불

러낼 그런 사람이 없지도 않았던 것이다. 그러나 일은 의외로 쉽게 풀렸다.

"아니 이거 누구신가 했더니……"

소환자들 대기 소파에 비스듬히 누워 담배를 피우던 풀색 잠바를 걸친 중년 사내가 내 등을 치고 있었다.

"형씨, 나 모르겠소? 양평에 있던 김 형사요."

안면은 있는 듯싶은데 짚이는 게 별로 없었다. 양평이라면, 혹시 한강 상류 풍광이 좋은 곳에 별장을 마련한 사람들을 취재할 때 만난 여러 기관 사람들 중의 하나일 수는 있었다. 와아, 이거 오래간만입니다! 나는 집었던 수화기를 내려놓으며 얼러방쳤다.

"형씨, 기어쿠 그걸 책에다 글루 썼더구먼. 그 덕분에 우리 관내 기관장들 혼꾸멍난 사람두 많았지만 말씀이야. 그건 그렇고 내 듣자 하니 교통위반으로 고발을 당하신 모양인데 혹시 노상 관이한테 당한 거 아닌가 모르겠네."

"맞아요. 어떤 놈이 의도적으로 내 뒤를 따라다니면서 그런 짓을 하고 있는 거 같아요."

내가 일부러 큰 동작으로 소파에 털썩 주저앉자 그 김 형사라는 사내가 덩치에 어울리지 않는 웃음을 킬킬거렸다.

"형씨, 혹시 그 고발장에 형씨가 위반하는 장면을 찍은 사진이 안 붙어 있습디까?"

"맞아요. 사진 두 장이 찍혀 있더군요."

"그리고 고발장에 위반 내용에 따라 어떤 처분이 내려져야 한다는 것까지 적혀 있지 않습디까?"

"그래요. 위반 내용이 자세하게 명시돼 있더군요."

"아마 형씨가 못 봐서 그렇지, 도로교통법 몇 조 몇 항에 해당하는 위반이므로 어떤 행정조치를 내려야 하며 벌점은 얼마를 줘야 한다는 것도 적혀 있었을 거요."

"도대체 어떤 작잡니까?"

"어이, 박 순경. 지난달 노상관이 고발 건 이첩한 게 얼마나 돼?"

계속 낄낄거리고 있던 김 형사가 교통계의 그 깡마른 조사관 쪽을 향해 큰 소리로 물었다. 그러나 예의 그 깡마른 친구는 이쪽을 돌아보지도 않고 볼멘소리를 질러왔다.

"바빠 죽겠는데 내가 그런 거까지 일일이 기억해둡니까. 누구약 올리려구 그러시는 겁니까?"

"야야, 그 친구 때문에 당한 게 어디 자네뿐인 줄 알아?"

중년의 그 김 형사를 눈치껏 밖으로 끌어내 점심을 같이하는 일은 그리 힘든 게 아니었다. 생각보다 그는 화통한 구석이 있어 접근하기가 쉬웠다. 그 계통에 있는 사람치곤 거침없고 밝았기 때문이다. 내가 팔당댐 상류의 호화 별장을 취재할 때 두어번 만난 기억이 살아났다. 그때 그는 정보과 소속으로 내 취재를 통해 뭔가 건수를 올렸을는지도 모른다.

"정말 형씨가 직접 당한 거요? 혹시 누구 부탁으로 온 거 아니오?"

"누구 부탁으로 오다니오?"

"아까 형씨가 상부에서 협조를 받고 있다고 얘기하던 거 같은데……"

"아, 그거요. 그럴 만한 일이 있지요. 그러나 뭐 김 형사, 이렇게 만났으니 되려 잘됐습니다. 좌우지간 그 작자 얘기나 들어봅시다."

"또 글 쓰려고 그러는 거요? 그런 거라면 다시 생각해봐야 하겠는데. 그 친구 골치 아픈 사람이오. 잘못 건드렸다간 큰코다쳐요, 괜히."

"나처럼 이렇게 그 친구한테 고발당해 찾아오는 사람이 많았던 모양이지요?"

"말두 마셔. 요즘은 조용한 거 같더구먼. 몇 년 전만 해두 굉장했지. 그 친구 뒷조사를 여러 군데서 하는 모양이더라구. 특히 통일운수회사에선 아예 전담반을 둬 그 작잘 찾구 있었다면 말 다했지 뭐야."

일은 엉뚱한 방향으로 풀려나갔다. 몇 년 전부터의 일이라면 내 문제와는 상관없는 일이라는 생각으로 실망부터 앞섰다. 그것은 내 예지 능력이 무력화한 데 대한 실망이었다. 그러나 나는 쉽게 경계를 풀 생각은 없었다. 우연이야말로 이 세상에서 일어나고 있는 일 중 가장 진실한 것이다. 나는 그 진실과 지금 만나고 있는 것이다. 내가 생각했던 것보다 훨씬 더 크고 계획적인 일이 나를 향해 옥죄어들고 있다는 예감 같은 것이었다. 아직 겪어보지 못한 일에 당면했을 때의 그런 긴장이 내 몸속의 세포를 올올이 곤두세웠다.

"6번, 44번 국도를 낀 경찰서 어딜 가두 그 친구 모르는 사람이 없을 거요. 그렇다고 그 친구를 직접 본 사람은 별루 많지 않을걸. 하긴 나두 못 봤으니까."

"도대체 어떻게 된 얘깁니까? 그 작자를 직접 볼 수 없다는 건 또 뭔 얘깁니까?"

"홍길동이라구두 그러구 또 어떤 사람들은 그 친구를 노상 보안관이라고 그럽디다. 그때 내가 있던 양평서에선 투명인간이라구 그랬지. 얼굴이 없는 친구니까, 하하."

"얼굴이 없다니 그게 무슨 얘깁니까?"

"카메라만 있고 얼굴이 없다는 얘기지. 그 작자를 봤다는 사람이 드물다 그런 얘기요. 그 친구 얘길 하자면 얘기가 좀 길수다. 나 그 친구 땜에 시말서 쓴 적도 있다구. 고발 들어온 걸 접수하곤 그 처리 회신을 깜박 잊어버렸거든. 흔한 일인데 그게 그 친구한텐 안 통하더라 그거여. 그 친구가 도로교통법 위반 차량을 처음 고발해온 게 아마 사 년 전쯤이던가…… 알고 보니 다른 서에는 벌써 그 전해부터 있었던 일이라는 거지."

6번, 44번 국도를 낀 각 관할 경찰서에 도로교통법을 위반한 차량을 신고하는 민원 우편물이 날아들기 시작한 것은 오 년 전쯤 일이라고 했다. 처음에는 법규위반에 대한 주민들의 신고의식이 높다고 해서 상당히 호의적인 반응이 나타났다. 특히 44번 이차선 국도는 심한 굽잇길이 많은데다 피서철이 되면 하루에 이만 대 정도의 차량이 밀릴 정도로 번잡한 도로라 그만큼 대형 사고가 많아 인명피해가 매년 증가하는 위험한 길로 알려져 있었다. 특히 농촌의 경운기가 많이 나다녀 그로 인한 사고도 많을 수밖에 없었다. 과속 난폭차량에 대한 인근 주민들의 원성이 높았다. 처음에는 주민들이 자진해서 과속 난폭운전을 하는 자동차를 찾아 신고하겠거니 여겼던 것이다. 어떻든 일단 접수된 신고는 차량번호를 통한 컴퓨터 조회로 차주를 찾아내 차주가 거주하는 주소지 관할 경찰서로 신고 서류를 이첩한 뒤 그 사실을 신고자에게 회신했다. 신고되는 건수가 점점 늘어가자 그것을 접수해 처리하는 과정에서 소홀히 다뤄지는 수도 있고 담당자의 실수로 누락되는 경우도 있었다. 특히 차고지 조회를 해 관할 경찰서로 이첩되어 간 것이 그쪽 사정으로 행정처분이 늦어지는 경우도 있었던 것이다. 그러나 그런 실수나 처리 지연에 대한 항의를 하는 내용증명의 우편물이 날아들면서 경찰서에서는 그 신고에 대해 민감한 반응을 보이기 시작했다. 그것은 경찰에서 직접 단속하는 일과는 달리 신고자나 피신고자 모두 신원이 확인되지 않은 상태에서 모든 것이 서류로만 처리되어야 하기 때문이었다. 상부에서는 민원사항을 제대로 처리하지 못했다는 문책이 득달같았다. 게다가 그 신고로 인해 관할 경찰서로부터 출두 지시서를 받은 뒤 행정처분을 받는 과정에서 피신고자들의 신고 내용에 대한 불복 및 그 위법 여부에 대한 시비는 당연한 것으로 정말 골치 아픈 일이었다. 신고를 당한 어떤 사람은 그것이 자신의 재산권 침해라며 고소를 제기하겠다고 신고자의 인적 사항을 알려달라고 압력을 넣기도 했다. 그 중간에서 골탕을 먹는 것은 언제나 경찰서 교통계 담당들이었다. 처음에 호의로 받아들이던 자세에서 그런 신고를 해오는 사람에 대한 불만이 터져 나오기 시작했다.

이 새끼 이거, 우리 골탕 먹이려고 일부러 이런 짓 하고 있는 거 아냐? 그게 분명해. 우리한테 무슨 불만이 많은 작자가 아니구서야.

우리 경찰서뿐인 줄 알았더니 홍천경찰서두 똑같다는 거야. 그래서 인제경찰서두 알아봤더니 거기두 마찬가지라잖아.

이거, 미친놈 아니야?

미친 사람이라구 보기엔 글쎄나 고발서 작성이 너무 완벽해.

하여튼 악질이야. 지난번 나 시말서 쓴 거 알잖아. 끝까지 물구 늘어지는 거야. 내용증명 우편물을 내가 다섯 건이나 썼다면 말 다했지 뭐야.

주소가 일정하지 않다며?

매번 바뀌더라구. 주로 서울 소재 교회가 그 발신지더니 얼마 전부터는 무슨 슈퍼로 돼 있더라구. 내 생각엔 자기 신분이 노출될 것이 두려워 그런 데로 하는 거 같아.

"잠깐, 김 형사님. 잘 이해가 안 되는 게 있는데요."

"뭡니까? 이해 안 되는 게 어디 한두 가지겠소만."

"피신고자들이 다 시인을 하지는 않았을 거 아닙니까?"

"아까 얘기했다시피 자기가 어떤 비겁한 놈한테 비겁한 방법으로 고발을 당해 기분 좋을 사람 없을 거 아니겠소. 그래 우선 억울하다고 버티는 게 당연하지 않겠소. 끝까지 자긴 그 시간 그 장소에 있지 않았다고 잡아떼는 사람도 있게 마련이지. 그런 거 땜에 우리만 애를 먹는다는 얘기 아니오."

"바로 그 점입니다. 내가 알기에 고발당한 사람이 그 내용을 부인할 경우엔 고발한 사람을 불러 대질까지 시킬 수 있는 거 아닙니까?"

"그거야 당연한 얘기지. 우리두 그런 경우에 노상관일 서신으루 불렀지요. 출두하라는 그날 그 시간에 정확히 전화가 옵디다. 사정이 있어서 자기는 직접 못 오겠다면서 그 위반에 대한 정황을 죽 설명하는 겁니다. 사진을 가지고 현장에 나가 직접 확인해보면 확실할 거라며 방법까지 일러주는 데는 할 얘기가 없더라구요. 만약 그 번호판이 숫자가 잘못된 게 아닌 이상 자기가 대질할 성질이 아니라는 거야. 사실 그게 맞는 얘긴 것이 그 번호판이 자기 거가 아니라고 우기는 사람은 하나도 없었다구요. 그만큼 사진이 분명하니까 딴소릴 할 수 없는 거지 뭐겠소. 재판까지 가봐야 질 게 뻔하니까 대부분 시인을 하고 말더라구."

그러나 어떤 경찰서에는 노상관이 직접 나타나 피신고인과 대질까지 한 사실이 있었다고 했다. 그렇게 크지 않은 키에 빈틈이 없어 보이는 체구로 묻는 말 외에는 결코 어떤 말도 하지 않더란 것이 그를 직접 본 사람들의 말이었다. 컴퓨터 신원조회로 나타난 그 당시 그의 나이는 37세, 그렇다면 지금은 42세쯤 되었을 거라고 했다.

노상관을 찾아내려고 정말 혈안이 됐던 것은 경찰보다는 피신고자들이었다. 그중에서도 지방 도시에 본사를 둔 통일운수 회사 운전기사들이 가장 적극적이었다. 주로 44번 국도를 노선으로 운행하는 시외버스나 대형트럭들이 신고 대상이었기 때문에 자연히 그 노선을 운행하는 통일운수 버스가 가장 많이 신고될 수밖에 없었다. 그러나 피해가 막심한 그 회사 측으로서는 누군가 고의로 자기 회사 버스만 신고를 하고 있다고 생각할 수밖에 없었던 것이다. 하루 평균 다섯 건 정도나 신고를 당해 그 회사 운전기사들이 노이로제에 걸릴 정도였다. 어떤 운전기사는 그 신고로 해서 면허정지를 당했는가 하면 어떤 사람은 그 일이 빌미가 되어 회사로부터 해고를 당하기까지 했다는 것이다.

이거 정말 이래도 되는 거야?

당신들, 단속두 좋지만 이따위 비겁한 방법은 안 쓰는 게 좋을 거야.

시외버스 운전기사 삼십여 명이 경찰서로 몰려다니며 거센 항의를 했다. 경찰에서 카메라를 가진 단속원을 주민으로 가장해서 교통법규 위반 차량을 적발하고 있지 않느냐는 항의였다. 그렇게 비정상적인 단속은 불법이 분명하니 정식 사과를 하기 전에는 앞으로 어떤 단속에도 자인서를 쓰지 않겠다고 했다. 그네들은 그것이 경찰이 하는 변칙 단속의 한 방법이라는 것을 철저하게 믿고 있었다. 아무리 변명을 해도 쉽게 물러서지 않아 도경에서 간부가 나와 해명을 했을 정도였다. 경찰서에서는 그 명예롭지 못한 누명을 벗기 위해서도 신고한 사람과 그들을 대질시키겠다고 약속을 했다. 그러나 쉽게 찾아낼 수 있다고 생각했던 것과는 달리 노상관의 소재는 파악되지 않았다. 주소지가 서울이라 관할 경찰서에 협조를 의뢰했지만 그를 대질시키는 일은 성사되지 못했다.

"그건 정말 이해가 안 되는데요. 경찰이 그 사람을 찾자고만 하면 쉬울 것 아닙니까. 6번이나 44번 국도만 다니면서 그런 짓을 한다면 백차나 사이드카로 얼마든지 잡을 수 있었을 것 같은데요."

"거 잘 모르시는 말씀이여. 여북하면 그 친구를 홍길동이라 했겠어. 신출귀몰한다 그거지. 물론 버스 운전수들은 그 친굴 여러 번 봤다더군. 허지만 자신이 과속을 하거나 중앙선을 침범한 그런 위반 순간에 어떻게 그 친구를 잡느냐 그거요. 차를 멈췄을 땐 이미 어디론가 사라진 뒤였겠지 뭐. 더구나 그 친구 활동 범위가 44번 국도에서 46번 경춘국도로 넓혀지는가 하더니 근래에는 영동고속도로까지 진출했답디다."

"그 사람 아무래도 경찰이나 어느 기관에서 내보낸 단속반원 같은데요."

"글쎄, 그런 생각들을 하구 있어 문제라니까. 어떤 사람들은 그 작자가 스피드건까지 쏘구 있는 걸 봤다는 거야. 그건 민간인이 소지할 수 없게 돼 있거든. 아마 스피드건을 봤다는 건 거짓말이구, 아마 위반신고서에 속도를 얼마 정도 위반했다는 걸 밝히니까 그걸 가지구 그러는 걸 거요."

물론 노상관이란 사람이 타고 있던 차 번호를 기억했다가 차고지 조회를 해봤지만 대부분 주소가 정확하게 밝혀지지 않았을 뿐 아니라 어떤 때는 렌터카인 경우도 있었다. 크게 이해관계가 없는 이상 누가 그 이상 그를 찾아 헤매겠는가. 대개의 경우 쉽게 찾으려니 했다가 그게 그리 쉽지 않다는 게 밝혀지면 그냥 대수롭잖게 돌아서곤 말았기 때문에 그의 신원 파악은 늘 오리무중일 수밖에 없었다. 피신고자의 대상이 넓어지면서 노상관에 대한 관심도 흐지부지되고 말았다. 처음 44번 국도를 운행하는 통일운수에서 차츰 다른 운수회사까지 확대되더니 덤프트럭 등 대형차들로부터 각종 승용차에 이르기까지 그 종별을 가리기 어려울 정도의 마구잡이 신고였던 것이다.

"아까 김 형사님이 그 친구를 홍길동이라고 했는데 혹시 노상관이 흉내를 내는 사람이 여럿 있는 거 아닐까요?"

"물론 그 작자 말고도 그런 신고를 해오는 사람이 없는 건 아니지만 그거하곤 영 다른 얘기요. 특히 지방마다 국도유지건설 사무소란 게 있고 거기서 몇 군데 검문소를 두어 국도를 훼손시키는 과적 차량 같은 걸 단속하는, 사법권은 전혀 없는 단속반이 있긴 한데 그 사람들이 하는 일하고도 또 다르다 그거여. 노상관인 제 단독으로 그런 일을 하고 있는 게 분명한 것이 우선 그 작자가 신고해 오는 건 그 필체부터가 늘 같은 것인데다 증거자료로 제출되는 사진도 하나같이 같은 거라니까."

나는 들떠 오르기 시작했다. 노상관이란 사람을 만나보고 싶은 충동이었다. 윤혜선 보살의 일기로 인한 긴장의 물꼬가 다른 방향으로 잡힌 셈이다. 그것은 내 오랜 경험에 의한 감지력 같은 것이다. 어떤 긴박한 상황으로 해서 몹시 당혹스럽거나 절망적일 때 그에 대응하는 방법은 두 가지였다. 그 하나는 상황에 적극적으로 맞서 응전하는 방법이고, 또 다른 방법은 그 문제로부터 아예 도망쳐버리거나 무시해버리는 것이다. 나는 늘 앞쪽의 방법으로 살아왔다고 할 수 있다. 공격이 최상의 방어라는 권투 해설자의 말을 늘 신봉했다. 만약 쥐가 고양이를 공격할 의지만 있다면 그것은 충분히 가능하다고 본다. 그러한 의지는 쥐가 자신의 왜소함이나 비겁을 의식하지 않을 때만 가능할 것이다. 자신을 보지 않게 되면 상대를 자신과 비교하지 않게 될 것이다. 나는 나 아닌 것을 모두 부정하거나 왜곡해 보는 일로 세상을 살아왔다고 할 수 있다. 그러나 이번의 일은 달랐다. 나는 노상관이란 사람에 대해 알고 싶어졌다. 그것은 이제까지의, 감춰져 있는 것을 드러내려는 본능적 호기심과는 달랐다. 나는 이상한 충동을 받았던 것이다. 나 자신을 돌아보고 싶은 그런 충동. 왜 그런 생각이 났는지 모른다. 김 형사와 점심을 함께하면서 나는 그가 내 얘기를 하고 있다는 착각에 여러 번 빠지곤 했던 것이다. 거울 속에서 자기 얼굴을 볼 때의 그 묘한 배신감으로 아주 적나라하게 자기 얼굴을 흉하게 일그러뜨려보는 그런 심사였는지도 모른다. 노상관에 대한 적대감이 서서히 괴어올랐다. 무슨 일인가 신명나게 하고 있다가 나와 비슷한 일을 하고 있는 사람을 보는 순간 그 신명이 사라지며 그 쑥스러움이 적대감으로 바뀌는 그런 감정이었다. 나는 이런 경우와 비슷한 일을 많이 겪었다. 외곬의 삶을 사는 그런 사람들에 대해 나는 호감을 가질 수 없었다. 별난 인생을 사는 사람들을 내 취재 대상으로 삼은 경우가 드문 것도 그네들의 그 기벽에 대한 혐오 같은 것이었다.

그것은 물론 내 성장기의 열등 콤플렉스와 맞아떨어진다. 나는 어머니와 누나들의 그 비정상적인 생활을 저주했다. 저런 사이코! 나는 자라면서 어머니와 누나들을 사이코로 몰아붙였다. 우리 식구들뿐이 아니고 조금 별난 성격을 보여주는 사람들을 모두 사이코로 생각했다. 병적인 성격을 가진 사람들에게서 발산되는 그 칙칙한 빛깔을 볼 때마다 혐오가 치밀어 올랐다. 그 중에서도 내가 가장 혐오하는 것은 편집성 성격장애자들로 그들은 대체로 의심이 많은 것이 특징이다. 누구의 말도 믿지 않기 때문에 자연히 자기중심적이다. 자신이 매우 객관적이고 합리적이라 생각하지만 그네들에게서는 인간적 냄새가 전혀 나지 않았다. 그네들은 항상 눈을 반들거리며 남으로부터 있을는지 모르는 위해로부터 자신을 방어하기 위해 매우 조심성 있게 행동한다. 치밀해 보이지만 어느 작은 한 부분에만 치중하는 편견을 가지고 있어 환경 적응이 매우 어렵기 마련이다. 또한 그네들은 겉으로 보기에 매우 정력적이며 야심적이지만 그 정력과 야심이 어느 순간 적개심과 완고한 고집으로 탈바꿈되는 게 보통이다. 어머니의 광신이 그렇고 큰누나의 조울증으로 인한 자살이나 작은누나의 남성 편력을 통해 나는 그런 현상들을 지겹게 겪어왔다. 특히 내가 싫어하는 사람들은 자기 자신에 대한 과대망상으로 해서 지나치게 소유하려 하거나 성공하려는 집념이 강한 사람들이다. 어머니가 재생해내는 아버지가 바로 그런 유형이었다. 물론 아버지는 남들이 보기에 성취동기가 높고 큰 것을 위해 일하는 그 명분이 분명했을 것이다. 다른 사람의 존경을 받고 싶을 뿐만 아니라 항상 남들의 관심 속에 놓이길 바라는 그런 것. 아버지는 큰 명분을 위해 자기 가족에 대한 책임을 다하지 못했다. 아버지는 한마디로 자기실현을 위해 남의 희생을 요구했고, 시대와 사회를 적절히 이용했던 것이다. 아버지는 항상 자신의 패배감과 무책임을 합리화하기 위해 명분을 앞세웠고 그 패배의 책임을 사회에 전가시켰을 것이다. 아버지가 내세우는 명분은 민족과 국가를 위한 정의 실현이고 양심의 회복이며 진실을 위해서는 목숨도 버릴 수 있다는 각오였을 것이다. 나는 어느 날 신문 한 면을 할애한 독자의 편지란을 읽으면서 아버지의 목소리를 듣고 있었다. 거기 실린 의견, 고발, 제언, 방안 제시 등이 모두 공허하게 느껴졌다. 왜 나는 그런 글들을 통해서 거짓의 냄새를 맡아야 했을까.

나는 몇 년 전 평소 알고 지내는 신문기자로부터 좀 특이한 사람을 취재해보라는 조언을 받은 적이 있었다. 신문기자는 그 사람을 투고병에 걸린 사람이라고 했다. 전국 각처의 모든 신문에 자기 글을 투고하는 일에 미쳐 있다고 했다. 별로 당기지 않는 일이었으나 도대체 무슨 열정이 그런 투고병을 일으켰는지 그 진의를 캐보고 싶은 충동으로 그 사람을 만났다. 그는 전국의 이름 있는 신문의 독자투고란을 통해 자신의 소신을 밝히는 일에 정말 미쳐 있었다. 정치 상황에 대한 소신이며 그때그때 일어나는 시사적인 문제에 대해 자신의 주장을 꽤 설득력 있는 문장으로 피력한 논설투 글들이었다. 경제고 문화고 그는 모르는 것이 없었다. 그렇게 투고해서 정리한 것이 모두 스크랩이 되어 있었다. 무려 스물두 권이나 되는 스크랩북이 그동안 그가 각 신문에 투고한 글로 채워져 있었다. 그는 주로 가명을 쓰고 있었을 뿐만 아니라 그 가명도 수십 개나 되었다. 신문의 편집자가 같은 사람의 투고를 제약하기 때문에 그렇게 여러 개의 가명을 만들어 쓴다고 했다. 때로는 문체나 필체까지도 달리했다고 한다. 그걸 입증하듯 그는 컴퓨터 외에도 타자기를 각각 다른 기종으로 세 개나 사용하고 있었다. 그의 투고 글 중 절반 가량은 남이 투고한 것을 반박하는 그런 내용이었다. 이 정도의 논리와 통찰력이면 시사평론이나 그와 유사한 글도 얼마든지 쓸 수 있겠다고 했더니 그는 고개를 저었다. 그런 글은 익명성이 없기 때문에 아무래도 가식이 있게 마련이어서 쓰고 싶지 않다고 했다. 어느 지방신문에서 고정 칼럼을 써달라고 했지만 거절했다고 한다. 놀랍게도 그는 어느 종합대학의 물리학과 교수였다. 물리학을 전공하는 데 있어 자신의 한계를 너무 빨리 안 탓이라고 했다. 전공 분야보다 이런 투고 글쓰기가 한결 즐겁다는 얘기였다. 신문의 독자투고란이 생긴 이래 자기만큼 많은 글을 투고한 사람은 대한민국 어디에도 없다는 자부를 가지고 있었다. 이걸 시작하고부터 만성위궤양도 치료했지요. 어떤 땐 잠자는 것도 잊을 정도지요. 아픈 게 다 뭡니까. 독자들의 반응은 어떻습니까. 내가 묻자 그가 의기양양한 얼굴로 대답했다. 별사람이 다 있지요. 나보고 국회의원이 돼 정치를 하라는 식의 격려 편지가 오데요. 내 투고 때문에 신세 망치게 됐다고 협박을 하는 사람도 많았어요. 행정부 쪽에서도 가만있지 않고 노상 간섭을 합디다. 그럴 때마다 그런 사실도 그대로 써서 투고한 겁니다. 물론 보내는 족족 다 실리진 않았지요. 실린 건 아마 반도 안 될 거요. 안 실린 건 다시 분석해서 채택되지 않은 이유를 찾아내 다시 썼지요. 그래도 안 실리는 건 내가 원고를 가지고 있다가 이렇게 따로 모아놨지요. 나는 형언하기 어려운 혐오감으로 속이 부글거렸다.

이거 취미치곤 좀 심한 거 아닙니까?

취미라니요. 내가 취미로 이런 일을 하는 줄 아십니까? 이보시오, 이건 내가 살아 있다는 가장 확실한 증거 같은 거요.

교수님은 어디까지나 학자로서 이런 일이 전공하시는 분야 연구라든가 학생들을 가르치시는 일과는 어떻게 구별되는 겁니까?

솔직히 말해 연구하고 가르치는 일은 내 생활의 한 방편일 뿐이지요. 그러나 신문에 내 소신을 밝히고 그 반응을 기다리는 일은 먹고 싸고 하는 그런 일상과 분명히 구분되는 어떤 의미를 갖는다 그런 얘깁니다.

한마디로 투고하는 일을 즐기고 계시군요?

그렇긴 하지만 그렇게 단순하게 생각할 게 못 돼요. 즐긴다는 건 뭡니까. 거기 찾아 들어갈 만한 가치가 있다, 그거 아니겠어요.

제가 듣기에 교수님은 사회정의나 도덕성 회복에 대해 매우 투철한 신념을 가지고 계신 걸로 알고 있고, 실상 많은 독자란 글 속에서도 그것이 확인되고 있더군요. 그런 도덕적 덕목 구현이 교수님이 찾고 있는 의미, 아니 어떤 가치가 아닙니까?

그렇다고 할 수 있지요. 허지만 나는 그런 관념적인 것보다는 일의 구체적인 실현 곧 그 디테일에서 신명을 찾는 편입니다, 즉 남들 보기에 별것 아닌 그 글쓰기가 내 모든 것을 구체적으로 보여주는 가장 확실한 삶이라 그런 얘기요.

"김 형사님, 노상관이란 그 사람한테 표창장을 주자고 하는 사람들은 없었습니까?"

"처음에야 마땅히 그런 얘기가 나오지 않을 수 없었지요. 우선 그때 내가 있던 서에서도 그 사람처럼 주민들의 고발정신을 살려야 한다고 대주민용 피알을 위해 표창 상신을 했던 걸로 알고 있수다. 그런데 상을 받게 됐다고 통고를 했더니 자기는 상을 타기 위해 그런 일을 하는 게 아니라며 상 받는 일을 거절을 했다는 거야. 어느 지방신문에 그 얘기가 났었다구. 요즘같이 남의 일에 무관심한 세상에 그런 고발의식을 가진 시민이 있다는 걸 요란하게 썼습디다. 그 친구가 불철주야 그런 고발을 한 뒤로 6번과 44번 국도 교통사고가 반으로 줄어들었다는 엉터리 통계까지 나왔더군. 그러나 내가 보기엔 그런 친구는 상을 준다기보다 잡아다 혼을 내줘야 한다구. 고발을 빙자한 보이지 않는 범죄를 저지르고 있다고 봐야 하거든."

"보이지 않는 범죄라고요, 그게 무슨 말입니까?"

"뭐 별다른 뜻은 아니고, 요즘 우리 사회에는 그런 비정상적인 사람들이 많다는 거요. 정상적인 생활을 하는 사람들이 그런 비정상적인 사람들의 사고방식이나 행동으로 해서 피해를 입는 경우가 많다, 그거요. 정의니 민주니 하는 말만 내세우면 기존의 법질서를 다 깨부셔도 좋다는 식의 생각 때문에 선량한 사람들이 피해를 보고 산다, 그런 얘기요."

"어떤 사람들을 염두에 두고 하시는 얘긴 줄은 알겠습니다. 그러나 그런 소수의 사람들이 옳고 나머지 사람들이 오히려 사회에 죄를 짓고 산다고 생각할 수도 있지 않겠습니까? 그런 걸 바로잡자는 뜻을 범죄 운운하고 몰아붙이면 곤란할 것 같은데요."

나는 김 형사의 그 말이 나를 두고 한 말일 수도 있다는 것을 전제로 해서 공박을 한 것이다. 내가 어떤 비리를 터뜨릴 때마다 부딪치는 것이 바로 폭로·고발에 대한 부정적 시각이었다. 고발당하는 쪽에서는 그것이 드러남으로 인해 파급될 엄청난 사회문제를 인질로 삼았던 것이다. 큰 기계 속의 아주 작은 부품하나가 녹슬었다고 해서 그 기계 자체를 부인하는 일은 바람직하지 못하다는 비난이었다.

"진정서나 고발장을 쓰는 일에 미친 그런 친구들은 세상을 온통 삐딱하게 보는 사팔뜨기라 그런 얘기요."

"노상관이란 그 작자처럼 고발을 취미로 할 수도 있지 않습니까?"

"뭐요, 노상관이 취미로 고발을 한다고요? 허허, 모르는 소리 하시는군. 그 친군 전문가요. 하루에 수십 통 고발장을 쓰는 사람이 전문가가 아니고 뭐겠어."

나는 노상관에 대해 좀 더 알고 싶은 충동으로 달뜨고 있었다. 지금까지 별난 인생에 대해 별 관심을 갖지 않았던 것은 인간이란 파고들면 들수록 이해하기 어렵다는 생각을 했기 때문이었는지도 모른다. 나는 비교적 단순한 것을 원했다. 내가 관심 두는 것은 감추려는 사람들에 의해 감춰졌거나 아예 버려진 것들에 대한 사회비리 척결과 응징 차원의 폭로였다. 이것은 옳지 못하다는 사회 통념으로서의 시비를 밝히는 것이 내가 신명을 내는 일이었다. 옳지 못한 일을 감춰온 사람들은 가해자고 그 반대쪽의 사람들은 모두 피해자라는 단순 논리를 가지고 시작했다. 나는 가해자 쪽 사람들의 인간성이나 그네들의 인간적 고충에 대해서는 철저하게 외면해왔다. 그네들은 모두 사기꾼이고 파렴치한이며 동정할 만한 일고의 가치도 없는 인간들이었다. 나는 그런 인간들을 고발하여 그렇지 않은 사람들로부터 어떤 반응을 감지해내는 일에만 열중해왔다. 그러나 노상관의 경우는 달랐다. 그가 벌이고 있는 상황보다 그런 상황을 만들어가고 있는 어떤 특정 인간에 대한 관심이 일기 시작했다는 사실이다. 나는 노상관을 만나 그의 얘기를 들은 뒤 그를 모델로 소설 한 편을 쓰고 싶었다. 이것은 아직 내게 없던 색다른 신명의 조짐이었다. 나는 아직까지 르포 소설을 써오면서 그 상황 속의 인물을 그려보지 못했기 때문이다. 그 상황에 맞는 그저 그렇고 그런 정형의 인물 설정이면 그만이었다. 어쩌면 그것은 내가 쓰는 이야기를 철저하게 객관화하겠다는 의도와 무관하지 않을 것이다. 내가 쓰는 얘기 속에, 그 상황을 보고 느낀 당사자인 나 자신의 목소리마저 철저히 배제한 것도 객관화의 한 방법이라고 할 수 있었다. 어떻든 나는 내가 쓴 소설 속에 어떠한 방법으로든 나를 얘기한 적이 없었다. 그러나 노상관을 추적하고 싶다는 충동이야말로 이제까지의 내 관행을 깨고 싶다는 쪽으로 이해해도 좋으리라. 솔직히 나는 노상관을 통해 그동안 기피해온 나 자신의 이야기를 하고 싶은 것인지도 모른다.

  윤혜선 보살의 죽음은 그만큼 내게 충격적이었다. 나는 그네의 죽음으로부터 도망치고 싶었다. 그네의 죽음은 사건 이상의 의미를 가지고 있었다. 나는 그네를 통해 비로소 한 인간 개체의 개인사에 깊은 관심을 갖게 되었던 것이다. 그 여자는 왜 죽었는가. 더구나 그 여자는 죽으면서 왜 나한테 그런 올가미를 씌운 것일까. 그네는 자신의 비밀을 나한테 모두 털어놓고 싶어했다. 서른다섯, 그 나이까지 지켜온 비밀을 스스로 배반했던 것이다. 혼자만이 알고 있는 단독 비밀, 그것은 엄격히 말해 비밀이 아닐 수 있다. '비밀이 있다'고 말할 때는 이미 단독 개체를 떠난다는 말이기 때문에 실질적으로 혼자만의 비밀을 가진다는 일은 맞지 않을 수도 있다. '혼자만 알고 있다'는 것은 남이 모르는 것을 알고 있는 것일 뿐 비밀은 아니기 때문이다. 비밀이란 공동체 성원 간의 상호작용에 의해 이루어지는 것으로 그 공동체를 결속시키는 역할을 한다고 볼 수 있다. 윤혜선, 그네는 신만이 개입할 수 있는 혼자만의 앎을 깨고 나와의 은밀한 결속을 단행했던 것이다. 그네만이 알고 있기 때문에 이 세상에 존재하지 않을 수 있는 어떤 사실을 존재시키기 위해 나를 필요로 한 것이라는 생각인 것이다.

아버지가 어머닐 죽였지요. 그걸 내가 봤다구요. 그때 어머니는 잠이 깨지 않은 상태에서 이불에 덮인 채 죽어갔지요. 아버진 내가 자던 방에서 나와 안방 문을 열고 서 있는 것도 모르고 어머니 목을 누르고 있었지요. 다섯 살짜리 계집애가 그 순간에 생각한 게 뭔지 알아요? 이제 저 여자의 그 지겨운 악다구닐 더 듣지 않아도 된다는 생각이었어요. 그리고 자던 방에 돌아가 그냥 잠이 들었어요.

왜 아버지가 어머니를 죽였는지, 어머니는 왜 그처럼 지겹게 악다구니를 썼는지 그런 배경 설명은 일절 없었다. 자기가 어머니의 죽음을 지켜본 사실을 아버지가 알고 있었는지 그것도 말하지 않았다. 심지어는 그 아버지가 그 뒤로 어떻게 됐는지도 굳이 밝히지 않았다. 그러나 나는 서둘 필요가 없다고 생각했다. 그네의 일기에 그 모든 것이 밝혀질 것이라고 믿었기 때문이다. 윤혜선은 또 한 가지 단독 개체의 앎을 공적인 비밀로 만들었다.

이 손으로 내 아이를 죽였지요. 스물한 살에 낳은 애였어요. 아버지처럼 이불을 덮어 눌러 죽였지요. 전혀 힘들지 않았어요. 큰일은 언제나 해놓고 나면 생각보다 쉽다는 걸 알게 되지요.

물론 그 아이를 왜 죽였는지에 대해서는 말하지 않았다. 그런 것들이 일기에 다 적혀 있다는 암시를 한 적도 없었다. 그러나 나는 나와 나눠 가진 그네의 비밀이 숨 쉬는 소리를 들었다. 비밀의 특성은, 계속 숨겨야 한다는 다짐의 강력한 정신적 열정과 끝없이 파생하려는 전파성 근질거림이라는 열정의 양면성을 가지고 있게 마련이다. 그리하여 그 두 가지 속성은 그 비밀에 의해 결속된 사람들의 내면에서 항상 꿈틀거리며 그 비밀을 계속 가둬두고 싶은 충동과 그것을 팽창시켜 폭발시킴으로써 더 이상 비밀이 아닌 것이 되려고 노력하는 욕구가 서로 상충하는 것이다. 그네는 그 일을 즐기기 위해 나를 선택했는지도 모른다. 나는 그네가 나와 비밀 거래를 트려고 했을 때 이미 그 낌새를 눈치챌 수 있었다. 그런데 그네는 왜 죽었는가, 그리고 그 일기는 어떻게 된 것일까. 누가 그 일기를 가지고 있단 말인가. 나한테 전화를 걸어오고 있는 그 사람들은 또 뭔가. 그 모든 비밀의 열쇠를 영원한 침묵의 바다에 깊이 던져 넣은 채 그네는 죽었다. 문제는 그네가 왜 나를 자신이 가지고 있는 비밀의 공동체적 성원으로 선택했는가 하는 것이다. 물론 그네는 혼자만의 단독 비밀과의 싸움에서 손을 들었다. 비밀을 지켜낸다는 그 고독을 더 이상 감내하기 어렵기 때문이었을 것이다. 비밀은 고독이 싫어서 그 껍질을 깨부수려고 끊임없이 꿈틀거린다. 그 껍질 깨기가 그네의 남성 편력으로 나타났다고 믿어진다. 그네는 자신이 가지고 있는 그 신적 비밀의 무게로 해서 죽는 날까지 고독했을 것이다. 그 어떤 남자도 자신의 비밀로 결속시키지 못한다는 것을 알았을 때 더욱 외로웠을 것이다. 그 외로움 없애기의 일시적 방법이 자기를 원하는 남자를 선택해 비밀을 만들고 그것을 깨는 일이었을까. 비밀 만들기와 그 배신, 그것이 그네의 삶이었다고 생각된다. 비밀은 한쪽에서 그것을 포기하면 이미 비밀로서의 의미를 잃게 마련이다. 짐작하건대 그네의 일기야말로 그 비밀 만들기와 그것의 배반에 대한 숨김없는 기록일 것이다. 그리하여 그 비밀이 깨어짐으로써 파탄을 맞게 될 사람들이 그 피해의 증폭을 최소화하기 위해 허둥거리고 있다는 생각을 할 수 있다.

윤혜선 보살의 죽음으로 인한 허탈감이 노상관을 만나고 싶다는 충동 쪽으로 쏠렸는지 모른다. 노상관을 만나고 싶었다. 그를 만나야 그와 비밀 거래를 트는 일이 생길 것이다. 그는 어떤 인간일까. 왜 그는 그런 반란을 꿈꾸었는가. 지금까지 그런 기벽 인생을 사는 인간들에게 가졌던 적의가 한순간에 호기심으로 둔갑되어 내 혈관 속에서 스멀거리는 느낌이었다.

노상관을 만나기 전에 그가 처음 고발 대상으로 삼았던 통일 운수 운전기사들을 찾았다.

"그 새끼, 그거 미친놈이에요."

오 년 전 노상관으로부터 신고를 당해 면허정지까지 당했다고 하는 운전기사 한 사람은 아예 벌레 씹은 얼굴로 머리를 홰홰 내저었다. 자신이 성격이 좀 급한데다 운행 시간에 쫓겨 과속을 자주 한 것은 사실이지만 교통경찰이 아닌 민간인한테 그런 신고를 당해 면허정지까지 당한 것은 자신의 운전 경력 이십오 년에 처음 있는 일이라고 했다. 그들은 자신들을 신고한 사람 이름이 노상관이란 것도 모르고 있었다. 그냥 그놈, 그 새끼로 통했다.

"지 깐엔 잘한다고 하는 짓인지 모르지만 그놈으로 해서 밥줄

떨어진 사람이 얼만 줄 알아요? 쥑일 놈 같으니라구!"

"아, 정해문인 그 일루 정신병원 신세까지 졌잖아. 지금두 폐인이 돼 어디 사는지두 모르지만."

다른 운전기사 하나가 껴들었다.

"정해문이가 나한테 그러더라구. 차만 몰구 길에 나가면 가슴이 떨린다 그거여. 지 차 뒤를 쫓아오는 자가용이 전부 그 새끼루 보이더라 그거지. 도저히 운전을 할 수 없더래. 어떤 때는 승객들이 왜 이렇게 천천히 가느냐구 해서 보니까 글쎄 시속 20으로 가구 있더라지 뭐야. 그러더니 결국 가로수를 들이받는 사고를 내 뇌수술까지 받았잖은가 말이여. 그 일루 머리가 돌아버렸다니까 그러네."

"말두 말어. 고재창이가 사장 개 패듯 하고 기름밥 청산했다가 결국 차에 치여 죽은 것두 따지구 보면 그 새끼한테 신고당한 일루 회사와 싸우다가 그렇게 된 거 아닌가."

"지난 달에두 우리 회사 차가 열두 건이나 딱질 뗐는데 민간인 신고가 세 건이었다니까 그 작자가 아니구 누구겠어."

그네들은 서로 앞다투어 노상관이한테 당한 얘기를 늘어놓았다. 입장이 그렇기 때문이기도 하겠지만 그네들은 하나같이 노상관을 '쥑일 놈'으로 선고했다.

"그 사람을 해치울 무슨 전담반까지 만들기루 했었다면서요?"

"허어, 그 얘긴 또 어디서 들으셨어?"

그네들이 르포 작가란 내 명함을 받아 들고 그 경계심을 풀기까지는 꽤 오랜 시간이 필요했다. 기름밥을 먹는 사람들 특유의, 화이트칼라 신분에 대한 깊은 적개심을 자학적인 거친 어

투로 퉁퉁 튕기면서 좀처럼 곁을 주지 않았던 것이다. 그러나
한번 마음을 트면 그 인심 씀씀이가 헤플 정도로 단순한 사람
들이었다.

"전담반이랄 거까진 없구, 좌우지간 그놈을 해치우자는 사람
들이 많았수다. 아까 얘기한 고재창이가 앞장서서 나섰지. 자기
가 무슨 수를 써서라두 깔아 없애겠다는 거였지. 콩밥 먹을 각
오를 하구 나섰던 거지. 그까짓 거 쥑이자구 하면 간단하지 뭐.
공식적인 건 아니었지만 우리 조합에서두 고재창이 뒷 책임을
지겠다는 얘기두 다 됐었으니까."

"그래서 어떻게 됐습니까?"

"어떻게 되긴, 그 새끼가 아직 살아 있으니까 형씨가 여기까
지 찾아온 거 아니겠수? 어떻든 고재창인 그 새낄 찾기 위해 일
부러 차선두 위반하구 추월두 하구 할 수 있는 위반은 다 했다
구. 그러니 뻔한 거 아니어. 교통한테 걸려 딱지만 떼이니 회사
에서 좋은 눈으루 봐주겠어. 결국 사장하구 싸우구 고만뒀는데
퇴직금 타던 날 그 돈으로 술 먹구 집에 가다가 차에 깔려 죽었
다구. 그것두 뺑소니차에 그렇게 됐으니 그 가족이 이를 갈 만
두 하지 뭐."

"정말 궁금한 건 그 사람이 왜 통일운수 버스만 골라 그런 신
고를 했을까 하는 겁니다. 도대체 왜 그랬을까요?"

"우리두 첨엔 그렇게 생각했수다. 우리 회사 차에 사고를 당
한 사람이 그 일처리 결과가 억울해 그럴 거라구 말이지. 피해
자가 보상 제대루 못 받는 건 말할 것두 없구 사고 책임을 죄 뒤
집어쓰는 경우두 허다했을 거니 왜 억울한 사람들이 없었겠어.

그나저나 그 새끼가 비겁하게 정면으로 나오지 않으니 누가 그 내막을 알겠느냐 그거요. 그래 회사 측에선 경찰을 통해 그 새 낄 만나게 해주기만 한다면 억울한 일이 뭔가 들어보고 지가 원 하는 걸 들어주겠다구까지 했다니까. 그때 회사로서두 뒤가 구린 일이 몇 건 있었다지 아마."

"억울하면 보상을 해준다고 하는데도 나타나지도 않고 계속 그랬다면 그거 이상하지 않습니까."

"글쎄, 그게 이상하다 그 말이여. 물론 지 신분이 드러나서 좋을 게 없다구 생각하니까 에라, 복수나 하자, 그렇게 생각했 는지두 모르지."

"노선을 뺏긴 다른 경쟁 회사에서 그랬을 가능성두 있지 않 을까요?"

"그게 바로 경찰에서 하는 얘기였지. 허지만 그건 말두 안 되 는 소리여. 그렇게 한다구 해서 노선을 얻는 것두 아닌 바에야 왜 그런 짓을 한다는 게여. 더구나 한 일 년쯤 지나 다른 회사 차들두 신고를 당하니까 그런 얘기가 없어집디다."

"내가 볼 때는 말입니다. 그런 사람이 있기 때문에 교통사고 가 많이 줄어들었지 않나 하는 건데, 기사님들은 어떻습니까?"

"그 새끼 땜에 교통사고가 줄어요? 에이, 여보슈, 거 뭘 도통 모르는 양반이구먼. 그런 신고를 한다고 해서 사고가 준다면 세 상 금방 천국 되겠수다. 교통사고는 단속을 한다구 해서 주는 게 아니란 말이여. 길 안 좋구 차 많은데다 운전대 잡구 배고픈 놈 많으면 나게 돼 있는 게 교통사고라 그거여."

"거 맞는 얘기랑께. 법이란 자고로 인간이 서로 편리하게 살

자고 해서 만든 것인디 사람 하나 없는 건널목에서 빨간불이 켜
있다고 목 길게 빼물고 기다렸다고 해서 그게 법 지켰다구 생
각하면 우스운 거지. 그 새끼가 바루 그걸 이용했다는 게 괘씸
하다 그 말이여."

"내 생각은 달라요. 난 그 사람에 대해 좀 다른 생각을 가지고
있어요. 무슨 말인고 하면……"

그네들 중 지금까지 가만히 듣고만 있던 젊은 기사 하나가 나
섰다.

"난 그런 사람이 좀 많이 나와야 한다구 생각해요. 우리나라
사람은 고발정신이 약해서 문제라구요. 바꿔 말하면 준법정신
이 약하다, 그겁니다. 그걸 적당주의라고 할 수 있는데, 즉 호
박처럼 둥근 세상 둥글둥글 살아가자는 생각에서 정당하지 못
한 것, 비합리적인 사회현실을 보고도 못 본 척 넘어가는 거 아
닙니까. 그렇게 살다 보니 이놈의 사회에선 정당성이나 합리성
을 고집해서는 살아가기가 힘들다, 그거지요. 이게 바로 이기주
의라 그런 말입니다. 이기주의와 개인주의는 엄격히 달라요. 배
타적이고 비합리적인 이기주의와 개인의 자주성과 존엄성을 강
조하는 개인주의를 혼동하는 게 우리나라 사람들이죠. 아까 얘
기들 하던 그런 사람을 비난하는 것이야말로 집단이기주의라고
생각합니다. 개인주의가 발달한 독일 등 서구에서는 말입니다,
고발정신 아주 투철해요. 고발정신이야말로 사회 양심이고 인
간성 존중, 바로 그거거든요."

"여어, 역시 대학물을 먹은 사람이 다르긴 다르구먼그래. 이
사람아, 그렇게 잘 아는 사람이 왜 조합 일엔 그렇게 비협조적

인가 그래."

"그거하고 지금 내가 말한 거하고 무슨 상관이 있다고 그래요. 난 말입니다. 교통법규를 위반하는 사람에 대한 주민들의 신고가 좀 철저해야만 우리같이 법 제대로 지키고 사는 사람들이 보호받고 사는 세상이 온다, 그걸 얘기하고 싶은 겁니다. 법잘 지키는 사람이 법 안 지키는 사람들 때문에 도매금으로 넘어가 욕먹고 불이익을 당하는 세상은 좋지 않다, 그거지요."

내가 노상관을 찾는 데 결정적 도움을 준 사람은 서울 노원구의 감람교회 김진명 목사였다. 신학대학을 나오고 십 년 전 이곳의 개척교회를 맡아 목회를 볼 때만 해도 형편없는 산동네였는데 지금은 이렇게 아파트촌이 됐다면서 김 목사는 산동네 그 시절의 신자들이 그립다고 했다. 노상관도 십 년 전 산동네 시절 신도였다고 했다. 몇 군데 경찰서를 들러 노상관이 쓴 신고서를 뒤지다 보니 신고자 주소지로 가장 많이 기록된 곳이 바로 이 교회였던 것이다. 김진명 목사는 뜻밖에도 내가 쓴 글을 읽은 적이 있다고 했다.

"고 선생님이 쓰신 글, 기억이 납니다. 사이비 교단의 교주들을 고발한 그 르포는 아주 인상적이었습니다. 그 정도 취재하려면 어려움이 많았을 텐데 용기가 대단하십디다. 나도 목회를 하다 보면 가끔 카리스마적 언행을 해 늘 반성하고 있긴 하지만 우리나라 이단 기독교는 교주의 편집성 성격장애에서 비롯한 것이라고도 할 수 있는 광신에 문제가 있다고 봅니다. 고 선생이 고발하고자 하는 의도도 바로 거기에 맞춰져 있다고 봤습니다."

그는 내가 쓴 그 르포에 대해 매우 분석적이고 합리적인 해석을 했다. 내가 미처 생각하지도 못했던 문제들을 찾아내 의미를 얹어줌으로써 데면스러운 분위기를 대번에 씻어버렸다.

"고 선생 말고도 노상관 씨를 찾아왔던 사람이 몇 있었지요. 무슨 문화원에 있다는 사람인데 사진작가라고도 했어요. 그 사람 말고는 다 수사기관에서 나왔던 사람들이었지요. 내가 알고 있는 대로 말해줬지요. 즉 그 사람은 십 년 전 우리 교회의 착실한 신도였다는 것, 그리고 주소가 이 교회로 돼 있다면 그건 아마 일정한 거처가 없기 때문에 옛날 생각을 하고 그랬지 않나 싶다는 거였지요. 사실 나도 그 사람에 대해 아는 게 전혀 없기 때문이지요. 그 사람을 본 것도 십 년 전이니 내가 뭘 안다고 얘기할 수 있겠습니까. 아시다시피 세상도 빨리 변하지만 더 빨리 변하는 건 사람 아닙니까."

김 목사는 노상관을 잘 기억하고 있었다. 평범한 사람으로 과묵한 편이지만, 교회 일을 할 때는 매우 적극적이어서 성가대를 구성하는 일에서부터 교회 신축을 계획하는 일까지 늘 앞장섰기 때문에 잊히지 않는 사람이라고 했다. 그가 중학교 교사 생활을 하다가 적성에 안 맞는다고 사표를 내고 작은 사업을 벌인다고 했는데 그 뒤로는 전혀 만난 적이 없다고 했다.

"사람은 못 봤지만 소식은 몇 번 전해 들었지요. 이사를 간 뒤로는 어느 교회에도 나가지 않는다는 겁니다. 사업이 잘 안 되는 모양이구나, 그런 생각을 했지요. 내가 볼 때 그 사람, 사업을 할 체질이 아니었거든요. 뭔가 사람들과 잘 어울리지 못한다는 느낌이었어요. 얼핏 보면 평범한 사람인데 조금 관심 있게 보면 뭔가 여느 사람과 다른 것 같았어요. 고집이 조금 센 것도 같고. 아, 하나 기억이 납니다. 언젠가 그 사람이 저녁때 나를 찾아온 겁니다. 자기는 원래 사람들 말을 잘 믿지 않는 성격인데 목사인 내 말까지 믿어지지 않아 괴롭다고 얘기한 것 같습니다. 매사 의심이 간다는 거였지요."

교직이 적성에 맞지 않아 집어치우고 개인 사업을 하고, 그리고 열심히 다니던 교회도 나가지 않는다…… 게다가 남의 말을 잘 믿지 못한다는 것을 그 당사자가 스스로 괴로워하며 고백했다…… 특별히 유별나다고는 할 수 없었다. 그러나 안정된 직장을 버렸다는 그 한 가지 사실만으로도 뭔가 심상치 않은 사람임에는 틀림이 없었다.

나는 김 목사에게서 이제까지 내가 만났던 다른 목회자들과 다른 인간적인 면모를 볼 수 있었다. 인간에 대한 신뢰감 같은 것이었다.

"목사님이 보시기에 그 사람이 왜 그런 일에 열중하고 있다고 생각하십니까?"

"물론 무슨 원인이야 있겠지요. 쉽게 보아, 그 양반이 자동차에 대해 무슨 원한이 있거나, 아니면 사업이 실패한 데서 오는 무력감을 그런 식으로 나타낼 수도 있겠고, 또는 어떤 죄의식이 그렇게 나타날 수도 있지 않겠습니까. 좌우지간 제가 생각하기엔 아무리 그런 동기가 있었다고 하더라도 그럴 정도로 그 일에 열중한다는 것은 아무래도 정신적으로 좀 문제가 있지 않나 싶군요. 그 증세로 보자면 꼭 강박 성격장애라고나 할까요. 너무 정확하고 세밀하기 때문에 무엇이나 그냥 얼렁뚱땅 넘기지 못하는 일종의 결벽증 같은 것이 아닐까요. 지나친 도덕주의에 이론적 실천주의라고도 할 수 있겠네요. 하여튼 그런 성격들은 지나치게 완벽한 것을 추구하기 때문에 융통성을 잃게 돼 사회적응이 잘 안 되는 게 보통이지요. 사회적응이 잘 안 되는 사람은 또 그 나름으로 자기실현의 방법을 모색하는 법인데 남의 눈에는 그것이 좀 비상적으로 보일 수밖에 없을 겁니다."

목사는 노상관이 교회 주소를 이용한 데 대해서도 나름의 해석을 했다.

"그걸 이렇게 생각해보면 어떨까요. 무슨 사정으로 교회는 안 다니고 있지만 하나님에 대한 그 믿음은 변함없다는 거지요. 교회는 그 양반뿐이 아니고 모든 사람들의 양심이 될 수도 있을 거니까요. 탕자가 회개하고 돌아오듯 그 양반도 마음은 이미 하나님한테 돌아와 있다고 보고 싶습니다."

나는 그 말에 수긍하고 싶지 않았지만 예의로 고개를 끄덕여 보였다.

"아까 말씀하신, 노상관 씨를 찾아왔었다는 사람에 대해 좀 알고 싶군요. 사진작가라고 말씀하셨던가요?"

"그래요. 재작년인가 나이 지긋한 사람이 노상관 씨를 꼭 만날 일이 있다고 찾아왔기에 우리 신도들 중에 노상관 씨와 연락이 있는 사람 하나를 알려줬지요. 그 사람 돌아간 뒤에 명함을 보니 불란서문화원인가가 근무천데 무슨 아마추어 사진작가협회 부회장인가 하는 직함도 있더군요. 그 이상은 아는 게 없습니다."

목사는 시간이 지날수록 편안하다는 인상을 주었다. 찾아온 사람을 빨리 따돌리고 싶어 하는 눈치라든가 상대를 의심해 눈을 반들거리지도 않는 매우 직심스러운 인상이었다. 나는 목사와 얘기를 더 나누고 싶었다.

"목사님은 아까 노상관 씨가 그런 일을 하는 건 일종의 자기실현 방법이지만 그 방법이 너무 지나쳐 비정상적이라고 말씀하셨지요. 결국 사회적응을 못한다는 건데 그 사람이 적응을 일부러 안 하고 있다고는 생각하지 않으십니까? 사실 교통법규 위반자를 따라다니며 적발해서 경찰관서에 고발한다, 그리고 그 처리 결과까지 철저하게 확인하는 등 벌써 몇 년째 같은 일에만 줄기차게 매달려 있다는 게 제 상식으로는 납득하기 어렵거든요."

"비정상적이라고 한 건 사회 통념으로 볼 때 그렇다는 얘기지요. 어떻든 그 양반 하는 일을 뭐라고 간단히 말하기는 정말 어려운 거지요. 한 가지 분명한 건 그 양반이 외로운 길을 가고 있다는 겁니다. 그렇게 되기 위해서 그 양반이 버린 게 얼마나 클까, 그 생각부터 드는군요. 어떻습니까, 고 선생께서 쓰시는 글들이 바로 그 얘기하고 상통할 것 같은데요. 세속적인 걸 다 누리면서 그런 일을 할 수는 없겠지요. 고 선생께서도 귀한 성함까지 버리셨잖습니까. 고발, 그거 필명이시지요?"

목사는 짐짓 화제를 내 쪽으로 돌렸다.

"그렇습니다. 본명은 변재동인데 중학교 동창 하나가 내가 이름 그대로, 세상이 깜짝 놀라게 변하는 그 재미에 살맛을 찾는 악동이라는 겁니다. 그러면서 그 친구는 내가 아주 좋은 세상에 태어났다는 겁니다. 나같이 호기심이 많고 충동적인 인간이 살기에는 딱 좋은 세상이라는 거지요. 내가 하고 있는 고발문학을 단순히 나 자신의 욕구 충족 정도로 깔보고 하는 소리라 그 얘기 들을 때마다 기분이 나빴는데 요즘 가만히 생각해보니 그 말에 일리가 있더라 그런 말씀입니다."

"고 선생께선 아주 솔직하시군요. 이렇게 자기 얘기를 할 수 있는 게 중요합니다. 요즘 사람들은 자기는 돌아보지 않고 남의 얘기, 남의 문제, 그것두 자기가 잘 모르는 문제에만 달라붙어 죽자 살자 하고 있지 않습니까. 자기를 모르면서 남의 얘길 어떻게 할 수 있습니까. 고 선생님처럼 자기 얘기를 할 수 있는 분이 사회정의의 차원에서 고발도 할 수 있다고 봅니다."

뜻하지 않게 비행기를 타고 나니 꽤나 쑥스러웠다. 목사는 지금 내 심중을 환하게 꿰뚫고 있다는 생각이 들었다. 그러나 이왕에 뺀 칼, 종이 한 장을 자르더라도 제대로 자르고 싶었다.

"내 이름을 두고 빈정거렸다는 그 친구는 말입니다. 내가 복음서에 나오는 가롯 유다 같은 인간이라는 겁니다. 그 친구가 나를 유다라고 하는 건 내 기질이 유다처럼 교활하다는 겁니다. 유다가 하느님의 아들인 스승 예수를 고작 삼십 냥에 파는 일로 자기 욕심이나 찾은 것처럼 이 변재동이가 이 세상을 배신하는 일로 즐거움을 삼고 있다는 거지요."

시골 읍내에서 어린 시절을 함께 보낸 그 친구는 요즘 우리 사회엔 그런 유다 부류의 인간들이 자꾸 늘어가고 있다고 했다. 현시욕으로 가득한 제도권 사람들이 만들어내는 치졸한 정책, 정치꾼들의 현란한 변절, 양심선언으로 양심을 파는 마비된 양심, 종교의 쓰레기장인 우리나라에서 사이비 교파의 기복신앙이 파놓은 함정이야말로 참 믿음을 깨는, 이 시대를 불신 시대로 특징짓게 하는 명분을 가진 보이지 않는 범죄라고도 말했다. 그 친구를 반박하기 위해서 나는 이렇게 묻곤 했다.

야, 유다가 죽어서 천당에 갔냐, 아니면 지옥에 떨어졌냐?

베드로가 예수의 예언에 맞춰 자기한테 돌아올 불이익이 뻔한데도 예수를 세 번이나 부인한 것처럼 유다는 이미 정해져 있는 예수의 수난과 부활을 위해서 누군가 맡아야 했을 그런 악역을 해내지 않았느냐는 내 궤변을 늘어놓기 위해서였다. 내가 그런 식의 공격으로 맞설 때마다 그 친구는 내가 꼬여도 뭔가 단단히 꼬였기 때문에 나 스스로 그걸 풀기 전에는 속수무책이라고 고개를 젓는 일로 내 공격을 피하곤 했다.

나를 유다라고 부르는 오경수 앞에서 나는 항상 유다 옹호론자가 될 수밖에 없었다. 나는 유다가 하느님의 구원 계획을 위해 악역을 했을 뿐이라고 그 배신을 합리화하기 위해 열을 올리곤 했다. 그럴 때마다 오경수는 이기죽거렸다. 재료공학 전공인 그 친구는 문학에 대한 소양이 깊었다. 그는 글 쓰는 친구가 유일하게 나뿐이라며 나만 만나면 문학 이야기를 하고 싶어 했다. 본격문학 옹호자인 그는 중학 동창인 나에 대해 좀 심할 정도로 비판적이었다. 문학은 궁극적으로 아직 알려져 있지 않은 낯선 세계의 드러냄이긴 하지만 그 드러내기의 방법과 드러내는 사람의 의식구조가 더 문제라며 내 작가 의식이 바탕부터 돼먹지 못했다고 헐뜯었다. 그런 면에서 내가 쓰는 고발문학은 가시적 플라스틱 조화 피우기에 불과해 사람들의 눈을 현혹시킬 뿐 생명이 없다는 것이다. 그것은 작가가 자기를 키워낸 열등 콤플렉스의 늪 속에서 허우적거리느라 세상을 넓게 보지 못한 탓이라고 했다. 병든 글은 차라리 안 쓰는 게 좋아. 그 친구는 그렇게 나한테 유난히 인색했다.

내가 볼 때 너는 네 속에 갇혀 있어. 갇힌 속에서는 고작 유다처럼 배반할 궁리만 하게 되지. 교활하게 남의 약점만 찾아다니는 승냥이나 다름없다구. 고발은 제대로 하면 개발도 되고 발전도 되게 마련인데 너는 이미 토대가 돼 있는 집을 송두리째 파괴하고 싶은 악의를 가지고 고발을 한다는 말이야. 누군가 해야 할 악역을 네가 맡고 있다는 그 정신부터 교활하다, 그거다. 악역은 그 결과에 관계없이 끝까지 악역으로 남아야 하는 건데 너는 항상 악역의 보상부터 노리고 있거든. 우리 사회가 안고 있는 문제가 바로 악역들의 자리매김이 잘돼 있지 못하다는 거 아니겠냐. 정치가는 정치가로서의 악역, 독점재벌들은 또 그 나름의 악역이 있는 건네 그 주세를 잘못 파악하는 데서 우리 사회가 이렇게 부도덕하고 혼란스러워질 수밖에 없다는 거다. 고발을 통한 내 신명은 그 친구 생각만 하면 싹 가시어버리곤 했다. 그는 내 가족에 대해 누구보다 잘 알았다. 내 생각, 내가 하는 일을 모두 다 알고 있다고 해도 좋았다. 나는 항상 그것이 불쾌했다. 그는 좋은 가정에서 자랐으며 공부도 잘했고 붓글씨는 물론 백일장에 나가 장원을 도맡아 했다. 그림 솜씨도 뛰어나 미술 선생의 사랑을 독차지했다. 게다가 성품까지 원만해 주위 사람들로부터 사랑을 받았다. 그는 모든 아이들의 선망의 대상이었다. 그러나 나는 그 아이가 우리들의 기를 죽여 좌절의 구렁텅이로 몰아넣어 세상 살맛을 잃게 했다고 그를 미워한 적이 많았다. 특히 오경수의 아버지는 읍내 사람들로부터 추앙받는 사람이었다. 육이오전쟁 때 인민군을 피해 숨어 있는 것을 누군가 찔러 넣어 잡혀간 뒤 구사일생으로 살아난 사람인데, 그 밀고자를 용서한 일로 더 널리 알려져 있었다. 나는 오경수와 그 가족들이 누리고 있는 모든 것을 배 아파했다. 내 유일한 자위는 그네들이 누리고 있는 그 안락 뒤에 음험하게 숨어 있는 불의의 어둠과 위선의 껍질을 나만이 볼 수 있다는 것이었다. 나는 그네들의 어둠을 보기 위해 호시탐탐 눈을 반들거렸다. 오경수 아버지가 첩을 두고 있다는 어른들의 이야기를 들었을 때의 그 흥분을 아직도 잊지 못하고 있었다. 그 음지를 확인한 뒤 나는 오경수를 미워하는 마음을 어느 정도 가라앉힐 수 있었던 것이다.

"목사님, 유다의 배신에 대해 성경은 어떤 해석을 하고 있습니까?"

나는 느닷없이 이렇게 물었다. 뭔가 들춰내 뒤집어보여야만 직성이 풀릴 것 같은 심사였던 것이다. 어쩌면 내가 상대하고 있는 김 목사가 그만큼 포용력이 있어 보였기 때문인지도 모른다.

"나는 복음서에 나와 있는 대로만 믿습니다. 복음서는 어떤 일에 대한 해석이나 부연이 아니라 일어난 일에 대한 진술이며 증언적 가르침입니다. 복음서가 아전인수격으로 해석되어서는 곤란합니다. 특히 유다에 대해서는 반기독교적인 생각을 가진 사람들이나 실존주의적으로 성경을 재해석하는 학자들에 의해서 많이 왜곡되고 있는 게 사실입니다. 유다는 역사가들의 증언에 의하면 열렬한 민족주의자였고 로마에 항거하는 이상주의자였습니다. 그는 예수님을 유대인의 왕으로 세우는 것이 목적이었을 것이지만 예수님은 항상 영적 메시아로 오셨다는 것을 제자들에게 밝혔습니다. 유다가 예수님에게 불만이 있었다면 아마 그런 것이었겠지요."

"제가 듣기에 열두 제자 중 유다만이 유일하게 가룟 사람이었다고 하던데, 그것도 배신을 꿈꾸게 된 열등감으로 작용하지 않았을까요?"

"그렇습니다. 유다는 가룟인이었습니다."

"어떻든 유다는 자신에게 주어진 악역은 제대로 해내지 않았습니까?"

"유다의 배신을 주어진 역할로 생각하는 건 옳지 않다고 생각합니다. 유다를 동정해서는 안 된다는 얘기지요. 하나님은 인간을 지으실 때 지식과 감정이 없는 로봇으로 지으신 것이 아니라 하나님의 형상, 곧 지·정·의로 지으셨기 때문에 인간은 자유의지를 행사할 수 있다는 것입니다. 유다는 바로 그 자유의지에 의해 예수님을 배신했고 그 배신에 대한 책임을 지지 못했다는 것이 죄악이다, 그겁니다. 하나님이 인간에게 주신 자유의지는 그것을 죄의 종으로 삼지 말고 하나님을 섬기며 이웃을 섬기도록 하신, 인류를 위한 큰 사랑이었습니다. 유다는 사탄의 꾐에 자기 의지를 팔아먹은 겁니다."

"그러나 예수님은 유다한테 누군가 배신할 사람이 있다는 것을 암시함으로써 유다는 그 역할을 자신이 해내지 않으면 안 된다는 강박증에 시달렸다고도 볼 수 있지 않습니까?"

"그건 성경이 무엇인지, 성경의 내용이나 그 목적과 특수성을 전혀 간파하지 못한 사람들이 아무렇게나 해석하는 말이지요. 하나님을 제대로 알지 못할 때 그런 해석이 나올 수도 있겠지요."

"어차피 이 세상에는 악역이라는 게 있지 않습니까. 나는 그 악역에 대해 높은 점수를 주고 싶다는 겁니다. 남들이 다 손가락질하는 위치에 있어야 하는 그 고통을 통해 이 사회의 어떤 면이 정화된다는 그런 생각이지요."

"그건 사탄의 역할을 옹호하는 말이나 다름이 없습니다. 요즘 세상은 떳떳하지 못한 사람들이 더 당당하게 큰소릴 쳐가며 살고 있지 않습니까. 자기 잘못으로 이 세상이 혼란스럽다고 반성하는 사람 봤습니까. 자기 죄에 대한 합리화를 하려니까 유다의 배신을 옹호하는 궤변을 마치 새 진리 발견이라도 한 것처럼 내세우는 거 아니겠습니까. 유다의 잘못이 아니라 그런 일이 있지 않으면 안 되었던 상황이 문제라는 것이지요. 모든 잘못을 상황에 돌리고 자기는 저만큼 빠져나가 불의가 어떻고 사회 부조리가 어떻고 떠벌리며 자기 결백이나 내세우는 거 아니겠습니까."

목사는 내가 유다 얘기를 유도해낸 저의를 간파한 듯 매우 단호하게 나왔다. 그는 높은 목소리로 뭔가 주장하는 사람은 반드시 자기 자신의 어떤 문제를 은폐하려는 경우가 많다고 했다. 그런 면에서 사람들이 신앙을 가지고 사는 것은 전능한 하나님이 자기 자신을 내려다본다고 생각하기 때문에 항상 두려워하여 자기 잘못부터 회개하게 된다는 데 큰 의미를 둘 수 있다는 얘기였다. 오경수가 나를 비난하는 말도 그와 비슷한 논리였다. 내 문제를 은폐하기 위해 기를 쓰고 남의 문제에 달라붙어 눈이 멀어버린다는 얘기였다. 어머니는 늙어가면서 이미 이 세상 사람이 아닌 아버지에 대해 더욱 무서운 집념을 보였다. 아버지 생전의 얘기를 현실로 재현시켰다. 느 아버지가 어젯밤 꼭 한 달 만에 나하구 잠자릴 같이했다. 그 꼴에 마누라 품을 힘은 남겨뒀더구나. 지금까지 삭신이 이렇게 노골노골하다야. 어머니는 아버지가 곁에 있는 것처럼 행동했다. 그 양말 좀 벗어봐유. 갈 때 가더라두 이놈 불알이나 한번 만져보구 가시우. 죽은 누나도 아버지의 망령과 함께 살았다. 아버지가 빨리 오래요. 난 오늘 아버지가 사놓은 집을 둘러보고 왔어요. 대청마루가 어찌나 넓은지. 어처구니없게도 모녀는 죽이 척척 맞았다. 그래, 느 아버지 덕에 좋은 집에 한번 살아보자꾸나. 어머니보다 정도가 더 심했던 큰누나는 스스로 목숨을 끊는 일로 아버지와 결별했다. 큰딸이 죽자 어머니는 그 딸의 망령까지 살려냄으로써 집안은 극도로 괴기스러워졌다. 나는 어머니의 얼굴을 단 한 시간도 마주하기 힘들었다. 나보다 몇 배 더 괴로워하던 아내의 제의를 순순히 받아들여 어머니를 기도원에 위탁하고 나자 나는 비로소 사는 것 같았다. 나는 그 어떤 죄의식에도 시달리지 않았다.

"내일 꼭 만났으면 좋겠다고 하데요. 오늘 하루 그 사람한테서 전화 온 것만 해두 열 번은 넘을 거예요. 집에서 남편 있는 곳도 모르느냐고 막 땅땅거리더라구요."

아내가 그렇게 주워섬기고 있는 중인데 전화가 왔다. 며칠 전 거칠게 전화를 걸어왔던 그 사람이었다.

"내일까지 갈 것 없고 가능하면 오늘 만납시다. 차를 지금 집까지 보낼 거니 준비하고 있어요."

일방적으로 전화는 끊겼다. 기분 나쁘고 자시고 할 겨를도 없었다. 일이 생각보다 쉽게 풀릴는지 모른다는 기대로 나는 들뜨기 시작했다. 죽은 윤혜선을 이런 식으로 만날 수 있다는 게 묘한 감회마저 자아냈다.

한 시간도 넘지 않아 집 밖에 차 경적이 울렸다. 운전기사는 어떤 사람 부탁으로 왔을 뿐이라며 무슨 물음에도 모른다는 말로 일관했다. 힐튼호텔 객실까지 그의 안내를 받았다. 나를 기다리고 있는 사람은 삼십대 후반쯤 돼 보이는 매우 깡마른 사내였다. 생각했던 것보다 부드러운 인상이어서 마음이 놓였다. 전화를 건 그 목소리가 아닌 것도 분명했다.

"이건 내가 모시고 있는 분 일이라는 것부터 말씀드리죠. 그분이 내일 외국으로 나가십니다. 상당히 오래 체류하실 계획이기 때문에 이렇게 서둘렀다는 것을 양해드립니다. 변재동 씨는 주로 폭로 기사를 쓰신다구요. 쓰신 글도 하나 읽어봤습니다. 상당히 날카롭게 쓰셨더군요."

"날 여기 불러온 용건이 뭐요. 이건 납치 행위나 마찬가지라는 것을 명심하시오. 우선 당신네들 신분부터 밝히시오. 그러지 않고는 나는 어떤 물음에도 대답하지 않을 거요."

나는 안주머니 속에 넣고 온 소형 녹음기 버튼을 몰래 누르며 짐짓 엄포를 놓았다. 이렇게 일이 벌어지리라고 미처 생각하지 못했기 때문에 흥분은 더했다.

"저는 김평섭입니다. 양해를 구할 일은 제가 모시고 있는 분에 대해서는 지금 말씀드릴 수 없다는 점입니다. 그럼 단도직입으로 말씀드리지요. 변재동 씨는 윤혜선이란 여자가 쓴 일기를 가지고 계시지요?"

나는 어떻게 대답을 해야 할 것인지 잠시 망설였다. 대답을 하지 않는 방법도 있고 내 애초의 계획대로 일기를 가지고 있는 양 시치미를 뗄 수도 있다. 또는 처음부터 그런 것을 가지고 있지 않다고 솔직하게 나가는 방법도 있을 것이다. 그러나 일기가 내 손에 없는 이상 어느 대답도 마찬가지다. 그렇다면 내 쪽에서 뭔가 얻는 방법을 생각하지 않으면 안 된다.

"내가 먼저 묻겠소. 당신이 모시고 있다는 사람이 어떻게 내가 윤혜선이란 여자의 일기를 가지고 있다고 생각하게 됐는가 하는 거요."

"그 문제는 지난번 전화로 얘기된 걸로 알고 있는데요. 윤혜선이 죽으면서 제가 모시고 있는 분한테 편지를 남긴 겁니다. 변재동이란 사람한테 일기가 넘어가 있으니 자기 대신 변재동 씨와 거래를 하라는 거였지요."

"당신이 모시고 있다는 사람과 윤혜선인 어떤 관계였나요?"

"난 그런 관계에 대해선 모릅니다. 안다고 해도 내가 그걸 말할 입장이 아니잖습니까. 일기를 봤으면 변재동 씨께서 더 잘 알고 계실 텐데 왜 시치미를 떼는 겁니까?"

"죽은 윤혜선이 죽기 전부터 당신이 모시고 있는 사람한테 협박을 했구만요. 자기가 쓴 일기를 세상에 공개하겠다고."

"잘 아시는 것 같아서 하는 얘깁니다만 그 여자는 정상이 아니었지요. 과대망상증에 걸린 여자였어요. 자기가 세상 비밀을 다 잡고 있다고 믿고 있었지요. 제가 모신 분은 그 여자와 십 년 전에 몇 번 만났을 뿐이지만 책잡힐 만한 일은 결코 없었다고 합니다. 그런데 작년부터인가 윤혜선이 자신의 일기를 세상에 공개하겠다고 협박을 해와 무시해버렸는데 죽으면서까지 그런 편지를 보내온 겁니다."

죽은 사람에 대해 아무렇게나 말할 수 있는 것은 살아 있는 사람들의 권한이다. 죽은 윤혜선을 엄호 대변하기 위해서 필요한 것은 그네가 남겼다는 일기장을 손에 넣는 일이다. 나는 사실 그 일기장이 그네의 죽음 뒤 곧바로 나한테 전달될 것으로 믿었다. 우편이든 인편이든 그것이 내 손안에 들어온다는 기대로 무례한 작자들의 전화도 마음 누그러뜨리며 받을 수 있었던 것이다. 혹시 윤혜선의 부탁을 받은 사람이 그것을 소홀히 다루었을 가능성도 있다고 보아 그네가 죽기 전에 만났던 사람들을 찾아 확인까지 했다. 다 태웠어유. 가지고 있는 걸 몇 날 며칠 태우고 있는 걸 이 눈으로 똑똑히 봤는걸유. 왜 이렇게 다 태우냐니까 장군님이 다 태우고 백두산엘 들어가라구 해서 그런다구 그러데유. 그러면서 통일이 곧 되는 게라고 그런 말두 했구먼서두. 윤혜선을 돌봐주던 사람들을 통해 들을 수 있는 말이 모두 그랬다.

"다시 한번 말하지만 나는 당신들이 원하는 그 일기를 가지고 있지 않아요. 그러나 그게 내 손에 들어올 가능성은 있지요. 우리 그때 가서 다시 얘기하는 게 좋지 않겠소?"

"변재동 씨, 우린 그 일기를 다 원하는 건 아닙니다. 제가 모시고 있는 그분에 관한 기록이 개인의 명예를 훼손할 만한 것인가 그것만 알고 싶은 거지요. 우리가 원하는 건 그것뿐입니다. 응분의 사례를 생각하고 있습니다."

"그거 이해가 안 되는군요. 아까 얘기 들으니 몇 년 전 몇 번 만난 것뿐이면 뭐가 문제될 게 있습니까. 더구나 남자가 그만한 스캔들 좀 있기로 세상이 그걸 뭐라 합니까. 미국처럼 이성과의 도덕성을 크게 문제 삼는 그런 나라도 아닌데 말입니다."

"더 잘 아시겠지만 그 여잔 정상이 아니었다구요. 우리가 우려하는 게 바로 그겁니다."

"나는 댁하고 생각이 달라요. 윤혜선 보살은 당신보다 더 정상적인 사람입니다. 죽은 사람이라고 해서 함부로 얘기하는 거 아닙니다."

"변재동 씨, 우리 좀 더 허심탄회하게 얘기합시다. 얼마를 원하는 겁니까?"

"허심탄회하게 얘기해서 난 그런 걸 놓고 거래를 하는 사람이 아닙니다. 그 일기가 입수되면 그때 연락을 드리지요. 나 더 붙잡고 있어봤자 좋을 거 없을 거요. 난 작가요. 작가가 뭐 하는 사람인 줄 당신은 알 거 아니오."

생각보다 쉽게 그는 순순히 물러섰다. 그의 말이 맞는지도 모른다. 별것 아닌 것이지만 자신의 명예와 관계가 된다고 하면 이 정도로 나올 수도 있다는 생각이었다.

또 한 사람, 자신의 사서함까지 알려준 그 사람은 그 한 번의 전화 이후 더 이상 소식을 주지 않았다. 어쩌면 그는 윤혜선이 죽으며 남긴 그따위 협박을 아예 무시해버리기로 생각했는지도 모른다. 급한 것은 내 쪽이었다. 나는 그가 알려준 우편 사서함으로 속달 편지를 띄웠다. 가능하면 빨리 만나고 싶었던 것이다. 속달 편지를 띄운 그다음 날 전화가 왔다.

"일기를 넘겨줄 생각이오?"

그쪽에서 단도직입으로 물어왔다.

"아직 일기를 입수하지 못했습니다. 그러나 입수되는 대로 다시 연락드리겠습니다. 다만 제가 먼저 알아야 할 것은 어떻게 그 일기가 내 손에 들어올 것을 알게 됐느냐 하는 겁니다."

"선생도 짐작은 가겠지만 그 여자가 죽으면서 나를 협박한 거요. 선생한테 일기가 가 있으니 찾아서 나와 관련된 부분을 다시 읽어보고 태워버리라는 거였어요."

"그 관련된 부분이 세상에 알려질 것이 두려운 겁니까?"

"그렇소. 형씨가 가지고 있다는 그 여자 일기 속엔 분명 내 얘기가 들어 있을 거요. 십 년 전 얘기요. 몇 사람이 늘 만나는 모임이 있었는데 누군가의 소개로 그 여자가 내 파트너가 됐던 거요. 여럿이 어울리다 보니 환각제를 복용한 적도 있었소. 그 일이 침소봉대돼서 큰 곤욕도 치렀으니까 더 숨길 것도 없는 얘기요. 문제는 내가 그 여자를 사랑했던 거요. 난 돈은 많지만 그때까지 사랑이란 걸 해보지 못했어요. 여자들이 내 돈만 사랑했기 때문에 내가 사람을 사랑하지 못했던 거요. 그러나 그 여자는 달랐지요. 나를 이해해줬지요. 난 그 여자를 사랑했소. 그 여자가 원하면 내 가정을 깨고 모든 걸 새로 시작할 생각까지 한 적도 있었지요. 진실이었소. 그 여자가 강원도에 들어가 산 뒤에도 계속 찾아다녔지요. 물론 그 여자가 나 하나만 사랑했다고 생각하진 않아요. 어쩜 그 여잔 어느 남자고 사랑하지 않았다는 게 맞는 얘길는지 모르겠소 오직 자신이 남자의 사랑을 받고 있다는 그 한 가지 확인만 필요했을는지도 모르지요."

"최근까지 만났다고 하셨는데 그러면 그 여자가 왜 그렇게 죽었다고 생각하십니까?"

"분명한 건 그 여자가 만나는 사람이 많았다는 거요. 자기가 어떤 사람에게도 빠지지 않았기 때문에 그게 가능했을 거요. 몸이구 마음이구 풍성했던 여자지요. 그러나 근래 그 여자는 불면증으로 시달린다고 했지요. 언제부턴가 사람들을 혐오하기 시작하면서부터 잠을 자지 못한다고 합디다. 무당이 된 것도 아마 그런 사람 혐오증과 관계가 있다고 봐요. 사람을 싫어하다 보니 결국 죽는 일만 남았던 거 아니겠소."

"왜 여러 사람에게 자기 일기가 나한테 있다고 알리고 죽었을까요?"

"괘씸하지만 난 그걸 이해할 수 있을 거 같아요. 자기가 죽은 뒤에도 남자들이 자기 생각을 안 하곤 못 견디게 하기 위한 방법이 아니겠소. 살아 있을 때도 자기가 알고 지내던 남자 한 사람씩을 불러놓곤 자살 소동을 벌인 여자니까요. 언젠가 내가 갔을 때도 그 여자는 무슨 약인가 먹고 거의 죽은 상태였지요."

비록 전화 통화였지만 윤혜선과 가장 가까웠다고 믿고 있는 그 사람과의 만남은 뜻밖의 수확이었다. 그는 그 여자를 사랑했다고 당당히 말했다. 사랑, ㅎㅎ…… 나 역시 그 여자를 사랑했다. 다 그러하듯 처음에는 그네의 관능적 미모에 미쳤고 더불어 그네를 만날 때마다 그네가 연출하는 신비주의의 나락에 깊이 빠졌다. 정말 매력 있는 여자였다. 모성 결핍증의 나로서는 어머니의 사랑을 뒤집어쓰는 기분이었다. 그것은 어머니와 누나들이 내게 병적으로 보여주던 그런 사랑과는 달리 말할 수 없이 부드럽고 우아한 것이었다. 난 아무도 사랑하지 않아요. 그네는 입버릇처럼 그런 말을 했다. 그럴 때 나는 그 말을 나를 사랑한다는 말의 반어법이라고 믿었다. 그 여자는 정말 나를 사랑한 것일까. 일기에는 나에 대해 어떻게 썼을까. 그네는 얼마나 많은 사람들에게 자신의 죽음과 일기의 행방에 대해 얘기한 것일까.

나는 다시 한번 윤혜선이 살던 강원도를 찾아갔다. 그러나 아무런 것도 얻지 못했다. 사람들은 하나같이 죽은 사람의 생전 행장에 대해 말하길 꺼려했다. 윤혜선이 거기 머무는 동안 이웃 사람들에게 베푼 마음 씀씀이를 읽을 수가 있어 새삼 놀라지 않을 수 없었다. 그것은 사서함을 통해 연락이 닿은 그 남자가 말한 사람 혐오증과 너무 다른 상황이었다. 족집게처럼 맞췄지요. 예사 무당이 아니었지요. 내가 알기엔 유명하다는 사람들은 한 번씩 다 왔다 갔다구요. 대마초를 피울 수도 있었겠지요. 술 먹고 담배 피우는 거나 마찬가지 아닙니까. 그걸 먹고 나쁜 짓을 하지 않았다는 것만은 틀림이 없으니까요. 윤혜선이 살던 그 동네 사람들은 그런 식으로 죽은 사람을 두둔하고 나섰다.

돌아오는 길에 나는 노상관이 아직도 그런 일을 하고 있는 국도에 인접한 관할 경찰서를 두 곳이나 들렀다. 그네들은 하나같이 노상관이 하는 일에 대해 부정적인 생각을 가지고 있었다. 그네들의 노상관에 대한 적의는 만만치 않았다. 노상관이 신고해 오는 건수가 자신들의 적발 건수보다 오히려 더 많을 수 있다는 것을 시인하면서도 그네들은 그가 자신들의 자존심에 상처를 주고 있다는 것을 노골적으로 드러냈다.

"그 새끼 악질입니다. 우리 경찰을 깔보는 거죠. 그건 준법정신이 아니라 아주 교활한 사회악이라구요. 그런 놈들이 없어져야 법이 법 구실을 한다, 그겁니다."

짐짓 내 생각을 불쏘시개로 던진다.

"우리나라 사람들이 불의에 대한 고발정신이 약하다는 것을 생각할 때 그 사람이야말로 사회정의의 차원에서 필요한 사람이 아닐까요?"

"그게 사회정의라구요? 말두 안 돼요. 난 아무것도 모르지만 제 가정 하나 제대루 못 꾸려가는 친구가 무슨 말라죽은 사회정의를 찾습니까."

"그 사람이 가정을 잘못 꾸려가는지 그걸 어떻게 압니까?"

"그 작자 마누라를 만난 사람이 있어요. 그 작자 때문에 권고사직을 당한 사람이지요. 그 작자 모가질 꺾어놓겠다고 찾아 나섰다가 엉뚱하게 그 마누라를 만났는데, 사는 게 말이 아니더래요. 마포가 뭔지 아십니까. 마누라까지 포기한 인간이란 그런 얘기죠. 그런 인간을 찾아내봤자 별거 아니라고 그냥 포기하고 말았다고 하데요."

괜찮은 수확이었다. 권고사직을 당한 뒤 노상관을 찾아 나섰던 그 전직 경찰관이 부산에 내려가 살고 있는 것을 확인한 뒤 전화 통화로 노상관의 아내가 살고 있는 집을 알아냈던 것이다. 꿩 대신 닭이지만 뜻밖의 수확이었다.

"그 사람, 남편 자격 없는 사람이에요."

노상관 부인은 상도동 언덕배기에서 포장마차를 하고 있었다. 곱상하게 생긴 것과는 달리 당차고 바지런한 인상이었다.

"첨엔 멀쩡하게 나가던 중학교 선생 자릴 집어치우구 뭔 사업인가 벌인다구 하길래 직장이 적성에 안 맞아 그러거니 했지요. 그런데 부모가 물려준 집까지 팔아먹는 거예요. 그 돈으로 사업을 벌이는 줄 알았지요. 차도 사고 사진기도 사고 하길래 뭔가 색다른 일을 하는구나 그렇게 생각할 수밖에요. 그때부터 하는 짓이 이상한 거예요. 교통법규 책을 사다 읽지를 않나, 밖에 나갔다 들어오면 사진을 펴놓곤 고발장을 쓰느라 밤을 새우는 거예요. 생활비는커녕 나중엔 집 전셋돈까지 빼가더라구요. 우린 이제 그 사람 일엔 관심이 없어요. 그 사람 부모 형제들까지 담쌓고 발길 끊었는데 나라고 그걸 이해하겠어요?"

노상관은 시골 읍내에서 잡화상을 하는, 우리나라 서민의 전형적인 집안의 2남 3녀 중 맏이라고 했다. 그는 머리가 총명해 읍내 고등학교에서 줄곧 우등생이었고, 주위의 기대대로 서울의 괜찮은 대학 법학과까지 들어가 시골 부모들의 가슴을 설레게 했다. 법과생들이 대개 그렇듯 사법고시 공부에 달라붙는가 싶더니 몇 번 낙방한 뒤에는 아무런 미련 없이 훌훌 그 집념을 버리고 사립학교 사회 선생으로 취직을 했다. 직장 생활도 원만했고 제 나이에 한 결혼 생활도 그런대로 무난했다. 아이를 둘 낳기까지 조금 무뚝뚝하긴 해도 남편으로서도 별 나무랄 데 없었다. 세상 돌아가는 일에 대한 불만도 별로 없어 보였고 그렇다고 어떤 취미 생활에 열중할 줄도 모르는, 한마디로 그저 무덤덤한 사람이었다. 그런데 그가 달라지기 시작했다.

따분해, 따분해서 미치겠어. 그는 언제부터인가 따분하다는 말을 입에 달고 다녔다. 그것도 혼잣소리였다. 생활의 권태기라고 생각되었다. 그는 술도 마시지 못했다. 마음 터놓을 만한 친구도 없는 것 같았다. 따분해서 미치겠다는 소리가 조금 줄어 드는가 싶더니 화장실만 가면 냅다 누군가에게 욕을 퍼내는 소리가 들렸다. 실제로 화장실을 나올 때 보면 눈에 증오 같은 게 이글이글 끓고 있었다. 어떤 때는 상소리를 내지르며 치를 부들부들 떨었다. 이 사람이 미치는구나 싶어 덜컥 겁을 집어먹으면 언제 그랬냐는 듯이 전혀 멀쩡한 얼굴이 돼 있어 더 문제를 삼을 수도 없었다.

"사람이 달라지는 걸 곁에서 지켜보는 건 정말 힘들데요. 이상한 건 다른 식구들이나 밖의 사람들한테는 그런 기색을 전연 보이지 않았다는 거예요. 어느 때부턴간, 내가 지금 미치구 있는 거지? 그렇게 묻데요. 자기가 달라졌다는 걸 시인한 건 그 말 하나뿐이었지요. 그다음부턴 그런 말도 안 하길래 별일 아니거니 했지, 그렇게까지 변할 줄 누가 알았겠어요."

"형제들이 의절까지 했다는데 그 구체적인 이유가 뭐였습니까?"

"맏자식이 맏아들 구실을 못하니 그럴 수밖에요. 이건 집안일에는 일절 무관심한 거예요. 집안에서들 내가 못돼 그렇다고 첨엔 화살을 나한테 쏴대데요. 집안 대소사에 일절 얼굴을 내밀지 않으니 어느 누가 그걸 곱게 봐주겠어요. 환장할 일은 인간 도리도 하나 제대로 못하면서 따분해 미치겠다는 거예요. 글쎄, 바로 밑의 동생이 어린애들을 셋이나 남긴 채 교통사고로 죽었지요. 그게 어디 보통 일이에요. 그런데 거기두 얼굴을 안 내미는 거예요. 그전에두 이모부네 아이가 교통사고를 당해 병원에 무려 반년이나 있었는데 거기도 얼굴 한 번 비치지 않았다면 알조 아니에요."

"동생이 교통사고로 죽었다고 하셨나요?"

"한 살 터울 동생이라니까요. 그 시동생이 그냥 죽은 걸로 끝났다면 내가 말두 안 해요. 처음엔 쌍방 과실이라고 하더니 재판 과정에서 가해자로 둔갑을 시키데요. 억울하다고 식구들이 항소를 하고 결국 민사재판까지 갔는데 거기서두 졌지요. 사람 죽구 송사 지구 집안 꼴이 어떻게 됐겠어요. 그 판국에 형 되는 사람이 얼굴두 한 번 안 내밀었다면 믿을 사람 있겠어요?"

"바로 그 일 다음에 차를 사고 사진기를 장만해서 나간 거군요?"

"대개 그렇게들 생각하데요. 까마귀 날자 배 떨어진 격이지요. 그러나 그 사람이 그런 일로 나선 건 시동생이 죽은 뒤루도 아마 서너 해는 뒤였을걸요. 동생 일이 억울해서 첨부터 그렇게 나섰다면 형제간 의리나 붙었게요. 형제들이 사람 취급두 안 해요. 정신병원에 입원시키지 않는다고 나한테 우격다짐을 하는 일두 있었다구요."

노상관 부인은 그가 벌이는 일이 동생의 교통사고와 관계가 없다는 것을 기를 쓰고 역설했다. 사람들이 그런 쪽으로 생각을 몰아가는 것이 한심하다는 투였다. 그러나 그네가 그것을 부인했다고 해도 노상관의 그 별난 짓에 대해 어느 정도의 동기가 어림이 잡힌 것만은 분명했다. 그것이 직접적인 동기는 아니었다고 해도 그가 그런 일을 하기까지 동생의 죽음이 무관하다고는 생각할 수 없기 때문이다.

"노상관 씨 주소가 늘 교회로 돼 있다고 하더군요. 평소 교회에 열심히 나갔습니까?"

"양심은 그래두 있는 모양이네요. 전세금까지 몰래 빼간 그런 집을 주소로 할 수야 없었겠지요. 교회에 열심히 나간 게 뭔 상관 있나요. 하느님을 믿는 사람이 가정을 버려요? 하느님을 믿는 사람이 어떻게 따분해 죽겠다고 하겠어요?"

노상관 씨 부인은 자신이 남편으로부터 철저한 배신을 당했다고 믿고 있었다. 자기가 왜 이런 고생을 해야 하는지 정말 억울하다고 했다. 아내를 배신하고 집안 식구 모두를 배신한 사람에 대해서 왜 사람들이 그처럼 관심을 가지고 있는지 이해할 수 없다고 했다. 그런 사람들을 찾아내 그 인간적 배신을 응징할 수 있는 사회적 제도가 없느냐고 탄식하는 그네에게서 나는 낯익은 분노를 보았다. 그것은 아내가 나한테 보여주는 그런 눈길이었던 것이다. 당신은 도대체 이해할 수 없는 사람이야요. 아내는 자신의 최대 무기인 경멸을 입가에 빼물고 말했다. 이해할 수 없다는 것은, 내가 하는 일 그 어떤 것도 용납할 수 없다는 단죄를 의미했다.

내가 무슨 일로든 초조해하는 그런 증세를 보일 때마다 아내는 빈정거렸다. 세상이 또 한번 벌컥 뒤집히겠군요. 이번엔 뭘 고발하고 싶은 거예요? 그래, 나는 늘 뭔가 벌컥 뒤집어놓고 싶은 충동으로 시달렸다. 난 늘 어머니의 변사를 머리에 그렸다. 아침에 일어나 어머니가 자는 방에서 누나의 비명이 들려오길 조마조마하게 기다렸다. 내가 우리 어머닐 죽였소. 나는 그렇게 소리치고 싶었다. 그랬다. 고발은 세상과 그 세상 사람들만이 대상이 아니었다. 나는 나 자신을 고발하고 싶은 충동에 늘 시달렸다. 내가 어디에도 안주할 수 없는 것도 그런 충동 때문이다. 아침에 정성껏 마련한 밥상을 들고 들어왔을 때, 내 아이들이 어느 날 내 앞에서 대견한 모습을 보여 한바탕 웃고 있는 바로 그런 순간에 걷잡을 수 없는 충동이 일어나곤 했다. 그 충동은 간질병 환자가 발작 바로 직전에 불빛을 본다든가 하는 어떤 징후처럼 내 코밑을 스치는 냄새로부터 시작된다. 그 비릿한 냄새를 맡는 순간 나는 혼자 중얼거리게 된다. 너는 비열한 놈이다. 더러운 욕망에 사로잡힌 체제 옹호자. 너는 더럽게 썩고 있어. 허약하고 게을러빠진 거지 근성의 속물! 내 속에서 끓어오르는 이러한 목소리는 차츰 분노를 띠고 내가 아닌 또 다른 나를 향한 고함으로 바뀌게 된다. 옳은 내가 비열한 나를 바라보는 순간 나는 나 자신의 능력이, 내 재능이 썩어가고 있다고, 추하게 늙어가고 있다는 생각으로 초조해지기 시작했다. 이런 저돌적인 충동으로부터 시작된 고발 욕구는 나 자신의 내부를 부숴내는 일부터 시작한다. 개발이라든가 발전이라는 것은 하나에 하나를 덧쌓아 가시적으로 더 커지는 상태를 의미하며 심적으로 만족스럽다든가 희망적이어서 남들이 다 인정해주기를 바라 마지않는 것이지만 같은 욕망에서 시작되었다고는 해도 내 고발 욕구는 그 방향이 다르다는 데 비극이 있었다. 내 고발은 완전히 들추어내고 파괴한 터전 위에 뭔가 새로운 것이 솟아오르는 그런 것이 아니라 어디까지나 증오와 박탈과 가해의 모습으로 돌아오곤 했다. 다만 나약하여 비겁하게 등 돌린 사람들이 내 고발 욕구를 정의라든가 용기로 부추겼다. 내 고발은 궁극적으로 나 자신의 안주를 파괴하는 것이지만, 그 과정상에는 항상 남을 향한다. 결과적으로 내 고발은 내가 피해자의 처지가 되는 것처럼 짜 맞춰지는 연극 같았다. 그런 면에서 나는 영리했다. 결과적으로 내가 당한 것처럼 돼버려도 연극을 통해 나는 항상 승리자일 수 있었다. 당했다는 것은 잃었다는 것이지, 내가 졌다는 것은 아니기 때문이다. 일단 나는 승부에서는 질 수 없었다. 잠적, 침체, 행방불명—이런 식의 몸뚱이 숨기기, 슬럼프 등으로 깨어지는 것이 싫었다. 나는 추락하고 싶지 않았다. 특히 정신의 공동 상태를 견딜 수가 없었던 것이다. 내 고발 심리에는 드러내려는 것과 동시에 감추려는 욕망이 팽팽히 공존해 있었다. 드러내야 할 것, 감추어야 할 것, 감추고 있는 것, 드러내도 좋은 것이 너무 분명히 보이는 때에 사실은 내가 그 모든 것을 조종했다. 길은 어디에고 있었다. 일이 뒤엉기고 복잡해져 내가 궁지에 몰리게 될 때일수록 신명이 뻗쳐올랐다. 내가 뒤집어지든지 세상이 뒤집어지든지 선택은 언제나 하나였다. 사람들은 그것을 용기라고 말했다. 나는 등을 구부리고 회피하거나 수그러들면서, 여지없이 쏟아지는 비난을 무방비 상태로 받을 수는 없는 노릇이었다. 또 그렇게 패배한 모습으로 나 자신이 적나라하게 드러나는 것이 싫었다. 나는 기를 쓰고 나 자신의 허점을 감춘 뒤, 나를 공격해오는 사람의 멱통을 물고 늘어져야 직성이 풀렸다.

　노상관과 나는 뭔가 서로 통하는 게 있었다. 아내들의 눈은 정직하다. 아내의 신뢰를 받지 못하는 삶은 일단 실패작이라고 봐야 한다. 당신, 정신과 의사 한번 만나보는 게 좋겠어요. 노상관 부인이 남편을 포기한 것처럼 아내도 나를 신뢰하지 않았다. 내가 초조해할 때마다 아내는 나를 정신 질환 증세로 몰아붙였다. 나는 정말 정신병 환자인가. 노상관과 나는 어떻게 다른가. 한 사람은 가정을 아주 버린 상태에 있고, 또 한 사람은 외면상 가정을 유지하고 있다. 이것은 적응의 문제다. 노상관은 철저하게 돌진해나감으로써 적응을 거부하고 있는 것처럼 생각된다. 그러나 나는 고발을 무기로 사회규범에 적응해가는 타협책을 늘 모색하고 있다는 것이 다를 것이다.

"영이 아빠, 이게 도대체 무슨 일예요?"

아내가 잔뜩 질린 얼굴로 헐떡이고 있었다. 고2인 딸애가 아파트 입구에 들어서는데 누군가 등을 후려치고 지나가더란 것이다. 문제는 딸애의 등에 강력 본드로 붙인 종이쪽지였다.

—변재동의 딸, 성치 않으리라— 딸애는 숫제 넋이 나간 얼굴로 널브러져 있었다. 그동안 여러 형태의 협박이 있었지만 이렇게 가족에게 직접적으로 위해를 가해오는 경우는 드물었다. 그런데 나는 이상하게 들떠 오르기 시작했다. 이럴 때 나는 정체돼 있던 물이 출구를 찾아 쏟아져 나가는 그런 역동적 힘의 솟구침을 느낀다. 감추어져 있는 것을 들추어낼 때마다 느끼는 희열이다. 딸애의 등에 붙었던 종이쪽지를 들고 나는 화장실로 들어가 변기를 타고 앉은 채 낄낄거렸다. 물론 딸애에게 미안하다는 생각이 안 드는 것이 아니었으나 그렇다고 필요 이상 저자세를 보일 필요는 없었다. 그것은 내 삶에 대한 나 자신의 확신을 보여주는 일이기도 했다. 아내가 항상 빈정거리긴 해도 내 삶의 방식을 수긍하는 한도에서의 관심이라는 것을 나는 알고 있었다.

식구들은 이미 내 삶의 방식에 길들여졌다고 해도 좋을 것이다.

"무서워할 것 없어. 무서운 건 되려 뒤가 쿠린 저놈들이지."

나는 되도록 엄숙한 얼굴로 딸애를 달랬다. 그러나 아내의 흥분은 쉽게 가라앉지 않았다.

"이번엔 또 무슨 일이에요? 먼저 전화 걸려오던 그 사람들이에요?"

"내가 저번에 얘기했잖아. 어떤 여자가 죽으면서 무슨 비밀이 있는 일기를 남겼다구. 거기 관계된 사람들 모두가 그 일기를 내가 갖고 있다고 믿고 있는 거라니까."

"당신이 그 일기를 가지고 있어요?"

"지금 그걸 찾고 있는 중이지."

"당신이 안 가지고 있다고 하면 될 거 아녜요."

"어차피 일기는 있는 것이고, 누군가 그걸 찾아 세상에 알려야 해!"

"그게 바로 문제예요. 그 누군가의 역할을 당신이 해야 한다는 생각이 문제란 말예요."

"우리 사회가 안고 있는 가장 큰 문제가 자기가 할 역할을 서로 떠민다는 사실이야. 더불어 사는 사회에서는 자율성과 책임성이 따라야 하는 건데 우리나라 사람들의 근성은 자기 생각이나 감정을 되도록 억제하거나 단념하는 것을 미덕으로 삼거든. 문제의 본질은 그대로 둔 채 그것으로부터 도피하는 게 무난하다고 믿는 거지. 모난 돌이 정 맞으니까 그저 호박처럼 둥글둥글 살아야 한다는 생각부터 잘못됐다 그거지. 해방인지 분단인지 뭔가 되고 곧바로 일제 잔재를 청산하기 위해 모두 고발정신을 발휘했어야 했어. 그런데 좋은 게 좋지 않느냔 식으로 어물어물 넘어갔기 때문에 우리 현대사가 개판이 된 게 아니냐, 그런 얘기야."

"그렇게 생각하지 않는 사람도 많아요. 오히려 모나지 않게 살았기 때문에 우리가 이만큼 잘사는 거 아닌가요."

"당신의 그런 안일한 생각이 사회 범죄를 유발시키는 요인으로 작용한다는 것을 알아야 해. 보이지 않는 범죄가 바로 당신 같은 생각을 가진 사람들을 믿고 저질러진다는 걸 알 필요가 있다구."

"다 좋아요. 그러나 당신이 중뿔나게 그런 일에 나서기 땜에 우리 식구들이 불안한 나날을 보내고 있다는 걸 당신이 잊고 있다, 그게 문제예요."

"집 걱정으로 사람들의 기대를 배반할 수는 없어."

"당신은 이미 많은 사람들을 배신하고 있어요. 당신으로 해서 피해를 입은 사람들은 모두 당신이 자기들을 배신했다고 생각하고 있어요. 당신은 그 사람들 처지를 전혀 생각하지 않고 오직 당신 처지에서만 생각하고 있는 거예요. 당신은 사회정의 뭔지 그런 측면에서 옳을는지 몰라두 인간적인 면에선 인간의 존엄성을 짓밟고 있는 거예요. 사람이 사는 데 있어 가장 무서운 배신은 사람들 마음을 아프게 하는 거예요."

감정이 격할수록 아내는 논리적이 됐다. 아내는 내가 하는 일의 비인간적 냉혹성을 일깨워주려고 무던히 애쓰고 있었다.

"당신한테 무슨 일이 일어나는 건 상관하고 싶지 않아요. 그러나 우린 이제 당장 어떻게 해야 하지요? 또 그전처럼 바깥출

입을 안 하고 집에 처박혀 있어야 하나요? 애들이 학교에 어떻게 가지요? 당장 문제는 영이예요. 재가 혼자서 학교에 갈 수가 있겠어요? 그렇다고 당신이 경찰에 신변보호를 요청할 형편도 아니잖아요. 우린 어떻게 하느냐구요? 난 당신의 생각을 다 알아요. 당신은 무서운 사람이에요. 당신이 하는 일을 위해서 우리 집에 무슨 일이 생기기를 바라고 있는 당신 그 심보를 누가 모를 줄 알아요. 협박 전화가 오고 집에서 키우던 개가 죽어 자빠지고 소포라도 오면 식구들을 멀리 대피시킨 뒤에 뜯어보는 그런 일을 당신은 기다리고 있는 거예요. 당신은 항상 세상을 떠들썩하게 할 무슨 일이 없나 두리번거리고 있어요. 당신은 이미 당신 과거까지 다 팔아먹었어요. 당신 누님이 자살한 거며 당신 아버지가 공산주의자였다는 것까지 다 팔아버렸어요. 당신 어머니를 기도원에 집어넣은 사실도 이미 남들한테 다 알렸어요. 이제 당신이 팔아먹을 수 있는 건 나하고 우리 애들뿐이에요. 당신은 예수님을 팔아먹은 유다보다 더 나쁜 짓을 하고 있는 거예요. 당신은 배신을 위해 태어난 사람이에요. 세상을 놀라게 할 일이면 무슨 짓이라도 할 사람이에요. 나는 다 알아요. 당신은 그런 일을 즐기고 있는 거라구요."

사람들은 자기 견해를 상대에게 내보일 때는 항상 자기가 옳은 편에 서 있다고 믿는다. 아내와 의견을 나눌 때 나는 항상 사회정의를 실현하는 용기 있는 시민을 대변하고 있었다. 배신이라니, 말두 안 되는 소리다. 나는 나쁜 사람들을 응징하고 있을 뿐이다. 내가 중요하게 생각하는 일은 아내의 눈에 내가 어떻게 비쳐지는가보다 아내와 다른 입장에 있는 수많은 사람들의 생각을 대변하고 그들을 위해 내가 뭔가 일하고 있다는 보람 찾기인 것이다. 문제는 내가 하고 싶어 그런 일을 하는 것이 아니라 사람들의 바람이 나를 그렇게 몰아갔다는 말을 하고 싶은 것이다. 자넨 용기가 있어. 고발정신은 비리에 맞서 깡생깡사할 그런 대단한 각오가 없인 어림도 없는 거지. 그네들로서는 이미 직장에서 모가지가 잘려 직장 동료로서의 유대마저 끊긴 상태의 인간에게 전혀 부담 없이 줄 수 있는 연민의 그런 선심이었을 것이다. 자네 같은 고발정신이 살아 있기 때문에 이 사회가 그런대로 지탱되는 거 아니겠나. 고발정신이야말로 인류 사회 발전의 역동적 에너질세. 그네들은 내 고발정신을 정의의 날개를 단 용기로 부추기는 일에 인색하지 않았다. 아무튼 내게는 그런 용기가 있었다. 용기는 어떤 때 생기는가. 내 직감력은 놀라웠다. 그것은 어떤 불미스러운 낌새를 누구보다 빨리 눈치채는 그런 능력으로 나타났다. 나는 어떤 상황이나 특정한 인간과 관계를 맺고 얼마 안 있어 그 상황 혹은 그 인간관계에서 뭔가 불미스러운 낌새를 냄새 맡는 선천적인 능력을 가지고 있었다. 나는 그 직감을 일과성으로 놓치지 않고 투사한 뒤 하나의 개연성 있는 사건으로 구성해내는 일을 즐겼다. 우리 회사는 말입니다. 회장을 중심으로 한 수구파와 족벌체제의 아성을 넘보는 정상무 중심의 개혁파로 나눠져 치열하게 싸우고 있잖습니까. 난 부장님이 어느 쪽에 서 계신지 압니다. 내가 볼 때 부장님은 말을 잘못 타셨어요. 내가 정보 하나 드릴까요. 부장님이 서신 쪽은 너무 구린내가 나요. 썩었다니까요. 오래 못 갈걸요. 난 확증을 잡고 있다고요. 신입사원이라고 회사 비리를 모른 척하란 법 있습니까. 매사 이런 식이었다. 약점을 잡힌 사람이 내게 해보일 수 있는 방법은 두 가지 중 하나였다. 나한테 손을 내밀어 제편으로 끌어들이는 회유책이 그 하나고, 다른 한 가지는 불길이 더 번지기 전에 아예 산소 공급을 차단시켜 나를 질식시켜버리는 일이다. 앞의 방법은 상당히 인간적인 냄새까지 풍기는 감동이 있다. 우리 회사에 필요한 사람이 바로 자네 같은 사람일세. 나는 기꺼이 그네들 하수인이 되어 충견처럼 움직인다. 그러나 나는 얼마 못 가 또다시 어떤 충동으로 시달리기 시작한다. 그들과의 은밀한 관계를 깨고 싶은 그런 충동이다. 내 양심상 더 견디기 힘들었어요. 나는 하수인이 지켜야 할 그들과의 약속을 깨고 그네들과 적대관계에 있는 쪽에 정보를 팔아버리곤 했다. 나는 항상 뒤집어엎는 길을 택했다. 평소 낌새만 챘던 냄새의 진원을 파악하여 내 생각이 옳았다는 것이 확인되는 순간 나는 그들로부터 도망치곤 했던 것이다. 배신자. 그들은 나를 배신자라고 했다. 그러나 나는 나를 합리화시킬 지론이 있었다. 중학교 동창 오경수한테 늘 써먹는 것으로, 은 삼십 냥에 예수를 판 가룟 유다는 스승을 배반하고도 최후의 만찬에 참가한다. 위장이었을까, 아니면 배반을 배반한 뉘우침이었을까. 어떻든 그가 나타남으로써 최후의 만찬이 있게 된다. 내 생각은 유다가 스승 예수를 위해 그 최후의 만찬에 참석하지 않았을까 하는 것이다. 예수는 유다가 자기를 배신할 것을 이미 알고 있었다. 스승이 알고 있는데, 스승을 위해 이미 섭리로 정해진 그 각본을 어찌 유다가 거역할 수 있겠는가. 아무렇게나 얘기하자면, 예수가 하느님의 정해진 뜻에 의해 유다를 배반하지 않을 수 없었다는 얘기

170

가 된다. 유다는 그러한 예수의 비밀을 미리 알아냈을 뿐이다. 그것은 정해진 비밀에 대한 직감의 문제로서 스승에 대한 도덕적 책무와는 이율배반적일 수밖에 없는 모순을 안고 있는 것이다. 그렇게 볼 때 유다는 스스로 상황에 적응함으로써 더 좋은 상황을 가능케 한 선지자지 배반자는 아니라는 생각이다. 그러한 이중적 자아를 가져야 했던 유다의 고독을 누가 알 수 있었겠는가. 유다는 희생양이다. 예수가 그를 선택했을 때 그의 고독은 이미 시작되었다. 유다에게는 심령 현상으로서의 놀라운 예지능력이 있었을 터. 그것이 그의 고독을 가중시켰을 것이다. 선택받은 열두 사람 중 누군가 각본에 쓰인 대로 악역을 하지 않으면 안 된다는 것과 바로 그 역할이 자기에게 주어졌다는 것을 알아낸 유다의 그 고뇌를 생각하자는 것이다. 너희 중에 하나는 마귀니라. 자기 혼자만이 갈릴리 출신이 아니라는, 그 출신 성분의 열등감 하나로 이미 그 선택을 체념하고 있어야 했던 유다가 할 수 있는 일은 자신의 역할을 거스르기보다 그것에 얼마나 충실히 임하느냐 하는 유혹이었을 것이다.

"고형, 노상관일 만나봤소?"

김 형사가 전화를 걸어왔다. 그는 만나는 순간부터 나를 정보제공자로 생각했을 것이 분명하다. 물론 내가 그런 언질을 주었다. 언젠가 나는 소매치기 세계를 취재한 적이 있었다. 형기를 때우고 나온 전과자 한 사람을 통해 그 세계의 모든 비밀을 세상에 밝혀낼 계획으로 꽤 심도 있게 취재한 내용이었지만, 그것이 이미 세상에 널리 알려진 그 이상이 아닌데다 실제의 인물들이 엄연히 활동하고 있는 마당에 그것을 공개한다는 것은 위험부담이 매우 커 잠시 유보하고 있었던 것이다. 특히 44번 국도를 낀 읍면지구의 장터나 선거 유세장을 노리고 원정 가는 소매치기 조직에 대해 내가 알고 있는 것을 귀띔해주었기 때문에 그는 그 보상으로 나한테 뭔가 던져주기 위해 자주 전화를 걸어왔다.

"김 형사님, 윤혜선 씨 일기에 대해선 아직 감감입니까?"

정보를 주고받는 이런 놀이에 대해 나는 많이 숙달돼 있었다. 한꺼번에 다 주어버리면 정보 제공자로서의 가치를 잃게 되는 것이다. 주되 아주 조금씩 감질나게 주어야 한다. 주는 일보다 어떻게 받아내야 할 것인가부터 생각하지 않을 수 없는 것이 정보 제공자의 고민이다. 정보 제공자는 우정과 신뢰 그리고 사랑까지 배반하지 않으면 그것이 가능하지 않기 때문이다. 정보 주고받기의 그 비인간적 냉혹성이 아무렇지 않게 통하는 곳이 바로 정치꾼들의 세계다. 내 꿈이 정치꾼인 것도 그 세계의 비밀 만들기와 그것 깨기에 내 체질이 잘 맞는다는 생각 때문일 것이다.

"고형이 노상관일 찾는 것보다 고형이 부탁한 그 일기 찾는 일이 몇 배 더 어렵군. 그 일기를 찾아주는 대신 내가 노상관일 만나게 해주겠소."

"노상관일 만날 수 있다고요?"

"그 친구 요새 바쁘다고 합디다. 병원에 번쩍 경찰서에 번쩍, 법원 근처에두 잘 나타난대요."

노상관은 근래 교통법규를 위반하는 차량을 적발하여 고발하는 일 말고도 교통사고를 당한 뒤 그 처리가 억울하게 된 사람들을 찾아다니며 자문을 해주는 일로 동분서주하고 있다는 얘기였다.

"그 친구, 그 방면에선 이미 많이 알려졌더라구. 교통계 조사관두 이젠 그 사람 자문을 구할 정도라는 거야. 그렇게 법규나 판결 조항에 대해 환하다는 거지. 어떻게 소문이 돌았는지 교통사고를 당한 사람들은 우선 노상관이부터 찾아볼 정도라는 거야."

"사고 처리 브로커가 됐다는 거군요."

"그게 아니라니까. 돈을 받고 그런 일을 하는 게 아니래. 철저하게 자문만 해준다는 거지. 이제 그 친구가 그 방면에 우상이 됐다니까."

믿어지지 않는 일이다. 믿어지지 않기 때문에 더욱 그를 만나야 한다. 나는 묘한 질투를 느꼈다. 이 친구야말로 열중하고 있구나. 내가 항상 꿈꾸는 것은 이 세상의 그 어떤 것과도 타협하지 않아도 좋을 완전한 내 일이었다. 물론 나는 끊임없이 나자신을 파괴하는 일로부터 시작해 이 세상의 모든 가치를 부정하는 일에 나를 온전히 바쳐왔다. 그러나 어느 순간 나는 그 일을 부정하고 회의하며 다시 부정하고 회의하는 일로 신명을 잃어버리곤 했다.

"고형, 노상관이 사진전을 열었다는 얘기도 못 들었소?"

사진전을 열다니, 이건 또 무슨 소린가. 문득 교회 목사를 찾았을 때 거기까지 왔었다는 무슨 사진협회 부회장이란 사람 얘기가 생각났다. 노상관이 사진전을 열었다면 그 사람과 관련이 있을 것이다.

아마추어 사진협회, 그 명칭이 비슷한 몇 군데 전화로 그 사람을 찾아내는 일은 그렇게 어렵지 않았다. 그는 불란서문화원에 근무하는 사람이었다. 사진전도 바로 그 문화원에서 가졌다는 것을 알 수 있었다. 오십대 나이답지 않게 세련된 옷차림을 한 그 사람은 유문형이라고 자기 이름을 밝혔다.

"나도 노상관 씨를 찾아내려고 애를 먹었지요. 어떻게 찾아내긴 했는데 도통 말을 트지 않으려구 해 그건 더 힘듭디다. 삼고초려가 아니라 아주 허리띠 붙잡고 며칠 늘어졌지요. 내 작품두 아닌데 내가 왜 그렇게 열심이었는지 나두 모르겠습니다. 좋은 사진만 보면 미치는 게 내 버릇이 돼놔서⋯⋯"

유문형 씨가 내보이는 사진전 팸플릿에는 '길 위의 무법자 고발 사진전'이란 타이틀이 붙어 있었다. 모두 서른두 점의 작품이 전시됐다고 했다.

"솔직히 별 기대는 하지 않았는데 뜻밖에 호평을 받았지요. 전시됐던 서른두 점이 다 팔려 나갔다면 알조 아닙니까. 물론 외국 사람들이 대부분 그 작품들을 가지고 갔지만 어쨌든 대단한 인기였어요. 그런 동적인 작품은 순간 포착이 중요한 것인데 그만큼 대상을 동적으로 포착하기는 정말 어렵거든요. 프로 작가들이 와보고 모두 놀라는 겁니다."

"그 뒤로 노상관 씨하고 연락은 하고 계십니까?"

"연락이오? 그런 거 전혀 없습니다."

그는 외국인들이 '노!'라고 할 때의 그런 제스처를 해 보였다.

"한마디로 참 힘든 사람입디다. 사진 전시회 열기가 어디 쉬운 일인가요. 게다가 경제적으로 도움도 좀 줬거든요. 그런데도 고맙다는 인사는커녕 오히려 귀찮게 군다고 툴툴거립디다. 그래도 사정사정해 필름이라도 보내주기로 약속만은 받아냈는데 그 뒤로 함흥차사예요. 이젠 완전히 포기했지요."

"포기하셨다니 이젠 그 사람 사진에 흥미가 없으신가 보죠?"

"내 힘으론 그 사람 찾을 수가 없는 걸 어쩝니까. 솔직히 난 그 사람 사진에 아직도 미련이 많아요. 약속대로 필름이라도 보내줬으면 전시회는 물론 큰 신문에 고정으로 게재할 수도 있었는데 본인이 그걸 원하지 않는 모양이니 난들 어쩝니까."

그가 노상관을 알게 된 것은 내 경우와 비슷했다. 사 년 전이라고 했다. 외국에서 온 손님을 태우고 설악산을 갔다 온 뒤 주소지 경찰서로부터 출석 요구를 받고서야 자신이 44번 국도에서 속도위반이며 앞지르기 등을 여러 번 했다는 것을 알 수 있었다. 그 위반 현장을 찍은 사진 석 장을 본 순간 그는 흥분하지 않을 수 없었다. 완벽한 작품이었기 때문이다. 움직이는 피사체를 이만한 솜씨로 잡은 사람이면 분명 이름 있는 사진작가일 것이라는 생각이 들면서 당장 그 사람을 만나고 싶었다. 사진 작품에 대한 관심 못지않게 그것을 찍은 사람에 대한 호기심이 발동했던 것이다. 그때부터 그 사람을 찾기 위해 동분서주했다. 쉽게 찾을 것 같던 일이 빗나가면서 그 일에 더욱 열심이 될수밖에 없었다. 노상관이란 사람이 사진 작품을 통해 사회참여를 하고 있다고 믿게 되면서 더욱 그를 만나고 싶었던 것이다.

"막상 사람을 찾고 보니 허망하더군요. 그 사람, 사진에 대해 문외한이더라 그겁니다. 내가 놀란 건 사진 작품을 만들기 위해 그렇게 다니는 게 아니라 법규 위반 차량 적발이 목적이라 그거였지요. 실망할 수밖에요. 그 사람, 자기 사진이 왜 좋은 건지도 잘 모르고 있더군요. 그런대로 사진기는 갖출 수 있는 건 다 갖추고 있데요. 사람들이 그렇게 갖춰야 제대로 된 사진을 찍는다고 해서 그렇게 갖췄다고 하데요. 처음엔 현상도 사진관에 맡겨했지만, 내가 만났을 때는 변두리 사진관에 얼마 돈을 내고 자신이 직접 현상이나 확대까지 한다고 그러데요. 하여튼 사진 전문가가 아닌 사람이 그만한 작품을 만들어낸다는 건 정말 놀라운 일이었지요. 특히 고속 촬영 기술은 대단했지요."

유문형 씨가 사진전을 주선하고 싶은 충동을 받은 것은 그동안 노상관이 찍은 사진 필름들을 얻어다가 현상을 해보고 나서였다. 하나같이 모두 작품이었다. 작품을 만들 욕심으로 그렇게 열심히 찍어가지고는 어림도 없는 순간들이 자연스럽게 잡혔던 것이다. 스냅숏으로서는 하나같이 모자람이 없는 작품들이었다.

"어느 예술이든 그렇지만 그 작위성이 드러나면 결국 부자연스럽지 않습니까. 마음의 어떤 의도가 밖으로 드러나서는 안 된다는 거지요. 우스운 건 사진을 찍는 사람들의 사진기 조작 실수로 찍힌 작품이 오히려 뜻하지 않게 좋은 작품이 되는 수도 있다는 겁니다. 내가 젊어서 찍은 어떤 사진은 노출도 제대로 안된 것인데 친구들이 그 작품이 좋다고 해서 어따 응모를 했는데글쎄 그게 좋은 성적으로 입상을 했지 뭡니까."

노상관이 찍은 사진들이 바로 그런 솜씨 미숙에 의한 자연스러움이 사진의 생명으로 살아 있더란 것이다. 그것은 사진을 찍는 사람이 피사체에 자기 영혼을 불어넣은 뒤 그 피사체를 망각할 때 가능한 예술의 경지라고 했다. 노상관의 경우 교통법규를 위반하고 있는 난폭차량에 대한 적개심이나 그 영혼이 투사될 수 있었다는 얘기였다. 즉 법규 위반 차량에 대한 고발 심리가 매우 강렬하게 응집되어 있어 좋은 작품이 만들어질 수 있었다는 것이다. 그 사진을 찍는 사람이 어떻게 찍느냐 하는 것보다 그 피사체를 얼마나 정확히 잡아내느냐 하는 데 정신이 집중돼 있었던 것이 작품에 드러났다는 얘기다. 그는 처음부터 끝까지 노상관의 사진을 작품이라고 했다.

"사진 작품에서 스냅숏의 생명은 질주하는 피사체를 포착하기 위한 셔터 타임이 가장 중요한 거거든요. 그런데 노상관 씨는 바로 셔터 타임을 맞추는 데 놀라운 재주를 보였더라구요. 위반 차량을 적발하고자 하는 의지가 셔터에 모아졌던 거겠지요."

그는 내가 뒤적이고 있는 팸플릿 중에서 한 작품을 가리켜 보이며 다시 말했다.

"바로 이런 겁니다. 이건 앞서가는 두 대의 차를 추월하는 승용차를 포착한 건데, 대개의 경우 이런 때는 아무리 잘 찍어도 달리는 피사체가 멈추지 않기 때문에 형체를 알아보기 어렵게 나오거든요. 그런데 이 작품은 작가가 먼저 셔터 타임을 오백분의 일 초 정도로 세팅을 했다는 것도 중요하지만, 그보다 앞서 결정적인 순간을 포착하기 위해 피사체가 진행하는 방향을 미리 알아서 일정한 위치에 초점과 노출을 맞췄다가 파인더에 잡히는 순간 셔터를 눌렀다는 사실이 놀랍다는 겁니다. 더구나 함께 달리는 차 속에서 이런 사진을 만들어냈다는 것이 중요한 거 아니겠습니까. 함께 달리면서 찍었기 때문에 동감 표현이 더 실감 날 수도 있었겠지요."

"전시했던 사진은 노상관 씨가 먼저 찍어놨던 것으로 그냥 한 겁니까? 혹시 그 뒤로 다시 찍은 건 아닌가 해서요."

"다시 찍을 필요가 어디 있습니까. 설사 다시 찍는다 해도 이미 찍힌 그 작품들이 얻어낸 효과를 살려내기란 불가능한 거지요. 있는 필름을 모두 빌려다가 괜찮은 걸로 선정한 뒤 현상은 내가 직접 했지요."

"그 일로 두 분이 자주 만나셨겠군요?"

"웬걸요. 그 사람 만나기가 그렇게 쉬운 게 아니었다니까요. 모두 만난 게 다섯 번인가, 그렇게 만나는 과정에도 그 사람이 자기 의견을 내놓은 건 단 한 번도 없었지요. 그러나 내가 이렇게 하는 게 어떠냐고 물으면 자기 의사만은 분명히 하더군요. 너무 분명하니까 도대체 대화가 안 되더라구요."

"유 선생님, 그 사람 정상이 아니었지요?"

내가 눈 딱 감고 그렇게 묻자 그는 나소 어리둥설한 얼굴을 했다.

"다들 그 사람이 정상이 아니라구 해서 여쭤보는 겁니다."

"글쎄요. 내가 보기엔 이상한 게 별로 없던데. 물론 남들이 잘 못하는 일을 아무렇지 않게 해내니까 비정상적으로 보일 수도 있겠지요. 그러나 나는 정상과 비정상을 어떻게 구별해야 하는지 그것부터 잘 모릅니다. 도대체 정상, 비정상의 기준은 어디에 두는 겁니까?"

그는 노상관을 비정상이라고 몰아붙이려는 내 의도에 대해 상당히 불만스러운 기색을 보였다.

"그러고 보니 저도 그런 기준을 잡기 어렵군요. 그러나 상식적으로 우리는 신체적, 정신적으로 건강하고 사회적 여러 가지 규범에 맞는 행동을 하면 그게 정상이고 거기에 어긋나면 비정상이라고 하지 않습니까."

"그렇다면 고 선생께서 만나고 싶어 하시는 노상관 씨는 지극히 정상에 해당하겠군요. 내가 볼 때 그 사람 신체적, 정신적으로도 정상이구 사회규범에 그만큼 솔선하는 사람도 드물걸요."

"사회규범도 지나치게 집착하면 그걸 정상이라고 보기 어렵지요. 가장으로서 규범을 포기한 채 어떤 명분만 찾아 몰입하는 그런 편집성은 오히려 역기능으로 반사회적이 되는 경우가 많거든요."

"물론 선생의 말씀도 맞습니다. 그러나 난 조금 다른 생각을 가지고 있지요. 이왕 말이 나온 거니 내 생각도 얘기해봅시다. 우선 정상과 비정상에 대한 사회 통념부터 고쳐져야 한다고 봅니다. 사람의 성격은 매우 다양할 뿐만 아니라 하나의 연속성을 지닌 것이기 때문에 극히 건전한 사람도 흥분할 수도 있고 분노하여 사람을 죽이는 예는 얼마든지 있잖습니까. 반면에 남들이 비정상이라고 하는 사람들이 더 인간적이고 우호적이어서 사회 발전에 기여하는 경우도 많다는 것이지요. 물론 통계적 측정치로 볼 때 그 평균치를 놓고 정상, 비정상을 구별할 수야 있겠지요. 바로 그럴 때 우리는 다소 특이한 성격을 대하기만 하면 대번에 사회 일탈로 몰아붙여야 자신이 정상이라는 걸 증명하는 거 아닙니까."

"사회 일탈이라고 말씀하셨는데, 바로 노상관 씨의 경우가 거기 해당한다고 봅니다. 그건 정상적인 사회적응이라고 볼 수 없기 때문이지요. 엄연히 교통경찰이 있는데 중뿔나게 나서 그런 일을 한다는 것부터가 이상하다는 겁니다."

"우리가 잘 몰라서 그렇지, 사람은 남들이 볼 때 다 그만한 이상 성격은 보이지 않을까요. 우선 나만 해두 먹고사는 일 말고두 사진 찍는 일에 미쳐 있는 거 아닙니까. 생기는 것두 없이 노상관 씨 사진전을 위해 내가 동분서주하는 걸 본 사람들이 날 미친놈 취급하는 것만 해도 그렇지요. 지금 내 앞에 계신 선생도 그런 의미에서 정상은 아닐걸요. 비정상적이라고 생각되는 사람을 찾아 그 이상 행동을 글로 쓰고 싶어 하는 것도 결코 정상이라고는 할 수 없는 거 아니겠습니까. 내 말 틀립니까, 하하."

그를 따라 나도 웃었다. 서로 거리를 많이 좁혔다는 생각이 들었다.

"맞습니다. 그렇게 생각하고 보면 정상인 사람은 드물겠군요. 바로 제 관심이 거기 있습니다. 왜 우리 사회는 이처럼 비정상적인 생활을 하는 사람들이 자꾸 늘어가는 것일까요?"

"지금 아닌 옛날에도 마찬가지였겠지요. 다만 근대화·도시화·핵가족화·문명의 대중화가 빠른 속도로 진행되는 현대 사회환경 속에서 사람들이 나름대로 자기실현을 모색하다 보니 그런 비정상적인 행동들을 보이는 것이 아닌가 싶습니다. 좀 더 까놓고 말해 복잡한 이 세상을 사는 데 있어 좀 색달리 사는 재미를 어떤 방법으로든 찾아보자는 데서 그런 일탈이 생길 수 있다는 것이지요. 나름의 살맛 찾기라고 할 수 있겠지요."

나는 유문형 씨를 새삼 다른 눈으로 쳐다보았다. 생각보다 그릇이 너른 사람이라는 생각이었다. 똑똑 소리가 날 정도로 사리가 분명해 끊고 맺음을 정확히 하는 사람들에게서 찾기 어려운 부드러운 게 느껴졌다.

"유 선생님이야말로 별난 일에 열중해 사시면서도 가장 바람직한 사회적응을 하고 계시는 것 같아 부럽습니다."

"그건 잘 모르는 말씀이오. 남들한테 그럴듯하게 보이는 사람일수록 그 본인은 욕구불만으로 가득 차 있는 경우가 많아요. 적응이란 말씀을 하시니 말이지만 적응은 한마디로 주변 환경 속에서 살아남기 위한 나름의 치열한 싸움이 아니겠소. 그런데 나 같은 경우는 그 싸움을 아주 약게 하고 있는 거지요. 즉 피도 흘리지 않고 아무런 외상도 없이 적응을 하고 있거든요. 그런데 이런 방법은 겉으로 보기엔 평화 지향적이지만 그 실상은 주변 환경의 모든 부조리한 것에 자신을 맞춰가는 것이라고 생각합니다. 양심은 무디어지고 분별력은 마비됐다고 봐야 합니다. 현대 지성인의 갈등이 바로 그런 거라고 생각됩니다."

"그런 반성이 있기 때문에 이 사회가 그런대로 지탱되는 거 아니겠습니까."

"반성이오? 그건 반성이 아니라 보호색이란 걸 아셔야 합니다. 이런 얘길 들은 적이 있습니다. 산업화되는 과정의 영국 도시의 나방들은 산업화의 공해에 적응하기 위해 그 색깔이 시커멓게 변해갔다는군요. 우리 서울 도심에 사는 참새들도 시골 것들하곤 그 색깔이 완전히 다르잖아요. 그건 공해로 그렇게 됐다기보다 극심해지는 서울 공해에 적응하기 위해 그런 색깔로 변했다는 얘기지요. 그게 바로 종족 보존을 위한 생물학적 적응이라고 하더군요. 며칠 전 뉴키즌가 하는 미국의 팝그룹이 왔을 때 십대 소녀들이 광란을 했잖아요. 그것도 광란의 시대에는 그런 광란이 있어야 그런 광란을 비난하는 구심층의 위치가 확고해질 수 있다는 논리도 가능하리라고 봅니다."

그는 내가 그냥 고개를 끄덕거리고만 있자 다시 말을 이었다.

"지금 내 얘긴 지성인의 자기합리화를 위한 억지라고 할 수 있지요. 그 억지를 논리로 삼으면 살인이고 마약이고 배신이고 모두 이 시대의 필요악으로 생각할 수 있을 겁니다."

"유 선생님, 노상관 같은 경우를 필요악이라고 생각하면 안 될까요? 제가 노상관 씨를 찾아 나선 것은 솔직히 좀 별나게 사는 사람에 대한 관심 때문입니다. 뭔가 그런 사람이 이 사회가 안고 있는 부조리나 불의를 와해시키는 일에 나름의 역할을 하고 있지 않나 하는 관심 같은 것이지요. 자신이 적응해가야 할 사회가 깊이 병들어 있다고 믿으면서 거기에 적응해간다는 건 결과적으로 반사회적일 수 있지만 노상관 씨 같은 경우는 그 적응을 거부하고 있음으로 해서 사회가 썩어가고 있는 것을 막고 있다고 보는 겁니다. 공해에 적응하기 위해, 즉 살아남기 위해 자신의 색깔을 바꾸는 나방보다 계속 자기 색깔을 잃지 않기 위해 죽음까지 불사하는 공해와의 싸움이 더 필요하다는 것입니다. 저는 주위 환경과의 조화 있는 관계를 유지하고 있는 그런 대다수의 사람들보다 그 관계로부터 벗어난 사람들의 환경과의 그 외로운 싸움 쪽에 더 점수를 주고 싶어요. 적응을 잘하는 사람은 제도권 속에서 기득권을 가지고 어떡하면 그것을 튼튼히 할 것인가, 어떻게 하면 신처럼 완벽해질 것인가만 생각하기 때문에 늘 추종자나 관객과 함께 있기를 원하게 마련이지요. 그 사람들은 단 하루도 혼자서는 외로워 못 견뎌합니다. 그러나 노상 관 씨 같은 사람은 늘 혼자 있을 뿐입니다. 관객도, 미래도 없고 추종자는 더욱 없는 거지요. 그거야말로 인간적이 아닙니까. 차라리 문학적이라고 말하고 싶군요. 그 외로움 극복이야말로 고행하는 수도승과 비견할 수 있다고 생각합니다."

"실례의 말이지만 고 선생은 지금 선생 자신의 얘길 하고 있는 거 아닙니까. 고 선생이 고발문학을 하신다는 얘길 듣는 순간부터 그런 느낌을 받았지요. 고발은 외로운 겁니다. 내가 아는 사람의 부친은 육이오 때 여러 사람을 살려야 할 입장에서 숨어 있는 우익 인사를 턱짓으로 가리켜 보였습니다. 한 사람을 희생시켜 여러 사람을 살려낸 거죠. 그 일로 그 어른은 평생 사람들 앞에 나타나지 못하고 숨어 다니다가 죽었지요. 그 일로 그 사람 아들은 미치기까지 했답니다. 그 집안이 쑥밭이 된 건 말할 것두 없구요. 그때 그 사람 때문에 살아난 사람들이 그 집안을 짓밟는 일에 더 앞장을 섰다고 하데요."

"그건 악역을 제대로 해낸 경우 같군요. 제 친구는 제가 악역을 자처하면서 악역을 통해 제도권 속의 모든 기득권을 더 많이 안전하게 누리려 한다고 저를 비난하고 있지요. 그건 맞는 얘깁니다. 저는 악역을 즐긴 셈이거든요. 그걸 통해 사는 재미를 느낀다고나 할까요."

"겸손하시구먼. 자신이 악역을 맡았다는 사실로 면죄부라도 받아낼 것처럼 희생양이니 뭐니 자화자찬하는 과대망상증 환자가 많은 세상에 선생처럼 악역을 즐긴다고 솔직히 말할 수 있다면 그건 가능성이 매우 높은데요."

"솔직히 말해 저는 그 가능성을 깨고 있는 사람에 불과합니다. 저는 그 가능성을 노상관 씨 같은 사람에게 두고 싶습니다. 자신을 환경에 내맡기기보다 그 환경을 최대한으로 이용하는 적극성이 있기 때문입니다. 그건 어떤 사회적 변화에도 능동적으로 대응할 수 있는 내구력 같은 것입니다. 이럴 때 적응은 단순히 그 속에 안주하려는 것이 아니라 개인 성장으로 발전되기 때문에 결과적으로 역사나 문화 발전에 도움이 된다는 겁니다. 외곬의 인생이 이룩해내는 예술이나 그 업적들이 바로 그런 예라고 생각됩니다. 노상관 씨가 사진전을 열 수 있었다는 것도 결국은 개인 성장이라고 보고 싶은 겁니다."

　"그거 맞는 얘깁니다. 인간은 자신의 잠재된 능력을 어떤 방법으로든 발산하게 마련이거든요. 그런 잠재력이 광기를 동반하는 경우가 많은데 그게 보통 사람들에게는 사이코틱하게 보이기 십상이지요. 광기는 권태보다는 훨씬 창조적이지요. 이 시대에는 자기실현을 증가시키기 위해 무슨 일에든가 몰두하여 보다 생동감 있는 삶을 사는 사람들이 늘어가고 있다고 보입니다. 그 몰두가 바로 자신의 삶을 풍요롭게 한다고 믿는 데서 자기실현이 되는 거 아니겠습니까. 그렇게 되기 위해서는 자신의 판단과 느낌을 신뢰할 수 있어야 한다는 것이죠. 그게 바로 광기를 유발하는 요인이 아닐까요. 그런 사람들이야말로 자신에게 정직하고 자신이 하는 일에 책임을 지고 있다고 봐야 하겠지요. 가족에 대한 책임을 못 지고 있다는 게 바로 자기 자신에 대한 책임을 지고 있기 때문이 아니겠습니까. 자기 자신에 대한 책임을 누구와 나눌 수 없다는 데 외로움이 따르겠지요. 안정, 안전을 버리고 자기 성장 쪽을 선택한다는 것은 정말 어려운 일이지요. 예술혼이란 바로 그런 데서 비롯되는 거 아니겠습니까."

유문형 씨와의 만남을 통해 나는 많이 부끄러웠다. 나는 나 자신이 내 문제에 책임을 지려는 생각보다는 모든 책임을 타인들에게, 이 세상에 전가하려고 교활하게 머리를 굴려왔을 뿐이다. 나는 그냥 무시로 파괴하는 일을 즐겼을 뿐 그 어떤 노력도 개인 성장을 위해 쏟아 붓거나 그런 과정의 성취감을 맛본 적이 없었던 것이다.

윤혜선 보살이 쓴 일기에 관련된 사람들이 본격적으로 마각을 드러내기 시작했다. 본인이 외국에 나갔기 때문에 그 아랫사람이 일을 맡았다는, 얼마 전 만났던 쪽에서 가장 적극적이었다. 사서함 번호를 알려온 사람도 적극성을 보였다. 그 두 사람 말고도 네댓 군데서 일기의 행방에 대해 물어왔다. 구체적으로 얼마를 줄 테니 일기를 넘기라면서 아예 내 통장 계좌번호를 대라는 사람도 있었다. 내 딸 등에 협박의 종이쪽지를 붙인 것도 그 작자의 짓이라는 느낌이 들었다. 그네들이 그렇게 적극적으로 나오자 나는 오히려 담대해졌다. 어차피 밑져야 본전이었다. 적어도 그네들의 신분이 일기에 분명히 밝혀져 있을 것이고 보면 섣불리 위해를 가해 오지는 못할 것이란 확신도 있었다. 이왕 이렇게 된 바에야 그네들과의 싸움을 어떤 방식으로 치러야 보다 유리할 것인가를 생각할 수밖에 없었다. 나는 그 일기의 행방에 대해 처음과 마찬가지로 철저하게 함구했다.

문제는 그 일기를 내 손에 넣는 일이었다. 그러나 나는 그 일기가 내 손에 들어올 가능성이 거의 없다고 지레 체념하고 있었다. 그네의 일기는 이미 일기 그 이상의 의미를 부여받은 채 어디에도 없고 어디에도 있는 그런 추상적인 것이 돼버렸던 것이다. 설사 그 일기가 내 손에 들어와도 그것은 한낱 휴지에 불과할는지도 모른다. 뭔가 치밀한 음모가 그 일기를 에워싸고 거미줄처럼 촘촘히 그물망을 짜가고 있다는 생각이었다. 그것은 일기 그 이상의 어떤 위력을 가지고 비등점을 향해 치닫고 있었던 것이다. 실상 나는 그 일기가 사내들의 염문 정도를 담고 있다고는 처음부터 믿지 않았다. 그것은 어떤 범죄의 냄새를 풍기고 있었던 것이다. 아니나 다를까, 우체국 사서함을 가지고 있는 그 사람이 다시 전화를 걸어왔다.

"그 여자한테 내가 당한 거요. 물론 그 여잔 돈을 목적으로 하진 않았어요. 그게 바로 수상한 건데 분명 목적이 다른 데 있었다고 봐요. 그 여자로 해서 알고 지내게 된 우린 처음엔 서로 모르는 사이였지요. 돈 있고 정치적 배경 있는 사람들끼리 만나도록 주선한 건 바로 그 여자였소. 그걸 우리가 마다할 리가 없었지요. 결국 마약으로 얽힌 거요. 그 여자가 약을 구해왔지요. 우린 돈만 내면 됐어요. 그렇게 해서 번 돈을 그 여자가 해외로 빼돌린다는 얘기도 있었고 조총련에 자금을 댄다는 소문도 있었지요. 그러나 사실 여부는 하나도 확인되지 않았지요. 그게 다 그 여자의 능력이었지요."

윤혜선이 뭔가 자신의 목적을 위해서 영향력 있는 사람들을 요령껏 이용했다는 얘기였다. 마약 상습복용 사건만 당국에 알려져도 자기들로서는 완전히 무너지는 일인데 어쩌면 그 이상의 범죄에 자신들도 모르는 사이에 연루됐을 가능성이 크기 때문에 전전긍긍하지 않을 수 없다는 얘기였다. 그 미모의 매력 있는 여자에게서 범죄 냄새를 맡은 것은 정확히 맞아떨어졌다. 자, 그렇다면, 나는 끓어오르고 있었다. 이건 분명 세상을 떠들썩하게 할 만한 특종이다. 어릴 때 여울 속에 어항을 놓고 멀리서 바라볼 때 그 속에 들어간 고기들이 흰 배를 번뜩이는 광경을 보고 설레던 그런 기분으로 나는 미칠 지경이었다. 어떡하면 어항 속에 든 고기들을 한 놈도 놓치지 않고 건져 올릴 수 있을 것인가. 그러나 나는 비로소 어떤 위기를 느끼고 있었다. 단순히 사내들의 염문이 아니라는 것이 확인되면서 내가 어떤 결단을 내리는 것이 현명하다는 판단이 섰던 것이다.

그러나 사건은 생각보다 더 심각하게 나를 옥죄었다. 어머니가 기도원에서 당신 발로 걸어 나와 동네 사람들 앞에서 망령을 떨고 있었다.

"이 망할 연놈들이 나를 가방 속에 처넣어가지고 양로원에다 가두곤 한번 와보지두 않았어. 세상에, 지 부모 금슬 좋은 거 시샘하는 후레자식놈 같으니라구. 원장 놈이 한통속이 돼가지곤 날 풀어주지 않는 거야."

기도원 원장이 나를 배신한 것이다. 자식이 있을 뿐 아니라 모친이 기도원 생활을 원하지 않는 이상 내규에 따라 하루라도 노인을 거기에 둘 수 없다고 했다. 분명 누군가 그 문제를 기도원을 협박하는 데 이용했을 것이다. 기도원 원장은 매우 실리적인 사람이라 외압을 넣은 것이 누군지 결코 밝히지 않았다.

어머니가 집으로 돌아와 난장판을 치던 그날도 일기와 관련된 사람들이 전화를 걸어왔다.

"당신이 그동안 쓴 글을 모두 분석 중이지. 당신, 뭘 믿구 그런 거짓말을 썼지? 당신한테 당한 사람들에게 당신 글이 전부 엉망이었다는 걸 알리려는 게 우리 계획이라는 것만 알아두라구."

그네들은 상당한 조직을 가지고 있다는 것을 과시하기 위함인 듯 내가 취재했던 사건들을 유형별로 분류해 현장 확인을 하고 있는 정황까지 열거했다. 내 글로 피해를 본 사람들이 집단으로 실상을 밝히게 함으로써 나를 매장하겠다는 협박이었다. 그네들은 내가 윤혜선의 일기를 들고 나오더라도 그것이 날조된 거라는 것을 사람들에게 인식시키기 위한 사전 준비를 하고 있는 것 같았다.

실제로 그네들은 이미 쌍방 합의에 의해 고소가 취하된 무고죄 등을 다시 들먹이며 영향력을 과시했다. 전화 부대까지 동원해 이미 지나간 사건을 드집 잡아 협박도 했다.

"영이 아빠, 당신 정말 미쳤어요?"

내가 집에서 실실 웃고 있는 얼굴을 집식구들이 본 것이다. 집식구들은 전화벨만 울려도 소스라치게 놀라곤 했다. 내가 집에 없는 시간이면 아예 전화기 코드를 뽑아놓았다. 그네들에게 실실 웃고 있는 내 얼굴이 어떻게 보일 것인가는 뻔한 일이었다. 그러나 벌어지는 일이 어처구니가 없어 웃는 그런 웃음은 아니었다. 어머니가 다시 집에 돌아와 있다는 사실부터가 우스웠다. 나를 향해 죄어드는 상황이 현실 같지가 않았다. 어떤 사건을 취재해 쓸 때마다 나는 그것이 현실이라는 것을 늘 착각했다. 즐거움은 바로 그런 현실의 망각 상태에서 왔다.

현실을 현실로 느끼지 못하게 하는 마력이 윤혜선 보살에게 있었다. 그네를 만나는 동안 내가 다루었던 소재들은 모두 초능력 세계라든가 영적 교감을 한다는 심령과학자들과의 만남 등 현실과 동떨어진 세계였다. 이상한 일은 그 세계의 허구를 파헤칠 의도로 시작한 것인데 나중에 알고 보면 어느 결에 그네들의 이적을 증거하는 동조자가 돼 있게 마련이었다. 그네의 마력이었다. 그네는 자신이 상대하고 있는 사람의 영혼을 송두리째 사로잡기 위해 자신의 모든 것을 던져 넣었다. 상대가 자신에게 집중해 있지 않다고 느끼는 순간 그네는 거침없이 육탄으로 남자를 공격했다. 그런 치열성이 조금도 추하게 생각되지 않는다는 사실이 그네의 마력이었다. 내가 집에서 얼굴도 모르는 사람들로부터 갖은 협박을 받으면서 실실 웃었던 것도 윤혜선 그 여자는 죽어서까지 사람들의 관심을 자신에게 집중시키고 있다는 그 황당한 비현실감 때문이었을 것이다.

어떻든 그네는 죽어서도 나를 공격하고 있었다. 얼굴도 알 수 없는 그 뭇 사내들과 공모해 나를 파멸시키기 위해 치밀한 작전을 전개하고 있었던 것이다. 그네는 왜 하필 나를 선택한 것일까. 내 선택 의지를 여지없이 깔아뭉개며 일어나고 있는 어처구니없는 상황에 대해 나는 다소 당혹하지 않을 수 없었다. 믿고 부탁했던 김 형사로부터는 이렇다 할 성과가 없었다. 윤혜선 보살이 내통했던 마약 루트가 그 일기를 통해 드러나리란 기대가 무너진 데 대한 허탈감이 큰 듯 그는 나와의 관계를 더 이상 원하지 않는 것처럼 느껴졌다. 확실합니다. 다 태워버렸대요. 김 형사의 목소리가 심드렁하니 금이 가 있었다.

이상한 일이다. 그 일기 건 앞에 속수무책이라는 것을 깨닫는 순간부터 나는 무척 외롭다는 생각에 빠져들었던 것이다. 외롭다는 생각이 들면서 나는 노상관을 생각했다. 동병상련 같은 것이었으리라. 나는 무슨 일이 있어도 노상관을 만나야 했다. 그를 만난다는 것이 그처럼 절실한 일로 생각되었다. 그의 부인을 다시 만난 것은 물론이고 그가 잘 다닌다는 국도를 달리면서 의도적으로 교통법규를 위반해보았고 병원이나 경찰서 교통사고 처리반에도 자주 드나들면서 그의 근황을 체크해나갔다. 그는 여전히 그 일에 미쳐 있었다. 경찰서에서는 여전히 그가 신고한 교통법규 위반 차량에 대한 처리 문제로 골치를 앓고 있었다. 어떤 종합병원 휴게실에서 만난 교통사고 피해자 가족 한 사람이 노상관이 그쪽 사람들의 우상이 돼 있음을 입증했다.

　"그 양반 은헬 많이 입었습지요. 세상 믿을 놈 하나 없다고 단념하고 있는데 그 양반이 나타나 돈 한 푼 안 받고 일을 해줬다니까요."

　그 사람의 삼대 외아들이 오토바이를 타고 가다 삼 미터 반대편 중앙선을 넘어온 승용차에 부딪혀 크게 다쳤다는 것이다. 우선 식물인간이 되다시피 한 아들의 치료비가 문제였다. 가해자 측에서 자기 과실이 아니라고 잡아떼는 바람에 보상도 제대로 못 받을 형편이었다. 현장검증을 마치고 중환자실에 찾아온 경찰은 가해 차량이 과속으로 중앙선을 침범했다는 피해자 측의 정황 진술을 받아 갔다. 그러나 나중에 확인해보니 인명 피해는 없고 승용차만 피해를 입었다고 경찰 조서에 기록이 돼 있었다. 다행히 이쪽 이의를 받아들여 이차 검증이 있었고, 경찰도 가해자가 자기 과실을 다 시인했으니 안심하라고 했다. 그러나 보험 감독원에서 교통사고 사실확인서와 현장 약도를 첨부해 보내라는 통보를 받고 경찰서를 찾아가 다시 확인하는 과정에서 그 사고가 쌍방 과실로 기재돼 있다는 사실을 알게 됐다. 사실 확인의 추정 속도란에는 처음 기재돼 있었던 것은 간데없고 오토바이가 시속 육십 킬로미터, 승용차는 십 킬로미터로 기재돼 있었던 것이다. 더 어처구니없는 것은 쌍방 과실이라고는 하지만 오히려 오토바이가 사고 원인 제공자로 올라 있었던 것이다. 뒤집혀버린 사고 경위를 바로잡는 일에 노상관이 발 벗고 나섰다고 했다. 그런 우여곡절 끝에 자기 아들이 제대로 보상을 받게 됐다며 그가 덧붙였다.

"힘 없으니께 증말 속수무책이데요. 돈 들고 칼 쥔 놈이 지 멋대루 맨든다는 걸 츰음 알았지유. 다들 그러데유. 노상관이 그 양반 같은 사람 읎으면 법 같은 거 백해무익한 세상이라구유."

44번 국도에서 사이드카를 타는 교통경찰 한 사람은 노상관을 자기가 쫓아가 붙잡았던 때 얘기를 했다.

"그 친구 교통법규 위반하는 걸 적발한 건 아마 내가 처음일 거요."

승용차 세 대가 카레이스를 벌이듯 질주하는 것을 목격하고 따라붙기 시작해 일행이 분명한 듯싶은 세 대의 승용차 중 맨 뒤의 한 대를 잡고 보니 바로 노상관이 운전하는 차였다는 것이다. 노상관은 앞서 달리던 두 대의 승용차가 난폭운전을 해 그 현장을 사진으로 잡기 위해 자신도 모르는 사이에 속도를 위반했다고 자신의 과속을 순순히 시인하고 나섰다. 막상 그렇게 시인하고 나서는 사람을 단속하는 것도 뭣한데다 앞서 달려가던 차량들을 잡지 못한 상황이라 그냥 주의만 주고 말았다는 것이다.

"내가 직접 봤지요. 망원렌즈까지 부착한 카메라에다 비디오 카메라까지 가지고 있더라구요. 다들 그 사람 머리가 돈 사람이라고 하길래 유심히 봤는데 내가 보기엔 그렇지 않은 거 같던데요."

그 교통경찰관이 의미심장한 말을 했다.

"그 사람을 잡고 보니 이상한 친밀감이 들데요. 게다가 우리보다 더 전문가라는 생각이 들면서 대하기가 어렵더라구요."

노상관을 만나는 날이 왔다. 노원구에 있는 감람교회 목사한테서 연락이 왔던 것이다. 자기 교회 신자를 통해서 그가 살고 있는 곳 주소를 알았다고 했다. 목사는 그 사람을 만나거든 자기가 늘 생각하고 있다며, 아무 교회나 나가라고 간절히 권면해 달라는 부탁까지 했다.

노상관이 방을 얻어 살고 있는 곳은 경기도 미금시였다. 70년대 후반에 지은 십오 평짜리 낡은 연립주택이었다. 물론 나는 그 연립주택 안으로 들어서지도 못한 채 그에게 떠밀려 근처 다방으로 갔다. 보통 키에 우리나라 사람들의 전형적인 오종종한 얼굴을 하고 있었으나 표정은 지나치게 딱딱했다. 대뜸 이 사람에게는 어떠한 우스갯소리도 안 통할 것이란 생각이 들 정도로 굳어진 표정이었던 것이다. 이미 들어서 알고 있었지만 그의 표정만큼이나 그의 입은 굳게 닫혀 있었다. 왜 찾아왔느냐는 의례적인 물음도 없었다.

"이혼하셨습니까?"

내가 던진 첫 물음이었다. 내 엉뚱한 물음에 그는 다소 놀라는 표정을 지었다. 그러나 쉽게 말려들지 않았다.

"노형 아주머니를 두어 번 만나뵈었습니다. 그러나 아주머니를 통해서는 차마 확인하기 어렵더군요. 도대체 이렇게 따로 사시는 이유가 뭡니까?"

별로 표정을 내보이지는 않았지만 기분이 썩 좋지 않은 기색은 역력했다. 나는 그의 무표정이 다소 흐트러진 것을 낌새 잡아 다그쳤다.

"내가 왜 노형을 그렇게 열심히 찾아 나섰는지 아십니까?"

"내가 신고한 교통법규 위반 때문에 오셨다면 나는 할 얘기가 없습니다."

이미 그는 그런 일에 닦달이 돼 있는 것 같았다.

"물론 노형 덕에 벌금 좀 낸 건 사실이지요. 그러나 그 일 때문에 온 건 아닙니다. 단도직입으로 말씀드리자면 나는 노형이 왜 그런 일을 하게 됐는가 그게 궁금한 겁니다. 직장까지 집어치우고 가족도 몰라라 하고 그 일에 달라붙었다면 분명 그만한 동기가 있을 거 아니겠습니까."

"미친 사람한테 뭔 얘기를 듣고 싶어서 온 거요?"

"본인이 자신을 미쳤다고 하는 건 자학으로 생각할 수밖에 없군요."

그는 내 말에 대답하지 않았다. 이럴 때 필요한 것이 술이다. 그러나 그는 술은 입에도 대지 않는다며 자리를 옮기자는 내 제의를 묵살했다. 갑자기 할 얘기 없자 분위기가 썰렁해졌다, 그가 쌓고 있는 벽을 단번에 허물어버릴 무슨 방법은 없는 것인가.

"노형은 결국 사람들한테 널리 알려지고 싶은 거 아니던가요?"

나는 그를 무경위하게 공격하기로 작정했다. 그러나 그는 달리 표정을 바꾸지 않았다.

"과대망상이라고 할까. 노형은 사회 불신의 어떤 강박에 시달리고 있는 겁니다. 물론 노형은 자신이 하고 있는 일이 매우 합리적이라고 자부하고 있겠지요. 그렇기 때문에 남들한테는 매우 용의주도하고 정력적이며 야심만만하게 보일 수도 있겠지요."

나는 그의 굳은 얼굴을 뚫어지게 바라보며 말을 이었다.

"내가 궁금한 건 도대체 어떤 적개심이 노형을 그런 일에 미치게 했느냔 겁니다."

그러나 그는 여전히 무표정한 얼굴로 멀거니 바라보고 있었다. 그의 어느 구석에도 적개심의 흔적 같은 것이 있다고 믿어지지 않았다.

"노형은 현실도피잡니다. 겉으로 보기엔 현실에 가장 철저하게 대응하고 있는 것 같지만 실은 자신의 도피를 은폐하고 있을 뿐이지요. 노형은 자신의 현실도피적 그런 행각으로 인해서 피해를 보는 사람들 입장을 생각해본 적이 있습니까?"

바로 이 대목에서 그가 태도를 돌연히 바꿨다. 눈에 번쩍 빛이 나는 것 같았다. 그는 차탁 위에 있는 반쯤 남은 냉수를 다 들이마셨다.

"나 때문에 누가 피해를 봐요?"

"노형한테 고발을 당한 사람들은 다 선량한 시민들입니다. 나름으로 열심히 살고 있다 그겁니다. 그런 사람들이 교통법규 좀 위반했다고 졸지에 범죄자처럼 인식되는 건 옳지 않습니다. 그 사람들 시간적, 정신적 피해를 생각해야 한다는 겁니다."

아니나 다를까 말도 안 되는 내 말에 그가 욱하고 나섰다.

"난 그렇게 생각하지 않습니다. 그 사람들은 오히려 나한테 절을 해야 합니다. 자기 다치고 죽는 거야 누가 뭐랍니까. 그 사람들 때문에 억울하게 당하는 사람들 생각을 해야지요. 과실치사니 하는 말은 옳지 않다고 봅니다. 과속이나 중앙선 침범은 고의성 범죄기 때문이지요."

생각했던 것보다 그는 단순해 보였고 그 논리도 상투적이었다. 어떻든 그만한 반응이라도 끌어낸 것은 일단 성공이라고 할 수 있었다.

"그러니까 노형은 그런 범죄를 막아야 한다는 정의감으로 그 일을 시작했다는 거군요?"

그는 조금 쑥스럽게 웃어 보였다. 뭔가 말하고 싶은 게 있다는 표정이었다.

"동생 되시는 분이 교통사고로 억울하게 돌아가셨다는 말을 들었습니다."

"솔직히 그땐 그걸 전연 몰랐지요. 법이 있고 양심이 있는데 그런 일로 억울하다는 사람들은 그냥 억지로 그러는 거라고 생각했을 정돕니다. 나는 법과 사회규범이 있기 때문에 사회질서가 잘 지켜지고 정의가 승리하는 줄 알았습니다."

"그러면 그런 믿음이 언제부터 바뀐 건가요?"

"믿음이 바뀌었다기보다 내가 모르고 있던 걸 알게 됐다는 게 맞는 얘기일 거요."

"모르던 것을 알게 되는 그 동기가 뭐였을까 그게 궁금합니다."

그가 불현듯 입을 닫아버릴는지 모른다는 생각으로 마음을 조이며 그렇게 물었다. 그러나 나는 그의 굳었던 얼굴이 조금씩 흐트러지는 것을 놓치지 않았다.

"이렇다 하게 뚜렷한 무슨 계기가 있었던 것 같진 않아요. 언제부턴가 나는 염세증에 걸렸지요. 이 세상은 질서도 없고 법이 있긴 있지만 그게 무용지물이거나 쓰이고 있는 것은 모두 악법이고 온통 명분만 무성하다는 생각을 하게 된 거지요. 악을 쓰는 사람만이 살아남는 세상 같았어요. 어릴 때부터 세상을 부정적인 시각으로 본 적이 없었기 때문에 그런 생각에 더 깊이 빠져든 게 아닌가 싶어요. 어느 날 갑자기 세상이 따분하게 생각되는 겁니다. 무력증 같은 거였지요. 직장도 나가기 싫고 사람도 만나기 싫었어요. 그 정신적 지향으로 볼 때 나는 아나키스트라고 할 수 있을 겁니다."

스스로를 아나키스트라고 규정해버린 뒤 그는 잠시 뜸을 들였지만 나는 그냥 잠자코 기다리기로 했다. 그의 눈빛이 심상치 않게 빛을 내고 있었기 때문이다.

"언제부턴가 혼자 있는 시간이면 느닷없이 환영이 보이기 시작하는 겁니다. 교통사고가 일어난 끔찍한 장면들이었지요. 차가 서로 정면충돌하거나 논두렁에 처박히는 장면이었지요. 텔레비전 같은 데서 그런 장면을 볼 땐 아무렇지 않았는데 그런게 환영으로 보이면서 공포를 느끼게 된 거지요. 그렇게 무서울 때마다 저절로 욕이 나오데요. 욕을 퍼대야 마음이 편했거든요.

차츰 더 견디기 힘든 환영이 보이기 시작했지요. 사람이 교통사고로 죽어가는 끔찍한 광경 말입니다. 차 어느 부분에 목이 끼였거나 창자가 쏟아져 나온 사람이 눈을 부릅뜨고 죽어가는 그런 모습이지요. 그게 너무 생생하다는 겁니다."

듣는 처지에서는 그냥 황당하기만 했다. 그러나 그는 그 환영을 볼 때를 떠올리기라도 한 듯 잔뜩 질린 얼굴로 고개를 홰홰 내저었다. 눈을 뜨고 당하는 가위눌림 같은 것이라고 했다. 간질병 환자가 발작 전에 불을 보는 것 같은 어떤 징후가 오면서 자동차가 바로 자기 눈앞에서 정면충돌해 박살이 나는 그런 장면이 연출된다는 것이다. 피가 보이고 피를 뒤집어쓴 사람이 필사적으로 그 박살 난 차 속에서 빠져나오려고 허우적거리는 게 보였다고 한다. 짤막하지만 그 환영은 한 편의 소설처럼 그 앞뒤 짜임이 분명해 한번 떠오르면 오래 잊히지 않았다고 했다.

"말하자면 노형이 언제 당할는지 모르는 교통사고에 대한 노이로제 같은 것이었군요."

"환영이라곤 하지만 그것이 내겐 참 힘들었어요. 그런데 이상한 건 그 사고가 모두 난폭한 운전자 때문에 일어났다는 결론을 얻게 된다는 거였지요. 아마 내 염세증이 그런 난폭운전자에 대한 증오로 바뀐 것도 그때쯤이었을 겁니다."

"정치권력 등 어떤 제도권의 횡포에 대한 울분으로 미쳐가는 사람들도 많지요. 어떤 폭력이든 그 반대편엔 증오가 있게 마련이거든요."

내가 그렇게 혼잣소리하듯 껴들었지만 그는 대꾸하지 않았다. 그 침묵이 너무 길다 싶어 내가 다시 물었다.

"혹시 동생분 교통사고 때의 일이 잠재된 죄의식으로 나타난 건 아닐까요?"

그러나 그는 내 물음과는 관계없이 다시 환영 얘기로 돌아갔다.

"이상한 건 내가 길에 나가 자동차를 쫓아다닌 뒤부터 그런 환영이 나타나지 않는다는 거지요. 내가 그런 일을 계속하게 된 동기라면 바로 그런 정도일 겁니다. 그런데 차츰 그 환영이 달라지기 시작하데요. 교통사고 현장보다 그 사고 뒤 상황이 떠오르는 것이지요. 사고로 죽은 끔찍한 시체를 염하는 장면이라든가 가족들이 몸부림치며 우는 아주 처연한 장면이 보이는 거지요. 부모가 다 죽고 어린애만 남아 울고 있는 장면 같은 게 생생하게 나타나는 겁니다. 뜻하지 않은 교통사고로 한 가족이 비참하게 붕괴되는 과정이 여실히 보이기도 했지요. 그런 상황이 매우 구체적으로 보인다는 데 문제가 있었지요. 너무 구체적이어서 한번 보인 것은 좀처럼 지워지지 않는 겁니다. 그럴수록 일에 더 열중하게 되더군요."

"그렇다면 노형이 자동차를 쫓아다니는 것은 사회정의 구현의 차원이라기보다 노형 자신이 당하는 환영으로부터 도망치기 위한 방편이라고 생각할 수도 있겠군요."

노상관은 역시 내 말에 대답하지 않았다. 그는 어린아이들이 집중력이 금방 풀어지듯 내 앞에 앉아 있는 것이 몹시 불편하다는 표정을 지었다.

"노형 동생분이나 집안사람들이 교통사고를 당했을 때는 철저하게 무관심했던 분이 어떻게 남들 교통사고 환영으로 그렇게 고통을 받아야 하는지 그게 도무지 이해가 안 됩니다."

"이해 안 되기는 나도 마찬가집니다. 나는 평소 가족간의 우애라든가 일가친척에 대해 일절 관심이 없었으니까요."

그가 가족 일에 무관심했던 것은 지나친 자기중심적 사고로 해서 사랑을 알지 못했기 때문일 것이다. 어쩌면 그것은 자기실현을 위해 가족이 장애가 되지 않았기 때문일는지 모른다. 그러나 내 경우는 달랐다. 가족은 내 발전의 피할 길 없는 콤플렉스였다. 나는 가끔 내 내부에서 뭔가 허물어져 내리는 소리를 들었다. 내가 음지에 있다고 느끼는 순간 내게는 늘 어머니나 누나의 그 찌든 얼굴부터 보였다. 그럴 때 나는 증오로 온몸이 들끓었다. 그 증오의 구체적인 대상은 언제나 가족들이었다. 어머니와 누나들의 삶을 저주했다. 그네들이 집안에 가두고 사는 죽은 아버지를 더 증오했다. 나는 그 증오가 밖으로 번져나가는 것을 겁냈다. 어머니를 비롯한 가족들을 미워하는 대신 바깥 세계와는 되도록 타협을 하고 싶었다. 그 적응의 방식으로 나는 항상 여럿이 모여 있는 쪽을 선택했고 그 반대쪽에 있는 것을 미련 없이 버렸다. 내가 고발하는 것들은 항상 많은 사람들이 혐오하거나 적으로 생각하는 그런 소수 쪽이었다.

"나는 50년 육이오가 터진 그다음 해 겨울에 태어났으니까 아마 전쟁통에 만들어진 거겠지요. 노형도 비슷한 해에 태어나신 것 같던데."

"나는 50년 육이오가 나기 전 삼월에 태어났지요."

나는 내 얘기를 하고 있었다. 내 성장 과정에서 볼 수 있는 몇 가지 해결되지 못한 부분들을 그에게 털어놓고 싶었다. 나는 늘

외로웠다. 가족도 이웃도 내 외로움을 어쩌지 못했다. 외로움은
언제나 어떤 대상에 대한 적대감으로 바뀌곤 했다.

"노형은 혹시 가족 중 누군가를 미워하고 있지 않습니까?"

"어느 대상을 구체적으로 미워한 적은 없는 것 같습니다. 그
러나 나는 교통법규 위반 차량을 쫓아가는 순간은 적개심으로
눈이 뒤집힐 정돕니다. 어쩌면 그 순간은 세상 전체가 적으로
생각되는 거지요."

"혹시 그게 범죄와 싸우고 있다는 의협심 같은 건 아닐까요?"

"그런 것도 같군요. 그러나 그런 적개심이니 의협심이니 하는
것보다 나를 강하게 유혹하는 게 있지요."

그러면서 그는 조금 멋쩍은 웃음을 내비쳤다.

"유혹을 받는다고요?"

"이게 바로 사는 재미가 아니냐, 그런 생각이 든다는 겁니다.
내가 지금 하는 일이 즐겁다, 난 지금까지 이만큼 재미난 일을
해보지 못했잖은가. 이건 나한테 굉장한 유혹이지요."

"일이 재미있다고 하셨는데, 교통법규 위반 차량을 쫓아가는
그 일을 말하는 겁니까? 아니면 그런 장면을 사진으로 잡는 재
미 말입니까?"

"그건 따로 나누어 생각할 수 없는 거지요."

속에서 뭔가 무너져 내리는 느낌이었다. 나는 그 내색을 애써
감추며 화제를 바꿨다.

"사진 실력이 대단하시다는 얘길 들었습니다만……"

"남들이 가끔 그런 얘길 하더군요. 그게 소질인지는 몰라도
나는 사진 찍는 일도 즐깁니다."

"그러나 아까도 말했지만 노형이 그렇게 즐기는 일이 사회 공익을 위한 일이 될 수도 있겠지만 때로는 더 많은 사람들의 생활을 침해하는 일이 되고 있다면 그건 문제가 되지 않을까요. 이를테면 노형이 하는 일로 해서 사람들 사이에 정신적 불안감이 커지고, 기존의 제도적 장치들을 부인하고 깔보는 그런 위법 정신이 팽배해지고 있다면 그건 또 다른 범죄가 아니겠습니까."

"경찰 쪽에서 나를 못마땅하게 생각하는 것도 바로 그런 점이지요. 그러나 나는 내가 그런 일을 하는 것이 사람들의 불행을 조금이라도 막는다는 믿음을 갖고 있습니다."

"결국 노형이 악역을 스스로 맡고 나섰다는 그런 뜻입니까?"

"내가 하는 일을 악역이라고 생각해본 적이 없어요. 왜 악역입니까. 나는 정정당당한 일을 하고 있는 겁니다."

자기가 하는 일이 즐겁다고 말할 때의 그 쑥스러워하던 조금전 얼굴 표정은 간데없이 그는 기세가 당당했다.

"나는 내가 하는 일이 정당하다고 항상 생각하고 있습니다. 즐겁다고 말한 건 그런 정당한 일을 내가 하고 있다는 성취감 같은 것이지요. 내가 선택한 일이니까 즐겁고, 그 즐거움이 정당한 거니까 최선을 다하게 되는 거지요."

"가장으로서 가정을 버린 일은 어떻게 생각하십니까?"

"사람은 다 완벽할 수가 없는 거지요. 나는 처음부터 가장 자격이 없는 사람이었지요."

"노형 아주머닌 많이 억울해하시더군요. 노형 때문에 피해자가 됐다는 거였지요. 그게 사실 아닙니까."

"맞는 얘기지요. 세속의 윤리, 도덕으로 따지자면 나는 분명 그 사람한테 가해잡니다. 그러나 가해와 피해의 관계는 동전의 안팎처럼 그렇게 분명히 구별되는 게 아니지요. 사람들은 다 자기가 당하고 산다는 피해의식에 사로잡혀 있게 마련이지요. 그러다 보니 종국에는 법이라도 이용해서 자기가 피해자라는 걸 확인하려 악을 쓰게 되는 거지요."

"그게 사는 거 아닐까요. 그러니까 법이 필요한 거고. 교통사고 현장에 가면 우선 가해자와 피해자를 분명히 가리는 일부터 하지 않습니까. 법의 궁극적 목표는 그 둘을 분명히 갈라놓는 데 있다고 봅니다."

"내 불만이 바로 그거지요. 법이 그 갈라놓기를 잘못한다는 얘깁니다. 가해자가 자신의 가해 사실을 반성하기보다는 어느 순간 피해자의 입장이 되어 목소리를 더 높이고 있는 것도 법을 믿고서 그런다면 그게 문제가 아닌가요. 진실의 은폐가 그런 식으로 일어난다, 그겁니다. 내가 하고자 하는 일이 바로 가해자가 교활하게 피해자로 둔갑하는 것을 막자는 거지요."

그는 가해자와 피해자가 집단이기주의 등 잘못 쓰이는 법에 의해 자리바꿈이 일어나는 것을 막아야 한다고 했다. 가해자와 피해자가 낯을 가린 채 항상 자리바꿈을 해온 것이 우리 근대사가 아니냐는 것이다. 그 자리바꿈에서 가해자와 피해자는 서로에게 치명적인 상처를 입혀왔다고 했다. 그가 입을 열어 말하기 시작한 것도 결국은 보이지 않는 어떤 가해에 대한 응징의 증오 같은 것이었는지 모른다.

그는 그 일을 하는 동안 테러도 많이 당했다고 했다. 카메라를 뺏기거나 땅바닥에 내던져 박살이 나 다시 산 것만 해도 여

러 개라고 했다. 노선버스가 자신의 승용차를 밀어붙여 박살을
내 한동안은 렌터카를 이용하느라 그 비용도 엄청났다고 했다.
그 사고로 목뼈가 부러져 서너 달 입원하기도 했다는 것이다.
그러나 자신이 하는 일에 대해 외부로부터 압력이 주어질수록
힘이 생겼다고 했다. 더 큰 적을 상대한다는 긴장의, 일종의 오
기였다는 얘기다.

　노상관을 만난 뒤 나는 내 속의 뭔가가 텅 빠져나간 느낌이었
다. 그것은 내가 이제까지 버티고 살아온 삶의 방식이 느닷없
이 빛을 잃었다는 허탈감이었다. 노상관의 눈에서 번뜩이는 광
기를 찾지 못한 데 대한 실망일 수도 있었다. 그는 적어도 남들
과 달라야 했다. 별난 인간답게 그 행동거지가 괴기스러울 것이
란 기대가 사라진 뒤 나는 그의 다소 의기소침한 상태의 평범한
프로필에서 그가 나처럼 외롭다는 것을 어렴풋이 읽어냈을 뿐
이다. 그도 나처럼 세상 사람들로부터 따돌림 받고 있었던 것이
다. 그것은 동병상련의 외로움의 전이가 아니라 묘한 배신감으
로 나타났다. 노상관이나 나나 사회적응에 실패하고 있다는 자
괴심이었다. 그러한 패배감은 느닷없이 몸을 가누기 어려울 정
도의 적대감으로 바뀌었다. 어쩌면 그것은 그의 지쳐 보이는 왜
소한 체구에 대한 혐오감 같은 것이었는지 모른다.

　윤혜선 보살이 쓴 일기 속에 갇힌 사람들이 계속 접근을 시도
했다. 끝까지 집요하게 그 일기에 연연하는 사람은 대충 일곱
명쯤으로 압축되었다. 그네들은 접근을 시도하긴 해도 결정적
으로 어떤 문제를 일으키지 않음으로써 오히려 이쪽을 초조하

게 만들었다. 실상 일기가 공개돼도 무방하다고 큰소리치는 여유를 보이는 사람도 있을 정도였다. 어떻든 딸아이 등짝에 협박장을 붙이던 그런 비열한 일은 더 이상 일어나지 않았다. 그러나 윤혜선이 던진 올가미는 완벽했다. 그네들은 쉬지 않고 끈질기게 죄어들었다. 어쩌면 그네들은 그 일기로 해서 받을 피해를 겁내서라기보다 그네와 가졌던 자신들의 과거를 새삼 확인해보고 싶은 유혹이 더 강했는지도 몰랐다.

"만약 당신이 그걸 가지고 있지 않다고 하더라도 그 일기를 읽었을 가능성은 있지 않소? 바로 그거요. 당신이 읽은 그 일기에 내가 어떻게 적혀 있는가 하는 것만 알려주면 돼요. 그거야 못할 거 없지 않소."

놀랍게도 그네들 중 일부는 자신들의 신분과 연락처를 자진해서 알려주었다. 그렇게 자신의 정체를 알리면서까지 나한테 신뢰를 얻어내고자 했던 것이다. 어떤 사람은 자신이 윤혜선으로부터 받은 편지를 복사해서 보내주기도 했다. 곧고 굵직한 필체가 윤혜선의 것이 틀림없었다. 내가 원한다면 그 편지 원본을 보내줄 수도 있다고 했다. 모두 이름만 대도 세상 사람들이 알만한 사람들이었다. 지금은 정치 일선에서 물러섰지만 여전히 그 판에서는 영향력을 갖고 있는 거물도 한 사람 있었다. 장성 출신으로 정계에 진출한 현역 국회의원, 재벌 2세인 백제백화점 사장, 핵물리학 전공이라는 대학교수에다 불교계의 인사까지 한 사람 있었다.

"일기 내용이 문제가 아니오. 나는 그냥 그 기록을 갖고 싶은 거요."

그들은 대개 이런 식으로 하소연했다.

"그 여자를 사랑했습니까?"

"허허, 이거 쑥스러운 얘기지만 아마 그랬는가 봐요. 매력 있는 여자였으니까요. 난 그 사람이 왜 죽었는지 알 것 같아요. 그 사람은 늘 불안해했어요. 내가 볼 때 모성실조 같은 거였죠. 결국 사랑 결핍증이 될 수밖에요. 무당이 된 것도 아마 현세적인 사랑으로는 부족했기 때문일 거요."

나는 문득 윤혜선이 죽으면서 그 분신들이 그가 관계했던 사내들의 몸속으로 옮겨든 것이 아닌가 싶었다. 물론 내 몸속에도 그네가 들어와 있었다. 나는 윤혜선이 죽은 뒤 그네를 단 하루도 생각하지 않은 날이 없었다. 그것은 그리움이나 추억 정도가 아니었다. 그렇게 그네는 내 모든 것을 지배하고 있었던 것이다.

나는 윤혜선이 죽기 전까지 살고 있던 강원도 그 산촌 면사무소 소재지의 우체국을 찾았다.

"여기서 부쳤다는 우편물을 받지 못해 이렇게 왔습니다. 확인 좀 해주십시오."

다행히 우체국 창구 직원은 윤혜선 보살을 잘 기억하고 있었다.

"벌써 오래전 일이기 때문에 정확하진 않지만 그 보살님이 여기 와서 편지를 부친 건 틀림없습니다. 왔다 간 그다음 날인가 죽었다는 소식을 들었으니까요."

"어떤 편지를 부쳤던가요?"

"제 기억엔 모두 등기였지요. 아마 스무 통 정도는 됐던 것 같습니다."

"그중에 등기소포도 있었을 텐데요?"

"글쎄요. 그냥 규격봉투에 쓴 편지를 등기로 부친 걸로 생각되는데요."

"바로 그 편지를 내가 받았는데 그 편지에 등기소포를 함께 부쳤다고 돼 있거든요. 확인 좀 할 수 없을까요?"

"그런 걸 접수한 기억은 전혀 없지만 부쳤다는 날짜와 부칠 때 받은 접수증만 가지고 계시면 창고에 있는 접수철을 찾아 확인할 수 있습니다."

"부쳤다는 편지만 받았다니까요. 보냈다는 그 등기 소포를 받지 못했는데 나한테 접수증 같은 게 있을 수 없잖소."

"그렇다면 확인하기 어렵겠는데요. 그러나 제 기억이 틀림없을 겁니다. 전 그전부터 그 보살님을 잘 알고 있었기 때문에 그분이 여기 무얼 부치러 왔나 유심히 봐뒀거든요. 평소에 한 번도 안 왔던 분이라 더 관심이 있었던 거지요. 분명히 등기 편지만 이십여 통 부쳤습니다."

잘하면 그 접수철을 찾아 확인할 수도 있었을 것이다. 그러나 나는 그 정도에서 물러섰다. 그 우체국 직원의 말이 아니라도 그네의 일기장은 나한테 보내지지 않았을 확률이 높았다. 인편으로 보냈을 가능성은 더 적었다. 나는 다만 그 일기장이 내 손에 들어올 확률이 없었다는 그 사실을 확인하고 싶었을 뿐이다.

44번 국도를 통해 되돌아오면서 나는 무척 절망스러워졌다. 그네는 도대체 무엇 때문에 그렇게 해야 했을까. 나한테 자신의 일기가 넘어오게 되면 그것이 세상에 알려질 것은 그네도 잘 알고 있었을 것이다. 그걸 알기 때문에 나한테 그 일기를 보내려고 한 것이 아니겠는가. 아니지. 바로 그걸 알기 때문에 나한테 그 일기를 보내지 않을 수도 있다! 그렇다면 왜 다른 사람들한테 그런 편지를 썼단 말인가. 한 가지 분명한 것은 그네의 주문에 걸린 사람들이 엄연히 있다는 사실과 그 덫에 치인 사람들은 그 일기가 변재동한테 와 있다는 믿음을 결코 버리지 않을 것이란 사실이다. 내가 아무리 그것을 부인해도 그네들은 그 주문에서 벗어나지 못할 것이다. 또 하나 분명한 것은 그 일기에 갇힌 사람들은 자신들의 이야기가 그네의 일기에 어떻게 기록돼 있는지 알고 싶어 거의 미쳐가고 있다는 사실이다.

수렁에 빠졌을 때는 우선 그 수렁에서 빠져나와야 한다. 수렁 정도가 아니었다. 나는 덫에 치인 것이다. 기도원에서 나온 어머니의 실성기로 집안 분위기는 참담해졌다. 널 낳자 느 애비가 뭐랬는지 아냐. 자긴 애비 될 자격이 없다면서 내다버리라구 하더라. 애처부터 느 애빈 자식을 두는 건 죄악이라구 했다. 느 애비가 선견지명이 있었던 거지. 어머니는 있지도 않은 아버지의 말을 계속 인용하는 일로 집안식구들을 질리게 했다. 느 애비가 이런 건 먹지 말라구 했다. 이럴 때 느 애비 같았음 살인이래두 났을 거다. 어머니는 결코 주눅이 드는 일 없이 날이 갈수록 기고만장했다. 아버지는 아직도 어머니의 몸속에 탱탱히 살아 있었던 것이다.

"나를 더 이상 찾지 마십시오. 난 고 선생의 호기심 대상이 되는 게 몹시 불쾌합니다."

내가 두번째 찾아간 노상관은 먼저와는 달리 매우 거오스러
웠다. 그는 지난번 만났을 때 내가 던져놓고 온 제의를 단호하
게 거부했다. 우선 나는 그와 계속 만날 수 있는 구실로서 그의
이야기를 널리 알리는 글을 쓰고 싶다는 것과 지금까지 해온 일
을 보다 효율적으로 실천하기 위해 가칭 '교통사고 줄이기 고발
센터'나 경찰서 안에 '교통사고 처리 민간 자문위원회' 같은 걸
만들어보자는 제안을 했던 것이다. 나는 그를 추적하는 동안 솔
직히 그가 하는 일에 대해 상당히 호의를 갖지 않을 수 없었다.
노상관이 벌이는 기행이 제대로 홍보가 된다면 거기에 대한 관
심이 대단하리란 생각이었다. 나는 그를 후원하는 단체 같은 것
을 만들어 그 일을 보다 조직적으로 확대해나가고 싶다는 생각
을 털어놓기도 했다. 어쩌면 그것은 우리 두 사람이 그 일을 통
해 비밀 거래를 트자는 흥정이라고 할 수 있었다. 내가 담보로
잡고 있는 그의 비밀은 그가 인간적으로 매우 외롭다는 것이다.
그는 가정적으로도 실패한 사람이었다. 어디 그뿐인가. 그는 자
신이 그처럼 열중하는 일을 공적 분노나 사회정의의 차원으로
올려놓는 데 실패하고 있었다. 그의 성격적 결함에 의해 그가
하고 있는 일을 한낱 개인의 한풀이로 전락시킨 뒤 그 일 자체
에 도취해 있었을 뿐이다. 내가 그를 처음 만나 확인한 것이 바
로 그런 것들이었다. 내가 그에게 했던 제안은 그러한 것을 극
복할 수 있는 대안이라고 할 수 있었다. 나는 그와 더불어 일의
진짜 신명에 빠질 수도 있다는 생각이었다.

"첨부터 남한테 내가 하는 일을 알리고 싶지 않았어요. 남들

이 알면 일에 방해가 될 뿐이지요. 재미가 없다구요. 저번에 했던 사진 전시회도 그 뒤 많이 후회했지요. 그걸 하고 나니 사진 찍는 일이 그전처럼 재미가 없었지요. 사진기 대신 비디오카메라를 주로 사용하는 것도 그 때문이지요."

"이번엔 방송국에서 테이프를 얻자고 나올걸요."

"그러잖아도 새로 생긴 방송국에서 교섭이 들어왔습니다. '카메라 고발'인가 뭔가 하는 프로에 쓸 거라고 하데요."

"넘겨주기로 한 겁니까?"

"테이프를 이미 몇 개 입수했다고 하데요. 내가 어느 경찰서에 보낸 걸 겁니다. 방영할 수 없다고 했지요. 그런 일이 있을 줄 알고 경찰서에 보낼 때 절대 외부에 유출하면 안 된다는 내용증명까지 함께 받아놨기 때문에 함부로는 못할 겁니다. 그러니까 허락을 받으려고 날 찾아온 거지요. 형씨가 그쪽에 내 주소를 알려줬지요?"

방송국에 노상관 얘기를 제보한 것은 사실이다. '사실은 이렇다'라는 사회 부조리를 고발하는 고정 프로의 피디와 만났을 때 노상관 얘기를 했던 것이다. 그 프로의 구성을 전담할 작가를 물색 중이라는 소식을 듣고 찾아갔던 것이다. 그 프로 구성 작가가 되는 것도 중요하지만 노상관과 함께 만들 '교통사고 줄이기 고발센터'나 그의 후원회 같은 조직을 만드는 데 대한 언론 측의 협조를 얻기 위해서였다. 피디는 대학 후배로 내 글에 대해서도 상당히 호의적이었기 때문에 노상관 얘기를 했던 것인데 내가 그 일을 주선하겠다는 약속을 깨고 그가 스스로 찾아 나섰던 모양이다.

"마음이 내키지 않으면 저번 얘기는 없던 걸로 합시다."

나는 별 관심이 없다는 투로 잘라 말했다. 단념은 빠를수록 좋았다.

"형씨께서 내 얘길 글로 쓰신다는 것도 난 허락할 수 없습니다."

노상관은 그 말을 필요 이상 딱딱한 어조로 내뱉었다.

"노형, 이거 봐요. 글이란 내 맘대로 쓰는 거요. 나는 다만 노형의 양해를 구했을 뿐이오. 난 작가요. 모델이 있다고 해서 일일이 허락을 받아 소설을 쓰진 않는다 그겁니다."

"어떻든 내가 안 이상 내 얘긴 글로 쓸 수 없습니다. 만약 형씨께서 내 얘길 글로 썼다고 하면 내가 가만있지 않을 거요."

"가만있지 않으면 어떡할 거요?"

"나는 형씨가 내 일에 관심을 가졌다는 일부터가 싫은 거요. 좌우지간 쓰지 말아요. 난 형씨가 알고 있는 것보다 무서운 놈이오. 내가 일을 처음 시작했을 때 통일운수 버스만 집중적으로 따라다닌 이유가 뭔지 아십니까. 그 회사가 나한테 비열한 수법으로 골탕을 먹이려 들었기 때문에 내가 반격을 했던 거지요. 결국 내가 이겼지요. 난 내가 좋아서 시작한 일은 결코 후회도 하지 않을뿐더러 누구한테 꿀림을 당하지도 않아요. 형씨가 내 일을 방해하면 형씨는 되로 주고 말로 받는 꼴이 되고 말 겁니다."

그 말을 끝으로 그는 일방적으로 자리에서 일어섰다. 어정쩡하니 그의 뒤를 따라 나오며 나는 몹시 쑥스러웠다. 그를 너무 얕잡아봤다는 생각이 든 것이다.

약속이나 한 듯 윤혜선 보살과 관계된 사람들이 들고 일어나기 시작했다. 물론 내가 그네들에게 대응하기 위한 뜸들이기 시간이 한계에 이른 것이다. 나는 그네들을 묶어두기 위해 그 일기에 대한 명확한 대답을 피함으로써 그것이 내 손에 있을 가능성을 계속 비쳐왔다. 그네들은 나름대로 인내를 가지고 기다렸다고 할 수 있다. 나한테 자신들의 연락처를 알려준 사람한테도 나는 어떤 소식도 주지 않았던 것이다. 일단 작전은 적중한 셈이었다.

"어떻게 됐나요. 일기를 찾았어요?"

"당신 정말 이러기야?"

"내가 필요한 건 일기가 아니구 당신 모가지라는 걸 알아야 해. 당신은 신종 사기꾼이야. 정신병자를 이용해서 멀쩡한 사람을 협박하는 아주 악랄한 놈!"

그네들은 그 바닥을 여지없이 드러냈다. 전화 목소리도 여유를 보일 때의 그것과 달리 절박, 절실했다. 그 일기에 대한 그네들의 집념은 생각보다 강했다. 전화 협박뿐이 아니었다. 컴퓨터 워드프로세서로 타이핑된 편지도 날아들었다. 최후 기한을 통고하는 그런 협박이었다.

"난 정말 이제 당신하고 못 살겠어요."

아내가 반씩 잘린 우편물 서너 통을 들고 들어와 치를 떨고 있었다. 그네가 놀란 것은 찢겨진 편지보다 아파트 우편함 속에 들어 있던 죽은 쥐 때문이었다. 편지가 찢긴 것도 그렇지만 죽은 쥐는 누군가 우편함 속에 고의적으로 넣은 게 분명했다. 죽은 쥐의 두 눈과 목덜미에 모두 일곱 개의 실핀이 꽂혀 있었던 것이다. 아내가 들고 있는 우편물 중에 찢기지 않은 것이 한 통 있었다. 발신인 주소나 이름도 없었다. 편지 내용은 간단했다.

'변재동, 이 쥐새끼! 네 가족들이 모두 이렇게 죽게 될 거다!'

그 협박 편지를 보는 순간 나는 노상관을 생각했다. 물론 그 편지를 그가 보냈다고는 생각하지 않았다. 그럴 리도 없었다. 그러나 나는 치를 떨고 있는 아내를 보면서 노상관의 오종종한 얼굴을 떠올리고 있었다. 무서운 놈. 나는 혼자 중얼거렸다. 나는 그를 두번째 만나고 돌아와 그에 대한 일종의 경외심을 갖기까지 했던 것이다. 노상관은 범접하기 어려운 어떤 신비한 힘을 나한테 보여줬다. 그는 외롭지 않다. 그는 그 일을 즐기고 있었던 것이다. 그는 일체의 타협을 거부하고 있었다. 결코 자기 자신을 배신하지 않겠다는 뜻이기도 하다. 그는 영웅이다.

노상관에 비해 나는 얼마나 비열한 짓을 하고 있는가. 픽션과 픽션이 아닌 세계를 넘나들면서 사람들을 기만해왔다. 속은 것은 나 자신이었다. 나는 적응하기 위해 배신했다. 그것은 나 자신이 수시로 변신했다는 것을 뜻한다. 잘못 살았다! 내 입에서 느닷없이 그런 신음이 나왔다.

"변재동, 요즘 네 글 읽을 수 없던데 어떻게 된 거냐? 유다족이 침묵할 때가 가장 무섭다던데 이번엔 또 뭘로 사람들을 놀라게 할 거냐?"

중학교 동창 오경수가 전화를 걸어왔다. 그는 그런 농담을 던져놓고는 고향 친구 아무개가 위암으로 죽어가고 있다는 얘기며 재벌 회사 부장으로 승진했다는 동창 하나의 근황과 지난 총선에서 낙선한 고향의 여당 후보 얘기도 조금 떠벌렸다. 그저 일상이었다. 그가 전화를 걸어와 농을 하는 것도, 고향 친구들의 근황을 듣게 되는 것도 그냥 스쳐 지나가는 일상이었다. 그런데 그 일상 속에 내가 들어 있지 않았다. 오직 내가 아닌 나와 오경수 아닌 오경수가 거짓으로 만나고 있었을 뿐이다. 나는 내 안에서 스멀거리는 어떤 충동을 느꼈다. 그가 전화로 전하는 그 일상 속에 실존하고 싶은 충동이었다. 나는 그가 술이라도 한잔 나누자는 것을 거절했다.

"할 일이 있다."

할 일이 있었다. 실제로 나는 며칠 전부터 바빠지기 시작했다. 바로 이것이다. 윤혜선 보살이 건 주문에서 벗어나기 위한 나름의 자구책에서 그것은 시작되었다. 일종의 반성이랄까. 나는 잘못 살아온 내 인생을 거꾸로 뒤집어보고 싶은 충동을 느꼈다. 지금까지 나는 내가 만들어가는 내 삶 속에 없었다. 내가 수시로 배신한 상황과 그것을 보고 낄낄거리는 내가 있었을 뿐이다. 자, 그러면 내가 그 상황 속에 없으면서 내가 살아 있는 그런 인생을 시작할 수는 없을 것인가. 그런 생각은 나에게 힘을 주었다. 그것이 바로 내가 찾는 신명이었다.

우선 윤혜선이 죽음을 준비하며 꾸민 그녀 생전의 음모를 깨부숴야 한다. 그것은 그녀가 나한테 부여한 그 역할을 배반하는 일이다.

"야, 유다! 너 술 한잔 먹자는 친구 우정까지 배반할 거냐?"

"아주 중요한 일이 있어 그런다."

"그게 뭔데?"

"소설을 쓰는 거다!"

"무슨 얘기야? 너 언젠 소설 안 썼냐?"

"지금까지 내가 썼던 건 소설이 아니다. 난 소설을 쓰고 싶다."

"너 뭐 잘못 먹은 거 아니야. 지금까지 쓴 게 소설이 아니면 그러면 거짓말이었다는 거냐."

"그래. 모두 거짓말이었다. 그것이 실제 상황이라는 사람들의 환상을 교묘히 이용했을 뿐이다. 그것은 진실이 아니야. 내 속의 생각은 아예 얼굴을 내밀지도 못했거든."

물론 나는 생각나는 대로 아무렇게나 말했다. 오경수를 긴장시킬 수 있는 말이면 무슨 얘기도 할 수 있었다. 그러나 아무렇게나 말한 그 말 속에 내가 들어 있었다. 그것은 숨어 있던 내 진심이었기 때문이다. 내가 쓰는 글에 대한 회의는 오래전부터였다, 나는 철저한 픽션의 세계를 그려보지 못했던 것이다. 어떤 상황 혹은 어떤 인간들을 가장 균형감 있게 전달할 수 있는 화자로서의 순도 높은 감각으로 이야기를 진술한 것이 아니고 그 현장 상황을 나 혼자 알고 있다는 오만으로 시작한 것이 내 글이었다. 내가 현장에서 본 것들은 개연성이 아니라 내가 증언하는 실제의 상황이 중요했을 뿐이다. 나는 글을 쓰기 위해 취재를 하는 동안 독자들의 식성과 그 기호식품에 대해 타협했다. 내 상상력이 발휘되는 것은 오직 독자들의 잠자고 있는 적개심을 불러일으키는 데 한정되었다. '그렇게 파렴치한 일을 저질러놓고도 그는 찾아간 필자를 상대로 외제 골프채가 국산보다 얼마나 우수한 것인가를 설명하는 일에만 열을 올렸다.' 그 파렴치한을 만나지 않고도 그 정도의 상상력은 충분히 발휘할 수 있었던 것이다.

거듭 확인되는 것은 지금까지 쓴 내 글 속에 나는 어디에도 없었다는 사실이다. 그 상황과 타협한 뒤 세상을 깜짝 놀라게 할 일거리를 찾아냈다고 킬킬거리는 내가 있었을 뿐이다. 내 글 속의 나는 완전무결한 인격으로 군림했다. 그러나 이제부터는 달라져야 한다. 현장에 나가 사람들을 만나지 않고도 그네들 얘기를 할 수 있어야 한다. 상황을 따라가 그것에 이야기를 맞추는 것이 아니라 내가 만든 상황에 현실을 집어넣을 수 있어야 할 것이다.

소설을 쓰는 거다. 소설은 일종의 복수다. 그 복수극은 완벽한 알리바이를 성립시킬 때만 가치가 있다. 나는 내 알리바이를 증명하는 일에서 글쓰기의 신명을 찾고 싶다. 소설이 현실과 얼마나 달라질 수 있는가, 내가 나를 고발하여 처단하는 그 복수극은 얼마나 재미있을 것인가.

노상관도 내가 쓰는 소설의 모델이 될 것이다. 내가 그려내는 노상관은 우리가 만난 실제의 노상관과 전혀 다르면서 결국은 같은 인물로 그려지게 될 것이다. 그는 결코 우상으로 그려져서는 안 된다. 나는 그 방법을 알고 있다. 노상관의 눈으로 나를 관찰하도록 하는, 역할 바꾸기가 바로 그것이다. 노상관이 나고 내가 노상관이 될 수 있을 때 소설 속에 우상은 들어올 수 없을 것이다.

나는 지금까지 써온 윤혜선의 얘기와는 전혀 다른 얘기를 소설로 쓰게 될 것이다. 그네가 자기 딸을 잔인하게 죽이는 장면부터 묘사할 수도 있다. 어쩌면 내 소설 쓰기의 관심은 이제까지 단 한 번도 생각해보지 못한 그네의 인간적 아픔이 될는지도 모르겠다. 내 어머니의 아픔이 그네의 아픔으로 전이될 수도 있고 자살한 내 손위 누이의 한과 그 아픔이 그네를 몸주로 해서 나타날 수도 있을 것이다. 그네들의 모성실조 현상이 분단 현실의 비극에서 비롯되었다고 그 유인을 확대해나갈는지도 모른다.

나는 윤혜선 보살이 그네의 일기 속에 가둬놓은 그 사람들도 내 소설 속에 등장시킬 것이다. 그중의 한 사람은 환락가의 대부고 또 다른 한 사람은 체제 전복을 꿈꾸다 감옥에 갇힌 반체제 민주인사가 될 수도 있다. 필요하다면 나는 그들 중 한 사람을 조총련의 사주를 받고 있는 고정간첩으로 만든 다음 그의 전향과 그 갈등을 분단 비극으로 승화시킬 수도 있을 것이다. 혹은 자기 딸을 성폭행하는 인격 파탄의 파렴치한도 한 사람 필요할는지 모른다. 어쩌다 보면 그네들 모두가 등장하는 방대한 분량의 긴 소설이 만들어질 수도 있을 것이다. 가능하면 정치꾼들은 등장시키지 않을 생각이다. 다시는 나 자신을 배반하고 싶지 않기 때문이다.

나는 지금 소설을 쓰고 있다. 윤혜선을 화자로 하여 내 치부까발리기를 담보로 하는 반성 모드의 고발 소설이다.

―한마디로 그 사내는 칙살스럽다. 한껏 간교해 뵈는 그 눈알을 불안스레 굴릴 때면 파리꼐한 입술까지 잘근잘근 씹어 그가 매우 심한 정서불안 상태에 있다는 것을 금방 알 수 있다. 그는 '르포 작가 고발'이란 명함을 뿌리고 다닌다. 또한 그는 자신이 쓰는 글을 고발문학이라고 말하길 좋아한다.

오늘도 변재동이 찾아왔다. 내가 쓰고 있는 일기를 얻기 위한 그 집념은 가히 병적이다. 나는 유혹을 느낀다. 그의 제의를 받아들이고 싶은 것이다. 그는 내 일기를 마당에 빨래 내걸 듯 세상사람 모두가 알게 내걸자고 한다. 그가 노리는 것은 진실이 아니라 센세이션이다. 그는 내게, 익명으로 편하게 앉아 세상 사람들이 놀라는 것을 구경하는 재미가 얼마나 기찬 것인가를 누누이 강조한다. 그는 언제부턴가 내가 쓰는 일기의 노예가 돼버렸다. 슬프게도 그는 내 일기 속의 사건들은 자신의 상상으로는 도저히 만들어낼 수 없을 만큼 대단한 것이라고 절망하고 있다. 내 일기의 노예가 되면서 그의 상상력은 문을 닫고 고사해가고 있다. 그는 내 일기에 대한 환상으로 나를 사랑하고 있다. 그는 내가 원하기만 하면 기꺼이 내 발가락에 입 맞출 것이며 벌거벗고 마룻바닥을 기기도 할 것이다. 그러나 나는 그에게 육체적 노동을 시킬 생각은 추호도 없다. 여위고 비루먹은 그의 추한 육체를 본다는 것은 결코 즐거운 일이 못 된다. 그는 내 비밀을 지켜줄 만한 가치를 갖지 못한 사람이다. 내가 그에게 일기를 보내지 않는 이유는 간단하다. 그들과 가졌던 그 시간들이 내 존재의 흔적으로 계속 남아 있기를 바라기 때문이다. 그들과 나눈 육체적 교합이야말로 내가 이 세상에 존재했다는 가장 확실한 사건이 될 것이다. 남녀관계에 있어서는 행위만이 진실이다. 내가 직접 보고 만지지 않은 것은 존재하지 않는 것과 마찬가지다. 어느 시간 위에 내 실존을 확인시킨 그 감미로운 말과 부드러운 손길, 그 입맞춤까지를 나는 모두 사랑한다. 내 일기의 의미는 바로 그런 것이다. 그러므로 나는 그들의 파멸을 원치 않는다. 이 일기를 변재동이란 엉터리 작가한테 넘기지 않는 이유도 바로 그것이다. 그는 내 일기를 손에 넣는 순간 그들의 삶을 깡그리 파괴시키기 위해 광분할 것이다. 그는 내 죽음도 치욕적으로 매도할 것이다. 그에게 일기를 넘기지 않는 또다른 이유는 그가 나를 배신했기 때문이다. 그는 지금 내 얘기를 그 잘나빠진 상상으로 쓰고 있을 것이다. 약간의 기대가 없는 것은 아니다. 전적으로 내 일기에 의존하는 것보다 비록 보잘것없는 것이라 해도 그의 상상력에 의해 그려지는 얘기가 사람들의 가슴속에 더 찡한 울림을 일으킬는지 모른다는 기대인 것이다. 어이구, 그 팔자나 내 팔자나! 그렇게 쯧쯧 혀 차는 소리를 끌어내는……

이렇게 시작되는 소설은 몇 번의 자살미수를 거쳐 죽음에 이르는 윤혜선의 마지막 순간을 묘사하고 있다.

··

"자, 됐어요. 빨리 밀어요!"

발길 아래는 깎아지른 천길 벼랑, 휘어잡고 있던 철쭉나무 가지를 놓으며 내가 재촉했다. 나는 산길에서 만난 젊은 등산객을 그 한 번의 육체적 교접을 통해 내 삶의 마지막 완성의 방조자로 만드는 일에 성공했던 것이다. 그는 내가 남긴 일기 보따리를 만약의 경우에 대비한 자신의 알리바이를 위해 꽉 움켜쥐고 있었다. 두려움으로 온통 몸을 와들와들 떠는 그 젊은 등산객의 숨소리가 드디어 내 죽음의 의식에 거친 파장을 일으켰다.

"자, 잘 가세요."

그것이 내가 저 세상에서 마지막 들은 사람의 목소리였다.

○ 1992년 『문학사상』 9월호

개미거미들의
화음

삼 년 남짓 행방을 알 수 없던 한대 삼촌이 고향 마을에 나타났다. 고향 마을에 불쑥 얼굴을 내밀기는 나도 마찬가지였다. 직장을 때려치우고 전업작가가 된 뒤 곧바로 고향 마을에 내려와 집필할 거처를 마련하는 등 늦깎이 인생길 닦기에 제법 분망한 시간을 보내고 있을 즈음이라 느닷없는 한대 삼촌의 출현은 내게 결코 달가운 일이 아니었다.

"미친―, 암튼 좋은 세상이구먼."

내가 글 써서 먹고 사는 작가가 됐다는 말에 한대 삼촌이 보인 반응은 그렇게 시큰둥했다. 거짓말을 꾸며내 먹고살 수 있다는 사실이 그로서는 도저히 납득하기 어려웠을 것이다.

삼 년 만에 만나는 한대 삼촌은 많이 달라져 있었다. 처음에 나는 그 변화를 눈치채지 못했다. 오랜만에 만나고 보면 이렇게 사람이 달라질 수도 있구나 싶었을 뿐이다. 그러나 한대 삼촌은 확실히 다른 사람이 돼 있었다. 불과 삼 년 세월에 사람이 이처럼 바뀔 수도 있다는 말일까. 나는 새삼스레 그의 얼굴을 훔쳐

보았다. 위로 쭉 째진 눈꼬리나 들짐승처럼 번득거리는 그 눈빛은 여전했지만 그가 거느리고 있는 분위기가 예전의 그것이 아니었다. 얼굴 표정에서도 그가 늘 허기진 상태에서 보여주던 그 섬뜩한 살기 같은 것은 찾아보기 어려웠다.

"삼춘, 그동안 잘 먹구 잘살았구려."

그를 만날 때면 이상하게 말투부터가 그처럼 불량스러워진다. 그만큼 격의 없는 사이기도 하지만 어쩌면 그것은 자기방어라고도 할 수 있었다. 그러나 그는 자신의 치부를 찔리고도 엉뚱한 소리를 했다.

"자네 혹시 딴생각이 있어서 여기 내려온 거 아니여?"

한대 삼촌은 아무래도 내가 직장을 때려치우고 귀향한 이유가 잘 믿어지지 않는 모양이었다.

"딴생각이라뇨?"

"내년 유월 선거를 두고 하는 얘기여. 자네 주소도 이리루 완전히 옮겼다면서?"

"아니, 삼춘이 내년에 지자체 선거가 있다는 걸 다 알구 있다는 거유?"

무도막심한 사람 특유의 그 빈정거림에 맞서기 위해서는 이 정도의 무례쯤 필요했다. 사실 한대 삼촌의 입을 통해서 세상 얘기를 듣는다는 것이 그처럼 생경할 수가 없었던 것이다. 그는 먹는 얘기 외에는 세상 그 어떤 일에도 관심이 없던 사람이기 때문이다. 그는 세상 돌아가는 일에는 정말 깜깜이었다. 내가 어쩌다 바깥세상 이야기를 꺼내기라도 하면 그는 아예 입을 꽉 닫아버렸다.

"이 사람이 아직두 날 우습게 알구 있구먼. 나두 이젠 알 건 제대루 알구 살기루 했어야. 좌우지간 자네가 출마하겠다면 내가 도와줄 거여. 그 방면에 대해 내가 공부를 쬐꼼 했다 그 말이여."

"삼춘이 지자체 선거에 관심이 있다구요?"

"이 사람이…… 바야흐로 지방화 시대가 아닌가."

"혹시 삼춘이 딴생각을 갖고 고향에 돌아온 거 아니우?"

"나라구 못할 것두 없지."

"정말 한대 삼춘이 맞수?"

"왜 이상한가? 이 사람아, 자네가 날 그렇게 만들어놓구서는 뭘 그래."

"내가 삼춘을 어떻게 했다구요?"

"괜히 해본 소리여. 그건 그렇구 나 당분간 자네 신세 좀 져야겠어."

내 의사 같은 것은 아랑곳하지 않은, 속수무책의 선언이었다. 그가 내 앞에서 당당한 것과는 달리 나는 그와 마주하게 되면 뭔가 이상하게 주눅이 들곤 했다.

그날부터 한대 삼춘은 동갑 조카인 내 거처에 머물렀다. 불알친구로 함께 자란 사이긴 하지만 그와 함께 지낸다는 일이 결코 달가운 일은 아니었다. 물론 어린 시절 한대 삼춘과 함께 있음으로 해서 내게 돌아오는 반대급부의 효과도 없지 않았다. 그와 비교됨으로써 내 삶이 양질의 것으로 인정받게 되는 그런 것이었다. 그에 비해 나는 항상 품행 방정하고 싹수가 있는 아이로 비쳐졌던 것이다. 그러나 똥 싼 놈이 큰 체한다고, 한대 삼춘은 무슨 일을 저질러놓고도 결코 빌빌거리는 법이 없기 때문에 되레 잔뜩 힘을 준 내 품새만 무색해지게 마련이었다.

물노리에 다시 나타난 한대 삼촌에 대한 집안사람들이나 인근 부락 사람들의 반응도 내 경우와 비슷했을 것이다. 한대 삼촌의 출현을 달가워하는 사람이 많지 않음은 분명했다. 달가워하기는커녕 숫제 대문 빗장을 다시 확인해보는 등 그와 만나는 일을 놓고 전전긍긍하는 사람도 많았다.

사람들은 한대 삼촌의 눈을 보는 순간부터 질겁해 도망치곤 했다. 그의 눈은 사람들에게 심한 혐오감을 일으키기에 충분한 것이었다. 눈꼬리가 위로 치켜 붙은데다 항상 눈에 핏발이 서 있어 그가 조금만 눈을 크게 치떠도 그와 눈길이 마주친 사람은 기겁을 해 눈길을 돌리곤 했다. 특히 공복 상태에서 그의 눈은 먹이를 앞에 놓고 으르렁거리는 짐승의 그것과 흡사했다.

그러나 나는 한대 삼촌의 눈에 이글거리는 그 살기가 어떠한 특정한 대상을 향한 것이 아니라는 사실을 일찍부터 알고 있었다. 실제로 무서운 그 눈빛과는 달리 그는 자신과 가까운 사람들에게 별로 해를 끼치는 일을 하지 않았다. 게다가 그는 먹기 위해 남의 가축을 축내는 죄를 졌을 때는 항상 그 죄에 합당한 벌을 순순히 감수할 줄도 알았다.

그러나 사람들은 그 눈빛을 그의 성장 과정 어느 대목과 결부시키기를 좋아했다. 그가 아주 어렸을 때 그런 무서운 눈을 갖게 된 유래가 있다는 것이다. 나는 어릴 때부터 그 일을 전설처럼 들어왔다.

할아버지가 어떤 사람 꾐으로 논밭을 팔아 외지에 나가 양조

장을 차렸다가 두어 해 만에 쫄딱 망한 적이 있었다고 한다. 이야기는 할아버지가 다시 고향 마을에 돌아온 어느 날부터 시작된다. 어떤 젊은 아낙이 갓난애 하나를 등에 달고 할아버지 집에 들어왔다. 할아버지 자식이란 것이다. 평소 대가 세기로 이름난 할머니가 그 젊은 아낙이 안고 있는 갓난애를 빼앗아 마당에 내팽개쳤다. 할머니는 그렇게 일을 저질러놓고는 자기 분을 못 이겨 봉당 위의 양잿물을 마셔버렸다. 그 서슬에 젊은 아낙이 아이를 마당에 내버려둔 채 혼비백산 도망쳤다. 다행히 갓난애와 할머니는 죽지 않고 살아났다. 당신 앞으로 아들 둘에 딸이 둘인 할머니는 사람들의 생각과는 딴판으로 그 젊은 아낙이 안고 온 갓난애를 지극정성으로 키웠다. 눈 째진 거 보니 지아비를 닮은 게 분명하다는 말 한마디로 그 갓난것을 자기 자식으로 받아들였던 것이다.

그 전실은 쉬쉬 악간의 후일담을 거느리면서 이어져갔다. 어린것을 빼앗긴 채 혼비백산 도망친 젊은 아낙이 가끔 인근 마을에 나타나 애기 아버지를 몰래 만나고 간다는 얘기가 돌았다. 그런 소문은 할아버지가 저세상 사람이 된 뒤에도 할아버지 무덤에 그 여자가 일 년에 한 번씩 어김없이 다녀간다는 애틋한 전설로 이어졌다.

그러나 한대 삼촌이 자신의 출생 비밀을 알아 그 일로 상처를 받았다는 그 어떤 징후도 없었고 집안사람 누구도 그를 밖에서 들여온 자식이라고 홀대한 일도 없었다. 대가 센 할머니가 그런 일을 용납하지 않았기 때문이다. 그 내력을 잘 알고 있던 당시의 이웃들도 할머니가 무서워 쉬쉬 떠도는 소문의 씨를 말리는 일에 앞장서곤 했을 정도였다.

할아버지와 할머니가 이 세상 사람이 아닌 뒤에도 집안사람들은 한대 삼촌의 출생 문제로 분란을 일으킨 적이 없었다. 문제는 한대 삼촌의 그 눈빛을 볼 때라든가 그가 남의 가축을 축낸 일을 저질렀을 때 쉬쉬하며 그의 출생 얘기가 사람들의 입에 잠깐 올랐을 뿐이다. 그 전설은 할머니가 그 갓난애를 마당에 내팽개쳤던 것도 결국은 갓난애의 그 눈빛이 하도 무서워 그랬다는 쪽으로 각색이 되곤 했다.

물론 한대 삼촌의 고약한 인상을 별로 무서워하지 않는 사람도 있었는데 그네들은 오히려 그의 물노리 출현을 반기고 있었는지도 모른다. 그네들은 한대 삼촌이 물노리에서 다시 보여줄 기이한 행적을 다시 볼 수 있다는 기대로 부풀어 있었던 것이다.

아무렇든 한대 삼촌은 고향 마을에 돌아왔다. 옛날의 그가 아닌 모습으로 돌아온 것이다.

"자넨 도대체 뭔 눔의 얘길 그렇게 꾸며내고 있는 게여?"

한대 삼촌이 내 거처에 머물면서 나는 단 한 줄의 글도 못 쓰고 있었다. 그러나 그는 호시탐탐 내 동정을 엿보곤 했다.

"그냥 사람 사는 얘기지 뭐 별거겠수."

"사람 사는 얘기라니, 도대체 누구 얘길 쓰는 게여? 박정희 쏴 죽인 김재규가 죽지 않고 살아 있다는 그런 얘긴가 아니면 팔십년대 탈주극으루 세상을 벌컥 놀래킨 대도 조세형이 얘긴지, 그렇게 구체적으로 얘기해줘야 내가 알 거 아닌가 그 말이지."

나는 놀란 눈으로 한대 삼촌을 쳐다보았다. 짧게는 미친—, 이렇게 콧방귀 날리는 축약된 말 한마디로 세상사를 외면하며 자신의 문제가 아닌 일에 그처럼 무관심하던 사람이 어째서 이렇게 세상일에 구체적인 관심을 보인단 말인가. 자기 얘기도 고작 고기가 먹고 싶어 환장하겠다든가 그렇게 먹고 싶던 짐승 고기를 어떻게 구해 어떤 방식으로 먹었다는 등의 다소 엽기적인 얘기가 고작이었던 것이다.

한대 삼촌이 자신의 얘기가 아닌 내 일에 관심을 보인다는 것이 아무래도 짐짐했다. 내가 쓴 작품의 상당수가 물노리 마을 박씨 문중 사람들을 등장인물로 삼았던 것이다. 전통적인 유교 집안의 정신적 몰락을 뼈대로 삼은 내 소설은 박씨 문중의 얘기를 밑천으로 파먹을 대로 파먹은 셈이었다. 한 집안의 몰락과 동시에 그동안 천대받던 사람들의 득세를 다소 풍자적 톤으로 다루는 것이 내 작품의 중심 모티브였던 것이다.

물론 집안 얘기를 밑천으로 작품을 써왔지만 그 누구의 간섭도 받지 않았다. 그럴수록 마음 한구석이 짐짐했다. 나름대로 상황이나 인물을 전혀 다른 차원으로 굴절시키는 일로 픽션화했다는 자위를 삼긴 했어도 마음은 내내 개운치 않았다.

지방신문에 연재했던 황당한 내용의 역사물 하나가 운 좋게도 잘 풀려 그 상업성을 속죄라도 할 겸 전업작가를 결심한 것도 고향 사람들의 삶을 보다 본격적으로 파헤칠 심산이었던 것이다.

물론 한대 삼촌도 내 소설의 인물로 여러 번 등장했다. 유부녀만 상대로 바람을 피우는 인격 파탄의 한 시골 지주라든가 거짓말로 인생을 꾸려가는 노름꾼으로도 한대 삼촌을 모델 삼았던 것이다. 그는 정말 작가에게 있어 매혹적인 캐릭터였다. 그러나 한대 삼촌의 남과 다른 기이한 행적에서 힌트를 얻었을 뿐 처음부터 그를 모델 삼자는 생각을 한 적은 없었다. 어떻든 내 소설 속에 등장하는 인물은 대체로 포악하고 교활한 악인의 전형으로 한대 삼촌의 분신임에는 틀림없었다.

물론 한대 삼촌이 내가 당신을 소설 모델로 삼은 일을 알 턱이 없다고 나는 믿고 있었다. 설사 알았다 해도 미친—, 이렇게 콧방귀 한 방으로 날려버릴 위인이라 문제될 것도 없다 싶었다. 그러나 나는 한대 삼촌을 모델로 삼을 때는 남들이 눈치채지 못하게끔 그 성격을 달리한다든가 전혀 딴판의 외모를 그려내곤 했다. 이를테면 한대 삼촌은 비교적 단세포적이고 고지식한 사람이라 거짓말을 잘 못하는데도 소설에서는 온통 허풍쟁이로 그려놓곤 했던 것이다. 이것은 한대 삼촌이 내 작품 속에서 악인역으로 등장한다는 부담감을 다소 덜기 위함이었다.

단언하건대 한대 삼촌은 내 소설을 단 한 편도 읽지 않았다. 내 소설뿐이 아니고 책이란 물건은 아예 손에 대지 않았다. 고등학교 시절이 그랬으니까 더 나이 먹어서는 말할 것도 없을 것이다.

"이보게, 자네 내 얘길 본격적으루다 써볼 생각은 없는가?"

"본격적으로 쓰라니 그거 뭔 소리유?"

"이 사람아, 남의 얘길 쓰려면 제대루 써야지 그렇게 장님 코끼리 뒷다리 맨지는 식으루다 끄적거리는 게 어디 있는가 그 말이여."

이건 또 뭔가. 독심술이라도 가진 사람처럼 한대 삼촌은 내 눈을 곧바로 쳐다보며 말했다. 뭔가 느낌이 심상치 않았다.

"삼춘, 요즘두 그렇게 괴기가 먹고 싶어 환장하우?"

나는 넌지시 화제를 바꿨다. 그의 꿍꿍이를 좀 더 우회적으로 알고 싶었기 때문이다.

"나이는 못 속이겠데. 먹성이 이응 그전 같지 않단 말씀이야."

"고기가 이젠 지천이라서 그런 걸 거유."

"그럴는지두 모르지. 허지만 괴기 먹구 싶은 건 예전이나 다름이 없어야."

고기가 먹고 싶어 환장하겠다는 것이다. 한대 삼촌은 어릴 때부터 그 육징이 유난했다. 물론 나한테만 무슨 대단한 비밀이라도 털어놓듯 은밀히 속삭였다. 그는 먹기 위해 사는 것이나 다름없는 자신의 남다른 체질을 매우 수치스러운 것으로 생각하고 있었던 것이다. 적어도 고등학교를 중퇴할 때까지만 해도 그랬다.

삼촌, 정말 앞길이 걱정되우.

함께 불알 내놓고 자란 격의 없는 사이라 삼촌의 그 식성을 큰 병이라고 농 삼는 말에도 삼촌은 발끈하곤 했다.

미친―, 진짜 병든 놈이 누군데 그래.

은근슬쩍 문학가를 꿈꾸고 있는 나를 포함한 학교 문학반 아이들을 정신병자들이라고 싸잡아 경멸했다. 소설 쓰기는 뻥을 까는 일인데 사람이 할 짓이 없어 그래 뻥을 까먹고 살아야 하느냐 것이다. 한대 삼촌은 자신의 손에 직접 만져지지 않고 눈에 보이지 않는 것은 그 어떤 것에도 가치를 두지 않았다. 자신의 목구멍으로 꾸역꾸역 넘어가는 고깃덩어리만이 그가 믿는 가장 확실한 실존이었던 것이다.

결국 그 고깃덩어리 때문에 한대 삼촌은 고등학교를 중퇴해야 했다. 학교 특활 사육반에서 기르는 토끼 열다섯 마리를 한 달여에 몽땅 잡아먹었던 것이다. 이 대목을 되돌아볼 때 나는 마음이 매우 꺼림칙하다. 한대 삼촌이 나한테만 은밀히 실토한, 학교 토끼를 모두 잡아먹은 무용담을 내가 글로 썼던 것이다. 그 글을 읽은 문학반 선생이 사육반 선생한테 달려감으로써 일이 벌어졌다. 물론 한대 삼촌은 학교를 그만두면서도 나를 원망하지 않았다. 다만 입가에 묘한 비웃음을 매단 채 물었을 뿐이다.

너 정말 글쟁이가 될 거여?

고등학교를 그만둔 그 시점부터 한대 삼촌은 철저하게 열외자로 살았다. 어느 집안에나 한 사람쯤 있게 마련인, 모두가 곁을 주기를 꺼려하는 그런 별종이 됐던 것이다. 더 문제는 사람들이 한대 삼촌을 무서워한다는 사실이었다. 그가 입에 피 칠을 해가며 날고기를 먹는다는 등의 안 좋은 소문이 퍼지면서 마치 마귀 보듯 한대 삼촌 대하기를 꺼려했던 것이다.

대학 진학으로 내가 고향을 떠났기 때문이기도 했지만 한대 삼촌을 만나는 일은 손가락으로 셀 정도로 많지 않았다. 그렇다고 그가 고향에 머물러 있었던 것도 아니다. 그는 한번 훌쩍 모습을 감추면 몇 년 만에 어쩌다 느닷없이 나타나곤 했던 것이다. 그가 고향에 돌아와 돈을 구해가지고 떠난 이야기가 꽤 오랫동안 마을 사람들의 화제에 올랐다. 그는 일정한 직업을 가지지 않고 살았기 때문에 먹고살기 위한 최소한의 돈 마련을 위해 비실비실 고향을 찾아와 한바탕 분란을 피운 뒤 사라지곤 했던 것이다.

물론 그는 오십이 다 된 나이까지 결혼을 하지 않았다. 그렇다고 그에게 여자가 없었다는 얘기는 아니다. 그가 어딘가에 잠적해 있는 기간은 바로 어떤 여자 하나를 꿰차고 들어앉은 그런 기간이라고 보면 틀림없었다.

물론 한대 삼촌은 어느 한 여자에 매여 오래 머물지 않았다. 여자 쪽에서 욕구 충족의 변화가 오기 시작할 기미만 보이면 가차 없이 여자 곁을 떠났던 것이다. 이를테면 여자 쪽에서 보다 안전한 위치를 요구한다든가 생활비 어쩌고 하는 얘기만 나오면 여자로부터 부랴부랴 도망쳤다. 어쩌면 여자 쪽에서 이미 그의 곁을 떠날 준비를 하고 있었다는 것이 맞는 얘기일는지도 모른다. 그럴 것이 그가 여자 곁을 떠난 뒤 굳이 찾아와 앙탈을 부리거나 아등바등 인연 끊기를 안타까워하는 여자가 단 한 사람도 없었기 때문이다.

아니, 애두 하나 안 생긴다 말이야?

대부분의 사람들은 그 부분에 대해 매우 의아해했다. 여자 남자가 함께 살다 보면 본능적으로 자식을 두고 싶게 마련인데 오십이 다 되기까지 어떻게 무자식이냔 것이다.

그 비밀을 아는 것은 나 하나뿐이다. 한대 삼촌은 함께 사는 여자한테도 자신이 정관수술을 받았다는 것만은 결코 털어놓지 않는다고 했다. 그는 군대에 입대해 남들이 불알 까는 수술을 받을 때 무슨 수를 썼는지 정관수술을 받았던 것이다. 대한민국 군대 역사에서 군 복무 중 정관수술을 받은 경우는 아마 한대 삼촌의 경우뿐일는지도 모른다. 스물두 살에 정관수술을 받은 그의 변은 간단했다.

재미두 없는 이눔의 세상에 씨는 뭣 하러 까놓을 거여.

식욕은 성욕에 비례한다. 한대 삼촌을 통해서 내가 얻어낸 지론이다. 소식에다가 원래 입이 짧아 먹는 일을 그다지 즐기지 못하는 내 식생활을 통해서도 그것은 입증된다. 사랑하지 않는 여자와는 잠자리를 함께할 수 없다는 나름의 구실을 만들어놓고 있긴 하지만 나는 집사람 이외의 여자와 잠자리를 실천한 적이 단 한 번도 없다. 그 일이 불가능하다는 생각에서 아예 지레 포기했기 때문이다. 작품을 구상하거나 집필 중에는 아예 몇 달이고 아내의 곁에도 가지 않았다. 더구나 기업의 홍보실장 자리를 걷어차며 전업작가를 선언하고 나선 뒤에는 생활에 대한 불안감이라든가 글이 제대로 써지지 않는다는 강박으로 인해 아예 아내 곁에 얼씬도 하지 않았다. 도대체 생각이 동하지 않는 것이다. 한대 삼촌 같으면 이렇게 말할 것이다.

미친—, 여자하구 자는 건 대가리가 아니라 몸가락인 게여.

한대 삼촌은 평소 음식을 앞에 놓고 깨작거리는 나를 한심한 눈으로 바라보곤 했다.

그는 정말 먹기 위해 이 세상에 태어난 사람 같았다. 그처럼 게걸스레 잘 먹었다. 한껏 고기를 먹고 났을 때 그의 눈은 총기가 있고 얼굴 표정이 음전해 살기를 풍기던 그런 얼굴이 딴판으로 바뀌곤 했다. 그러나 제대로 먹지 못했을 때 그는 전혀 딴사람이 되었다. 그야말로 굶주린 짐승처럼 으르렁거리는가 하면 어느 순간 약기운 떨어진 아편쟁이처럼 사지를 늘어뜨린 채 입에서 침을 게게 흘리곤 했다. 문제는 삼촌네 집안 식구들이 그의 고기 먹고 싶은 그 병증을 알아주지 않는다는 것이다. 삼촌이 먹고 싶은 그 병을 가족들에게 철저하게 감추고 있었기 때문이다. 그것은 일종의 자기학대였다. 가족들은 그가 사지를 늘어뜨리고 눈이 완전히 풀린 상태에서 침을 게게 흘리는 일을 지랄병 정도로 알고 있었을 뿐이다. 물노리 마을 박씨 집안의 종손인 할아버지는 밖에서 보아온 자식인 한대 삼촌을 다른 자식들과 차별하진 않았지만 언제부턴가 그 자식을 포기한 것처럼 보였다. 짐승처럼 먹는 일에만 미쳐 있는 그 자식이 집안 망신을 시키고 있다고 생각했기 때문일 것이다.

한대 삼촌이 먹고 싶은 것은 짐승 고기였다. 그러나 그 시절만 해도 짐승 고기는 명절 때라든가 잔칫집 같은 데서 몇 점 얻어먹는 게 고작이었으니 그의 왕성한 먹성에는 어림 반 푼어치도 없었던 것이다.

고기가 먹고 싶어 환장하는 그 증세가 심해지면서 한대 삼촌이 일을 저지르기 시작했다. 중학교에 입학하고 나서였다. 나는 삼촌이 할아버지한테 매를 맞는 장면을 직접 보았다. 할아버지는 아들을 완전히 발가벗긴 뒤 멍석에 둘둘 말아 그 멍석에 물을 두어 동이 붓고 나서 몽둥이로 팼던 것이다. 물먹은 멍석 속에서는 비명 한마디 흘러나오지 않았다. 모두가 한대 삼촌이 죽었다고 생각할 정도의 심한 매였다. 물론 사람들이 그 멍석을 펼쳤을 때 한대 삼촌은 몸에 멍 하나 들지 않은 상태로 서너 시간 만에 깨어났다.

할아버지가 그처럼 크게 노할 만도 했다. 집에서 키우는 햇병아리 삼십 마리가 하루에 한 마리씩 없어졌다. 집에서는 이웃을 의심할 수밖에 없었고 급기야는 의심을 산 집과 대판 싸움까지 벌어졌다. 결국 그 햇병아리를 한대 삼촌이 하루에 한 마리씩 품속에 넣고 나가 강변에서 구워 먹고 그 털을 땅에 묻어버렸다는 것이 마지막 씨암탉까지 훔쳐내다 발각되는 바람에 들통이 났던 것이다.

에이, 망할 놈, 짐승이 새끼 낳는 에미가 되기 전에 잡아 처먹는 건 인간으로 못할 짓이여.

그때부터 동네에서 없어지는 가축은 모두 한대 삼촌이 덤터기를 썼다. 살쾡이가 닭을 물어 갔어도 한대 삼촌이 한 짓이라고 우겨대면 꼼짝없이 변상을 해줘야 했던 것이다. 그 당사자인 한대 삼촌이 그 일을 부인하지 않았기 때문이다. 어쩌면 그것은 한대 삼촌이 자신의 아버지를 괴롭히기 위한 의도와 무관하지 않았는지도 모른다.

쥐약 먹고 죽은 동네 개를 한대 삼촌 혼자서 냇가로 끌고 가 불에 그슬린 다음 창자를 모두 발라낸 뒤 치마폭포 바위 속에 감춰놓고 먹은 일도 나는 알고 있었다. 그것을 먹어치우는 동안의 한대 삼촌 눈에 번뜩이던 그 광기를 나는 기억하고 있다. 어디 눈뿐이던가. 그의 얼굴이 환하게 밝아지는 것도 그런 먹이를 감추고 있을 때였다.

한대 삼촌이 어느 날 느닷없이 집에서 자취를 감추면 그가 큰 먹이 하나를 획득했다는 것으로 생각하면 틀림이 없었다. 할아버지네 소작인이 키우는 흑염소 한 마리를 끌고 산으로 들어가 잡아먹고 열흘 만에 나온 것은 고등학교를 그만둔 직후였다.

그는 자신이 짐승 고기를 먹는 모습을 결코 남들에게 보이지 않았다. 그러나 그의 평소 밥 먹는 모습을 보면 그가 고기를 허겁지겁 먹는 꼴이 대충은 짐작되었다. 그는 그것이 무엇인가 먹는 자리면 예의고 뭐고 저리 가라였다. 우선 밥숟가락을 입에 집어넣으며 반찬을 훑어보는 그 눈의 게걸스러움이야말로 짐승의 식탐 바로 그것이었다.

"자네 저번 날 내가 얘기한 거 생각 좀 해본 거여?"

한대 삼촌은 나를 끌고 읍내 공설운동장 뒤쪽의 이름난 보신탕집으로 갔다. 나는 삼 년 만에 다시 그가 고기를 게걸스레 먹는 모습을 보았다. 그의 식성은 하나도 변하지 않았던 것이다. 양념도 하지 않은 개고기 8인분을 혼자 먹어치우고 나서 그가 다시 꺼낸 말이 자신의 얘기를 본격적으로 써달라는 것이다.

"길게 쓸 거 없어야. 내가 돌아왔다는 거하고 그동안 내가 어떻게 살아왔는가 하는 걸 재미있게만 쓰면 된다 그거여."

이 무슨 변괴란 말인가. 자신이 고향에 돌아온 것이 무슨 얘깃거리가 될 것이며 그동안 자신의 행적을 써서 누구에게 읽히겠다는 것인가.

"삼춘 얘길 써서 책으로 내겠다는 거유?"

"책으루 낼 수 있으면 더 좋겠지. 허지만서두 지금은 그런 시간이 없어야. 그저 아무 잡지나 신문에 실리기만 하면 돼. 자넨 그쪽으루다 환하니께루 하는 얘기여."

"설마 삼춘 얘길 소설로 쓰란 얘기는 아니겠지요?"

"소설이야 이미 자네가 많이 썼잖는가. 내 얘긴 말이여, 자네 소설에 나오는 천하악당 박한대를 그 반대루다 써달라는 거지. 그렇다구 생판 거짓으루 추켜세워 써달라는 게 아니구 그저 있는 그대로만 쓰면 된다니까 그러네."

"내가 삼춘 얘길 소설로 썼다는 겁니까?"

"글쟁이가 뭘 안 쓰겠나 싶어 그냥 해본 소리니께 신경 쓸 거 없어야."

"삼춘이 누구한테 뭔 얘길 들었는지 몰라두 난 삼춘 얘길 소설로 쓰지 않았다구요."

이런 경우 작가는 완강하게 부인하고 나서는 것이 상책이다.

"본인이 안 썼다니까 안 썼겠지. 뭐 내 얘길 어떻게 썼든 그걸 지금 와서 내가 따지자는 게 아니라니까 그러네."

발끈한 나와는 달리 한대 삼춘은 여유가 있었다. 나는 아직 이처럼 유들유들한 한대 삼춘을 본 적이 없었다.

"삼춘, 도대체 무슨 일이우? 그동안 뭔 얘깃거릴 만든 거유?"

슬며시 구미가 당겼다. 정말 그는 구미가 당기는 별종 캐릭터가 아닐 수 없었다.

"처먹는 것밖에 모르는 놈한테 뭔 얘깃거린…… 허나 내 인생철학이 조금 바뀐 건 분명하다 그거여."

거적문에 돌쩌귀가 아닌가. 한대 삼춘의 입에서 인생철학이란 말이 나오는 순간 나는 풀쑥 웃음이 나왔다.

"한마디루다 이젠 사람답게 살구 싶다 그거여. 지금까지 개같은 인생을 살았담 개가 되레 화를 내겠지. 그래, 난 개만두 못한 인생을 살았어야."

도대체 자신의 이야기를 써서 잡지에 발표해달라는 일과 사람답게 사는 일은 어떤 관계를 갖는 것일까. 나는 잔뜩 회한에 찬 한대 삼춘의 얼굴을 이제까지와 조금 다른 마음으로 흘금거렸다.

개만도 못한 인생. 그냥 해보는 말이 아니라는 것이 그 표정을 통해 여실히 전해졌다. 그렇다면 이 심경의 변화는 무엇을 뜻하는가.

한대 삼촌은 먹는 일 외에는 그 어떤 세상일과도 담을 쌓고 살았다. 일부러 바깥세상으로 뻗은 안테나를 잘라버렸거나 아니면 애초부터 그쪽 일에 무감각한 것인지도 몰랐다. 그런데 지금 그는 자신이 그처럼 외면하고 산 세상을 통해 뭔가 보상이라도 받아낼 기세로 볼멘소리를 하고 있는 것이다.

"이보게, 기왕 시작한 김에 더 좀 먹세나."

한대 삼촌은 양념도 하지 않은 개고기 다섯 근을 소금 간으로 거뜬히 먹어치우고도 양이 차지 않은 듯 다른 자리를 넘봤다. 사람답게 살고 싶다던 그 입이 개고기 기름으로 번들거렸다.

짐승 고기는 가리지 않고 먹는 게 한대 삼촌의 식성이었다. 고등학교를 그만둔 뒤 산을 쏘다니며 산짐승을 사냥하며 지낸 적도 있었다. 노루도 몇 마리 잡았다고 했다. 들고양이는 물론 뱀이며 쥐, 심지어는 떡머구리까지 눈에 보이는 대로 잡아먹었다. 그렇게 산에서 짐승을 잡아 혼자 먹기 위해서는 어차피 그것을 양념 없이 먹는 원시적인 식생활 습관을 익히지 않을 수 없었을 것이다. 한대 삼촌은 언제나 몸에 소금 두어 줌 정도는 지니고 다녔다. 날고기든 구운 것이든 소금만 있으면 그만이라고 했다.

병적 먹성의 그 특이체질은 극심하게 상한 것도 식탈을 일으킨 적이 한 번도 없었다. 어쩌면 한대 삼촌은 빙어처럼 그 속이 환히 보이는 짧은 내장을 가졌는지도 모른다. 아무리 과식을 해도 먹은 지 삼십 분을 넘기지 않고 배설을 해버리기 때문이다.

똥이 가볍고 그 색깔이 노란 것은 소화기관이 좋기 때문이라고 그가 말한 바 있었다. 식육을 많이 먹는 사람치고 비만과 거리가 먼 것도 특이했다. 그는 중키에 매우 깡말라 누가 보더라도 대식가라곤 상상하기 어려웠다. 뼛속에 살이 든 통뼈라서 살이 없다고 그는 먹성에 비례하지 않는 자신의 깡마른 체구를 멋쩍게 변호하곤 했다.

한대 삼촌은 소증 체질의 대식가라고 할 수 있다. 고기를 못먹을 때는 그것에 해당하는 지방질이나 단백질을 섭취하기 위해서인 듯 다른 사람들보다 먹는 양이 많았다.

그 왕성한 식성 얘기는 짜장면 열두 그릇을 한꺼번에 비워낸 일화로도 유명하다. 이것은 한대 삼촌이 한창 젊었을 때인 칠십년대 초 음식점에서 주는 음식의 질보다는 양을 더 따질 때의 얘기다. 중국음식점에 들어가 짜장면 열두 그릇을 시킨 뒤 무연히 창밖만 내다보고 있으려니 주인이 다가와 손님들이 언제 오느냐고 물었다. 짜장면을 먹을 열두 사람이 다 와야 음식을 내오겠다는 뜻이다. 그러나 한대 삼촌은 다 됐으면 그냥 가져오라고 했다. 주인은 사람은 하난데 그 열두 그릇을 다 내놓기가 뭣해 손님 눈치만 보았다. 그러자 한대 삼촌이 짜장면 열두 그릇을 빨리 가져오라고 재촉을 했다. 주인은 손님들이 곧 오는가보다 싶어 그 열두 그릇을 한대 삼촌 앞의 식탁에 가져다놓고 다른 손님을 받기 위해 물러갔다. 조금 시간이 흐른 뒤 식당 주인은 문득 그 열두 그릇의 짜장면 먹을 사람들이 아직 안 왔다는 데 생각이 미쳤다. 그러나 그가 짜장면 열두 그릇을 주문한 손님 쪽으로 다가가보니 이게 웬일인가. 열두 개 짜장면 그릇이다 비워져 차곡차곡 포개져 있었던 것이다. 그때 한대 삼촌이 끄윽 하고 트림을 하며 짜장면 값이 얼마냐고 묻자 식당 주인이 손을 내저으며, 손님 제발 어디 가서 우리 집 음식 양 적다는 소리나 하지 마슈— 했다는 것이다.

"이보게, 오늘 우리 천렵이나 할까."

고향 마을에 돌아온 지 달포쯤 지난 어느 날 아침 한대 삼촌이 느닷없이 그런 제의를 했다. 삼월이라곤 하지만 아직 날씨는 천렵을 나갈 정도는 아니었기 때문에 내가 뜨악한 반응을 보이자 그는 쿡쿡 웃었다.

"자네 옛날 나하구 닭서리하던 생각 안 나는 거여?"

"내가 언제 삼춘하구 닭서릴 했수. 난 그저 삼춘이 해놓은 걸 먹은 기억밖에는 없어요."

"그래, 먹은 기억이라두 있음 됐어야. 오늘두 자넨 먹기만 하면 되니까 어서 준비하라니까 그러네."

"날씨두 안 좋은데 야외로 나간다는 거유?"

"이런 날씨가 닭을 쪄 먹는 데는 그만이야. 사실은 내가 자네한테 긴히 의논할 일두 있구 해서 말이야."

"괜히 뜸 들이지 말고 여기서 말해요."

"자네 집 뒤에 가마솥 뚜껑 하나 있는 거 봤나. 내 어제 그걸 보니까 갑자기 괴기가 먹구 싶어지더라 그거야."

"할 얘기가 그거유?"

"닭하구 감자는 내가 새벽에 이미 성범이 아저씨 집에서 구해 났으니까 자넨 따라가기만 하면 돼."

뗏둔지 아래 다복솔밭이 있는 강변에서 한대 삼촌의 특기인

닭구이가 시작되었다. 털도 뽑지 않은 닭 세 마리를 각각 차진 진흙으로 둥그렇게 뭉쳐 화기가 좋은 장작불 위에 얹는 것이다. 옹기 애벌구이를 하는 식으로 그 진흙 덩어리를 이리저리 돌리며 구웠다. 한쪽에는 돌 화구를 만들어놓고 그 위에 가마솥을 얹은 다음 감자를 수북이 쌓았다.

"원랜 쑥을 덮어야 하는데 아직 쑥이 안 났으니 솔잎을 덮을 수밖에."

감자 위에 솔잎을 덮은 다음 삽으로 모래를 얹어 둥그런 무덤을 만들고 불을 지폈다. 진흙구이 닭은 진흙이 익어 터지면 그대로 털까지 홀랑 벗겨져 나갔다. 감자찜은 한 삼십여 분 불을 땐 다음 감자 익는 냄새가 날 때 불을 끄고 다시 모래를 얹어 십여 분 뜸을 들였다.

"이거 원래 닭이구 감자구 서리를 해다 먹어야 제맛이 나는 법인데 지금 이 나이에 그럴 수는 없는 거 아닌가 말이여."

그는 자신의 식성이 예전이나 다름없다는 것을 과시해 보이기라도 하려는 듯 닭구이 두 마리를 금세 먹어치운 다음 모래 속에서 파낸 뜨거운 감자를 껍질도 제대로 벗기지 않은 채 먹어댔다.

"자네 삼겹살 먹고 싶지 않나?"

나는 손을 내저었다. 원래 입이 짧은데다 아무리 진흙에 구운 별미라 해도 내게 닭 한 마리면 그만이었다. 그러나 한대 삼촌은 그예 삼겹살을 굽기 시작했다. 이번에는 불 피운 돌화덕에 가마솥 뚜껑을 제대로 놓고 그 경사진 뚜껑 위를 돼지기름으로 문대면서 삼겹살을 굽자 삼겹살 기름이 밑으로 흘러내리면서 노랗

게 익었다. 닭 세 마리와 삼겹살 세 근을 먹어치우는 동안 우리는 소주 다섯 병을 비웠다.

"자네 우리 어머니 소식 아나?"

한대 삼촌은 닭기름과 돼지기름이 번들거리는 얼굴을 씻을 생각도 없이 술을 거푸 마셔대다가 불쑥 물었다. 자신의 생모 얘기를 꺼내고 있었던 것이다. 그는 어릴 때도 자신의 생모 얘기를 단 한 번도 입에 올려본 적이 없었다. 수음까지 함께할 정도로 흉허물이 없는 아재비 조카 사이였지만 그 얘기만은 어쩐지 금기로 돼 있었던 것이다.

"삼촌 지금 무슨 얘길 하는 거유? 할머니가 돌아가신 지 얼만데……"

"이 사람아, 그 어머이 얘기가 아니여."

"그분 돌아가시지 않았어요?"

"무슨 소릴 하는 건가. 멀쩡히 살아 있는 양반을 가지구설랑."

"살아 계세요?"

"자네가 쓴 소설에두 우리 어머이가 아직 살아 있는 걸루 했으면서 뭘 그래."

"내가 그분 얘길 소설루 썼다구요?"

한대 삼촌은 내 말에 대꾸하는 대신 쿡쿡 웃었다. 나는 더 이상 따지고 들지 못했다. 한대 삼촌의 생모 얘기를 어느 작품 속엔가 끼워 넣은 적이 있었다. 마을에 전해지는 전설 같은 이야기를 다소 각색한 것으로 남자와 여자의 애틋하면서도 끈질긴 밀애 이야기였다. 갓난것을 빼앗긴 여자가 한 달에 한 번씩 이웃 마을에 나타나 남자와 만난 뒤 조용히 돌아간다는 순애보였

242

다. 더구나 나는 할아버지가 한대 삼촌을 할머니 모르게 데리고 나가 그 여자와 만나게 해준 것이 여러 차례라는 얘기도 들어온 터라 그 대목을 실감 나게 그리려고 애를 쓴 기억도 있었다.

"자네 겉은 소설쟁인 우리 어머니가 살아 있는지 죽었는지 그런 건 관심이 없어. 자네가 필요한 건 그런 여자가 어떻게 살았는가 하는 요상한 호기심뿐이라는 걸 내가 모를 줄 알아."

"삼춘, 기껏 잘 먹구 나서 웬 트집이유?"

"자네 겉은 소설쟁이 아무렇게나 거짓부렁일 꾸며대면 되는 거지만 나 겉은 인간은 어머이가 보고 싶어두 그게 쉽지 않다 그 말씀이여."

"살아 계시다면서 못 만날 이유가 뭐유?"

"내가 왜 고향에 돌아왔는지 알어? 이 나이에 어머이가 보고 싶다면 자넨 그저 우습겠지만 이번에야말로 난 어머일 만날 작심을 한 거여. 그런데 이 꼴루는 안 된다, 그런 얘기지."

"그건 또 무슨 얘기유?"

"소설쟁이가 저렇게 눈치가 없어서야. 이 나이에 비로소 어머일 찾는 일인데 철없는 애들처럼 천방지축 달려갈 수야 없잖은가 그 말이야."

그는 뭔가 꿍꿍이속이 있는 게 분명했다.

"삼춘, 사람들 얘기룬 삼춘이 어렸을 때 생모를 여러 번 만났다구 하던데 그게 사실이유?"

"내 기억으룬 딱 두 번 만났지. 아마 대여섯 살 때였을 게야."

"할아버지가 그분에 대해 얘기해주시던가요?"

"미친―, 얘긴 무슨. 그냥 어딜 가자고 해 따라갔는데 어떤 여자가 멀찍이서 날 바라만 보구 섰더군. 두 번 다 그랬어. 그렇지만 나는 눈이 위로 쭉 째진 그 젊은 여자가 나하구 뭔가 깊은 관계가 있다는 걸 알 수 있었지."

그때부터 한대 삼촌은 그 여자를 자신의 생모로 그리워하면서 살았을는지 모른다. 그러나 그런 내색을 하지 않는 것이 자신에게 유리하다는 것을 그는 알고 있었을 것이다.

"그건 그렇구 이보게. 내가 저번에 부탁한 거 잘돼가구 있나?"

"뭐 말이우?"

"이 사람아, 좀 서둘러줘야 하겠어."

한대 삼촌은 집요했다. 나는 그의 얘기를 글로 쓰겠다고 약속한 적이 없었다. 그러나 그는 하루에 한 번씩은 채근하고 나섰다. 장난으로 그러는 것이 아닌 것만은 분명했다.

"도대체 뭔 얘길 어떻게 써달라는 거유."

그가 나타나면서 원고지 한 장도 못 채우고 있는 판인데 이건 자신의 얘기를 써서 아무 잡지에나 발표를 해달라고 닦달을 해대니 미칠 노릇이었다.

"이봐, 뭘 그래 어렵게 생각하는 거여. 자네 소설에 나를 괴물 딱지루 맨든 것처럼 쓰면 될 거 아닌가 그 말이여. 아니지, 이번에는 그 소설관 아주 반대루다 써달라 그런 얘기여."

"삼춘, 뭔가 오해하고 있는 거 같네요. 내가 삼춘 얘기를 어떻게 썼다구요?"

"자네 지금 잡아떼는 거 보니까 내가 그 예펜네 말을 믿은 게 잘못인지두 모르겠구먼."

"아니, 그건 또 뭔 얘기유?"

"아이구야, 이거 오늘 내가 너무 마신 거 아니여."

그는 옷을 입은 채 자리에 쓰러졌다. 머리가 땅에 닿기가 무섭게 코를 고는 것은 그전이나 다름없었다.

울화통이 치밀었다. 자신은 모든 것을 다 알고 있지만 그냥 이 정도로 넘기겠다는 투의 그 여유 부림이 나를 미치게 했다.

그러나 뭔가 수상쩍게 변죽만 울리는 상태에서 그는 다음 날도 자신의 얘기를 써내라고 닦달을 해댔다.

"자네 맘대로 쓰라니까. 뻥을 까라 그거여. 허나 박한대가 딴 사람이 돼 돌아왔다는 것만은 절대 빼먹어서는 안 되지."

"딴사람이 됐다구요?"

"박한대 돌아오다! 이런 제목이 좋겠구먼. 고향 버리고 떠났던 탕아가 크게 터득한 바 있어 고향을 위해 이 한 몸 바칠 각오로 돌아오게 됐다 어쩌구저쩌구 그런 얘길 써달라는 거 아닌가."

갸, 제정신 백힌 놈 아니다. 할아버지까지도 자기 자식을 감당하지 못할 정도로 한대 삼촌은 엉뚱했다. 나는 어릴 때부터 한대 삼촌을 두고 사람들이 말하는 그 비정상성에 대해 전적으로 동의하고 있었다. 행동거지가 늘 요령부득으로 엉뚱한데다 겁이 없어 무슨 일이고 저질러놓고도 태연해 그를 바라보는 내 쪽에서 오히려 당혹스러운 적이 여러 번이었다.

"도대체 삼춘이 고향을 위해 뭔 일을 어떻게 하겠다는 얘기유?"

"내가 저번에 얘기했잖은가. 지금까지 잘못 살았다고. 까놓고 얘기허자면 박한대가 이름값이라도 하다 죽겠다 바로 그거여."

"삼춘, 없는 얘기를 꾸며 이름값을 할 게 아니라 지금부터라도 뭔가 실천을 하면 될 거 아니우."

"바루 그걸세. 내가 뭔가 보여주기 위해서는 우선 사람들에게 내가 여기 있다는 것부터 알리는 일이 필요하다 그거라니까."

"사람들이 스스로 알도록 해야지요."

나는 심사가 뒤틀렸다. 삼촌 때문에 빼앗기는 시간도 그렇거니와 그의 먹성으로 해서 생활비가 수월찮게 들어가고 있었기 때문이다. 그렇다고 생활비 어쩌고 불평을 할 계제도 아니었다. 그만한 까닭이 있었다. 내가 한대 삼촌의 후견자 역할을 하지 않으면 안 될 처지에 놓였던 것이다. 그가 스스로 연출한 일이었다. 한대 삼촌은 할아버지가 돌아가시고 얼마 지나지 않아 우리 아버지와 맞대면을 한 자리에서 자기 앞으로 넘어올 임야와 전답을 모두 내 앞으로 올리겠다고 했다.

큰조카한테 제 재산을 전부 넘기기로 결심했습니다. 저야 혼자 몸으로 떠돌다 언제 어디서 죽을시 모르는 사람인데 재산이 뭐가 필요합니까. 혹시 형님이 어떻게 생각하실는지 몰라 미리 말씀드립니다만 저는 일단 넘긴 재산에 대해서는 일절 뒷말이 없을 겁니다. 그저 조카가 나 죽은 뒤에 제사상에 밥 한 사발이라도 얹어주면 그걸로 더 바랄 것이 없습니다.

그건 안 돼.

삼촌의 큰형인 우리 아버지가 펄쩍 뛰었다.

종우 쟈가 뭣 때문에 자네 땅을 넘겨받는다는 거여? 말 같잖은 소리!

아버지는 그 땅부스러기로 인해 내가 평생을 두고 한대 삼촌한테 받아야 할 고통의 싹을 아예 잘라버릴 심산이었던 것이다.

그러나 한대 삼촌의 오기도 만만치 않았다. 자신의 몫으로 넘겨진 재산을 처분하는 과정에 팔리지 않은 나머지 땅을 모두 내 명의로 해버렸던 것이다. 아버지도 지지 않았다. 한대 삼촌이 자기 몫의 것을 내 명의로 한 것을 모두 종중 재산으로 만드는 꽤나 번거로운 일을 해냈던 것이다. 한대 삼촌도 그 사실을 알고 고향을 떠났다.

어떻든 죽은 다음에 내 자손에게 제삿밥을 받아먹겠다던 한대 삼촌은 뻔질나게 서울 우리 집에 모습을 드러냈다. 물론 한대 삼촌이 자신의 몫이었던 그 재산을 빙자해서 나한테 돈을 뜯어간다거나 그 일로 부담을 주는 일은 전혀 없었다. 시골 아버지는 돌아가시기 전까지도 한대 삼촌이 우리 집에 나타났다는 소리만 들리면 되로 주고 말로 받아 처먹겠다는 그 꿍꿍이셈을 사전에 작파해버린 당신의 선견을 공치사하곤 했다.

그러나 한대 삼촌이 내 명의로 내놓았던 그 땅 건으로 해서 나는 항상 큰 짐을 지고 사는 기분이었다. 비록 그 땅이 법적으로는 종중 것이 되었다고는 하지만 처음 내 명의로 올린 한대 삼촌의 그 저의는 여전히 살아 있었기 때문이다.

"이보게, 지난번 내가 부탁한 거 없는 거로 하세."

어느 날 밖에서 돌아온 한대 삼촌은 자신의 얘기를 글로 써달라는 부탁을 취소했다.

"아, 우리나라 일급 소설쟁이가 써주면야 그 이상 좋을 수야 없겠지만서두 아무래두 자네가 너무 부담스러워하기에 내 자네 말대루 사람들 스스로가 이 박한대를 알두룩 하는 방법을 쓰자는 생각을 했어야."

이상한 일이다. 한대 삼촌이 자신의 이야기를 글로 써달라고 애원을 했을 때는 결코 그따위 글로 내 이름에 먹칠을 하지 않겠다는 작심이 분명했지만 막상 내가 그 글을 안 써도 된다는 말을 듣는 순간 뭔가 빠져나간 것처럼 허전했던 것이다. 불시에 내가 하고 있는 글쓰기와 내 인생 모두가 불신을 당한 것만 같은 그런 느낌이었다.

"삼춘, 도대체 뭘 하구 싶은 거유?"

나는 묘한 배신감을 달래며 한대 삼촌의 꿍꿍이속부터 쪼개볼 생각을 했다. 그는 뭔가 감춘 상태에서 감질나게 나를 가지고 놀고 있었던 것이다.

"미친―, 자네 정말 내가 고향에 왜 왔는지 모르고 있는 건 아니겠지?"

한대 삼촌의 변죽 울리기는 쉽게 끝나지 않았다.

"이제 와서 삼춘이 생모 어쩌구 하는 것부터가 이상하다 그거유."

"어머일 만나고 싶은 건 사실이여. 허지만 저번에두 얘기한 거처럼 이 꼴루는 절대 안 만난다 그거여."

"글쎄 삼춘이 지금 꼴을 버리구 뭐가 되구 싶어 그러느냐 그거유."

"미친―, 자네 증말 몰라서 그러나?"

"얘기해봐요."

"미친―, 자네 증말 그렇게 시치밀 뗄 거여? 사람을 나무에 올려놓고 흔든 게 누군데 그래."

"무슨 얘기예요?"

한대 삼촌은 그 왕성한 먹성에 비해 술을 그리 좋아하지 않았다. 그러나 한번 마셨다 하면 동이술이다. 이날도 그는 자작으로 술을 꽤 많이 마시고 있었다. 그는 뭔가 풀어놓을 기세였다.

"미친―. 자네가 날 국회의원으루 만든 거 기억 못해?"

내내 마음 짐짐하던 것이 분명하게 밝혀졌다. 비로소 그 생각에 미친 것이다. 나는 「모방설」이란 표제의 단편소설에서 한 편집광적 별난 사내가 국회의원까지 되는 과정을 다소 풍자적 톤으로 다룬 적이 있었다. 그 작품을 통해 나는 정치꾼이 만들어지는 이 시대 가치 오류의 실상을 폭로하고 싶었던 것이다. 마비된 양심의 파렴치한이 벌이는 그 편집광적 광기를 정치적 소신으로 떠받드는 우매한 민중들의 정치 근성을 비웃자는 의도의 작품이었다. 그 주인공 사내가 국회의원이 된 뒤 자신을 대권까지 꿈꾸게 만드는 민중들 앞에 옷을 홀랑 벗고 맨몸으로 뛰는 일로 이 시대 정치의 카리스마적 허구를 발가벗긴다는 내용이었다.

"삼춘이 정말 내 소설을 읽었어요?"

"이래봬두 내가 자네 소설을 읽으면서 반성을 했다는 거 아닌가. 내가 잘못 살았다는 생각을 한 것두 바루 그때부터였다 그 말이여."

"삼춘이 내 소설을 읽었다는 게 아무래두 믿어지지 않아요." 나는 신음처럼 중얼거렸다.

"미친―, 읽었다니까 자꾸 그러네. 눈이 나빠 많이는 못 읽어봤지만 자네가 쓴 내 얘긴 하나두 빼놓지 않구 모조리 읽었어야."

"그게 삼춘 얘길 쓴 거라는 건 어떻게 알았지요?"

"소설 나부랭일 읽기 좋아하는 여자가 하나 있었다구. 어느 날 내가 그 사람한테 자네 얘길 무심코 했잖은가. 어릴 때 함께 자란 조카가 유명한 소설쟁이라고. 야, 그랬더니 메칠 뒤 그 사람이 자네가 쓴 소설을 몽땅 사다놓고 읽데야. 그러더니만 어느 날 내 얘길 쓴 거라면서 몇 개를 골라내선 나보구 읽어보라는 게야, 미친—"

여자가 있었다. 한대 삼촌은 그 여자 얘기를 하고 싶었던 것이다.

"아직 얘길 못했네만 얼마 전까지 나랑 동거하던 사람이지. 그 사람이 나한테 자네가 쓴 소설을 읽게 했다니까 그러네. 자네두 아다시피 내가 어디 그런 황당한 소설 나부랭이를 읽을 위인인가. 좌우지간 머리에 털 나고 처음 소설책 하나를 읽게 된 거여. 다 읽고 나니까 그 사람이 나한테 왜 자네 소설을 읽게 했는가를 이렴풋이나마 알게 되더라 그런 얘기여."

"내 욕 많이 했겠네요."

"미친—, 두말함 잔소리지. 증말 기분 드럽게 나쁘더라야. 허지만 그 사람이 정색을 하더라구. 그 사람 얘긴 자네가 소설을 통해 이 박한대가 앞으루 인생을 어떻게 살아야 할 것인가를 제시했다구 하던가 예언했다구 하던가, 아무튼 자네가 쓴 얘길 그냥 우습게 알아서는 안 된다는 거였다구. 그 사람이 뭐라는 줄 알어. 소설을 쓰는 사람은 김일성의 사망을 예언한 무당처럼 사람 앞길을 훤히 아는 능력이 있다는 게여. 다만 소설쟁이들은 그 능력을 소설 이야기 속에 능청스레 감추고 있을 뿐 평소에는 그 능력을 잘 보이지 않는 게 무당의 그것과 다르다는 거였지."

이 육질의 사내에게 소설책을 읽게 만든 그 여자는 도대체 어떤 사람일까. 한대 삼촌의 번들거리는 눈빛 속에 그 여자가 있었다. 직업의식이 서서히 꿈틀거리기 시작했다. 그러나 섣불리 덤벼들어서는 안 될 것 같았다.

"그 사람 말은 자네를 통해 새로 태어나라, 바루 그거였지. 그 사람이 어느 날 자네가 그 좋은 직장까지 때려치우구 고향에 내려갔다는 신문기사를 내 앞에 내밀더군. 그 소식을 접하구 나두 곧바루 결정을 내렸지 뭐여. 그래, 나두 고향에 내려가자. 고향에 가서 박종우 소설쟁이한테 인생을 한 수 배우자. 그렇게 자네만 믿구 고향에 온 거라 그거라니까."

"어떻든 그 여자분이 누군지 대단하군요. 그분이야말로 삼촌한테 인생을 한 수 가르쳤다는 생각이 드는데요."

"그 사람하곤 내가 여기 내려오기 얼마 전 헤어졌어야. 자기가 먼저 떠난 거여. 떠나면서 그 사람이 나한테 약속을 했다구. 내가 정말 새 인생을 산다는 것을 알게 되면 다시 만날 수 있다는 거지. 미친—, 난 그 사람 말을 믿기루 한 거여."

한대 삼촌은 그 대목을 풀어놓곤 입을 꽉 다물었다. 그 여자를 생각하고 있는 것 같았다. 그처럼 진지한 얼굴을 보기도 처음이었다. 한대 삼촌은 수없이 고향을 떠나고 다시 고향 근처에 얼씬거리긴 했지만 이번처럼 여자 얘기를 꺼낸 적은 단 한 번도 없었다. 누가 여자 문제를 짓궂게 물고 늘어져 봤자 그저 '걸레 같은 기집 하나 데리고 살다 버렸다'는 식으로 시큰둥 받는 게 고작이었던 것이다.

"삼춘, 그 여자분 얘기 좀 해줘요."

"자네 소설 쓸랴구 그러는가?"

"뭔가 느낌이 이상해서 그래요."

"역시 소설쟁이 다르군. 내 언제구 얘기해주겠지만 별 기대
는 안 하는 게 좋아. 사실은 내가 그 사람에 대해 뭘 안다구 말
할 게 아무것두 없어서 그래. 뭐가 있긴 한데 도무지 알아낼 재
간이 없다 그거지. 살다 보면 저절루 알아지겠지 했는데 어느 날
훌쩍 사라져버렸으니 닭 쫓던 개 꼴이 된 거지 뭐."

"삼춘, 좀 구체적으로 얘기해줄 수 없어요?"

"미친―, 꿈을 꾸다 일어난 사람한테 꿈 얘길 구체적으로 해
달란 꼴이구먼. 그래, 꼭 한바탕 꿈을 꾸고 일어난 것 같아야.
그런데 그놈의 꿈이 요상해놔서…… 자, 그건 그렇구 아까 하
던 내 얘기나 끝내자구."

　자신의 생모 얘기도 그렇지만 그는 뭔가 변죽만 울리곤 슬며
시 숨어버리곤 했다. 그의 얼굴이 정색이 되면서 내 앞으로 손
을 내밀었다. 나는 그가 내민 손을 맞잡아 영문 모르는 악수를
했다.

"이보게, 박종우. 나 칼을 뽑기로 했어야."

"칼을 뽑다니요?"

"출마를 결심했다는 거여."

　나는 한대 삼촌을 멍청하니 쳐다보았다. 등줄기로 찌르르 경
련 같은 것이 흘러갔다. 그는 내 상상이 미치지 않는 사각지대
에서 킬킬거리고 있었던 것이다.

"삼춘, 이번 선거에 나설 생각이라구요?"

"난 자네가 벌써 눈치챈 줄 알고 있었지."

"믿어지지 않아요."

"소경 안경 쓴 격이라 그런 건가?"

"군의원 선거에 출마할 거란 얘기유?"

"춘성군과 춘천시가 통합됐으니까 이번부턴 엄연히 시의원이지."

"삼촌이 정치에 관심이 있다고는 정말 생각하지 못했는데요."

"미친―, 정치를 하자는 게 아니여. 우리 고장 살림살이가 제대로 되도록 밀어주는 일꾼이 되자는 거라구."

근래 많이 듣는, 눈 감고 아웅하는 소리를 한대 삼촌 입을 통해 듣고 있자니 체한 개가 쏟아놓은 오물 냄새가 났다.

"어떻게 그런 생각을 하게 된 거유?"

"이 사람아, 아까 얘기한 대루 자네 소설을 읽구 용기를 얻었다니까 그러네."

"그건 어디까지나 소설이잖아요."

"왜 내가 소설처럼 살아선 안 된다는 거여?"

"소설은 소설이고 현실은 어디까지나 현실이라 그거유."

"작가가 왜 이런 얘길 꾸며냈는지 그걸 알아야 한다, 자네 소설을 읽구 나서 그 사람이 그러데."

"그래 뭘 알아냈수?"

한대 삼촌의 움직임이 눈에 띄게 달라지고 있었다. 시내 나들이를 비롯해 인근 마을을 두루 돌아다니며 사람들을 만나는 기색이었다. 그는 밤늦게 돌아와서는 오늘은 아무개 마을 누구누구를 만났다는 얘기만 하고 그냥 곯아떨어지곤 했다. 이상한 일은 그전 같으면 어디서 무슨 고기를 어떻게 먹었다는 얘기부터 하게 마련인데 이번의 경우는 먹는 얘기가 전혀 없었다는 것이다.

그는 신문을 열심히 읽었다. 4대 지자체 선거에 관한 기사만 있으면 몇 번씩 반복해 읽은 뒤 나한테 자신의 의견을 말하곤 했다. 그는 사회에서 일어나고 있는 온갖 사건을 모두 이번 지자체 선거와 연결을 시켰다. 이를테면 춘천시가 추진하고 있는 쓰레기매립장 문제가 이번 선거에 어떤 영향을 미칠 것인가를 놓고 숫제 고민을 했다. 더 뭣한 것은 연예인이 대마초를 흡연한 사건이 선거 투표율과 어떤 관계가 있을 것인가에 대한 생뚱맞은 관심을 보이기도 했다.

"종우, 자네 삼춘을 어제 만났네. 사람이 많이 달라졌더구먼."

칠십이 넘은 국민학교 때의 은사 한 분이 나한테 전화를 걸어왔다. 한대 삼촌이 칠십 나이로 사법서사를 하고 있는 그 은사를 찾아가 자신이 이번 선거에 출사표를 던졌다는 소신을 펼치면서 자신의 법적 후견인이 돼줄 것을 간곡히 당부하고 돌아갔다는 것이다. 그 은사는 그 사실이 아무래도 믿어지지 않는 듯 박한대의 출마 여부를 몇 번씩 다져 확인했다.

"거참 대단한 사람이구먼. 그러고 보니 한대 그 사람이…… 그게 아마 열 살 땐가……"

그 은사는 일찌감치 박한대 어린이가 보통 아이가 아닌 것을 알아봤던 자신의 사람 보는 눈의 비범함에 스스로 탄복하고 있었다.

한대 삼촌 얘기를 마을 사람들로부터 듣게 되는 일이 많았다. 그를 만난 사람들은 우정 나를 찾아와 뭔가를 은근히 확인하고자 했다. 그런 과정에 나는 한대 삼촌을 통해 직접 듣지 못한 얘기를 이웃 사람들로부터 듣게 되었다. 그 자신의 입을 통해 밝힌, 고향을 떠나 있던 동안의 한대 삼촌의 행적은 그야말로 다채로웠다.

한때는 돈도 벌 만큼은 벌어 흥청망청 뿌려보았지만 그게 다 허망하더라. 돈이 있으니 길게 깔려 있는 게 여자라 그 허망 달래기 위해 얼굴 빤빤한 계집 하나 꿰차고 살림 차려본 적도 여러 번이지만 정작 쓸 만한 계집은 눈 까뒤집고 찾아봐도 없어 이날 입때까지 아직 홀아비 신세로 떠돌고는 있지만 혼자 몸 걸릴 게 없으니 이 또한 낙이랄 수 없겠는가.

"그 아저씨 잡숫는 것두 이젠 이응 그전 같지 않데유."

사람들은 한대 삼촌의 식성이 예전 같지 않다는 사실에 모두 고개를 갸웃거렸다. 그네들 앞에서는 한대 삼촌이 일부러 먹는 일을 매우 조심성 있게 하고 있음이 분명했다. 한대 삼촌은 어린 시절 남의 가축을 축내면서까지 짐승 고기를 먹고 싶어 하던 그 소증이 이제는 완전히 고쳐졌다는 것을 강조하는 일로 그 시절 남들 눈에 비쳐진 안 좋은 인상을 씻고 있었던 것이다. 물론 자신도 주체할 수 없던 그 먹성으로 해서 본의 아니게 저지른 갖가지 비행이며 전국 곳곳의 먹기 시합에서 일등을 해 유명해졌던 일화도 간간이 풀어놓음으로써 사람들의 관심을 집중시키는 일도 잊지 않았다.

"그 아저씨 자꾸 괴기 먹구 싶은 병 고치려구 깊은 산에서 도두 오래 닦았다면서유?"

오직 먹기 위해 눈을 벌겋게 달궈 돌아치는 자신의 꼬락서니가 너무 저주스러워 깊은 산 동굴 속에 벌거벗은 몸으로 세 해 겨울을 솔잎과 생수만으로 연명을 하는 금식 생활을 통해 소중은 물론 체질이 완전히 바뀌는 동시에 눈앞의 안개가 훤히 걷히는 그런 득도의 눈까지 열렸다는 것이다.

그 득도가 바로 고향에 돌아가 경세제민하라는 계시라고 했다. 잡것들이 혹세무민하는 세상에 나가 제민하기 위해서는 우선 자기를 버려야 한다는 버림의 철학을 풀어놓는 한편 마음의 귀가 열리고 마음의 눈이 떠져 이제는 모래알 하나를 통해서도 파도 소리를 들을 수 있는 경지에 이르렀음도 넌지시 내비쳤다.

한대 삼촌에게 못자리를 잡아달라고 찾아오는 사람이 있는가 하면 집을 나가 삼 년째 무소식인 딸의 생사만이라도 알고 싶다고 찾아오는 노파도 있었다.

산속에 묻혀 도를 닦는 동안 풍수지리에 도통한 한 도인을 우연히 만나 풍수법을 익혔다는 한대 삼촌의 말을 그대로 믿고 찾아온 사람들이었다. 그러나 한대 삼촌은 그네들 부탁을 쉽게 받아주지 않았다. 풍수법의 바른 법을 익혀 올바른 형안을 가질 수 있을 때 비로소 땅의 생기를 제대로 찾아낼 수 있는 것인데 무지한 얼치기 풍수로 오히려 엄청난 불행을 낳는 일을 해서는 안 된다는 것이었다. 그가 그런 식으로 겸양할수록 사람들은 달라붙게 마련이었다. 그럴 때 그는 마지못해 봐준다는 뭉기적 몸움직임으로 따라나서곤 했다. 전국의 명지 명당을 모두 답산했다는 그의 풍수철학은 좀 특이했다. 우리나라 사람 모두가 명당명혈만 찾다 보니 그 명당명혈은 이미 지세가 다했기 때문에 이제까지 사람들이 눈독을 들이지 않은 그런 곳이라야 지운과 지덕이 충만하다는 것이다. 이를테면 좌청룡 우백호 현무 주작을 구비한 지세에다 물길이 역류하는 융수배합, 즉 산과 물이 잘 어울리는 최고의 명당이라 해도 이미 숱한 사람들이 눈독을 들여 정기를 쪼개먹은 그런 땅은 지덕이 삼 년 가뭄처럼 메말라 있다는 얘기였다. 산에 따라간 상주의 눈길이 자주 머물고 마음이 끌리면 그게 바로 사람과 땅의 기운이 통했기 때문에 그곳이 그대로 최고의 명당이란 지론이었다.

"아주머이가 저기 오는데 아주머이 옆에 목매달아 죽은 사람 얼굴이 보입디다. 그 귀신부터 구천으로 보내지 않곤 그 집에 재앙이 끊이지 않아요."

한대 삼촌은 족집게 무당을 따라다니며 박수 생활을 한 것만 해도 오 년이 넘는다고 했다. 그러나 신수점을 봐달라고 오는 사람들은 되도록 피했다. 자신이 원하지도 않는데 느닷없이 어떤 사람의 운명의 줄이 자신의 눈에 보일 때는 정말 난감하기 때문이라고 했다. 그렇게 보이는 현상은 얘기할 수 있을 뿐 자기한테는 그 사람의 앞길을 터주는 개운술이 전혀 없기 때문에 자칫하다간 그야말로 선무당 사람 잡게 될 것이기에 아예 피하고 본다는 얘기였다.

"자네 삼춘 얘기룬 동서고속전철역이 철정리에 생긴다는데 그거 믿을 만한 얘긴가?"

한대 삼촌이 고향에 돌아온 뒤부터 사람들의 입에 동서고속전철 얘기가 자주 올랐다. 그 노선이 강원 북부로 결정되긴 했지만 구체적인 계획이 서기까지는 아직도 많은 시간이 필요한 단계였다. 그러나 한대 삼촌에 의해 동서고속전철이 깔리는 노선이 결정되었고 그 역이 들어설 위치까지 정해졌다. 프랑스 테제베와 모종의 밀약까지 이루어진 단계로 급진전하고 있었다. 수하면 철정리에 동서고속전철역이 들어서게 된다는 데는 수구리에 소양댐이, 가두리에 가두리 양식장이 생겼다는 그 심상찮은 지명 철학이 결정적 역할을 하고 있었다. 즉 철정리는 기차를 의미하는 그 철에다 정거장 할 때의 그 정자부터가 벌써 운명적으로 고속전철역 위치로 결정이 돼 있었다는 것이다. 그 말을 전적으로 믿는 사람은 별로 없었지만 그네들의 내심에는 그것이 사실이기를 바라는 간절한 기대로 해서 그의 말은 언제나 유효하다고 볼 수 있었다.

철정리는 원래 쇳물골이란 마을이었다. 그 골짜기 샘물에 철분이 많이 섞여 있어 그런 이름이 붙었는지도 모른다. 그러나 철정에서 이장 경력이 십 년이 넘는다는 내 중학교 동창 하나는 나를 통해 뭔가 확인을 받을 양 뭉그적거렸다.

"먹자는 놈과 하자는 놈은 못 당한다고 수상면 놈들이 고속전철역을 그쪽으루다 유치하기 위해 벌써부터 움직이고 있다는 거야. 그 부락 출신 하나가 청와대 뭐루 있는데다가 군의원, 아니 시의원 해먹구 있는 이장곤이 갸가 좀 극성이어야지."

수상면 시의원 이장곤이가 똑똑해 자칫하다간 수하면에 생기기로 한 고속전철역을 빼앗길 가능성이 높다는 한대 삼촌의 말이 설득력을 가지고 있었던 것이다.

배꼽이 웃을 참으로 유치한 루머였다. 그러나 그 음모성의 루머는 오히려 그렇게 유치한 상태에서 파급효과가 크게 마련이다. 한대 삼촌의 지략은 그렇게 황당한 듯하면서도 협잡의 치밀성만큼은 놀라웠다.

한대 삼촌이 무지개로 피워 올리는 수하면의 미래는 오색찬란했다. 앞으로 오 년 안에 수하면은 전국 최고의 휴양관광지가 될 것이라는 장담이었다. 용천리에 온천이 개발되고, 있는 그대로가 녹색 탱크인 수하면 일대의 자연 원시림이 고향의 원형을 갖추고 있기 때문에 공해에 찌든 도시인들이 몰려들 곳은 오직 이곳뿐이란 것이다. 몇 년 전 용천리 골짜기에 파다가 버려둔 온천 시추 시설만 봐도 기대가 부풀던 수하면 사람들에게 한대 삼촌의 말은 정말 귀가 솔깃하지 않을 수 없었다.

"용천리 지춘세이가 서울놈한테 전답을 팔겠다고 구두계약을 했다가 자네 삼촌을 만난 뒤로 그 계약을 깼지 않은가 말이야. 자네 삼촌 얘기론 고향 땅 팔아먹구 떠난 놈들은 이제 울화병으로 죄다 죽을 거라는 거야."

내가 볼 때 농촌 사람들은 생각보다 순진하지 않았으며 특히 자신들이 직접 보고 만질 수 있는 것이 아니면 누가 콩으로 메주를 쑨다 해도 믿지 않는 골이 깊은 불신과 피해의식에 사로잡혀 있었다. 그런 사람들한테 한대 삼촌의 횐수작이 아무런 저항도 없이 먹혀든다는 것이 정말 믿어지지 않았지만 그 불가사의한 일은 계속 일어나고 있었다.

정말 놀라운 것은 한대 삼촌이 어느 분야에서건 모르는 것이 없다는 사실이었다. 필요하다고 생각할 때 그는 가히 전문가적 식견도 서슴없이 내보였다.

이웃 사람들로부터 들은 얘기를 한대 삼촌에게 직접 확인하는 과정에서 내가 다시 놀라게 되는 것은 자신이 한 말에 대한 그 스스로의 확신이었다.

"자네가 어떻게 생각할는지 모르지만 난 내가 믿지 않는 얘긴 하지 않아여. 자네한테 내 얘길 써달라고 했을 때야 그렇게 확신이 서는 얘길 하고 싶었던 건데 자네가 마다하니 직접 내 입으루다 불고 다닐 수밖에 다른 방법이 없잖은가 그 말이여."

"아무리 그래두 삼춘 얘기는 허풍이 너무 심한 거 아니우?"

"자네한테 그 소리 들을 줄 알았어여. 허지만 이 사람아, 시골 무지렁이들을 상대하기 위해선 어느 정도 풍도 필요한 게여. 자네가 쓰는 소설두 그런 거 아니여? 허지만 내 허풍은 자네 같은 소설쟁이들이 하는 그 거짓말과는 근본적으루 다르다는 걸 알아야 헌다 그거여. 무신 얘긴고 허면 소설쟁이들은 지가 한 얘기에 대해 책임을 지지 않아두 되지만서두 내가 한 말은 내가 책임을 질 수밖에 없다 그기여. 지가 한 짓을 책임시는 일이 얼마나 무서운 건지 자넨 죽었다 다시 깨어나두 모를 거여."

한대 삼촌은 자기가 한 일에 대해 자신이 책임을 지는 일이 얼마나 무섭고 외로운 것인가를 말하고 싶어 했다. 자신이 바로 그 외로운 길을 걸어왔다는 것을 넌지시 내비치기도 잊지 않았다. 그는 또한 소설은 사람들을 재미있게만 하면 되지만 자신의 말은 엄연히 실사구시의 현실과 직결되는 것이기에 그 풍의 한계가 있을 수밖에 없다는 것도 강조했다.

"자네도 아다시피 요즘 시골 사람들 얼마나 바뻐. 그렇게 바쁜 사람들이 왜 날 찾아온다고 생각하나. 이보게, 눈 작은 메기도 저 먹을 건 본다고, 시골 사람들 무지렁이란 건 다 옛말이야.

눈뜬 서울 놈들 코 베어 먹는 게 시골 사람들이란 거 자네가 더
잘 알면서 뭘 그래."

　며칠 뒤 지방신문에서 발행하는 잡지 『맥』의 최 기자가 나를
찾아왔다. 내가 귀향했을 때 찾아와 전업작가가 된 동기와 내
집필 계획을 취재해 간 기자였다. 인간 박한대에 대해 아는 대
로 애기해달라는 주문이었다.

　본인을 두어 번 만났지만 자기 애기를 자신의 입을 통해 말하
고 싶지 않다면서 어느 선까지만 애기를 하곤 입을 다물어 어
쩔 수 없이 나를 찾아왔다는 것이다. 자신에 대해 쓰려면 작가
박종우를 만나보는 것이 좋을 것이란 한대 삼촌의 언질이 있었
음은 물론이다.

　최 기자의 취재 방향은 별난 인생의 귀향과 그가 애기하고 다
니는 선택받은 고향 땅에 살고 있는 사람들에 대한 사랑과 그
희망이었다. 심각한 농촌의 이농현상을 생각할 때 박한대 씨의
그 대안 제시는 그의 귀향의 의미를 돋보이게 할 것이 분명하
다는 것이다.

　"제가 알기로는 박 선생님 소설에 박한대 씨가 모델로 된 것
이 많은데 구체적으로 어떤 작품입니까?"

　"최 기자가 직접 소설을 읽어보고 하는 애기요?"

　"다는 아니지만 선생님이 쓰신 중편 「깡생깡사」나 「꽁그리
황」 같은 작품을 읽어봤는데 그 등장인물의 이미지가 박한대 씨
와 많이 닮아 있더군요. 「모방설」이란 단편은 더욱 그런 것 같
던데요."

"최 기자도 알겠지만 「깡생깡사」를 읽은 사람 중 많은 사람들이 바로 자신을 모델로 삼았다고 생각할 수 있다는 겁니다. 또한 좀 특이한 성격을 가진 사람이기 때문에 주변에 별난 사람이 있으면 곧바로 그 인물과 연결시켜 생각하게 마련이지요. 어쩌면 그 작품들의 모델은 내 자신 속에 있는 또 하나의 다른 나라고 생각하는 게 옳을 거요."

"물론 그렇겠지요. 그러나 박한대 씨 본인이 그 작품들의 주인공이 바로 자신이라고 말하기 때문에 제가 한번 여쭤본 겁니다."

"우리 삼춘이 그런 말을 합디까?"

"본인이 양해를 하지 않았는데 자신이 어느 결에 소설의 주인공으로, 그것도 악한으로 나왔다는 데 대해 불만이 꽤 많으신 것 같던데요."

남의 입을 통해서 듣는 한대 삼촌의 그 불만은 내게 큰 짐이 되었다. 어쩌면 그 불만은 박한대를 직접 만나본 최 기자의 내 소설에 대한 불신인지도 몰랐다. 나는 가끔 이런 식으로 작품의 모델 문제에 부딪힐 때마다 그 모델이 반란을 일으키는 듯한 배신감을 맛보곤 했다.

나는 그 불만과 불신을 씻어내기라도 할 것처럼 한대 삼촌의 인생에 대해 말하기 시작했다. 소설은 결코 현실 밖에 있는 것이 아니고 현실의 테두리 속에서 그것을 보다 나은 세계로 고양시키기 위한 작가 고민의 한 표현이라는 것을 강조하는 데 역점을 두었다. 즉 실제의 인물을 어느 정도 과장해 그릴 수밖에 없는 것은 실제의 그 인물이 만들어지지 않을 수 없는 환경론적 요인을 드러내다 보면 어쩔 수 없는 일이란 것을 얘기하고 싶었던 것이다.

나는 시대의 기인 박한대의 내면에 깃든 인간적 아픔과 그 갈등에 대해 얘기했다. 그가 고향을 떠나 있던 동안의 행적은 마을 사람들로부터 전해 들은 것을 적당히 뒤섞어 얘기하면 되었다. 나는 그가 이제 고향을 위해 뭔가 큰일을 살신성인의 정신으로 실천해 보일 것이니 기대해도 좋다는 것을 눈 딱 감고 덧붙였다.

이상한 일이다. 소설이 아닌 방법으로 한 사람을 얘기하는 일인데도 소설 쓸 때의 그런 신명이 그 인물의 카리스마적 형상화에 작용하고 있었던 것이다. 지금까지 내가 말한 박한대의 인생에 내 스스로 취해 열중하는 그런 신명이었다. 그에 대한 새삼스러운 신뢰와 감동으로 해서 나는 거듭 술잔을 비워야 했다.

『맥』 3월호의 표지 인물로 한대 삼촌이 나왔다. 이 시대를 사는 한 별난 인생의 회한에 찬 떠돌이 생활과 함께 그가 오랜 수도를 통해 개과천선하는 과정이 감동적으로 그려진 기사가 무려 여섯 면을 채우고 있었다. 그가 예언하고 있는 수하면의 미래 청사진이 그대로 강원의 미래, 한국의 미래, 세계 속의 한국으로 미화되었다. 그 기사 속의 박한대는 경제학자였고 환경보호운동의 기수에다 우리 농어촌 문제에 통달한 전문가였다. 강원도가 그동안 푸대접이 아닌 완전히 무대접을 받아온 책임이 바로 도민들의 사회 참여 의식의 결여에 기인한다는 것을 날카롭게 지적한 박한대의 지역 문제 해결의 구상도 꽤 깊이 다루고 있었다.

한대 삼촌은 자신의 얼굴이 표지를 가득 채운『맥』을 칠백 부구입해 수하면 사람들에게 돌렸다. 물론 그 잡지는 한대 삼촌이 아닌 신문사 측에서 보낸 것으로 발송이 되었다. 나중에 문제가 생길 것을 고려했다는 것이다.

그 잡지 구입에 필요한 돈은 물론 내가 만들었다. 돈 좀 빌리세. 한대 삼촌은 돈을 빌리면서도 항상 당당했다. 나는 단 한 번도 그가 내미는 손을 부끄럽게 한 적이 없었다. 그것은 채무자로서의 의무 같은 것이었다. 나는 분명 한대 삼촌이 자신의 재산을 나한테 넘기는 것을 받았기 때문이다. 그때 나는 이미 스물둘의 나이였으며 내 재산권을 행사할 수 있는 그런 위치로서 한대 삼촌이 내 앞으로 내놓겠다는 그 재산을 묵시적으로 받아들였던 것이다. 그 재산을 문중 것으로 한 것은 어디까지나 아버지가 한 일이었다. 게다가 아버지의 계산과는 아랑곳없이 한대 삼촌이 그 재산을 나한테 넘겼다고 생각하고 있는 한 나는 어디까지나 그에게 큰 빚을 지고 있는 셈이었다. 물론 그는 아버지에게 한 약속처럼 그 땅 얘기를 단 한 번도 내 앞에서 꺼낸 적이 없었다. 그러나 나는 그가 손을 내밀 때마다 그 땅을 시가로 계산해보는 자기위안의 방법을 써먹곤 했다. 대충 잡아서 삼억이 넘는 재산이었다. 문중 어른들이 한대 삼촌을 함부로 다루지 못하는 것도 대충 그런 까닭이었을 것이다. 한대 삼촌이 마음만 먹으면 문중 것으로 된 그 땅을 되찾을 수도 있다는 법적 해석까지 하고 있는 문중 사람도 있었다.

한대 삼촌은 눈이 좋았다. 오십이 다 된 나이에 돋보기도 쓰지 않고 신문을 서너 시간 정도 샅샅이 읽었다. 내가 알기로 삼촌은 책은 물론 신문 같은 것을 전혀 읽지 않는 사람이었다. 그러나 요즘 그는 중앙지 하나와 두 개의 지방신문을 한구석도 빼놓지 않고 다 읽었다. 때로는 농협에서 나오는 정기간행물도 구해다 읽었다. 티브이 뉴스도 빼놓지 않고 시청했다.

"삼춘이 세상일에 이처럼 관심이 크다는 게 정말 놀랍네요."

"원래 관심이 많았어야. 허지만 그런 신세가 못 되다 보니 그냥 눈을 감고 살았을 뿐이지."

"지금은 신세가 달라졌단 말씀이유?"

"달라졌지. 이 박한대가 사람답게 살겠다는 작심을 한 게 어디 보통 일인가 그 말이야."

실제로 한대 삼촌은 관심이 많은 만큼 그 분야에 대해 많이 알았다. 알아도 제대로 안다는 사실이 놀라웠다. 그는 신문을 읽지 않는 시간이면 나하고 세상 돌아가는 얘기를 하고 싶어 했다. 얘기를 하다 보면 세상 일어나는 일에 대한 그의 직관과 통찰이 보통이 넘는다는 것을 확인하지 않을 수 없었다. 그는 사물을 보는 그 나름의 철학을 가지고 있는 것 같았다. 이를테면 세상일에서 그가 관심을 두는 것은 언제나 소외된 사람 쪽이라는 사실이다. 그는 내놓고 그네들을 두둔하지는 않았지만 사회 정의상 그쪽에 속한 사람들을 연민의 눈으로 바라보곤 했다. 그렇다고 가진 자, 누리고 있는 세력에 대해 어떤 적대감을 보인 적도 없었지만 항상 약한 자, 쫓기는 자의 편에 서서 그네들을 이해하려고 노력했다는 점이다. 그는 형평의 원칙이 깨진 상태에서 어느 한쪽이 일방적으로 당하는 일에 대해서는 분노를 폭발하곤 했다.

"어떤 땐 내가 정말 옛날의 나란 말인가, 그렇게 놀랄 때도 많어야."

한대 삼촌은 자신의 변화를 그 자신이 놀라워하고 있었다. 자신에게 그런 힘이 숨어 있었다는 사실을 확인하는 그런 즐거움이었을 것이다.

"그 사람 얘기가 맞어. 사람이 바루 귀신이라 그거여. 지 몸속에 든 귀신을 잘 모시느냐 못 모시느냐 그게 문제라는 거였지."

"그 여자분 얘기유?"

"맞어. 그 사람이 내 몸속에 뭔가 신기를 넣어준 게 틀림없어야."

"그 여자분한테 뭔 소식이 있었수?"

나는 한대 삼촌이 밖에서 돌아올 때 내 우편물 뭉치를 뒤지는 것을 여러 번 보았던 것이다.

"그렇게 쉽게 나타날 사람이 아니지."

"삼춘이 시의원이 돼두 안 나타날 거란 얘기유?"

"그땐 얘기가 다르지. 날 이리루 떠다민 게 누군데. 그 사람은 지금 이 시간두 어디선가 내 일거수일투족을 모두 보구 있을 거라 그거여."

"이젠 정말 고향을 다시 떠나지 않을 생각이유?"

"거야 장담할 수 없지. 허지만 지금 같아선 또 떠날 것 같진 않어야."

"삼춘, 시의원 되면 바쁘게 생겼수다. 그땐 생모님두 모셔야 될 거구, 헤어진 애인두 득달같이 찾아올 거니 말이우."

한대 삼촌은 내 말에 조금 열없어하면서 말했다.

"지금두 그 사람 생각을 함 꼭 꿈을 꾸다가 깬 느낌이여."

사람이 살다가 한번쯤 꿈결 같은 만남을 가져 그것이 평생의 추억으로 남는 경우가 있게 마련이다. 딱 한 번, 스치듯. 그러나 그 스침은 그의 운명을 결정적으로 바꾸어놓을 수도 있다. 그 사람을 만나고 내가 이렇게 달라졌지 뭔가. 사람들은 대개 그렇게 그 스침의 만남을 얘기하고 싶어 한다.

"자네 박통을 모시는 무당이 있다는 얘길 들어봤나? 열아홉 처녀가 박정희 죽던 날 밤 하복부에 총 네 발을 맞고 피를 쏟아내는 꿈을 꾼 뒤 접신을 했다는 거여. 박통이 그 처녀한테 실린 거지. 그런대로 대학까지는 별일이 없이 마칠 수 있었는데 학교를 졸업하구 바루 결혼을 한 뒤부터 그 병이 본격적으루다 도졌다는 게여. 신혼여행을 간 그 첫날밤부터 신부가 신랑이 자기 곁에 얼씬두 못하게 소리를 질러댔다는구먼. 어디 소리뿐인가. 신랑이 곁에라두 올 기색이면 몸에 두드러기가 돋으면서 사타구니루 피가 펑펑 쏟아진다는 거여. 어떻게 몇 달은 그럭저럭 지낸 모양이지만 그게 되겠어. 결국 이혼을 할 수밖에. 그때부터 여기저기 떠돌면서 무당 아닌 무당 행세를 하구 다니게 됐다는 게야. 박통을 만난 적두 없구 박통에 대해 쓴 책두 읽은 게 없는데 이건 불시루 박정희가 살았을 때 했다는 말이 줄줄 쏟아진다는 얘기여. 내가 태백 있을 땐데 어느 날 태백산 당골에서 그 여잘 우연히 만나게 됐다 그거여. 어느 굿판에서 돼지 잡아주다가 인연이 맺어졌는데 나하구 직방으로 통하게 된 이유가 있었어야. 그 사람두 나처럼 괴기를 잘 먹었다는 그런 얘기여. 우린 굿 끝나고 무당차지 고기를 숯불에 구워 둘이서 정신없이 먹곤 했지. 서루 먹는 걸 쳐다보다가 눈이 맞았다고나 할까. 어쨌든 우린 금방 의기투합을 했지. 그 무당의 허드렛일을 맡아 하는 반

머슴 겸 무당서방으루 들어앉은 거지 뭐. 그 사람을 그렇게 쫓
아다니다 보니 어느새 나두 뒷전 무당 흉내를 내고 있지 뭐여.
그런데 자네 믿어지지 않겠지만 그 사람하구 같은 방에서 잠을
잔 게 이 년이 넘을 때까지두 잠자리를 못해봤다 그런 얘기여.
지까짓게 잘나봐야 수염두 안 나는 계집인데 별수 있겠느냐고
첨엔 우습게 알고 밤에 자다가 덮쳐본 게 여러 번이었어야. 허
지만 그럴 때마다 그대루 혼비백산을 했지. 몸이 얼음덩어리여.
내가 뱀두 많이 잡아봤지만 그 뱀을 만질 때 그런 찬 느낌은 저
리 가라지. 그때부터 아예 근접을 못하겠데야. 언젠간 그 사람
이 무색해하는 날 생각해선지 지 처지를 잠깐 얘기해주더군. 죽
은 박통하구 한 달에 한 번씩 잠자리를 한다는 거였어. 생시처
럼 찾아와 잠자리를 하는데 그렇게 자고 일어난 아침에 보면 사
타구니가 불에라두 덴 것처럼 헐어 있다는 거였지."

"아니, 잠자리두 한번 못해본 여잘 그렇게 그리워했다는 얘
기유?"

"아직 얘긴 안 끝났어야. 함께 산 지 이 년이 넘은 어느 날이
었다구. 그게 아마 교통사고루 죽은 사람 씻김굿을 끝낸 날이었
지. 굿 뒷전놀이까지 한 다음 무당차지 음식으로 정말 오랜만에
결판지게 먹자판을 벌이구 우리 둘만 남은 자리였어야. 그 사람
이 한숨을 푹 쉬면서 이제 이 생활도 끝날 때가 된 모양이라고
혼잣소릴 하는 게야. 벌써 두어 달째 박통이 보이지가 않는다는
거지. 박통이 보이지 않으면서 영검이 전혀 짚이지 않는다는 거
였어. 신춤을 출 때도 신명이 내리지 않아 영 힘이 들어 못하겠
다는 거야. 박통이 노한 것이 분명하다고 했어. 자기가 박통 말

을 안 들어서 그렇다나. 무슨 말인고 허면 박통이 몸에 올 땐 어김없이 어디선가 새벽종이 울렸네 하는 새마을 노래가 들리면서 살기 좋은 나라를 만들기 위해 우리 모두가 일어나야 한다는 호령 소리가 들렸다는 거여. 그건 박통이 뭔가 자신에게 이 세상을 위해 일하라는 뜻인데 그 시킴을 자기가 우습게 알고 흘려넘겼기 때문에 박통이 노했다는 그런 얘기였지. 바로 그날 밤에 그 사람이 나한테 이렇게 어영부영 살 것이냐, 사람으로 태어났으면 이름값을 하고 죽어야 하지 않겠느냐고 꾸짖어대는 게야. 구구절절 이 가슴에 와 박히는 소리더라 그거여. 나도 모르는 사이에 내가 그 사람 앞에 무릎을 꿇고 있었어야. 그러면서 울음이 터지는 거야. 그때 자네가 쓴 소설이 생각나더라 그런 얘기여. 자네가 쓴 소설 내용처럼 나두 내 인생을 만들어보자, 그런 생각 말이지. 우스운 건 그 여자두 나하구 함께 울구 있더라구. 둘이 끌어안구 얼마나 울었는지. 그렇게 실컷 울구 나니까 가슴이 후련한 거야. 그날 밤에서야 그 사람이 비로소 날 지 이불 속으로 끌어들이더라 그런 얘기여."

한대 삼촌의 눈에 이상한 빛이 번뜩였다.

"열흘하구두 이틀, 열이틀간을 내리 안구 뒹굴었어야. 그게 꼭 하루밤에 안 된 것 같은데 나중에 보니까 그렇게 여러 날이 갔드라니까 그러네. 내가 한때 삼 이파리루 담뱃 말아 피운 적이 있어 환각이 어떤 건지두 대충은 알구 있었지만서두 이건 그거에 댈 게 아니드라 그거여. 한마디루다 황홀했어야. 그렇게 내리 열이틀 몸을 쓰는데두 전혀 피곤하지가 않았어야. 머리가 점점 맑아지면서 몸이 공중으로 자꾸 떠오르는 게여. 아예 옷을 입지도 않은 채 맨몸으로 그렇게 먹구 자구 안구 그렇게 열이틀을 보냈다면 그걸 누가 믿을 거여."

"그러고선 그 여자분이 어디론가 훌쩍 떠났다 그런 얘기군요. 삼춘이 이름값을 하는 날 다시 만날 수 있을 거란 약조를 남기면서 말이지요."

"미친―, 대충 그렇다고 할 수 있지. 야, 그런데 한 가지 이상한 건 그 사람을 안고 있는 동안 수시로 내가 우리 어머이 젖가슴에 안겨 있다는 느낌이 들더라 그거여. 느낌이 아니라 그대로 생생하더라니까. 생후 두어 달밖에 안 된 갓난애 적에 어머이한테 안겨 있던 그 기억 말이여."

말하는 그 열기의 신명으로 보아 상당한 근거가 있는 얘기임은 분명해 보였다. 그러나 나는 한대 삼촌한테 우롱당하는 기분이었다. 그는 작가인 내 영역을 마구 짓밟으면서 자신의 입지를 설득력 있게 확보해가고 있었던 것이다. 늘 그랬던 것처럼 나는 어느새 그에게 압도당하고 있었다.

어떻든 나는 이 육질의 사내에게 어떤 신명을 불어넣은 그 여자에 대해 작가로서의 호기심 그 이상의 관심을 갖지 않을 수 없었다. 그것은 그대로 한대 삼촌에 대한 경외심으로 발전할 조짐이기도 했다. 귀향과 함께 그가 보여주는 그 놀라운 변신은 그 자신의 지난 시간을 아무리 황당하게 각색을 해도 그 실감은 손상 받지 않을 것만 같았기 때문이다.

그러나 한대 삼촌의 시의원 출마가 점점 가시화되면서 그를 두고 벌이는 내 내면의 갈등은 심각했다. 우선 내 거처에서 벌어지고 있는 그 황당한 사건에 대한 태도의 표명이 생각보다 쉽지 않았던 것이다. 그가 벌이는 일에 대해 동조할 것인가, 동조를 한다면 어느 정도 선까지가 좋을 것인가, 아니면 아예 방관하는 것이 좋을 것인가를 놓고 고심하지 않을 수 없었다는 얘기다.

개가 웃겠다. 솔직히 나는 한대 삼촌을 속으로 한껏 비웃고 있었다. 그 변신이 아무리 놀랍다고 해도 그가 어떻게 감히 시의원에 출마를 할 수 있다는 말인가. 물노리 마을 사람들도 대부분 그 객기의 횐수작이 며칠이나 가나 보자는 투로 콧방귀를 날렸다. 그것은 물노리 박씨 문중 어른들이 그가 벌이는 어릿광대 짓을 더 이상 보고 있지 않으리란 것을 알고 있었기 때문일 것이다. 그런저런 판단으로 해서 사람들은 한대 삼촌의 출마설에 대해 그다지 유별난 반응을 보이지 않고 있었다.

그러나 한대 삼촌은 짐승 고기를 뜯어먹는 그런 동물적인 집념으로 시의원 출마를 가시화해나갔다. 사람은 이름을 남기고 죽어야 한다는 양명주의가 그의 영혼을 사로잡고 있었던 것이다.

"어이, 오늘 석구 삼촌을 만났어."

한대 삼촌의 의기양양한 얼굴을 본 순간 나는 드디어 일이 심상치 않게 돌아가고 있음을 직감할 수 있었다. 석구 할아버지는 물노리 박씨 문중에서 가장 말발이 서는 어른이었다. 우리 할아버지가 돌아가시면서 집안의 모든 문제는 자신의 막냇동생인 석구와 의논해서 하라는 유언을 남길 정도로 신뢰를 받던 분이다.

"그 할아버지가 삼촌하구 얘기를 했다는 거유?"

집안 어른들 중 석구 할아버지만큼 삼촌을 괄시한 분도 없었기 때문이다. 한대 삼촌을 어릴 때부터 내놓고 싫어했다는 것이다. 물노리 박씨 피를 받고 태어난 놈이 그럴 수가 없다는 말로, 한대 삼촌의 출생에 대해 처음부터 회의적인 눈길을 보낸 것도 석구 할아버지였다. 박씨 문중 망신을 도맡아 시키는 놈이라고 호적에서 아예 도려내자는 의견을 낸 적도 있었다. 어쩌다 한대 삼촌이 고향에 돌아와 문안 인사를 가도 아예 내놓고 돌아앉아 결코 얼굴 보기를 거부하던 어른이었다.

"미친―, 믿어지지 않을 거여. 자네두 아다시피 그 양반이 어디 날 사람으루 취급이나 했던가 말이여. 그걸 각오하구 찾아 갔는데 허허, 이건 상황이 이응 그게 아니더라 그 말씀이여."

"먼저 찾아갔을 때두 안 만나주셨다면서요?"

"미친―, 아 오자마자 찾아갔었지 뭐여. 그런데 그 양반 날 보는 순간 휑하니 아랫말로 내빼버리더라니까. 그런 양반이 오늘은 글쎄 내 손을 덥석 잡더니 집 안으루 끌구 들어가는 거여."

"그 할아버지 혹시 망령이 드신 거 아니유?"

"미친―, 망령은 웬. 그 양반 왈 자길 찾아온 이유를 다 알고 있으니까 어서 말을 하라는 게야."

"믿어지지 않는군요."

"그래서 이 박한대 왈 이번 지자체 선거에 우리 물노리 박씨 문중에서 누군가 한 사람은 출마를 해야 하지 않겠느냐고, 단도직입으루 나갔지. 그랬더니 이 양반이 그래 자넨 누가 나갔으면 좋겠느냔 거여. 그래 내가 우리 문중에서 나갈 사람이야 뻔하잖습니까. 서울서 삐빠공장 해 돈 번 박문식이하고 문학가루 이름을 날리고 있는 우리 집안의 종손 박종우 이렇게 두 사람이 있지 않습니까, 그랬더니 이 양반이 딱 잘라서 문식인 돈 좀 벌었다고 거들먹거리기 때문에 안 된다는 거여. 그러면서 자네라면 한번 생각해볼 테니 나보고 일을 추진하라는 게야."

"삼춘, 얘기가 이상한 방향으로 흐르고 있는 거 아니우?"

"미친―, 첨엔 나두 환장하겠더군. 석구 삼춘이 그렇게 야속해 보일 수가 없었다 그거여. 나를 엿멕이는구나 싶었지 뭐여. 허지만 우선 삼춘이 나를 그만큼이나 받아줬다는 것만 해두 대성공이라 생각하구 꾹 참았어야."

"이왕 얘기가 나온 김에 삼춘이 출마하겠다는 걸 분명히 해두지 그랬어요. 그 할아버지두 그걸 원하신 게 아닐까요."

"미친―, 그 상황에서 내 입으루 그 얘길 하란 말이여?"

한대 삼춘은 혼자 킬킬 웃었다.

"자, 내가 물어볼 거니 잘 대답하란 말이여. 자네 시의원에 출마할 생각은 없는가?"

"삼춘, 왜 이래요?"

"미친―, 나는 지금 물노리 박씨 문중을 대신해서 묻고 있는 거여."

"삼춘, 나는 정치꾼들을 경멸하는 사람이에요."

"생각이 없다 그거여?"

"그 생각이 굴뚝 같은 삼춘이나 잘해보시우."

"미친―, 정치를 경멸하는 건 나두 자네 못지않어야. 내가 왜 산속에 묻혀 살았는데. 하나부터 열까지 모든 걸 정치적으루 해결하려는 이놈의 세상이 싫었다 그거여. 먹고사는 일두 출세하는 일두 심지어는 나랏일두 몽땅 정치적으루 하다 보니까 원칙이구 나발이구 없더라 그거여. 통일, 그거 왜 안 되는지 알어?

백성의 소원 같은 건 제쳐놓구 그걸 정치하는 놈들이 정치적으루다 해결하려 하기 때문에 통일이구 뭐구 물 건너간 거 아니냐 그거여."

한대 삼촌은 정치에 대한 국민들의 지나친 관심이 바로 망국병이란 다소 식상한 얘기를 중언부언 늘어놓았다. 어쩌면 그는 내가 하고 싶은 말을 앞질러 함으로써 내 생각의 갈피를 흩트려 놓고 있었는지 모른다.

많은 사람이 그러하듯 나야말로 이 나라 정치에 대해 불만이 많았다. 아직도 이 나라에서는 통치권자와 국가가 동일시되고 있으며 국민이 정치의 주인이 되지 못한 채 위만 쳐다보며 그 시혜나 바라고 있는 꼴이 거꾸로 된 민주주의가 판을 치고 있다는 생각이었다. 위에서 아래로 행사되는 정치일수록 국민들의 정치에 대한 관심은 지대한 법이다. 그것이 어떻게 보면 정치의 평준화라고 할 수 있지만 국민 모두가 그 실상을 훤하게 다 아는 정치판이란 결국 그 수준이 개판이랄 수밖에 없는 것이다. 솔직히 말해 나는 지자체가 우리의 정치 수준으로 아직 이르다는 생각을 가지고 있었다.

"이 사람아. 지난번에두 얘기했다시피 난 그저 고향을 위해 뭔가 보람 있는 일을 하구 싶을 뿐 정치를 하자는 게 아니란 말이여."

"삼춘, 지금 그 얘긴 삼춘이 시의원 출마를 희망하고 있다고 생각하면 틀림없겠군요."

"그게 어디 내가 나가구 싶다구 해서 될 문제여. 다아 조상님이 돌봐야 허구 하늘이 문을 열어줘야 하는 게여."

한대 삼촌이 그런 식으로 내숭을 떤 그다음 날 정말 놀랍게도 석구 할아버지가 직접 내 거처까지 찾아왔던 것이다. 내 집필실은 마을에서 두어 마장 떨어진 남산 기슭에 있었다. 석구 할아버지는 글쟁이에 대해 그다지 좋은 인상을 가진 것 같진 않았지만 박씨 문중에서 문사가 하나 나왔다는 정도의 인정은 해주고 있는 편이었다.

"아니 웬 황기를 이렇게 많이 가져오셨습니까?"

"내가 직접 농사를 지은 거다. 내가 알기로 넌 소양 체질이라 인삼이 잘 안 맞을 게야. 인삼이 안 맞는 사람한텐 황기가 좋아."

젊어서 읍내 농협의 대리까지 지내던 석구 할아버지는 무슨 일론가 사표를 내고 나와 두충묘며 지모, 황금, 황기 등 약초 재배 농사로 꽤 짭짤한 수익을 올리고 있었다. 황기 농사 얘기로 시작된 석구 할아버지의 얘기가 비로소 제 길을 찾기까지는 꽤 오랜 시간이 걸렸다.

"니가 출마를 고사하고 있다는 얘기가 사실인가 확인을 하고 싶었다."

출마란 말이 왜 그렇게 우습던지 나는 그만 웃음을 터뜨리고 말았다.

"작은할아버지, 저는 글쟁입니다. 글 쓰려고 직장까지 그만두고 여기 내려온 사람이 웬 출맙니까?"

"니, 뒷말은 없으렷다?"

"뒷말이라뇨?"

"어차피 우리 문중에서 한 사람은 출마를 해야 하는데 니가 안 나가면 누군가 다른 사람이 나가야 할 테니까 하는 말이야."

"문중에서 꼭 나가야 합니까?"

"니 지금 그 말이 바로 문제야. 그런 식으루다 뒷말을 하면 안된다 그거야. 뭔 얘긴고 하면 니가 안 나가는 대신 한대 갸를 추천한 게 바로 니라면서 지금 그 소린 도대체 뭐여?"

"한대 삼춘을 제가 추천했다고요?"

"왜, 안 했다는 거냐?"

"삼춘이 먼저 그쪽에 뜻이 있다구 하기에 그냥…… 한번……"

"내 뭔 얘긴지 안다. 갸가 원래 그런 애라 내가 그 말을 그대로 믿지는 않지만 지금 문중에서 돌아가는 얘긴 중걸리 최가네를 누르기 위해서는 니 아니면 한대가 나가야 한다는 의견이 많아. 그런데 니가 안 나가겠다면 한대를 밀 수밖에 더 있나 그 말이야. 그것도 많이 배운 니가 적극적으로 한대를 밀고 있다고 해서 문중은 물론 인근 부락 사람들이 한대 갸를 달리 본다는 그런 얘기다. 갸를 객지에서 불러들인 것두 니라는 걸 죄다들 알고 있다 그 말이다."

이미 일은 내 의사와는 아랑곳없이 진행되고 있었던 것이다. 석구 할아버지가 나를 찾아온 것은 문중이 모두 한대 삼촌을 밀기로 내약이 되었다는 사실을 알림으로써 내가 한대 삼촌을 도와주게끔 압력을 넣자는 속셈이라고 볼 수 있었다. 한대 삼촌은 이런 식으로 내 급소를 찌른 다음 나를 결박해나갔던 것이다.

나는 글을 쓸 수가 없었다. 한심하게도 눈앞의 현실이 내 상상력을 박살내며 킬킬거리고 있었기 때문이다. 한대 삼촌이 내 거처를 사무실로 잡아 벌이는 선거 준비의 어수선한 분위기만으로도 내 글쓰기는 끝장이었다. 지금까지 내가 소설 속에 그려 넣은 인물들이 소설의 얼개를 거부하고 뛰쳐나와 모두 한대 삼촌의 얼굴을 하고 내 주변을 낄낄거리고 돌아쳤다.

"오늘은 중걸리 사람 열하날 만났어야."

한대 삼촌은 매일 유권자 열 사람 정도를 만난다는 계획을 가지고 새벽에 나가 자정이 넘어 돌아오곤 했다. 집에 들어와서는 두어 시간 동안 낮에 만났던 사람들 얘기를 했다.

"오늘두 닭 열 마리를 해치웠겠네요."

"히히, 오늘은 닭 대신 염소 한 마릴 먹었어야. 중걸리 재필이네 염소가 바위 위에서 떨어져 죽었거든."

한대 삼촌은 자신의 병적 먹성을 남들한테 교묘히 감추는 방법을 고안해냈던 것이다. 이쪽 동네서 닭 두어 마리를 도리탕으로 만들게 해 안주로 먹은 다음에는 그 마을 토종닭으로 다시 두어 마리를 사 들고 옆의 마을로 찾아가 툇마루에 집어 던지기만 하면 됐던 것이다.

"어이구, 이 집 엄나무 정말 많이 컸구먼. 아주머이, 춘셉이는 내 국민학교 동창이유. 내 춘셉이 찾아올 거니 그동안 이 닭에다 엄나무 좀 잘라 넣구 푹 과주시우."

시골 인심이란 먹는 일에야 야박하지 않는 법이다. 더구나 손님이 친구를 찾아 닭까지 사 들고 왔는데 어찌 후대를 하지 않을 수 있겠는가. 한대 삼촌은 그렇게 합법적으로 먹는 일을 즐기는 동시에 그의 말대로 선거권이 있는 확실한 사람들을 분명하게 찍어나갔던 것이다.

한대 삼촌은 고향에 올 때 돈을 얼마큼 가지고 온 것이 분명했다. 큰돈은 나한테 손을 내밀긴 했지만 잔돈으로 쓰는 것은 자기 것을 쓰고 있었던 것이다. 어느 날 한대 삼촌은 오백만 원이 든 통장을 내 앞에 내놓았다.

"이게 내 전 재산이여. 그 사람이 떠날 때 놓고 갔더라구. 아무리 돈 안 쓰는 선거라 해두 이거 가지군 어림두 없다는 걸 내 모르는 거 아니지만 어쩌겠어, 자네만 믿고 시작한 일인걸."

그야말로 울며 겨자 먹기였다. 후보자 등록 신청을 할 때 시의원 후보가 내야 할 기탁금이 이백만 원에다 통장에 넣고 지출과 수입을 회계 보고하게 된 선거 비용만 해도 최소한 천만 원이 있어야 했다. 그러나 그는 단 오백만 원을 내놓고 자신의 선거 비용을 내가 모두 책임지라는 것이다. 내가 그 통장을 펴보지도 않은 채 뜨악한 표정으로 앉아 있자 한대 삼촌이 말했다.

"자네 내가 계산 하난 분명한 사람이란 거 알지. 사는 사고 공은 공이여. 내가 다른 놈들처럼 내 돈을 처박으면서까지 이 판에 뛰어들 거 같어? 두고 보면 알 거여."

그러면서 그는 다른 통장 한 개를 더 내놓았다.

"이거 자네 이름으로 된 걸세. 지금은 삼천 원이 전부지만 좀 기다려보면 그리 낙심하지 않아두 될 게여. 까놓고 말해 후원금이 이 통장으로 들어올 거라 그런 얘기지."

그가 처음으로 입에 올린 후원금이 사실로 나타난 것은 며칠 뒤였다. 혹시나 싶어 그 통장의 잔고 문의를 했더니 이미 세 사람 이름으로 모두 오십만 원이 입금돼 있었다. 그 세 사람 중 삼십만 원을 보낸 사람은 많이 듣던 이름이었다. 물노리 조상골에 산천어 양식장 허가를 신청해놓고 뻔질나게 드나드는 춘천 사

278

람이었던 것이다.

통장에 돈이 들어오고 있는데 도대체 어떤 사람들이 보내는 것이냐고 묻자 한대 삼촌은 입에 묘한 웃음을 빼물었다.

"우리 수하면 발전을 위해서 한몫을 하고 싶어 안달이 난 사람들이 생각보다 많다 그렇게 생각하면 될 거여."

한대 삼촌은 만나는 사람마다 수하면 발전대책위원회의 무슨 특별위원이란 이름을 비밀스레 부여함으로써 점조직을 확대해나갔다. 그는 자신을 따르고 후원하는 사람들이 많다는 것을 과시했다.

"독불장군은 없어야. 우선 자네가 여기 없었다면 내가 출마할 꿈이나 꿀 수 있었겠는가 그거여. 게다가 피붙이 중하다는 걸 문중 어른들을 만나면서 새삼 깨닫게 되데야. 또 내가 이번에 국민핵교 중핵교 동창놈들을 만나다 보니까루 이게 바로 학연이라구 하는 걸 절실히 느끼겠다 그거여."

한대 삼촌은 그동안 사람들이 자신에 대해 가지고 있던 좋지 않은 인상을 바꿔가는 일에 온갖 지혜를 짜내고 있는 것 같았다. 그는 사람을 만나면 십 미터 앞에서부터 허리를 굽힌다고 했다. 그러나 사람에 따라서는 허리를 굽히는 대신 아예 내놓고 하대를 하면서 거드름을 피우는 게 좋다고도 했다. 수하면의 미래를 예언하고 인간 운명의 길흉을 점치는 자신의 초월자적 능력을 과시하는 데는 그 거드름이 즉효라고 했다.

수하면 일대에 서서히 한대 삼촌의 존재가 알려지기 시작했다. 사람들 스스로가 그의 주변으로 모여들기도 했다. 그가 베푼 그 몇 배로 돌아오고 있었다. 사람들은 그에게서 사람대접을 받은 일을 감동스러워하고 있었던 것이다. 한대 삼촌을 만난 사람들은 기꺼이 수하면 발전대책위원회 회원으로 활동하겠다는 것을 수락하고 돌아갔다. 전 유권자의 삼분의 일을 회원으로 만들겠다는 것이 한대 삼촌의 계획이었다.

물노리 남산 기슭 내 거처에서는 매일 잔치가 벌어졌다. 찾아온 사람들이 들고 온 먹거리로 벌이는 먹자판이었다. 그네들은 박한대가 물노리 마을을 대표해서 시의원에 출마한다는 사실을 다시 확인하는 일만으로도 자신들의 방문 목적이 달성된 것으로 생각하고 있었다. 그네들은 대개 선거전략상 요긴한 정보 한 가지씩을 한대 삼촌 귀에 속삭이고 돌아갔다. 상걸리 아무개는 위험하니 아예 접근을 안 하는 것이 이로울 것이다. 물노리 부녀회의 실권은 아무개가 잡고 있으니 그 남편을 잘 구슬려야 한다. 지난 군의원 선거 때 아무개는 현 국회의원 아무개가 힘을 써주어 당선이 되었지만 이번에는 그 국회의원을 배신하고 야당에서 나온 도지사 후보를 밀고 있기 때문에 상당히 불리한 입장이다. 삼십 표를 손에 쥐고 있는 중걸리 농촌후계자 아무개를 잡기 위해서는 그가 하고 있는 식용 달팽이 양식에 대해 좀 알고 갈 필요가 있다. 철정리 전 이장 허 아무개는 현재 시의원의 처삼촌인 아무개와 이종사촌간이지만 그 처삼촌과 사이가 안 좋기 때문에 잘만 구슬리면 크게 이로울 것이다, 등등.

"이보게, 문중 사람 누가 자네한테 내 생모 얘기를 묻거들랑 일절 모르는 소리라고 잡아떼란 말이여."

"이제야 알겠수. 그분이 어디 있다는 걸 알면서도 아직 안 찾아뵙는 그 이유 말이우."

"긁어 부스럼 만들 필요 없어야. 문중 사람들이 그런 일에 얼마나 민감한데 그래."

"그분 딴 자식은 없답니까?"

"시집간 딸이 어딘가 하나 있긴 한데 어렵게 산다는 게야."

"그 딸도 할아버지 핏줄일는지 모르겠네요."

"울 어머이가 딴 서방 얻어 살았다는 얘긴 아직 못 들었으니까 그럴 수도 있겠지."

"삼춘, 어렸을 때도 생모가 보고 싶었수?"

"그게 보고 싶은 건진 몰라두 내 출생 비밀을 알구 나서부터 가끔 생각이 난 건 사실이야. 그런데 이상한 건 말이여, 그 어머이 생각을 함 배때기가 고파 환장하겠다는 거야, 미친—"

"함께 살았다는 그 여자분이 보구 싶어두 배가 고프겠네요."

"소설쟁인 역시 다르다니까."

나는 문득 할아버지의 죽음을 생각했다. 할아버지는 환갑을 넘긴 그다음 해에 비명횡사했다. 어른들 얘기에 의하면 멀쩡한 대낮에 귀신한테 씌어 물에 빠져 죽었다는 것이다. 버덩말 논물을 보고 오겠다고 아침나절에 나간 사람이 버덩말과는 반대쪽인 동막골 골짜기 개울물에서 주검으로 발견되었기 때문이다. 할아버지가 집을 나간 뒤 얼마 안 돼 장대 같은 비가 두어 시간 쏟아 부었는데 그 불어난 물에 휩쓸려 익사했다는 얘기였다. 술취한 어느 어른의 입에서 불쑥 튀어나왔던 말을 나는 잊을 수가 없었다. 그 양반이 동막골에 왜 갔었는지 내가 알지. 그때 동막골 김춘셉이네 집에 그 예펜네가 와 있었거든.

"삼춘, 동막골 김천범이 만나봤수?"

김천범은 우리와 국민학교 동창으로 한대 삼촌의 생모가 찾아와 할아버지와 밀회를 하던 집의 아들이었다.

"미친—, 갸 만나서 술 먹다가 어머이 소식을 들었다니까. 갸얘긴 울 어머이가 아부지 죽은 지 십 년이 넘게까지 매해 빼놓지 않구 성묘를 왔다는 게여."

김천범이네 동막골 전답이 모두 할아버지가 떼준 것이라는 것도 비로소 알아냈다고 했다. 남자와 여자의 밀회는 그렇게 절실했던 것이다. 여자가 아이만은 결코 찾아보지 않겠다는 약속을 철저히 지켰다고 한다. 동막골에 오갈 때도 물노리를 지나지 않고 그 험한 솔치재를 넘어 돌아다녔다는 것이다. 그러나 여자는 동막골에 머무는 이삼일 동안 하루쯤은 물노국민학교가 보이는 산꼭대기까지 올라가 몇 시간이고 앉았다가 내려오곤 했다는 것도 김천범을 통해 알았다고 했다.

"삼춘, 할아버지가 그분을 꽤나 사랑하셨던 모양이지요."

"미친—, 사랑을 했으면 자식하고 에미를 그렇게 생이별을 시키겠어."

"어떻든 그 처지에서 할아버지 산소에 매해 성묘를 왔다는 그분도 보통 분은 아니네요."

"미친—, 울 어머이가 그만큼 병신이다 그거여."

"정말 이번 선거에서 당선 안 되면 그분을 안 만날 거유?"

"지금 뭔 소릴 하고 있는 거여? 뭔 일이 있어두 당선이 돼야 한다니까 그러네."

"시의원 당선이라, 그거 꿩 먹고 알 먹고, 정말 좋겠네요. 게다가 그 여자분도 찾아올 거 아닙니까."

"자네 점쟁이 다 됐구먼. 사실 난 자네 말대루 그 사람이 날 잊지 않고 찾아올 거라구 믿구 있어야."

술 탓이었을 것이다. 그날 밤 한대 삼촌은 그 여자를 잊지 못하고 있는 자신의 심경을 장황하게 털어놓았다.

그 여자를 처음 본 순간 느닷없이 오줌이 마려웠다고 했다. 그네와 함께 있을 때면 항상 느끼는 그 변의 현상은 그를 매우 안락한 기분에 빠지게 했다는 것이다. 그것은 젖은 멍석에 둘둘 말린 채 할아버지한테 매를 맞으면서 오줌을 싸던 그런 혼곤한 상태의 편안함 같은 것이었다는 얘기다. 더구나 그 여자가 몸을 허락한 그 십여 일이야말로 이승에서의 일 같지 않았다는 것이다. 단순히 남녀의 육체가 결합하는 섹스가 아니라 그것은 마치 양수 속에 잠긴 태아가 느낄 수 있는 그런 안락함이었다고 그때의 그 완전한 합일을 애써 강조했다.

"미친─. 그러구 나서 훌쩍 떠나버리니까 야, 정말 환장하겠데야."

한대 삼촌은 그 여자가 곁을 떠나자 비로소 초라하게 던져진 자신을 볼 수 있었다고 한다. 짐승 고기를 혼자 허겁지겁 먹다 불현듯 느끼곤 하던 그런 외로움이었다고 했다. 그는 그 외로움을 잊기 위해 귀향을 생각했고 그때 우연히 시의원 출마까지 꿈꿨다는 얘기였다.

4대 지자체 선거일자가 1995년 6월 27일로 결정되면서부터 한대 삼촌의 운신의 폭이 넓어지기 시작했다.

"오늘 자민련 춘천시 책임자를 만났어야. 엊그제 민주당 사람이 날 찾아왔던 걸 그쪽에서 벌써 알구 있더라니까."

한대 삼촌은 그 사람들을 만나고 돌아와 그야말로 의기충천
했다.

"그 사람들이 왜 날 만나고 싶어 하는지 알어? 이건 극비라
구. 경찰하구 안기부에서 여론조사를 한 결과 박한대 표가 적지
않다는 걸 알아냈던 거라구."

"기초의원은 당하구 관계가 없잖수?"

"미친―. 다 알면서 왜 그래. 나야 물론 무소속으루 뛰지만 내
막적으룬 도지사는 어느 당을 밀구 시장은 어느 당 사람을 밀어
야 한다는 원칙을 가지고 있어야 한다 그거여. 그 원칙을 잘 세
워놓고 있어야 그게 바로 내 표가 된다 그런 얘기여."

"그래, 삼춘은 어느 당을 선택하기루 원칙을 세웠수?"

"겉으룬 다 밀되 속으룬 죄다 무시해야 한다는 그런 원칙이
지. 내 판단으룬 이번 선거에서 당 같은 건 무용지물일 테니까
두고 보게. 유권자는 이제 당 같은 덴 좆두 관심이 없어야. 누구
냐, 이젠 그 낯판때길 본다 그런 얘기여."

한대 삼촌은 서울도 몇 번 다녀왔다. 후보자 명함과 홍보물 제
작을 알아보기 위해서라고 했다. 춘천에도 여러 군데 선거 홍보
물을 제작하는 곳이 있지만 이왕이면 대처에서 만들어 오는 것
이 유리할 것 같아 대충 알아보고 왔다는 것이다.

"홍보물 문안 말이야, 그거 자네가 좀 만들어야 하겠어. 대한
민국에서 한다 하는 소설쟁이 머리루 한번 멋들어지게 짜내라
그거여. 자네 이미 각오는 하고 있겠지만 자넨 이제부터 박한대
후보의 선거사무장이라 그거여."

물론 나는 펄쩍 뛰었다. 내 체면이나 처지 같은 건 아랑곳없

이 자기 하고 싶은 대로 일을 벌이고 있는 그의 소행이 괘씸하기 이를 데 없었던 것이다. 그러나 한대 삼촌은 화를 내는 나를 바라보며 능글스레 웃고 있었다.

"이보게, 나한테 고맙다구 할 사람은 오히려 자네면서 뭘 그래. 내가 만약 자넬 무시하구 이 일을 딴사람하구 해나간다면 자네 맴이 좋겠어. 모름지기 소설쟁인 경험이 많아야 하는 게야. 자넨 그저 못 이기는 척 내가 허라는 대루 따라오기만 하면 된다 그 말이여."

맞는 말이었다. 울며 겨자 먹기로 코가 꿰인 그 황당한 상태에서도 나는 온몸으로 쩌릿하게 파고드는 그 긴장을 즐기고 있었던 것이다.

"미친―, 촌놈의 새끼들!"

어느 날 한대 삼촌은 수하면 면소재지에 있는 수하지서까지 불려갔다가 돌아왔다. 사전선거운동을 한다는 제보가 다섯 건이나 접수돼 있었던 것이다. 세 건은 주로 닭을 사다가 주민들한테 향응을 베풀었다는 신고였고 두 건은 후보 등록도 하기 전에 본인이 직접 출마를 선언하고 한 표를 부탁했다는 것이다. 한대 삼촌은 그 신고에 매우 적잖이 실망한 듯 신경질적인 반응을 보였다. 마치 큰 배신이라도 당한 것처럼 흥분했다. 나는 어쩌면 이 일로 그가 생각을 아주 바꿀 수도 있다는 기대를 가지고 있었다.

그러나 그는 생각보다 주도면밀하게 대응했다. 지서에서는 그가 닭을 사서 주민에게 불법으로 향응을 베풀었다는 증거를 찾을 수 없었다는 것이다. 어느 집에서고 돈을 받고 닭을 판 것

이 아니라 객지에서 고생하다가 고향에 돌아온 사람을 위해서
그냥 주었다고, 하나같이 입을 맞췄기 때문이다. 닭을 받아 술
상을 차린 집에서도 본인이 먹겠다고 해달라는 것을 어찌 야박
하게 안 해줄 수 있느냐고, 옛날부터 고기를 좋아하던 그의 먹성
을 들먹이는 일로 그 일은 흐지부지되고 말았던 것이다.

　"미친―, 선거법을 또르르 꿰고 있는 이 박한대가 실수를 할
것 같아. 내가 출마를 하겠으니 찍어주시우, 하면 걸리는 거지
만 넌지시 고향을 위해 이런 일을 하고 싶다는 말만 했는데 그게
걸릴 리가 있나. 자네두 남들한테 박한대를 찍어달구 하면 법에
걸리지만 이런 사람이 시의원이 되면 참 좋겠다고 말하는 건 선
거법에 걸리지 않는다는 걸 알아둘 필요가 있어."

　한대 삼촌은 자신을 사전선거운동으로 신고한 사람이 누구인
가 하는 것을 짚어냈다.

　"미친―, 그거 뻔한 거여. 두 건은 물노리 변충성이가 한 짓이
구, 또 하나는 중걸리 최장곤이 놈이 한 짓일 게 분명하다구. 또
한 놈은 철정리 이영범이가 분명하다 그거여. 이제 내가 무혐의
루 처리된 이상 그놈들 꿈자리가 뒤숭숭할걸, 미친―"

　한대 삼촌이 예상하는 수하면의 시의원 출마 후보는 모두 다
섯이었다. 상걸리 김갑수는 이십 년 동안 한강 상류의 수질오염
을 합법적으로 저질러온 송어 양식의 대부였다. 그는 처음으로
실시된 지난번 지자체 군의원 선거에서 삼억오천으로 당선됐다
는 별로 안 좋은 소문의 덫에 치여 고전하고 있었다. 중걸리의
최장곤은 서너 달 전까지도 수하면 면장으로 있다가 명예퇴직
한 사람으로 면장 재직 시 출마를 위해서 노인회와 부녀회 등에

상당한 배려를 해두어 매우 유리한 위치에 있다고 했다. 농어민 후계자로 농가 소득 운운하는 자리에서는 늘 주인공이 되는 철정리의 이영범은 사십대 초반으로 농민회 등의 강력한 지지를 받고 있어 그 나름대로 자신을 가지고 있다고 했다.

그러나 이 세 명의 후보 예상자보다 한대 삼촌이 눈엣가시처럼 껄끄럽게 생각하는 사람은 물노리의 변충성이었다. 그는 지난번 군의원 선거 때부터 초지일관 칼을 갈아왔을 뿐 아니라 물노리 박씨 문중에도 그를 지지하는 사람이 적지 않았기 때문이다. 그는 고향을 북쪽에 둔 실향민으로 북쪽 땅이 가까운 수하면에 터 잡아 물노리 박씨 문중의 전답을 소작하며 고향 갈 날만 기다리다 죽은 변동식 씨의 맏아들로 어린 나이에 홀로 상경해 중국음식점 배달원에서 나중에는 어묵공장까지 차려 꽤 큰 돈을 번 뒤 오 년 전 돌연 고향에 돌아온 사람이다. 변충성은 자기 부친이 생전에 그처럼 갖고 싶어 하던 물노리의 전답을 한풀이를 하듯 마구 사들였다.

한대 삼촌이 변충성을 껄끄럽게 생각하는 데는 목적 달성을 위해서는 수단과 방법을 가리지 않는 그 거머리 같은 집념이 자신의 그것과 너무 닮았기 때문일는지도 몰랐다.

"좌우지간 그 넷이 나오는 건 분명하다구. 그러니까 우리 수하면에선 나까지 모두 다섯이 출마를 할 거여. 문젠 다섯이 1,750표를 놓구 싸워야 한다 그거지. 아니지, 투표율을 75퍼센트로 치면 1,325표를 나눠 갖게 되는 셈이지. 계산상으로는 한 사람이 평균 263표니까 넉넉잡구 300표만 넘으면 당선 가능성이 있다 그런 얘기라구. 사무장 선생, 우리 물노리 유권자가 몇

명이나 되는지 아시는가?"

"물노리 유권자가 모두 삼춘 표는 아니잖아요."

"누가 아니래. 자넨 내가 문중 표를 믿고 있다고 생각하는 모양인데 천만에. 물노리 유권자 중 타성바지가 35퍼센트고 박씨 문중 유권자 65퍼센트도 반으로 쪼개진다고 보는 게 맞을 게여. 변충성이 그놈하구 반씩 나눠 먹어야 한다는 걸 미리 계산하지 않으면 안 된다 그거지."

"변충성 씨가 그동안 다져놓은 기반이 만만치 않다면서요."

"어디 변충성이뿐이여. 출말 할 때야 다 그만한 기반이 있다구 믿기 때문에 나오는 거 아니겠어. 중요한 건 그렇게 다 지가 잘났다구 착각하는 놈 가운데서 하나가 되더라 그거여. 그러니까 착각을 할 바에야 되는 놈처럼 제대루 하자 그런 얘기라구."

한대 삼촌은 생각보다 집요했다. 그는 후보 등록도 하기 전에 1,700여 명의 유권자 중 50퍼센트인 850여 명을 만났다고 했다. 그 850명의 삼분의 일쯤을 자기 표로 계산하고 있었다.

"삼춘은 주민들한테 뭔 공약을 내걸 거유?"

"미친―. 공약은 뭔 놈의 공약. 기초의원이 공약을 내건다면 개가 다 웃을 게다. 내가 할 일은 우리 수하면 주민한테 당장 필요한 게 뭔가 그걸 파악하는 일이지. 주민들의 가려운 데가 어딘가를 사무장이 알어서 홍보물에다 써넣으라 그런 얘기여."

하릴없이 박한대 후보의 선거사무장이 돼버린 나는 그가 부탁한 홍보물을 만들기 위해 많은 시간을 끙끙거려야 했다. 물론 박한대 후보가 홍보물의 기본 방침을 제시했다. 홍보 전단에는 자기 이름만 크게 쓰고 그 이름 밑에다가 선거사무장인 내 이름과 그 약력을 거창하게 쓰자는 것이 한대 삼촌의 지략이었다. 남들과 다른 방법으로 사람들을 현혹시키되 출마 당사자의 모든 것을 감춤으로써 신비적인 분위기를 연출해내자는 얘기였다. 말하자면 서울 일류대학까지 나온 박종우란 이름 있는 작가가 이러저러한 이유로 박한대 후보를 밀고 있다는 것을 밝힘으로써 후보의 위상을 높이자는 작전이었던 것이다.

"아니, 박종우 씨, 책 쓰러 왔다는 양반이 책은 안 쓰구 도대체 요즘 무슨 꿍꿍이 수작들을 하구 있는 거요?"

변충성 씨가 나를 찾아와 다짜고짜 시비를 걸었다. 요즘 장거리에서 만나도 얼굴을 돌리고 못 본 체하던 사람이라 그닥 놀랄 일은 아니었지만 이렇게 직접 찾아오기까지 했다는 일이 아무래도 심상치 않았다. 그는 내가 고향 마을에 집필실을 마련하는 일에 여러 가지로 도움을 준 사람이었다. 자기 명의로 돼 있는 땅과 집을 나한테 넘겨주면서까지 내 귀향을 반겼던 것이다. 아버지가 풍으로 버섯 재배 농사를 못하게 되었을 때 남들이 돌아보지도 않는 그 낡은 조립식 재배 시설을 높은 값으로 떠맡는 등 제 깐에는 우리 집안을 위해 선심을 많이 쓴 것은 사실이었다.

"제삿밥 먹구 소 몰아간다더니, 정말 이래두 되는 거요?"

"이장님, 지금 무슨 얘길 하시는 겁니까?"

그는 물노리 역사상 타성바지로 이장이 된 최초의 사람이었다. 6·27선거 90일 전인 3월 29일 물노리 사람 모두를 모아놓고 이장 퇴임식을 거창하게 치르는 날 그는 물노리를 위해서는 죽을 수도 있다는 뜻의 혈서까지 썼던 것이다.

"무슨 얘긴지 정말 몰라서 그래요? 종우 씨가 박한대 씨한테 시의원에 나가라구 권했다면서요?"

"시의원이구 뭐고 자기가 하구 싶어 출마했다고 얘기하는 사람이 있을 것 같습니까?"

"이거 봐요. 지금 수하면엔 박종우가 변충성이를 때려잡기 위해서 박한대를 불러들였단 얘기가 파다해요. 도대체 내가 박종우 씨한테 뭘 그렇게 잘못했기에 꼭 이런 식으로 나와야 하느냐 그겁니다요."

"뭔가 오해가 생긴 것 같군요."

"오해구 육해구 박종우 씬 지금 뭐가 어떻게 돼 돌아가는지 제대로 알고나 있는 겁니까."

문제는 내가 상황 파악을 제대로 하지 못한 상태에서 가당치도 않은 일에 끼어들어 자기가 하는 일에 훼방이나 놓고 있다는 얘기였다. 굴러온 돌이 박힌 돌 뺀다고, 여태껏 고향을 버리고 살던 사람들이 이제 와서 뭐 하자는 짓이냔 불만이었다.

"서울 놈은 비만 오면 풍년인 줄 안다더니, 이건 지자체 지자체 해싸니까 모두 지가 잘나 지자첸 줄 알구 쇠똥에 똥파리 꾀듯 뎀비는 꼴이란 정말 드러워서……"

"이장님두 출마를 한다면서 뭘 그러십니까?"

"선거법 때문에 내가 구체적으루다 말은 못하겠지만서두, 종우 씨두 잘 아다시피 나 이거 하나 위해 서울 그 좋은 거 다 팽개치구 여기 내려왔다 그거 아니오. 석구 어른한테두 다 양해를 구하구 시작한 일인데, 그래 이제 와서 문중 사람이 나오니 어쩔 수 없다고 등 돌리는 건 또 뭐냔 말이여."

"모두 고향을 위한 충정으로 나선 일이니 선의의 경쟁을 하시는 방법밖에 뾰족한 수가 없을 것 같군요."

"내 말은 망둥이 뛰니까 전라도 빗자루도 뛴다고, 제발 그따 위루 날치지 말라 그겁니다요. 생각해봐요. 그래, 한대 씨가 이 판에 낄 계제가 됩니까. 안 돼요. 나와봤자 스무 표 얻기도 힘들 어요. 그 양반 정신병자라는 거 모르는 사람이 없는데 뭘 그래. 그러구 이번에 나오는 사람들은 모두 전과 기록을 뒤져본다는 데 괜히 큰 망신 당하기 전에 그만두라고 그래요. 지 처지를 알 아서 그만두면 내 고맙다는 인사는 잊지 않겠지만 만약 계속 훼 방을 놓으면 아마 물노리 박씨 문중 망신까지 그 양반이 다 책 임져야 할 겁니다요."

일종의 협박성 회유였다. 속에서 울화가 치밀었지만 나는 되 도록 냉정해질 필요가 있다고 판단했다.

"지금 이장님이 하신 얘기 안 들은 거로 하지요. 그러나 오늘 여기 오셨던 건 몇 사람이 알고 있으니까 이장님한테 그리 이롭 지는 않을 것 같은데요."

사실 이렇게 찾아와서까지 성질을 낼 일이 못 된다는 것을 그 가 모르고 있는 것 같았다. 한대 삼촌은 비석거리 변충성 씨가 찾아왔었다는 말에 콧방귀부터 날렸다.

"드디어 똥줄이 타기 시작했구먼, 미친—"

내 예상대로 소문은 변충성 씨한테 이롭지 않은 방향으로 퍼 져나갔다. 변충성 씨가 박한대의 출마 포기를 조건으로 상당 액 수의 돈을 내놓겠다는 제의를 하러 찾아왔었다는 것이다. 그것 이 여의치 않으니까 끝내는 박한대 씨한테 무릎을 꿇고 제발 살 려달라고 애원을 했다는 소문도 있었다.

그런 소문이 걷잡을 수 없이 퍼지자 변충성 씨가 다시 나를 찾아와 한바탕 소동을 벌였다. 다소 곤혹스럽긴 했지만 내 나름으로 목소리를 높이지 않을 수 없었다.

"이장님, 내가 지난번 얘기했잖습니까. 여기 찾아오시는 거 별로 좋지 않을 거라구요. 그리고 이장님처럼 선거법을 잘 아시는 양반이 아직 정식으로 출마 의사를 밝힌 적도 없는 사람을 놓고 왜 출마를 하느냐, 자격이 있느냐 없느냐 따지고, 게다가 멀쩡한 사람을 정신병자니 전과자니 하고 인신공격을 하는 건 결코 옳은 일이 못 됩니다."

그러나 악에 받친 변충성 씨는 입에 게거품을 물고 으름장을 놓았다.

"이 변충성일 우습게들 보구 이러는데, 언제구 내가 맘 한번 오지게 먹구 까발리기 시작하면 물노리 박가 몇 놈들 그날루 추풍낙엽으루다 신세 조진다는 걸 알아야 한다 그 말이야."

마음이 편치 않기는 나도 마찬가지였다. 어쩌다 이 꼴이 됐단 말인가. 설마가 사람을 잡는다고, 처음부터 한대 삼촌의 수상쩍은 짓거리를 우습게 본 것이 잘못이었다.

"한대 삼촌이 군의원인가 시의원인가에 출말 했다는 게 사실이에요? 게다가 당신이 선거사무장이라면서요? 글 쓰겠다고 직장까지 때려치운 이가 지금 도대체 뭐 하고 있는 거예요? 정말 기가 막혀서……"

서울에서 우정· 내려온 아내가 집안 어른들을 만나 그동안의 사태를 대충 파악한 모양이었다. 아내는 방 한구석에 놓인 한대 삼촌의 가방을 집어 던지기까지 했다. 아내는 한대 삼촌이라면 몸에 두드러기부터 돋았다. 결혼한 지 한 달도 채 안 된 어느 날 신혼의 단칸 셋방에 찾아와 이십여 일을 묵어친 그 고약한 삼촌을 결코 용서하지 않고 있었던 것이다.

"어이구, 재천 엄마까지 날 응원하러 온 거여?"

밤늦게 돌아온 한대 삼촌은 그때까지 자신의 일로 가정불화가 생긴 낌새를 눈치챘으면서도 조카머느리를 향해 너스레를 떨었다. 아내도 만만치 않았다.

"삼촌이 지금 문중을 두 조각으로 갈라놓고 계신 거나 아세요? 문중뿐인 줄 아세요. 마을 사람 모두가 한대 삼촌 때문에 서로 원수가 되고 있다고 걱정들이 대단해요."

"같은 당도 두 패 세 패, 나라도 남과 북 두 조각으로 갈라졌는데 마을에 틈 좀 생긴 걸 가지구 뭘 그래. 원래 속으로 곪았던 게 이번 기회에 터진 것뿐이라 그거여. 그렇게 갈라지고 터지고 한 걸 다시 하나로 온전하게 만들자는 것이 이번 지자체 선거 실시 취지라는 걸 재천 엄마가 아실라나 모르겠네."

아무튼 마을은 몹시 뒤숭숭했다. 문중 사람들도 두 패로 나뉘어 숙덕거렸다. 한대 삼촌 말대로 그동안 쌓이고 쌓인 감정들이 폭발하는 과정일는지도 몰랐다. 특히 석구 할아버지의 뜻을 거역하고 변충성 씨를 밀고 있는 문중의 몇 사람은 이 기회에 아예 문중의 민주화를 이루어야 한다고 벼르고 있는 상황이기도 했다. 한대 삼촌과 변충성 씨를 놓고 아들과 아버지 사이에 뜻이 맞지 않아 아예 의절을 선언하고 나선 집도 있었다.

"두 사람이 나와선 둘 다 떨어지는 건 불을 보듯 뻔한 거라구."

후보 단일화 추진으로 이 기회에 물노리 주민들의 화합을 도모

해야 한다는 사람들도 없지 않았다. 농민 후계자 박종민이 옻나무 재배 작목반원들을 주축으로 해서 벌인 후보 단일화를 위한 물노리 단합 대회에는 그 장본인들이 참석하지 않았을 뿐 아니라 양쪽 사람들이 싸움판을 벌이는 것으로 끝장을 보고 말았다.

선거는 루머의 온상이다. 문제는 그 무성하게 번져가는 루머가 모두 어떤 근거를 가지고 있다는 사실이다. 한대 삼촌에 대한 소문이야말로 불 땐 굴뚝의 연기였다. 그가 어린 시절 마을의 가축들을 훔쳐다 먹던 얘기에서부터 고등학교를 중퇴하게 된 얘기까지 사실과는 많이 각색이 되긴 해도 모두 그 근거만은 분명했다. 결국 바늘 도둑이 소 도둑 됐다는 결론이었다. 그런 따위 인신공격성 음해 루머는 날이 갈수록 불어났다. 그가 읍내 술집 작부의 몸에서 난 개구멍받이라는 그 출생 비밀에서부터 그의 객지에서의 여성 편력을 한껏 부풀린 엽색 행각 소문은 내가 듣기에도 너무 심한 것들이었다. 특히 한대 삼촌이 고향을 떠나 있던 몇 년간의 행적이 전혀 알려지지 않은 부분에 대해 사람들은 그가 월북을 했었을 가능성이 높다는 쪽의 소문도 쉬쉬 떠돌았다. 그 소문은 한대 삼촌에게는 치명적이었다. 물노리는 사십오 년 전 여름 난리 때 마을의 지방 빨갱이 오충근으로 해서 자타가 인정하는 반공의 마을이 돼버렸던 것이다. 오충근은 면 소재지인 상걸리에서 대장간을 하던 사람으로 난리가 터지자 묵은 원한이 있던 물노리 사람 일곱 사람을 제 손으로 잡아 죽이는 등 눈에 핏발을 세워 날치다가 다시 세상이 바뀌면서 마을 사람들에 의해 생매장을 당했지만 그가 죽고 나서도 사람들은 그를 빨갱이의 화신쯤으로 생각하고 있었다.

이런 음해성 루머 속에서도 한대 삼촌이 하늘 높이 쏘아올린 수하면의 보랏빛 미래는 날로 눈부셨다. 자기 당에서 도의원·시장·도지사를 당선시키기 위해 수하면을 찾아오는 각 당의 관계자들도 한대 삼촌이 피워 올린 무지개에 요란한 색칠을 해줌으로써 그는 갈수록 기가 살 수밖에 없었다. 그러나 고속전철역이 수하면에 생긴다든가 온천 개발이 본격적으로 시작된다는 그의 수하면 관광 개발 발언이야말로 전형적인 땅 사기꾼의 사기행각이라는 여론도 만만치 않았다. 현실적으로 그것을 기대한다는 것은 삶은 밤을 심어놓고 싹 나기를 기다리는 것만큼이나 황당하다는 얘기였다.

그 진의를 알아내기 어려운 알쏭달쏭한 소문도 밤안개 덮이듯 낮고 넓게 퍼져나가고 있었다. 박한대는 모 야당 당수가 몰래 키운 비밀당원으로 강원도에 야당 거점을 잡기 위해 그 당에서 돈을 대고 있다는 백그라운드설이 그것이다. 결국 그 당의 지구위원장이 될 박한대가 다음 총선에 출마할 것이 분명하기 때문에 이번 시의원 출마는 그것을 이루기 위한 전초전에 불과하다는 소문이었다.

더 우스운 소문은 그가 집안의 형제들을 위해 일부러 병신 짓을 하며 떠돌았다는 것이다. 특히 동갑 조카 박종우를 유명한 작가로 만들기 위해 그가 대부분의 소설 소재를 제공했을 뿐만 아니라 자신의 어릿광대짓을 통해 조카의 작가적 상상력을 키울 수 있었다는 얘기까지 내 귀에 들어왔다.

거짓말을 잘하는 것이야말로 타고난 능력이다. 원래는 거짓말을 전혀 못했는데 어쩌다 거짓말을 하다 보니 거짓말이 늘더란 얘기도 있다. 어떻든 거짓말은 상대를 설득하기 위한 수단이기 때문에 일단 상대가 그 거짓말에 설득된 이상 그것은 이미 거짓말이라는 부도덕성에서 벗어나게 된다고 봐도 좋을 것이다. 더구나 상대에게 정신적이거나 물질적인 피해를 주지 않았을 뿐만 아니라 그것이 상대를 위한 것일 때 그 거짓말은 선의로서 용납을 받게 된다. 정치꾼들의 거짓말이 공인을 받는 과정도 그런 이치와 다르지 않다고 본다. 사람들은 정치꾼들의 말을 거의 믿지 않으면서도 그 거짓말에 대해 묘한 친근감을 가지고 있다. 즉 언젠가는 그 거짓말이 믿음성 있는 진실로 바뀔 것이란 기대를 버리지 못하기 때문이다.

한대 삼촌이 바로 정치꾼들의 거짓말에 대한 묘한 위력을 터득한 것처럼 보였다. 물을 만난 고기처럼 그가 하는 거짓말은 싱싱한 선도를 보이면서 사람들을 사로잡았다. 그 자신도 자기에게 그런 능력이 있다는 사실에 새삼 놀라는 눈치였다. 그러나 달변도 능변도 아닌 그의 말이 사람들에게 먹혀들어가는 것은 모든 걸 솔직하게 털어놓는다는 식의 한껏 무례한 그 거친 말투에 힘입은 바 크다고 할 수도 있었다.

미친—, 공약은 뭔 놈의 공약. 시의원이 일 년에 모여봤자 그게 몇 번이나 된다구 공약까지 하는 게여. 손 쳐드는 기계 안 되는 것만 해두 다행인 거여.

물노리 저 버덩말에 동서고속전철이 지나갈 때쯤 돼서야 박한대가 어떤 사람인가를 알게 될 거라 그런 얘기여.

나 물노리에 송곳 모로 꽂을 땅뙈기 하나 없긴 하지만 온천만 터져보라구. 그땐 땅뙈기 끝까지 지키구 앉았던 사람들 그대로 재벌 되는 거여.

우라질 놈들, 중걸리에 시내버스 못 들어오게 하는 이유가 뭔지 알어? 중걸리 중봉이 군 사격장으루다 내정이 됐기 때문이다 그거여. 그거 지금 막지 못하면 중걸리 사람 농사 못 짓구 죄다 쫓겨나야 헌다 그 말이여.

미친—, 상걸리에 시 쓰레기매립장이 설치될 계획이라는 걸 알구들이나 있는가 모르겠구먼. 저번 때 아무개 당 사람이 날 찾아와 손을 잡자면서 귀띔을 해줘서 알았어야. 지금 시의원 하구 있는 놈이 묵시적으루 동조까지 했다는 거여. 상걸리에 그거 생기면 그 일대는 물론이구 수하면 땅값은 그야말루 똥값이 되는 거여.

미친—, 어젠 도지사 후보 아무개가 날 만나자는 게야. 직접 전화를 걸어왔더라니까. 선거 끝나구 만나자구 내가 그랬지. 지금 민자당하구 자민련 후보가 팽팽히 맞서구 있는 판국에 내가 섣불리 어느 편에 설 거 같은가 그 말이여.

한대 삼촌은 매일매일 달라지고 있었다. 놀라운 변신이었다. 당당하고 봇장이 두두룩해 그 어떤 힘 앞에서도 꿈쩍 않는 그런 위세로 사람들을 만났다. 그는 모든 사람들이 자신의 말을 신뢰하고 있다고 굳게 믿고 있었다. 그리고 자신이 한 말에 대한 약속은 반드시 지켜야 된다는 책임감을 보이기 위해 필요한 경우 목숨까지 내놓을 각오까지 돼 있다는 것을 강조했다.

"자네 보기에 내가 좀 너무하는 거 아닌가 모르겠네."

어느 날 밤 그는 좀 쑥스러워하는 얼굴로 자신의 요즘 언동에 대해 내 반응을 떠보는 기색이었다.

"나두 내가 왜 이러는지 모르겠다니까. 사람들을 만날 때 말이여, 느닷없이 나하구 같이 살던 그 사람 얼굴만 떠오르면 나두 모르게 말이 많아지는 거여. 그때부턴 내가 말을 하는 게 아니라 그 사람이 나를 몸주로 해서 뭔가 지껄이구 있는 거 같다니까. 좌우지간 그게 뭔 신명인지 나두 이상해야."

한대 삼촌은 이따금 그 여자 얘기를 꺼냈다. 그것은 그가 줄기차게 그 여자 소식을 기다리고 있다는 뜻으로 해석할 수도 있었다.

6월 6일은 후보자 추천장 검인교부가 있는 날이었다. 시의원에 출마할 사람은 후보자 등록신청 개시일 전 5일부터 후보자 등록기간 중 선거구 안에 주민등록이 된 선거권자 50인 이상부터 100인 이하의 추천을 받아야 했다. 한대 삼촌은 백 사람에서 한 사람 모자라는 99명의 추천을 받아냈다. 구땅, 이번 선거가 6월 27일에 실시되니까 6을 뒤집으면 9요, 2와 7을 합해도 9, 9자가 행운의 숫자라는 것이다.

"이보게, 내가 추천을 받은 사람들이 어떤 사람들인 줄 알어? 물론 수하면 일대에서 골고루 추천을 받았어야. 문제는 애초 내 표가 안 될 것 같은 사람들만 골라 추천을 받았다 그 얘기여. 가만히 있어두 내 표가 될 사람은 아예 추천인 대상에 넣지 않았다는 거지. 물론 힘이야 들었지. 허지만 힘이 든 만큼 보람이 있을 거니 두고만 보라구."

한대 삼촌은 아흔아홉 사람의 추천인을 자신이 직접 만나 설득하는 방법을 썼다고 했다. 그네들은 그야말로 울며 겨자 먹기로 박한대를 선택하지 않을 수 없게 된 셈이다.

6월 11일부터 6월 12일까지 이틀간이 후보자가 등록신청을 하는 날이었다. 등록요건에 나타난 피선거권은 시의회의원의 경우 1995년 6월 27일 현재 계속하여 90일 이상 당해 지방자치단체의 관할구역 안에 주민등록이 돼 있는 주민으로서 25세 이상의 국민이면 되었다.

내가 새삼스럽게 놀란 것은 박한대 후보는 물노리 원적지에 출생신고를 한 뒤 단 한 번도 주민등록을 다른 곳으로 옮긴 적이 없었다는 사실의 확인이었다. 그것은 그가 단 한 번도 고향을 떠난 적이 없었다는 사실을 의미했다.

나는 선거사무장으로서 박한대 후보의 등록신청 서류를 작성하는 일에 직접 참여했다. 서울에서 대학을 다니다 몸이 아파 휴학을 하고 고향에 내려와 있는 집안 청년 하나가 주로 경리·회계를 맡아볼 선거사무원으로 채용이 되었다. 물노리의 내 거처가 박한대 후보 선거사무소로 신고된 것은 물론이다.

등록신청에 필요한 서류로는 후보자등록신청서 1부에다 덧붙임으로 후보자추천서, 후보자추천장, 호적초본, 공직선거후보자 재산신고서, 주민등록초본, 후보자가 사용할 인장의 인영신고서 등이었다. 이외에 관리상 필요한 서류로 후보자 이력서, 후보자 주소지 약도 및 전화번호, 사진(3.5cm×4.5cm 크기의 천연색 최근 3개월 이내 촬영, 탈모상반신) 10매도 필요했다.

또한 후보자 등록신청과 함께 법제56조, 규칙 제24조 (1)항에 의한 기탁금 기탁도 있어야 했다. 시의원 선거후보자는 이백만 원의 기탁금을 무통장 입금표로 납부하도록 돼 있었다. 물론 이

기탁금은 표를 정해진 어느 한도까지 얻지 못할 때 되찾을 수 없다는 단서도 붙어 있었다.

박한대 후보는 후보자 등록 첫날인 6월 11일 아침 아홉시 가장 먼저 등록을 마쳤다. 그날 아침 선거관리위원회 앞에는 진풍경이 벌어졌다. 등록을 받는 아홉시가 되기 서너 시간 전부터 슬금슬금 모여들기 시작한 수하면 사람들이 박한대 후보가 등록을 마친 그 순간 일제히 박한대를 둘러싸며 대열을 이뤘던 것이다. 봉고차 세 대, 소형 짐 트럭이 다섯 대, 시내 통행이 제한된 경운기까지 두 대가 동원된 인원이었다. 정확히 백두 명의 선거권자들이 박한대 후보를 위해 시까지 나옴으로써 초장부터 다른 후보들의 기를 죽였던 것이다.

"박한대! 박한대!"

물노리 박씨 문중을 대표한 열두 사람과 물노국민학교 동창회에서 스물두 명, 삼촌과 내가 함께 다닌 읍내의 중학교 동창들이 스물네 명, 나머지는 각 마을에 만들어진 박한대 후보 후원회 사람들로 그 사람들이 일제히 박한대를 외치는 순간부터 선거운동은 시작되었던 것이다.

법제58조 (1)항에 보면 '선거운동'이라 함은 당선되거나, 되게 하거나, 되지 못하게 하기 위한 행위를 말한다고 정의하고 있었다. 선거운동의 기간은 당해 후보자의 등록이 끝난 그 시간부터 95년 6월 26일, 즉 선거일 전까지로 돼 있었다.

박한대! 박한대! 박한대!

그날 백두 명의 사람들은 수하면 구석구석을 돌며 박한대 후보의 이름을 연호하는 일로 그 위세를 과시했다.

박한대 후보의 후원회가 발족된 일만 해도 다른 후보들에게
는 충격이 아닐 수 없었을 것이다. 후원회 회장은 현 시의원이
살고 있는 상걸리의 전 이장 심용호 씨가 맡았다. 심용호 씨 스
스로 후원회를 만든 뒤 박한대 후보한테 허락을 받는 절차를 거
쳤던 것이다. 심용호 씨가 그처럼 박한대 후보를 밀고 나온 데
는 자신이 추진하던 용추골 송어 양식장 허가를 놓고 현 시의원
과 마찰이 생겨 그 일이 무산되면서부터였다.

예상했던 대로 수하면의 시의원 후보로는 모두 다섯 명이 등
록했다. 기호 추첨 결과 박한대 후보는 다섯 명 후보 중 기호 2
번이었다. 이번에는 박한대, 이번에도 박한대, 이번이다 박한
대! 일사불란하게 움직이는 사람들의 입에서 이런 구호가 저절
로 쏟아져나오고 있었다.

등록을 마친 이틀 뒤 대학생 십여 명이 우르르 몰려왔다. 박
한대 후보를 위해 일하겠다는 자원봉사자들로 지방대학에 재학
중인 학생들이었다. 그네들은 자원봉사자 등재부에 이름을 올
린 뒤 곧바로 박한대 후보 선거사무소인 내 거처 앞 냇가에 텐
트까지 쳤다.

"박한대 선생에 대한 글을 읽었거든요. 선생의 땅 사랑, 민족
사랑의 그 철학에 깊은 감명을 받았습니다. 사실은 이번 방학
때 우리 동아리에서 물노리로 농활을 오기로 했는데 이왕이면
선생을 위해 일하는 것부터 시작하기로 한 겁니다."

그네들은 박한대 후보를 선생이라고 깍듯이 존대했다.

"아무튼 한대 그 사람이 인물은 인물이여."

사람들은 지금까지 박한대를 제대로 알아보지 못했던 자신들

의 안목 없음을 새삼 면괴스러워했다.

"그 사람이 남처럼 공부나 제대로 했으면 벌써 크게 되구두 남았을 거여."

"뭔 얘기야. 우리가 몰라서 그렇지 그 사람 공부두 많이 했더라구. 지금두 대학원에서 공부를 한다구 하던데."

박한대 후보가 직접 작성한 선거공보용 명함이나 모든 인쇄물의 이력란에는 그의 학력이 지방 국립대학의 행정대학원 재학 중으로 돼 있었다. 그는 지난해 11월 고향에 돌아오면서 곧장 행정대학원 단기 수료과정에 등록을 했던 것이다. 사회적으로 어느 정도 기반이 닦인 사람들이나 굵직한 공직자들이 학력 콤플렉스를 메우기 위한 방편으로 경영대학원이나 행정대학원에 적을 두는 그런 경우였던 것이다. 어떻든 박한대 후보가 행정대학원에 적을 둔 것이 이처럼 유효 적절히 쓰이리라곤 미처 생각도 못한 일이었다.

물론 박한대 후보는 자신이 졸업한 국민학교와 중학교 이름은 물론 고등학교를 중퇴했다는 것을 자세히 밝혔다. 어쩌면 그는 그런 솔직성으로 자신의 행정대학원 재학 사실을 인정받으려 했는지도 모른다.

인쇄물에 의한 선거운동은 선거 벽보와 소형 인쇄물(시의회 의원 선거는 전단형과 명함형)을 지정된 규격에 의거 작성한 뒤 기한을 지켜 제출하여 검인을 받아야 했다.

또한 현수막에 의한 선거운동은 시의회의원 선거의 경우 당해 선거구 안에 길이 1,000cm 너비 100cm 이내의 현수막을 1매만 게시하도록 돼 있었다.

"물고기가 물을 만난 거여. 글쟁이 실력이 이런 때 발휘 안 되면 평생 한이 될 게여."

박한대 후보는 내가 선거 벽보와 소형 인쇄물에 들어갈 문안을 어떻게 짜느냐에 따라 자신의 당락이 결정된다고 나를 구슬렸다. 나는 그가 요구하는 선전 문구를 만들기 위해 정말 노심초사했다. 유권자들을 사로잡기 위한 가장 쉬우면서도 자극적인 문구 하나를 찾아낸다는 일이 소설 한 편 쓰기보다 어렵다는 것을 실감하지 않으면 안 되었다. 그것을 만드는 며칠 동안 속에서 밸이 꼬이면서 얼굴근육까지 뻣뻣하게 굳는 느낌이었다.

그러나 막상 인쇄된 선거 벽보와 전단 등의 인쇄물에는 내가 그토록 끙끙대며 만든 문구는 단 한 줄도 들어 있지 않았다. 자원봉사를 나온 대학생들과 광고회사 사람들이 내 선전 문구가 너무 상투적이고 고루한 것이라며 모두 빼버렸다는 것이다.

"사무장만 해두 이젠 구세대라 그거 아닌가. 사무장이 쓴 거 가지구 요즘 유권자들한테 안 먹혀들어간다는 덴 나루서두 정말 어쩔 수 없었어야."

비록 작품은 아니지만 일단 내 나름으로 힘을 기울인 글에 대한 이런 식의 홀대는 정말 자존심 상하는 일이었다. 그러나 나는 스스로 모멸의 길을 선택한 나 자신에 대한 참회의 심정으로 그 치욕을 달래는 수밖에 없었다.

선거 벽보와 홍보 전단의 휘황찬란한 문구를 통해 박한대가 새로이 탄생하고 있었다.

박한대, 그는 누구인가.

수하면 물노리에서 박중구의 셋째로 태어남. 물노국교·수하중학교 졸업. 66년 토끼 사건에 연루돼 고교 중퇴로 고향을 떠나 지리산, 오대산, 태백산 등에서 수도 생활 15년 동안 고향 발전을 위한 구상을 끝낸 뒤 하산하여 귀향. ○○대학 행정대학원에서 수학 중.

수하면의 자존심 수하면의 미래, 박한대! 그는 행동으로 말하는 실천가!

365일 수하면 주민과 함께 웃고 함께 일하는 큰 머슴 박한대!

박한대, 그는 알고 있다! 수하면에 펼쳐지는 기적의 역사!

박한대는 정치꾼을 경멸한다! 말만 앞세우는 선동가, 선거철이면 철새처럼 나타나는 까마귀 정치꾼, 음모와 술수의 정치꾼을 경멸하는 박한대!

돌아온 박한대, 엇싸 일어서는 수하면!

달리는 박한대, 수하면의 동서고속전철! 뜨겁다, 수하온천 관광단지!

열린 마음으로 선택한 박한대, 열린 마을로 들어서는 동서고속전철역!

왜 박한대를 선택해야 하는가! 불도저 뚝심으로 20년 앞서가는 수하면의 발전!

공약은 하지 않습니다. 그러나 공약보다 소중한 박한대의 각오!

"자, 이 사진은 어때?"

박한대 후보는 다른 후보들의 전단 1면을 가득 채우는 정면 사진과는 달리 허름한 잠바를 걸친 모습의 명함판 크기의 사진을 한쪽 구석에 싣고 있었다. 그 뒷면에는 역시 같은 크기의 사진이 세 장 들어갔는데 하나는 걸판지게 통닭을 뜯어 먹는 사진이었고 나머지 두 장은 물노리 벌판에 서서 손으로 무엇인가 가리키는 것과 언젠가 상걸리에 온천을 개발한다며 논 한가운데 세워졌던 시추탑을 올려다보고 있는 그런 것이었다.

통닭을 뜯어 먹는 사진 밑에는 '수하면 주민과 함께 잘 먹고 싶습니다'라는 문구가 들어 있었다.

물노리 장터에는 '수하면의 밀알, 싹트는 희망! 박한대!'란 현수막이 내걸렸다.

선거는 일종의 흥분제였다. 뭔가 사람대접을 받는다는 그런 우쭐거림으로 사람들은 술렁거렸다. 술 취한 호기로 한껏 자기를 과시하는, 그야말로 살맛 나는 세상이었다. 사람들은 모두 기가 펄펄 살아 자신의 능력이 누군가를 위해 발휘되고 있다는 뻐근한 자부로 어깨에 힘을 주고 있었다. 그네들 스스로 후보를 찾아와 다른 후보를 비방하거나 이쪽이 귀 솔깃한 정보를 주는 일로 자신의 역할을 과시하곤 했다.

박한대 후보의 선거사무소에도 사람들이 몰려들었다. 형편이 좀 괜찮은 사람들은 찾아올 때 음료수 한 상자씩은 들고 왔다. 촌지를 슬그머니 찔러주고 가는 사람도 있었다. 특히 수하면에 땅을 가졌거나 이런저런 사업을 벌인 외지인들의 발걸음이 잦았다.

출마 후보자가 개인적으로 하는 선거연설회는 선거구마다 1

회에 한하여 하되 연설은 두 시간 이내에 마쳐야 했다. 연설회 개최 신고는 규칙 별지 제26호 서식의 (가)에 의한 서면신고로 개최 전일까지 신고하도록 돼 있었다. 연설회에 필요한 장비는 후보자마다 한 대의 자동차와 휴대용 확성장치 1조씩만 사용하도록 제한됐다. 시의회의원 선거의 경우 자동차에 부착한 확성장치는 금지되었기 때문에 휴대용 소형 확성장치만 사용할 수 있었다.

박한대 후보는 연설회보다는 노인정이나 마을회관 등을 찾아가 주로 그네들의 말을 들어주는 주민과의 대화 시간을 많이 가졌다. 그런 장소에서 박한대 후보는 거기 참석한 사람들에게 '수하면 발전특별위원회' 회원의 자격을 주었다. 앞으로 자신이 시의원에 당선되면 '수발특위' 회원의 말을 금과옥조로 삼아 일하겠다는 맹세를 했던 것이다. 그는 은연중 '수발특위' 회원이 당연히 누려야 할 특권 같은 것을 넌지시 암시하는 것도 잊지 않았다.

시의회의원 선거의 합동연설회 개최는 선거구마다 1회씩 하되 후보 한 사람의 연설 시간은 30분 정도로 제한돼 있었다.

물노국민학교 운동장에서 합동연설회가 있던 날은 정말 대단했다. 학교로 들어가는 길목에는 다섯 사람의 후보 운동원들과 가족들이 줄을 서서 명함을 나눠주며 구호를 외치는 등 그야말로 선거의 장날이었다. 석구 할아버지는 박씨 문중 사람들에게 반드시 전 가족이 모두 국민학교 교정에 나와 문중의 세를 과시하라는 지령을 내렸다. 어느 쪽을 지지하든 물노리에서 나온 두 후보를 위해서는 모두 박수를 치라는 물노리 화합의 길을 터놓기도 잊지 않았던 것이다. 상걸리, 중걸리, 철정리 사람들도 질세라 경운기까지 동원해 운동장 이곳저곳에 자리를 잡았다. 어떻든 기미년 만세운동 때 인근 부락 주민들이 천여 명 모였다는 그날 이후 최대의 인파가 합동연설회에 모이는 성황을 이뤘던 것이다.

기호 2번 박한대, 이번에는 박한대!

박한대 후보측 자원봉사자 대학생들은 교문 입구에 일렬로 서서 그네들 특유의 몸짓과 구호로 사람들의 눈길을 끌었다.

합동연설회 연설순위 추첨 결과 박한대 후보는 다섯 명 후보 중 맨 마지막으로 순번이 정해졌다. 마이크 성능이 좋지 않은데다 워낙 사람들이 법석거려 후보들의 얘기를 제대로 듣기가 어려웠지만 사람들의 반응은 진지했다.

맨 먼저 나온 현 시의원인 상걸리의 김갑수는 지난 임기 동안 자신이 수하면을 위해 일한 공적을 열거하면서 경험이 있는 일꾼이라야 수하면 발전을 위해서 일할 수 있다는 경험 우위론을 펼쳤다. 두번째로 나온 물노리의 변충성 후보는 서울에서 공장을 해 돈을 벌기까지 역경을 이겨낸 그 의지의 시간을 내세운 뒤 그동안 고향에 돌아와 초대 민선이장으로서 직접 체득한 수하면의 당면한 문제들을 조목조목 짚어가며 자신만이 그 일을 해결할 수 있다고 했다. 전직 면장인 중걸리 출신의 최장곤 후보는 자신이 수하면 면장을 하는 동안 경로당과 부녀회를 만드는 등 농촌복지 사업으로 이농현상을 막는 일에 공을 세웠다는 것을 강조함으로써 노인층과 여성들 표를 겨냥하고 있었다. 육십이 넘은 그는 연단을 내려와 운동장 한가운데 나가 동서남

북을 향해 각각 한 번씩 큰절을 올렸다. 네번째로 나온 철정리의 이영범 후보는 다섯 명의 후보들 중 나이가 가장 어렸다. 삼십대 초반인 그는 산나물집하장과 그 가공공장을 차려 꽤 성공을 거둔 농민후계자로서 젊은 층의 지지를 얻고 있어 당선이 가장 유력하다는 여론을 업고 있었다. 그는 젊은이답게 농민들의 의식 개혁에 의한 영농의 과학화와 세계화만이 황폐해가는 농촌을 되살릴 수 있다는 것을 역설했다. 특히 수입 농산물에 대처하기 위한 여러 방안들을 구체적으로 제시함으로써 유권자들의 박수를 받아냈다.

네 후보가 모두 주어진 30분을 정확히 채웠기 때문에 뜨거운 한낮의 운동장에 앉은 유권자들은 이제 지칠 대로 지친 상태였다. 그러나 어느 후보도 세몰이로 사람들을 이끌고 연설회장을 빠져나가지 않음으로써 시골 사람들 나름의 예절을 지켰다.

맨 나중에 연단에 오른 박한대 후보는 마이크 앞에 서기가 무섭게, 철정리 만세, 중걸리 만세, 상걸리 만세, 물노리 만세, 수하면 만세— 이렇게 만세 다섯 번을 소리 높여 부르는 일로 유권자들의 주의를 집중시켰다.

"기호 2번 박한대가 이번에는 이 나라 우리의 어머니들, 한 맺힌 눈물로 얼룩진 이 나라 여성들을 위해서 만세를 한 번 더 부르겠습니다. 기호 2번 박한대가 부르는 어머니는 내 어머니이자 여러분의 어머니요 이 나라 모든 여성들을 대신하는 그런 어머니입니다. 어머니이이 만세에! 어머니이이 만세에!"

그의 쇼는 생각보다 절실한 구석이 있었다. 누구도 웃지 않았다. 그 만세 소리를 들으면서 자세를 고쳐 앉는 사람들까지 있을 정도였다.

"기호 2번 박한대, 오늘 이 박한대의 소원이 이루어졌습니다. 저는 그동안 이렇게 맘껏 만세를 부르고 싶었습니다. 지금 이 나이까지 살면서 대학민국 만세는 많이 불러봤지만 내 고향 내 마을을 위해서, 그리고 우리 어머니를 위해서 목청껏 만세를 불러본 것은 오늘 이것이 처음이라 그겁니다. 내 고향 내 마을, 우리 어머니들을 위해서 만세를 부르자, 이것이 바로 지방자치의 참뜻이라 그런 얘길 하고 싶습니다아, 여러분! 내 고향 우리 마을 사람들이 모여 앉아 화기애애 웃으며 만세를 부르는 일이 자주 있어야 그게 바로 지방자치의 성공이라 그런 얘깁니다. 만세, 만세, 만만세 부르는 지방자치 시대가 제대로 열리는 날 그것이 바로 남북통일의 만세가 될 것이며 진정한 의미의 세계화가 아니겠습니까아, 여러분!"

박수가 쏟아졌고 박한대 후보는 그 박수 소리가 잦아지기를 기다렸다가 착 가라앉은 목소리로 다시 시작했다.

"유권자 여러분, 그동안 저를 만나면서 얼마나 우스웠습니까. 박한대, 그 흉악하게 생겨먹은 짐승 같은 박한대가, 생긴 것처럼 말두 되게 못하는 박한대 그놈이 시의회의원이 되기 위해 출마를 하다니 개가 다 웃을 일이 아니냐고 얼마나 웃으셨겠습니까. 그걸 제가 자알 압니다. 저는 어려서부터 사람들 앞에 서면 말문이 꽉 막히곤 했으니까요. 그런 제가 전국 명산을 돌아다니면서 뭐부터 깨쳤는지 아십니까. 말을 많이 하고 말을 잘하는 것보다 뭔가 한 가지라도 실천하는 것이 중요하다, 바로 그거였습니다. 이 박한대는 아까 먼저 나오신 훌륭한 분들이 하신 것 같은 그런 공약은 안 합니다. 아니, 안 하는 게 아니라 못 하는 겁니다. 아, 시의원이 뭐 하는 벼슬인데 이거 하겠다 저거 하겠다 공약을 합니까. 다아 거짓말이지요. 저는 그저 우리 수 하면 주민들이 뭘 원하고 있는가 그거 하나에만 귀를 기울여 들 어뒀다가 그걸 실천할 기회다 싶으면 놓치지 않고 이 한 몸 죽 을 각오로 불도저처럼 밀어붙이겠다는 그런 약속밖에 할 게 없 습니다아 여러분!"

박한대 후보는 물을 벌컥벌컥 들이켜고 나서 다시 말을 이 었다.

"제가 생각해도 어떻게 감히 이 자리에 나와 있는지 모르겠 습니다. 그동안 많은 분들이 저한테 물으셨습니다. 도대체 괴기 처먹는 것밖에 모르던 인간이 어떻게 이런 데 뜻을 둘 수 있었 느냐, 게다가 그동안 고향을 버리고 객지를 떠돌던 인간이 이제 와서 무슨 고향 사랑이냐. 모두 백번 지당한 말씀들이었습니다. 저한테는 정말 뼈아픈 채찍의 말씀이었지요. 그러나 제 대답은 제가 생각해도 한심한 것이었습니다. 지금도 괴기 먹는 일 하나 만은 누구한테 지지 않을 자신이 있다. 짐승 괴기 잘 먹는 사람 은 짐승처럼 사납다는 것도 잘 알고 있다. 그렇게 대답을 한 것 이 사실입니다. 그런데 이런 인간이 고향에 돌아와 이 자리에 서 도록 등을 떼밀고 앞에서 끌어당긴 어떤 힘이 있었다면 여러분 은 놀라실 것입니다. 결론부터 말씀드리자면 그 첫째 힘은 사랑 이요, 둘째 힘도 혈육의 사랑이며, 그 셋째 힘 역시 고향의 사랑 이었다, 그 사랑의 부름이었다, 그렇게 말하고 싶습니다. 좀 더 구체적으루다 말씀드리지요. 오십이 가까운 이 나이까지 저는 여기 계신 여러분이 가지고 있는 그런 가정을 갖지 못했습니다. 달릴 거 제대로 달렸는데도 결혼을 아직 못했으니 이게 제대로 된 인생은 아니지요. 그런데 몇 년 전 한 여자를 만났습니다. 그 여자가 내 눈을 뜨게 해주었습니다. 사람답게 살아라, 짧은 인생 뭔가 보람 있는 일을 한 가지는 이뤄놓고 죽어야 하지 않느냐, 나 같은 인생한테도 그런 싹수가 있다는 거였습니다. 바로 그 사람, 그 뜨거운 사랑이 제가 갈 길을 열어준 것이다 그겁니다. 그리고 어머니란 혈육이 저를 이 수하면으로 끌어당긴 것입니다. 아시는 분도 있겠지만 저는 어머니가 두 분입니다. 저를 낳아주신 어머니와 길러주신 어머니, 이 나이까지 얼굴도 한 번 못 본 생모가 얼마 전부터 꿈에 나타나는 겁니다. 사람이 인두겁을 쓰고 어찌 생모를 안 찾아뵌단 말이냐, 인륜을 저버리고 어찌 사람이라 하겠느냐, 찾아오되 사람값을 한 뒤에 찾아와야 하느니라, 그런 소리가 눈만 감으면 들려왔다 이겁니다요. 핏줄의 사랑이 저를 부른 것이지요. 그리고 또 한 사람, 우리나라뿐만 아니라 세계적으로 이미 그 이름을 떨치고 있는 대한민국의 소설가 박종우가, 수하면 물노리가 낳은 인기작가 박종우가 기호 2번 이 박한대를 고향으로 불러들였다 그겁니다, 여러분! 박종우 소설가는 제 질자가 됩니다. 조카라고는 하지만 나이도 동갑이고 함께 자랐기 때문에 이 세상에서 저를 가장 잘 아는 사람이기도 합니다. 소설가 박종우는 제가 고향에 발을 들여놓기가 무섭게, 삼춘, 다음 지자체 선거에 출마하세요, 한다는 소리가 바로 그거였습니다. 그때만 해도 저는 지자체 선거가 있다는 말도 못 들었을 만큼 세상일에 대해 무지했다 그겁니다. 그게

개미거미들의 화음

뭔 소리냐고 제가 고개를 저으니까, 박종우 소설가는 무턱대고 출마를 하라는 겁니다. 삼춘 같은 사람은 정치꾼이 아니니까 바로 이번 지자체 선거에 가장 적합한 인물이라는 그런 얘기였습니다. 처음엔 도의원에 출마를 하든가 시장으로 나서란 겁니다. 이거야말로 아닌 밤중에 홍두깰 타고 하늘을 나는 꼴이랄까, 좌우지간 여러분, 소설가 박종우가 왜 이 보잘것없는 인간에게 이 무거운 멍에를 짊어지게 했다고 생각하십니까. 이 사람은 한번 한다면 한다, 이게 진리요 이게 정의며 이게 고향을 위한 일이다 싶으면 목숨을 내걸 사람이 바로 이 박한대라는 걸 알았기 때문이다 그겁니다, 여러분!"

박한대 후보는 이 대목에서 꽤 오랫동안 뜸을 들인 다음 다시 시작했다.

"이게 전부입니다. 물론 이 세 사람의 부름에 앞서 저는 한 삼년 전부터 고향에서 나를 끌어당기는 것 같은 어떤 기를 느끼기 시작했지요. 그 기가 뻗쳐오면서 그렇게 왕성하던 식성도 뚝 떨어지고 무슨 일이고 재미가 없었다 그겁니다. 자나 깨나 고향 산천이 보이고, 그리고 조상님들 생전의 모습이 나타나는 것이었지요. 한마디로 말해 고향 산천이, 여기 계신 여러 어르신네가 저를 부르는 소리였습니다. 저는 하던 일을 다 집어치우고 달려왔습니다. 하느님두 돌아온 탕자를 더 사랑한다고 했잖습니까. 박종우 소설가가 나를 부추기는 말로, 평생 고향에 사는 사람들만큼 고향에 대해 잘 알 수는 없을 것이다, 그러나 거꾸로 고향을 떠나 객지에서 살았기 때문에 고향 마을이나 사람들에 대해 더 사랑의 마음이 생기고 그 문제점이 보일 수도 있다는 거였지요. 그러면서 이 유명한 소설가가 자진해서 제 선거사무장을 맡고 나섰지 뭡니까. 저보고 하는 말이, 삼춘은 그저 동네 어르신네들이나 열심히 찾아다니면서 하시는 말씀들을 귀담아듣기만하라는 것이었지요. 거짓말을 단 한마디라도 하면 안 된다, 오직 진실만을 말해야 한다, 누가 무슨 소리로 욕을 해도, 어떤 후보가 무슨 비방을 해도 그게 다 고향을 떠나 있던 죄라고 생각해 참아야 한다, 바로 그런 당부였습니다. 박종우 선거사무장의 말대로 저는 그동안 여러 어르신네를 찾아뵈면서 좋은 말씀을 하나도 빼놓지 않고 모두 귀담아들었습니다. 그 어떤 억울한 무고에도 묵묵히 입을 다물었습니다. 하늘이 알고 여기 계신 수하면 유권자 여러분께서 모든 것을 다 알고 계신다고 생각하면 마음이 그렇게 편할 수가 없었다 그겁니다아, 여러분!"

박한대 후보는 자신의 출마 당위성을 그 정도로 피력한 뒤 다시 한번 고향 만세를 세 번, 그리고 어머니 이름으로 대신한 이 나라의 불쌍한 여성들의 권익을 위한 만세를 세 번 부른 뒤 연단을 내려왔다. 다른 후보들이 삼십 분을 모두 채운 것과는 달리 그는 이십 분에 모든 것을 끝내버렸던 것이다.

박수가 터져나왔다. 운동장에 모인 유권자들의 반응은 뜻밖에 대단한 것이었다. 연설을 끝내고 뒤에 앉았던 다른 후보들도 박한대 후보가 연단에서 내려오자 몰려들어 악수를 청하는 등 분위기가 괜찮아 보였다.

내 얼굴을 아는 사람들이 나를 흘깃거렸다. 큰일을 했다고, 아주 내놓고 치사를 하는 문중 사람도 있었다. 나는 박한대 후보가 자기 조카를 그런 식으로 팔아먹어도 전혀 괘씸하다는 생각이 들지 않았다. 어쩌면 그가 말한 것이 모두 사실일 수도 있다는 생각이 든 것이다. 나는 그가 출마 의사를 비쳤을 때 말리기는커녕 은연중 그를 부추기고 있었는지도 모른다. 나는 다시 그를 모델로 한 편의 소설을 야금야금 구상하고 있었던 것이다.

박한대 후보는 선거운동 기간에 발생하는 주민들의 경조사에 열심히 얼굴을 내밀었다. 후보는 축의금이나 부의금을 2만 원이상 할 수 없게 돼 있었다. 그리고 향우회, 종친회, 동창회, 친목회 등의 모임에서 그 구성원에게 식사를 제공할 수도 없었다.

선거사무실에 찾아오는 사람들에게 음료수며 다과는 내놓을 수 있어도 술은 위법이었다. 박한대 후보는 선거법 위반 사례 예시집을 또르르 꿰뚫고 있었던 것이다.

"나는 선거법에 걸릴 게 없어야. 돈 없어 돈 못 뿌리지, 거짓말할 게 없어 거짓말 안 하니 뭐 가지구 내가 걸리겠어."

그러나 박한대 후보는 다른 후보들의 선거법 위반 사례를 모두 낱낱이 조사해놓고 있었다. 다른 후보 네 사람이 후보 등록을 하기 전에 사전선거운동을 한 선거법 위반 사례만 해도 여러 건이었다.

박한대 후보가 자료를 가지고 있는 다른 후보들의 선거법 위반은 선거구민들의 체육대회며 노인위안잔치, 친목회 모임 등에 금품을 찬조하거나 음식을 제공한 사례가 가장 많았다. 어느 향우회에서는 회원들 자비로 관광을 갔지만 그것을 알선한 사람이 당선되면 그네들의 쓴 돈의 몇 배를 주기로 약속했다는 것도 있었다. 상대 후보자나 그 직계존속 또는 형제자매들에 대해 허위사실을 퍼뜨린 사례도 있었다. 대부분 박한대 후보를 찾아왔던 사람들이 놓고 간 제보들이라 그 신빙성은 높지 않지만 때에 따라서는 매우 요긴하게 쓸 수 있는 것이었다. 박한대 후보는 자신이 상대 후보들의 선거법 위반 사례를 많이 확보하고 있다는 것을 공공연히 흘리고 다녔다.

"이거 정말 고발할 거유?"

"다른 놈들은 눈이 더 시뻘겋게 살피구 다니는 걸 몰라서 그래. 그러니까 지금 쑤석거려봤자 나한테 좋을 거 쥐뿔두 없다 그런 얘기여."

선거가 막바지에 이르면서 선거 분위기는 더욱 치열해졌다. 솔직히 기초의원 선거 같은 것은 당과 당이 땅땅거리면서 후보를 낸 군수며 시장, 도지사 선거의 열기가 너무 뜨겁다 보니 전연 관심 밖이라고 할 수 있었다.

당의 우두머리들이 매일 지원 유세를 돌면서 막바지 세몰이를 하는 바람에 기초의원들은 남의 빈집이나 지켜주기가 예사였다. 그러나 기초의원 후보인 그 당사자들은 자신들의 출마가 그대로 대통령 출마나 다를 게 하나도 없었다. 어느 후보고 다 자신이 있다고 장담하고 있었다. 밭과 논에서 일하는 유권자들을 하나하나 만나기 위해 허리를 구십 도로 굽힌 채 하루 백 리 길의 땡볕 속을 걷는 동안 그네들은 자신들의 집념에 스스로 취하게 마련이었다.

선거일을 꼭 닷새 앞둔 6월 21일 아침, 박한대 후보는 여느 날과 달리 일곱시가 되기까지 아직 잠자리에서 일어나지 않고 있었다. 새벽에 나가야 유권자들을 만나기가 쉽다고 다섯시쯤이면 벌써 얼굴 보기가 힘들던 사람이라 이날 아침의 거동이 아무래도 심상치 않았다.

"삼춘, 어디 아파요?"

"꿈을 꿨어야."

그의 목소리가 어딘가 힘이 없었다.

"그게 어머이두 같구 그 사람두 같구. 하여튼 어떤 여자가 날 붙잡구 울더라니까. 그런데 그 옷이 이상해서 살펴보니까 풀을 빳빳하게 멕인 삼베옷이잖아. 꿈에두 그게 왜 그렇게 섬뜩하던지."

"꿈에 안 좋은 걸 보면 좋은 일이 있다구 하잖아요. 상복 입은 여자가 울구 있었다면 그건 분명 좋은 일이 있을 징조가 분명한데 뭘 그래요."

"자네두 아다시피 내가 좀한 일루 어디 눈물을 흘리던가. 그런데 지금 꿈을 깨보니 눈물깨나 쏟았지 뭐여. 이 베개 보게나. 꿈엔 어머인지 그 사람인지가 울구 있었는데 어쩌자구 내 베개가 이렇게 젖었는가 그 말이여. 그렇게 울어서 그런지 잠을 깨구 나서두 이렇게 기운이 없어야. 미친—"

박한대 후보는 자신이 베고 잔 베개를 구석으로 집어 던진 뒤 불쑥 혼잣소리하듯 중얼거렸다.

"아무래두 좀 어려울 것 같아야."

"어렵다니요?"

"여러 군데서 여론조사를 해보는 모양인데, 알아보니 영 신통치가 않다 그거여. 다섯 명 중에서 가장 꼬래비라는 게여."

"여론조사는 선거 기간이 시작되기 전까지만 하게 돼 있잖아요. 6월 11일 전에 나온 여론조살 가지고 뭘 그래요. 그동안 상황이 얼마나 바뀌었는데요."

"그런 게 아니라니까. 지금두 이런저런 방법으루 다들 하구
있어."

이처럼 기가 죽은 박한대 후보를 아직 본 적이 없었다. 나야
처음부터 기대를 안 하고 있었기에 그가 떨어진다는 일이 별것
이 아니었지만 막상 본인의 풀 죽은 꼴을 보니 좀 안돼 보이는
것도 사실이었다.

지방신문의 논설위원으로 있는 학교 선배는 이번 지자체 선
거에 임하는 유권자들의 의식이 그 어느 때보다 깨어 있기 때문
에 옛날처럼 어중이떠중이 아무나 당선되리란 기대는 안 하는
것이 좋다고 말했다. 작가인 내 예감으로도 박한대 후보의 당선
가능성은 전혀 없었다.

어떻든 한대 삼촌의 낙심한 얼굴을 대하는 일이 쉽진 않았지
만 본인 스스로 사태를 제대로 인식하는 시간이 이처럼 빨리 왔
다는 것이 퍽 다행이다 싶었다. 그러나 박한대 후보는 벽에 걸
린 옷을 꺼내 걸치며 씹어뱉듯 뇌까렸다.

"미친―, 이런 무지렁이 촌놈에 새끼들!"

나는 박한대 후보의 눈에 번뜩인 살기를 보았다. 옛날에 보던
그 얼굴, 그 표정이 그대로 살아나고 있었던 것이다.

"자네 오늘 나하구 어디 좀 가야 하겠어."

웬일로 박한대 후보는 오늘 내 차를 이용하고 싶어 했다. 그
는 그동안 고물 자전거를 하나 사서 타고 다녔던 것이다. 어쩌
다 내 지프를 이용하긴 해도 사람들이 있는 데서는 한사코 내
차에 오르지 않았다. 나는 그가 원하는 대로 내 차에 그를 태우

고 나섰다. 목적지까지 가는 동안 그는 길을 안내하는 것 이외는 전혀 다른 말을 하지 않았다. 그의 심사가 결코 편치 않은 것 같아 나 역시 별로 말을 하고 싶지 않았다.

박한대 후보가 나를 데리고 찾아간 곳은 홍천군 내면 명개리 숯골이었다. 강원도에서도 가장 오지로 알려진 명개리는 근래 양양으로 넘어가는 구룡령이 포장도로로 개통이 되면서부터 제법 자동차 왕래가 잦았다. 포장도로를 벗어나 한 삼십 분 들어간 곳에 숯골이 있었다. 그 골짜기에는 모두 다섯 집이 띄엄띄엄 흩어져 있었지만 세 집은 빈집으로 폐가였고 사람이 사는 집은 숯골 안쪽에 있는 두 집뿐이었다. 초가를 걷어내고 슬레이트를 얹긴 했어도 지붕이 한쪽으로 내려앉아 거의 무너져가고 있는 그 한 집에 박한대 후보의 생모가 살고 있었다.

"자네한텐 그동안 비밀로 했지만 사실은 내가 고향에 내려온 즉시 어머일 찾아봤어야. 허지만 이 꼴루 이렇게 살구 있는 줄은 정말 몰랐어야."

박한대 후보 생모는 그 낡은 집에 혼자 살고 있었다. 그네는 풍을 맞아 몸까지 제대로 움직이지 못하는데다 실어증으로 이쪽에서 무슨 말을 하면 알아듣기는 하는 모양이었지만 그 말에 별다른 반응을 보이지 않았다.

"동네 사람들 얘기룬 몇 년 전에 아들을 찾아간다구 나갔다가 며칠 뒤 돌아오더니 저렇게 말을 못한다는 게여. 딸자식이 하나 있긴 한데 일 년 중 두어 번 불쑥 얼굴을 내미는 게 고작이라는군."

박한대 후보 생모는 초점이 흐린 눈으로 우리 두 사람을 멀거니 바라보고만 있었다.

"어머이, 우린 시간이 없어서 여기 오래 있을 수 없어. 내가 저번에 얘기했잖어. 내가 시의원에 당선되는 그날루 어머일 모시러 온다구 말이여. 그건 그렇구 어머이가 저번 때 내놨던 거이리 줘봐유. 그 배냇저고리 말이여."

노파는 무슨 소리를 하느냔 얼굴로 그냥 멀거니 박한대 후보를 바라볼 뿐이었다.

"아, 뭐 하구 있어. 내가 입던 배냇저고리 내놓으라니까."

박한대 후보는 방 한구석에 놓인 낡은 장롱을 가리켜 보였다.

"미친─, 글쎄 저번에 내가 찾아왔더니 어머이가 저 장롱 밑바닥에서 웬 배냇저고리를 내놓더라니까. 그땐 그게 하두 황당해서 그냥 갔는데 요즘 곰곰 생각해보니 아무래두 그게 내가 입던 것이 아니고서야 그렇게 낡은 걸 내 앞에 내놓을 수가 없다 싶은 거야. 그래 그걸 찾으러 온 걸세."

우리가 그 배냇저고리 얘기를 하고 있는 중에 노파가 장롱 속에서 천이 누렇게 바랜 그 배냇저고리를 꺼내놓았다. 나는 그때 노파의 얼굴에 엷게 비친 웃음을 보았다.

"자넨 소설쟁이니까 이것두 재미있는 얘깃거리가 될 거여."

박한대 후보는 자신의 잠바를 벗어 그 안쪽에 배냇저고리를 겹친 뒤 바늘로 꿰매는 시늉을 해보였다. 그러자 지금까지 멍청한 얼굴로 앉아 있던 노파가 바느질 그릇을 꺼내 그 배냇저고리를 박한대 후보의 잠바 안쪽에 대고 꿰매기 시작했다. 노파의 얼굴이 활짝 펴지면서 벙글거리기 시작한 것도 그때부터였다.

일종의 자기최면, 그 주술이었을 것이다. 명개리에서 배냇저고리를 잠바 속에 꿰매고 돌아온 뒤부터 박한대 후보는 다시 싱싱 살아났다. 그는 정말 초인적으로 뛰었다.

"박 후보가 여론조사에서 일등을 했다는 게 사실인가?"

선거사무소로 전화가 걸려오기 시작했다. 박한대 후보가 모 기관의 여론조사에서 다른 후보를 압도적으로 제치고 있다는 소문이 돌기 시작한 것이다. 그 여론조사를 했다는 기관도 지방의 언론매체가 모두 동원되고 경찰서며 심지어는 안기부까지 입에 올랐다. 소문은 무섭게 번져갔다. 하늘이 박한대 후보를 돕고 있다는 얘기였다. 당선은 떼어놓은 당상이고 잘하면 시의회 의장 자리가 기다리고 있을 것이란 말까지 나왔다. 수하면 다섯 후보 중 두 사람이 선거일 이틀 전 사퇴를 한 뒤 박한대 후보를 지지하고 나설 것이란 얘기도 있었다. 출처를 알 수 없는 그 소문의 주인공은 언제나 박한대 후보였다.

경리회계를 맡아보는 집안 청년이 고개를 갸우뚱했다.

"당숙, 참 이상해요. 여론조사가 어떻게 며칠 안 돼 그렇게 달라질 수 있느냐는 겁니다. 그 여론이란 것도 우리 쪽 중심으로 만들어지니 그게 왜 안 이상합니까."

"자네 마치 박한대 후보가 일부러 그런 소문을 내고 다니기라도 하는 것처럼 말을 하는군."

"솔직히 말해 저는 당숙 때문에 여기 나오는 거예요. 저는 자꾸 한대 할아버지가 이쯤에서 그만두고 변충성 씨를 밀어주는 게 좋을 것 같다구요. 당숙도 한대 할아버지가 당선 안 될 걸 잘 알고 계시잖아요."

"기초의원 선거는 원래 도토리 키 재기라서 뚜껑을 열어보기 전엔 알 수가 없는 거야."

"아무리 그렇기로 한대 할아버지 같은 분이 어떻게 시의원이 된다는 겁니까."

그는 처음부터 박한대 후보를 좋아하지 않았다. 사실은 변충성 씨가 먼저 자기 사람으로 찍어놓은 것을 알고 우격다짐으로 경리회계를 떠맡겼을 뿐 박한대 후보 역시 그 집안 청년을 믿지 않고 있었다. 그가 크게 배신만 하지 않으면 그를 고용한 자신의 작전이 들어맞는다고 생각하고 있는 눈치였다.

"미친―, 그 네 놈의 새끼들이 모두 작당을 해서 날 떨어뜨리려고 혈안이 됐다니까."

박한대 후보의 말로는 무성하게 번져가는 여론조사 결과 얘기가 모두 자기를 밀어내기 위해 그네들이 퍼뜨리는 음해성 루머라는 것이다. 어느 후보가 여론조사 결과 인기가 가장 낮다는 소문이 돌게 되면 부동표의 상당수가 동정표로 돌아설 가능성이 높기 때문에 일부러 그런 소문을 퍼뜨리고 있다는 얘기였다. 또한 인기가 없던 후보가 갑자기 인기가 올라가면 모처럼 동정표를 던지려고 했던 유권자들이 거부반응을 일으킴으로써 그 거부 여파가 이미 잡아놓은 표까지 뭉텅 깎아먹게 마련이라는 것이다. 이런 식으로 유권자들의 심리를 노린 음해가 바로 근간의 여론조사 루머라는 박한대 후보의 설명이었다.

"이 막판에 내가 유리하다는 소문이 돌기 시작하면 다른 후보를 동정하게 된다 그런 얘기여, 미친―"

실제로 박한대 후보는 여론조사 결과라는 그 수상쩍은 소문이 나돌면서 초조한 모습을 감추지 못했다. 아무래도 예감이 좋지 않다는 것이다. 지금까지 당당하던 그 호기는 간곳없이 그는 안절부절 매우 불안한 표정을 내보였다. 그 불안한 심리는 그의 병적 소증을 재발시켰다. 그는 선거일 삼 일을 앞두고부터는 하루 종일 먹는 일에만 열중했다. 강에 함께 나가 고기를 구워 먹던 자원봉사 대학생들이 박한대 후보의 왕성한 식성에 놀라 경외의 눈으로 쳐다보았다.

그날 강에는 자원봉사 대학생들은 물론 박한대 후보의 선거 운동원들이 모두 모였다. 그동안의 선거운동에 대한 중간 점검 겸 마지막 이틀을 잘 뛰어달라는 격려의 모임이라고 할 수 있었다. 박한대 후보 후원회 이름으로 돼지 한 마리를 잡았기 때문에 선거법에는 걸리지 않는다는 유권해석이 내려 참석한 사람들은 모처럼 걸판지게 먹어댔다. 특히 주인공 박한대 후보가 기차게 먹어댐으로써 모인 사람 모두가 한껏 흥을 내고 있었던 것이다.

"내 잠깐 어디 좀 다녀올 거니 한 사람도 돌아가지 않도록 사무장이 좀 잘해줘야겠어."

한참 정신없이 먹어대던 박한대 후보가 코를 벌름거리며 자전거를 끌고 장거리 쪽으로 건너갔다.

놀라운 일은 그다음에 일어났다. 거의 한 시간쯤 자리를 비움으로써 사람들이 그의 행방을 놓고 이런저런 추측들을 하고 있을 때 박한대 후보가 한 무리의 사람들을 데리고 나타난 것이다.

"여러분, 수하면의 참일꾼, 우리 물노리의 지도자 변충성 후보를 소개하겠습니다아!"

변충성 후보와 그의 선거사무장 등 대여섯 사람들이 우리 앞에 나타난 것이다. 이때까지 나는 그처럼 왜소하게 보인 변충성 후보를 본 적이 없었다. 그는 한껏 겸손한 얼굴로 사람들이 비워준 자리에 앉았다. 박한대 후보가 변충성 후보에게 술을 따랐다.

"여러분, 이 세상 어느 곳에서도 선거를 이틀 앞둔 시간에 서로 경쟁 상태에 있는 두 후보가 한자리에 앉아 술잔을 나눴다는 얘기는 들어볼 수 없을 것입니다. 아직까지 이 세상에서 볼 수 없던 일을 오늘 두 사람이 해내기로 한 것입니다. 오늘 변충성 후보와 저는 여러분이 보는 앞에서 선거 결과가 어떻든 영원한 우정을 약속하는 일로 우리 물노리의 발전을 위해 힘껏 손잡을 것을 맹세하기로 합니다아."

박한대 후보는 이번 선거에서 물노리가 후보 단일화를 이루지 못한 것은 전적으로 자신의 책임이라는 것을 솔직하게 시인하는 동시에 만약 두 사람 모두 당선이 안 될 경우 그 모든 책임을 자신이 지겠다고 했다. 그러나 그는 물노리에서 두 후보가 나와 끝까지 겨룸으로써 이 물노리가 지난번 이장 선거 때처럼 가장 민주적인 경선을 벌이는 민주의 마을이라는 것을 알리는 좋은 기회가 될 것이라는 사실도 강조했다. 그는 또한 두 후보 중 한 사람이 반드시 당선될 것이 분명하기 때문에 오늘 이 자리는 어쩌면 미리 앞당겨 하는 당선 축하연이라고 생각해도 좋다는 말로 아직도 무슨 통속인가 몰라 어리둥절한 사람들로부터 박수를 받아냈다.

"자, 이제 우리 물노리의 지도자 변충성 선생의 말씀을 듣는 시간을 갖기로 하겠습니다. 아울러 변충성 선생께 물노리 만세 삼창까지 부탁을 드리는 바입니다."

느닷없이 물노리의 지도자가 된 변충성 후보는 매우 겸연쩍은 얼굴로 사람들의 박수에 답례했다. 그는 처음 박한대 후보에 대해 솔직히 안 좋은 감정을 가지고 있었지만 차츰 시간이 지나면서 생각이 달라지기 시작했다는 말로 유화적인 분위기에 이바지했다. 그 역시 오늘 두 사람의 만남이야말로 결과가 어떻게 나오든 물노리를 위해 매우 희망적이라는 것을 강조하는 일을 잊지 않았다.

"나 변충성 후보는 오늘 여러분 앞에서 한 가지 약속을 하는 바입니다. 선거 결과가 어떻게 나오든, 즉 우리 두 사람 중 누가 당선이 되고 안 되고를 떠나서 선거가 끝난 바로 그다음 날 바로 이 자리에서 나 변충성이가 여러분을 모두 모셔 물노리 단합을 위한 야유회 자리를 만들겠습니다. 여러분, 그날 우리 모두 물노리를 위한 만세를 힘차게 부릅시다."

박수가 터져나왔다. 그리고 사원봉사 대학생들이 손을 뻗쳐 올리며 변충성— 변충성을 힘차게 연호했다.

변충성 후보는 자신이 선거 삼 일 전 물노리 강가에서 한 약속을 지키기 못했다. 그는 선거가 끝난 뒤 개표장에서 개표가 한창 진행 중인 시간 정지시의 어느 술집 골방에서 복상사를 했기 때문이다.

선거 삼 일 전 박한대 후보를 따라 물노리 강가까지 나온 것은 그의 결정적 실수였다. 도대체 그는 무슨 마음으로 호랑이 굴에 따라 들어왔단 말인가. 그 일이 전적으로 박한대 후보의 농간 같지는 않았다. 아무리 상대가 초청을 했다고 해도 적진에 들어올 때는 그만한 각오와 계산이 없었다고 보기는 어렵기 때문이다.

박한대 후보는 그날 변충성 후보가 자기를 따라온 것은 전적으로 그의 뜻이었다는 것을 강조했다. 그쪽 사무장도 그 사실을 인정했다. 문제는 그날 느닷없이 변충성 후보를 찾아간 박한대 후보가 그 단독 대담에서 무슨 말로 그를 충동질했는가 하는 점이다. 그 일에 대해 박한대 후보는 먼저 손을 내밀어 악수를 청하고 서로 좋은 마음으로 선거를 잘 치르자는 말 외에 다른 말을 일절 한 것이 없다고 했다. 어쩌면 박한대 후보에게 선수를 빼앗겼다고 판단한 변충성 후보가 그것을 만회할 생각으로 그스스로 자청해 적진에 뛰어들었는지도 모른다.

어떻든 변충성 후보가 박한대 후보의 진영에 나타난 그날 밤부터 그에게는 치명적인 소문이 퍼져나가기 시작했다.

변충성 후보가 박한대 후보를 찾아가 사퇴 의사를 밝혔지만 박 후보가 둘 다 떨어져도 좋으니 끝까지 함께 뛰어보자고 격려를 해 돌려보냈다는 소문이었다. 자신에게 결정적으로 유리한 기회를 스스로 포기한 박한대 후보의 도량이 넓음을 칭송하는 말이 뒤따랐음은 물론이다. 심지어는 두 사람이 선거 결과에 관계없이 수하면 발전을 위해 손을 잡을 것을 약속하고 그 결의의 뜻으로 여러 사람이 보는 앞에서 의형제를 맺었다는 소문도 있었다.

"박 후보가 우리 물노리 박씨 문중을 살린 거야. 좌우지간 두 사람이 선거 전에 화해를 했으니 망정이지 하마터면 문중이 두 조각으로 박살이 날 뻔했지 뭐여."

박씨 문중 사람들은 선거일 아침 그동안 찜찜했던 기분을 홀

가분하게 털고 투표장에 나갈 수 있게 막판에 일을 제대로 풀어
준 박한대 후보를 드높이 칭송했다.

뭔가 이상하게 돌아가는 분위기와는 달리 나는 매우 초조해
지기 시작했다. 박한대 후보의 당선 가능성과 그 반대의 결과에
대한 내 나름의 기대가 서로 엇갈리는 그런 초조감이었다. 그가
당선돼서는 안 된다는 기대와 당선돼야 한다는 그 엇갈린 기대
는 서로 격돌하면서 나를 숨 막히게 했다. 사실은 그가 참패를
한 뒤 깊은 실의에 빠져 고향을 다시 떠난다는 것이 작가로서의
내가 구상해놓고 있는 각본이었다.

더 구체적으로 말해 나는 그동안 한대 삼촌으로 말미암아 받
은 유형무형의 막대한 손실을 메우겠다는 속셈 아래 인간 박한
대를 모델로 삼은 소설을 구상하고 있었던 것이다. 어쩌면 별
다른 구상이 필요하지 않았다는 말이 맞을지 모른다. 물론 다소
의 취사선택은 있겠지만 되도록 있는 그대로를 쓰자는 것이 그
작품의 방법론이라고 할 수 있었기 때문이다. 독자들은 자신이
읽는 소설이 어디까지가 사실이고 어디까지가 허구인지를 매우
궁금해한다. 그것이 허구이기보다는 실제의 사실과 많이 닮았
기를 바라는 마음일 것이다. 그리하여 작가와 독자들은 어떤 작
품 하나를 놓고 작품 내용에 걸맞은 실제의 상황과 그 모델을
찾아 작품 이상의 의미 두기와 허구의 현실화 작업에 묵시적 공
범 관계를 이루게 된다고 할 수 있다.

이미 발표된 단편 「모방설」과 맥을 같이하는 「견딜 수 없는
매력」이란 제목의 그 소설은 주인공 박한대가 한때 우연적 우
월성에 기인하여 그 시대의 혁명적 지도자 모델이 된 박 대통

령의 견딜 수 없는 매력에 끌려 국회의원에 출마한 뒤 자기동일
시 현상의 메커니즘으로 좌충우돌 많은 사람들의 삶을 파탄시
키는 동시에 사회의 규범 자체를 마비시키는 신명으로 눈이 뒤
집힌다는 것이 대충 줄거리인데 문제는 이 작품의 결말을 어떻
게 처리할 것인가를 놓고 고민하지 않을 수 없었다. 정치적 카
리스마 현상이 적조처럼 세상을 뒤덮은 이 사회를 흉내 내던 광
기 어린 그 사내가 국회의원에 당선하느냐 못하느냐는 그대로
이 사회의 정치 상황에 대한 가치매김이라고 해도 틀리지 않았
기 때문이다.

　구상하고 있는 작품의 결말 처리의 고민에 앞서 나를 압도하
고 있는 것은 박한대 후보의 개표 결과였다. 내가 예상하고 있
는 것처럼 그는 정말 낙선의 참패로 고향을 떠날 것인가, 아니
면 작가인 내 예상을 뒤엎고 당선한 뒤 그야말로 실천하는 일꾼
이 되기 위해 수하면 구석구석을 누비고 다닐 것인가.

　그러나 언제부턴가 나는 내가 구상한 그 각본을 불신하면서
그가 당선돼야 한다는 쪽으로 생각이 기울이 시작했다. 그의 당
선에 대한 기대의 그 집착이야말로 일종의 자학이라고 할 수 있
었다. 명색이 전업작가인 내가 작가로서의 구실을 제대로 하지
못한 채 육질의 아주 천박한 한 사내의 광기 놀음에 압도당해
질질 끌려다니고 있는 데 대한 자기혐오 같은 것이었다. 어쩌면
그의 당선에 대한 기대는 이 시대 정치와 그 선거 열풍에 대해
내가 느끼고 있는 환멸과 무관하지 않을는지도 모른다.

　선거 하루 전인 26일 밤 열한시. 박한대 후보는 한껏 달아오
른 선거 열기와는 딴판으로 침울한 얼굴을 하고 있었다. 그렇게

잘 먹는 사람이 저녁밥은 아예 숟갈도 대지 않았다.

"자네 언제까지 이렇게 혼자 살 거여. 그깐 놈에 글이 뭔데 그래. 애들 엄마를 아주 내려오라고 하든가 아니면 자네가 서울로 올라가든가 해야지 혼자 이게 뭐 하는 짓이여. 자고로 사람은 지지고 볶고 싸워도 가정이 있어야 사람 구실을 하고 사는 게여."

도대체 그에게 어울리지도 않는 이런 따위 감상적 심경 피력은 어디에 연유한 것일까.

"나 이번에 당선되면 어머일 물노리에 모실 생각이여. 늦었지만 장가두 가야지. 가정두 없는 홀아비가 어떻게 큰일을 하겠다구 나서겠느냐 그거여."

"삼춘이 얘기하던 그 여자분부터 빨리 찾아야 하겠군요."

"미친―, 쎄구 쎈는 게 여자여. 게다가 그 계집은 한번 데리구 자는 데야 그만이지만 마누라루는 젬병이라구."

박한대 후보는 선거 기간에 박정희 대통령을 모신다는 그 여자 무당에 대해 별다른 말은 하지 않았다. 그러나 나는 느낌으로 그가 그 여자 소식을 애타게 기다리고 있다는 것을 알 수 있었다. 어느 날인가 나는 김나은이란 사람 앞으로 보냈던 한대 삼춘의 편지가 반송돼 온 것을 보았다. 충청도 보은의 어느 암자였는데 수취인 부재로 반송돼 왔던 것이다. 그 주소 말고도 박한대 후보는 김나은 앞으로 몇 통의 편지를 더 보내는 기색이었지만 답장을 받은 것 같지는 않았다.

"종우, 자넨 내가 지금까지 공연한 짓을 벌였다구 생각하구 있지? 내가 다 알구 있어야."

"삼춘 떨어지면 정말 낭패스러운 건 바로 나라구요. 삼춘이야 또 훌쩍 떠나버리면 그만이지만 내 꼴은 뭐가 되겠수."

"미친—. 내가 떨어져? 뭐, 훌쩍 떠날 거라구? 어림 반 푼어치두 없는 소리. 그땐 깽판 되는 거여. 내 손에 요절날 놈들 많을 거구먼. 그놈들을 위해서두 이 박한대가 떨어져서는 안 된다 그 얘기여."

박한대 후보는 말은 그렇게 하면서도 내 얼굴을 통해 뭔가 확인하고 싶어 하는 눈치였다. 그러나 나는 섣불리 그에게 희망을 안겨주는 일은 하고 싶지 않았다.

"다른 사람들두 다 삼춘만큼은 뛰었어요. 다 나름으로 자신이 있다구 믿기 때문이겠지요."

"그놈들 뭐니 뭐니 해두 돈 힘으루 뛴 거여. 하긴 돈 한 푼 안 쓰구 당선을 바라는 내가 도둑놈이지. 바루 그거여. 돈 한 푼 안 쓰구 당선되는 기적을 이 박한대가 만들겠다 그거여."

27일, 투표 시간이 가까워지면서 조울병처럼 심한 감정기복을 보이던 박한대 후보가 다시 싱싱하게 살아나고 있었다.

수하면 유권자들의 투표율은 78퍼센트였다. 1,752명의 유권자 중 1,366명이 투표를 한 것이다. 무표효 36표를 뺀 1,330표를 다섯 사람의 후보가 나눠 가졌다.

먼저 뚜껑이 열린 부재자 투표함에서는 박한대 후보가 단 한 표도 나오지 않는 기록을 세웠다. 그때까지만 해도 변충성 후보의 얼굴을 개표장 안에서 볼 수 있었다.

부재자 투표함 다음으로 뚜껑이 열린 물노리 투표함에서도 사람들의 예상을 깨고 변충성 후보가 박한대 후보를 25표 차이로 따돌리며 앞서 나갔다. 변충성 후보 쪽 사람들이 환호성을 내지르기 시작했다.

박한대 후보는 개표가 진행되는 그 시간 개표장인 중학교 앞 식당에 혼자 앉아 고기를 구워 먹고 있었다. 식당에 함께 있다가 온 사람들에 의하면 그는 밤 열한시까지 등심 다섯 근을 먹어치운 뒤 두 근을 더 시켜놓고 있는 상태라고 했다.

개표장에서 참관하던 사람들이 술렁이기 시작했다. 상걸리 개표함에서부터 박한대 후보 표가 쏟아져 나오기 시작했기 때문이다. 상걸리 김갑수 후보보다 박한대 후보가 5표를 앞섰다. 중걸리에서는 그곳 후보인 최장곤 후보보다 무려 22표나 앞섰다. 물노리에서 무더기 표를 얻은 변충성 후보는 다른 마을에서는 죽을 쑤고 있었다.

변충성 후보가 뒷목을 감싸쥐며 비척걸음으로 개표장을 빠져나간 것도 박한대 후보 득표 상황이 다른 후보보다 앞서가기 시작한 바로 그 시간이었다. 밖에 나간 사람이 돌아오지 않자 그쪽 사람들이 변충성 후보를 찾아나섰지만 그의 행방은 쉽사리 밝혀지지 않았다. 나중에 안 사실이지만 변충성 후보는 밖으로 나가기 전 상걸리 투표함에서 박한대 후보 표가 쏟아지기 시작하자 줄곧, 저런 죽일 놈— 소리를 신음처럼 연거푸 내뱉더란 것이다.

철정리에서는 이영범 후보가 박한대 후보를 단 한 표 차이로 앞서는 데 그쳤다.

수하면 시의회의원 후보들의 득표 현황은 도토리 키 재기였다. 변충성 182표, 김갑수 202표, 최장곤 255표, 이영범 343표.

차점자인 이영범 후보와 15표 차인 358표를 획득한 박한대 후보의 당선이 확정되었다.

"어머이, 고마워유."

새벽 한시, 식당에서 당선 소식을 들은 박한대 후보는 자신이 입고 있던 잠바를 벗어 그 안에 부착한 배냇저고리에 얼굴을 묻고 울음을 터뜨렸다.

술집에서 죽은 변충성 후보를 찾아낸 것은 개표 결과가 나온 새벽 네시쯤이었다. 귀신이 씌지 않구서야 그럴 수가 있나. 사람들은 변충성 후보가 그 시간에 찾아간 곳이 너무나 엉뚱했기 때문에 그 사실을 쉽게 믿으려 들지 않았다. 평소 술도 잘하지 않을뿐더러 그런 오입을 할 사람이 아니라는 것을 여러 사람의 입이 입증하고 나섰다. 원래 그런 사람이었다고 해도 어떻게 그런 시간에 술집 골방을 찾아갈 생각을 할 수 있겠느냔 의문은 풀리기 어려웠던 것이다.

정말 놀란 사람은 그 술집 여자였다는 얘기다. 그네의 말에 따르면 두어 번 술을 팔아줘 안면이 있는 그가 새벽 한시에 느닷없이 찾아와 돈 십만 원을 내놓으며 제발 잠 좀 자게 해달라고 간청을 해 그 골방을 내줬다는 것이다. 문제는 그가 옷을 하나도 걸치지 않은 맨몸으로 죽어 있었다는 사실이다. 그러나 술집 여자는 결코 변충성 씨 곁에 가지도 않았기 때문에 복상사란 얘긴 말두 안 된다고 그 억울함을 하소연했다는 것이다.

"당숙, 전 도무지 뭐가 뭔지 모르겠어요. 한대 할아버지가 정말 시의원이 됐다는 겁니까?"

경리회계를 맡아본 집안 청년은 눈앞에 나타난 이 불가사의한 사실로 해서 숫제 괴로워하고 있었다. 줄곧 시큰둥한 눈길로 박한대 후보를 대했던 자신의 편견에 대해서 어느 정도 반성하는 눈치가 역력했다. 그는 자신이 맡은 경리회계 일만은 끝까지 마무리 지어 제출하겠다는 뜻을 나한테 분명히 말함으로써 박한대 후보의 당선을 사실로 받아들이기 위해 노력하고 있는 것처럼 보였다.

시의원 박한대 씨와 내가 호젓이 마주 앉은 것은 선거가 끝난지 일주일이 지나서였다. 그동안 박 의원의 당선을 축하하는 사람들이 정확히 369명이나 전화를 걸어오거나 직접 다녀갔다. 그 숫자가 그가 얻어낸 표보다 많은 것이었다.

선거 개표가 완료된 그 시간에 술집에서 주검으로 발견된 변충성 씨의 장례식에 왔던 대부분의 사람들도 박 의원을 눈치껏 찾아보고 돌아갔다. 박한대 의원은 근신하는 뜻에서 변충성 씨의 장례 기간 동안 술을 일절 입에 대지 않고 외출도 삼가겠다고 했다.

"이보게 사무장, 내가 아까운 사람 하나를 죽였어."

박한대 의원의 목소리는 그전과 달리 낮고 엄숙했다. 어쨌든 그는 변충성 씨의 죽음을 깊이 애도하고 있는 것 같았다. 그러나 그는 혼잣소리하듯 중얼거렸다.

"이거 남의 일 같지 않아야. 욕감태기 자식은 낳지도 말랬다구 사람이 남들헌테 욕 많이 먹다 보면 결국은 그 끝이 안 좋더라 그거여."

그는 짐짓 침울한 얼굴을 만들었다.

"이보게 사무장, 내가 아무래도 너무 큰일을 저질렀어야. 욕심은 낼수록 는다고 일이 이렇게까지 될 줄은 정말 몰랐다니까. 내가 막가는 심정으로 출마했던 거 자넨 다 알고 있었을 게여. 계집이 뭔지 고거 맘 좀 잡아볼 생각으루다 시작한 일이 결국 이 지경까지 되고 말았다 그 얘기여."

"삼춘, 혹시 다 팽개치구 도망가는 거 아니유?"

시의원 박한대 행방을 감추다! 이것은 내가 그의 당선을 사실로 받아들이면서 한 가닥 미련으로 만들어낸 가상의 시나리오였다. 그는 자신이 당선된 이 엄청난 사실을 감당하기 어려워 어느 날 우리들 앞에서 사라진다는 것이 내 각본이었던 것이다. 그는 자신을 당선시킨 우매한 유권자와 아직도 형편 무인지경인 이 시대 정치판을 비웃으며 유유히 자취를 감춰버린다는 것은 이미 단편 「모방설」에서 써먹은 줄거리기도 했다. 그러나 박의원은 아직도 내 곁에 뻔뻔스레 건재했다.

"그래, 나도 첨엔 도망이라두 갈 생각이었어야. 사실 당선은 꿈도 안 꿨다니까. 다만 나는 이번에 경험을 쌓아두자, 그런 생각으루 가볍게 시작한 거라구."

"삼춘, 삼 년 임기 후에 또다시 출마할 거지요?"

"잘하면 내년 총선에 한번 뛰어볼 생각이여. 어제 찾아왔던 모 지구당 책임자가 넌짓 공천 가능성을 비추더라구. 자기들두 이번에 내가 당선된다구는 꿈에두 생각 못했다면서 이런 추세라면 총선에두 가능성이 높다 그거여. 어쩜 삼 년 뒤 시장 출마를 생각해볼 수두 있어야. 그건 그렇구 우선 내가 할 일이 있어야. 이 촌놈에 새끼들……"

갑자기 박한대 의원의 얼굴이 험악하게 일그러졌다.

"사무장, 물노리 것들이 나 엿먹인 거 알구 있지? 당장 낼부터 나하구 그 표 성향을 분석하는 작업을 시작하자 그 말이여. 이런 죽일 놈의 인간들 같으니라구."

나는 화제를 바꿀 필요가 있다고 생각했다.

"삼춘, 선거 다음 날인가 삼춘한테 온 전보 그거 그 여자분이 보낸 거 맞수?"

그러자 박한대 의원은 나를 좀 안 좋은 눈으로 쳐다보면서 말했다.

"이보라우 사무장, 앞으루 남들 듣는 데선 삼춘보단 박 의원님으루 불러줬으면 좋겠구먼."

결코 농담으로 하는 얘기가 아니었다. 그는 서너 잠쯤 자고 난 누에처럼 거오스레 몸을 움직여 자기 둥지를 틀기 시작했던 것이다.

"박 의원님, 그 전보 받구 꽤 좋아하시데요."

"미친―, 계집이란 다 요물이라니까. 보구 싶다는 거여. 당장 찾아오겠대. 내가 원하는 결혼까지 생각하구 있다나, 미친―"

나도 그 축전 내용을 얼핏 스쳐 알고 있었다. 축 당선 김나은, 이 정도의 짤막한 문구였던 것이다. 그러나 나는 박 의원의 허풍에 대해 별로 거부감이 일지 않았다. 그것은 그 여자가 축전을 보냈다는, 그 실존 확인과 그 여자가 지킨 약속만으로도 박한대 의원을 보는 내 눈의 각도가 이미 많이 달라져 있었기 때문이다.

선거가 끝난 열흘 뒤에 사십대 여자 하나가 박한대 의원을 찾아왔다. 행색이 몹시 초라한 시골 아낙이었다.

"내가 널 수소문해 찾는 데 한 달이 걸렸어야. 씨까지 같은 건진 내 아직 확인해보지 않았다만 너하구 난 같은 어머이 배 속에서 난 오뉘이라는 건 분명하니라."

박한대 후보는 제대로 격식을 갖춰 그 여동생의 절을 받은 뒤 거두절미하고 그녜 앞에 돈 백만 원을 현찰로 내놓았다. 후보 등록을 할 때 거치했던 그 이백만 원의 절반이었다.

"너두 보다시피 지금 내 형편이 이렇다. 내 긴말 안 할 거여. 어머일 니가 모셔라. 그동안 니가 수고한 것두 내가 다 알고 있어야. 허지만 그 양반 봐하니 잘해야 내년 넘기기두 어렵겠더라."

우두망찰, 울며 겨자 먹기로 얼떨결에 돈 백만 원을 받아 쥔 박한대 의원의 여동생은 시의원 오라버니한테 다시 큰절을 올린 뒤 쫓기듯 떠나갔다.

"이보게 사무장, 내가 자네한테 진 빚이 얼마여?"

시의회가 개원을 한 지 한 달이 지난 어느 날 박한대 의원은 나를 요란 뻑쩍한 갈비집으로 불러냈다. 그는 5·16 쿠데타 당시 박통이 쓰고 있던 것과 모양이 같은 색안경을 쓰고 있었다. 안질이 생겼다고 변명을 늘어놓긴 했지만 그는 뭔가 나와 눈길이 마주치는 것을 꺼려하고 있는 게 분명했다.

"지금 그 빚을 갚겠다는 얘기는 아니겠죠?"

그는 아직도 내 거처에 빌붙어 숙식을 제공받고 있는 처지에다 툭하면 내 차를 이용하고 있었다. 나는 꼼짝없이 그의 운전기사 노릇을 하지 않을 수 없었다.

"아무리 아재비 조카 사이라군 해두 계산은 분명해야 하는 뱁이여."

박한대 의원은 신문지에 싼 현금 다발을 내 앞으로 밀어놓았다.

"이자는 없어야. 하긴 자녠 소설쟁이니까 내 얘길 하나 소설루 쓰면 그 이자가 문제 아니라는 걸 내가 다 알구 있어야."

"그 여자분이 나타난 겁니까?"

"미친―, 아직 소식이 없어야. 하지만 분명한 건 언제구 그 계집이 날 찾아온다는 거여."

"그렇담 이 돈은 어떻게 된 겁니까."

"궁금할 거 없어야. 며칠 전 돈푼깨나 있는 전직 교장이 날 만나자구 해서 만났더니 무조건 잘 부탁한다는 거야. 그래 내가 한마디 했지. 교육위원님, 나두 이 배지 그냥 앉아서 단 거 아니올시다. 그랬더니 머리가 허연 양반이 갑자기 일어나 큰절부터 하더라 그거여. 뭐 대충 이 정도만 해두지. 이 사람아, 세상 다 그렇구 그런 거 알면서 뭘 그래."

박한대 의원은 취중에 한 그 얘기가 마음에 걸렸던지 집으로 돌아오는 차 속에서 그 돈 얘기만은 소설로 써서는 안 된다는 것을 협박조로 몇 번씩 다짐해두었다. 서슬 시퍼렇게 날이 선 그 목소리부터가 심상치 않았다.

"박종우, 명심하라우. 아무리 자네가 소설가라군 하지만 이젠 자네 맘대루 못 쓴다 그런 얘기여. 먼저 자네가 지금까지 쓴 그 엉터리 책은 내가 보는 앞에서 모두 불태워버려야 한다, 그거여. 언제구 그걸 얘기하구 싶었어야. 그게 한두 권두 아닌 걸 어떻게 다 찾아서 태울 수 있느냐, 그렇기두 하겠지. 정 그렇다면 딱 한 가지 방법이 있어야. 이 박한대 얘길 싹 새루 쓴다 그 말이여. 내가 물노리 박씨 집안에 개구멍받이로 들어와 눈칫밥 먹구 크던 그 설움을 빼먹구 쓸 수야 없지. 어린애가 혼자 산속에 숨어 짐승 괴길 질경질경 씹어대면서 뭔 생각을 하구 있었겠나, 바루 이런 얘기부터 시작하라, 그 얘기여."

운전대를 잡은 채 나는 힐끗 옆에 앉은 그를 쳐다보았다. 아니나 다를까 나는 박한대 의원의 얼굴에 매우 야릇한 미소가 매달려 있는 것을 보았던 것이다. 어디서 많이 본 것 같은⋯⋯

그래, 바로 그 웃음이었다. 매우 찬 느낌의 그 야릇한 웃음이야말로 내가 작품 구상 중 불현듯 그 얼개에 걸맞은 모델을 찾아냈을 때 나도 모르게 어금니로 벌쭉 솟아오르던 바로 그런 것이었다. 그것은 그 모델의 영혼과 그 인생을 내 마음대로 주관할 수 있다는 회심의, 마음 그 안쪽에 도사리고 있는 잔인함 혹은 그 여유 같은 것이라고 할 수 있었다.

○ 1996년 『문예중앙』 봄호

시인의
겨울

현우는 돌아온 것이 아니다. 어쩌면 영원히 떠나기 위해 돌아왔는지 모른다는 생각이 들었다. 입대한 지 사 개월 만에 군대에서 쫓겨났다는 것을 현세에게 알리기 위해 잠깐 얼굴을 보인 것을 마지막으로 현우는 그렇게 가뭇없이 사라져버렸던 것이다.

　현우가 가게에 나타난 것은 공교롭게도 노태우 전직 대통령이 구속되는 바로 그 시간대였다. 현세는 현우의 그 출현이 너무 뜻밖이라 역사적 사건으로 왕왕거리는 티브이를 죽여버렸다. 역사 바로 세우기는 티브이가 꺼짐과 동시에 그 진행을 멈췄으나 막내 이복동생의 그 느닷없는 제대 소식으로 해서 현세는 가슴이 덜컥 내려앉았다. 자대배치를 받은 지 한 달 만에 정신병원으로 후송됐고 그곳에서 두 달여를 머문 뒤 의병제대를 했다는 것이 현우가 전한 자신의 귀환 전말이었다.

　저도 뭐가 뭔지 잘 모르겠어요.

　도대체 어떻게 된 일이냐며 다그치는 현세의 눈길을 끝까지 피한 채 현우는 몸을 작게 도사려 뭔가 결연한 모습으로 사라져버렸다.

눈이 오리란 예감은 번번이 빗나갔다. 예감이 녹슨 시인. 현세는 자신의 시심이 겨울 가뭄으로 해서 바싹 메말라버렸다는 느낌이었다. 현우 소식을 기다리듯 그는 눈을 기다리고 있었다. 늘 우중충 흐린 하늘은 가뜩이나 구저분한 변두리 동네 풍경을 더욱 음산스럽게 만들었다. 뒷골목이라 자동차는 별로 다니지 않았지만 동네 집들의 낮은 지붕 위에는 먼지가 더께로 앉았다. 바람이라도 불면 그 먼지들이 풀풀 날아 건조한 공기 속을 떠돌다가 가게 진열장 구석구석 내려앉은 걸 볼 때마다 현세는 화장터 하늘 위를 떠도는 재를 생각했다.

두 분 무덤이라도 있었음 좋을 걸 그랬어요. 그는 언젠가 아버지한테 그런 불만을 말한 적이 있었다. 두 어머니가 다 무덤을 남기지 않았다. 세 살 때 일이라 기억 저쪽의 일일 수밖에 없는 생모의 죽음은 그렇다 치더라도 십 년 전 이복동생 다섯을 남겨 놓고 위암으로 죽은, 키워준 어머니의 주검도 죽은 이의 뜻과는 상관없이 화장터에서 재로 흩어져버렸다. 그 사람도 화장을 원했다. 그 사람이란 현세의 생모를 두고 하는 말이었다. 거의 오십 년 전 잠깐 인연을 맺었던 그 사람이 어떻게 죽었는가에 대해서 아버지는 설명한 적이 없었다.

증명서를 보구서야 그 사람이 반공포로라는 걸 알 수 있었지. 그래, 반공포로에 여자두 있었다는 걸 나두 그때 첨 알았다니까. 그 사람이 나무에 목을 맨 걸 내가 발견한 거지. 나무지겔 팽개치구 그 사람을 업구 내려온 인연으루다 몇 해 함께 살긴 했어두 그 사람 맘은 딴 데 가 있었어야. 잠결에 가끔 어머일 찾으면서 울데. 북쪽에 있는 집 생각을 많이 하는 거 같았어.

현세는 아버지가 가까운 사람들한테 생모 얘기를 하는 걸 어렸을 때 몇 번 들은 적이 있었다. 아버지는 함께 산 그 여자의 삶 변두리를 맴돌았을 뿐 그네의 영혼을 만지지 못한 채 영별하고만 일을 매우 자조적인 어조로 슬퍼하곤 했다. 나두 죽으면 화장을 해라. 평생을 노동으로 늙은 아버지는 말이 많지 않았다. 아버지는 이 세상에 그 어떠한 흔적도 남기기를 원하지 않는 것처럼 보였다. 물론 세상에 남길 땅도 집도 없었다. 그러나 아버지가 남긴 그 자식들은 아버지가 놓지 않고 산 그 무능과 가난이라는 운명적 굴레를 결코 벗어날 수가 없었다.

현세가 고향 읍내를 버리고 이 도시로 옮아앉은 것도 아버지가 거느린 그 어두운 그늘을 벗어나고 싶어서였다. 그러나 이복동생들은 핏줄이란 사슬을 끌고 항상 그의 주변에서 맴돌았다. 트럭 운전을 하던 첫째 동생은 결혼을 한 뒤 아이 하나를 낳고 여자와 헤어졌다. 두 번씩이나 차 사고를 내고 교도소에 들어가 있을 때 여자가 도망을 간 것이다. 버리고 간 아이를 아버지와 막내 여동생이 키웠다. 둘째 동생은 냉동 기술을 배워 제법 밥벌이를 하는가 싶더니 어릴 때부터의 도벽을 버리지 못해 툭하면 경찰서에서 현세를 부르곤 했다.

사업을 하신다고요?

구멍가겔 하고 있습니다.

시를 조금 쓰고 있습니다.

장사를 하면서 시도 씁니까?

시를 쓰면서 장살 한다고 생각할 수도 있겠지요.

이복동생들은 아무 때나 찾아와 손을 내밀었다. 열 번 중 한 번만 섭섭하게 대해도 배다른 동생이라 괄시한다고 찍자 붙기가 예사였다.

내가 여기 있으면 안 되겠다. 현세는 한때 가게에 딸린 골방에 아버지를 모신 적이 있었다. 그러자 동생들이 아버지를 언덕 삼아 진을 치고 눌어붙었다. 너 하나라두 제대루 살아야 한다. 아버지는 그 말 한마디를 남기고 고향 읍내로 돌아갔던 것이다.

그러나 막내 이복동생인 현우만은 달랐다. 한마디로 무서운 아이였다. 고등학교를 1학년 때 중퇴하고 직장 생활 오 년을 한 뒤 검정고시를 거쳐 스물두 살에 대학에 들어간 것이다. 주동은 아니더라도 그는 대학 안에 이어져 내려오는 운동권 주변을 서성거렸다.

저는 큰형님의 시가 마음에 들지 않아요.

그는 현세와 오 분 이상 이야기를 나눌 수 있는 유일한 동생이었다.

감상의 그 어두운 정서는 이제 문학에서도 극복해야 할 대상이 아닐까요.

어두움 그 자체만 잘 형상화할 수 있어도 좋겠다.

형님, 생동하는 역사 발전의 주체적 삶을 시의 대상으로 잡으세요. 형님의 시엔 개체 정서만 진할 뿐 민족공동체적 그런 보편적 정서로의 지향점이 부족하다고 봐요.

현세는 그냥 고개를 끄덕거려주었을 뿐 그 어떠한 반박의 말도 준비하지 않았다. 현우가 형이 쓰는 시에 대해 관심을 갖고 있다는 일만 해도 대견하게 생각됐기 때문이다. 현우는 요즘의 소설에 대해서도 불만이 많았다.

스토리텔러들의 신파 같은 싸구려 정서도 문제지만 현실의 내면화란 구실로 자폐 상태의 자기위안일 뿐인 넋두리를 장황하게 늘어놓고 있는 일부 지적 오만들로 가득 찬 그런 작가들을 좋아하지 않는다고 했다. 그런 작가들일수록 관념이나 철학을 흉내 낸 자신의 장황한 넋두리에 스스로 도취돼 독자들이 자기 문학을 이해하지 못한다고 불만만 늘어놓는다는 것이다.

현세는 손님이 있건 없건 자정이 되어서야 가게 문을 닫았다. 가게 문을 일찍 닫기라도 한 날은 이웃들에게 큰 죄를 짓는 것 같아 마음이 편치 않았다. 연탄아궁이 옆에 묻은 물독에서 더운 물을 퍼 손발을 씻고 나면 새벽 한시가 다 되어 잠을 자는 시간은 고작 다섯 시간 정도다. 그러나 정확히 여섯시면 어김없이 잠을 깬다. 정 피곤하면 낮잠을 잘 수 있지 않느냔 마음의 여유 때문에 그렇게 일찍 일어나는지도 모른다. 어쩌면 새벽부터 일을 나가는 동네 사람들의 그 부지런한 기척이 그의 잠을 깨웠다고도 할 수 있었다. 그네들의 가난은 결코 게으름 때문이 아니라는 것을 현세는 그 새벽 발짝 소리를 통해 확인할 수 있었다.

"저, 교회 가요."

사실은 아내의 그 기척에 잠이 깬다는 말이 맞을는지도 모른다. 그네는 새벽기도를 하루도 거르지 않았다. 종교가 필요 없는 사람이다. 현세는 언젠가부터 아내에 대해 그런 결론을 내렸다. 이 사람은 결코 죄를 지을 사람이 못 된다. 하느님, 고맙수. 서른다섯 살 늦은 나이에 만난 아내는 그렇게 착했다.

"승원 엄마, 부탁 하나 합시다."

그는 조심스럽게 가게 쪽문을 밀고 나가는 아내를 불러 세웠다.

"하느님한테 제발 눈 좀 내려주십사 기도 좀 해달라 그거요."

"전 하나님한테 뭘 바라는 기도는 못해요."

아내는 현세의 농담을 진지하게 받았다.

"하나님도 승원 아버지처럼 눈을 기다리고 계실 거예요."

"뭘 바라는 기도는 못한다니, 그럼 이 새벽에 가서 뭘 기도하는 거요?"

"그냥 하나님 고맙습니다, 그거지요 뭐."

"뭐가 그렇게 고맙다는 거요?"

그네는 대답하지 않았다.

"현우가 군대에서 그처럼 쫓겨난 것두 고맙다는 거요?"

"하나님은 한쪽 창문을 닫으시면 반드시 다른 한쪽 창문을 열어놓는다고 하셨어요."

그러나 그네는 현세의 심기가 불편하다는 것을 눈치챈 듯 조용히 쪽문을 닫으며 말했다.

"기도할게요. 현우 도련님을 위해서도 기도할 거예요."

그네는 시가 무엇인지 몰랐다. 그러나 남편이 그것을 통해 사는 일에 어떤 위안을 얻고 있다는 것만은 분명히 알고 있는 것 같았다.

현세는 아내가 그동안 시집 식구들에게 보여온 그 한결같은 마음 씀씀이를 이해할 수가 없었다. 사람이 어찌 저럴 수가 있는가. 저건 위선이다. 속으로는 분노가 지글지글 끓어오르면서도 그것을 전혀 내색하지 않는 아내의 그 속이 따로 있다고 생각했던 것이다. 그러나 그네의 속과 안이 따로가 아니라는 것을 확인했을 때 그는 고마움에 앞서 진정으로 창피했다. 결코 아버지 대에서 끝날 수 없는 그 가난과 이복동생들의 그 철저한 몰염치에 대한 자신의 혐오감을 들켜버린 것 같은 부끄러움이었다.

습관이었다. 현세는 아내가 교회 마룻바닥에 앉아 새벽기도를 하는 그 시간 가게 형광등 불빛 아래 원고지를 펴놓고 있어야만 마음이 편했다. 원고지를 펴놓고 앉아 있는 그 자세가 그에겐 기도의 의식이나 다름없었다. 그러나 언제부터인가 시가 쓰이지 않았다. 굳이 따지자면 시를 만들고 싶지 않다는 생각이 들면서부터였다. 변명처럼 그는 눈을 기다리고 있었다. 이 겨울 가뭄 위로 눈이 펑펑 쏟아지는 날 시가 저절로 흘러나올 것 같은 예감이었다. 그래, 그 망할 놈의 예감. 중요한 것은 눈이 아니라 번번이 빗나가는 예감이었다. 가게 문틈으로 디밀어지는 아침 신문이 그를 절망시켰다. 단조로운 일상을 깨고 싶은 그 강렬한 욕구를 동반한 예감은 과거 청산이라는 정치판 돌개바람 앞에 참으로 무색했다. 카멜레온의 혀를 가진 언론이 과거에도 그러했듯 북 치고 장단 치고 한껏 목소리를 높이고 있었다. 현세는 자신의 예감이 숨 쉬지 못하는 살벌한 정치적 장치들로 가득한 이 시대의 광란이 미치게 싫었다.

사실은 현실에 압도당하는 자신이 싫었던 것이다. 이 겨울 그의 안에서 또다시 반란이 일고 있었다. 도대체 시가 뭐란 말인가. 네 밥도 해결하지 못하는 처지에서 너는 어찌 시인이기를 고집하느냐. 세상을 향한 분노를 수용하지 못하는 그것이 어찌

시란 말이냐. 어둡다고, 아프다고 엄살만 떨 뿐 그 어둠을 이겨
낼 아무런 방도도 갖지 못한 네 푸념을 어찌 시라고 주장하려느
냐. 그것은 어쩌면 현우의 소리였는지 모른다. 그러나 다른 목
소리가 말한다. 그 모든 것은 큰 목소리를 갖고 싶은 너의 욕심
에서 비롯된 것이다. 너는 시를 통해 뭔가 말하고 싶어 한다. 노
래하는 시인보다 너는 말하는 시인이기를 원하고 있다. 그러나
너는 결코 말하는 시인이 될 수 없다. 너의 그 외로움이, 지긋지
긋한 가난이, 배우지 못한 한이, 너의 심약함이, 오기가, 그 인
내가 너를 시인으로 만들었다는 것을 잊어서는 안 된다. 너는
그런 것들을 정서 밑천으로 삼고 있지 않느냐. 너는 어둠의 자
식이다. 그 어둠 속에서 허무와 절망을 씹는 일, 그것이 바로 네
가 선택한 신명이 아니더냐.

　현세가 원고지를 치우고 있을 때 아내가 새벽 공기를 몰고 들
어섰다.

　"오늘은 정말 눈이 올 것 같은데요. 등기 낼 준비나 하세요."

　마흔다섯 이 나이에 아직 자신의 이름으로 집 한 칸은 물론
송곳으로 꽂을 땅뙈기 하나 법원에 등기된 게 없는 자신의 무능
이 부끄러워 어느 겨울엔가 이 도시에 내리는 눈만은 모두 자
기 이름으로 등기 내겠다고 한 말을 아내가 기억하고 있었던 모
양이다.

　"꿈에 큰골 개울물이 철철 넘치는 걸 봤어요."

　"옛날과 달리 큰골 개울물이 자꾸 마른다고 걱정하시던 당신
어머니가 좋아하셨지."

　"어떻게 알았어요?"

"나도 큰골 꿈을 꿨거든."

큰골. 현세가 웃자 그네도 따라 웃었다. 현세는 십삼 년 전 스물여덟 살의 그네를 아내로 맞기 위해 큰골을 찾아갔던 그 밤을 잊을 수가 없었다. 지방 도시에서 직장 생활을 하던 그네가 그를 만난 뒤 직장을 그만두고 어머니가 혼자 살고 있는 큰골에 돌아가 있었던 것이다. 그렇게 깊은 골짜기에 사람이 산다는 게 믿어지지 않았다. 조 모퉁이 하나 돌아감 거기 집이 하나 보일 거유. 시골 사람들의 길 안내는 대개 그랬다. 조 모퉁이 하나가 그대로 십리 길이었다. 그는 형용하기 어려운 감동으로 그 골짜기의 적막을 냄새 맡았다. 그 적막한 외진 골짜기에 모녀가 오롯이 살고 있었다. 그네의 어머니가 그 오두막집 뒷산에 묻힌 영감님 곁을 결코 떠날 수 없다고 고집했기 때문이다.

사실은 큰오빠를 기다리시는 거예요.

월남전에 나가 전사했다는 그분 말입니까.

그래요. 큰오빠 이 세상에 없어요. 그러나 울 어머닌 큰오빠가 죽었다는 걸 믿지 않으세요. 어머닌 큰오빠가 월남에서 보내온 첫번째 돈으로 금반지를 해 끼셨거든요. 그런데 그 반지 색깔이 변하지 않는 한 큰오빠 결코 죽지 않았다는 거예요. 큰오빠 전사 통지서만 받았지 유골이 오지 않았거든요.

아들이 어딘가에 살아 있다는 그네의 그 확신은 그대로 하나의 신앙이었다. 현세가 그 골짜기를 방문한 밤에 그 사실을 확인할 수 있었다. 큰골을 떠나지 않고 사는 것이 그네가 선택한 최선의 길이었던 것이다.

"짬을 내 큰골에 한번 다녀옵시다."

현세는 결코 내색하지 않는 아내의 그 마음속에 늘 큰골의 적막이 어둡게 깔려 있음을 알고 있었다.

"어쩜 오늘 어머니가 눈을 몰고 오실 거 같은데요. 새벽기도를 하는데 그런 생각이 들었어요."

"시는 당신이 써야 하겠군."

현세는 펼쳐진 종이 뒤에 끄적거렸다. 눈이 오려나/새벽기도로 오신 어머니/큰골에 눈 오는 날/눈 몰고 오실/눈물의 큰골 어머니.

현세가 가게 앞을 비질하기 시작할 이맘때쯤이면 후평 아파트단지 입구에서 리어카로 생선 장사를 하는 강씨가 물건 떼러 나가는 길에 가게에 들러 담배를 사곤 했다.

"씨이발년, 남편이 나가는데두 코를 골구 자빠졌길래 연탄아궁이에다 물 한 바께쓸 확 쏟아붓고 나왔지. 꽁꽁 얼어 뒈져라."

강씨가 불만을 할 만도 했다. 강씨 부인은 게을렀다. 번개탄을 안 사가는 날이 없었다. 결혼한 지 이십 년이 됐는데도 애가 없어 그 일로 늘 티격태격했다. 책임을 상대에게 떠넘기는 그런 싸움이었다. 강씨의 더 큰 불만은 손가락까지 잘라가며 생선 장사로 벌어다 주는 돈을 부인이 화투놀이로 다 날려버린다는 것이다.

"이 집 동치미 담갔으면 한 사발 얻어먹읍시다. 속이 메슥거려 그래. 머리두 아프구. 젠장할, 날만 흐렸다 하면 연탄 냄새가 방 안으루 들어온단 말이야."

강씨는 현세 아내가 떠온 동치미 국물을 두 사발이나 마시며 화투판에서 늦게 들어온 부인이 연탄아궁이 뚜껑을 제대로 막지 않아 연탄가스가 방 안으로 들어왔을 거라고 또 한바탕 불만을 털어놓았다.

학교 정문 앞에 서로 마주한 두 문방구도 문을 열고 있었다. 그 문방구들은 경쟁이 지나쳐 완전히 원수 사이였다. 심할 때는 사나흘을 계속해 드잡이를 치며 싸웠다. 바로 학교 정문 앞이라 아이들은 등하굣길에 늘 두 문방구 어른들의 싸움을 구경했다. 싸움의 원인을 잘 아는 아이들은 어른들의 그 경쟁심리를 교묘하게 이용해 재미를 보는 경우도 없지 않았다. 참 웃겨요. 화랑문방구에 애들이 많으면요 뽀빠이문방구 아저씨 얼굴이 막 이상해져요. 그게 찬스예요. 물건이 비싸다구 그냥 나가려구 함 막 싸게 깎아주거든요.

그 문방구 이웃에 사는 사람들도 양쪽 가게의 눈치를 봐야 하기 때문에 여간 피곤하지 않다며 아예 먼 길을 돌아 현세네 구멍가게를 이용하기도 했다. 그러나 학교 앞의 두 문방구 사람들은 남의 가게를 세내 장사를 하는 현세네가 워낙 경쟁 상대가 못 된다고 생각해서인지 별반 신경을 쓰지 않는 것 같았다. 현세 또한 그네들과 부딪치는 것을 피하기 위해 그 가게들이 어떤 준비물을 팔 것인가를 미리 알아 되도록 같은 것을 팔지 않는 쪽으로 신경을 썼던 것이다.

"아저씨이, 저어 있잖아요." 부지런한 아이들이 하나둘씩 학교에 가지고 갈 준비물을 사러 가게에 나타나기 시작했다. 그래, 뭘 살 거냐? "도화지 주세요. 색도화지요." 무슨 색으로 몇 장 줄까? "파란색 한 장하구요 빨간색 두 장이요." 그래, 여기 있다. 구십 원이다. "한 장에 얼만데요?" 한 장에 삼십 원이다.

왜 비싸서 그러냐? "우리 반 어떤 애는요오 딴 데서 이십 원씩에 샀다던데요." 그래 여기보다 싸게 파는 데도 있을 거다. 물건이 다를 수두 있구. "그런데 여기선 왜 비싸게 팔아요?" 아이들의 이 수작에 잘못 말려 싸게 팔았다가는 학교 앞 문방구 사람들한테 멱살을 잡힐 것이다. 어떻든 현세는 구십 원어치 물건을 팔기 위해서 이처럼 많은 말을 해야 했다. 시간이 있을 때는 아이들한테 말하는 법을 가르쳐주기도 한다. 용수야, 다음에 뭘 사러 올 땐 아저씨, 색도화지 파란색 한 장하고 빨간색 두 장 주세요, 그렇게 말하거라.

아침 7시 45분. 역시 그 사람이 가게 앞을 지나가고 있었다. 그의 출근 시간은 시계처럼 정확했다. 그는 후생주택이라고 불리는 노후된 주택단지에 살고 있는 시청 직원이었다. 공무원이라고는 하지만 필경 등 잡일을 하는 별정직으로 시청에서만 이십 년 이상 근무하는 붙박이라고 했다. 늘 같은 양복이긴 해도 그 차림이 단정한 그는 언제나 발밑을 바싹 내려다보면서 걸었다. 현세는 아침저녁으로 그 사람의 출퇴근을 확인하면서도 아직 제대로 통성명을 해본 적이 없었다. 몇 번 가게에 들러 장난감 같은 걸 사간 적이 있긴 하지만 일절 딴소리를 넣을 틈을 주지 않았기 때문이다. 이쪽에서 인사를 하려 해도 한눈을 팔고 있지 않은 그의 표정이 너무 엄숙해 쉽게 접근하기가 어려웠다. 이웃이면서 이웃 같지 않게 먼 사람, 마치 객지에서 온 낯선 사람에 대한 그런 호기심으로 현세는 그의 출퇴근 시간을 기다리곤 했다.

아이들이 줄레줄레 가게 안으로 몰려들기 시작했다. 이 시간부터 2부 수업을 받는 아이들의 등교가 끝나는 열시 반까지 아내와 둘이 함께 팔아도 눈 한번 다른 데 돌릴 틈이 없이 바빴다. 그러나 가게에 들어온 아이들이 모두 물건을 사는 것은 아니다. 지우개 하나를 사러 들어온 아이 옆에는 항상 서너 명의 아이들이 따라붙었다.

"물건을 파는 것도 중요하지만 애들한테 기회를 줘선 안 돼요."

아이들을 의심하는 것은 죄스러운 일이었지만 현세가 장사를 하면서 터득한 일은 손버릇 나쁜 아이들에게는 그런 유혹이 될 기회를 주어서는 안 된다는 것이었다. 아이들은 어른들이 하는 짓을 그대로 흉내 냈다. 물건을 슬쩍하다 적발된 아이들 대부분은 내가 언제 훔쳤느냐고 잡아떼기 일쑤였다. 그 아이 주머니 속에서 훔친 물건이 나와도 자기는 모르는 일이라고 잡아뗐다. 더욱 한심한 일은 교육상 그 비행을 아이의 부모한테 알릴 경우 부모들이 한술 더 떴다는 사실이다. 못사는 것도 서러운데 이젠 아예 도둑 누명까지 씌운다며 세상을 향해 품고 있던 울분을 포악스레 내쏟곤 했던 것이다.

"아줌마아, 저어 울 엄마가요오 지금은 돈이 없다구요, 오학년 수련장 하나하구요 라면 열 개 외상으루 달래요."

이런 식으로 깔리는 외상이 적지 않았다. 외상으로 가져가는 집에서는 그게 밀려봤자 별거 안 되는 돈이지만 외상장부 장수가 늘어가는 구멍가게로서는 문을 닫아야 할 만큼 심각한 것이었다. 분명 계산상으로는 있는 돈이지만 그 깔린 액수가 늘어나다 보면 이게 내 돈이 아닐 수도 있다는 생각이 들면서 더럭 겁이 났다. 실상 남의 집 셋방을 살다가, 간다는 말 한마디 없이 홀쩍 떠나버리는 사람들이 많았다.

"외상 못 갚고 도망가는 사람들에 비하면 그래두 우린 행복한 거요."

외상장부를 아예 찢어버리며 그런 자위의 말을 하면서도 현세는 마음이 결코 가볍지 않았다. 삼 년 전 그 상처가 아직 아물지 않았던 것이다. 그들 부부로서는 평생 처음 겪어보는 시련이었다. 정말 안 먹고 못 입고 푼푼이 모은 돈이었다. 이웃에서는 그래도 가장 큰 집을 가지고 있는데다 블록공장까지 하고 있어 눈곱만큼의 의심도 없이 계 탄 돈을 몽땅 꿔줬던 것이다. 그 집에서는 늘 갈비 굽는 냄새가 났지만 자기 능력 있어 저처럼 잘 먹고 잘사는 게 뭐가 어떠냐고, 되레 하루 두 끼로 끼니를 대충 때우는 자신의 무능을 부끄러워까지 했던 것이다. 그 부잣집이 부도를 내고 야반도주를 하기 앞서 이웃 사람들한테 긁어간 돈이 엄청났다. 이웃 사람들의 이 가는 소리가 차라리 현세 부부에게는 큰 위안이었다. 그러나 제대로 만져보지도 못한 채 날려버린 곗돈을 이십여 개월 동안 물어내야 했던 그 고통은 생각보다 쉽지 않았다. 아내의 위장병이 생긴 것도 그 일 이후부터였다. 그러나 아내는 현세보다 쉽게 그 사람들을 용서했다. 무슨 억하심정이었을까, 아내는 그 무렵부터 새벽기도를 나가 감사의 기도를 시작했던 것이다.

현세는 두 아이의 아버지다. 솔직히 낳고 싶어 낳은 자식이 아니라 그냥 어쩌다 생긴 아이들이었다. 이런 세상에 애를 낳는다는 것은 죄악이다. 현세는 결혼을 하고도 그런 생각을 했다. 그것은 아무런 대책 없이 아이들을 만들어놓은 아버지에 대한 도전 같은 것이었다. 이복동생들 치다꺼리에 그는 넌더리가 났다. 그가 선택한 시 쓰기, 그것은 세상살이의 구체적인 던적스러움으로부터 도망치고 싶은 욕구가 찾아낸 하나의 출구라고 할 수 있었다.

그러나 시를 쓰면서 그의 생각은 달라지기 시작했다. 그가 찾는 이상향은 자신이 그처럼 혐오하고 있는 현실의 구체적인 삶 속에 들어 있었다. 시는 몽상의 무지개가 아니라 살아 있는 인간 감성의 뼈요 현실의 울음 같은 것이었다. 마취가 풀리면서 초췌하게 늘어지는 그런 것이 아니라 심취함으로써 살아 있음에 대해, 누리고 있는 모든 것에 대한 외경심이 솟아오르는 그런 시를 쓰고 싶었다. 아내와 두 아이들이 자신의 시 속으로 들어오기 시작한 것도 그 무렵이었다.

"어이구, 손님이 많구먼요오."

집주인인 김 상사가 가게 안으로 들어서며 천 원짜릴 내밀었다. 직업군인인 김 상사는 이 시간 담배 한 갑을 사면서 언제나 가게 구석구석을 두리번거렸다. 이 집 하나를 갖기 위해 그가 군대밥을 먹어가며 절약한 그 근검 생활을 들어보면 이 사람에게 이 정도의 재산은 정말 아름다운 소유라는 생각이 들지 않을 수 없었다.

"예, 덕택에 잘됩니다."

"잘될 때 부지런히 버셔야 합니다."

김 상사는 이만한 집이라도 장만한 인생 선배로서의 충고를 늘 잊지 않았다.

그러나 며칠 전 김 상사 부인은 아내를 불러 전세보증금 이백만 원을 더 올려달라는 말끝에 이 가게가 탐나 달라는 사람이 많다는 말까지 덧붙였다. 한 백만 원쯤으로 사정해보자는 현세의 말에 아내는 지금까지 싸게 산 것만 해도 미안하다며 그녀답지 않게 엉뚱한 데다 기대를 걸었다.

"애들 큰삼촌이 픽업인가 하는 그 차 팔면 돈 좀 해준다고 했잖아요. 사백만 원 가지고 간 게 벌써 삼 년인데 설마 이백만 원 정도야 안 가지고 오겠어요."

"이 사람아, 믿을 게 따로 있지, 갸 말을 믿어? 지 말루두 그랬잖아. 차가 낡아서 살 때 금액의 반도 받기 어렵다구. 그게 무슨 뜻인지 몰랐어?"

"그런 걸 왜 판대요?"

"그게 갸가 늘 하는 수작 아닌가. 차 낡아서 못 끄니까 새 차 하나 사게 돈 보태란 그 수작 말이야."

"그렇담 큰일났네요. 그 삼촌 또 넘어오기 시작하면 어쩐다죠?"

"뭘 어쩌긴. 당신 이번엔 맘 단단히 먹어야 해."

부부가 마주 앉아 이런저런 얘기를 나누는 것도 2부 수업 아이들까지 다 학교에 들어간 열시가 넘어서였다. 아내가 가게 뒤쪽에 붙은 부엌에 들어가 아침상을 보는 사이에 현세는 어지럽게 흐트러진 물건들을 대충 제자리에 진열한 뒤 그날 팔린 물건들을 눈어림으로 대충 살펴 떨어진 물건 등 새로 들여놔야 할 물건들을 체크하고 있었다.

"여기가 김현우 씨 형님네 집이 맞습니까?"

안기부 무슨 분실에서 나왔다는 젊은 사람 하나가 현세를 찾았다. 그 젊은이는 비교적 공손한 태도이긴 해도 이미 몇 개의 질문을 준비해온 듯 마치 피의자를 심문하듯 집요하게 캐물었다.

"김현우 씬 지금 어디 있습니까?"

"우리두 그걸 몰라 찾구 있는 중이지요."

"김현우 씨가 여기 큰형님 댁에 왔다 간 게 언제쯤입니까?"

"한 달 전쯤인가, 날짠 잘 기억 안 나지만 노태우가 구속되던 날은 분명하오."

"여기 왔을 때 주로 뭔 얘기를 하구 갔습니까?"

"군대에서 사 개월 만에 쫓겨났다는 걸 알리러 왔습디다."

"군대에서 쫓겨났다구 그랬습니까?"

"내 느낌이 그랬다는 거요. 갠 의병제댈 했다고 말했소."

"김현우 씬 제대 후 본가에도 안 들렀다던데, 왜 그랬을까요?"

"걔 처지로선 가족들 얼굴 대하기가 힘들었기 때문일 거요."

"김현우 씨와 가까이 지내던 여자가 있습니까?"

현세는 속에서 뭔가 끓어오르는 걸 억제하기 힘들었다.

"내 동생이 지금 수배 중인 인물이오?"

"그런 건 저도 모릅니다."

"그렇담 이렇게 피의자 다루듯 하는 건 도대체 뭐요?"

"죄송합니다. 저는 그냥 김현우 씨의 근황을 알아보라는 지시를 받고 나왔을 뿐입니다."

"나도 궁금한 게 많은데 좀 물어봅시다."

그러나 그 젊은이는 현우가 의병제대를 하게 된 경위 등 이쪽이 알고 싶어 하는 궁금증을 풀어줄 그 어떤 대답도 회피한 채 정중히 물러갔다.

"현우가 정말 제대를 했습니까?"

안기부 사람이 다녀간 바로 그날 저녁 현우 친구 하나가 찾아왔다. 그는 현우와 도서관에서 검정고시를 함께 공부한 친구라고 했다. 그는 현우의 제대 사건을 수사기관 사람을 통해 알았다며 그 일이 믿어지지 않는 표정이었다. 그는 다른 친구들도 몇몇 만나봤지만 모두 현우의 제대 사실을 알지 못하고 있었다고 했다. 현우는 고향 읍내의 아버지는 물론 그 어떤 친구도 만나지 않은 채 종적을 감췄던 것이다.

"현우가 최전방 오피에 파견 근물 했다는 편질 받은 게 두 달 전쯤일 겁니다. 생각했던 것보다 군 생활에 잘 적응하고 있는 거 같았습니다."

"그 편지에 뭐 짚일 만한 그런 내용이 없었는지 모르겠군."

"글쎄요. ……바람이 분다 가슴이 뛴다 날개가 돋는다 몸이 가볍다―이런 시 구절 같은 게 인상적이었는데 그건 아마 최전방에 배치를 받은 그때의 심경이 아니었나 싶습니다."

새로이 부딪친 낯선 세계에 대한 가슴 설렘으로 친구들에게 편지를 쓴 그 직후 현우는 정신병원으로 후송됐을 것이다.

현세는 그 친구와 함께 현우의 일을 여러 방면으로 추리해보았다. 우선 이해할 수 없는 것은 한 사람의 멀쩡한 젊은이가 훈련까지 다 마친 뒤 자대배치를 받은 일선 근무지에서 곧장 정신병원으로 후송됐다가 제대하기까지의 그 엄청난 사건이 그 가족들에게 한 번도 통고되지 않았다는 사실이다. 현세가 시골 사는 아버지에게 넌지시 확인해본 결과 아버지는 그 일에 대해 캄캄인 것으로 보아 그런 연락을 못 받았음이 분명했던 것이다.

그렇다면 현우가 그 일이 집에 알려지는 것을 철저하게 막아냈거나 아니면 군 당국에서 아예 그 일을 가족들에게 알리지 않은 채 처리했다는 것이 된다. 어떻든 우려했던 탈영이 아닌 것만은 분명했다.

"친구들이 볼 때 평소 현우한테 정신병원에 갈 만한 그런 증세가 조금이라두 있었던가?"

"전혀 없었습니다. 현실에 대한 불만은 좀 있었지만 그거야 의식이 제대로 된 이 시대 젊은이라면 누구나 가질 수 있는 그런 정도였지요."

"그래두 속마음을 털어놓은, 뭔가 그런 게 있었을 거 같은데……"

"사실 저하곤 그리 깊이 마음을 나누는 사인 아니었습니다. 제가 알기론 박진수라고 현우와 같이 경영학과에 다니던 학생이 가장 가까웠을 겁니다."

"그 박진수란 학생을 만날 수 있을까?"

"군대 갔습니다. 현우보다 한 달쯤 앞서 입대했어요."

현우 친구는 군대에 가 있는 박진수란 친구를 통해 현우 일을 좀 자세히 알아보겠다는 말을 남기고 돌아갔다.

현세는 현우 친구가 돌아간 뒤 가끔 가게에 찾아와 자신과 얘기를 나누던 현우의 말을 구석구석 되살려내 뭔가 잡아보려고 안간힘을 썼다. 그러나 짚이는 것은 아무것도 없었다. 오직 어떤 확신을 가지고 앞으로 돌진해 나가는 막내 이복동생의 그 신념에 찬 목소리에 늘 압도당했다는 생각이 있을 뿐이었다. 물론 현우의 말은 사사건건 비위에 거슬렸다. 그런데도 그는 현우를 향해 어른답게 분명한 충고를 할 수가 없었다. 나이를 더 먹었다는 권위만 가지고 큰소리칠 정도로, 그렇게 뻔뻔스레 무디지 못했던 것이다. 더 솔직히 얘기하자면 현우가 아는 만큼 세상 돌아가는 일에 대해 모른다는 그 자격지심이었을 것이다. 얼마만큼이라도, 아니 현우보다 더 많이 분명하게 알고 싶었다. 어떤 확신으로 끓는 그런 가슴으로 살고 싶었다. 그러나 번번이 벽이었다. 그 어떤 벽보다 두꺼운 벽은 자신의 안에 있었다. 통일만 해도 그랬다. 분단 현실에 대한 그 어떤 확신도 생기지 않았다. 통일에 대해 이 나라 국민으로서 마땅히 가져야 할 강렬한 여망이나 대안이 없었다. 절실한 것은 통일이 아니고 전세보증금 이백만 원에 대한 구체적인 대책이었다. 그런 구체적인 현실 앞에 그가 구제받는 길이 하나 있었다. 시를 읽고 시를 생각하는 그런 시간에 그는 다른 것들로부터 어느 정도 자유로울 수 있었다.

 "어머, 김 선생님, 어제 개각이 있었는데 거기 못 끼셨군요."
 다실 '수향' 종업원이 그런 농담으로 맞았다. 다방 종업원들은 현세를 김 선생님이라고 불렀다. 달리 부를 적당한 호칭을 찾지 못했기 때문이지만 아무개 씨라고 부르지 않는 것만 해도 다행이었다. 점심시간이라 그런지 다방에는 아직 아는 얼굴이 보이지 않았다. '수향'은 문인 등 이 지방의 예술인들이 많이 찾는 찻집이다.
 "조금 전 변 사장님 전화 왔었어요. 김 선생님 오시면 그리 좀 와달라고 그러시던데요."
 변희일 씨는 중개사 자격증을 가진 복덕방 주인이다. 복덕방과 시, 어느 면으로 봐도 어울리지 않았다. 그러나 변희일 씨의 시에 대한 집념은 거의 병적이었다. 예순네 살인 변희일 씨는 젊어서 중학교 영어선생을 한 경력을 살려 복덕방에서 미군부대 주변 여자들의 국제결혼에 필요한 서류 등을 만들어주는 일도 했다.

그가 시를 쓰기 시작한 것은 중학교 선생을 할 때 같은 학교에 근무하는 처녀 선생을 짝사랑하면서부터였다고 했다. 자신의 그 뜨거운 심정을 글로 풀어놓지 않고는 견딜 수 없었다는 것이다. 사랑을 주제로 한 유행가의 노랫말이 그렇게 절실했기 때문에 그 흉내를 내기 시작한 것이 그의 시 쓰기였다고 한다. 변희일 씨는 시를 하나 쓰면 그 즉시 여러 장을 복사해 아는 사람들한테 돌렸다. 현세도 그의 시를 받아 읽어야 하는 고정 독자 중의 한 사람이었다. 처음에는 변희일 씨의 그 일이 너무 유치해 그 시를 받아들 때마다 화가 치밀었다. 물론 그가 쓴 글은 개화기 창가에 가까운 것으로 시라는 이름을 붙이기 어려운 수준이었다. 그러나 그의 시를 몇 년 동안 꾸준히 읽으면서 현세가 확인하게 되는 한 가지 사실은 뭔가 절실한 것이 그 속에 담겨 있다는 것이다. 적어도 그것은 없는 것을 억지로 짜내 만들어낸 것이 아니라 어딘가 고였다가 넘치는 그런 자연스러운 유로였다는 점이다. 문제는 그것이 너무 흔해빠진 정서, 뻔한 가락, 많이 듣던 그런 목소리로 노래된다는 사실이다.

그러나 현세는 변희일 씨에게 그 어떤 주문도 하지 않았다. 크게 달라질 가능성이 없는 한 그 주문은 오히려 주문한 사람의 실망으로 남을 것이 분명하기 때문이다. 변희일 씨는 철저하게 남의 작품을 읽지 않았다. 그에게 있어 시는 좀 고상한 부류의 유흥이었으며 자기도취의 환각제일 뿐 그가 뱉어내는 글에서는 그 어떤 고민의 흔적도 찾을 수 없었다. 그는 그저 시를 쓴다는 일을 통해 맘껏 행복했을 뿐이다. 그에게 있어 시인이란 호칭은 사장이란 말과 동의어로 사람대접을 제대로 받기 위한 자격증과 다르지 않았다.

물론 그는 등단이란 관문을 통과한 당당한 시인으로 행세했다. 문단 거간꾼 하나가 삼류 문학잡지와 줄을 대주어 평소 노랭이로 소문난 사람이 거금 백만 원까지 투자해 시인 자격을 획득했던 것이다. 그는 자기 복덕방 앞에 '변희일 시인, 한국시문학대상 수상'이란 현수막까지 내걸었다. 그는 그 삼류 문학지가 그 달에 열다섯 명이나 되는, 주로 지방의 시인들에게 무더기로 베푼 한국시문학대상이란 상을 받았다. 물론 그는 그 상이 발표된 문학잡지를 그쪽의 요구대로 오백 권을 구입해 돌리기도 했다.

"현세 씨, 나 어려운 부탁 하나 합시다."

복덕방까지 찾아간 현세가 자리에 앉기도 전에 변희일 씨가 말했다.

"요새 내가 지금까지 쓴 시를 전부 찾아봤지. 꼭 육백이십 편이더라구. 우라지게두 많이 썼드구먼."

그 육백이십 편을 모두 읽어달라는 부탁이었다.

"내 얘긴 그중에서 현세 씨 마음에 드는 걸루다 한 이백여 편을 골라달라는 거지. 그 정도는 돼야 시집 세 권을 만들 거 아닌가. 시일이 좀 촉박해놔서 미안하긴 하지만서두……"

"시집을 한꺼번에 세 권이나 내시겠다는 겁니까?"

"누구만 깜짝쇼 하란 법 있어. 복덕방쟁이가 하루아침에 일약 일류 시인이 되는 게 어디 그렇게 쉽냐 그거여."

그는 삼류 문학지로 등단을 하긴 했지만 주변의 관심이 시큰둥한 것에 대해 늘 불만이 많았던 것이다.

"시집을 세 권이나 내시려면 돈두 꽤 들 텐데요."

"시집 하나는 서울 공 시인이 문예진흥원에서 지원을 받기로 해준댔어. 한 권은 중학교 선생 하는 아들이 내줄 거구, 또 한 권은 내 돈으로 하되 여러 가지 모양을 생각해서 우리 시낭송회가 내주는 걸루 하면 어떨까, 그것두 한번 의논하구 싶다 그거지."

그는 이쪽의 생각을 묻는 것이 아니라 이미 그렇게 작정해놓고 도와달라는 통고를 하고 있었다. 현세는 자신의 생각을 분명히 밝힐 필요가 있다고 생각했다. 글쓰기를 통해 마음의 빈 구석을 채우고 즐거움을 얻던 그 소박한 구원 행위가 근래 자기과시의 허세 부리기로 돌변한 변희일 씨를 결코 좋은 뜻으로 받아들이기가 어려웠던 것이다. 더구나 그 황당한 무슨 대상에다 세 권의 시집 소동 등이 모두 변희일 씨를 등단시킨 그 삼류 문학지의 공 시인 농간이 분명했기 때문이다.

"변 사장님, 시를 고르는 일은 쓰신 분이 직접 하시는 게 좋을 것 같군요. 최상의 독자는 역시 그것을 쓴 사람 자신에게 마련이지요. 그리고 지금까지 해오신 것처럼 문학은 평생을 두고 하셔야 할 일인데 왜 이렇게 서두시는 겁니까. 시집을 세 권씩이나 한꺼번에 내시는 일은 아무래도 다시 한번 생각해보시는 게 좋을 것 같다는 말씀입니다."

현세는 변희일 씨가 내놓은 원고 뭉치를 끝내 받아들지 않은
채 일어섰다.

"못산다 못산다 해두 정말 이렇게까지 형편없는 동넨진 몰
랐다구요."

지난 2학기 초에 광산촌에서 전근해 온 박 선생은 젊은 사람
치고는 좀 문제가 많았다. 학교가 시 변두리에 있기 때문에 선
생 하는 재미가 없다는 것을 노골적으로 털어놓았다. 먼저 있던
광산촌 사람들은 사는 것은 뭣해도 교육열은 높아 그런대로 용
돈 정도는 떨어지지 않았는데 이놈의 동네는 촌지 한 장 제대로
받아보지 못한다는 그런 불만이었다. 그는 그런 불만 끝에 늘 담
배며 학용품 등을 외상으로 가져가곤 했다. 그렇게 가져간 외상
값이 적지 않았지만 도무지 갚을 생각을 하지 않았다.

젊은 사람이 너무 밝힌다 그겁니다요. 이것두 장사라구 해먹
구 살려니 몇 푼 집어주긴 하지만 정말 드러워서…… 박 선생에
대해 화랑문방구 주인이 그렇게 말했다. 자기 수업 시간에 아이
들한테 과제로 낸 준비물이나 수련장을 판 커미션을 달라고 아
주 노골적으로 손을 내민다는 것이다.

현세는 박 선생이 담배를 한 보루씩 집어갈 때마다 그런 기색
을 어렴풋이 느끼긴 했지만 설마 그럴 수가 있을까 싶었던 것이
다. 현세는 세상을 거꾸로 살고 있는 박 선생과 되도록 빨리 부
딪치는 것이 피차 좋을 것이란 결단을 내렸다.

"박 선생님, 선생님두 아시는 것처럼 전 결혼을 늦게 해 막내
가 이제 육학년입니다. 이런 학부형 입장에서 말씀드리기가 정

말 죄송스럽습니다만……"

"뭔데 그렇게 거창하게 나오십니까. 저한테 뭐 부탁하실 거 있어요?"

"예, 부탁입니다. 선생님께서 그동안 외상하신 물건값이 꽤 되는군요."

"아하, 바루 그거군요. 도대체 외상이 얼마나 많아서 그러는 거요?"

"박 선생님, 그 돈이 많구 적은 게 문제가 아닙니다."

"그럼 도대체 뭐가 문제요?"

"외상하신 걸 아주 잊구 계신 것 같아서 그럽니다."

"아저씨, 저한테 꼭 이렇게 나와야 하는 거요?"

"물건을 가져가셨으면 돈을 내시는 게 당연한 거 아닙니까."

"문학을 한다는 분이 이렇게 꽉 막혀서야 이거 어디. 저쪽 문 방구 아저씨들은 잘들 아시던데."

"박 선생님, 이 동넨 선생님이 아까 말씀하신 것처럼 정말 가난한 뎁니다. 우리 가게들두 다른 데처럼 많이 남겨 먹질 못해요. 이삼백 원 하는 준비물 수십 개, 수련장 몇 권을 팔았다고 해서 남는 게 얼마나 되겠어요."

"그래서요. 남는 게 없으니까 준비물 같은 건 이제 안 갖다놓겠다는 거요?"

"박 선생님, 그런 뜻이 아니라 선생님들 덕을 보면서두 인사두 제대로 못하는 제 고충을 말씀드리는 겁니다. 다른 선생님들도 그걸 다 아십니다."

"다른 선생들하구 비교하지 말라니까. 그 선생들이 이 가게에 와서 손을 안 내밀었다구 해서 아저씰 다 이해하고 있다고 생각함 그건 큰 오해다 그거요."

"이 사회 전체가 다 썩었어두 선생님들만큼은 다르다구 저는 생각하고 있습니다."

"아저씨가 날 노태우 취급하는가 본데, 외상값 얼만지 내일 학교로 청구서 보내요. 여기서 더 긴 얘기 하다간 사람 병신되기 알맞겠수다. 장사꾼이 선생을 훈계하려 들다니 이거 세상에 원."

박 선생이 횅하니 가게를 빠져나가자 현세는 다리에 맥살이 풀려 더 이상 서 있기가 힘들었다. 실로 참담했다.

현세는 박 선생이 말한 청구서를 보내지 않았다. 좀 씁쓸하기는 하지만 그 정도의 부딪침으로 박 선생의 의식에 얼마간의 변화라도 있다면 그것으로 됐다는 생각이었다. 그러나 박 선생이 생각보다 더 모자라는 사람이라는 게 드러났다.

"아저씨, 우리 선생님이요. 이렇게 작은 가게에선 불량품만 판다구요 여긴 가지 말랬어요."

몇 아이가 그런 말을 하기 위해 우정 가게에 들렀다. 현세는 그 아이들 앞에 얼굴을 쳐들 수가 없었다. 박 선생이야말로 교단에 설 자질이 안 되는 사람이라는 확신은 갔지만 이제 자신이 어떻게 나서야 할는지 쉽게 결단이 내려지지 않았다. 욱 하고 치미는 기분 같아서는 당장 학교로 달려가야 했지만 그 학교에 자식을 보내고 있는 학부형 처지에다 일이 커졌을 때 가게를 드나들 그 어린아이들을 무슨 낯으로 대할 것인가, 그것부터 걸렸다.

그 울분을 삭이는 방법으로 현세는 시를 생각했다. 실제로 그

분노를 시로 쓰기 위해 그는 새벽 시간에 원고지를 앞에 펴놓기도 했다. 그러나 헛일이었다. 그 분노가 자신에게 있어 시적 정서로 승화되지 않는다는 것을 확인한 것만 해도 큰 수확이다 싶었을 뿐이다.

노태우 전직 대통령이 법정에 나온 그다음 날 마른 눈이 풀풀 시답잖이 내리다 그쳤다. 그 눈발을 보면서 현세는 더욱 간절히 눈을 기다렸다. 눈은 왜 안 오는가. 몇 군데 수소문해봤지만 현우의 행방은 아직도 감감이었다.

아침 일찍 아버지가 가게에 모습을 나타냈다. 현세는 얼마 전 아버지를 찾아가 현우 문제를 얘기한 적이 있었다. 그러나 아버지는 현우가 의병제대를 한 후 종적을 감췄다는 얘기를 담담히 듣고만 있었을 뿐 끝까지 당신의 의견을 말하지 않았다. 아버지의 그 침묵은 그대로 당신에게 향하는 형벌만 같았다.

"미애 엄마 아직 소식 없나요, 아버님?"

현세 아내는 가출한 지 일 년도 넘은 큰이복동생의 처 소식을 묻고 있었다.

"가야 이제 내 식구 아닌 거 소식 알면 뭐 하냐. 그보다두 오늘 내가 예 온 건 현재 갸 일 때문이다."

"또 무슨 일이 있습니까?"

"갸가 차를 처분했다드라. 그것두 노름빚에 넘어갔다구 갸 친구가 귀띔을 해줘서 알았다. 아마 낼쯤 새 차 사게 돈 꿔달라구 일루 찾아올 게다."

그러니 현재 말에 더 이상 속아선 안 된다는 것을 알리기 위해 허둥지둥 달려온 아버지. 현세는 아버지가 머물다 간 두어 시간 동안 아버지와 단 한 번도 눈길을 맞출 수 없었다. 그러나 아 버지는 일어서기 전에 현우 얘기를 아주 짤막하게 한마디 했다.

"현우, 갸 문제는 염려할 거 읎다. 갸를 믿기 때문에 허는 얘기여."

아버지의 현우에 대한 그 맹목적인 믿음의 정체는 무엇일까. 현세는 골목을 돌아나가는 아버지의 뒷모습이 현우를 닮았다는 생각을 하고 있었다.

아버지가 우정 찾아와 귀띔까지 한 이복동생 현재의 방문은 바로 그날 저녁에 있었다. 현재는 얼마 전 교도소에서 집행유예로 풀려난 둘째 동생까지 데리고 왔다. 그들은 모두 엉망으로 취한 상태였다.

"형, 우릴 벌러지 보듯 그렇게 인상 쓰구 보지 말라 그겁니다요."

그들 나름의 작전일 것이다. 낮은 지능에 못 배운 사람 특유의 그 배배 뒤틀린 자조의 빈정거림이 그들 몸에 배어 있었다.

"형, 우리두 형처럼 사람 구실을 하면서 살고 싶다 그겁니다요."

"작은형, 주제를 좀 알라구. 씨는 같아두 밭이 다른 걸 모르구 하는 소리유. 하긴 씨부터 다른지 모르지만서두."

"새꺄, 형님 앞에서 그런 말을 함부루 하면 어떡허냐."

그러나 현세는 못 들은 척했다. 환경이 그들을 그렇게 만들었다는 생각이었다. 넌 김씨 새끼가 아니다. 물론 화가 몹시 난 상태이긴 했어도 키워준 어머니도 그런 말을 한 적이 있었다. 현세 생모가 임신한 상태에서 목을 맨 것을 아버지가 살려냈다는 얘기였다.

"형, 내가 그 차 팔아먹은 거 알구 있어요? 차 읎으니까 당장 사업이 안 돼요. 형, 새 차 사게 돈 좀 꿔줘요."

"얼마에 팔았냐?"

괘씸했다. 그 차 사는 데 돈 보태주면 다시는 손 내밀지 않겠다고 제 입으로 수십 번 다짐했던 것이다.

"똥차가 뭔 값이 있겠수. 살 때 금새의 사 분의 일두 못 받았어요."

"딴생각 말구 이제 남의 밑에 들어가 얌전히 운전대나 잡거라."

"형, 내 드러운 승질 알면서 왜 그래요. 애두 남 밑에서는 일하지 못하겠대요. 그러니 방법이 없잖아요. 죽으나 사나 우리 둘이서 뛰어보는 수밖에요. 그러자니 아무래두 형 도움이 필요하다 그거 아닙니까."

"느덜 정말 답답하구나. 소도 언덕이 있어야 비빈다고, 내가 어디 느덜 돈 대줄 형편이냐. 느덜이 보다시피……"

"남들이 그러는데 형은 이 가게 수입보단 신가 뭔가 써서 돈 버는 게 더 많을 거라던데요."

"그래, 내가 시를 써서 돈을 벌 때까지만 기다려다우."

현세는 그냥 웃었다. 소 궁둥이에 꼴 던지는 격으로 저처럼 미욱한 사람들을 상대로 이해를 얻어내려고 한 자신이 우스웠던 것이다.

"형이 현우 대학 갈 때 돈 대준 거 다 알구 있다구요. 그런데 대학까지 다닌 놈이 탈영을 해 집안 망신을 시키는 건 또 뭐냐 그겁니다."

"현우는 탈영을 한 게 아니다."

"형, 제댈 했다는 그 새끼 말을 믿어요? 나두 군대밥 먹어봐서 잘 아는데요, 의병제댄 사고로 손모가지가 짤려 나갔거나 골통 수술 받구 병신 된 놈들이나 하는 거라구요."

다행히 그들은 현우가 정신병원을 거쳐 나왔다는 것을 모르고 있었다.

"그래, 몸이 아파 제대를 하는 수도 있다."

"좋아요, 그렇담 왜 수사기관에서 찾아다니느냐 그겁니다."

대답할 말이 없었다. 비록 수배된 상태는 아니라 해도 현우는 뭔가 주의를 요하는 인물로 지목이 돼 있음은 분명했기 때문이다.

"설사 의병제댈 했다구 해도 그 새낀 이제 이 사회에선 낙오자예요. 병으루 군대서 쫓겨난 놈을 어느 직장에서 받아주느냐 그거요."

"그래, 동생이 낙오자 돼서 좋겠다."

"그게 다 형이 그 새낄 후후 감싸줘 그렇게 된 거 아니겠수."

그들은 현우가 제대를 하고 곧바로 현세만 찾아왔다가 집에도 나타나지 않은 채 행방을 감춘 일로 해서 기분이 매우 상해 있었던 것이다.

아침에 일어나보니 마른 눈이 설핏하게 깔려 있었다. 그 눈과 함께 한파가 찾아왔다. 방학이 되어 아이들 발길이 뚝 끊어지면서 가게는 더욱 을씨년스러웠다. 그는 이 겨울 들어 처음으로 강둑으로 바람을 쐬러 나갔다.

강바람이 몹시 찼다. 사실은 강이 아니었다. 북한강 지류와 소양강 줄기를 막아 만든 인공호수였다. 호반의 도시. 도시 주변에 여러 개의 댐이 생기면서 사람들은 이 도시를 그렇게 불렀다. 그러나 현세는 의암댐으로 해서 생긴 이 호수를 그닥 좋아하지 않았다. 사방이 산으로 둘러 막힌 분지의 한구석에 충충히 고인 인공호수의 물은 뭔가 죽어 있는 이미지로 다가왔기 때문이다. 그가 지금까지 단 한 번도 호수를 시로 형상화하지 못한 것도 남들이 아름답다고 보는 것을 아름답게 볼 수 없었기 때문인지도 모른다. 사물은 적당한 거리에서 적당히 바라볼 때라야 아름답게 보이는 법이다. 그는 호수를 너무 가까이에서 보고 그것을 속속들이 알고 있었다. 호수는 썩은 물이었다. 하수처리시설이 안 좋은 상태에서 도심의 하수구가 모두 호수로 연결돼 그것은 폐수처리장이나 다름없었다. 낚시로 잡은 고기에서는 석유 냄새가 나는가 하면 몇 년 전부터는 등이 휘고 꼬리가 이상한 기형 고기들이 보이기 시작했다. 그런 고기도 차츰 씨가 말라 그렇게 많이 찾아오던 서울의 낚시꾼들도 많이 줄었다. 그물을 밭으로 삼는 어부들이 규정에 어긋나는 올이 촘촘한 그물을 겹겹이 쳐 치어까지 싹쓸이로 잡고 있었던 것이다. 더구나 중도나 위도 등이 유원지로 개발된 것이야 어쩔 수 없다고 하더라도 근래 위락시설을 한다며 갯버들과 갈대가 우거져 수백 마리 꿩이 날아들던 북한강과 소양강의 마지막 자존심이던 붕어섬이 송두리째 파헤쳐져 시멘트로 덮인 것은 그냥 넘길 일이 아니었다. 말 그대로 소발도 못 되는 개발을 만들어놓고 만 그 한심한 개발 발상을 한 사람은 언제고 그 죗값을 치러야 한다는 울분을 억누르기 힘들었다. 더 견디기 어려운 것은 그런 자연 파괴의 개발에 대해 이 고장 사람들이 전혀 반응을 보이지 않는다는 사실이다. 어떤 이는 이 도시 사람들의 특징을 무뚝뚝, 무관심, 무감각이라고 표현했다. 그 무반응이 검봉 산허리를 결딴내는가 하면 아예 산을 밀어내고 골프장을 만들었다.

붕어섬을 잃어버린 호반이지만 현세는 시간이 있을 때마다 그 둑길을 산책했다. 비록 썩은 물이지만 삼악산이 연출해내는 해 질 무렵의 이내는 그 물과 어우러져 대단한 장관을 보여주었던 것이다. 특히 사람들과의 만남에서 받은 정신적 피로를 푸는 데는 그 강둑 산책이 그만이었다. 그는 강이 자신의 시심을 정화시키는 힘을 가지고 있다고 믿고 싶었다.

현세는 고여 있는 그 호수의 밑바닥으로 흐르는 강물 소리를 듣기 위해 가끔 걸음을 멈추고 귀를 기울였다. 수천수만 년을 흘러내린 그 골을 따라 강물은 지금도 여전히 호수 밑바닥으로 흐르고 있었다. 특히 호수를 채운 북한강의 원줄기가 휴전선 북쪽이라는 생각을 할 때마다 가슴이 답답해지곤 했다. 문제는 금 긋기였다. 이 도시의 북쪽 외곽을 조금 나가면 '여기가 38선입니다'라는 표지를 볼 수 있다. 그리고 휴전선, 민통선, 남방한계선, 군사분계선, 북방한계선 등등 현세는 얼마 전 이 고장 문인들과 함께 전방 비무장지대를 돌아볼 때 철조망으로 표시된 그 많은 인위적인 선들을 넘나들면서 심사가 매우 불편했다. 누가 이 금을 그었는가. 그 무수한 금들이 만들어낸 벽이 보였다. 멀리 보이는 태백준령보다 높은 이념의 벽이었다. 이념의 탈색을 막기 위해 증오를 기르는 벽이었다. 그 양쪽 벽 속에는 사십 년 이상 인질로 잡혀 있는 백성들이 있었다. 현세는 통일에 대해 누구보다 회의적이었다. 어쩌면 통일은 생각보다 쉽게 될는지도 모른다. 현세 역시 그런 빠른 통일을 기대하고 있었다. 그러나 그는 통일을 생각할 때 늘 마음이 무거웠다. 보다 감격스러운 통일을 맞고 싶은 그 기대가 빗나갈 수 있다는 불길한 예감 같은 것이었다. 해가 뜨면 반드시 그림자가 있게 마련인, 그런 어둠을 생각한 것이다. 양심과 도덕의 마비로 반죽된 이 사회의 퇴폐와 타락에 대한 울화라고 할 수 있었다. 통일보다 선행돼야 할 건 이쪽 사회의 도덕성과 인간성 회복이라고 그는 생각했다.

현세는 겨울 강둑을 걸으면서 이 세상에 사진 한 장 남기지 않은 생모를 생각했다. 느 어머인 나하구 살면서 거의 말을 하지 않구 지냈다. 여북하면 동네 사람들이 느 어머일 벙어리루 알았겠냐. 어쩌다 몇 마디 주워들은 아버지의 말이 어머니에 대한 기억의 전부였다. 억지로 합성해보는 어머니 모습은 영화 같은 데서 본 인민군 복장의, 얼굴이 야무지게 생긴 여군이었다. 결과적으로 어머니는 이 남쪽 땅에 아들 하나를 남기기 위해 반공포로의 길을 선택했다는 것이 된다. 현세는 그 사실의 추론을 통해 비로소 자신의 실존을 확인하기도 했다. 그러나 그는 오늘 어머니 대신 막내 이복동생을 생각하고 있었다. 현우는 지금 어디에 있단 말인가. 그가 어딘가 어두운 곳에 혼자 앉아 무릎에 얼굴을 묻고 꺽꺽 울고 있는 모습이 강물 위에 어른거렸다.

엷은 눈발이 프슴프슴 흩날리는가 싶더니 그대로 그쳐버렸다. 눈은 왜 이처럼 감질나게 내리고 있단 말인가. 어쩌면 이 겨울 가뭄이 그대로 봄으로 이어지는 것은 아닐는지. 두 달째 강우량 제로를 기록하고 있다는 남쪽의 극심한 겨울 가뭄 소식이 무서워 차마 눈이 못 내리고 있는 것일까. 비라도 좋았다. 뭔가 흠뻑 내려 이 메마른 겨울을 적셔줘야 했다. 눈에 대한 갈망이 요즘 현세를 지배하는 중심 정서였다. 솔직히 그것은 그리움이었다. 누구라도 좋았다. 뭔가 함께 얘기하고 함께 바라볼 수 있는 그런 사람이 그리웠다. 아내나 자식들을 통해서도, 또는 자신이 그토록 신봉하고 있는 문학을 통해서도 채울 수 없는 그런 것, 어쩌다 자신의 젖꼭지를 만졌을 때의 그런 요상한 외로움에 깊숙이 빠져들곤 했다.

그게 바로 중년의 함정이라는 거야.

시 쓰는 친구 하나가 현세의 그 빈 가슴을 그렇게 단정적으로 진단했다. 중년의 함정, 그럴는지도 모른다. 그는 스스로 그 함정에 빠지기를 원했다. 그것은 살아가는 일에 대한 회의요, 그 자학이라고 할 수 있었다. 그랬다. 산다는 것, 시를 읽고 쓴다는 것, 그 모든 것이 허망했다. 그 허망이 갈증처럼 왔다. 그 갈증을 위해 그는 술을 마셨다. 실상 술은 그 빈 가슴을 현란하게 흔들어놓을 만한 색깔을 가지고 있었다. 자유분방한 시상이 그 취기 속에서 무지개 빛깔로 피어올랐다. 문제는 술에서 깨어나는 아침이었다. 술이 취했을 때는 그처럼 아름답고 이치에 맞아 당당하던 생각들이 아침이 되면서 온통 부끄러움으로 탈색되곤 했던 것이다.

그는 한때 낚시에도 미쳐보았다. 남들이 잘 안 찾는 그런 외진 곳만 찾아 낚싯대를 걸어놓고 아무 생각 없이 오직 찌 움직임 하나에 온 신경이 매달려 있는 그 무료 속의 긴장을 즐겼던 것이다. 특히 밤낚시를 나가면 어둠 속 건너편 섬의 불빛이 그대로 하나의 찌가 되어 자신의 영혼과 교유하는 느낌이곤 했다. 하늘이 맑은 날 밤은 호수에 내려와 물결로 몸을 씻고 승천하는 무수한 별들을 따라 우주를 유영하기도 했다. 달빛이 좋은 어떤 날은 제 키 높이로 뛰어올랐다가 호수의 정적을 깨치며 떨어지는 애들 몸뚱이만 한 은빛 잉어를 볼 수 있었다. 그런 밤, 찌의 불빛을 응시하고 있던 자신이 어느새 찌가 되어 물결 위에 일렁이는 그 무아의 황홀은 그대로 그의 영혼이 읊어내는 시였던 것이다.

그러나 어느 날 그가 낚시에서 돌아오니 가게 문이 닫혀 있었다. 아내가 코피를 흘리며 쓰러져 병원에 실려갔다는 것이다. 그 상황에서 동네 사람들에게 낚시 도구를 걸머지고 있는 자신의 꼬락서니를 들킨 뒤 그는 더 이상 낚시를 즐길 수 없었다.

파출소 순경이 가게에 나타난 것은 밤 열한시가 조금 넘은 시간이었다. 정복 차림의 그 순경은 수첩을 꺼내 들여다보며 말했다.

"이병세란 사람을 아십니까?"

전혀 들어본 적이 없는 이름이었다. 그러나 현우와 관련이 된 어떤 사람일 수도 있다는 생각으로 가슴부터 떨렸다. 순경은 가게 한구석 장난감이 진열돼 있는 쪽으로 다가가며 물었다.

"그럼, 어젯밤에 어떤 남자한테 권총을 판 일은 있습니까?"

"권총이오? 여기서 뭔 권총을 판단 말입니까?"

현세는 비로소 마음이 놓였다. 순경이 장난감 진열대에서 포장지에 싸인 장난감 권총을 하나 집어 들고 있었던 것이다.

"이거 말입니다. 이병세란 사람이 여기서 이런 거 사가지 않았습니까?"

"글쎄요, 어젯밤에 그런 장난감을 판 기억이 없는데요."

어젯밤뿐이 아니고 요 며칠 사이에 장난감 권총을 판 기억이 없었다. 요즘은 권총보다는 공중에 던졌다가 땅에 떨어지는 순간 폭발음을 내는 딱총화약이 아이들에게 인기가 있었다. 그러나 현세는 그런 딱총화약의 폭발음이 싫어 일부러 가게에 그 물건을 놓지 않았다.

"이상한데요. 그 사람이 분명히 여기서 산 권총이라고 그랬다는데……"

"여기선 권총을 안 판다고 했잖습니까."

좀 여유를 찾은 현세가 웃으며 그렇게 받자 순경도 따라 웃었다.

"혹시 아저씨 말고 다른 분이 팔지 않았을까요."

그러고 보니 어젯밤 시낭송회 일로 시내에 나갔던 생각이 났다.

"제가 팔았는데요. 왜 이 앞으루 늘 지나다니시는 남자분 있잖아요. 저쪽 후생주택에 사신다는 그분, 시계처럼 정확하다고 하던 그분 말이에요."

현세의 아내가 고무장갑을 낀 채 부엌에서 달려나왔다.

"아주머니가 판 권총이 어떤 겁니까?"

순경은 투박한 플라스틱 포장지에 싸인 여러 개의 장난감 권총을 이것저것 들어 보였다. 아내가 그것들 중에서 하나를 골라냈다. 있는 것 중에서는 값이 가장 비싼 물건이었다. 순경이 그 장난감을 이리저리 살펴보며 물었다.

"8연발이라…… 이 권총 값이 얼맙니까?"

"그건 권총이 아니라 장난감입니다."

"아, 그렇군요. 이 장난감 권총을 얼마에 파셨습니까?"

"칠천 원 받아야 하는 거지만 늘 뵙는 분이라 육천삼백 원만 받았어요."

아내는 하얗게 질린 얼굴로 손까지 와들와들 떨었다.

"완구점에 가면 정말 권총하고 똑같은 게 있지요. 그런 건 비쌉니다. 여긴 그렇게 비싼 거 놔봐야 팔리질 않지요."

현세는 그 장난감 권총을 사갔다는 사람을 부지런히 머리에 떠올리고 있었다. 그러나 가게에 몇 번 들러 물건을 사간 적이 있지만 그 사람이 무슨 일을 저지를 사람으로는 전혀 생각되지 않았다. 그가 처음으로 가게에 들렀던 날 생각이 났다. 그는 쭈뼛거리며 가게 한쪽 구석 장난감 진열대로 다가가 마징가제트니 썬더보드니 하는 로봇 장난감을 만지작거리고 있었다. 시계추처럼 아침저녁 같은 시간에 가게 앞을 지나다니는 그 사람이 가게 손님으로 들어와 있다는 것이 신기해 말을 걸었던 것이다.

자제분들이 아직 어린 모양이지요.

그가 몹시 열쩍은 얼굴로 대답했다.

아, 아닙니다. 다 컸지요. 그냥……

늘 앞만 바라보고 걷던 그 정확한 걸음, 단정한 옷차림에서 받았던 인상과는 달리 그가 조금 허둥거린다는 느낌이었다.

현대연립에 사시는가 보죠? 늘 그쪽에서 나오시던데.

아닙니다. 그 뒤 산 밑에 있는 후생주택에 살고 있지요.

작년에 연탄가스 사고로 한 가족이 죽은 거기 말이군요.

바로 우리 옆집에서 그랬지요. 워낙 지은 지가 오래돼놔서요. 거기 사신 지 오래되신가 보죠?

오래됐지요. 그거 첨 지어서 들어갔으니까 벌써 삼십 년이 넘는구먼요.

그가 그날 무슨 물건을 사갔는지는 정확히 기억나지 않았다.

"미안하지만 화천경찰서까지 좀 가주셔야 하겠는데요. 거기서 저희 파출소로 협조 의뢰가 왔습니다."

아닌 밤중에 홍두깨였다.

"아니 그 사람이 그 장난감으로 뭔 사고라두 냈다는 겁니까?"

"자세한 건 잘 모르지만 이병세란 분이 여기서 사간 권총으루다……"

"권총이 아니라고 했잖습니까."

"아, 예, 그렇군요. 어떻든 그걸루 뭔가 일을 저지른 것 같습니다."

"도대체 그 장난감으루 뭔 일을 저질렀다는 겁니까?"

"그건 우리두 잘 모릅니다. 다만 그걸 판 분이 거기까지 가셔서 몇 가지 확인해주셔야 할 것 같습니다."

"지금이 몇 신데 화천까지 가는 겁니까. 내일 아침에 가도 되잖소."

"그건 맘대로 하십시오. 어차피 늦은 시간이니까 이병세 씨두 내일까지 기다리는 수밖에 더 있겠습니까."

현세는 순경이 돌아간 뒤 마음이 뒤숭숭했다. 물건을 팔다 보면 별의별 성가신 일이 많았다. 불량품을 팔았다고 신고를 하는 사람에, 혹은 도둑이 훔쳐 온 물건이 아닌가 확인해보겠다며 장

물아비 취급을 당하는 경우도 있었다.

"전활 걸어보면 안 될까요?"

현세 아내도 일이 손에 잡히지 않는다며 불안해했다. 물론 못 팔 물건을 판 것이 아니기 때문에 그 일은 별걱정이 안 되지만 그 장난감과 관계된 일로 경찰서에 잡혀 있을 그 사람 생각을 하자 마음이 편치 않았다. 무엇보다 무슨 일로 그가 경찰서에 잡혀 있는지 그게 궁금해 견딜 수가 없었다. 현세는 부랴부랴 옷을 갈아입고 나섰다.

"내 금방 다녀올 거니 가게 문 닫고 일찍 자요."

어쩌면 그는 현우 소식을 들은 그런 심정으로 이병세 씨를 찾아 나섰는지도 모른다. 현세가 택시를 대절해 화천경찰서까지 달려갔을 때는 열두시가 넘은 시간이었다. 그러나 이병세 씨는 화천경찰서에 있지 않았다. 당직 경찰관은 이현세 씨가 화천읍에서도 거의 사십여 분 거리에 떨어져 있는 사창리 지서에 있다는 것을 알려주었다.

사창리로 가는 도로는 야간 작전훈련을 하는 병사들의 묵묵한 행군으로 전방다운 긴장감이 감돌았다. 현세는 밤길을 일사불란하게 행군하고 있는 그 병사들의 대열 속에서 불현듯 현우 모습을 찾고 있었다.

새벽 한시가 가까워서야 사창리 지서에 도착할 수 있었다.

"어떻든 이렇게 와주셔서 고맙습니다."

지서 순경은 현세가 거기까지 달려오게 된 경위를 듣고는 뭔가 연락이 잘못된 일이라며 사과부터 했다. 지서 한구석 긴 의자에 누워 있던 이병세 씨도 현세가 나타난 것을 보고는 꽤나 열쩍은 얼굴로 웃어 보였다.

이병세 씨가 사간 장난감 권총이 당직 순경의 책상 위에 두루 마리 화약과 함께 놓여 있었다.

"이 권총, 아저씨네 가게서 판 게 맞습니까?"

현세는 그 지서 순경에게 그것이 권총이 아니고 장난감이라 는 말을 하려다 그만두었다. 그날 그들에게 있어 그것은 엄연히 무기로 취급되고 있다는 생각을 한 것이다.

"예, 우리 가게서 판 것이 맞습니다."

"이분이 이병세 씨라는 것도 알고 계시지요?"

"우리 가게 단골손님이시지요. 그런데 도대체 어떻게 된 일 입니까?"

꼼짝없이 이병세 씨의 보증인이 돼버린 현세가 그를 향해 물 었지만 지서 순경이 가로채고 나왔다.

"아시다시피 지금 북쪽 동향이 아무래두 심상치 않은 비상시 국입니다. 더구나 여긴 최전방 지역으로 모두가 긴장하고 있는 판에 도대체 어쩌자고 그런 일을 한다는 겁니까. 이병세 씨, 정 말 제정신으로 그럴 수가 있습니까?"

이병세 씨가 눈을 내려깐 채 웅얼거렸다.

"전 그저 장난으루다……"

"이봐요, 장난두 할 나이가 있는 거지 그래 생판 모르는 사람 들한테 권총을 들이대구 쏴대구선 그게 장난이라니 말이 됩니 까. 난 본서 컴퓨터 신원조회가 믿어지지 않아요. 저런 양반이 어떻게 공무원 생활을 한다는 건지. 저 양반, 동네서두 가끔 엉 뚱한 짓을 했습니까?"

지서 순경은 이병세 씨에게 철저히 수모를 주자는 작심이라도 한 양 계속 이죽거렸다. 보기가 뭣해 현세가 껴들었다.

"저분이 뭘 어떻게 했는진 잘 몰라두 사람이 술 한잔 먹다 보면 좀 실수도 할 수 있는 법 아닙니까."

"술이요? 첨엔 우리두 술 취한 사람이 술김에 그런 줄 알았다구요. 허지만 신골 받고 달려가보니 술이라곤 입에도 안 댄 멀쩡한 사람이 낄낄거리고 있더라니까요. 기가 막혀서. 임자 제대루 만났으면 저 양반 그 자리서 사살당할 수도 있었다 그겁니다."

이병세 씨의 그 어이없는 무용담을 들을 수 있었던 것은 집으로 돌아오는 새벽길에서였다. 현세가 신원 보증을 서고 이병세 씨가 근무하는 시청 무슨 계장과 두어 번 전화 통화가 이루어진 후에야 그를 인도받는 형식으로 함께 풀려날 수 있었던 것이다.

"술은 정말 한 잔도 못합니다."

해장국집에서 소주 한 병을 따자 이병세 씨가 손을 내저었다. 몇 번 시도도 해보았지만 몸에 술이 들어가면 그 즉시로 두드러기가 돈는다고 했다.

"그럼 정말 술을 한 잔도 안 마신 상태에서 그러셨단 말입니까?"

"그러니까 미친놈이란 말을 듣는 거지요."

이병세 씨 자신도 그것이 무슨 증세인지 알 수 없다고 했다.

"그냥 권총이 갖구 싶은 겁니다. 어린애들이 뭔가 갖구 싶어 안달을 하는 것처럼 그게 갖구 싶다는 생각이 들기 시작하면 정말 미칠 지경입니다."

권총을 구할 길이 없으니까 장난감 권총이라도 사서 가방 속에 넣고 다녔다고 했다. 그렇게 장난감 권총이라도 가방 속에 넣고 있는 날은 하루 종일 마음이 안정되었다. 그러나 그의 아내가 그 증세를 눈치채고 가끔 가방을 뒤져 그것을 치워버린 날은 일이 손에 잡히지 않고 하루 내내 불안하다는 것이다. 그런 날은 뭔가 충동적으로 큰일을 저지를 것 같은 정서불안 상태로 전전긍긍한다는 얘기였다.

"그런데 어젠 가방 속에 새로 산 권총까지 있는데두 그런 일을 저지르구 말았지요."

그날 퇴근하는 그 시간부터가 심상치 않았다. 아니, 해가 동쪽으루 질라는가. 도대체 어떻게 된 일이야. 이병세 씨가 퇴근 시간 오 분 전에 자리에서 일어선 일은 직장 동료들에겐 하나의 사건이었다. 그처럼 그는 정확한 사람, 꽉 막힌 사람으로 통했다. 같은 직장에 이십 년 이상 있으면서도 단 한 번 결근을 하거나 사적인 일로 자리를 비운 적이 없었던 것이다.

"저두 얼마 전까진 제 나름으루 열심히 살아왔다구 생각했었지요. 그렇게 산 걸 후회한 적두 없었지요. 또 불만두 없었구요."

어떻든 그는 그날 어떤 충동에 이끌려 퇴근 시간 오 분 전에 자리를 떴다. 눈이라두 펑펑 왔음 좋겠군. 평소 안 하던 생각까지 하고 있었다. 더 놀라운 일은 자신의 발길이 집 쪽으로 가지 않고 버스터미널로 향하고 있었다는 사실이다. 어느 건널목에서 시외버스를 본 순간 그런 결정이 내려진 것 같다고 했다.

작정 없이 올라탄 버스라 내리는 곳이 따로 있을 수 없었다. 겨울 해는 짧았다. 버스를 타고 음울한 겨울 풍경에 빠져 있는 사이에 어둠이 찾아왔던 것이다. 멀리 인가가 두어 집 바라보이는 시골길이었다. 그냥 낯선 곳이 아니라 먼 이국땅에라도 떨어져 내린 느낌이었다. 그는 꼭 꿈을 꾸는 것만 같았다. 낮부터 우중충 흐렸던 하늘은 별빛 하나 보여주지 않았다. 가뭄으로 바싹 마른 겨울 산이 바람에 우수수 떨고 있었다.

그들이 가까이 다가왔을 때 그는 되도록 여유 있는 목소리로 물었다.

춘천 가는 버스가 몇 시에 있습니까?

뉘시여? 거 봐하니 여깃사람은 아닌 것 같구먼.

그들은 한잔 걸친 거나한 걸음걸이로 이병세 씨의 행적을 살폈다.

춘천엘 가려면 저기 사창리까지 가서 택실 대절해야 할 거유. 춘천 가는 막차가 떠난 지가 벌써 은제라구.

이병세 씨는 그들이 온 방향으로 걸어가며 꽤나 난감했다. 왜 이런 일이 일어났는가. 잠결에 일어나 돌아다닌다는 몽유병이 바로 이런 것일까. 지금까지 단 한 번도 이따위 어설픈 짓을 해본 적이 없었다. 정확히, 그리고 철저하게 살자는 것이 그의 신념이었다. 그에게 있어 법질서는 물론 그 어떤 도덕적 사회규범도 수도승의 계율과 다르지 않았다. 그 계율을 어기는 것은 곧 인생의 낙제요 타락이라는 생각을 해왔던 것이다. 그러나 어느날 아들이 제 엄마한테 하는 말에 충격을 받았다.

난 아버지처럼 살진 않을 거예요. 그때부터 그는 아이들이 무서웠다. 비로소 자식들 눈에 비쳐진 자신의 모습이 보이는 것 같았다. 잘못 살았다! 그는 세상이 돌아가고 있는 그 반대쪽에서 지렁이처럼 기고 있는 실패한 인생을 보았던 것이다. 이 세상을 아버지처럼 살지 않겠다는 아이들 앞에 그는 더 이상 아버지일 수가 없었다. 새치기를 하지 말아라, 거짓말을 해선 안 된다, 인생은 돈이 전부가 아니다—이 세상 아버지들이 자식들에게 줄 수 있는 그런 말들을 자신의 입을 통해 말할 자신이 없어져버린 것이다. 비로소 세상을 안 느낌이었다. 그러나 세상을 알게 됐다고 느낀 순간 그는 세상이 싫어졌다. 그는 지금까지 자기가 분명하게 지켜온 원리원칙의 그 정직한 삶으로부터 멀리 도망치고 싶었다.

사창리 마을에 이르러 그는 시장기를 느꼈다. 낯선 마을에서의 그 불안을 동반한 시장기를 허름한 식당에 들어가 육개장 한 그릇으로 때웠다. 사창리에 몇 대 있다는 택시는 면회 온 군인 가족들이 춘천까지 타고 나갔기 때문에 돌아올 때까지 좀 기다려야 한다는 것이다.

그가 일을 저지른 것은 그 사창리 마을에 있는 다방에서였다. 다방 안에는 요즘은 보기 힘든 쇠 난로가 벌겋게 열을 내고 있었다. 어느 연말 모임에서 저녁을 함께한 듯싶은 십여 명의 마을 사람들이 다방을 차지하고 앉아 다방 여종업원의 허벅지를 만지는 둥 그 분위기가 꽤나 난잡스러웠다.

"난롯가에 앉아 커피 한 잔을 마셨지요. 그리고 깜박 잠이 들었던 모양입니다. 그거야말로 몽유병이었지요. 문득 정신을 차려보니 내가 가방에서 장난감 권총을 꺼내들고 있더라구요. 더 우스운 건 내 옆 테이블에 앉았던 사람들이 모두 벌떡 일어나 손을 번쩍 쳐들더라구요. 아마 내가 그 사람들 쪽으로 총을 겨눴던 모양입니다."

이병세 씨는 지난밤에 있었던 이야기를 하는 바로 그 대목에서 얼굴을 벌겋게 달궜다.

"그거야말로 충동적이었지요. 내 앞에 손을 번쩍 쳐들고 있는 사람들의 잔뜩 겁먹은 얼굴을 본 순간 나도 모르게 방아쇠를 당기고 만 겁니다. 에라, 모르겠다. 그대로 8연발을 다 쏴버린 거지요 뭐."

그는 지난밤 그랬던 그 폼으로 총 쏘는 흉내를 냈다.

"아무리 생각해도 내가 어떻게 그런 일을 했는지 이해가 안 갑니다."

"가방 속에 그런 걸 넣고 다니셨을 땐 이미 무슨 일이고 벌일 충동도 함께 가지고 다녔다고 볼 수 있잖습니까."

그는 현세의 말에 힘없이 고개를 끄덕거렸다.

"맞습니다. 늘 그런 충동이 일어나는 걸 억제하는 재미로 살았는지도 모르지요."

"이제부터 좀 여유 있게 사세요. 직장에서 하시고 싶은 말씀도 하시고 몸이 불편하면 결근도 하시라구요."

"제가 워낙에 소심해놔서요."

"소심하신 게 아니라 철저하게 사시다 보니 그러신 건데 제 생각엔 생활을 조금 달리해보시는 게 어떨까 싶습니다. 이번 일이 이 정도로 끝난 것만 해도 정말 다행입니다."

이병세 씨가 현세의 손을 덥석 잡았다. 그의 눈에 뭔가 절실한 게 어려 있었다.

"전 형씨가 늘 부러웠습니다."

"하하, 제가 부럽다니, 그건 무슨 말씀입니까?"

"형씨께선 저에 대해 잘 모르시겠지만 전 형씨가 어떤 분인지 잘 알고 있습니다."

"그래, 어떤 사람이던가요?"

"동네 사람들이 형씨 얘기를 많이 한답니다. 애들한테는 담배를 절대 안 파신다는 것도 알고 있지요. 그뿐인가요. 동네 대학생 애들을 혼내주셨단 얘기도 들었지요."

가게 건너편 골목에 택시 운전을 하는 김씨가 살았다. 김씨 집에는 시골에서 온 여대생 둘이 자취를 하고 있었다. 동네 사람들은 김씨네 집에 세 들어 사는 그 여대생들을 두고 말이 많았다. 집주인도 더 이상 두고 볼 수 없어 방을 빼랬더니 계약된 기한을 채워야 나가겠다고 버틴다는 얘기였다. 물론 그 여학생들한테도 문제가 있었지만 그네들을 그렇게 만든 것은 전적으로 남학생들이었다. 그들은 툭하면 그 집 담을 넘어 들어왔고 자기들 뜻대로 되지 않으면 폭력도 서슴없이 쓴다고 했다. 몇명씩 떼 지어 찾아와 밥을 얻어먹는가 하면 수시로 술판을 벌이다 함께 어우러져 자기 일쑤라는 것이다. 그네들이 술판을 벌이는 날은 고성방가와 웩웩 먹은 술을 토해내는 소리가 현세네 가게까지 들려왔다.

전 이제 포기했습니다. 애들이 무서워요. 데모하는 애들만 무서운 줄 알았더니 진짜 무서운 건 우리 집에 드나드는 그런 대학생 놈들이더라구요.

택시 운전만 이십 년을 하다 보니 세상 돌아가는 꼴을 누구보다 잘 안다는 김씨가 고개를 홰홰 내저었다.

그 학생들이 술판을 벌이는 자리에 현세가 쳐들어간 것은 자
정이 아닌 시간이었다.

느덜이 대학생이란 말이냐?

그네들은 현세의 느닷없는 출현에 매우 놀란 얼굴을 했다. 현
세는 긴말을 늘어놓지 않았다.

에이, 더러운 것들!

현세는 그네들이 벌인 술자리를 뒤집어엎었다. 그리고 남녀
가 함께 발을 집어넣고 있는 담요를 걷어 던졌다. 이쪽에서 그
런 식으로 강하게 나가자 대학생들은 망연자실 당황하는 빛이
역력했다.

느덜 부모들이 느덜한테 기대를 걸고 있는 것처럼 많은 사람
들이 느덜을 믿고 있다는 걸 알아야 한다. 세상이 다 썩었어두
느덜이 있는 한 희망이 있다구 믿고 싶기 때문이다. 그런데 느
덜은 죄를 짓구 있는 거다. 사람들의 희망을 저버리는 그 죄 말
이다. 이 동네 사람들이 느덜의 그 돼먹지 않은 노랫소리에 얼
마나 괴로워하고 있는지 알기나 하냐. 가난한 사람들한테 희망
은 못 줄망정 이런 식으루 실망만 안겨주는 느덜이 어찌 대학
생이란 말이냐.

대충 이런 얘기를 늘어놓자 학생들은 예상했던 것과는 달리
고개를 떨군 채 사뭇 숙연한 얼굴을 했다. 현세는 그네들의 풀
죽은 얼굴을 대하자 마음이 조금 아팠다. 비록 선택받았다고는
하지만 그네들이야말로 하나같이 가난한 집안의 자식들이란 것
을 알고 있었기 때문이다.

"저두 형씨처럼 애들한테 어른 노릇을 하면서 살구 싶었지

요. 그런데 언제부턴가 그럴 자격이 없다는 생각이 들게 되더라구요. 아마 그때부터였을 겁니다. 저한테 정말 큰 문제가 생긴 게 말입니다."

그는 현세의 손을 잡은 뒤 주위를 두리번거린 다음 속삭이듯 말했다.

"형씨, 전 언젠가 국가보안법으로 잡히구 말 겁니다."

"권총을 갖구 싶은 게 보안법 위반이란 얘깁니까?"

"권총두 문제지만 실은 제가 불온한 생각을 가지고 있어서 그럽니다."

"불온한 생각이라니, 그게 뭔데 그러십니까?"

"저쪽 이북 사람들은 어떻게 살구 있을까 그게 궁금해 미치겠어요."

"그게 뭐가 불온한 생각입니까?"

"그냥 궁금한 정도가 아니니까 문제지요. 직접 거기 가서 내 눈으루 확인해보구 싶어 미칠 지경이라 그겁니다."

어젯밤 사창리에서 그런 일을 벌인 것도 결국은 그 불온한 생각과 무관하지 않을 것이란 얘기였다. 무작정 올라탄 시외버스 속에서 이북 땅을 밟는 착각에 빠졌다는 것이다. 문득 차창으로 스친 '여기가 38선입니다'란 표지판 때문일 수도 있었다. 그는 문득 자신이 지금 북한 땅으로 들어가고 있다는 느낌으로 빠져들었다. 요즘 그런 증세가 부쩍 심했다. 겨울 난리 때 단신 월남한 아버지는 무슨 이유에서인지 다른 실향민들과는 달리 고향에 돌아가고 싶다는 말을 단 한 번도 한 적이 없었다. 두고 온 북쪽 땅에 대해 그처럼 무심한 아버지가 잘 이해되지 않았다는 것이다. 아마 아버지의 북쪽에 대한 그 무관심이 자기에게 그쪽 세계에 대한 궁금증을 불러일으킨 계기가 되었는지 모른다고 했다. 저쪽 세계에 대한 궁금증이 생기기 시작하면서부터 그는 자신의 생각을 누구에게 들킬 것만 같은 불안에 시달렸다.

현세는 혼자 속으로 웃었다. 어머니가 반공포로였다는, 남들이 전혀 알지도 못하는 그 신화적인 사실로 해서 항상 불안에 떨었던 연좌제의 세월이 불현듯 생각났던 것이다.

"제 증세가 어느 정돈가 하면, 왜 지난번 충청도에 나타났다가 한 명은 생포되구 한 명은 죽은 그 무장간첩사건 때만 해두 어느 날 갑자기 그런 사람이 날 찾아올는지 모른다는 생각을 하고 있다 그겁니다. 간첩하구 접선을 하는 그런 생각을 하구 있으니 보안법에 왜 안 걸리겠어요."

"구체적으루 뭐가 그렇게 궁금하신 겁니까?"

"신문에두 다 난 그런 거시요. 김일성인 어떻게 죽었구, 김정일인 왜 아직두 수상 자리에 오르지 않는지, 북쪽에는 지금 다섯 살 아래 어린이 이십 퍼센트가 영양실조에 걸릴 정도로 식량난이 심각하다는데 지난해 홍수가 정말 그렇게 심했던 건지, 며칠 전 돌아왔지만 우성호 선원들을 왜 그렇게 잡아두구 있어야 했던 건지…… 또 며칠 전 귀순해온 북한 외교관 부부만 해도 그렇습니다. 어떻게 애들을 두고 그렇게 올 수 있었는지, 지금 그 애들은 어떻게 지내고 있는지, 한번 그런 궁금증이 일기 시작하면 정말 환장할 지경이지요."

그가 다시 덧붙였다.

"특히 전 저쪽 사람들이 식량난이 그렇게 심각하다면 왜 좀 더 솔직하게 식량 원조를 부탁하지 않는 것인지, 대체 무슨 꿍꿍이 통속인지 그게 궁금해 미치겠다 그겁니다. 전 배고픈 게 어떤 건지 알거든요."

이병세 씨다운 궁금증이었다. 정치와는 무관하게 외곬의 삶을 살아온 그에게 있어 북쪽은 더 이상 다른 나라가 아닐 수도 있었던 것이다. 그는 같은 말, 같은 생각을 하는 동족을 얘기하고 있었던 것이다.

"이 선생님 얘길 듣고 보니 방법은 통일이 빨리 되는 길밖에 없는 거 같군요."

"형씨, 저는 통일 같은 건 생각해보지두 않았습니다. 저는 사실 세상이 그렇게 크게 변하는 걸 원하질 않아요. 또 난리가 날까 무서운 거지요."

이병세 씨의 북쪽에 대한 궁금증은 어쩌면 자신이 이쪽 세계에 잘 적응하지 못하는 데 대한 반대급부 현상일 수도 있었다. 즉 북쪽에 대한 그 관심은 현실로부터 도망치고 싶은 하나의 상징적 출구일 수도 있었다. 즉 세상을 적대시하는 그 기세로 그는 다른 저쪽 세계에 대한 궁금증을 가속시키고 있는지도 몰랐다.

현세는 이병세 씨 증세가 아무래도 심상찮다는 생각을 하며 그의 눈을 곧바로 쳐다보았다. 그러나 한없이 선량해 뵈는 이병세 씨의 얼굴이 현세를 향해 자글자글 웃고 있었다.

"형씨한테 제 속을 다 털어놓구 나니까 이제 맘이 좀 편하군요."

이병세 씨는 그때까지 잡아쥐고 있던 현세의 손을 풀면서 그렇게 말했다.

아침 최저기온이 영하 18도라고 했다. 바람기까지 있어 실제 체감 온도는 훨씬 낮게 느껴졌다. 부엌의 수도가 얼어붙었다. 조금 열어놓았던 안집 마당의 수도도 집 전체를 빙판으로 만든 채 얼어붙었다.

현세는 도망치듯 집을 빠져나왔다. 두어 군데의 도매점에 들러 물건을 주문한 다음 이달에 있을 시낭송회 일로 몇 사람의 시인과 만날 약속이 돼 있었던 것이다.

새해 들어 처음 만나는 자리였다. 문학의 해를 기념하는 시낭송회 준비를 위한 모임이기도 했다. 시인들은 1996년이 문학의 해라는 사실에 상당한 기대를 걸고 있는 것 같았다.

그날 점심은 변희일 씨가 사겠다고 자청했다. 그는 다소 의기소침한 얼굴이었지만 뭔가 마음에 중심이 생긴 듯했다.

"현세 씨 말대루 시집을 한꺼번에 세 권씩 내는 건 좀 무릴 거 같아."

변희일 씨가 그처럼 심경의 변화를 일으킨 것은 서울에서 온 전화 때문이라고 할 수 있었다. 그날 아침 그는 자신이 등단한 그 삼류 문학지의 공 시인으로부터 한 달간 유럽 여행을 떠나게 됐다는 전화를 받았던 것이다.

"현세 씨, 이런 경우 얼마를 보내야 하지?"

아침 일찍 변희일 씨가 전화로 현세한테 자문을 구했다. 공 시인의 해외여행 통보를 받은 뒤 그는 마음이 꽤나 짐짐한 모양이었다.

"이제 변희일 시인이 정말 유명해지셨군요. 그런 분이 해외여행을 떠난다고 보고까지 할 정도니까 말입니다."

그렇게 농으로 받긴 했지만 현세는 그네들과 더불어 이 시대 문학을 기웃거리는 일 자체가 참으로 비감스럽기만 했다. 다른 사람들도 변희일 씨와 비슷한 경우를 당할 때마다 울며 겨자 먹기로 성의를 보이지 않을 수 없었다는 말을 들어왔기에 속에서 더욱 불이 일었다.

"변 사장님, 더 이상 우릴 실망시키지 마십시오."

현세의 그 단호한 경고가 통한 것일까, 변희일 씨는 우선 시집 한 권만이라도 제대로 내겠다는 쪽으로 마음을 굳힌 모양이었다. 그러나 처음부터 처방이 잘못된 변희일 씨의 그 문학병은 쉽게 고쳐질 것 같지 않다는 생각이었다.

문학, 그거 아편 중독보다 무서운 거라구. 두고 보라지. 언젠가 다 잡혀들어갈 거니. 문학병을 앓고 있는 사람들한테 그런 농담을 자주 했다. 현세가 볼 때 지방 문인들의 문학을 끌어안는 마음은 참으로 치열했다. 그러나 그것에 매달리는 열정에 비례해 그 절망 또한 크게 마련이었다. 게다가 지방에 있기 때문에 여러 가지로 밑지고 있다는 피해의식까지 겹쳐 그 절망은 더욱 절실할 수밖에 없었다. 이런 문인들의 약점을 잘 알고 있는 문단의 거간꾼이 문학 장사를 벌였다. 주로 삼류 문학잡지와 그것을 무기로 삼고 있는 몇몇 문단 정치꾼들이 지방의 순진한 문인들을 농락하기 일쑤였다. 무슨 문학 단체의 감투를 쓴 사람이 내려왔다 하면 지방의 몇몇 여류들은 아예 그의 팔짱을 끼고 이른바 잘 모시기 경쟁을 벌였다. 삼류 문학잡지의 편집자들도 지방에 내려오면 무슨 문학 단체 사람들처럼 칙사 대접을 받았다.

자신들의 표밭이기도 한 지방에서 어쩌다 대접이 서운하면 아주 내놓고 호통을 치는 사람도 있었다.

진짜 시인들은 바로 이런 지방에 와야 만날 수 있습니다. 서울에는 병든 문인들이 너무 많아요. 문학을 빙자한 정치꾼들, 그런 사람들이 시인 행세를 독단하는 겁니다. 그런 사람들 때문에 지방의 시인들까지 상처를 입는다는 얘길 많이 들었습니다.

서울에서 내려온 어느 시인이 그런 말로 지방 시인들의 불만을 위무했다. 사실 그 시인의 말이 아니더라도 지방의 시인들은 문학을 제대로 시작하기 전부터 문학동네의 썩은 냄새를 맡았다. 약삭빠른 몇몇 문인들은 부지런히 서울을 오르내리며 이른바 문단 정치를 벌여 자신의 입지를 확보했다. 그네들은 대개 이렇게 말했다.

지금 문학 인구가 얼만데 그래. 솔직히 말해 적자뿐인 문학잡지를 구독도 하지 않으면서 지방 시인을 푸대접한다고 불만만 내뱉는 건 뭔가 큰 착각을 한 거라구요. 지방에 있어두 자기 실력만 있으면 다 알아주게 돼 있다니까.

그 실력이란 게 뭔데요?

좋은 작품을 쓰는 거지. 작품이 좋으면 발표할 지면은 얼마든지 주어지는 거라구.

문제는 좋은 작품은 다 알아주게 마련이라는 그 시인의 작품이 누가 봐도 형편없다는 사실에 있었다. 그 시인의 작품이 중앙 문예지에 발표될 때마다 다른 시인들은 상처를 입곤 했다.

현세는 어느 날 밤 송대수란 젊은 시인의 방문을 받았다. 어느 시 전문지에 몇 년간 투고를 한 끝에 며칠 전 추천을 해주겠다는 통고를 받고 서울에 올라갔다가 내려오는 길이라고 했다. 그 젊은 시인은 엉망으로 취해 있었다.

선생님, 저 시 안 쓰겠습니다. 시고 나발이고 다 필요 없다구요.

아니, 이제 정식으로 중앙에 등단까지 하게 된 마당에 무슨 소리야?

선생님, 저 서울에서 혼자 술 마시며 왔습니다. 갈 때는 무궁화를 타고 갔지만 올 땐 비둘기를 타고 오면서 술만 마셨습니다. 더러워서, 정말 뭣 같아서 문학 다 때려치우자고 작심하고 나니까 눈물이 막 쏟아지지 뭡니까.

그 젊은 시인이 다시 울기 시작했다. 그 울음이 하도 절실한 것이라 그냥 곁에서 지켜볼 수밖에 없었다. 현세는 그에게 무슨 일이 있었느냐고 묻지 않았다. 그가 말하지 않아도 모든 게 어림 잡혔던 것이다. 그러나 다른 시인들은 그 감정을 웬만해선 밖으로 드러내지 않았다. 그네들은 대부분 자신이 신앙처럼 끌어안고 있는 문학을 놓치지 않기 위해 슬그머니 그 썩은 냄새와 타협을 해버림으로써 더 이상 구역질을 하지 않아도 좋을, 그렇게 무딘 쪽을 선택했던 것이다.

그 젊은 시인이 자기 말대로 다시는 문학을 하지 않을 수 있다면 그것은 차라리 잘된 일일는지 모른다. 그러나 문학을 버리는 일이 어디 가능할 것인가. 현세는 그 젊은 시인도 결국은 문학에 대한 지금의 환멸을 서서히 안으로 감추면서 드디어는 그 순백의 시심이 마비되리라는 것을 너무나 잘 알았다.

"자, 문학의 해라, 우리 시낭송회두 이참에 한번 기차게 해보자구."

최 시인이 문학의 해에 걸맞은 시낭송회를 위해서는 낭송회 장소도 좀 그럴듯한 곳으로 잡고 2부의 초청 강연은 서울 아무개를 초청하자는 등 바람을 넣기 시작했다.

현세도 지금까지 십여 년 해오고 있는 시낭송회가 이 지방 문인들에게는 친목의 사랑방이요 동병상련의 자기 확인의 시간이라는 점에서 그 의미가 크다는 것을 알고 있었다. 그러나 십 년 전이나 하나도 달라진 게 없는 상태에서 이어지고 있는 이 모임이 시인들 자신을 위한 자족의 그런 굿판으로 굳어져가고 있는 것에 대해 불만이 많았다. 우선 이 지방의 시인들은 독자들과 만나는 일에 많이 소홀하다는 생각이었다. 실제로 시낭송회에 찾아오는 일반 독자들은 별로 없었다. 어쩌다 참석한 독자들도 자기들이 주빈으로 대접을 받는 것이 아니라 시인들끼리의 자화자찬, 뒤풀이 장소에서나 할 시시껄렁한 시인의 사생활이나 듣게 되는 게 고작이라는 사실에 실망하곤 했다.

시낭송회란 시인과 독자가 함께 느끼는 가운데 그 의미가 만들어지는 건데 이건 잘 맞지 않는 남녀의 섹스처럼 일방적이더라구요. 자위 행위와 하나도 다를 게 없더라 그겁니다.

낭송회에 참가했던 독자 하나가 그런 불만을 털어놓은 적이 있었다. 신작 낭송은커녕 이미 어딘가 발표된 작품을 들고 나와 그냥 읽는 정도라고, 그 수준이 유치하다는 비판도 있었다. 그것은 이 고장의 시인들이 공부를 하지 않는다는 불만이기도 했다. 어떻게 하면 좋은 작품으로 독자들과 만날 수 있을까 하는 그런 고민이 별로 보이지 않는다는 것이다. 낭송된 작품을 놓고

토론을 벌임으로써 자기 발전을 위한 자족의 늪 벗어나기 노력
보다는 가능하면 남의 작품 얘기는 하지 않는 게 좋다는 쪽으로
분위기가 만들어지고 있다는 것이 문제였다.

"나도 한마디 합시다. 이제부턴 우리 시인들 위주의 행사가
아니라 독자를 정중히 모시는 그런 낭송회를 갖자는 거요. 문학
은 문학 하는 사람들의 전유물이 아니라는 걸 알 필요가 있다
는 거지. 우선 우리 시가 먹혀들어가 설 자리를 찾는 일이 중요
하다 그거요. 이 고장의 독자들한테 외면당하는 시가 어떻게 좋
은 시이길 바라겠소."

말 많은 동네라, 구설에 오를 것이 분명했지만 어차피 누군
가 그 역할을 해주지 않으면 안 될 것 같아 한 말이었다. 시인
들보다 실제로 시를 더 사랑하고 시에 대해 더 깊이 알고 있는
독자들이 많다는 것을 시인들 스스로 알 필요가 있다는 생각이
었던 것이다.

그날 저녁 술자리는 노래방까지 연결되었다. 그런데 이날따
라 변희일 씨의 표정이 끝내 밝지 못했다. 한번 마이크를 잡으
면 최소한 다섯 곡은 부르는 사람이 한 곡을 부르고는 현세 옆
에 앉으며 심각한 얼굴로 속삭였다.

"현세 씨, 아무래도 그냥 모른 척 넘어갈 수는 없을 거 같아.
그 양반 해외여행 가는 거 말이야."

그는 숫제 괴로워하고 있었다. 현세는 못 들은 척했다. 문학
이 무엇인데 이렇게까지 한심한 꼴을 보여야 한단 말인가. 결
국 변희일 씨는 지금까지 해온 자기 방식대로 살아가는 것이 오
히려 편할 것이라는 생각에서 현세는 끝까지 대답을 피했다.

"우리 다른 데 가 생맥주 한잔씩 하고 헤어집시다."

현세가 그런 제의를 했다.

"현세 씨가 술 살 만한 뭐 좋은 일이라두 있어?"

"그런 이유가 없는 죄루 나두 한잔 삽시다. 사실은 낼쯤 눈이 올 것 같은 예감두 있구 해서……"

모두 흔쾌히 따라나섰다. 술집에 앉아 유독 극심한 이 겨울의 추위를 화제로 삼았다. 눈 같은 눈을 보지 못한 채 겨울 막바지를 넘고 있는 요즘의 날씨가 자신들의 시심을 얼어붙게 만들기라도 한 듯 이 메마른 겨울 가뭄에 대해 다소 울분 섞인 불만들을 털어놓았다. 또한 쓰고 싶은 시를 쓰지 못하는 자신의 한계를 실토하기도 했다. 문학의 길은 분명한 것이 하나도 없었다. 그러나 분명한 것의 한 가지 확인은 절망이었다. 시를 쓰는 사람들이 서로의 만남을 통해 확인하고자 하는 것도 바로 그 절망이었을 것이다. 다른 사람들도 자기처럼 절망하고 있다는 것의 확인만큼 큰 위안이 없을 것이기 때문이다.

"승원 아버지, 눈이 엄청 왔어요."

새벽기도를 가기 위해 부엌 쪽문을 열고 나갔던 아내가 그네답지 않게 달뜬 목소리로 수선을 피웠다. 지난밤 시인들의 겨울 가뭄에 대한 불만이 하늘에 닿은 것일까, 정말 꽤 많은 눈이 내려 있었다. 그 시간까지도 눈은 그치지 않고 흐벅지게 쏟아졌다.

그러나 겨울 가뭄이 그처럼 기다리던 그 눈은 결코 서설이 아니었다. 새벽에 생선을 떼러 시장에 나가던 강씨가 가게에 들르지 않는 것이 이상하다 싶었는데 결국 일이 생기고 만 것이다. 강씨 아내가 밤새 화투놀이를 하고 새벽에 집에 들어와보니 남편이 연탄가스에 중독돼 마당 수돗가에 쓰러져 있더란 것이다. 현세가 병원까지 달려갔을 때는 이미 강씨는 이 세상 사람이 아니었다.

박진수란 현우 친구로부터 오후에 방문하겠다는 시외전화를 받은 것은 죽은 강씨를 그다음 날로 화장할 절차를 대충 밟아주고 돌아온 점심때쯤이었다. 현우 친구는 휴가를 나왔다며 현우의 행방을 아직도 모르느냐고 매우 애타는 목소리로 묻고 있었다.

한시가 넘어 아침 겸 점심을 먹은 뒤 가게 물건을 대충 정리하는 중인데 가게 밖에 있던 아내의 외마디 소리가 들렸다. 아내가 어떤 노파를 끌어안고 있었다. 아내에게 안긴 채 이쪽을 향하고 있는 큰골 장모의 그 얼빠진 얼굴을 본 순간 현세는 현우 때처럼 또다시 가슴이 덜컥 내려앉았다.

현세가 달려가 부축을 하는 순간 장모 입에서 신음이 터졌다. 눈길에 넘어져 바른쪽 팔에 골절상을 입었던 것이다. 그러나 노인네가 넋이 나간 것은 다친 팔 때문이 아니라 다른 이유가 있었다.

"애야, 이 일을 어쩌면 좋으냐?"

인사를 대충 받는 동안에도 평소의 그 모습이 아니라 얼빠져 보이던 장모가 빈 쌀자루처럼 무너져 내린 것은 병원에 가 엑스선 사진을 찍어 깁스붕대까지 한 뒤 집으로 돌아온, 저녁 늦은 시간이었다. 노파는 억장이 내려앉는 한숨을 자신도 모르게 자주 쏟아냈다.

"내가 그 반질 잃어버렸어야. 준호가 해준 그걸 잃어버렸어."

당신의 신앙이기도 한, 큰아들이 월남에서 처음으로 보내온 돈으로 해 낀 그 금반지를 네다바이 당했던 것이다. 장모의 그 실심이 그대로 아내의 절망으로 옮아왔다.

그 금반지를 시외버스 터미널에서 네다바이 당한 자초지종을 듣는 순간 현세는 분노로 치를 떨었다. 그 깊은 산골짜기에서 모처럼 내려온 팔순 노파의 금반지 하나를 빼앗기 위해서 허울이 멀쩡한 중년 사내 하나와 역시 그 또래의 여자 둘이 손을 맞춰 네다바이를 했다는 사실이 그렇게 증오스러울 수가 없었다.

현세 장모는 품에서 정로환 한 병을 꺼내놓았다. 네다바이꾼들이 남기고 간 그 약병을 들고 눈길을 허둥허둥 뛰어다니다 넘어지는 장면이 눈에 선하게 잡혔다.

"시상에, 시상에 그게 어떤 거라구…… 내가 그만 눈에 홀려서……"

현세는 눈을 감은 채 자꾸 헛소리를 하는 장모를 위로할 어떠한 말도 찾지 못했다. 그 금반지는 그냥 예사 반지가 아니었다. 장모에게 있어 그 반지는 아들이었다. 그 금반지의 색깔이 변하지 않는 한 아들은 살아 있었기 때문이다.

현세가 가게 앞에서 담배를 피우고 있으려니 아내가 나왔다.

"큰골에두 눈이 왔대요. 새벽에 눈이 온 걸 보니까 갑자기 우리 집엘 오시구 싶으시더래요. 눈에 홀리셨다는 게 바로 그런 얘기신가 봐요."

"아무튼 잘 오셨어. 그 산속에 혼자 계시다가 그런 일을 당하셨더라면 어쩔 뻔했소. 반지 잃어버리신 건 차라리 잘된 일인지두 몰라. 죽은 사람을 기다린다는 게 얼마나 기막힌 일이냐 그 말이오."

"우리 어머니 인제…… 더 못…… 사실 거예요."

그네가 울고 있었다. 어머니의 사랑을 모르고 자란 현세로서는 아내의 그 울음이 한편 부럽기까지 했다. 그는 어린 시절 어머니에 대한 그리움을 눈물로 만들기 위해 산과 강을 헤맨 적이 많았다. 무덤도 남기지 않은 어머니를 느끼기 위해 아무 무덤이나 찾아가 거기서 많은 시간을 보내기도 했다. 무덤가 잔솔가지에서 푸득거리는 멧새들을 통해서, 그리고 팔베개를 하고 쳐다보는 하늘의 그 무한대 신비를 통해서, 때로는 듣기에 따라 달리 들리는 바람 소리와 개울물 소리를 통해서도 그는 어머니와 만났던 것이다.

"현우 친구 박, 진, 숩니다."

이제 첫 휴가를 나왔다는 현우 친구는 군대식 딱딱한 어투로 인사를 했다. 그는 현우가 의병제대하기까지의 과정을 비교적 소상히 알고 있었다. 제대를 하기 전 현우가 군 정신병원에서 쓴 편지도 받았다고 했다.

"그 편지에 자기가 제대를 하게 됐다는 얘길 쓰지 않았나요?"

"네, 그렇습니다. 그 편지엔 그냥 몸이 아파 병원에 와 있다는 얘기만 쓰여 있었습니다."

현역 이병 박진수가 현우 얘기를 들은 것은 현우가 배속돼 있던 부대의 어떤 선배로부터라고 했다.

현우네 내무반 병사 하나가 전역을 하는 날 그 환송 술자리에서 삼 년 뒤의 자기 모습을 얘기하는 순서가 있었다. 황금 같은 젊음의 삼 년을 군대 밥으로 때운 고참으로서 신병의 삼 년이 얼마나 아득한 세월인 것인가를 일깨워주기 위한 일종의 정신교육이라고 할 수 있었다. 대부분의 신병들은 삼 년 뒤 자신이 제대를 하는 즉시 오늘의 하늘 같은 고참들을 찾아 술을 대접함으로써 한번 고참은 영원한 고참으로 모시는 사회인이 되겠다는 것을 얘기함으로써 고참들의 환심을 사고 있었다. 그러나 현우는 자기 차례가 왔을 때 엉뚱한 소리를 해버렸던 것이다. 그 말이 문제가 된 것 같다고 했다.

"엉뚱한 소리라니……?"

"네, 그렇습니다. 현운 삼 년 뒤 바로 그 자리에서 백두산까지 도보여행을 떠날 것이라고 말했답니다."

그게 사실이라면 술자리의 그 말이 씨가 될 수도 있을 것 같았다. 그 일이 문제가 되어 현우는 여러 차례 상담도 하고 무슨 검사도 받더니 결국 정신병원으로 후송됐다는 얘기였다.

최일선 전방 오피에서 철조망을 통해 북쪽 산하를 쳐다보는 생활을 하다 보니 느닷없이 그런 말이 나올 수도 있었을 것이다. 그게 무슨 문제가 될 수 있다는 것인가. 그러나 박진수 이병의 생각은 달랐다. 세상이 좋아져 그 정도지 예전 같으면 대번에 군법재판에 넘겨져 곧바로 불명예제대가 됐을 거라는 얘기였다.

그러나 돼지갈비에 소주 두 병이 거의 비어갈 무렵 박진수 이병은 다소 달라지기 시작했다.

"도대체 납득이 안 갑니다. 현운 정신병원에 갈 만큼 그렇게 무너질 애가 결코 아니라 그겁니다."

"혹시 현우가 평소 북쪽을 찬양하는 말이라도 하지 않았던가?"

"아닙니다. 전혀 그렇지 않습니다."

그러나 박진수는 어느 정도 시간이 지난 뒤 다소 망설이는 눈치더니 다음과 같은 말을 조심스럽게 했다.

"현운 언젠가 저한테 이 세상에서 가장 가보고 싶은 곳이 북한이란 말을 한 적이 있습니다. 물론 그쪽 세곌 동경한다거나 어떤 이데올로기 차원에서 그런 말을 한 것은 결코 아니었습니다. 왜 있잖습니까. 우리 나이에 어른들이 금기시하는 것에 대한 막연한 선망, 그 금기 자체를 극복해야 할 대상으로 생각하고 그것을 깨치고 싶은 그런 오기랄까 환상 같은 거 말입니다."

어쩌자고 그 살벌한 최전방 진지 속에서 현우가 그따위 환상을 갖게 됐단 말인가. 물론 그는 갈 수도 올 수도 없는, 그냥 건너다볼 뿐 그 누구도 속수무책인 내 나라의 두 동강 난 땅을 확인하면서 가슴이 답답했을 것이다. 그 답답함이 삼 년 후 백두산까지 도보여행을 떠나고 싶은 충동을 일으킬 정도로 그를 미치게 했는지 모른다.

중요한 것은 현우의 현재 행방이다.

"자넨 현우가 지금 어디에 있을 거 같은가?"

"네, 전 현울 잘 압니다. 아마 시간이 좀 걸리겠지만 현운 별일 없이 돌아올 겁니다. 전 현울 믿습니다. 형님께서도 제 말을 믿어주십시오."

"돌아올 놈이 벌써 두 달째 가족들한테 소식도 안 준단 말인가."

"어쩜 그건 현우가 자길 기억하는 사람들과 고통을 나눠 갖고 싶어서인지도 모릅니다. 현운 지금 그렇게 힘든 시간을 보내고 있을 게 분명합니다."

"그따위 현실도피루 문제가 해결된다고 생각하는 것부터가 잘못된 거야."

"제 생각엔 현우가 현실도필 한 게 아니고 지금 현실과 가장 치열하게 맞서 싸우고 있을 것만 같습니다. 전 현울 믿습니다."

박진수 이병과 헤어져 가게에 돌아온 것은 열한시가 넘은 시간이었다.

"조금 전에 박 선생님이 왔었어요. 뭔가 잔뜩 화가 난 거 같더라구요."

"외상값을 갚으러 왔던 모양이구먼."

결국 외상값을 해를 넘긴 사람이 이 방학 중에 그것도 밤늦어 찾아왔다는 사실이 개운치 않은 맛을 남기긴 했지만 그냥 좋은 방향으로 해석하고 싶었던 것이다.

"장모님은 좀 어떠셔?"

"벌써 몇 시간째 눈을 딱 감구 일절 말을 안 하세요."

현세는 노인네가 반지를 꼈던 그 자국이 너무나 확연한 그 손가락을 떠올리자 새삼스레 분노가 치밀었다.

아내를 먼저 방으로 들여보낸 뒤 가게 문을 거의 다 닫았을 무렵 박 선생이 비틀거리는 걸음으로 나타났다.

"자, 여기 외상값 가져왔수다. 영수증 해줘요. 품목별로 하나하나 가져간 날짜와 단가까지 죄다 적어달라 그거요."

많이 취한 척 몸을 심하게 비틀며 거오스레 목소리를 높이는 것으로 보아 뭔가 찍자 붙을 심산이 분명해 보였다.

　"외상값을 주시면 받겠지만 영수증을 그런 식으로는 못해드리겠습니다."

　"못해줘? 야아, 이 양반 봐라. 내가 나쁜 선생이라구 애들이나 살살 선동하는 주제에 되레 땅땅거려."

　"뭔가 오해를 하고 계시는구먼요. 박 선생님, 전 아이들한테 박 선생님에 대해 어떤 얘기도 한 일이 없습니다."

　"안 했어? 우리 교감이 날 불러서 뭐라는 줄 알아. 애들 조심하라는 거야. 애들이 날 비난하는 투서를 했다 그거지. 내가 좋은 가게 아저씨를 괴롭히는 나쁜 선생이라나. 당신 정말 이렇게 나올 거야?"

　"박 선생, 그건 오해요. 제발 진정하고……"

　"야, 내가 진정하게 됐어?"

　박 선생 목소리가 높아졌다. 현세는 부지런히 가게 문을 닫은 뒤 박 선생 옷자락을 잡아끌었다.

　"박 선생, 나 좀 봅시다."

　"여기서 얘길 하지 어디루 오라 가라 하는 거야."

　"미안하지만 우리 애들이 아직 안 자는 거 같아서 그래요. 잠깐 저리 갑시다."

　이쪽에서 침착하게 맞서니까 다소 기가 꺾인 박 선생은 현세가 이끄는 대로 학교 운동장까지 고분고분 따라왔다. 삼층 높이의 건물을 기역자형으로 거느린 학교 운동장은 낮에 육상부 학생들이 트랙을 돌던 부분만 대충 치워져 있을 뿐 그대로 눈에 덮여 있었다.

"나한테 하겠다는 얘기가 도대체 뭐냐 그거야?"

박 선생은 짐짓 취한 걸음으로 비척거리며, 끝까지 반말이었다.

"박 선생, 올해 나이가 몇이오?"

"나이루다 나 기죽이겠다 그거야? 스물일곱이다 왜."

"난 마흔여섯이오. 그러나 좋아요. 박 선생, 나하고 뛰기 내길합시다. 이 운동장을 함께 도는 거요. 먼저 그만두는 사람이 지는 거로 합시다. 박 선생이 보다시피 나도 술을 꽤 했으니까 우린 서로 같은 조건이오."

"이 양반이 돌았나, 왜 이래. 누가 당신하고 뛰기 내기한댔어?"

그러나 현세는 은근히 박 선생을 자극했다.

"박 선생이 못 뛰겠다면 내가 이기는 거요. 누가 옳고 그른가를 오늘 뛰기 내기로 결정짓자는 거니까."

그 승부에 자신이 있어서 그런 엉뚱한 일을 벌이려고 한 것이 아니었다. 양식이 통하지 않을 때 가끔 이런 원시적인 승부도 필요하다는 생각이 불현듯 떠올랐을 뿐이다. 심정이 그랬다. 현세는 돕바를 벗어 운동장 눈 위에 던졌다.

"이 양반이 정말 갈수록 웃겨. 좋수다. 당신 딴소리하면 안돼. 자, 뛰자구!"

박 선생이 현세처럼 돕바를 벗어 던지며 제자리 뛰기를 시작했다.

두 사람은 운동장을 함께 뛰기 시작했다. 눈이 제대로 치워지지 않은 운동장은 뛰기에 매우 불편했다. 그들의 달음박질하는 소리가 터벌터벌 잔뜩 흐린 겨울밤 어둠 속으로 퍼져나갔다. 현세는 자신이 말한 대로 이 승부가 그대로 이 세상의 옳고 그름을 재는 일이라고 믿고 싶었다. 이길 수 있을 것 같은 오기가 몸속에서 뻗쳐올랐다. 그는 자기보다 두어 걸음 앞서 뛰고 있는 박 선생의 헉헉거리는 숨소리를 놓칠세라 바싹 따라 뛰었다. 두 바퀴를 돌자 숨이 가빠지면서 얼굴에서 목으로 땀이 번졌다. 그러나 그는 그 달음박질에 신명을 내고 있는 자신을 발견했다. 그 뛰기 내기를 제의할 때의 분노 같은 것은 이미 사라져버렸던 것이다. 그는 뛰는 일 그 이상을 생각하고 싶지 않았다. 가슴이 빠개지게 아프고 다리가 후들거려 그대로 주저앉고 싶었지만 이를 악물고 박 선생 뒤를 바싹 따라붙었다. 박 선생 역시 숨소리가 점점 가빠지는 기색이면서도 생쥐처럼 가끔 뒤를 힐끔거릴 뿐 달음박질 속도를 늦추지 않았다. 박 선생의 그 거친 숨소리가 차츰 귀에 익으면서 현세는 그 숨소리에 묘한 친밀감마저 느끼고 있었다.

운동장을 대충 열대여섯 바퀴는 돌았을 것이다. 박 선생은 한 번도 선두를 빼앗기지 않았지만 때로는 트랙을 벗어나 생눈 속을 달려가다간 황급히 돌아나오곤 했다. 뛰기 내기를 시작한 뒤 처음으로 박 선생이 입을 열었다.

"아저씨, 정말 더 뛸 거요?"

현세는 대답하지 않았다. 뭔가 대답을 하는 순간 온몸의 힘이 그대로 다 빠져나갈 것 같은 느낌이었다. 그는 더욱 바싹 박 선생 뒤를 따라붙었다.

"아저씬…… 정말…… 웃기는 사람이네요. ……이게 도대체…… 뭡니까. ……난 더 안 뛸래요."

그렇게 헉헉거리던 박 선생이 정말 달음박질 속도를 늦추었다. 그러나 현세가 말없이 앞서 나가자 박 선생 역시 그 달음박질을 아주 그만두지 않은 채 십여 미터 뒤처져 따라왔다. 현세는 계속 그 속도로 뛰었다. 뛸 수 있을 때까지 뛰다가 힘이 정 부치면 그대로 쓰러질 생각이었다.

현세는 그때 현우 생각을 하고 있었다. 현우 역시 어디선가 이렇게 필사적으로 뛰고 있을는지 모른다는 생각을 한 것이다. 어쩌면 현세는 지금 현우의 인생을 대신 뛰고 있는지도 몰랐다. 멀쩡하게 젊은 것이, 그것도 최전방에 배치를 받자마자 곧바로 정신병원에 끌려가 바로 그곳에서 의병제대란 명목으로 군대를 쫓겨나는 그 감당하기 어려운 일들이 자신의 그 힘든 달음박질처럼 벌어지고 있었다. 대상이 일정치 않은 그런 분노가 몸속에서 들끓었다.

"……아저씨, ……혼자서 잘 뛰라구요. ……난, 더 못……"

박 선생이 뒤에서 그대로 눈 바닥에 주저앉는 것이 느껴졌다. 그러나 현세는 뜀질을 멈추지 않았다. 현우의 그 좌절과 싸워 이기기라도 하려는 듯 그는 후들거리는 다리를 겨우겨우 지탱하고 있었다.

박 선생이 주저앉아 있는 곳까지 다시 돌아왔지만 그는 그냥 입을 다문 채 뜀질을 계속했다.

현세는 차츰 자신의 뜀질하는 발짝 소리를 현실의 그것으로 받아들이지 못했다. 그것은 이명처럼 가깝지만 매우 불길한 그런 울림으로 자기 뒤를 따라왔다. 때로 자신의 시를 읽다가, 그래서 이게 뭔데, 도대체 이게 무슨 의미가 있단 말인가—그런 자문으로 맥이 풀리듯 현세는 그 달음박질의 신명을 잃고 있었다. 그는 더 이상 견디지 못하고 그대로 땅바닥에 주저앉았다.

왜 내게는 현우에 대한 그 어떤 확신도 오지 않는 것일까. 현세는 아버지나 현우 친구가 현우에 대해 가지고 있는 그런 믿음이 자신에게 생기지 않는 것이 정말 안타까웠다. 현우에 대해, 이 세상에 대해 나는 도대체 무엇을 모르고 있단 말인가. 저도 뭐가 뭔지 잘 모르겠어요. 현우가 남긴 그 마지막 말만이 운동장 눈 위에 주저앉은 그의 귓속에 맴돌았을 뿐이다.

그러나 분명한 것이 하나 있었다.

"박 선생, 내가 이겼어!"

현세는 짐짓 큰소리를 내질렀다. 그러나 그 쥐새끼 같은 박 선생은 이미 운동장 어디에도 보이지 않았다.

○ 1996년 『작가세계』 봄호

이것은
기분 문제가
아니다

"엄마아······"

골목 저쪽 어둠 속에서 진이의 울부짖는 소리가 유령의 꼬리처럼 흔들리고 있었다. 나는 소리의 방향을 향해 허둥허둥 달렸다. 골목 중간쯤에서 나는 거뭇한 그림자와 마주쳤다. 여자였다. 그네는 겁먹은 몸짓으로 담벼락에 붙어 서며 내게 길을 내주었다.

"아주머니, 오시다가 애기 하나 못 봤습니까?"

헐떡거리는 내 물음에 그네가 비실비실 뒷걸음치며 기어 들어가는 소리로 대답했다.

"못 봤어요."

못 봤어요. 그런 아이 못 봤는데요. 애기가 어디 한둘이요. 못 봤다니까요. 글쎄 아무것도 못 봤어요.

만나는 사람마다 우리 진이의 행방에 대해서 고개를 저었다. 그러나 나는 포기하지 않고 계속 물었고 그네들은 허둥거리는 내 행색을 힐끔거리며 한마디로 잘라 대답했다. 못 봤어요. 남자들은 무뚝뚝했고 여자들은 어둠 속에서 나와 맞닥뜨린 걸 두려워하면서 도망쳤다. 어쩌다 걸음을 멈춰 서며 내 물음의 진의를 캐려는 듯 친절한 사람도 없지 않았지만 그것은 전연 그네들의 호기심 때문이었을 것이다. 저녁 바람이 몰아치는 어두운 골목 속에서 진이의 행방은 이미 타인들의 한낱 호기심 거리에 지나지 않았다.

어메야—

바람이 부는 강변길을 뒤뚱뒤뚱 걷고 있었다. 소리가 들렸다. 어머니 등에서만 듣던 그 소리를 강변에 혼자 던져진 채 듣고 있었다. 철들면서 나는 그것이 대포 소리였다는 것을 알게 됐다. 아주 먼 데서 들려오는 그 간헐적인 대포 소리가 나를 마을까지 끌고 갔던 것이다. 대포 소리가 너무 무서워서 죽어 있는 엄마를 버리고 마을 쪽으로 뒤뚱뒤뚱 뛰었던 것이다. 그러나 내가 마을에 이르기 전에 해가 넘어갔다. 썰렁한 저녁 어둠 속에서 나는 그날 처음으로 울음을 터뜨렸다. 어둠이 내 울음을 집어삼켰다. 나는 내 울음소리에 놀라 울음을 뚝 그쳤다. 그러나 쏴아아 밀려오는 그 어둠의 소리는 더욱 무서웠다. 나는 다시 울음을 터뜨렸다.

"엄마아아—"

이번에는 어둠의 꼭대기 어디선가 진이의 목소리가 들리는 것 같았다. 이제는 더 속지 않겠다고 이를 악물었지만 결국 나는 걸음을 멈추고 말았다. 담벼락에 기대서서 귀를 모았다. 내가 기대선 담장 그 안쪽에서 두런거리는 말소리가 들려왔다. 어린애들의 말소리도 섞여 들려왔다. 여러 사람이 진이를 둘러싸고 서 있는 게 선연히 보였다. 사람들에게 둘러싸인 채 진이가 울고 있었다.

"인마, 울지 말고 대답을 해야지?"

"집이 어디냐, 느 집이 어디냐 그 말이여?"

"몇 살이여?"

"느 아버지 이름이 뭐여?"

내가 그 마을 사람들에게 발견된 것은 강변에서 어머니의 죽음을 본 그다음 날 한낮이었다. 마을 입구 볏단을 쌓아놓은 볏가리 속에 잠들어 있는 걸 마을 아이들이 발견해낸 것이다. 마을 사람들은 뱀을 보듯 그런 눈으로 나를 내려다보았다. 한 아이가 나한테 흙을 뿌렸다. 내 기억 속에 남은 것은 흙을 뿌리던 그 아이에게 야단을 친 어떤 아주머니의 얼굴에 다닥다닥 박힌 주근깨였다. 나는 얼른 그 주근깨 아주머니 곁으로 달려가 다른 아이들이 그렇게 하듯 치맛자락을 쥐었다. 둘러섰던 사람들이 와하하 웃었다. 그때 나는 하늘에 두 줄의 흰 줄이 그어지는 걸 보았다. 나를 둘러쌌던 사람들도 내가 쳐다보는 하늘을 쳐다보았다. 아주 먼 데서 비행기 소리가 들렸다. 쪽빛으로 맑은 가을 하늘에 그 두 줄의 비행운이 엷게 흩어지고 있었다.

─자, 전원 출발!

나를 둘러싸고 섰던 아이들이 모두 길 위로 우루루 올라서고 있었다. 구멍이 뻥 뚫린 철모를 쓴 아이가 아이들을 정렬시켰다.

─멀리들 가지 마아.

아직도 나를 에워싸고 서 있는 어른들 중에서 누군가 열을 지어 늘어선 아이들을 향해 말했다.

　─이 새끼들아. 깨뜰은 갈 생각두 말어. 거긴 땅속에 맨 지뢰
가 묻혔어.

　그러나 아이들은 어느새 내가 밤새껏 헤맨 그 강변길을 따라
우쭐우쭐 걸어가고 있었다.

　─전우의 시체를 넘고 넘어, 앞으로 앞으로……

　"엄마아아─"

　나는 더 참을 수가 없었다. 사람들의 두런거리는 소리가 들리
는 그 집 담장을 돌아 대문 앞에 섰다. 육중한 철문이었다. 어딘
가 있을 초인종 단추를 끝내 찾지 못한 나는 두 손으로 그 철대
문을 두드리기 시작했다. 꽝꽝, 꽝꽝꽝. 철대문 두드리는 소리
가 골목의 어둠을 흔들었다. 어느 집에선가 개가 짖었다. 처음
에는 한 마리가 짖었지만 금세 그 개 소리들은 온 동네를 흔들
었다. 그때 내가 두드리는 대문 안쪽에 인기척이 났다. 여자가
앙칼지게 수하를 했다.

　"거기 누구세요?"

　"이 문 좀 열어봐요."

　"누구냐니까요?"

　"글쎄, 문부터 열어요."

　"무슨 일인지 말부터 해봐요."

　"우리 진이를 찾으러 왔어요. 그 안에 우리 진이가 있죠?"

　"누가 있느냐구요?"

　"진이, 우리 진이 말이오."

"진이가 누군데 그러는 거예요?"

"그러지 말고 이 문 좀 열어요. 내가 진이 아빠요."

"누군데 그러오?"

대문의 빗장이 뽑히는 소리가 들리면서 남자 목소리가 들렸다. 그러나 대문은 열리지 않았다. 나는 와락 그 대문을 밀었다. 역시 열리지 않았다.

"나는 진이 아빠요, 어서 진이를 내놓아요."

내가 주먹으로 철대문을 치기 시작했다. 그러자 후려치듯 빗장 꽂히는 소리와 함께 다시 목소리가 들렸다.

"별 미친놈 다 보겠군."

"맞아요, 미친 사람이에요. 아까도 저쪽 목욕탕 골목에서 나한테 웬 애를 못 봤느냐고 묻던 그 사람이에요."

차차 개 짖는 소리가 멈춰갔다. 긴 골목이었다. 어둠의 동굴 같은 그 골목 끝에 외등이 바람에 떨고 있었다.

미친놈. 맞아요. 미친 사람이에요. 나는 뛰기 시작했다. 사람들이 떼 지어 다니는 큰길 쪽을 향해 허둥허둥 달렸다. 나는 미쳐 있었다. 내 정신이 아니었다.

진이가 실종됐다. 진이가 없어진 것을 안 것은 오후 네시경이었다. 나는 그때 안방에서 TV를 보고 있었다. 야구 중계였다. ㅂ고교가 패자전에서 되살아나 ㅁ고교와 재대전을 벌이고 있었다. 흥미 만점의 게임이었다. ㅂ고교가 ㅁ고교를 4 대 3으로 누른 채 7회말 수비를 맡고 있었다. ㅁ고교의 공격이 볼 만했다. 원 아웃에 만루 찬스였다. 홈런이 아니더라도 얼마든지 역전될 수 있는 그런 찬스였다. 관중들이 와와 함성을 지르고 있었다.

내 곁에서 알씬거려 퍽 신경이 쓰이던 진이가 잠깐 눈에 안 띄었다고 해서 그게 문제될 상황이 아니었다. 더구나 아내도 집에 있었다. 그네는 응접실에서 전화통과 씨름을 하고 있었던 것이다. 그네는 사업 중이었다. 아파트 청약권 획득을 위한 음모였다. 그네는 요즘 부동산 투자에 톡톡히 재미를 보고 있었다. 물론 그네 아버지와 합자·합작이었다. 장인이 자기 딸을 내세워 하는 사업이었다. 장인은 고급 공무원이었다. 내가 이 자리에 천년만년 있을 것도 아니고…… 이런 생각을 가진 현실주의자였다.

"진이 거기 있어?"

TV 화면에 광고가 나오고 있었다. 나는 응접실 쪽을 향해 소리쳤다. 그러나 아내는 통화 중이었다. 까르르 아내의 자지러지는 웃음소리가 들렸다. 화면은 아직 광고였다. 나는 부지런히 담배를 찾아 물었다. ㅂ고교 수비진의 개가였다. 정말 기가 막힌 수비였다. 만루 위기를 잘 넘긴 ㅂ고교 응원석의 스탠드가 무너질 듯 울리고 있을 것이다. 위기 다음에 찬스…… 대개 이런 내용으로 게임이 진행될 것이다. 나는 어느 정도 긴장을 풀고 8회말 ㅁ고교의 공격을 보기 위해 용변을 봐두어야 하겠다고 생각했다. 진이의 소재도 확인해둘 겸, 그러나 아내가 있는 응접실에 진이가 보이지 않았다. 현관문을 열어보았다. 대문의 쪽문이 반쯤 열려 있었다.

"진이 내보냈어?"

내가 큰 소리로 물었다. 아내가 손바닥으로 송화기를 막은 다음 낯빛을 바꾸며 말했다.

"가게에 나갔을 거예요. 자꾸 시끄럽게 굴길래 돈 줘서 내보냈어요."

기관총을 쏘듯 그렇게 단숨에 내뱉고 나서 그네는 다시 전화기에 매달렸다. 일이 잘 풀리는 모양이었다. 얼굴 가득 웃음이었다. 아, 아니에요. 사장님, 글쎄 아무것도 아니라니까요.

우리 골목의 끝 구멍가게 근처에 진이가 보이지 않았다. 좀 떨어져 있는 식품점 앞에도 진이는 없었다. 애 걸음이 미칠 수 있는 범위를 휘 돌아보았지만 진이는 없었다. 나는 가슴에 웽— 하고 일어나는 소리를 들었다. 현기증 같은 증세가 일순 온몸을 휩쌌다. 그 순간부터 나는 내 정신을 잃고 말았던 것이다.

"진이가 없어졌어!"

집까지 헐떡거리며 달려와 아내를 향하여 던진 말이었다. 어떤 예감 같은 것이 내게서 그런 단정적인 말을 뱉게 했던 것이다. 진이가 없어졌어!

"김 사장님, 잠깐……"

아내가 다시 송화기를 손바닥으로 막아 쥐며 낯빛을 바꿨다.

"왜 그렇게 덤벙대는 거예요? 진이 아빠."

"진이가 없어졌단 말이야."

"없어지긴…… 방금 있던 애가 어딜 갔다고 그러는 거예요?"

그네가 현관문을 잡은 채 멍청히 서 있는 나를 향해 다시 힐책하듯 내쏘았다.

"방에 텔레비나 좀 끄고 나와요!"

안방의 TV가 시청자 없이 그림을 내쏘고 있었다. 9회말 ㅁ고교 공격이었다. 자막에 4 대 4란 스코어 숫자가 보였다. 관중이 온통 들끓고 있었다. 아나운서 목소리도 잔뜩 들떠 있었다, 나는 TV 화면에 시선을 박은 채 움직일 수가 없었다. 이런 순간 내 안락과 환희가 침해당하는 것을 나는 용서할 수가 없었다. 아마 이때 누군가 나를 찾아온 사람이 있었다면 나는 그에 대한 적개심으로 얼굴이 벌겋게 달아올랐을 것이다. 어떻든 나는 진이를 잊고 있었다. ㅁ고교의 마지막 찬스였다. 투 아웃에 주자를 1루와 3루에 두고 있었다. 5번 타자가 배팅 박스를 벗어났다가 다시 방망이를 고쳐 쥐고 있었다. 투 스리 풀카운트였다. 나는 처음부터 ㅁ고교를 응원하고 있었다. ㅁ고교는 내 고향 근처 도청 소재지에 있는 학교였다. 고향. 그래, TV를 보면서 나는 아주 잠깐 동안이었지만 내 고향 생각을 했다. 물론 그곳은 내가 태어난 곳은 아닐 것이다. 거기서 자랐을 뿐이다. 내게 밥과 잠자리를 주던 사람들이 말하던 것을 나는 기억하고 있었다.

— 이놈이 사투리를 쓰는구나.

— 맞아, 저 남쪽에서 올라온 게 분명하다구.

나는 그렇게 마을에 던져졌던 것이다. 나를 처음 보는 사람마다 묻곤 했다.

— 인마, 느 집이 어디여?

— 그걸 모르면 밥 안 줄 거여.

— 인마, 니 아부지가 누구냐 그거여?

그러나 나는 항상 고개만 저었다. 나는 아무것도 대답할 수가 없었다. 집이라는 낱말과 아버지란 말이 내게는 전연 생소할 뿐이었다. 집…… 아버지, 나는 우리 집을 기억할 수가 없었다. 내 입으로 단 한 번도 아버지를 불러보지 못했다. 아무리 기억의 그물을 멀리 넓게 던져도 그 그물 속에 걸리는 얼굴이 없었다.

―얘가 누구여?

　나를 뒤늦게 본 사람이 먼저 사람한테 묻곤 했다.

　―도대체 얘가 어서 온 애야?

　―어디서 오긴, 하늘에서 떨어졌지!

　"진이가 없어졌다면서 그렇게 텔레비만 보고 있을 거예요?"

　투 볼 투 아웃에 만루 찬스였다. ㅁ고교의 대타가 나오고 있었다. 그러나 나는 TV를 껐다. 불길한 무엇이 가슴을 어둡게 덮었기 때문이다.

　"돈 얼마를 줬어?"

　"천 원. 잔돈이 없었어요."

　"왜 어린애한테 그런 돈을 주는 거야?"

　"그게 어쨌단 말예요?"

　아내의 이마에 심줄이 굼틀거렸다.

　나는 허둥허둥 집을 나왔다. 먼저 한 바퀴 돈 그 코스를 다시 돌았다. 진이 또래의 아이들이 있다는 집은 다 들러 확인했다. 진이를 아는 애가 하나도 없었다. 고급 주택가라 아이들이 밖에 나가 어울려 노는 법이 없었다. 시멘트 바닥이 깨끗이 깔린 우리 골목 앞에서 어린애들이 밖에 나와 노는 것을 볼 수가 없었던 것이다. 진이는 여름날 개처럼 심심해했다. 진이를 돌봐준 것은 미숙이란 이름의 가정부였다. 아내의 먼 친척뻘 되는 여자애였다. 나는 열아홉 된 미숙이에게서 내 기억 속의 어머니 냄새를 맡았다. 나는 언제고 미숙이 등판에 얼굴을 파묻고 어머니의 냄새를 흠씬 맡아볼 생각이었다. 그러나 내 뜻이 이루어지기도 전에 미숙이는 우리 집을 떠나버렸다. 그네는 내 아내에 대해서 좋지 않은 생각을 가지고 있었다. 자기가 우리 집을 떠나는 것이 내 아내를 골탕 먹이는 걸로 알고 있었다. 실상 아내는 미숙이가 나가버린 후 한동안 절절맸다. 진이만 사육하고 있기에는 그네가 너무 바빴다. 그네는 본능적인 모성애마저 상실하고 있었던 것이다. 미국이나 다른 나라, 개인주의가 코끝에 여문 그런 나라에 살아야 어울리는 여자였다. 믿어지지 않겠지만 나는 그런 여자와 잘 어울려 살았다. 진이가 아니었으면 우리 내외는 더 잘 어울렸을 것이다. 아내는 나를 필요로 했다. 나 또한 그네를 사랑한다고 단언해왔다. 적어도 진이가 출생하기 전까지는 그랬다. 그러나 진이가 커감에 따라 나는 조금씩 생각을 바꾸기 시작했다. 진이를 통해서 나는 내 근본을 의식하기 시작했던 것이다. 나는 허둥허둥 내 기억 속에 뿌리를 둔 과거와 만나기 위해 안간힘을 썼다. 미숙이의 등판에서 맡고 싶었던 어머니의 냄새였다. 어머니의 얼굴에 대한 기억은 캄캄했지만 나는 그 등판에 엎드려 맡던 냄새만은 지금도 잊을 수가 없었다.

"파출소에 신고를 해야 하겠어."

"뭘 신고를 한다고요?"

"진이가 없어졌잖아!"

"진이 아빠, 그렇게 덤비지 말고 조금만 더 기다려봐요. 이웃 어느 집에선가 놀고 있을 거예요."

"그렇게 짚이는 데가 있으면 빨리 찾아보란 말이야. 벌써 한 시간이나 지났잖아."

"알았어요. 몇 군데 전화로 연락해볼 데가 있긴 해요."

그렇게 말하면서 아내는 해작해작 몸을 움직여 전화기 앞에 앉았다. 전화기 다이얼을 돌리는 그네의 손가락이 그렇게 느려 보일 수가 없었다.

"아이구, 성수 어머니가 직접 받으시네. 저예요. 진이 엄마. 네, 그래요. 모과나무 있는 집…… 아, 그러세요. 저런. 저런 어쩌다가…… 네에, 그러셨구면요. 어쩐지 요새 안 보이신다 했더니만. 네에…… 그러믄요. 돈이 좀 더 들긴 해도 역시 한방약이……"

아내는 전화를 잡은 채 더 오래 지껄인 뒤에 수화기를 놓으면서 말했다.

"글쎄, 바로 요 옆집 옆집 있잖아요. 그 집 여잔데요. 요새 허리 디스크가 걸려 꼼짝을 못한다네요. 춤바람이 나 한참 열나게 나다니더니만……"

"디스크고 마스크고 거기 우리 진이가 없다는 거야?"

"왜 이렇게 야만인처럼 목소릴 높이고 그러는 거예요?"

"진이가 거기 있대, 없대?"

"없대요!"

아내가 다시 전화 다이얼을 돌리고 있었다.

"나 파출소에 갔다 오겠어."

내가 서둘러 일어서자 아내가 전화기를 놓으며 말했다.

"가더라도 제발 그 잠바때기나 벗어놓고 가요. 옷차림이 너절하면 남들이 업신여겨요."

아내가 내 잠바를 벗겼다. 나는 넥타이를 맸다. 양복을 걸쳐주며 아내가 언제 준비했는지 흰 봉투 하나를 양복 안주머니에 찔러 넣었다.

"맨입으로 부탁해봤자 헛거예요."

나는 경중경중 뛰다시피 파출소로 향했다. 파출소 안에는 순경 두 사람과 방범대원 하나가 앉아 있었다.

"무슨 일입니까?"

헐떡거리고 서 있는 나를 향해 그들 중 한 사람이 물었다. 곁에서는 순경 하나가 전화를 받고 있었다.

"네네, 기억하고 있습니다. 우리 소장님께서도 늘 말씀하시더군요. 지역사회, 특히 사모님들께서 늘 그렇게 협조해주신 덕택으로…… 네? 아, 그렇습니까. 네? 사모님, 잠깐만……"

전화를 받던 순경이 아직도 숨을 헐떡거리고 서 있는 나를 향해 물었다.

"혹시 이정희 여사님께서 선생님……"

"그렇습니다. 진이가 집에 들어왔답니까?"

나는 전화기를 낚아채기라도 할 듯 그쪽으로 다가섰다.

그러나 순경은 손을 저어 보이며 전화기에 대고 말했다.

"사모님, 맞습니다. 여기 와 계십니다. 네, 네, 알겠습니다."

그는 전화를 끊은 다음 내게 물었다.

"아이가 실종됐다구요?"

나는 그냥 고개만 끄덕였다. 아내는 그런 여자였다. 발이 넓었다. 동네 여자들과 무슨 단체를 만들어 하는 일도 많았다. 그네는 여당의 핵심 당원이었다. 두어 차례 교육도 받고 왔다.

"실종된 아이가 몇 살입니까?"

아내의 전화를 받은 순경이 메모지를 꺼내며 물었다.

"세 살입니다. 2년 10개월 됐습니다."

"그렇다면 아버지 이름도 알고 있겠군요?"

"알고 있습니다."

"성함이 어떻게 되시던가요?"

"허만숩니다. 일만 만자 물가 수잡니다."

허만수. 철들고 보니 내 이름이 그렇게 돼 있었다. 나를 키운 아버지가 허씨였다. 그러나 나는 어머니 등에서 들은 '기야'란 이름을 기억하고 있었다.

—기야, 니 자문 어무이 허리 부러진데이.

등에 업힌 나를 흔들어 깨우면서 어머니가 말하곤 했다. 기야, 오줌 누코 가자. 기야, 우지 말레이. 느그 아부진 우는 아는 된통 싫어한다 마. 그러나 나는 내 성이 무엇인가 기억해낼 수가 없었다.

—기야, 니 좀 걷자.

어머니는 가끔 나를 길 위에 내려놓았던 걸로 기억된다. 어머니가 단편적으로나마 연상되는 건 길 위의 기억이었다. 우리 모자는 늘 길 위에 있었다. 산모퉁이와 풀숲과 논둑길과 도랑물 그리고 치마를 걷어 올린 어머니의 허연 장딴지를 스치는 냇물 소리와…… 산과 냇물로 끊임없이 이어진 길 위에 있었다. 가끔 밥을 얻어먹던 집이나 우리 모자가 자고 다녔을 집 같은 것이 떠오름직도 한데, 나는 단 한 번도 그런 것을 기억의 그물 속에 건져 올리지 못했다. 그것이 단 며칠의 여정이었는지 아니면 몇 년에 걸친 떠돌이 생활이었는지 그것마저 분명하지 않았다. 다만 나는 아득히 먼 그런 길을 허둥지둥 걷는 어머니의 등에서 심한 요의를 느꼈던 기억만은 분명하다. 내 어머니, 그녀는 무엇 때문에 그렇게 험난한 길을 헤매고 다녔는가. 그 지아비, 내 아버지를 찾기 위한 그런 길이었다고 생각하면 그네의 여정은 너무나 비참했다. 아버지 대신 그네가 만난 사람들을 나는 잊지 않고 있었다. 길가 보리밭에서, 혹은 고갯길 찔레 덤불 밑에서 그 낯선 사내들 무릎에 짓눌려 끄윽끄억 내지르던 울음소리도 기억한다. 어머니의 등에서 나를 떼어 길가에 팽개치던 그 사내들의 눈도 나는 기억하고 있었다. 길에서 수없이 본 뱀의 징그러움 같은 걸 나는 그 사내들 눈에서 보았다. 그럴 때마다 어머니는 그들에게 안 끌려가려 발버둥 친 것으로 기억된다. 내 기억에 남는 것은 그네들의 풀빛 옷이었다. 그리고 그네들의 어깨에 멘 긴 총의 반짝이는 총구였다. 그네들이 어머니를 끌고 숲속으로 사라질 때마다 나는 길에 버려진 채 울음을 터뜨렸고 영락없이 눈에 띄는 것은 산딸기였다. 울음을 그친 채 나는 그 터질 듯 붉은 산딸기를 허겁지겁 입에 따 넣고 있었다.

"선생 댁 아드님이 없어진 게 이제 네 시간이 좀 지났습니다. 아직 유괴됐다는 결정적 단서도 잡을 수 없고…… 한 시간쯤 더 기다렸다가 본서에 연락해서 적절한 조처를 취하도록 하겠습니다."

메모를 마친 그 순경이 다시 말했다.

"집에 가셔서 좀 기다려보십시오. 별 염려 안 하셔도 좋을 것 같습니다만……"

"잘 부탁합니다."

나는 파출소를 나왔다. 저녁 공기가 찼다. 문득 아내가 양복 안주머니에 넣어주던 흰 봉투에 생각이 미쳤다. 그러나 나는 파

이것은 기분 문제가 아니다

출소로 되돌아가지 않았다. 파출소 안에서 그 봉투가 머리에 떠오르지 않았던 것이 오히려 잘된 일인 것 같았다. 그건 흰 봉투가 진이의 실종에 어떤 불길한 예감으로 남을 것 같은 두려움이었다.

해 질 녘, 거리에서 아이들이 놀고 있었다. 놀고 있는 아이들 모두가 진이로 보였다.

"진아!"

허둥지둥 쫓아가 붙잡고 보면 진이가 아니었다.

"느덜 세 살쯤 된 애가 혼자 다니는 거 봤니?"

"못 봤어요."

놀던 아이들이 합창하듯 대답했다.

"난 봤어요, 아저씨."

한 아이가 불쑥 나섰다,

"아까 있잖아요. 저기 저쪽 세탁소 앞에서 걔가 울고 있었어요."

"언제?"

"아침에요. 학교 가다가 봤어요."

그렇게 말하는 아이의 머리를 쓰다듬어주면서 나는 그곳을 떠났다. 여러 갈래의 길목이 아가리를 벌리고 있었다. 나는 어쩔까 잠시 머뭇거리며 망연히 서 있었다. 문득 진이가 지금쯤 집에 돌아와 있을는지 모른다는 생각이 들었다. 그때부터 나는 공중전화를 찾는 일을 시작했다. 내가 찾고 있는 공중전화가 진이 실종의 모든 열쇠를 쥐고 있는 것처럼 나는 허둥허둥 골목을 뛰었다. 큰길로 이어지는 골목 입구 식품점 옆에 공중전화가 있었다. 공중전화에 여자 하나가 매달려 있었다. 그네가 깔깔거렸다. 좀처럼 얘기가 끝날 것 같지가 않았다. 내 허둥거리는 모습을 본 듯 여자가 공중전화 부스에서 나왔다.

전화기 다이얼을 두 번씩이나 돌려도 통화 중이었다. 우라질. 나는 아내를 증오했다. 그네를 뜨겁게 사랑해본 적도 없지만 지금처럼 미워해보기도 처음이었다.

"제가 먼저 쓸까요?"

나한테 전화를 양보했던 여자가 뒤에서 말했다. 여자들은 다 이렇다. 나는 들은 체도 않고 동전을 다시 집어넣었다. 가슴이 뛰었다. 진이가 돌아왔기 때문에 아내가 전화를 걸고 있는지도 모른다는 생각이었다. 진, 이, 가, 돌, 아, 왔, 다. ……뚜르르 뚜르르 나는 숨을 훅 들이쉬었다.

"여보세요?"

아내의 목소리가 들리기가 무섭게 나는 다그쳤다.

"진이 들어왔지?"

"당신이에요?"

"진이 들어왔지?"

"파출소에 신곤 했어요?"

"진이 들어왔지?"

"안 들어왔어요."

아내의 목소리가 떨리고 있었다. 그 떨림의 이유를 나는 간파해낼 수 없었다.

"진이 들어왔지?"

"당신 자꾸 왜 그래요. 빨리 들어와 저녁이나 잡쉬요."

이것은 기분 문제가 아니다

"진이 들어왔지?"

"글쎄, 빨리 들어오라니까요."

나는 수화기를 놓았다. 다리가 떨렸다. 아내가 나를 놀리고 있는 거야. 진이는 돌아왔어. 아내와 진이가 나를 놀래주려고 저런 연극을 하는 거야. 진이는 지금 집에 있어. 단거리 선수처럼 뛰었다. 숨이 턱에 차게 뛰었다.

대문이 걸려 있었다. 그러면 그렇지, 진이가 돌아오지 않았는데 대문을 잠그고 들어앉았을 리가 없다. 나는 힘껏 인터폰 버저를 눌렀다.

"당신이에요?"

인터폰을 통해 아내의 목소리가 꿈결처럼 아련히 들렸다.

"문 열어!"

내가 호기 있게 소리쳤다. 언제나 그렇듯 아내는 현관에 나오지 않은 채 자동 단추에 의해 대문만 땄다.

"대문 걸고 들어오세요."

인터폰 속에서 아내가 말하고 있었다. 아내의 말대로 대문을 걸었다. 빗장까지 깊게 찔렀다.

"진아, 인마!"

내 목소리는 떨고 있었다. 아내가 현관문을 따러 나왔다. 그네는 진홍의 드레스를 걸치고 있었다.

"진이 어딨어?"

"왜 자꾸 그래요? 무서워 죽겠네."

"진이 어딨어?"

"잃어버린 진이가 집에 있을 턱이 있어요?"

"진이 들어왔지?"

"어머, 이 땀!"

"진이 어딨어?"

"여보, 목욕부터 하세요."

아내는 늘 그랬다. 결코 서두르는 법이 없었다. 때로 뱀처럼 찼다. 때로 너무 거칠게 뜨거웠다. 나는 가끔 아내가 거인처럼 보였다. 의연하고 중심 있는 거인, 그 거인은 항상 여유가 있었다. 좀 더 유복해지기 위해서, 우리들의 단단한 가정을 위해서 내게 정관수술을 강요한 아내였다. 물론 그네는 제 배를 먼저 쨌다. 그러나 그것만으로는 완전하지 못하다고 했다. 나는 거부했다. 불알을 까는 일을 거부할 수 있는 것은 남자의 권리라고 생각했다. 그러나 권리에 앞서 아내의 강요는 집요했다. 수태를 거부하는 그네의 잠자리는 차라리 나무토막이었다. 그것을 불쾌하게 일깨워주자 그네는 끝내 잠자리마저 피했다. 끝내 나는 굴복하고 말았다. 좋게 말해 그네에게 설득당했다. 수술 후 병원에서 씁쓰레한 기분으로 돌아왔을 때 그네가 말했다.

"여드름 하나 짜낸 폭 대라니까요."

내 정관수술 이후 아내는 잠자리에서 이때까지 없던 열정을 쏟기 시작했다. 그 어느 때보다도 깊이깊이.

"빨리 목욕하고 저녁 드세요."

"이봐, 우린 진이를 잃어버렸어!"

"그래요, 진이를 잃어버렸어요. 그러니 어떡해요? 지금 이 밤중에 어디 나가 헤맨다고 진이를 찾을 수 있을 것 같아요?"

"그래서?"

"진이 아빠, 이럴 때일수록 침착해야 하는 거예요."

이럴 때 아내는 내 눈에 그대로 거인이었다.

"우리 진이는 유괴된 거야!"

내가 신음처럼 중얼거렸다.

"아무튼 조용히 기다려보는 수밖에 별 도리가 없는 거예요."

나는 현관에 나와 구두를 신었다.

"아빠, 왜 이러는 거예요?"

"답답해서 집에 못 있겠어."

"그러다가 사고 나겠어요."

"차라리 차에 깔려 죽고 싶다."

나는 대문을 열어젖혔다. 그리고 소리쳤다.

"대문 걸지 마!"

그때부터 나는 어두운 골목골목을 헤매며 진이의 환상과 만나기 시작했던 것이다.

"엄마야⋯⋯"

진이가 울부짖고 있었다. 우악스러운 유괴범의 손바닥이 진이의 입을 막았다. 작은 트렁크 속에 쑤셔 박힌, 진이의 공포로 떠는 눈이 보였다.

"엄마아⋯⋯"

―어메야아.

수수수 가을바람이 쏠리는 저녁나절 나는 낯선 마을 입구에 서 있었다.

―쟤, 아까 서낭당께 있던 애예요.

나를 둘러싼 아이들이 말했다. 어른들이 쯧쯧 혀를 찼다.

―허참, 난감한 일이로군!

―말세여. 아무리 난리통이라고 하지만 애를 이렇게 내팽개치다니!

아낙네 하나가 껴들었다.

―아마 쟤 어머니가 죽은가 베유. 그러니께 저렇게 혼자 떠돌지……

나는 그네들에게 둘러싸여 한마디 말도 할 수가 없었다. 기억은 생생한데 입을 열면 울음부터 나왔다. 나를 데려다가 키워준 아버지, 허필성 씨 집에 가 살면서도 나는 거의 벙어리가 돼 있었다. 도무지 그 얘기를 어떻게 풀어낼 재간이 없었던 것이다. 철이 들면서부터는 우정 그 얘기를 머릿속에 떠올리는 것 자체를 겁냈다.

―어이구, 불쌍두 하지.

먼저의 그 아낙네가 내 머리를 쓰다듬으며 말했다. 나는 얼른 그네의 치맛자락을 잡았다.

―저거 보게. 혹시 영천댁이 어따 슬쩍 낳아 키운 애 아닌가?

다른 아낙네가 그렇게 말했고 모두 까르르 웃었다. 나는 그네의 치마폭 속으로 숨어들었다. 그 순간 나는 그네에게서 어머니의 냄새를 맡았다. 천 개의 냄새가 있다고 해도 나는 어머니의 냄새를 가려낼 수 있었다. 산딸기를 한참 따먹다가 보니 그네가 숲에서 나와 웅덩이 물에 몸을 담그고 있었다. 그네의 흰 살결에 눈이 부셨다. 나는 뒤뚱뒤뚱 어머니한테로 달려갔다. 그리고 한 움큼의 산딸기를 그네 입에 밀어 넣었다. 그네가 물속에서 몸을 일으켜 나를 덜렁 안아 올렸다. 그네가 울고 있는 것을

　이것은 기분 문제가 아니다

나는 알았다. 어머니를 숲으로 끌고 들어갔던 그 사내들은 아무 데도 보이지 않았다.

"엄마아……"

진이의 울부짖는 소리는 땅속에서도 났다. 속지 않으려고 이를 악물었지만 어쩔 수 없었다. 나는 맨홀 뚜껑에 엎드려 귀를 기울였다. 지나가던 사람들이 걸음을 멈추며 둘러섰다. 뭡니까? 그 속에 뭐가 있습니까? 호기심 많은 사람들이 집요하게 달라붙었다. 나는 불처럼 타오르는 증오를 느꼈다. 그네들이 둘러서서 웅성거리자 진이의 울부짖는 소리는 사라졌다. 나는 몸을 일으키며 둘러선 사람들을 적의 깊게 노려봤다. 내 눈길이 마주치자 그들은 뿔뿔이 흩어져 가버렸다.

"무슨 연락 없었습니까?"

나는 파출소에 들어가 있었다.

"아직…… 선생 사모님께서 걱정하고 계십니다. 지금 막 전화가 왔었지요."

"진이가 들어왔답니까?"

"아닙니다. 선생 신변에 무슨 사고가 나지 않을까 몹시 걱정하고 계시더군요. 이제 그만 들어가보시지요."

아내와 통화를 한 그 순경은 매우 친절했다. 방망이를 옆구리에 찬 방범대원들이 내 모습을 흘금흘금 훔쳐보고 있었다. 나는 주머니에 손을 넣어 아내가 준 그 봉투를 꺼냈다.

"이게 뭡니까?"

그 순경이 짐짓 놀란 얼굴을 했다.

"우리 진이를 꼭 찾아주어야 합니다."

"선생 아드님을 찾는 현상금으로 내놓으시는 겁니까?"

순경은 웃고 있었다. 방범대원들도 실실 웃었다. 그 순경이 내가 내민 봉투를 떠밀어 던지며 말했다.

"선생, 너무 실망하지 마십시오. 애들을 잃어버린 부모들은 다 선생처럼 허둥거립니다. 그러나 차분히 마음을 가라앉히고 기다리셔야 합니다."

나는 문득 파출소 책상 위의 전화를 보았다. 신호가 울리지 않는 전화는 꼭 바보처럼 멍청해 뵌다.

"이 전화 좀 쓰겠습니다."

"네, 쓰세요."

나는 다이얼을 급하게 돌렸다. 아내가 받았다.

"진이 들어왔어?"

"당신 거기 어디예요?"

"진이 들어왔어?"

"안 들어왔어요."

아내의 목소리가 뱀처럼 차게 느껴졌다. 아내가 다시 말했다.

"당신 그러다가 병 나겠다아."

그네의 목소리가 전연 타인의 그것처럼 생소하게 들렸다. 그 순간 나는 엉뚱한 생각을 해냈다. 보다 유복한 생활, 보다 무사안일의 단란한 우리들의 행복을 위해서 수태를 겁내던 그네가 진이를 다시 배 속에 집어넣은 건 아닐까 하는 생각이었다.

"아빠아……"

진이가 나를 찾고 있었다. 제 엄마의 어두컴컴한 그 자궁 속에서 허우적대며 울부짖고 있는 진이가 보였다. 자궁처럼 컴컴

431　　　이것은 기분 문제가 아니다

한 골목 입구에 술집이 대여섯 늘어서 있었다. 화사하게 차려입은 꽃들이 구슬로 만든 발을 젖히고 얼굴을 내밀어 호객하고 있었다. 나는 그 요란하게 치장한 술집을 지나쳤다. 깔깔거리는 계집들의 웃음이 그처럼 공허하게 들릴 수가 없었다. 그 술집들 맨 끝에 허술한 목로주점이 있었다. 일차집이란 간판이 기우뚱 숙여져 있었다. 그 대폿집은 만원이었다. 어딘가 구멍이 뻥뻥 뚫린 것 같은 사내들이 끼리끼리 자리를 잡고 앉아 소주잔을 앞에 놓고 와장와장 떠들고 있었다.

"손님, 뭘로 하시겠어요?"

그 집에 단 하나뿐인 작부가 다른 좌석에서 일어나 내 앞에 와 물었다. 팔뚝을 벌겋게 걷어붙이고 지짐질을 하는 주모 쪽으로 눈을 보낸 채 내가 말했다.

"배가 고프다."

"배가 고프심 식당으로 가셔야죠."

"술부터 먹지. 여자야, 너 나하고 대작하자."

"이 손님 전작이 있으신가 봐. 왜 함부로 애 재 하는 거예요?"

목소리는 뾰족했지만 얼굴은 웃고 있었다. 몸집에 비해 얼굴이 작고 가무잡잡했다. 그네의 펑퍼짐한 하복부 스커트 지퍼가 반쯤 열려 있었다. 나는 몹시 식욕을 느꼈다.

"아가씨 맘대로 시켜라. 단 술은 소주로 하자."

그네가 의자를 끌어와 내 앞에 앉으며 지짐질을 하는 주모를 향해 소리쳤다.

"아줌마, 여기 파전 하나, 간천엽 하나……"

"더 시켜!"

"알았어요. 우선 먹으면서요."

홀을 메운 사내들이 더 극성스럽게 떠들어댔다. 처음엔 조용
조용 시작한 말이 곁의 사람들 말소리 때문에 조금 높아지고 다
시 그 곁의 사람들의 목소리가 그보다 더 높아지고 나중에는 오
직 악쓰는 소리뿐이었다. 악을 쓰기 위해서 술을 마시고 있는
것 같았다. 그러나 그렇게 악을 쓰다가도 어느 대목에서는 저희
들끼리만 들을 수 있는 목소리로 낮추었고 그럴 때마다 한 녀석
은 슬쩍 곁자리 사람들 눈치를 살피곤 했다. 무딘 식칼로 지미
카터를 저며내고 있었다. 미군 철수는 마른안주였다. 개애새끼.
그네들은 벌컥벌컥 망명한 김 아무개를 마시고 있었다. 부가가
치세는 지짐질을 하는 주모의 기름에 전 행주치마 끝에 붙어 느
물느물 웃고 있었다.

"안주 좀 드시면서 잡수세요."

내 앞에 앉은 작부가 저 혼자 파전 접시를 결딴낸 것이 미안한
지 간천엽 접시를 밀어놓으며 말했다. 두 병째의 소주가 따라지
고 있었다. 나는 처음으로 젓가락을 들었다. 간천엽 한 조각을
집어 들려는 순간이었다. 나는 부르르 몸을 떨었다. 속이 느글
느글 구역질이 났다. 나는 얼른 술잔을 들어 입에 털어 넣었다.

내가 본 어머니의 마지막 순간이었다. 그네의 젖가슴에 간천
엽 빛깔 같은 피가 엉겨 있었다. 나는 어머니의 등에 업혀 가면
서 개울물 흐르는 소리를 들었다. 워꾹, 워꾹, 워워꾹, 뻐꾸기
가 울고 있었다.

—기야, 쉬 누코 가제이.

어머니가 나를 땅에 내려놓았다. 산 그림자가 개울의 모랫바

닥까지 먹어든 시간이었다. 으스스 한기가 끼쳤다. 어머니가 길
가 찔레 덤불 뒤에서 몸뻬를 치켜올리며 나왔다. 워꾹, 워워워
꾹, 다급한 소리를 지르며 뻐꾸기 한 마리가 저녁 그늘 속을 날
고 있는 게 보였다.

　─기야, 이리 후딱 오나!

　어머니가 허둥허둥 내 쪽으로 달려오는 것과 거의 동시에 나
는 산비탈을 돌아오는 풀빛 자동차를 보았다. 어머니와 나는 개
울가 모래밭으로 내려 뛰기 시작했다. 풀빛 자동차가 우리가 쉬
던 그 길가에 멈춘 것 같았다. 그리고 풀빛 옷을 입은 사내들이
네댓 차에서 내려서고 있었다.

　나는 그렇게 단것을 먹어보기가 처음이었다. 철이 들었을 때
나는 그때 내가 먹었던 과자가 초콜릿이라는 걸 알았다. 어쨌든
나는 그 사내들이 던져준 과자를 헐떡거리며 빨았다. 초콜릿 말
고도 다른 과자가 내 곁에 던져져 있었다. 나는 손에 잡히는 대
로 먹어댔다. 그러곤 모랫바닥에 엎드려 잠이 들었던 모양이었
다. 잠이 깨었을 때는 온몸이 덜덜 떨렸다.

　어머니를 찾아낸 것은 개울둑 아래 외진 곳이었다. 어머니는
온통 벌거벗겨진 채 사지를 벌려 누워 있었다. 그네의 젖가슴
위에 솟아 흐른 그 초콜릿빛 피만 아니었어도 그네는 잠들어 있
다고 생각할 정도로 편안한 자세로 널브러져 있었던 것이다. 실
상 나는 어머니의 등에 업혀 다니며 수없이 많은 주검들을 길
가에서 보아왔다. 어머니는 어느 주검이나 그냥 지나치지 않고
잠깐씩 멈춰 유심히 그 주검의 얼굴을 살피곤 했다. 그네는 내
가 그 주검들을 보지 못하게 이리저리 등을 돌려대곤 했지만 나

는 어머니의 등에서 하나도 무서움을 타지 않은 채 몰래몰래 훔쳐보곤 했다. 나는 어머니 곁에서 베개 덩이만 한 보따리를 주워 들고 그곳을 떠났다. 나중에 나를 발견한 마을 사람들이 어머니가 가지고 다니던 그 보따리를 풀었을 때 남자 바지저고리 한 벌이 나왔다.

내가 무서움과 함께 그 한없는 절망의 느낌을 갖게 된 것은 개울을 벗어나 길에 올라서서 어머니가 죽어 있는 개울둑 아래를 내려다보았을 때였다. 나는 울면서 어머니가 누워 있는 쪽으로 달려가려 했다. 그러나 단 한 발짝도 떼어놓을 수가 없었다. 몸이 와들와들 떨렸다. 나는 어머니가 항상 가지고 다니던 그 보따리를 가슴에 품은 채 어머니와 함께 걷던 방향을 향해 뒤뚱뒤뚱 걷기 시작했다. 처음에 나는 소리 내어 울었다. 그러나 그 울음소리가 골짜기에 부딪쳐 되울려 오는 게 그렇게 무서울 수가 없었다. 나는 울음을 뚝 그친 채 뒤뚱뒤뚱 뛰었다. 그러나 입에서는 저절로 어메야, 어메야— 소리가 흘러나왔다.

"안주 좀 드시라니까."

작부가 젓가락으로 간천엽을 집어 내 앞에 내밀었다. 나는 그것을 물리쳤다. 내 몸짓이 너무 컸던지 상 위의 술병과 간천엽 접시가 시멘트 바닥에 떨어져 내렸다. 간천엽 접시가 세 조각이 났다. 홀의 뭇 시선들이 이쪽으로 쏠렸다. 나는 그들에게 증오를 느꼈다. 우리 진이의 행방에 대해서, 진이의 생사에 대해서 단 한마디도 입을 열지 않는 그들이 그처럼 미울 수가 없었다.

"계산해!"

나는 양복 안주머니에서 예의 그 봉투를 꺼냈다. 아내가 넣어

준 그 오만 원이 든 봉투를 그대로 작부한테 넘겼다.

"이게 얼만데요?"

봉투 속에 손가락을 넣는 그네를 뒤로하고 나는 그 술집을 나왔다. 소주 두 병을 마셨는데 하나도 취하지 않았다. 으스스 한기가 끼쳤다. 대여섯 걸음 떼어놓았을 때였다.

"손님, 이 돈 가지고 가셔야죠!"

작부가 봉투를 들고 달려오고 있었다.

"이렇게 많은 돈을 두고 가심 어떡해요?"

"너, 나하고 우리 진이를 찾으러 갈래?"

나는 그네가 내미는 봉투를 받지 않은 채 말했다.

"진이가 누군데요?"

"내가 찾고 있는 어린애다."

"아저씨네 애기예요?"

"우리들의 애지."

"걔가 얼루 갔는데요?"

"대답만 해. 나하고 함께 진이를 찾으러 갈 거야, 안 갈 거야? 진이를 찾으면 그 돈은 다 네 거다."

"아저씨 정말 취했구나!"

"싫다는 거야?"

"싫은 게 아니구요. 지금은……"

그네가 어둠 속에서 낯을 붉히며 머뭇거렸다. 나는 그네가 진이를 찾는 일에 관심을 갖기 시작했다는 걸 확인했다.

"알았어. 어쩌면 이따가 다시 오게 되는지 모른다."

나는 돌아섰다. 그리고 뛰기 시작했다. 아까의 그 공중전화가 보였지만 나는 그냥 그 앞을 스쳐 뛰었다.

"아빠아아······"

진이의 어린 목소리가 다시 들리기 시작했다. 길거리에 바람이 일고 있었다. 아빠아······ 담벼락에 붙었다가 반쯤 찢어진 거창한 담화문 종이가 애처롭게 펄럭였다.

"진아!"

그렇게 입 밖으로 외치고 나자 나는 비로소 취기를 느꼈다. 나는 발길 내키는 대로 뛰었다. 힘껏힘껏 소리치면서 뛰었다. 진아······ 진아······

그러다가 예감처럼 어느 대문 앞에 우뚝 멈춰 섰다. 문패가 희미하게 보였다. 낯익은 이름이었다. 나는 대문을 발길로 밀었다. 그러나 대문은 잠겨 있었다. 골목의 개들이 짖기 시작했다.

"당신이에요?"

아내의 목소리가 대문에 박힌 인터폰 속에서 들렸다. 나는 대답 대신 대문을 발길로 찼다. 한참 뒤에 빗장이 뽑혔다. 비틀거리는 내 몸을 아내가 떠받쳤다.

"진인?"

"아직······"

나는 느닷없이 마당에 주저앉고 말았다. 그리고 짐승처럼 쿵쿵 울기 시작했다. 그러자 아내가 내 겨드랑에 손을 넣어 일으킬 자세를 하며 말했다.

"당신 기분은 알아요. 그렇지만······"

"뭐야?"

나는 그네의 말을 냅다 자른 다음 사자처럼 부르짖었다.

"야 쌍, 이게 어디 기분 문제냐?"

내가 벌떡 일어서자 그 서슬에 그네가 서너 걸음 뒤로 물러섰다. 나는 대문을 나와 음험스럽게 어둠이 깔린 골목을 뚜벅뚜벅 걸었다. 나는 그 어둠 속을 걸으면서 내가 당장 해야 할 일을 생각해냈던 것이다. 나와 더불어 우리 진이를 찾아 나서줄 그런 사람을 찾는 일이었다.

○ 1980년 『작단』 3집

퇴장

엎친 데 덮치기, 말 그대로였다. 2학년 4반 변주대 체벌 사건으로 학교가 벌집 쑤신 것처럼 발칵 뒤집혀 뒤숭숭한 판국에 바로 그 일을 일으킨 당사자까지 죽었으니 정말 난사가 아닐 수 없었다. 민 선생의 자살로 교직원 모두가 불난 강변에 덴 소 날 뛰듯 허둥지둥 정신을 못 차렸다.

문제는 민 선생이 학교 강당을 굳이 죽음의 장소로 택했다는 것이다. 그것도 한 주가 시작되는 월요일 아침이었다. 이날 하루만이라도 학교 문을 닫아야 하지 않겠느냔 얘기가 나올 정도로 그날의 학교 분위기는 엉망이었다. 다행히 교장한테 남겼다는 유서 한 통과 그 곁에 자신이 먹은 약 이름까지 적어놓아 그 사인이 쉽게 밝혀지긴 했어도 그것을 유관 부서에서 나와 확인하는 과정에 많은 사람들이 강당과 교무실을 들락거렸다. 민 선생의 노모까지 달려와 이미 이 세상 사람이 아닌 아들의 몸을 끌어안고 몇 번씩 혼절할 때는 선생들 대여섯이 달라붙어야 했다. 그런 판에 수업이 제대로 진행될 리 없었다. 선생이 못 들어간 교실에서는 학생들이 창틀에 매달려 운동장 한쪽에 있는 강당을 내려다보느라 아슬아슬 곡예를 벌이고 있었다. 더욱 난사는 변주대 학생 체벌 문제가 사회에 여론화되자 그것을 빌미로 상부 기관에서 특별 감사까지 나오기로 돼 있는 날이기도 했던 것이다. 게다가 나흘 앞둔 전국체전 공개 행사에 나갈 1학년 학생들이 그동안 이웃 학교와 합동으로 연습해온 매스게임 총연습을 그날 오후에 하기로 돼 있어 벌써부터 이웃 학교 학생들이 운동장에 몰려들고 있었다.

"이게 다 최씨 때문이라구!"

학교가 그날 그 지경으로 엉망이 된 책임이 학교 고용인 최씨에게 덮어씌워지고 있었다. 민 선생이 강당 한가운데 매트 한 장을 깔고 숨겨 있는 것을 맨 먼저 발견한 사람이 최씨였던 것이다. 그날 숙직 선생은 이미 아침 식사를 하러 밖에 나간 뒤라 때마침 자율학습 감독을 하기 위해 일찍 나온 3학년 담임선생이 하나 있어 두 사람이 다시 한번 민 선생의 죽음을 확인한 뒤 우선 교장 집에 전화를 넣었다. 교장은 최씨가 건 전화를 3학년 담임 조 선생으로 바꾸게 한 뒤 분명한 목소리로 지시를 했다는 것이다.

"이봐, 조 선생, 내 말 잘 들어! 우선 무슨 일이 있어두 민 선생을 학교 밖으로 끌어내요! 그래, 아무 병원이나 좋다니까. 애들 많이 오기 전에 어서 서둘러요!"

시체를 학교에 둬선 안 된다는 교장의 직감적인 판단이었을 것이다. 그때 최씨가 교장 지시대로 민 선생의 시체를 학교 쓰레기를 치우는 리어카에라도 싣고 병원으로 옮기기만 했어도 학교가 그 정도로까지 난처한 상황은 안 됐을 것이라고 선생들도 입을 모았다.

"교장이 재떨이 집어 던질 만두 했지. 니가 뭔데 일을 이 꼴로 만들었느냐고 고래고래 고함을 지르더래!"

"왜 안 그러겠어. 조 선생이 교장 지시대로 빨리 민 선생을 학교 밖으로 옮기자니까 최씬 이미 숨진 거 같으니까 의사를 불러 확인부터 해야 한다며 학교 앞 지성의원에 전화를 걸더래. 지성 의원 원장이 올라와보군 머리를 흔드니까, 그거 보라구 하면서 이런 경우엔 사체를 함부로 옮기는 게 아니라고 하면서 막무가 내로 버티더란 거야. 그러는 사이에 애들이 등교를 하기 시작한 거구, 그땐 이미 늦었던 거지 뭐!"

"시체를 학교 밖으로 내가는 건 죽은 민 선생부터 원하지 않을 거라구, 그건 민 선생 죽음에 대한 모독이라구 최씨가 그랬다는 거야."

"용 못 된 뱀이 이무기라고, 최씨야말로 학교 오래 있다 보니 이젠 교장두 우습게 아는 거 아니야!"

"그전부터 그랬대. 이십몇 년 있는 동안 교장이나 서무과장이 시키는 일이 제 비위에 거슬리면 못하겠다고 그 앞에서 딱 거절하고 말았다더군. 그러니까 다른 용인들은 교장 집 같은 데 무슨 일을 하러 갈 땐 최씨가 모르게 살짝 다녀오곤 한다는 거야."

최씨는 평소 말이 적은 사람이었다. 누가 시키기 전에 자기가 할 일을 알아서 했다. 교장이나 서무과장은 최씨의 그런 직심의 사람됨을 잘 알고 있었기 때문에 평소 조금 못마땅하게 생각되는 게 있어도 모른 체 슬쩍 넘어가 보통이었다. 최씨는 숙직 때마다 자기가 끓인 라면에 도시락밥을 얹어 먹었을 뿐 웬만한 경우가 아니면 선생들이 사는 술자리에도 나가지 않아, 선생들도 그를 함부로 대하지 못했다.

"어젯밤 최씨가 민 선생과 서무실에서 열한시까지 소주 세 병을 마셨대."

"그 자리에 조 선생두 함께 있었겠네?"

"아니지. 조 선생은 숙직실에서 텔레비전만 봤대. 교회 권사가 술 마실 수 있어? 그러잖두 민 선생이 또 무슨 문제를 놓고 논쟁을 벌이자고 할까 봐 겁이 났다는 거야. 열시 반쯤 서무실 앞에 가 살짝 들여다봤더니 민 선생이 최씨한테 뭔가 열심히 얘길 하고 있더래."

"원래는 어제가 민 선생 숙직 날인데 교장 지시로 뺐다는 거야. 민 선생은 그걸 알면서도 자기가 숙직이라고 여섯시 정각에 왔다지 뭐야. 변주대 입원한 병원에 다녀오는 길이라며 술을 꺼내놓더래. 최씨가 서무실에서 저녁을 먹고 학교 순찰을 다 돌고 돌아오기까지 그 두어 시간을 민 선생은 창에 붙어 서서 시가지 야경을 내려다보고 있더라는 거야. 여덟시 반쯤부터 함께 술을 마시던 민 선생이 열한시 좀 넘어서 슬그머니 일어서 나가길래 화장실에 가겠거니 했다는 거야. 꽤 오래도록 안 돌아와 혹시 숙직실에 있지 않나 가봤지만 조 선생이 되려 민 선생 아직 서무실에 있느냐구 묻더라잖아."

"그때 조 선생은 민 선생이 술에 취해 제발 집에 가버렸으면 좋겠다는 생각을 하고 있었다더군. 뭔가 그렇게 마음이 찝찝했다는 거지."

"좌우지간 민 선생은 그날 숙직을 하긴 했군. 조 선생은 숙직실에서, 민 선생은 강당에서."

"그건 그렇고, 최씨하고 술 마신 시간이 세 시간도 더 되는데 도대체 그동안 뭔 얘길 했다는 게야?"

"교장두 최씨에게 그걸 묻더라구. 하지만 최씬 민 선생이 여섯시에 학교에 와 열한시쯤 서무실을 나간 그때까지 상황만 얘기할 뿐 다른 얘긴 일절 안 하더라니까. 무슨 얘길 하더냐구 다그쳐두 그냥 별 얘기 아니었다구 시치밀 떼더라니까."

"그 시간이면 분명 무슨 낌새가 보였을 건데. 먹고 죽을 약까지 준비해가지고 온 사람이 아무런 내색을 안 했을 리가 없다구. 아무래도 최씨가 뭔가 숨기고 있는 게 분명해."

"그래. 그날 두 사람이 나눈 얘기가 궁금하구먼."

선생들은 모여 서기만 하면 민 선생 얘기로 술렁거렸다. 그러나 대부분의 선생들이 민 선생의 죽음에 대해 냉담한 반응을 보였다.

"자업자득이여!"

선생들은 대체로 민 선생을 좋아하지 않았다. 민 선생이 부임해 오던 삼 년 전 그 첫 학기를 선생들은 잊지 않고 있었다. 그는 부임한 그 첫 학기 신학년도 학교 교육계획이 발표되는, 말하자면 학교장의 신학년도 시정 훈화가 있는 그 직원회의에서 모난 돌로 불쑥 치솟았던 것이다. 학교 운영 방침에 대해 교장이 한 시간 정도의 훈화를 마친 뒤 각 부에서 그 방침에 따르는 세부 계획과 실천 방안을 발표한 직후였다.

"지금 교무부장께서 말씀하신 것 중 학생들의 학력 제고 방안은 여기 계신 선생님들이나 피교육자인 학생들의 의견이 어느 정도 수렴된 것인지 그것부터 알고 싶습니다."

민 선생의 발언은 그런 식으로 시작됐다. 그는 학교의 신학년 도 교육 계획 중에는 우리나라 제도교육이 갖는 가장 비민주적 이고 비교육적인 요소를 갖고 있는 것이 많다며 보충수업 계획 을 예로 들어 신랄하게 비판하고 나섰다. 계획은 어디까지나 계 획이니만큼 그것은 실천하는 주체나 그 필요에 따라 수정될 수 도 있어야 한다는 논리였다. 그는 자신이 그 대안을 내놓을 수 도 있으니 기회를 달라고 했다. 민 선생의 말은 논리가 정연해 듣기에 따라 상당한 설득력을 가지고 있었다. 그 당돌한 발언에 비해서는 말씨나 태도가 정중하고 예의 발랐다. 그의 말 중간 중간에 주먹 내지르듯 교감과 다른 선생들이 그를 질책하는 말 을 했지만 그는 결코 그것에 맞서 언성을 높이거나 불손한 태도 를 보이는 법 없이 조용히 기다렸다가 다시 시작하곤 했다. 눈 을 지레 감고 앉았던 교장이 버럭 고함을 내질렀다.

"민 선생, 이제 그만해! 여긴 당신한테 설교 들어야 할 사람 하나도 없어!"

그러나 민 선생은 전혀 낯빛을 바꾸지 않았다.

"교장 선생님, 제가 이렇게 말씀드릴 수 있는 것도 교육계의 대선배님들께서 제 의견을 받아주실 것이라고 믿기 때문에 그 런 겁니다. 저는 앞으로도 제가 알고 있는 것이 옳다고 생각되는 경우엔 어느 자리에서나 제 의견을 말씀드리도록 하겠습니다."

선생들은 모두 혀를 내둘렀다. 수십 년 교육계에 있으면서 이 처럼 당돌 무례한 사람은 처음이었던 것이다.

요즘 젊은 사람들은……

고참 선배들은 새삼스레 격세지감을 얘기하며 민 선생의 출현을 몹시 못마땅한 눈으로 흘겨봤다. 안하무인도 정도가 있지, 부모나 스승뻘 되는 선배 선생들 앞에서 그런 객기를 부리다니 이제 교단도 망조라고 개탄했다.

누군 입이 없어서 말을 못하는 줄 아는 모양이지.

민 선생으로 해서 자존심에 가장 심한 상처를 입은 사람들은 뭐니 뭐니 해도 그 나이 또래의 젊은 선생들이었다. 민 선생한테 한 방 얻어맞은 기분이라고 술자리에서 실토하는 사람도 있었다. 그동안 교단 선배 선생들의 타성에 젖은 안일주의와 무기력함에 대해 얼마나 환멸을 느꼈던가. 지시 일변도의 교육 행정에 대해서는 또 얼마나 분통이 터졌던가. 이건 교육도 아니야. 도대체 내가 누구를 위해 무엇을 가르치고 있단 말인가. 정규수업 일곱 시간에 보충수업 두 시간, 오전 오후 자율학습 감독 두 시간 등 모두 열한 시간. 이러고도 학교가 학원보다 못 가르칠 게 뭡니까. 문제는 요령입니다. 군소리 빼고 요점만! 일본 문제집 입수! 적어도 열 권 이상의 문제집을 펴놓고 되도록 '상식 밖의 문제'를 발췌할 것. 중간고사, 실력고사, 연합모의고사…… 교내 계열 평균에서 13반이 꼴등입니다. 전국 계열 석차, 총 응시자 중 백분율 석차, 학력고사 전체 예상 석차 715,000명 중 176,451등. 겨울방학 국·영·수 공부가 인생을 좌우한다. 하면 된다. 친구 관계를 끊어라! 공부를 같이하자고 만나는 것도 안 됩니다. 영철이 어머니, T점수표를 잘 보시고 전기 대학 지원 가능 참고표를 보십시오. 암기과목은 초전박살의 정신으로! 시

각화 암기법 제1조를 숙지하라! S대에 S고교 55명 합격. 명문
고교. 일류 선생…… 선생님, 감사합니다. 촌지 봉투. 차 선생,
차 사야지, 스텔라 정도로 하라구.

"민 선생이 저러는 거 열등 콤플렉스라구. 지방대학 출신에
사학 전공인데 국민윤리니 한문이니 그런 거만 맡기니까 핏대
가 난 거야."

"먼저 있던 사립학교에서두 골치였대. 그러니까 일 년 만에
그만둔 거 아니야."

"순위고사에 문제가 있다구. 성적만 보고 뽑았으니까 선생 자
질이 있구 없구 알 수가 없잖아."

물론 젊은 선생들도 민 선생처럼 용기 있게 일어나 자기 생각
을 얘기하고 싶었다. 무엇이 어떻게 잘못되고 있는 것인지 잘
보였다. 그러나 그것이 자기들이 태어나기 전부터 있었던 관행
의 난공불락의 담벼락이라는 생각에서 벗어나지 못했다. 그 견
고한 담벼락을 향해 발길질을 하기보다는 그쯤 어디 볕이 잘 드
는 곳 찾기에 바빴다.

그러나 민 선생은 처음부터 끝까지 달랐다.

김 선생님, 저는 우리나라 학교 교육의 가장 큰 문제점을 이
렇게 생각합니다.

민 선생은 때와 곳을 가리지 않고 기회만 있으면 동료 선생
들과 무슨 이야기든 나누고 싶어 했다. 선생들은 그가 듣는 데
서는 그 흔한 시국 얘기도 나누길 꺼려했다. 민 선생이 끼어들
어, 그럼 선생님은 그 문제의 해결책은 무엇이라고 생각하십니
까— 이런 식으로 물고 늘어지는 게 싫었던 것이다. 민 선생은

토론 신봉자였다. 토론을 통해서만 진정한 민주주의가 이루어지고 보다 성숙된 사회가 만들어질 수 있다는 믿음이었다. 그는 토론 논제와 그 상대를 가리지 않았다. 교무실에서 심부름하는 인숙이를 붙잡고도 곧잘 논쟁을 벌였다. 다른 선생들이 볼 때 좀 버릇이 없긴 했지만 나중에는 인숙이가 먼저 민 선생한테 논쟁을 제의해 올 정도였다.

민 선생은 수업도 철저하게 세미나식으로 했다. 서너 명의 학생이 민 선생의 사회에 따라 어떤 주어진 문제에 대해 의견을 발표한 뒤 토의를 벌이는 방식이었다. 알 것은 미리 다 알고 넘어가는 것이 좋다고, 사회에서 화제가 된 문제를 공개적으로 토론에 부쳐 시말서를 두 번이나 썼다. 학생들에게 '통일을 위한 나의 제언'이란 주제를 가지고 두 시간씩이나 발표를 시킨 뒤 종합 토의를 벌인 것이다. 역사, 분단, 통일, 정의, 자유, 평등, 교권, 닫힌 사회, 열린 사회, 알 권리, 말할 의무, 양심, 진실……이런 것들이 민 선생의 입에 자주 오르내리는 낱말들이었다. 조상 중에 말 못해 죽은 귀신이라도 있는 모양이라고 선생들이 비아냥거릴 정도로 그는 대화에 굶주려 있었다. 그러나 그는 늘 혼자였다. 선생들은 의식적으로 그를 피했다. 어떤 선생은 민 선생과 이야기를 나누다 보면 자기가 마치 고문이라도 받고 있는 것 같다고 했다. 민 선생처럼 그렇게 많이 알기 위해서는 엄청난 양의 독서가 필요한데 학교 다닐 때도 못한 독서를 이 바쁜 생활에 언제 하느냐고 아예 백기를 쳐드는 선생도 있었다. 민 선생이 많이 알고 있기 때문이 아니라 이쪽에서 보지 못하는 것을 볼 수 있는 그의 보는 각도가 신선한 충격을 주는 것이라고 말하는 사람도 있었다. 특히 그의 입을 통해서 나오는 말이란 게 이미 자기들의 머릿속에서 막연한 대로 생각해뒀던 것들이라 늘 선수를 뺏기는 불쾌감으로 시달린다고도 했다.

"저 친구 대학 다닐 때 운동권에 있었던 게 분명해."

"본인 얘긴 그렇지 않던데. 자기는 학교 공부를 정상적으로 하면서 그런 학생들과 치열한 논쟁을 벌이다 보니 그들 단계를 뛰어넘게 되더라고 큰소리치더라구. 언젠가 성적증명서를 보여주는데 평점이 4.3, 올 에이더군. 자기 말로는 지도교수가 대학원에 진학하라고 했지만 고등학교 선생이 더 좋다고 그만두었대."

민 선생이 비정상으로 보이는 것은 그가 자기 소신을 너무 강하게 드러내기 때문이라고 그를 편들어 말하는 사람도 있었다. 어떻든 민 선생은 남의 눈치를 보거나 좋은 게 좋지 않느냐 식의 도매금으로 매겨지는 적당주의를 싫어했다. 그는 합리주의자였다. 그러나 그의 합리성은 현재의 교육 과정이나 그 방법의 상당 부분에 대해 부정하는 입장의 인식을 바탕으로 한 것이기 때문에 발붙일 데가 없었다. 부임해서 삼 년이 되도록 본인이 원하는데도 담임이 주어지지 않는 것도 그런 까닭이었을 것이다. 물론 3학년 학과를 맡아 가르칠 수도 없었다. 그가 자신의 수업 방법을 끝까지 고집했기 때문이다.

"교권은 밖에서 주는 것이 아니라 우리 스스로가 만들어 지켜야 할 성질의 것입니다. 그러한 교권이 없는 한 진정한 의미의 교육은 없다고 봅니다. 저는 우리 학교가 S대에 가장 많은 합격생을 내고 있다는 사실을 내놓고 자랑할 것이 아니라 그것을 진정으로 부끄러워해야 한다고 생각합니다. 우리 스스로 서열 만들기에 앞장서고 있는 명문 의식이란 결국 우리 학교가 남들이 모르는 특수한 원료와 공정 과정을 통해 좋은 제품을 만들어내는 좋은 생산공장이란 걸 자랑하는 거와 같은 것입니다. 학교는 규격에 맞는 제품을 그 수요에 따라 주문받고 생산해내는 공장이 아닙니다. 학교는 입시학원과도 다른 곳입니다. 교육은 우리가 이제까지 재료 혹은 제품이라고 생각해온 학생들을 독립된 인격, 하나의 완전한 개체로 파악하는 일부터 시작해야 한다고 봅니다. 학교는 학생을 획일적으로 기르거나 길들이는 곳이 아닙니다. 학생들 스스로가 주인이 되어 안과 밖을 균형 있게 하여 스스로 찾아내어 자기 몸에 맞는 옷을 만들어 입도록 도와주는 곳이 학교라고 생각합니다. 그 주체가 딛고 선 땅과 그 땅 위의 상황을 제대로 볼 수 있도록 여러 장애물을 제거해주는 일도 교육이 담당해야 할 문제라고 생각합니다. 이러한 인식과 그에 따른 실천이 없고서는 교권을 내세울 자격이 없다고 봅니다."

어느 날 교장이 교직원회의에서 명문 학교 교사로서의 자긍심을 갖고 학생 실력 제고에 최선을 다해달라는, 연합모의고사에서의 최상위권 진입을 치하하는 뜻의 말을 한 뒤 민 선생이 교장실에 들어가 한 말이었다. 그는 한 달에 두어 번 정도 교장실을 찾아 들어갔다. 처음에는 질색을 하던 교장도 나중에는 지친 듯 그가 내놓는 의견을 경청하는 쪽을 택했다. 그러나 교장도 만만치 않았다.

"언젠가 민 선생이 말했듯 난 일제시대 교육을 받아서 머리가 그런 식으로 굳어버렸소. 그러니까 민 선생이 무슨 얘길 해도 그것을 받아들일 만큼 아량이 넓지 못하다 그거지."

"교장선생님, 그건 아량의 문제가 아닙니다. 제 의견이 교장선생님 힘으론 안 되는 것이라고 지레 포기하신 겁니다."

"민 선생, 난 이상주의자는 딱 질색이야."

"미래에 대한 확신이 없으시기 때문에 제 생각이 한낱 이상주의자의 헛소리로 들리시는 겁니다."

"미래에 대한 확신이란 뭔가?"

"진실이 승리한다는 그겁니다."

"민 선생이 주장하는 것이 옳다면 왜 우리 학교 선생님들은 민 선생 말을 따르지 않지? 민 선생 생각에 동조하는 사람이 누가 있습디까?"

"마음속으로는 모두 제 생각이 옳다는 것을 알고 있습니다. 그러나 교장선생님이 제 의견을 수렴하지 않을 것이란 걸 알고 있기 때문에 저한테 동조하지 못하는 겁니다."

"무슨 소리야?"

"교장선생님께서 좀 더 민주주의적 방식으로……"

"이봐, 민 선생, 부친이 언제 돌아가셨다고 했던가?"

"중학교 때 돌아가셨습니다."

"민 선생 부친이 좀 더 살아 계셨더라도 민 선생이 이렇게까지 무례한 사람이 되진 않았을는지 모르지."

민 선생은 교장선생이 결코 자신의 우방이 될 수 없다는 것을 알고 있었을 것이다. 우방이 아니긴 학교의 동료 선생들도 마찬가지였다. 어쩌다 술자리에 함께 앉아 있을 때만 해도 그들은 항상 민 선생이 건널 수 없는 강 저쪽 기슭에서 아파트와 스텔라와 테니스와 여자 얘기로 딴전을 피웠다. 학생들 역시 민 선생 편이 아니었다. 민 선생을 좋아하는 학생들이 많은 것은 사실이었지만 그 반대로 민 선생에 대해 불만인 학생들도 많았다. 민 선생의 그 세미나식 수업 방법에 적응하기를 거부하는 이른바 고득점 작전에 돌입한 실리파 학생들이었다.

변주대 사건이 생긴 것도 바로 세미나식 수업 방법에 대한 불만 때문이었다. 2학년 4반 학생 이십여 명이 민 선생의 수업을 거부하고 나섰던 것이다. 그 주동이 변주대였다.

"우리가 필요한 건 학력고사에 대비한 요점 정리라구요."

"너희들에게 정말 필요한 것은 내가 주입시켜주는 요점보다 너희들 스스로 생각하는 생활을 통해서 무엇이 중요한 것인가를 깨닫는 일이다."

민 선생은 수업을 거부한 이십여 명의 대표격인 변주대를 상담실에 불러다 놓고 대화를 통해 문제를 해결하려 했다. 그러나 변주대는 상담실 책장 한 모서리를 짚고 선 채 매우 시건방진 자세로 말을 받았다.

"생각하는 생활이요? 우리가 골이 볐어요? 이따위 암기과목에 시간을 뺏기고 있게요."

"암기과목이란 너희들이 편의상 붙인 이름이지. 오히려 이런 과목이……"

변주대가 민 선생의 말을 중간에서 잘랐다. 몹시 볼멘소리였다.

"저 갈래요. 다음 시간이 수학 시간이거든요."

"아직 나하고 얘기 끝나지 않았어!"

"우리, 선생님하고 타협 같은 건 안 하기로 했어요."

"변주대, 너 선생님 앞에서 말하는 태도가 참 안 좋구나."

"가정교육이 안 돼서 그래요."

"점점 심하구나. 자, 다시 이야기를 해보자. 너희들 이십 명의 의견도 중요하지만 더 많은 학생들은 내 수업 방법이 좋다고 말하고 있다. 그것은……"

"그런 새끼들을 기준할 거 없잖아요. 그 새끼들은 대학을 포기한 쓰레기들이라구요."

"인마, 네가 쓰레기라고 말하는 그 애들이 이 사회에 더 필요할는지도 모른다. 그리고……"

"그럼, 그렇게 필요한 그 쓰레기들이나 데리고 세미나 많이 하시면 되잖아요."

변주대가 그런 말을 내뱉고 돌아서려는 순간이었다. 민 선생이 벌떡 일어나면서 변주대의 뺨을 거푸 세 번 때렸다. 그러나 두 번은 변주대가 얼굴을 피하는 바람에 손끝을 스치는 정도였다. 그렇게 피하지만 않았어도 민 선생은 그만 손을 거두었을는지 모른다. 다시 두어 번 손이 올라가는 순간 팔을 들어 민 선생의 손을 막던 변주대의 머리가 반쯤 열린 상태의 책장 유리에 부딪쳤다. 유리가 와장창 깨어져 내렸다. 머리를 감싸 쥔 변주대의 뒤통수에서 피가 뿜어내듯 솟아올랐다. 민 선생이 달려들어 손수건으로 두피의 상처를 찾아 지혈을 시키는 순간 변주대가 민 선생을 냅다 뿌리치며 상담실을 뛰어나갔다. 수업 시작 벨이 울려 교실로 들어가던 아이들이 본 것은 얼굴에 피를 뒤집어쓴 변주대가 사람 살리라고 외치며 아래층 교무실 앞까지 달려가 나자빠지는 모습이었다.

두피의 상처는 그리 크지 않았다. 십 분 정도 지혈만 했어도 가벼운 두피 자상 정도로 그쳤을 것이다. 그러나 변주대는 뇌막 출혈로 뇌 속에 괸 피를 배설시키기 위해 수술까지 받아야 했다. 그것은 변주대가 그때 교무실 앞까지 뛰어가 넘어지는 순간 복도 벽 아랫부분에 댄 대리석 모서리에 머리를 심하게 부딪친 때문이었다. 변주대는 스물네 시간 동안 의식을 잃고 있었다. 자칫하면 실어증과 반신운동마비 및 의식마비까지 올는지 모른다는 의사의 말이었다.

　—제자 식물인간 만든 폭력 교사

　—소주병으로 머리 맞은 학생 중태

　—선생님이 무서워요!

　—사도 실종, 주먹만 남아

　—교실에서의 체벌, 왜 근절 안 되나

　—아무나 교사가 되는 것이 아니다, 교사 자질 시비

교장이 여러 장의 신문을 민 선생 앞에 펼쳐놓았다. 모두 2단 이상의 크기 기사를 색연필로 붉게 줄을 그어놓은 것들이었다. 민 선생의 이름이 그대로 밝혀져 나온 신문도 있었다. 그러나 묘하게도 학교 이름은 그냥 시내 S고교라고 했을 뿐 학교 소재지가 어느 지역 어느 학교라고 밝혀진 것은 없었다.

"아직 위에 보고도 안 했는데 이 꼴로 터졌어. 망할 놈들, 모두 제멋대로 썼어. 만만한 게 학교거든. 그래두 육성회장 덕에 이 정도라구."

교장은 학부형한테 갖은 모욕을 당하면서도 병원에서 꼬박

이틀 동안 밤샘을 하고 돌아온 민 선생 얼굴이 좀 안돼 보였던지 대하는 태도가 부드러웠다. 교장이 민 선생 앞에 두어 장의 종이를 내밀면서 말했다.

"이건 아까 민 선생이 써낸 사건 경위서와 시말서요. 수고스럽겠지만 다시 한번 써야 하겠소."

"뭐가 잘못된 게 있습니까?"

"빠진 게 있어."

"그게 뭡니까?"

"민 선생은 교장인 내가 늘 직원회의를 통해 강조해오던, 학생 구타는 무슨 일이 있어도 허용할 수 없다는 내 방침을 들은 적이 있지요?"

"체벌 문제가 사회적으로 크게 물의를 일으키고 있으니 각별히 조심하라는 얘긴 하신 걸로 기억하고 있습니다."

"물의를 일으키고 있대서가 아니야. 선생이 애들을 때려선 안 된다는 건 평소 내 소신이었어. 민 선생은 내가 늘 강조하던 그 얘길 거기다 썼어야 해. 시말서란 자기가 저지른 잘못을 시인하고 뉘우쳐 반성한다는 전제 아래 쓰게 돼 있는 거야."

"알겠습니다."

민 선생은 그 문제에 대해서는 순순히 받아들이는 자세를 보였다.

"그리고 이건 민 선생 자신을 위해서 하는 얘긴데, 거기다가 학생을 세 대 이상 때렸다고 썼는데 그걸 딱 한 대 때렸다고 써요. 어디까지나 우발적인 사고였다는 걸 강조할 필요가 있다는 거요. 사실이 그렇지, 그때 그 애 머리가 책장 유리에 부딪치지만 않았더라도 그렇게까지 되진 않았을 거 아닌가 말이야. 또 하나 다시 쓸 건 그때 학생을 감정적으로 때렸다고 했는데 너무 솔직히 쓸 필요가 없어요. 선생이 학생을 때리는 건 어디까지나 교육적이라구 해야 옳은 거 아닌가?"

"교장선생님, 저는 여기다 그때 일을 있는 그대로 썼습니다."

"그걸 몰라서 하는 얘기가 아니야. 신문이 그렇게 모두 제멋대로 썼으니까 우리 학교에서만은 서로 아귀를 맞춰놓자 그거지. 위에다 구두로 보고를 할 때 학교 입장과 민 선생 생각을 해서 내가 적당히 해놨으니까 민 선생두 그걸 참고해달라 그 얘기요."

"저는 그때 분명히 그 학생을 감정적으로 때렸습니다. 그때 유리가 깨져 그런 일이 생기지 않았으면 아마 그 당장에 더 큰 일이 벌어졌을는지도 모릅니다. 순간적이긴 했지만 그때 그놈이 그렇게 죽이고 싶도록 미웠던 겁니다."

"바로 그런 문맥을 다시 고쳐 쓰라 그거요. 선생이 어떻게 제자를 그런 감정으로 대했다는 걸 내놓고 얘길 할 수가 있다는 거요?"

"그때 제 심정이 그랬습니다."

"그때뿐 아니라 지금 민 선생 심정을 내 모르는 바 아니야. 이런 엉터리 신문 기사에 환멸도 왔을 테고…… 그렇지만 내 말대로 다시 쓰게 되면……"

"교장선생님, 이걸 그대로 받아주십시오."

"민 선생, 자존심만 가지고 뭐가 되는 게 아니야."

"이건 자존심이 아니라 제 양심의 문제입니다."

"글세, 그렇게 고집부리지 말고 다시 써요."

"죄송합니다."

"이봐, 이건 민 선생 한 사람의 문제가 아니야. 우리 학교뿐이 아니라 교육에 종사하는 모든 사람들 얼굴에 먹칠을 하는 결과가 된다는 걸 알 필요가 있는 거요."

"책임을 통감하고 있습니다."

"정말 책임을 느끼고 있다면 다시 써요. 처음부터 끝까지 학교의 방침을 어기고 당신 멋대로 했기 때문에 이런 일이 생겼다는 걸 샅샅이 밝혀 쓰라 그거요."

"그렇게는 못 쓰겠습니다."

"그렇다면 학교를 떠나야지. 이건 나중에 얘기하려고 한 거지만 기왕 얘기 나온 김에 하고 넘어갑시다. 민 선생은 학부형들이나 세상 여론을 생각해서라도 도의적 책임을 느껴 사표를 내야 할 거요. 그게 수리되고 안 되고는 나중 문제고."

"법적으로 사표를 내야 될 경우엔 그때 가서 생각해보겠습니다. 그러나 지금은 싫습니다. 폭력 교사로 낙인찍혀 물러나야 할 만큼 제가 잘못했다고는 생각지 않기 때문입니다."

"바로 그거야. 민 선생이 폭력 교사가 아니란 걸 증명하기 위해 그걸 고쳐 쓰라는 거 아닌가."

"그런 식으로 빠져나갈 생각은 없습니다."

"민 선생, 여러 사람 괴롭히지 말고 어서 사표를 내!"

"싫습니다!"

"그렇다면 이거 다시 써 와!"

교장은 부들부들 손까지 떨며 민 선생 앞에 놓여 있는 사건 경위서와 시말서를 우악살스레 꾸겨 바닥에 던졌다.

민 선생은 끝까지 그것을 다시 쓰지 않았다. 교감을 비롯해서 몇몇 선생들이 민 선생의 고집을 꺾으려고 나섰지만 모두 헛일이었다. 민 선생 대신 누군가 그 경위서와 시말서를 다시 써서 냈다는 소문이 돌았을 뿐 그 내용이나 결과는 아무도 아는 사람이 없었다.

변주대 사건이 생긴 뒤부터 민 선생은 직원회의에 참가할 수가 없었다. 민 선생이 변주대가 입원해 있는 병원에 가지 않는 날도 민 선생 자신의 신상 문제로 열린 회의라 해서 서무실에서 기다려야 했다. 그런 회의가 몇 번 열렸지만 그 회의에서 무슨 내용이 어떻게 논의됐는지 민 선생에게 알려주는 사람도 없었다. 들어오지 말라는 아침 직원회의에 고집을 부려 참가했을 때는 누구도 그 사건을 입에 올리는 사람이 없었다. 선생들도 민 선생과 되도록 얼굴 마주치는 걸 피하는 눈치였다. 어쩌다 맞닥뜨리는 경우에는, 민 선생이 재수가 없어서 그런 거야— 위로의 말이란 게 고작 그것이었다. 학생들의 반응은 좀 더 직설적이었다.

—폭력 교사 물러가라!

—폭력 교사 민 선생은 자폭하라!

학생들은 멀리 민 선생이 보이기만 하면 3, 4층 교실 유리창에 매달려 원색적인 욕을 퍼댔다. 학교 여러 곳에 민 선생을 성토하는 구호가 붉은 매직으로 쓰여 있었다. 민 선생에겐 학생들의 그 반응이 가장 참기 어려운 고통이었을 것이다. 그가 학생들이 다 돌아간 1학년 빈 교실에 이마를 짚고 앉아 울고 있는 걸 보았다는 선생들도 있었다.

"××교육신문 아시죠?"

"새로 창간될 학생주간에서 나왔어요."

"새시대청소년이란 잡지사 기잡니다."

"××여성주간지 기잔데 민 선생님 부인을 좀 만나 얘길 듣고 싶어 그럽니다."

이름도 처음 듣는 그런 신문이나 잡지사 사람들이 학교에 끊이지 않고 찾아왔다. 사랑하는 제자를 식물인간으로 만든 한 교사로서 느끼는 양심의 가책을 두 달에 걸쳐 연재하자고 원고료를 선불하겠다고 덤비는 주간지도 있었다. 치료비 등 모든 문제를 원만히 해결해주겠다고 찾아오는 해결사에, 급한 돈 공증 없이 담보만 잡고 싼 이자로 돈 놓겠다는 사채업자도 있었다.

그런 폭력 교사가 있는 한 자기 아이를 다른 곳으로 전학시킬 수밖에 없다고 항의 전화를 해오는 학부형도 많았다. 교장실까지 찾아와 책임을 추궁하고 가는 열성파 학부모도 있었다. 학교의 전통과 명예를 실추시킨 폭력 교사 처리 문제를 다루기 위한 긴급 동창회가 열리기도 했다.

민 선생은 변주대 사건 뒤부터 수업을 할 수가 없었다. 민 선생의 교과 시간이 영·수·국 등 주요 과목으로 바뀌었다.

"교장선생님, 저는 어떠한 일이 있어도 학생들 앞에 서고 싶습니다. 열심히 가르치겠습니다."

"민 선생 지금 입장에선 그러고 싶기도 하겠지만 그렇게 무리할 거 없어요. 이삼일 더 쉬어요."

그 이삼일이 지난 다음 교장의 말은 달랐다.

"사람에겐 자숙하는 시간도 필요하지 않소. 더구나 사회의 눈도 있고, 위에서도 민 선생이 당분간 쉬는 게 좋지 않느냔 의견도 있었고 해서…… 학교 나오지 말고 그냥 집에 있어요. 필요하면 학교에서 연락을 할 게니."

그러나 민 선생은 하루도 빠지는 일 없이 학교에 나왔다. 누구 한 사람 말을 걸어오지 않아도 자기 자리에 죽치고 앉아 남들이 다 퇴근하는 시간까지 책만 읽었다. 선생들은 끼리끼리 술자리를 만들어 민 선생 얘길 했다.

"민주주의는 이제 끝났어."

"그거 무슨 소리야?"

"민 선생이 토론을 포기했잖아!"

"끝난 게 아니야. 민주주의가 근신 중이라구."

"옛날 여몽처럼 괄목상대하게 되겠군."

민 선생 얘기로 우울하게 잔을 드는 선생도 있었다.

"민 선생 잘돼야 타도 전출 정도로 끝날 것 같아. 지금 상황으론 그것도 어려울 것 같긴 하지만 말이야. 어제 신문 사설에까지 민 선생 얘기가 나왔으니 일은 간단하지가 않을 거라구."

"다음 주 월요일에 그 일로 특별 감사까지 나온다며?"

"민 선생이 그 사람들하고 논쟁을 벌이기 위해 준비하고 있는 거 아냐?"

일요일도 민 선생은 변주대가 입원한 그 종합병원을 찾았다. 일요일이라 그런지 변주대 가족들이 여럿 보였다. 그 가족들 눈을 피해 만나본 외과의 당직 의사는 염려했던 증세들이 전혀 나타나지 않을 뿐 아니라 수술 경과도 매우 좋아 환자가 정상인과 다름없는 거동을 한다고 했다.

그러나 처음부터 그랬듯 변주대 가족들은 민 선생이 환자를 만나는 걸 완강히 거부했다. 환자가 아직 의식을 못 찾았을 뿐 아니라 의식이 멀쩡하다 해도 그 충격을 되살려낼 수는 없다고, 칼로 베듯 했다. 변주대 어머니가 얼굴에 팔팔 냉기를 뿜어내며 말했다.

"선생님 여기 자꾸 찾아오라고 우리가 경찰에 고소 안 한 거 아니에요. 그리고 치료비 걱정을 하시는가 본데, 그런 거 청구 안 할 거니 걱정 말아요. 아, 내 새끼 가정교육 잘못 시켜 선생하고 싸움질하다 그리된 거, 무식한 그 부모가 책임져야지 어쩌겠어요?"

그러나 민 선생의 표정은 담담했다. 그는 다른 때처럼 구구하게 사죄하는 말로 지싯거리는 일도 없이 결연히 몸을 돌렸다. 변주대가 누워 있는 입원실, 빠끔히 열린 문 사이로 고개를 내밀고 있던 열두어 살쯤 되어 보이는 사내아이가 복도를 휘적휘적 걸어 나가는 민 선생이 다 들릴 정도의 높은 소리로 말했다.

"엄마, 저 폭력 교사 오늘은 왜 금방 가?"

민 선생이 죽은 지 꼭 이틀 후 시중의 모든 신문들이 민 선생의 자살 사건을 거의 똑같은 내용으로 다루고 있었다. 4단 정도로 큼지막하게 뽑은 기사가 있는가 하면 주로 미담을 다루는 가십난이 요란을 떨었다. 지난번 구타 사건 때 교육계를 싸잡아 질타하던 그 신문의 사설이 이번에는 민 선생의 죽음을 미화하고 예찬하는 내용의 명문 사설을 싣고 있었다.

—제자 때린 손, 죽음으로 씻었다

—폭력 교사, 자살로 속죄

—책임의식이 투철한 어느 교사의 죽음

—죽음으로 사도 실천한 교단의 양심

'민 교사, 학교에 제출한 시말서 통해 각계에 용서 빌어'

'동료 교사들이 말하는 민 교사의 인간성'

'입원해 있는 그 제자도 눈물 흘리다'

민 선생의 자살 얘기가 신문에 다투어 나간 뒤 학교에서는 전 교생이 운동장에 모여 죽음으로 스승의 길을 보여준 고인의 그 숭고한 정신을 기리는 추모의 시간을 가졌다. 오오, 우리의 영원한 스승이여—라는 애도시 낭송이 끝난 뒤 교장은 민 선생이 이 학교에 발령받고 와 삼 년 동안 학교 빌진과 학생 교육을 위해 혼신의 열정을 보인 그 투철한 교육관을 칭송하는 말로 고인을 애도했다.

교장은 민 선생이 자기 앞으로 남겼다는 유서 내용에 대해서는 어느 자리에서고 입을 꽉 다물었다. 신문기자들이 집요하게 달라붙었을 때도 고인이 그 유서를 공개하지 말라는 당부를 유서 끝에 남겼다는 말로 끝까지 버텨냈던 것이다. 누구에게는 그 유서를 고인의 뜻에 따라 태워버렸다는 말을 하기도 했다.

인숙이가 교무실 청소를 다 끝낸 뒤 학교 용인들이 쓰는 관리실에 내려갔을 때는 최씨가 라면 끓일 물을 연탄난로 위에 올려

놓고 있는 중이었다.

"벌써 야간학교 갈 시간 됐냐?"

"더 있다 가두 돼요. 아저씨 오늘 숙직이세요?"

"그래. 원래는 김씨 차렌데 몸이 좋지 않은 거 같아 내가 맡았다."

"숙직할 때 무섭지 않으세요? 요새 숙직하는 선생님들은 무서워서 잠두 잘 못 잔다던데요."

"민 선생님 얘기로구나."

"그래요. 아저씬 민 선생님이 그렇게 돌아가신 걸 어떻게 생각하세요?"

"글쎄다. 나보다 네 생각부터 말해봐라."

"난 뭐가 뭔지 잘 모르겠어요. 그냥 민 선생님이 불쌍하다는 생각만 들어요. 그 사건 땜에 수업도 못 들어가시구 자리에 진종일 우두커니 앉아 계시던 게 눈에 선해요."

"교무실에서 민 선생님 얘길 많이들 하겠구나."

"모두 그 얘기뿐이에요. 편까지 갈려서 꼭 싸움하듯 야단들이에요."

"편이 갈리다니, 그게 무슨 소리냐?"

"제가 가만히 들어보니까요. 선생님들은 민 선생님이 그렇게 돌아가신 걸 대개 세 가지루 얘기들을 하더라구요. 어떤 선생님들은 민 선생님이 비겁하댔어요. 나이 많은 어머니두 계시구 결혼한 지 얼마 안 된 부인도 있는데 그렇게 죽는 건 당장 자기 괴로운 거만 생각한, 아주 무책임한 거래요. 그건 일종의 도피에 불과하댔어요. 더구나 하나뿐인 생명을 그렇게 버리는 건 하느님한테두 큰 죄가 된댔어요. 그렇지만 또 어떤 선생님들은 민 선생님의 죽음이야말로 값진 거라고 했어요. 요새 신문에 난 민 선생님 얘기가 다 옳은 소리래요. 세상 사람들이 거의 모두 자기 잘못을 시인하고 회개하기보다는 어떡하든 책임이나 면하려고 갖은 짓을 다 하는 판에 민 선생님은 단 하나밖에 없는 자신의 목숨을 내놓는 일로 자신의 과오를 뉘우쳤으니 그 책임의식이야말로 이 시대 교육자의 귀감이라고 했어요. 결과적으로 한 사람의 죽음이 많은 사람들의 마비된 양심을 살려냈다는 거였어요."

"아까 네가 세 편으로 갈렸다고 했으니까 그럼 또 다른 생각을 가진 선생님들도 있다는 게냐?"

"그럼요. 몇 사람 되진 않지만, 민 선생님은 너무 억울해서, 뭔가 항변하기 위해 목숨을 버린 거라고 엄청 화난 얼굴로 애길 하는 선생님들도 있었다구요. 민 신생님이 언제 반성이구 나발이구 할 기회라두 줬느냐면서 이런 거 다 엉터리라구 신문을 막 집어 팽개치던 걸요. 관료성, 제도교육 경직성, 독선, 무사안일, 폭력, 압살…… 또 뭐라더라, 좌우지간 그런 어려운 말을 늘어놓은 끝에 민 선생님이 죽은 건 자살이 아니라 타살이랬어요. 선생님들 모두가 방조범이라고 하던데요."

난로 위에 올려놓은 냄비에서 물이 끓어 넘쳤다. 최씨가 재빨리 냄비 뚜껑을 열었다. 그러나 최씨는 라면 봉지를 뜯을 생각도 안 한 채 인숙이를 향해 물었다.

"인숙이 넌 그 세 가지 중 어느 쪽을 택하겠냐?"

"어느 쪽이라기보다는 저는 선생님들 얘기를 들으면서 거기

민 선생님이 살아 계셨으면 정말 멋진 토론이 될 거란 생각을 했다구요."

"허허, 결국 넌 민 선생님이 죽지 않았어야 옳았다는 얘길 하고 싶은 게냐?"

"그럼요. 민 선생님이 그렇게 죽어서 뭐가 남는 게 있어요? 죽으면 그냥 그걸로 모든 게 끝이잖아요?"

"끝이 아니라 시작이 돼야 한다고 생각하는 사람도 있을 게다."

"아저씨가 그런 생각을 하고 계시는 거죠? 민 선생님이 그날 밤 그런 얘길 하셨나요?"

최씨는 라면을 손에 든 채 뚜껑 열린 냄비 속의 물이 설설 끓는 걸 한참 내려다보다가 입을 열었다.

"난 지금 이런 생각을 했다. 남의 죽음을 이렇게 저렇게 해석하는 일도 나쁘진 않지만 우선 그 사람이 죽기까지는 죽는 일이 사는 것보다 더 낫다는 어떤 확신을 얻기 위해 지금 살아 있는 우리 모두와 비교할 수 없을 정도로 많은 생각을 했을 것이란 걸 알 필요가 있다는 것이다. 민 선생님이 자살을 결심하게 된, 즉 자기 죽음의 가치를 확신하는 그 힘은 어디에서 온 것일까, 너두 한번 생각해봐라."

최씨는 주전자를 들어 올려 한 컵 정도의 물을 냄비 속에 부은 다음 다시 말을 이었다.

"서당개 삼 년에 풍월을 읊는다고, 이건 학교 선생님들하고 삼십 년 가까이 함께 지내면서 들어둔 얘기다만, 이해에 밝아 그걸 먼저 생각하는 사람은 그것이 옳은 것이냐 그른 것이냐,

즉 시비 가리기를 중시하는 사람에 비해 어떤 확신을 가지기가
어렵대요. 비록 자기한테 이로운 것이라 해도 그것이 옳은 것
이 아니면 물리치고 반대로 그것이 자기한테 해롭다고 해도 옳
은 것이면 목숨까지도 내놓고 지켜내는 그것이 바로 확신이라
는 거야."

"아저씨, 그럼 민 선생님은 그런 확신이 있어서 그렇게 돌아
가셨다는 거예요?"

"네가 그렇지 않다고 생각되면 그렇지 않을 수도 있는 거지."

인숙은 라면 봉지를 거칠게 뜯어 그 알맹이를 끓는 물속에 집
어넣는 최씨의 무표정한 얼굴을 그냥 벙벙하니 바라보고 있었다.

○ 1987년 『한국문학』 4월호

밀정

이삿짐을 다 싼 뒤 민완 씨는 장롱 깊숙이 처박아뒀던 꾀죄하게 낡은 한복 바지저고리를 입고 머리에는 수십 년 전 유행했던 중절모를 눌러썼다. 빛깔이 희치희치 바랜 국방색 점퍼까지 걸쳐 입자 영락없이 시골 장바닥을 도는 약장수 행색이었다. 이삿짐을 싸기 시작할 때만 해도 잔뜩 겁먹은 얼굴로 안절부절못하던 사람이 그렇게 변장을 하고 나서는 내가 언제 그랬느냔 듯 능청까지 부리는 여유를 보였다. 그러나 민완 씨 부인은 큰 짐짝을 밖으로 들어내기 쉽게 자잘한 보따리를 한쪽으로 치워 길을 터놓느라 바삐 움직일 뿐 남편의 그 괴이쩍은 차림새는 거들떠보지도 않았다.

정작 놀란 것은 방을 세놓았던 집주인 사람들이었다. 처음에는 그를 어느 일가붙이 늙은이가 이삿짐 싸는 걸 거들러 온 것쯤으로 생각했을 정도였다. 비록 방이 본채에서 따로 떨어진 외진 곳에 있긴 했지만 어디까지나 같은 울타리 속에서 일 년 가까이 사는 동안 아직 저처럼 추레한 차림을 한 민완 씨를 본 적이 없었던 것이다.

"아무래두 뭔가 이상해요."

집주인 여자는 전혀 몰라보게 달라진 민완 씨의 행색을 아직 잠자리에서 일어나지도 않은 남편한테 일러바치기에 바빴다. 덩달아 잠이 깬 아이들이 내복 바람으로 우루루 뛰어나갔다. 중학생 아이는 아예 야구 방망이까지 찾아 들고 나섰다. 그렇게 집안 식구들을 단단히 무장시킨 뒤 집주인 여자는 반장집으로 내달았다. 동사무소에 전입신고도 돼 있지 않은 사람에게 방을 세놓았다고 반상회에서 몇 차례 지적을 받은 그 찜찜한 기억이 불현듯 살아났던 것이다. 민완 씨는 반장이 찾아와 전입신고를 왜 하지 않느냐고 따질 때마다 먼저 살던 데서 곧 부쳐올 거라는 말로 여태까지 얼렁뚱땅 버텨왔다.

"아니, 이렇게 이른 시각에 이살 간다는 말예요?"

정육점을 하고 있는 반장은 반상회를 철저하게 실행하는 모범 반장이라고 시에서 주는 상까지 받은 사람이다. 그는 처음부터 민완 씨가 자기 반에 들어와 살고 있는 걸 못마땅하게 생각하고 있는 터수였다. 전입신고 문제도 그렇거니와 자기 반에 이런 수상한 사람이 살고 있다고 관계기관에 여러 차례 신고를 했지만 이렇다 할 반응이 없는 것은 고사하고 그 당사자인 민완 씨한테 덜미를 잡힌 꼴이 돼버린 때문이다. 다른 사람들은 모두 반장님이라고 깍듯이 예우를 하는 형편인데 민완 씨는 꼭 이씨, 이씨 하고 하대를 했다.

이씨처럼 삼대에 걸쳐 이런 업을 하는 사람도 그리 많지 않을 게야. 이씬 잘 모르겠지만 내 이씨 형님을 좀 알지. 빛날 형, 뿌리 근—이형근이가 이씨 형님이 아니신가?

반장은 민완 씨가 6·25 때 월북한 자기 형 이름을 알고 있다는 게 도저히 믿어지지 않았다. 한 수 더 떠 민완 씨는 반장의 신상에 대해서도 환하다는 투로 변죽을 울렸다.

이젠 이런 푸줏간 해서 돈 번다는 건 어려울 게야. 이씨야 한때 서울에서 재미 좀 봤을걸. 하긴 재수가 없어 고생두 꽤 했을 테지만 말이야. 내 알기룬 이씨 찾아 헤매는 사람두 몇 있을걸. 사업을 하다 보면 부도 안 낸다는 게 어디 쉬운 일인가 그얘기야.

서울 변두리에서 정육점을 할 때도 밀도살 업자들과 차떼기를 하다가 덜컥 쇠고랑을 찼던 일이 있었던 것이다. 반장이 부도를 내고 지방으로 도망친 것은 좀 모았던 돈으로 소규모 냉동기 공장을 세우는 과정에 사람이 둘이나 죽는 사고가 터졌을 때였다. 그런 일들을 속속들이 알고 있는 사람이 있다는 게 쉬 믿어지지 않았다. 민완 씨가 예사 사람이 아니라는 생각과 함께 그를 간첩 같다고 관계기관 몇 곳에 신고를 해놓고 있는 중인 반장으로서는 꽤나 당혹스러운 일이 아닐 수 없었다. 그러나 그 당혹감은 시간이 지나갈수록 민완 씨에 대한 적대감으로 바뀌어 가면서 언제고 급소를 한 방 먹일 기회만 엿보고 있는 참이었다.

민완 씨가 괴이쩍은 행색으로 도망갈 준비를 하고 있다는 걸 반장한테 알린 집주인 여자는 근처의 구멍가게들을 바쁘게 돌며 귀띔을 했다.

"외상 준 거 있음 빨리 받아요. 공연히 나중에 나 원망하지 말고……"

그러나 어떤 구멍가게는 민완 씨가 같은 동네에 살고 있다는 것조차 모르고 있었다. 민완 씨 내외가 거래하던 구멍가게라 해도 그 집에서는 아직까지 단 한 번도 물건을 외상으로 들여간 적이 없노라며 오히려 가끔 대해본 민완 씨 내외의 그 직심스러운 사람됨을 입에 올렸을 뿐이다. 비록 남의 집 방을 세내어 살긴 해도 함부로 대할 사람들 같지 않게 그 언동이 음전했다는 얘기였다. 좋은 일 한다는 속셈으로 헐레벌떡 달려온 주인집 여자로선 김빠지는 일이 아닐 수 없었다.

"그런 게 다 위장이었다구!"

"위장이라니요?"

"남한테 수상쩍게 안 보이려고 일부러 그런 거라니까요."

"뭐가 그렇게 이상했나요?"

"이사 가는 마당이니까 하는 얘기지만 그 아저씨 수상쩍은 게 어디 한두 가진 줄 알아요."

"어머 그랬어요?"

이렇게 이사를 서두는 것부터가 예사롭지 않았다. 계약 기간이 차기가 급하게 방을 빼달라고 성화같이 조르더니 방이 생각보다 쉽게 빠지자 당장 그다음 날부터 이삿짐을 꾸리는 기색이었다. 그럴 만한 조짐은 벌써부터 있었다. 민완 씨는 얼마 전부터 혹시 자기를 찾는 전화가 오면 그런 사람 없다고 잡아떼라는 말을 꽤 여러 번 했던 것이다.

"정말 그런 전화가 왔었어요?"

"방을 내놓았을 때부터 며칠 동안 계속 전화가 왔다구요. 그 아저씨 시키는 대로 그런 사람 우리 집에 안 산다고 했더니 그

럴 리가 없다며 우리 집 위치가 어디냐고 꼬치꼬치 캐묻는 바람
에 내가 얼마나 애를 먹었다구요."

"전화 왔었다는 애길 하니까 뭐래요?"

"그냥 밑두 끝두 없이 우리 애들 밖에 함부로 내보내지 말라
구 그러지 뭐예요. 기가 막혀서……"

"그건 무슨 얘기예요?"

"위험하다는 거예요. 도대체 뭐가 위험하냐고 따져 물어두 그
이상 말을 안 하는 거예요. 정말 사람 미치겠더라구요."

민완 씨가 없는 사이에 그 부인한테 도대체 무슨 일로 그러
느냐고 물었지만 그네는 재봉틀에 올라앉은 채 같은 말만 되풀
이했을 뿐이다.

애기 어머이, 미안해요. 우리가 이살 갈 때까지만 좀 참아줘요.

민완 씨 부인은 바느질 솜씨가 좋았다. 그네는 시장의 포목
상 두어 군데의 바느질감을 맡아 하루 종일 방에서 나오지 않
았다. 어쩌다 얼굴을 마주치면 조용히 웃어 보이는 것으로 그
만이었다.

"자식들이 있다면서요?"

"셋이나 있대요. 맏딸은 시집가 살고 아들 둘은 서울서 직장
을 다닌다고 하더구먼 누가 봤어야 말이지요."

"한 번두 안 왔어요?"

"자식이라군 꼬빼기 한 번두 안 내밀었어요. 전화는커녕 편지
한 장두 안 오는 거 같더라니까요."

"도대체 그 아저씨 뭘 하시는 분예요? 늘 깨끗하게 차려입고
어딜 나가시던데……"

"글쎄, 그게 수상쩍다니까요. 무슨 직장이 있어 돈을 벌어오는 것두 아닌 게 분명한데 하루두 빼놓지 않고 나간다는 게 이상하잖아요. 집에 들어와서는 또 어떻구요…… 뒤꼍 방이라 잘 몰랐는데 나중에 알고 보니까 전깃불하고 무슨 원술 졌는지 밤새두룩 불을 켜놓고 있잖아요. 무슨 라디오 소리 같은 거두 나구…… 신문은 또 얼마나 열심히 읽는다구요. 그 형편에 신문두 구독을 하는데 어떻게 신문을 열심히 읽는지 새벽엔 우리가 보는 아침 신문까지 먼저 가져다 읽는 바람에 얼마나 기분이 나빴다구요. 우리 애들은 그 아저씨가 간첩이라는 거예요. 증거를 잡는다고 요즘 야단들인데 저렇게 일찍 이사를 가네요."

구멍가게 반대쪽 골목 입구에 용달차 한 대가 보였다.

"저 차가 이삿짐 실으러 오는 거 아니에요?"

"그런가 봐. 저 차면 충분할 거예요. 이삿짐이라고 뭐가 있어야지. 아무리 두 식구 살림이라고 해도 정말 너무하더라구요."

집주인 여자의 말대로 민완 씨네 이삿짐은 정말 보잘것없었다. 용달차 운전사도 이삿짐을 대충 눈겨냥하곤 이게 전부냐고 확인했을 정도였다. 질 안 좋은 조개껍질이 조잡하게 박힌 두쪽짜리 낡은 장롱에다 사십 년 전의 결혼 징표쯤으로 보이는 고리짝이 하나, 역시 낡은 브라더미싱이 한 대, 서너 개의 장항아리와 자잘한 잡동사니 보따리가 두어 개…… 그게 전부였다.

"아이구, 난 뉘시라구……"

주인집 여자의 귀띔을 받은 반장이 달려와 변장을 한 민완 씨를 신기하다는 듯 훑어보았다.

"아니, 이렇게 몰래 이사를 가시깁니까?"

사뭇 나무라듯 다그치는 반장의 말에 민완 씨는 별로 달갑잖은 얼굴로 볼멘소릴 했다.

"이살 간다고 동네방네 광고를 하란 말이오?"

"그래두 이웃사촌이란 말두 있는데 영감님, 이거 너무 섭섭해서 그럽니다."

그 말에 민완 씨는 별 반응을 보이지 않았다.

"이살 어디로 가시는 겁니까?"

"예서 멀지 않아요."

"시낸가요?"

"시낸 아니지만……"

"어딘데요?"

"신천리라든가…… 시 경계에 있는……"

"북면 신천리 말인가요? 염색공장이 있는, 온수동 쪽에……"

"그럴 거요."

"거기 뉘 집으로 가시는데요?"

"뉘 집이라면 아시겠어?"

"혹시 뭔 연락이라두 드릴 게 있으면 해서 그래요."

"그런 일이 있으면 신천리로 찾아와요. 엎어지면 코 닿을 덴데 뭘 그래."

민완 씨는 똘똘 말아 묶은 비닐 장판을 이삿짐 구석에 끼워 넣은 뒤 반장과 집주인한테 건성으로 손을 흔들어 보이곤 차에 올라탔다. 아침밥을 짓던 이웃 아낙네들이 서넛 나와 민완 씨 부인의 바느질 솜씨를 새삼 입에 올리며 이런 뜻밖의 헤어짐을 아쉬워하는 인사말을 나누고 있었다. 그동안 고마웠다며 이웃 아낙네들의 손을 일일이 맞잡아 쥐는 민완 씨 부인의 얼굴에 자잘한 그늘이 깔리고 있었다.

용달차가 골목을 빠져나가 큰길에 이르렀을 때 민완 씨는 차를 세웠다. 차에서 내린 그는 조끼 주머니에서 편지 세 통을 꺼내 길가 우체통에 넣은 뒤 빠른 걸음으로 되돌아와 혼잣소리처럼 중얼거렸다.

"애들한테 여기서 이살 간다는 걸 알렸지."

용달차의 운전석 바로 옆에 앉았던 부인이 나지막한 목소리로 묻고 있었다.

"그래, 이번에도 애들한테 이사 가는 델 안 알리신 거예요?"

민완 씨는 대답하지 않았다. 부인 역시 더 이상 묻지 않았다.

차가 국도로 접어들자 민완 씨는 이때까지의 긴장돼 보이던 얼굴을 풀며 담배를 꺼내 불을 붙인 다음 서너 번 거듭 빨았다.

"아저씨, 원주로 이사 가는 거 아녜요?"

삼십쯤 돼 보이는 운전사가 민완 씨의 담배 연기에 얼굴을 찡그리며 불쑥 물었다.

"애초에 그렇게 얘길 했잖소?"

"그런데 아까 어떤 분한테 신천리로 이사 가신다고 한 건 또 뭡니까?"

"귀찮아서 그냥 아무렇게나 주워댔던 거요."

민완 씨는 담뱃불을 끄며 퉁명스레 대답했다. 운전사도 더 이상 말을 걸어오지 않았다. 민완 씨 부인은 두루마기 자락을 가볍게 걷어쥔 단정한 자세로 차창 밖 풍경에 무심히 눈을 주고 있었다.

결혼해서 이날 이때까지 사십 년이 되도록 어느 한곳에 이 년 이상 머물러 살아본 적이 없었다. 그렇다고 아주 멀리 외떨어진 곳도 아닌 주로 중부지방의 경찰서가 있는 중소도시를 여기 저기 옮겨 다니며 산 것이다. 물론 그런 돈도 없었지만 그렇게 이사를 자주 다니다 보니 남편은 이때까지 자기 앞으로 등기된 집이나 땅뙈기 하나 없었다. 시집간 큰딸의 경우 국민학교부터 고등학교 졸업을 할 때까지 무려 열 군데의 학교를 옮겨 다녔을 정도로 잦은 이사였다. 그것은 보다 나은 주거지를 찾아 남들처럼 떳떳하게 새 생활에 대한 설렘을 갖고 다니는 그런 이사가 아니라 한밤중 남들 모르게 줄행랑치는 그런 것이었다. 남편에게 이사를 간다는 것은 수없이 많은 적으로부터 도망치는 것과 다르지 않았다.

시집와서 얼마 동안은 남편 직업이 경찰관인 줄 알고 살았다. 친정에서도 그렇게 알고 시집을 보냈던 것이다.

네 남편 될 사람이 형사라고 하더라. 머리가 어찌나 좋은지 경찰에 들어가 순사 옷 한번 안 입고 댓바람에 형사가 됐다는 게야.

사복을 입고 생활하는 것까지는 이해가 됐지만 남들처럼 제시간에 출근하는 일이 없어 의심이 가기 시작했다. 일정하게 월급을 타오는 것 같지도 않았다. 때로는 며칠씩 집에 안 들어오는 날도 많았다. 그렇게 며칠 집을 비웠다 돌아오는 날은 뭔가 보고서 같은 걸 만들기 위해 밤을 꼬박 새웠다. 그럴 때는 곁에 얼씬도 못하게 했다. 그는 자신이 하는 일을 아내한테 일절 얘기하는 법이 없었다. 변소에 갈 때도 그 서류를 들고 갈 정도였다.

남편이 자신의 별난 직업을 제 입으로 털어놓은 것은 자유당 말기 그가 느닷없이 잡혀 들어가 반죽음이 돼 돌아왔을 때였다. 잡혀 들어간 지 보름 만에 나온 남편의 옷은 온통 피투성이였다. 이대로 죽는 게 아닌가 싶게 착 까부러져 누워 있는 남편을 평소 몇 번 찾아오던 사람들이 뻔질나게 방문하기 시작했다. 그들이 찾아오는 것을 남편은 달가워하지 않는 눈치였다. 그들이 남편 곁에 있는 한 그네는 방에 있을 수 없어 자세한 내용은 모르지만 대충 짐작에 그들은 남편의 입을 통해 뭔가를 얻어내려 몹시 애를 쓰고 있었다는 것이다. 방 밖에서 얼핏 주워들은 얘기들이 그랬다. 그들은 남편을 민형이라고 불렀다.

민형, 그 속에서 있었던 일 다 없었던 걸로 잊는 게 좋을 게야. 이렇게 살아서 나올 수 있었던 것만 해두 천행이라구 생각하라구. 그동안 민형 빼내기 위해 우리두 할 만큼은 했다는 그런 얘기야.

맞아. 정말 쉽지 않았다구. 민형이 워낙 큰 걸 건드렸잖아.

그 양반 민형이 이렇게 살아 나온 걸 반가워하지 않을걸. 여차하면 민형을 없애버릴 수도 있는 사람이다 그 말이야.

그러나 남편은 좀해 입을 여는 것 같지 않았다. 남편이 그렇게 입을 열지 않을수록 그들은 더욱 집요하게 달라붙었다.

민형, 우리 인간적으루다……

민형, 민형이 먼저 어떤 조건을 내걸라 그거야. 내가 그 조건을 먼저 해결해준 뒤에 민형이 얘길 해두 좋다구.

민형이 지금 우리한테 협조를 안 하는 건 결국 이 나라의 법을 어긴 범죄자들을 비호하겠다는 것밖에 아무것두 아니라구.

우리가 민형을 버리려구 맘만 먹으면 그땐 민형두 끝장이야. 민형한테 원한을 가지고 있는 사람이 얼만 줄 알아? 또 민형 과거는 뭐 떳떳한 줄 알아?

민형 때문에 사형 당한 사람두 많을 거 아니야. 그 가족들, 민형이 위증을 해 그렇게 됐다는 걸 알면 그땐 가만있지 않을걸.

남편이 그 말에 대꾸했다.

뭐라구, 내가 위증을 했다구요? 난 절대 위증 같은 건 안 했어요!

남편의 입은 그 말 뒤에 다시 닫혀버렸다. 남편이 그렇게 막무가내로 입을 열지 않자 찾아오는 사람들도 지친 듯 발길이 뜸해졌다.

남편이 스스로 입을 연 것은 얼마 뒤였다. 자신의 별난 직업을 입에 올린 것도 그때가 처음이었다.

당신, 밀정이라는 게 뭐 하는 사람인지 알어? 그래, 난 스파이라구, 정보를 팔아먹구 사는 직업이라 그거야. 이건 당신한테만 하는 얘기지만 난 해방이 되기 전 열여섯 살 때부터 관청 급사 노릇하며 사찰계 일본 형사 끄나풀 노릇을 했다구. 그놈들은 내가 주는 정보는 뭐든지 믿어줬지. 나는 그놈들이 알아내라는 건 그게 아무리 어려운 일이라 해도 목숨을 걸고 달라붙어 캐내고 말았기 때문이야. 그놈들은 날 사냥개 정도로 생각하고 부려먹었지만 난 그래두 꿈이 있었다구. 그놈들보다 몇 배 뛰어난 형사가 되는 게 꿈이었지. 그놈들두 나 듣는데 그런 얘길 했지. 이담에 내가 순사가 되면 대번에 일급 수사관이 될 거라구. 그만큼 내가 냄새를 잘 맡는 특별한 능력이 있다는 거였어. 그 방면에 내가 천재라는 거야.

　민완 씨 자신이 생각해도 자신의 그 능력에 놀라지 않을 수 없었다. 민완 씨는 자신의 직감을 믿고 있었다. 어떤 사람과 만나 얘기를 조금 나누다 보면 뭔가 짚이는 게 있어 그것을 캐보면 영락없이 구린 냄새가 났다. 자신의 그 직감을 통해 얻어낸 자료를 분석한 정보는 어김없이 들어맞았다.
　일본이 망한다는 걸 겨우 열아홉 살 나이에 예언했다면 알조가 아닌가 그 말이야. 그런 정보들이 저절로 들어오는 거야. 그때부터 거꾸로 일본놈들이 가지고 있는 정보를 훔쳐내기 시작했지. 나 때문에 잡히지 않고 살아나 해방을 맞은 사람이 많다구. 그런데 그 사람들은 그걸 고마워하기는커녕 됩데 나를 잡아넣더군. 그 바람에 고생두 좀 했지. 그래두 쉽게 풀려날 수 있었던 것은 역시 내 천부적인 그 능력을 우리나라 형사들이 알고 있었기 때문이라구. 그때부터 나는 또 본격적으로 정보원 노릇을 하기 시작했지. 남로당 박헌영이가 나를 만나고 싶다고 사람을 보냈을 정도라면 그때 내 능력이 어느 정도였는가 하는 것은 짐작이 갈 거구먼. 그 사람들과 접촉을 피하기 위해 숨어버렸지. 그때 피하지 않았으면 그 사람들처럼 잡혀 죽고 말았을 게 틀림없다구. 그때 보도연맹이란 데 가입해 겨우 목숨을 부지한 몇 사람한테 내가 그걸 가지곤 안심이 안 되니 몸을 피하라고 했지만 내 말을 우습게 알았다가 난리가 터졌을 때 결국 모두 당하고 말더군.

민완 씨의 꿈은 우리나라 경찰의 뛰어난 형사가 되는 것이었다. 실상 어려운 정보를 제공해 사건 해결에 결정적인 공을 세울 적마다 그 꿈이 이루어질 수 있다는 약속을 받곤 했던 것이다.

특채를 하겠다는 약속까지 받아놨는데 이번 일이 생긴 거야.

그러나 민완 씨는 보름 동안 잡혀 들어갔다가 겨우 살아나온 그 일이 어떤 것이었는가 하는 것에 대해서는 일절 함구했다. 다만 그때 진보당 사건으로 조봉암 씨가 검거된 뒤 시끄럽게 통과된 선거법에 의해 제4대 국회의원을 뽑는 총선이 실시된 '1958년 5월'의 그 어수선한 세상과 무슨 연관이 있지 않나 하는 정도가 부인이 짐작하는 전부였다.

그러나 민완 씨는 가끔 자신이 체질적으로 형사가 되기에는 어렵다는 생각을 했다. 그것은 어떤 정보를 캐내는 자신의 그 철저한 프로 기질을 알고 있었기 때문이다. 그 직업의식은 자신을 끄나풀로 삼아 정보를 얻어내려는 형사들의 그런 것하고는 다르다는 생각이었다. 형사들의 그것은 자기에게 맡겨진 일을 해내야 한다는 책임감에서 비롯되는 것이지만 민완 씨의 경우는 일 그 자체에 탐닉하는 열정에 문제가 있었다. 그는 뭔가 한번 캐내려고 하면 그 밑바닥까지 보지 않고는 결코 물러설 줄 몰랐다. 그는 자신의 직감에 따라 편집증적으로 어떤 일에 몰두했다. 그는 상대가 원하는 정보를 주는 대신 자기가 필요로 하는 정보를 내놓아야 한다는 전제 조건을 내세웠다. 그는 그 조건이 철저히 이행되기를 요구했다. 이를테면 노루 한 마리를 잡은 대가로 북어 대가리 하나를 던져주는 걸 그는 싫어했다. 보통 자기가 원하는 정보를 얻은 뒤에는 적당히 거짓 정보를 넘겨주는 경우가 흔했지만 민완 씨의 경우엔 그게 통하지 않았다. 그것이 거짓이었다는 게 밝혀지는 경우 그는 결코 그 사람과 두 번 다시 거래하지 않았다. 그렇게 거래가 끊긴 사람은 그때부터 민완 씨를 적으로 생각했다. 민완 씨는 결코 자기 입을 통해 거짓 정보를 흘리는 법이 없다고 단언했다. 거짓 정보나 정확하지 않은 정보는 결코 정보로 쓰여서는 안 된다는 것이 민완 씨의 철학이었다. 그것을 이해 못하는 쪽에서 민완 씨를 얕잡아보고 엄포를 놓아 정보를 얻어내려고 하는 경우가 많았지만 그럴 때마다 민완 씨는 자신의 그 철저한 프로 기질을 드러냈다. 그는 정보 교환에서만은 어떤 경우에도 일대일의 동등한 위치를 요구했던 것이다. 그렇기 때문에 그것이 아무리 우호적인 정보 교환이었다고 해도 일단 그 거래가 끝난 뒤에는 전연 남으로 돌아섰다. 민완 씨에게 우방이 없는 것도 그런 이유 때문이었다.

보름 동안에 거의 반죽음이 돼 돌아와 시골에 들어가 살자고 했던 것도 한껏 심약해진 때라 불쑥 자신이 사방팔방 적에게 둘러싸여 있다는 두려움 때문이었을 것이다. 어쩌면 그것은 한때의 거래 관계를 내세워 후견인 행세를 하며 계속 찾아와 자기들 욕심을 채우려는 사람들을 멀리해야 한다는 방어본능이었는지도 모른다.

그는 6·25가 일어나기 한 해 전에 몸을 감춘 적이 있었다. 일제강점기 일본 형사 끄나풀로서의 그 정보를 이용해 해방 뒤 좌익 인사들을 잡아들이는 일에 앞장섰던 일들을 감추기 위함이었다. 그러나 육이오 난리, 그 인공치하에서 인민의 적으로 잡혀 들어가 인민재판까지 받은 뒤 죽기 바로 직전에 다시 살아났

다. 자기만이 알고 있는 정보를 이용한, 결코 밑지지는 않는 거래를 한 것이다,

어떻든 민완 씨는 또 한 번 아직 불편한 몸을 이끌고 시골로 들어갔다. 곤충이 본능적으로 어떤 천재지변을 예견하듯 그 역시 자유당 말기의 혼란이 심상치 않다는 걸 냄새 맡았던 것이다.

그의 예견은 맞았다. 다음 해에 4·19가 일어났고 어렵게 버텨오던 자유당 정권은 무너졌던 것이다. 민완 씨는 그 당시를 회고했다.

세상이 바뀌면서 이상하게 나를 필요로 하는 사람들이 많더라 그거야. 집권당의 국회의원들이 날 찾아와 손을 내밀더군. 어디 그뿐인가. 그때까지 지하에 박혀 있던 좌익 잔존 세력들이 밖으로 나오면서 나를 찾아오더라 그 말이지. 나하고 거래를 트자는 거였지. 좌우지간 나로선 굉장한 유혹이었지. 노골적으로 스널 물건부터 보여주더군. 그렇지만 난 눈을 딱 감았어.

세상이 다시 바뀌지만 않았더라도 자신은 시골에서 농사나 지으며 평범하게 살았을 것이라고 했다. 그때 이미 두 아이들의 아버지가 된 그로서는 그것이 진정한 바람이었는지도 모른다.

그러나 5·16이 나자 민완 씨는 곧바로 잡혀 들어갔다. 속수무책이었다. 이십 년 형을 선고받았다. 공소문에 드러난 죄명에 비해서는 오히려 가벼운 형량이었다. 어린 시절 뽀루지 앓던 자국처럼 없어지지 않고 따라다니는 일본 사람 끄나풀 노릇한 게 새삼 드러나고 6·25 때 수십 명의 우익 인사를 팔아먹은 부역 사실이며 자유당의 모 국회의원을 당선시키기 위해 선거 때마다 갖가지 부정을 자행한 모 지방 기관의 앞잡이 노릇을 했는가

하면 장면 정권 때는 통일사회당의 지령을 받아 저쪽 세계에 이익이 되는 일을 했다는 죄목들이었다. 어떻든 민완 씨는 자신도 모르는 사이에 거물이 돼 있었다.

나를 무서워하는 사람들이 그렇게 많았다는 증거지.

민완 씨는 자기에게 그렇게 많은 적이 있다는 걸 실감하는 순간 오히려 이상하게 힘이 솟구쳤다고 했다. 그가 형량의 십분의 일도 못 채우고 석방되어 나올 수 있었던 것도 자신의 적을 의식한 그 직업의식 때문이었을 것이다.

어떻든 민완 씨는 아무도 모르게 풀려나 또다시 떠도는 생활을 시작했다.

민완 씨의 밀정 생활이 가장 절정을 이룬 전성기도 아마 그즈음이었을 것이다. 결코 평탄하지 못했던 그의 전력은 빛나는 별이 되어 그의 주가를 높였다.

그의 거래처만 해도 엄청났다. 그러나 옛날처럼 말단의 그런 사람들과도 여전히 유대를 가져 먹이사슬을 이루는 걸 잊지 않았다. 그러나 옛날과 달라진 것은 그가 이 먹이사슬의 가장 유리한 위치를 점유했다는 점이다. 프로답게 그는 더욱 세련되고 완벽한 거래를 했다. 거래처의 범위도 수사기관이나 정치꾼의 세계를 넘어 각양각층이었다. 그가 일본을 내 집 드나들 듯 한 것도 아는 사람들은 다 아는 사실이었다. 혀가 너무 짧아 영어를 못 배우는 게 한이라고 말할 정도로 그는 국제적인 감각까지 겸비했던 것이다.

5·16 이후 그의 주 거래처는 돈을 만지는 사람들이었다. 돈과 정치의 함수관계를 그는 그의 탁월한 정보 암호로 풀기 시작

했다. 오히려 돈을 만지는 쪽에서 더욱 민완 씨를 필요로 했다. 그러나 민완 씨는 자제할 줄 알았다. 어느 날 문득 그는 자기를 필요로 하는 사람들이 너무 많다는 걸 감지했다. 그는 위험수위를 정확히 잴 줄 알았다. 그럴 때 그는 고객과 그 상품에 대한 일체의 미련을 끊고 잠적해버린다. 눈앞에 다가선 파멸을 한순간에 다른 시작으로 바꿔버린 것이다.

또 하나, 내가 그 비정한 세계에서 쉽게 도태되지 않은 비결이 있지.

민완 씨는 자기처럼 전문적인 밀정을 꿈꾸는 새까만 후배를 위해 조언을 했다. 그의 끄나풀이기도 한 그 새까만 후배는 아는 체 나섰다.

일대일의 대등한 자격으로 거래를 한다는 거 말이지요?

이 사람아, 그거야 기본적인 거지.

그럼 그 비결이란 게 뭡니까?

돈을 만지는 사람들은 자신들의 자위책으로서 내 정보가 필요한 거 아니겠나. 나는 그 사람들이 감추려는 부위를 누구보다도 잘 알고 있었지.

결국 그 사람들 약점을 찾아내어 그걸 팔아먹거나 흥정을 한다는 거군요.

자네 표현은 너무 거칠어. 난 그저 그 사람들이 돈을 벌되 혹시 부당한 방법을 쓰는 것이 아닌가 그걸 눈여겨본다는 걸세.

그게 비결이란 겁니까?

아니야. 그렇게 그 세계를 염탐하고 있으려면 유혹이 많은 법이지. 돈과 여자. 내 비결이란 바로 그 돈과 여자를 내 원수로 생각한다는 거야. 전문가와 비전문가의 차이가 거기서 드러나는 법일세.

민완 씨는 정보를 결코 돈으로 흥정하는 법이 없었다. 그는 오직 정보와 정보를 맞바꾸는 일에 탐닉했을 뿐이다. 그것은 그가 물욕이나 명예욕보다 자신이 하는 일 자체에 대한 매력에서 헤어나지 못했다는 뜻으로 생각할 수도 있을 것이다.

그러나 자신의 입으로 말하는 그런 거래 철학이 빛이 나지 않는, 그런 것과는 전혀 딴판의 소문이 떠돌기 시작한 것도 그 무렵이었다. 그것은 우리 시대 마지막 일급 밀정 민완 씨의 몰락이 예고되는 하나의 조짐이었다.

그가 지방 도시에 숨어 사는 것은 중앙의 모 고위 관리와의 모종의 거래를 은폐하기 위한 작전이라는 소문이 줄기차게 떠돌기 시작한 것이다. 새로 생긴 어떤 회사가 바로 민완 씨 입김에 의해 그렇게 급성장하고 있다는 소문도 있었다. 민완 씨가 버스를 타고 가다 어느 곳에 내려 그곳을 두리번거리기만 해도 그곳 땅값이 치뛴다는 말이 떠돌기도 했다. 유비통신이 바로 그런 것이었다. 그가 1965년의 반정부 쿠데타 사건에 관계되었다는 소문도 있었다. 어디 그뿐인가, 유비통신은 1967년 동백림을 거점으로 한 북한의 지하공작단 사건과 1969년의 위장간첩 이수근 사건, 심지어는 1970년 한강 정 여인 살해 사건에까지 민완 씨를 결부시키고 있었다.

개새끼!

죽여!

어느새 민완 씨는 공분의 적이 돼 있었다. 그것은 마치 백범 선생을 살해하고도 이 대한민국 땅에 버젓이 살아 있는 안두희에게 가졌던 국민들의 의분과 같은 성질의 것이었다. 그는 권력의 비호를 받는 악덕 브로커요, 자유와 민주를 짓밟는 악랄한 폭력과 모략의 상징쯤으로 지탄받고 있었던 것이다.

민완 씨가 세 자식들과의 철저한 별거를 결심한 것도 그 무렵이었다. 그는 이를 악물었다.

이런 죽일 놈들!

밀정의 정체가 밖으로 드러났다는 것은 일급 밀정 민완 씨에겐 더없는 치욕이었다. 그는 자신이 배신당했다고 생각했다. 자신에 대한 소문이 그렇게 고약한 방면으로 흘러나오기 시작한 것은 정보를 거래했던 쪽에서 누군가 고의적으로 헛 정보를 퍼뜨린 때문이라고 했다. 거짓 정보에 대해 남다른 혐오를 가지고 있는 그로서는 참을 수 없는 일이었다.

그는 자신의 몸속에서 또다시 솟구치는 이상한 힘을 느끼기 시작했다. 그는 화장실에 앉아 혼자 히익 웃기도 했다. 자신의 정체를 그처럼 고약한 꼬락서니로 세상에 노출시킨 그 잘못된 정보의 진원지를 캐내기 위해 그는 뛰기 시작했다. 자신을 도태시키기 위한 그 음험한 음모의 유언비어 출처를 캐기 위해 자신이 가지고 있던 극비 정보까지도 다 내놓을 각오를 하고 덤볐다. 정보를 거래했던 상대들을 하나하나 되짚어나갔다. 그는 매일 많은 사람들을 만났다. 멀리는 일제시대 함께 급사 생활을 하며 사찰계 형사들 끄나풀 노릇을 같이하던 친구에서부터 최근에 거래를 튼 정치꾼이며 재벌들까지도 닥치는 대로 만났다. 사람 하나를 만날 때마다 보따리 깊숙이 감춰뒀던 극비 정보 하나씩이 풀어져 나갔다. 필요하면 그 정보를 재탕 삼탕까지 해서 써먹었다. 그러나 환장할 일은 그 비싼 정보와 맞바꾼 정보라는 게 이미 세상에 다 알려진 상태의 그런 쓸데없는 것뿐이라는 사실이었다. 그렇다고 포기할 수는 없었다. 그는 좀 더 새로운 정보를 얻기 위해 위험 부담이 따르는 정말 극비의 정보도 야금야금 풀어놓는 단계에 이르렀다. 반응은 빨랐다.

민씨, 도대체 당신이 원하는 게 뭐야?

어느 날 그는 느닷없이 그런 질문을 받았다. 내가 뭘 원하고 있느냐고? 그는 멍해졌다. 자신이 무엇 때문에 그렇게까지 위험한 정보 거래를 시도했는지 캄캄 떠오르지 않았던 것이다.

이봐, 당신 모가지가 몇 개야?

그런 험한 말이 뒤통수에 날아와 꽂히기도 했다. 그는 사람들이 자기를 피하고 있다는 것도 눈치를 챘다. 그러한 사람들이 몸을 돌린 상태에서 넌지시 던져주는 말이 유일한 정보였다.

이거 봐, 당신 몸조심하는 게 좋을 게야.

어떤 사람은 전혀 낯선 얼굴을 하고 침을 찍 내뱉으며 한마디로 끝냈다.

이런 미친놈!

민완 씨는 햇빛 속에 내던져진 두더지 꼴이었다. 그는 허둥지둥 숨을 곳을 찾아 아무 곳이나 머리를 들이밀었다.

누군가 손을 뻗쳐 그의 목덜미를 사정없이 나꿔챈 것도 그때였다. 그날 이후 누구도 민완 씨의 행방을 알지 못했다. 그의 부인마저도 그의 생사에 대해 전혀 감감이었다. 평소에 그를 알던 사람들은 어쩌다 민완 씨 얘기가 나오면 우리 시대 일급 밀정이었던 그의 일생을 마치 죽은 사람 애도하듯 조용조용 회고했을 뿐이다.

그러나 민완 씨는 죽지 않고 돌아왔다. 행방불명된 지 꼭 두달 만이었다. 옛날처럼 입고 나간 옷이 피투성이가 돼 있진 않았지만 몸이 까부라져 내리는 것은 오히려 더했다. 육십 나이답지 않게 팍삭 늙은 얼굴에 눈이 초점을 못 잡고 불안하게 움직였다. 부인이 이게 어떻게 된 일이냐고 물을 때마다 손가락을 입에 대고 쉬쉬하는 시늉을 했다. 그는 뭔가 말하고 싶다는 듯 입이 씰룩거렸지만 그것이 말이 되어 나오진 않았다. 누운 채 똥오줌을 받아낼 정도로 그는 굴신을 못했다. 그는 마치 촉각이 잘린 곤충처럼 어리어리한 꼴로 세상살이의 모든 것을 깡그리 잊어버리고 있었다. 자기가 누워 있는 곳이 어딘지도, 지금이 어느 해 무슨 계절인지도 몰랐다.

거의 반년이나 그렇게 누워 지내는 동안 그를 찾아오는 사람이 단 하나도 없었다. 그러나 민완 씨는 누군가 자기를 찾아올는지 모른다는 두려움에 싸여 있는 것 같았다. 골목에 발소리만 크게 나도 흠칫흠칫 놀랐다. 안집 식구들이 드나드는 기척에도 그것이 누구라는 걸 확인한 뒤에야 눈알을 제자리에 놓았다.

그는 무엇을 먹는 시간 외에는 좀체 입을 열지 않았다. 입을 어찌나 꽉 다물고 있는지 어쩌다 입을 벌릴 적이면 단내가 훅 끼쳤다. 그러나 몸이 차차 회복되면서 그는 부인한테 조금씩 말을 걸어왔다.

여보, 내가 잠결에 어떤 사람들 이름을 말하지 않던가?

부인의 대답을 기다리는 그의 얼굴이 몹시 긴장돼 있었다.

아니요. 아무 소리도 안 하시던데요.

부인은 거짓말을 했다. 남편은 집에 돌아온 이후 눈만 감으면 무슨 소린가 계속 입에 올렸던 것이다. 분명하게 알아들을 수 있었던 것은 매우 절박한 상태에서, 잘못했어요, 잘못했어요— 그렇게 수십 번 다급하게 부르짖는 소리였다. 어떤 때는 아예 무릎을 꿇은 상태로 일어나 앉아 아이들이 그렇게 하듯 두 손을 싹싹 비벼대면서 그런 소릴 했다.

그럴 리가 없어. 내가 잘 때 잘 들어보라구. 내 입에서 어떤 사람들 이름이 막 쏟아져 나올 거야. 그게 누구 이름인지 잘 들어두라구.

민완 씨는 자신의 입으로 혹시 헛 정보를 흘렸을는지 모른다는 강박감으로 몹시 괴로워했다. 그럴 때는 입을 꽉 다문 채 몇 끼니 먹는 것마저 거부했다.

몸이 어느 정도 회복되면서 민완 씨가 다시 시작한 일은 자신이 누워 있는 동안 세상에서 일어난 일들을 하나도 빠뜨리지 않고 알아내려는 밀정의 그 직업의식이었다. 그는 안집의 몇 달 전 묵은 신문을 모조리 얻어오게 해 읽어나갔다. 신문을 읽으면서 그는 싱싱하게 살아났다. 눈에 반짝반짝 빛이 돌고 몸이 재게 움직였다.

민완 씨가 가장 충격적으로 받아들인 일은 자신이 모르는 사이에 일어난 10·26사태였다. 그 신문 기사를 읽는 순간 그는 괴성을 내지른 다음 꽤 오랫동안 방바닥을 설설 기며 뭔가 혼잣소릴 중얼거렸다.

그것뿐이 아니었다. 그는 신문에 드러난 웬만한 사건을 모두 그런 식으로 받아들였다. 그 사건과 관련된 인물의 이름을 입속으로 중얼거리며 하루 종일 안절부절못했다.

그 이상한 증세를 눈치챈 부인이 신문을 치워버리자 며칠 동안 똥마려운 강아지처럼 끙끙거리다가 결국은 슬며시 외출을 하기 시작했다. 밖에 나갈 때나 들어올 때는 반드시 골목에 아무도 없는 때를 기다려 잰걸음치곤 했다. 집에 들어올 때마다 그는 잔뜩 겁먹은 얼굴로 물었다.

누가 날 찾아오지 않았어?

아무도 안 찾아왔에요.

안집 전화 있잖아. 그 전화루 날 찾는 사람 없었어?

없었에요.

다시 한번 얘기해줘. 날 찾는 사람이 있으면 그런 사람 여기 안 산다고 잡아떼라고!

알았에요.

민완 씨의 하루는 조간신문을 보는 일부터 시작된다. 그 집에서는 누구보다 일찍 일어나 안집 마당에 떨어진 신문을 주워 들고 지하 보일러실 곁에 있는 자기네 방으로 들어가 차근차근 읽어나간다. 다 읽은 뒤에는 그것을 살금살금 제자리에 가져다 놓고 시내 한가운데 있는 통일공원으로 아침 산책을 나간다. 거의 매일 같은 장소에서 마주치면서도 사람들은 서로 무심하게 지나친다. 특히 민완 씨를 알아보는 사람은 거의 없다. 그만큼 민완 씨의 얼굴은 특징이 없다. 이렇게 특징이 없는 얼굴이어야 자기를 노출시킬 염려가 없어 밀정 생활하기에는 안성맞춤이라는 게 민완 씨의 생각이다.

처음 접선한 이래 벌써 세번째 만남이지만 김씨는 민완 씨를 잘 알아보지 못한다.

"아이구, 죄송합니다유. 전 송 사장님인 줄 모르고……"

김씨는 민완 씨를 송 사장으로 알고 있었다. 민완 씨는 커피 포트를 들고 다니는 여자를 불러 생강차 두 잔을 산다. 오십대지만 병색이 짙어 한결 늙어 보이는 김씨는 찻잔을 황송스레 받아들고 몇 번씩 굽실굽실 인사를 한다.

"김씨, 오늘 시간 좀 낼 수 있겠소?"

"아이구, 저야 시간이 너무 많아설랑 죽을 지경이지유 뭐."

"내가 오늘 점심을 사지. 설렁탕 잘하는 델 내가 하나 알아놨거든. 김씨, 이따 한시 정각에 본전다방으로 나와요. 밑져야 본전, 본전다방이 어딘고 하면 소방서 맞은편 ○○당 사무실이 있는 그 건물 지하야. 내가 김씰 위해 시간을 특별히 빼낸 거니까 시간 꼭 지켜요."

"아이구, 감사합니다요, 송 사장님."

"이 사람아, 그 사장 소리 좀 집어치게. 난 사장이 아니야. 그저 송 선생이라고 부르라니까 자꾸 그러네."

통일공원을 빠져나올 때도 그는 이리저리 빙빙 돌아 누군가의 미행을 따돌리는 걸음을 했다.

아침밥을 먹고 부인이 내주는 깨끗한 와이셔츠에 넥타이까지 몇 번씩 고쳐 맨 민완 씨는 방을 나서기 전 잠시 머뭇거린다. 조금 비장해 뵈는 얼굴로 그가 말한다.

"또 그런 일이야 없겠지만 사람 일은 모르는 거. 혹시 내가 안 들어오거든 좀 기다려봐서 경찰서 박진태 형사를 찾아가봐요."

"이제 제발 그런 사람들하고 만나지 마세요."

"일이 있어 만나는 게 아니라니까. 옛날 그 박 형사 큰형하고 내가 보통 사이가 아니었지.이미 죽은 사람이지만 즈 형 생각을 해서라두 날 막 대하진 못할 거니께."

본전다방으로 내려가기 전 그는 화장실에 들러 머리를 다시 빗질하고 넥타이를 손본 다음 느릿느릿한 걸음으로 지하 계단을 밟아 내려간다.

"어서 오세요, 송 사장님!"

"어허, 난 사장이 아니라니까!"

"네에, 사장이 아닌 송 사장님, 저기 난롯가로 가세요."

아침 시간이라 다방은 텅 비어 있었다.

"미스 유, 나한테 전화 온 거 없었나?"

"아직……"

"박 형사한테서두 아무 소식 없었구?"

"네, 아직…… 아이참, 어제저녁에 그 박 형산가 하는 분한테서 전화가 왔었어요. 오늘 열한시쯤 여기 들르신대나 봐요."

민완 씨는 알았다는 듯 고개를 끄덕이며 큼큼 헛기침을 했다.

"위층 임 부장은?"

"여긴 안 들르셨어요. 좀 있으면 커필 시키실 텐데요, 뭐."

"그때 누가 차 가지구 올라가든지 임 부장한테 내가 여기 와 있다구 해."

민완 씨는 난롯가에 자리를 잡고 앉아 그때서야 막 들어선 얼굴마담과 추근추근 농을 주고받은 뒤 차탁에 놓인 신문을 뒤적인다. 신문 보기가 끝나자 메모지를 가져오게 해 꽤 오랫동안 뭔가 적고 있었다.

"영감님, 이 다방 세내셨습니까?"

그가 잠깐 조는 사이에 삼십대 후반으로 보이는 건장한 체격의 남자가 나타났다.

"박 형사, 우리 자릴 바꿔 앉지."

민완 씨는 몸을 재게 움직여 구석진 자리로 박 형사를 데리고 갔다. 박 형사가 나타나면서 민완 씨의 얼굴에 생기가 돌았다.

"아니 영감님, 무슨 비밀 얘기두 아닌데 이런 구석으로 옵니까."

박 형사는 차 주문을 한 뒤 조금 못마땅한 얼굴로 툴툴거렸다.

"박 형사한텐 그게 아무것두 아니지만 나는……"

"더 말씀 안 하셔두 압니다. 오늘은 제가 영감님 부탁하신 걸 알아 왔으니까 제발 옛날 큰형님 어쩌구 하는 얘긴 더 꺼내지 두 마십시오."

"오형빈이, 박신재가 어디 사는지 알았단 말이지?"

"박신재 소재는 아직 못 알았습니다. 오형빈이란 사람은 일 년 전에 출소해서 지금 서울에 살고 있더군요. 무려 십오 년을 그 속에서 썩었대요."

"내가 필요한 건 그 사람 주소야. 전화번호가 있음 더 좋구……"

"여기 주소가 있어요. 전화는 모릅니다. 그 형편에 그런 게 뭐 있을라구요."

민완 씨는 인적 사항이 프린트된 커다란 종이 한 장을 받아들고 사뭇 엄숙한 얼굴로 들여다보고 있었다.

"영감님, 다시 한번 말씀드리지만 그걸 나쁜 일에 사용하시면 절대 안 됩니다."

"나쁜 일이라니? 허허, 내가 사기꾼이란 말이여, 공갈범이란 말이여?"

"전 그런 뜻으로 말씀드린 게 아니고 다만……"

"다만이구 대만이구, 옛날 박 형사 큰형님은 나하구 일단……"

"영감님, 도대체 옛날 죄짓구 재판받아 형 때우고 나온 사람들 주솔 알아서 무얼 하시려는 겁니까?"

"그 사람들이 다 나 때문에 그렇게 됐다구 지난번에 내 얘기 했잖아."

"그게 왜 영감님 때문이라고 생각하십니까?"

"내가 결정적인 정보나 증거를 제공했거든."

"그렇다면 그때 그게 거짓 정보거나 위증이었단 말입니까?"

"난 그런 나쁜 짓은 안 했어!"

"그럼 도대체 뭡니까? 지금 와서 인간적으로 죄의식이라도 느낀다는 건가요?"

"난 그런 인간적인 거 몰라!"

"그럼 왜 그 사람들 소재를 그렇게 아시려고 야단입니까?"

"난 그 사람들을 만나 그때 내 정보나 증거가 틀림없었다는 걸 확인하고 싶은 거야."

"만약 틀린 거였다면 손해배상이라두 하시려구 그러는 겁니까?"

"틀릴 리가 없지!"

"그럼 됐지, 뭘 또……"

"확인을 해봐야지!"

"그래서요?"

"뭘 그래서야. 내가 옳았다는 걸 확인해보는 거라니까!"

"지난번 알아 간 그 김상철이란 사람두 그렇게 확인해보셨습니까?"

"지금 확인 중이야. 그 사람하구 오늘 점심을 같이하기로 했지. 내가 사는 거니까 박 형사두 점심 같이하지 그래."

"싫습니다. 영감님한테 점심 한번 얻어먹었다가 뒷덜미 잡히면 어쩌게요, 하하."

"박 형사두 나한테 얻어갈 게 있을 텐데…… 오늘 신문에 보니까 연초조합 신 조합장이…… 그 사람은 내가……"

"됐습니다. 영감님한테 제가 뭘 얻으러 나온 줄 아십니까? 우리 큰형님 시대하곤 지금 많이 다릅니다. 영감님이 한 달 동안 죽어라 고생하며 얻어내는 걸 저는 단 몇 분에 다 알아낼 수 있습니다. 콤퓨터두 있구……"

박 형사는 바쁘다며 일어서 횡하니 나가버렸다. 민완 씨는 다시 어정어정 난롯가 자리로 옮겨 와 구석 자리에서와는 달리 가슴을 쩍 펴고 앉았다.

"지금 그 사람 찻값 내구 갔나?"

민완 씨는 엽차를 차탁 위에 가져다 놓는 종업원 아가씨한테 은근히 묻는다.

"아니요. 그냥 나갔어요. 사장님이 며칠 전부터 뻔질나게 전화로 만나자고 했으니까 찻값은 당연히 사장님이 내셔야죠."

민완 씨는 그 얘기는 못 들은 척 시계를 쳐다봤다. 열두시 오

분 전이었다.

"위층 임 부장은 안 내려왔나?"

"거기서 차를 시켰어요. 오늘은 서울서 의원님이 내려오신대 나 봐요."

"의원이 온대? 거보라구, 내가 뭐랬어. 그 사람이 오늘쯤 올 거라구 그랬잖아. 나를 만나러 오는 거겠지. 내가 오늘은 좀 많 이 바쁘지만 그렇다고 우정 내려오는 사람을 안 만날 수도 없는 거고…… 이봐, 신 마담, 위층 사무실에 누가 차 배달 갔어? 뭐, 김양이 갔다구? 그래, 오는 대로 나한테 좀 보내줘!"

민완 씨의 목과 어깨에 힘이 주어지고 있었다. 신 마담이 목 이 칼칼하다고 사이다 한잔을 사달라는 그 첫마디에 오케이를 했다.

"사장님, 임 부장님이요오……"

차 배달 갔던 김양이 돌아왔다.

"어, 미스 김이구먼. 그래, 임 부장이 뭐래던가?"

"오늘은 손님이 많아 못 내려오신대요. 그리고 의원님이 내 려오신대두 일정이 급해 만나시기 힘들 거라구 전해드리래요."

"남들 귀가 있으니까 그렇게 말했겠지. 하긴 그 사람이 날 그 렇게 내놓고 만날 수는 없을 게야. 여하튼 오늘 나한테 오는 전 화 있음 잘 받아놓으라구."

"이거 받으세요."

김양이 민완 씨 앞으로 천 원짜리 몇 장 위에 백 원짜리 동전 서너 개를 얹어 내밀었다.

"이게 뭔가?"

"임 부장님이요. 거기서 차 다섯 잔 시켜 잡수신 값으로 만 원 짜리 주시면서 거스름돈으로 사장님 찻값 내고 나머진 드리랬어요. 임 부장님은 늘 사장님 찻값을 낼 때는 거스름돈을 안 받아 가셨잖아요. 사장님, 아까 그분 것까지 차 두 잔 드셨지요? 거기다 우리 마담 언니 사이다 한 잔, 그 값까지 제한 거니까 맞나 세보시라구요. 오천팔백 원일 거예요."

민완 씨는 한시 정각에서 일 분쯤 모자란 시간에 다방 카운터 앞에 섰다. 그는 백 원짜리 동전 한 개를 십 원짜리로 바꿔 주머니에 넣으며 말했다.

"미스 유, 내가 조기 길 건너 골목집에 가 점심하고 올 것이니 그리 알구 있어. 설렁탕 잘하는 집 있잖아. 그래그래, 그 집 말이야."

그가 지하 계단을 올라가 막 건물 밖으로 나가고 있을 때 통일공원에서 만난 김씨가 ○○당 사무실 건물을 두리번거리고 서 있는 게 보였다.

"김상철 씨, 제시간에 왔구먼!"

"아이구, 사장님!"

김씨는 민완 씨를 보자 반색을 했다.

"바쁜 세상일수록 시간을 잘 지켜야 하지. 김씬 합격이야. 약속대로 내가 점심을 사지. 이리 따라오셔."

소방서 쪽 횡단보도를 건너 시청 쪽으로 휘적휘적 앞서 걷던 민완 씨가 어느 골목 입구에 멈춰 섰다. 그 앞에 공중전화 박스가 하나 있었다.

밀정

"김씨, 바로 저기 골목집이란 간판이 보이지? 거길세. 내 먼저 들어가 음식 시켜놓고 있을 거니 전화 끝내고 그리로 와요."

그러면서 그는 아침나절 다방에서 메모한 종이쪽지 하나와 십 원짜리 동전 네댓 개를 김씨 앞에 내밀었다.

"사장님, 무슨 전환데 지가 걸어야 하나유?"

얼결에 종이쪽지와 동전을 받아 든 김씨는 어리벙벙한 얼굴로 민완 씨를 쳐다봤다.

"그게 민완이란 사람 사는 집 전화번호야. 김씨한테 약속한 대루 내가 그 사람 소갤 파악해 왔단 말이야. 그러니까 김씨가 직접 그걸 확인해보라 그 말씀이야."

"민완이라니, 그게 누군데유?"

"이 사람 이거 나이두 나보다 적은 사람이 까마귀 괴길 삶아 먹었나. 당신 민완이란 사람 정말 몰라?"

"예에, 저번에 말씀하시던 그 사람 얘기시구먼유. 옛날에 저를 감옥에 보냈다는……"

"그래, 그 사람."

"아이구, 전 그 사람 이름두 얼굴두 모르는걸유. 더구나 제가 죄짓구 벌 받았는데 지금 뭘 따질 게 있겠어유. 난 아무한테두 원한이 없어유."

"원한이 있구 없구는 이따 점심 먹구 천천히 따져보기로 하구 우선 그 사람이 거기 사는 게 확실한가 전화부터 걸어 확인해 보라 그거야. 그쪽에서 내 목소릴 알는지두 몰라 그러는 게야."

"그럼 지가 한번 걸어보지유. 그런 사람 있다구 하면 뭐라구 할까요?"

"거기 산다구 하거든 수일 내에 한번 찾아가겠다고만 해두라구. 그런 사람 없다구 하거들랑 그럴 리가 없다고 하면서 그 집 위치를 알려달라고 해. 그걸 안 알으켜주면 일단 수상한 거니까 그때 또 한번 전화를 걸라구."

김씨가 히쭉 웃었다.

"무슨 말씀이신지 알아듣겠구면유. 감옥 생활을 좀 오래 하다가 보니까 눈치 하난 빨라지데유. 사실 사장님이 저를 첨 찾아오셨을 때부텀 퍼뜩 뭔가 땡기는 게 있었지유. 그러니까 걱정 붙들어 매시구 어서 들어가 기세유. 지가 다 알아서 할 것이니께유. 히히."

그러나 민완 씨는 김씨를 따라 웃지 않았다. 그는 이곳에 이사 와 거의 일 년 만에 겨우 하나 거느린 끄나풀의 역량을 시험이라도 하듯 잠시 골목 입구에 숨어 섰다가는 무슨 생각을 했는지 곧장 몸을 돌려 설렁탕집 문을 밀었다.

구석진 곳에 자리를 잡은 우리 시대의 마지막 밀정 민완 씨는 다소 긴장된 얼굴로 설렁탕 두 개와 소주 한 병을 주문한 뒤 양복 주머니에서 여러 개의 메모지들을 바쁘게 꺼내고 있었다.

○ 1987년 『문예중앙』 봄호

타락한 세계의 소설 병리학

정호웅(문학평론가)

1. 우울한 비관주의, 개성의 문학 세계

묵직한 중편 네 편과 단편 세 편으로 이루어진 『사이코 시대』는 이 타락한 세계의 갖가지 병에 대한 소설적 보고서이다. 그 병의 양상이 어떠한지 구체적으로 그려 보여주고 과거를 파헤쳐 병의 원인을 찾아 드러내는 개성의 문학 세계가 작가 특유의 섬세하고 정확한 언어에 실려 여기 떠올랐다. 나는 이것을 "병의 원인을 탐구하기 위해 병체(病體)의 조직·기관(器官)의 형태 및 기능의 변화를 규명하는 학문"을 뜻하는 병리학에 비유하여, 소설 병리학이라고 부르고자 한다.

전상국이 구축한 소설 병리학의 앞머리에 놓인 작품은 이 소설집의 표제작인 「사이코 시대」이다. 저마다 견디기 힘든 마음의 병으로 신음하며 고통의 바다를 허우적거리며 건너는 병인들로 가득 차 읽기 괴로울 정도로 어둡고 무거운 소설이다. 이 소설에서는 그 병인들을 '사이코'라고 부르는데 크게 보아 두 유형으로 나눌 수 있다. 한 유형의 대표 선수는 땡삐라는 별명으로 통하는 사나이이다.

물론 땡삐는 정상적인 행동을 하지 않았다. 정상적인 정서도 갖지 못했다. 하나의 인격체는 그 마음속에 긍정적인 요소와 부정적인 요소가 쉼 없이 교차되게 마련인데 땡삐의 경우는 부정적인 쪽으로만 내달렸다. 세상의 모든 것이 못마땅했다. 모두 죽일 놈이었다. 그는 남 앞에 자신의 생각을 강요할 뿐 결코 그 생각을 수정하거나 양보할 줄 몰랐다. 그가 줄기차게 집착하는 통일과 민족과 역사 운운은 이 세상이 더러워서, 이 더러운 세상이 뒤집히는 꼴을 보기 위해 택한 하나의 방법이요 그 명분이었을 것이다. 땡삐는 머리가 좋았다. 필요하다고 생각될 때 그는 왕성한 식욕의 독서를 했다. 실상 그는 고교 졸업 학력에도 불구하고 어느 분야에서는 가히 전문가와 맞먹을 정도의 식견을 보였다. 그리고 교활했다. 그는 그러한 식견을 자신의 파행적, 비인간적 언행을 합리화시키는 데 유효적절하게 써먹었다.(45~46쪽)

세상을 모든 사람을 철저히 부정하여 맞서는, "외곬의 신념과 확신"(22쪽)에 철두철미 갇혔으니 변화의 가능성이 전혀 없는, "반사회적이며 인격 파탄의 부도덕한"(22쪽), 남을 배려하는 마음이 없는 자기중심적 이기의, 당연히 타자에게는 절대의 폭력 그 자체인 존재이다. 이 무서운 성격의 인물들은 땡삐 말고도 택시 기사, 땡삐의 어릴 적 친구 등 여러 명이 있어 낮도깨비처럼 횡행하며 사람들에게 무차별 폭력을 가한다.

다른 하나의 유형은 타자는 물론이고 자신까지도 근본 부정하는 인간 불신의 인물이다. 그에게 인간이란 겉모양이 어떻게 바뀌든 성분은 변하지 않아 "지구를 파괴"하는 "플라스틱 폐기물"과도 같은 "인간쓰레기"(77쪽)이다. 그는 이 최종적인 인식에 고착되어 절대의 타자 혐오, 절대의 자기혐오에 갇혔다. 최 원장이 대표적인데, 술로는 부족하여 마약에까지 빠져들지만 여기서 벗어나는 것은 불가능하다. 정신과 의사이기에 그는 이런 자신을 분석하여 논리적인 언어로 설명하는데, 그의 설명을 통해 알게 되는 그 병든 내면은 아수라 지옥과도 같다.

도처에 사이코가 횡행하니 제정신을 지키기 어렵다. 형제간의 우애도 친구 사이 우정도 미움으로 변하고, 사람들은 의심귀가 되어 모두를 의심하고 안으로 무너져 내려 잿빛 불모의 상태에 빠진다. 사이코 시대가 건강한 사람들을 사이코로 만드는 것이다. 그런데 끔찍하고 무서운 사실은 첫번째 유형의 사이코들이 가하는 폭력을 견디며 자신을 지키고자 하고, 두번째 유형의 사이코가 되지 않기 위해 진지한 자기성찰을 멈추지 않는 사람도 종국에는 무너지고 만다는 점이다.

난 당신들처럼 미치고 싶지 않아. 그렇게 마약으루 마비시켜야 할 만큼 무서운 것두 괴로운 것두 없다 그거야.

내친김에 이 악물고 뱉어줄 또 다른 말이 널름 떠올랐다. 그 목소리까지 땡삐의 그것과 똑같이 할 수 있을 것 같았다.

야, 이 플라스틱 폐기물 같은 인간쓰레기들아, ㅎㅎ 내가 죽었다구?

그러나 최한테서 다시 전화가 걸려왔을 때 그가 어렵잖게 해버린 말은 그게 아니었다.

알았어요. 금방 갈 겁니다.(90~91쪽)

인용문의 초점은 '그러나'이다. 서술자인 '그'도 결국 무너져 최 원장이 연 마약 파티로 향한다. 타자 혐오와 자기혐오의 철벽에 갇히고 만 것이니, 그 또한 미쳐 사이코가 되고 말았다.

작가는 한 시대를 '사이코 시대'라 진단하고, 그 누구도 벗어날 수 없다는 인식을 드러내 보였다. 이 우울한 비관주의가 이념, 도덕적 가치, 이상 사회의 꿈 등 아름다운 것들을 앞세우는 당대 문학 일반과는 다른 개성적 세계를 열었다.

2. '아베'의 분신들

전상국 소설에는 어린 시절에 입은 정신적 외상 때문에 마음이 병든 인물이 자주 나온다. 「사이코 시대」의 땡삐, 「거울의 알리바이」의 르뽀 작가 변재동, 「시인의 겨울」의 주인공인 시인 김현세, 「이것은 기분 문제가 아니다」의 주인공 등. 그들의 정신적 외상은 전쟁·분단의 과거와 깊이 관련되어 있는바, 이 점에서 그들은 전쟁·분단 현실의 상징으로서 문학사에 올라 있는 '아베'(「아베의 가족」의 주인공)의 분신들이다.

내가 무서움과 함께 그 한없는 절망의 느낌을 갖게 된 것은 개울을 벗어나 길에 올라서서 어머니가 죽어 있는 개울둑 아래를 내려다보았을 때였다. 나는 울면서 어머니가 누워 있는 쪽으로 달려가려 했다. 그러나 단 한 발짝도 떼어놓을 수가 없었다. 몸이 와들와들 떨렸다. 나는 어머니가 항상 가지고 다니던 그 보따리를 가슴에 품은 채 어머니와 함께 걷던 방향을 향해 뒤뚱뒤뚱 걷기 시작했다. 처음에 나는 소리 내어 울었다. 그러나 그 울음소리가 골짜기에 부딪쳐 되울려 오는 게 그렇게 무서울 수가 없었다. 나는 울음을 뚝 그친 채 뒤뚱뒤뚱 뛰었다. 그러나 입에서는 저절로 어메야, 어메야— 소리가 흘러나왔다.(435쪽)

어린 아들을 업고 지아비를 찾아 떠돌다가 강간당하고 무참하게 학살된 어머니와의 영결에 대한 기억이다. 무서움, 절망, 울음소리 등의 어둡고 무거운 말이 엮어내는 그 기억의 아래에는 죽은 어머니를 버리고 도망친 데서 생긴 죄의식도 깃들어 있으니, 주인공은 여기서 절대로 벗어날 수 없다.

영혼 깊숙이 낙인된 정신적 외상 때문에 지옥의 시간을 사는 인물에 대해 말하는 서술자의 태도는 안쓰러운 연민으로 가득차 있다. 땡삐를 비롯하여 전상국 소설 곳곳에 나오는 아베의 분신들을 서술자는 언제나 연민의 눈길로 바라본다.

전쟁·분단의 과거와 무관한 정신적 외상 때문에 마음이 병든 인물도 있다. 「거울의 알리바이」의 윤혜선, 「개미거미들의 화음」 속 박한대가 여기에 해당한다. 윤혜선이 무당이 되어 녹두장군을 몸주로 섬기는 것, 많은 남성과 육체관계를 맺는 것, 언제나 죽음 충동에 시달리며 계속해서 자살을 시도한다는 것,

죽기 전에 덫을 놓아 죽은 뒤에도 자신과 관계 맺은 이들을 구속한다는 것 등은 그 정신적 외상으로만 설명 가능하다. 박한대는 불륜의 소생인데, 불행하게도 어머니의 품을 떠나 아버지 집에서 살아야 했다. 그는 소외된 외톨이로, 모성 결핍의 정신 허약자로 자랐다. 그의 이런 존재성을 상징하는 것은 무서운 눈과 고기를 탐하는 병적 "육징"(230쪽)이다.

사람들은 한대 삼촌의 눈을 보는 순간부터 질겁해 도망치곤 했다. 그의 눈은 사람들에게 심한 혐오감을 일으키기에 충분한 것이었다. 눈꼬리가 위로 치켜 붙은데다 항상 눈에 핏발이 서 있어 그가 조금만 눈을 크게 치떠도 그와 눈길이 마주친 사람은 기겁을 해 눈길을 돌리곤 했다. 특히 공복 상태에서 그의 눈은 먹이를 앞에 놓고 으르렁거리는 짐승의 그것과 흡사했다.(225쪽)

정신적 외상이 얼마나 인간의 영혼에 깊은 공동을 만들고 일그러뜨리는지는 잘 보여주는 눈이고 병적 육탐이다. 이로써 전상국 문학은 어린 시절의 정신적 외상 때문에 병든 인물의 내면을 깊이 파헤치는 세계를 일구었다.

3. 창작방법론

이 책에 실린 작품에는 문인이 자주 나온다. 「거울의 알리바이」, 「개미거미들의 화음」, 「시인의 겨울」에는 각각, 고발문학

작가, 소설가, 시인이 서술자로 등장한다. 문인인 만큼 당연하게도 글쓰기가 주된 관심사일 수밖에 없다. 자신의 글쓰기에 대한 이들의 고민은 문학이란 무엇이며 문학 작품을 짓는 일은 무엇인가라는 근본 문제를 향한다.

이런 근본 문제를 향하는 그들의 고민을 이끄는 것은 자신의 지난 글쓰기에 대한 반성이다. 스스로 인정할 수 있는 작가로 갱신하여 '글쓰기의 신명'을 다시 찾고자 하는 간절한 바람이 만들어낸 그 반성은 자신의 지난 글쓰기를 근본 부정하는 데까지 이른다.

소설을 쓰는 거다. 소설은 일종의 복수다. 그 복수극은 완벽한 알리바이를 성립시킬 때만 가치가 있다. 나는 내 알리바이를 증명하는 일에서 글쓰기의 신명을 찾고 싶다. 소설이 현실과 얼마나 달라질 수 있는가, 내가 나를 고발하여 처단하는 그 복수극은 얼마나 재미있을 것인가.(215쪽)

「거울의 알리바이」의 주인공인 고발문학 작가는, 독자들의 취향 및 요구와 타협하는 독자 추수의 글, 대상에 매몰되어 개연적 진실에서 멀리 벗어난 자극적인 고발의 글, 자기 삶의 실현으로서의 글이 아니라 "글 속에 나는 어디에도 없"(215쪽)는 자기 "배반"(216쪽)의 글을 써온 자신에 대한 통렬한 부정을 딛고 "나를 고발하여 처단하는 그 복수극"이라 명명한 새로운 글쓰기로 나아가고자 한다.

「시인의 겨울」 속 시인에게 시 쓰기는 "세상살이의 구체적인 던적스러움으로부터 도망치고 싶은 욕구가 찾아낸 하나의 출구"(354쪽)였지만, 생각이 달라졌다. 그가 찾는 바람직한 세계는 "현실의 구체적인 삶 속에 들어 있"(354쪽)다는 것, 현실 너머 아름다운 꿈이 아니라 인간 삶의 진실을 추구하는 것이 진짜 시라는 생각을 갖게 되었다. 이 같은 생각의 변화를 따라 '아내와 두 아이들'이 그의 시에 자연스럽게 들어오기도 하였다.

「개미거미들의 화음」 마지막 부분에 작가가 구상 중인 소설의 모델이 작가에게 하는 묘한 말이 나오는데, 전상국 문학의 주요한 특성 하나와 관련된 창작방법론으로 보인다.

이 박한대 얘길 싹 새루 쓴다 그 말이여. 내가 물노리 박씨 집안에 개구멍받이로 들어와 눈칫밥 먹구 크던 그 설움을 빼먹구 쓸 수야 없지. 어린애가 혼자 산속에 숨어 짐승 괴길 질겅질겅 씹어대면서 뭔 생각을 하구 있었겠나, 바루 이런 얘기부터 시작하라, 그 얘기여.(337쪽)

박한대가 조카인 소설가 '나'에게 하는 말이다. '나'는 박한대가 주인공인 소설을 구상 중인데, 모델이 작가에게 창작 방법을 알려주는 기묘한 장면이다. '나'는 삼촌인 박한대가 춘천시 시의원이 되고자 하는 권력욕, 당선되기 위해 거짓과 위선의 언행을 서슴지 않는 파렴치를 용납할 수 없다. 마침내는 박한대에 대한 환멸, 그런 인물에게 끌려다니는 자신에 대한 환멸, 박한대 같은 인물이 날뛰는 "이 시대 정치와 그 선거 열풍"(327쪽)에 대한 환멸에 짓눌려 차라리 그가 당선되기를 바라는 모순된 심리 상태에 빠지기도 한다. 이처럼 복잡한 심리를 품고 갈팡질팡하던 '나'에게 모델인 박한대가 '무엇을 어떻게 써야 하는가'를 당당하게 요구해온 것이다.

박한대가 당당한 요구인 양 알려준 창작 방법은 어린 시절 정신적 외상의 실체를 무엇보다 앞세워 구체적으로 그리는 것이다. 이 소설집에 실린 작품 다수가 잘 보여주듯, 어린 시절에 입은 정신적 외상이 얼마나 무서운가를 파헤치는 전상국 문학의 한 특성에 맞닿아 있는 창작 방법을, 작가는 모델의 입을 빌려 말한다. 창의적 개성의 기법이 아닐 수 없다.

4. 소설사의 새로운 의미강

지금까지 살핀 데서도 짐작할 수 있듯이 전상국 문학은 사회 비판적 성격을 뚜렷이 지니고 있다. 이 책에 실린 것 가운데 이를 제일 잘 보여주는 작품은 「퇴장」이다. 교장 교감을 비롯한 동료들, 학생들, 학부모들 그러니까 학교를 가운데 놓은 교육계 구성원 대부분이 싫어하고 미워하는 교사가 있다. 자기 나름의 교육관이 분명하여 온갖 어려움에도 물러서지 않고 옳다고 생각한 바를 실천하며 나아온 인물이다. 그런 그가 운명의 덫에 걸려 자살하고 만다. 그 자살은 인간의 이기성, 특정인의 배제를 통해 소속감과 안정감을 얻고자 하는 심리, 우리 사회를 지배하는 집단주의와 반민주주의 그리고 경쟁주의, 진실과는 무관한 자극적인 선동의 언어가 난무하는 언론 문화 등 한국 사회의 부정적인 측면을 고발 비판한다. 그 가여운 죽음은 다른 한편, "죽는 일이 사는 것보다 더 낫다는 어떤 확신"을 딛고, "끝이 아니라 시작이 돼야 한다"(465쪽)는 생각을 좇아 행해진 의로운 결단의 행위라는 것을 이 소설은 또한 말한다.

죽음으로써 자신의 생각을 알리고 자신이 의미 있다고 믿는 가치가 실현되는 미래를 열고자 하는 이 강한 주체, 의로운 인물의 고귀한 결단은 비장하고 숭고한 아름다움으로 빛난다. 그 맞은편에「밀정」의 주인공이 어둠 속에 웅크리고 있다.

우리 소설에는 밀정이 자주 나온다. 김사량의「향수」, 김원일의『바람과 강』그리고『전갈』, 박경리의『토지』, 김연수의『밤은 노래한다』등. 대부분 불의의 편에 섰다는 죄의식 때문에 괴로워하다가 자기처벌로 나아간다. 윤리성이 핵심인 것이다.『토지』의 김두수는 죄의식과 무관한 인물로 밀정의 삶에 철저하지만, 그를 대하는 서술자의 눈길 말길에는 선/악을 가르는 윤리적 이분법이 빈틈없이 작동하고 있으니 그 또한 윤리성의 자장 속에 든 인물이다. 전상국의「밀정」속 밀정은 이들과는 전혀 다른 성격의 인물이다.

"그게 왜 영감님 때문이라고 생각하십니까?"
"내가 결정적인 정보나 증거를 제공했거든."
"그렇다면 그때 그게 거짓 정보거나 위증이었단 말입니까?"
"난 그런 나쁜 짓은 안 했어!"
"그럼 도대체 뭡니까? 지금 와서 인간적으로 죄의식이라도 느낀다는 건가요?"

"난 그런 인간적인 거 몰라!"

"그럼 왜 그 사람들 소재를 그렇게 아시려고 야단입니까?"

"난 그 사람들을 만나 그때 내 정보나 증거가 틀림없었다는 걸 확인하고 싶은 거야."(494쪽)

핵심은 마지막 문장이다. 자신의 정보나 증거가 틀림없다는 것을 확인하고 싶어 하는 것은 밀정으로 평생을 살아온 그의 프로의식 때문이다. 그는 "열여섯 살 때부터 관청 급사 노릇하며 사찰계 일본 형사 끄나풀 노릇"(478쪽)을 한 이래 어둠 속의 인물 곧 밀정으로 살아왔다. 그 삶의 중심은 프로의식이다. 그는 "거짓 정보나 정확하지 않은 정보는 결코 정보로 쓰여서는 안 된다는" "철학"(481쪽), 정보 거래는 동등하고 공정해야 한다는 원칙, 거래가 끝나면 관계도 끝내야 한다는 원칙, 정보는 오직 정보와 교환해야지 돈과 바꾸어서는 안 된다는 원칙, 돈과 여자를 원수로 여겨 유혹에 넘어가지 않는다는 원칙 등, 자신이 세운 원칙에 철저한 프로였다. 게다가 '일 자체에 탐닉하는 열정', '밑바닥'을 보기까지 '편집증적'으로 '몰두'하는 성벽 등이 뒤를 받쳤으니 그는 몇 차례 위기에도 불구하고 프로로서의 삶을 충실하게 살 수 있었다.

전상국은 「밀정」에서 우리 소설사상 처음으로 프로의식에 철저한 밀정이란 인물 성격을 창조하였다. 이로써 한국 소설은 문득 넓어지고 깊어졌다. 소설사의 새로운 의미강 하나가 1987년에 제시되었던 것이다.

작가의 말

　「사이코 시대」「거울의 알리바이」「개미거미들의 화음」「시인의 겨울」 등 네 편의 중편소설과 단편 세 편을 한데 모아 『중단편소설 전집 8』을 묶는다.

　80년대 말부터 90년 초에 쓰인 네 편의 중편소설을 새로이 읽는 내내 어떤 회한의 감정과 함께 놀라움이 밀려들었다. 내가 만든 캐릭터가 분명한데 인물들이 벌이는 행각이나 그 이야기 결말에 대한 궁금증이 꼭 남이 쓴 소설을 읽을 때의 그런 낯선 긴장으로 왔던 것이다. 이거 내가 쓴 거 맞아? 급격한 기억력 저하까지 우려할 정도의 충격 속에 나름의 자위는 그 작품들을 쓸 때의 흥과 멋, 접신 상태의 그 엑스터시였다. 아마 그 무렵부터 글 쓰는 즐거움, 그 신명을 말하기 시작했을 것이다.

　아무튼 「사이코 시대」 등 『중단편소설 전집 8』에 함께 묶은 작품들은 불신과 증오, 소외와 좌절, 억압과 굴복 등 광기의 모태를 리트머스 시험지 삼아 80년대 말 우리네의 자화상을 사회 병리학적으로 진단한, 이른바 '사이코' 연작에 해당한다.

그 시절 작가로서 내가 즐겨 다룬 광기는 성공하지 못한 악의 한 유형이라는 발상에서 출발하고 있다. 때로 필요악이란 말로 그 광기를 미화하기도 했다. 부패와 권태 혹은 맹목적 이념보다는 광기가 한결 창의적이요 인간적이란 생각에서였다.

어쩌면 그 광기는 이제까지 내 작품의 주요 모티브였던 6·25적 악령이 조금 더 디테일한 모습으로 현현된 것이라 봐도 좋을 것이다. 분단으로 인한 동질의 이질화 혹은 그 정체성의 파괴가 낳은 그늘 속에서 6·25 악령이 숨 쉬고 있었던 것처럼 그 시대의 광기는 물질의 풍요가 불러온 정신의 피폐와 희극화한 정치 상황이 낳은 말세적 징후라고 해도 틀리지 않을 것이다.

가끔 치미는, 글쓰기에 대한 부정의 정신도 이 연작의 형상화에 이바지했다고 할 수 있다. '사이코' 연작을 쓰는 동안 세상을 보는 뒤틀린 심사만큼이나 내가 벌이는 글 쓰는 행위에 대해서도 냉소적이었다. 글 쓰는 신명, 그 불길이 꺼질 조짐, 그런 두려움까지.

이번 『중단편소설 전집 8』의 발간까지 작품 파일이 전혀 없는 상태에서의 힘든 편집 작업을 묵묵한 걸음으로 버텨낸 강출판사 파이팅!

2024년 7월 춘천 금병산 자락에서

전상국

1940년 3월 12일(음) 강원도 홍천군 내촌면 물걸리 1102번지
        에서 부 전석주, 모 박춘봉의 장남으로 출생(정선전씨
        석릉군파 47세손).

1946년 홍천읍으로 이사.

1950~1953년 홍천국민학교 4학년 때 6·25 전쟁이 일어나 고
        향 마을 동창국민학교 졸업(10회).

1954년 홍천중학교 입학. 읍내에서 처음으로 서점 발견, 생애
        최초로 교과서가 아닌, 탐정소설 따위의 책을 서점에
        서 읽기 시작.

1957년 홍천중학교 졸업(6회). 춘천고등학교 입학. 1학년 때
        담임이 시인 이희철 선생으로 2학년 때 문예반에 들어
        간 결정적 계기.

1958년 춘천 지역 문예반 학생 중심의 '예맥문학회'를 만들어
        문학적 방종에 탐닉.

1959년 최초로 쓴 소설 「산에 오른 아이」가 제6회 학원문학상

에 3위 입상. 「황혼기」가 강원일보 신춘학생문예에 당
선 없는 가작 1석 입상, 작품이 신문에 연재됨.

1960년 경희대학교 문리과대학 국어국문학과에 문예장학생으
로 입학. 처음 사 신은 구두를 신고 4·19 시위에 참가,
발뒤축에 상처를 입다.

1962년 경희대학교 제6회 문화상 수상, 장학 혜택.

1963년 조선일보 신춘문예에 단편소설 「동행(同行)」 당선. 12
월 31일자 대학 졸업. 경희대학교 제7회 문화상 수상.

1964년 원주 육민관고등학교 국어교사로 부임. 단편 「광망」
(『현대문학』 2월호) 발표.

1966년 춘천중학교 국어교사로 부임. 단편 「해바라기 시계」
(『문학춘추』 1월호) 발표.

1967년 10월 9일. 김옥자와 결혼.

1968년 10월 24일. 큰딸 소영 출생.

1970년 7월 22일. 아들 경구 출생.

1972년 3월. 은사 조병화 선생의 부름으로 서울 경희고등학교
국어교사로 부임.

1973년 3월 1일. 작은딸 소옥 출생.

1974년 서울 상봉동 105-37 자택에서 작가 조선작을 만나 새
로이 글쓰기를 시도, 그 첫 작품 「전야」를 『창작과비
평』 가을호에 발표하면서 재등단.
춘천의 소설 동인 모임 '예맥동인'에 참가. 작가 유재
용과 면목동 그의 문방구에서 처음 만남.

1975년 단편 「할아버지 묻힌 날」(『현대문학』 2월호), 「소인의

나들이」(『세대』 2월호), 「돼지새끼들의 울음」(『현대문학』 9월호), 「육아일기」(『예맥문학』 1집) 발표.

1976년 단편 「악동시절」(『현대문학』 3월호), 「껍데기 벗기」(『월간문학』 9월호), 「사형」(『현대문학』 12월호) 발표.

1977년 단편 「맥」(『현대문학』 3월호), 「바람난 마을」(『뿌리깊은 나무』 3월호), 「바다 재우기」(『월간문학』 7월호), 「여름 손님」(『현대문학』 10월호) 발표.

단편 「사형」과 「껍데기 벗기」로 제22회 현대문학상 수상.
첫 작품집 『바람난 마을』(창작문화사) 출간.

1978년 단편 「침묵의 눈」(『한국문학』 2월호), 「산울림」(『뿌리깊은나무』 5월호), 「고려장」(『현대문학』 6월호), 「안개의 눈」(『문예중앙』 여름호), 「망각의 집」(『주간조선』 7월 10일), 중편 「물걸리 패사」(『소설문예』 2월호), 「하늘 아래 그 자리」(『문학과지성』 겨울호) 발표.

'작단' 동인 활동을 시작함.

1979년 단편 「초혼」(『월간문학』 1월호), 「수렁 속의 꽃불」(『한국문학』 3월호), 「잊고 사는 세월」(『현대문학』 4월호), 「그 먼길 어디쯤」(『작단』 1집), 「우리들의 날개」(『작단』 2집), 「진화설」(『문학사상』 6월호), 「암코양이의 식성」(『월간중앙』 4월호), 「겨울의 출구」(『창작과비평』 가을호), 「실반지」(『현대문학』 12월호), 중편 「아베의 가족」(『한국문학』 10월호), 「외등」(『문예중앙』 겨울호), 「공터 사람들」(『신동아』 9월호) 등 한 해에 단편 9편과 중편 3편 발표.

「아베의 가족」으로 제6회 한국문학작가상 수상.

작품집 『하늘 아래 그 자리』(문학과지성사) 출간.

1980년 단편 「우상의 눈물」(『세계의문학』 봄호), 「이것은 기분 문제가 아니다」(『작단』 3집), 「어떤 이별」(『소설문학』 8월호), 「달평씨의 두번째 죽음」(『한국문학』 9월호), 중편 「여름의 껍질」(『문예중앙』 여름호), 「추억의 눈」(『문학사상』 12월호) 발표.

「아베의 가족」으로 대한민국문학상 자유문학부문 수상, 「우리들의 날개」로 제14회 동인문학상 수상.

작품집 『아베의 가족』(은애), 『우상의 눈물』(민음사 오늘의작가총서) 출간.

1981년 중편 「외딴길」(『문학사상』 5월호) 발표.

콩트집 『식인의 나라』(소설문학사), 작품집 『우리들의 날개』(동서문화사) 출간.

1982년 장편 『길』의 연작 중편 「출향」(『문예중앙』 봄호), 단편 「술래 눈뜨다」(『현대문학』 3월호), 「이산」(『세계의문학』 봄호), 「좁은 길」(『문학사상』 9월호) 발표. 장편소설 『불타는 산』 연재(『경향신문』 1982. 3. 15~1983. 3. 30).

경희대학교 대학원 국어국문학과에 입학.

1983년 단편 「이류 속에서」(『한국문학』 8월호) 발표.

장편소설 『불타는 산』(고려원) 출간.

전업작가를 꿈꾸면서 중화동 28-11에서 중화동 286-7로 집을 옮김.

1984년 중편 「허허벌판」(『문학사상』 3월호), 「산 넘어 강」(『현대문학』9월호), 단편「관심」(『한국문학』12월호) 발표.
경희호텔경영전문대학에 출강.

1985년 단편「악의 사슬」(『말과 삶과 자유』, 문학과지성사), 「그
늘무늬」(『문학사상』9월호), 「왜」(『현대문학』10월호),
「술법의 손」(『동서문학』11월호) 발표.
장편소설『길』(정음사) 출간.
국립 강원대학교 인문대학 국문학과 교수로 발령이 나
면서 서울 탈출.

1986년 중편「음지의 눈」(『소설문학』4월호), 「형벌의 집」(『문
학정신』10월호), 단편「먹이그늘」(『현대문학』8월호),
「송충이의 칩거」(『강대신문』3월 14일) 발표.

1987년 중편「썩지 아니할 씨」(『문학사상』2월호), 「지빠귀 둥
지 속의 뻐꾸기」(『문학사상』12월호), 단편「퇴장」(『한
국문학』4월호), 「밀정」(『문예중앙』봄호) 발표.
작품집『형벌의 집』(한겨레) 출간.

1988년 단편「잃어버린 잠」(『현대문학』3월호), 중편「투석」
(『현대문학』11월호) 발표.
「투석」으로 제4회 윤동주문학상 수상.

1989년 중편「사이코 시대」(『동서문학』11월호) 발표.
작품집『지빠귀 둥지 속의 뻐꾸기』(세계사) 출간.

1990년 중편「시인의 겨울」을 연재.
「사이코 시대」로 제1회 김유정문학상 수상. 강원도 문
화상 수상.

1991년 『문학사상』(1989년 10월호~1991년 4월호)에 연재한 소설

창작교실 『당신도 소설을 쓸 수 있다』(문학사상사) 출간.

1992년 중편 「거울의 알리바이」(『문학사상』 9월호) 발표.

콩트집 『장난 전화 거는 남자를 골려준 남자』(판) 출간.

1993년 장편소설 『裕貞의 사랑』(고려원) 출간.

1994년 콩트집 『우리 시대의 온달』(작가정신), 작가연구 『김유
정』(단국대출판부) 출간.

1995년 한국대표작가선집 『투석』(신원문화사) 출간.

1996년 중편 「개미거미들의 화음」(『문예중앙』 봄호), 중편 「시
인의 겨울」(『작가세계』 봄호) 발표.

작품집 『사이코』(세계사), 테마소설집 『애비』(열림원)
출간.

『사이코』로 제33회 한국문학상 수상.

1997년 중편 「너브내 아라리」(『21세기문학』 가을호) 발표.

1999년 중편 「실종」(『문학과의식』 봄호) 발표.

2000년 「실종」으로 제8회 후광문학상 수상.

첫 수필집 『우리가 보는 마지막 풍경』(북스힐), 회갑기
념문집 『세미나와 재미나』(북스힐) 출간.

2001년 중편 「한주당, 유권자성향분석사례」(『문예중앙』 봄호),
단편 「이미지로 간다」(웹진 『인스워즈』 5월호) 발표.

『아베의 가족』 스페인어로 번역, 페루 리마 PUCP 출
판사에서 출간.

2002년 단편 「플라나리아」(『동서문학』 봄호), 「온 생애의 한순
간」(『현대시』 6월호) 발표.

김유정문학촌 개관과 함께 초대 촌장을 맡음.

2003년 단편 「소양강 처녀」(『문학수첩』 여름호) 발표.

「플라나리아」로 제27회 이상문학상 특별상 수상.

2004년 단편 「물매화 사랑」(『문학사상』 10월호) 발표.

「플라나리아」로 제8회 현대불교문학상 수상.

'아베의 가족'이란 이름의 개인 서재를 춘천 석사동에 마련.

경희문인회 회장.

2005년 강원대학교 정년 퇴임. 황조근정훈장 수훈. 남북작가 대회 참가(평양).

작품집 『온 생애의 한순간』(문학과지성사), 문학 이야 기 『물은 스스로 길을 낸다』(이룸), 산문집 『길 위에서 만난 사람들』(이치) 출간.

2006년 단편 「꾀꼬리 편지」(『세계의문학』 겨울호) 발표.

강원대학교 명예교수.

2007년 김유정탄생100주년기념사업회 추진위원장.

2008년 중편 「지뢰밭」(『창작과비평』 봄호) 발표.

『아베의 가족』 독일어로 번역, 독일 페퍼코른 출판사 에서 출간.

경희대학교 객원교수.

2009년 중편 「남이섬」(『문학과사회』 봄호) 발표.

단편 「춘심이 발동하야」(『계간문예』 겨울호) 발표.

황순원기념사업회 초대 회장. 김유정기념사업회 이사장.

2010년 단편 「드라마게임」(『세계의 문학』 여름호) 발표.

2011년 작품집 『남이섬』(민음사) 출간.

2013년 춘천시 신동면 풍류1길 84-7(증리 562-6) 문학의 집 '동행'에 입주.

2014년 제8회 동곡문화상 수상. 제27회 경희문학상 수상.
바이링궐 에디션 『Ahbe's Family』(아시아), 『전상국의 춘천 산 이야기』(조선뉴스프레스) 출간.

2015년 단편 「집을 떠나 집에 가다」(『문예중앙』 여름호), 「가을 하다」(『대산문화』 여름호) 발표.
이병주국제문학상 수상.

2016년 단편 「어디에도 없고 어딘가에 있는」(『현대문학』 1월호) 발표.
단편 「봄봄하다」(『대산문화』 봄호) 발표.

2017년 단편 「오래된 나무는 나무가 아니다」(『월간태백』 3월호), 「춘천아리랑」(김유정학술발표지 2017) 발표.
산문집 『춘천 사는 이야기』(연인M&B) 출간.

2018년 중편 「굿」(『문학의오늘』 여름호) 발표.
대한민국예술원 회원. 보관문화훈장 수훈.

2019년 전상국 중단편소설 전집 1 『동행』(강) 출간.

2020년 에세이 『작가의 뜰』(샘터) 출간.
전상국 중단편소설 전집 2 『하늘 아래 그 자리』(강) 출간.

2021년 단편 「저녁노을」(『문학사상』 6월호) 발표.
춘천 신동면 금병산예술촌에 '전상국 문학의 뜰' 개관.
전상국 중단편소설 전집 3 『아베의 가족』(강) 출간.

2022년 전상국 중단편소설 전집 4 『우상의 눈물』(강) 출간.

　　　　　단편「조롱골 우리집 여인들」(『한국소설』9월호) 발표.

　　　　　전상국 중단편소설 전집 5『우리들의 날개』(강) 출간.

2023년　작품집『굿』(문학과지성사) 출간.

　　　　　전상국 중단편소설 전집 6『길·외등』(강) 출간.

2024년　서울문화투데이 문화대상 대상 수상.

　　　　　전상국 중단편소설 전집 7『지빠귀 둥지 속의 뻐꾸기』
　　　　　(강) 출간.

　　　　　전상국 중단편소설 전집 8『사이코 시대』(강) 출간.

전상국 중단편소설 전집 8

사이코 시대

© 전상국

1판 1쇄 발행 　｜　 2024년 8월 12일

지은이	｜	전상국
펴낸이	｜	정홍수
편집	｜	김현숙 이명주
펴낸곳	｜	(주)도서출판 강
출판등록	｜	2000년 8월 9일(제2000-185호)

주소	｜	서울시 마포구 동교로17안길 21 (우 04002)
전화	｜	02-325-9566
팩시밀리	｜	02-325-8486
전자우편	｜	gangpub@hanmail.net

값 23,000원
ISBN 978-89-8218-348-5　04810
　　　978-89-8218-245-7(세트)